Dirk Trost

24/7 für Pilsum

EDITION M

Das Buch

Der zweite Fall für Jan de Fries.

Als der ehemalige Strafverteidiger Jan de Fries mitten in der Nacht von seinem Kumpel Uz zu Hilfe gerufen wird, ahnt er schon, dass etwas ganz und gar nicht stimmt in der Krummhörn. In Pilsum angekommen, stürzt er im düsteren Gewölbekeller eines exklusiven Klubs in eine bizarre Szenerie: Ein halbnackter Mann hängt gefesselt kopfüber von der Decke, in seiner Stirn klafft ein hässliches Loch. Der Besitzerin des Klubs springt Jan spontan zu Hilfe, als die Kriminalbeamten Hahn und Mackensen die junge Frau unter Mordverdacht festnehmen wollen.

Seine Ermittlungen treiben Jan in eine Reihe brutaler und zutiefst beunruhigender Ereignisse, und er wird auf dramatische Weise mit seinen ureigenen Ängsten konfrontiert. In einer fahlen Vollmondnacht schließlich muss er zu den Greetsieler Zwillingsmühlen …

Der Autor

Dirk Trost wurde 1957 in Duisburg geboren. Bereits als kleiner Junge verbrachte er seine Sommerferien regelmäßig in Ostfriesland und schmökerte den Sommer über in den Abenteuergeschichten von Enid Blyton, Erich Kästner und an langen Winterabenden in den »verbotenen« Krimis seines Großvaters, die ganz hinten im Kleiderschrank versteckt waren. Was lag da näher, als selber Kriminalromane zu schreiben. Es sollte fünfzig Jahre dauern, bis sich dieser Kindheitstraum mit der Jan-de-Fries-Serie erfüllte.

DIRK TROST

24/7 für Pilsum

2. FALL FÜR JAN DE FRIES

KRIMI

EDITION M

Deutsche Erstveröffentlichung bei
Edition M, Amazon Media E.U. Sàrl
5 Rue Plaetis, L-2338, Luxembourg
Mai 2015

Umschlaggestaltung: bürosüd° München, www.buerosued.de
Umschlagmotiv: © Julia Davila-Lampe Getty Images, 136783249, RF
Lektorat: Stephan Schirm
Satz: Satzbüro Peters
Printed in Germany
by Amazon Distribution GmbH
Amazonstraße 1
04347 Leipzig, Germany

ISBN 978-1-503-94758-0

www.amazon.de/editionm

Es freue sich,
Wer da atmet im rosigten Licht!
Da unten aber ist's fürchterlich,
Und der Mensch versuche die Götter nicht,
Und begehre nimmer und nimmer zu schauen,
Was sie gnädig bedecken mit Nacht und Grauen.

aus *Der Taucher* von Friedrich Schiller

I

Die Scheinwerfer meines VW Käfer glitten über die spiegelglatte Fahrbahn der Kreisstraße 33 nach Pilsum.

Ich fluchte.

Um diese Zeit liege ich normalerweise im Bett. Angesichts der sibirischen Temperaturen, die seit einigen Wochen bei uns in der Krummhörn herrschten, hätte höchstens meine Nasenspitze unter der dicken Daunendecke hervorgeschaut. Die dumpf klopfenden Schmerzen, die mir seit ein paar Tagen einer meiner Backenzähne verursachte und die ich vergeblich zu ignorieren versuchte, hätten ohnehin für eine schlaflose Nacht gesorgt. Die hätte ich aber zumindest vorm flackernden Kamin verbracht und nicht im Schneegestöber im Nirgendwo. Ein Zahnarztbesuch wäre sicherlich die bessere Alternative zu schlaflosen Nächten gewesen, aber da meine Abneigung Zahnärzten und ihrem Instrumentarium gegenüber direkt hinter meiner Flugangst rangiert, verschiebe ich meine Zahnarzttermine für gewöhnlich so lange, bis es nicht mehr geht. Nun musste ich die schmerzhaften Konsequenzen ertragen.

Da ich meinem Käfer vor Wintereinbruch einen neuen Satz Winterreifen spendiert hatte und der VW mit seinem Heckantrieb naturgemäß bestens mit Eis und Schnee zurechtkommt, kam ich zügig voran.

Uz musste einen verdammt guten Grund gehabt haben, mich nachts um zwei Uhr anzurufen und in seiner gewohnt wortkargen Art um einen Ausflug nach Pilsum zu bitten. Es ist ja nichts dabei, wenn mich mein Kumpel anruft, weil er einen Köm zu viel getrunken hat und nicht mehr fahren kann. Aber in diesem Fall hatte Uz noch nicht einmal »'ne Lütje Lage« getrunken, wie er mir am Telefon versicherte – was mir sehr zu denken gab. Uz hatte mir lediglich kurz angebunden eine Adresse in Pilsum genannt, wo ich ihn finden würde, bevor er den Hörer wieder auflegte.

Allerdings gab es meines Wissens unter der angegebenen Adresse weder Kneipe noch Gasthof – was mir noch mehr zu denken gab.

Während ich noch über das ungewöhnliche Verhalten meines Freundes nachgrübelte, war ich auch schon fast am Ortsausgang, als meine Scheinwerfer ein Straßenschild erfassten, das an der Hauptstraße stand und einen halb verschneiten Feldweg als Teyweg auswies.

Ich kurbelte am Lenkrad. Mein Käfer bog nur widerwillig auf den Feldweg ab und rumpelte prompt in eins der Schlaglöcher, die ich aufgrund des Schnees nicht erkennen konnte.

Was zum Teufel machte Uz um diese Zeit in dieser Einöde?

Angestrengt starrte ich in die Dunkelheit.

Es war nicht nur zappenduster, sondern obendrein klirrend kalt.

Auf der kleinen Frontscheibe meines Grauen gefror mein Atem im selben Moment, da ich ihn ausstieß, zu einem Eisfilm.

Ich griff zum Eisschaber, der auf dem Beifahrersitz lag, und kratzte genervt zum x-ten Mal die Scheibe frei. Vor mir tauchte ein matter Lichtschein aus der Dunkelheit auf.

Im Näherkommen erkannte ich das Licht als die Beleuchtung eines gemauerten Rundbogens, der eine Einfahrt überspannte.

In diesem Moment ertönte die gleichmütige Stimme von Uschi, wie ich die Stimme meines Navis nenne, aus dem Handschuhfach und behauptete unbeeindruckt von der nächtlichen Stunde, ich hätte mein Ziel erreicht.

Vor dem Haupteingang des Gebäudes, dessen Umrisse von den Scheinwerfern meines Wagens aus der Finsternis gerissen wurden, erkannte ich Uz' alten Mercedes und parkte meinen Käfer dicht hinter dessen Stoßstange.

Die plötzliche Stille dröhnte in meinen Ohren.

Erneut fragte ich mich, was zum Teufel Uz um diese Zeit an einem solchen Ort trieb!

Ich griff nach meiner Taschenlampe, die ich unter dem Sitz deponiert hatte. Das kühle Metall der schweren Stabtaschenlampe lag gut in der Hand und vermittelte mir ein Gefühl von Sicherheit. Langsam stieg ich aus und warf einen prüfenden Blick in die Runde. Bis auf die Lichter am Eingang war es vollkommen finster. Leise drückte ich die Fahrertür ins Schloss.

Eine Windbö trieb mir stecknadelspitze Eispartikel ins Gesicht. Es fühlte sich an, als verpasse mir jemand mit einem Sandstrahlgerät ein Kryopeeling. Mit bis an die Ohren hochgezogenen Schultern eilte ich schnurstracks auf die schwere hölzerne Eingangstür zu. Sie erinnerte mich an eine alte Klostertür.

Ich griff nach dem schweren Türklopfer, der kalt in meiner Hand lag und offenbar aus massiver Bronze gearbeitet war. Hart ließ ich ihn gegen das Holz fallen. Während ich dem dumpfen Ton nachlauschte, den der Türklopfer verursachte, fiel mein Blick auf das ebenfalls bronzefarbene Türschild, auf dem *INSOMNIA – Privatclub* in schwungvollen Lettern eingraviert war.

Ich fand den Namen des Klubs mehr als zutreffend, denn im Moment fühlte ich mich ebenfalls ziemlich schlaflos.

Bevor ich ein weiteres Mal mit dem Türklopfer ausholen konnte, hörte ich, wie von innen ein Riegel zur Seite geschoben wurde. Die Tür öffnete sich einen Spaltbreit. Der Lichtschein der Außenbeleuchtung fiel auf eine Frau.

Sie musterte mich wachsam mit großen dunklen Augen. »Sind Sie Jan?«, fragte sie nicht besonders freundlich.

Ich nickte. »Ja, der bin ich. Ich wollte …«

»Ich weiß«, unterbrach sie mich kurz angebunden. »Kommen Sie rein!« Sie trat einen Schritt zur Seite und bedeutete mir mit kurzem Kopfnicken, einzutreten.

Meine Augen weiteten sich vor Überraschung, als der Lichtschein der Eingangsbeleuchtung halb in den Flur fiel und meine Empfangsdame aus dem Halbdunkeln schälte. Ich schätzte die Frau auf Anfang vierzig, sie war einen Kopf kleiner als ich und sehr zierlich, fast schon zerbrechlich. Ihre langen Haare, die ihr fast bis zur Hüfte reichten, schimmerten im Halbdunkel blauschwarz. Sie trug eine schulterfreie Korsage aus schwarzem Leder, die ihre Oberweite nur knapp zur Hälfte bedeckte, aber dafür offenbar von der Schwerkraft befreite, denn ihre Brüste schienen im Dunkeln zu schweben. Ihre Arme steckten in langen schwarzen Lederhandschuhen, welche die Finger freiließen und die nur von einem schmalen Lederband, welches quer über den Handrücken lief, am Handgelenk gehalten wurden. Eine eng anliegende schwarze Lederhose schmiegte sich wie eine zweite Haut um Po und Beine der Frau und endete in ebenfalls schwarzen Lederstiefeln mit bleistiftdünnen Absätzen.

»Wollen Sie hier Wurzeln schlagen?«, fragte sie ungeduldig.

Ich riss mich gewaltsam von ihrem Anblick los und räusperte mich umständlich. »Nein, natürlich nicht«, versicherte ich schnell und drückte mich an ihr vorbei in den Flur.

Nachdem die Schwarzhaarige die Tür wieder sorgfältig verriegelt hatte, schob sie sich wortlos an mir vorbei und ging mit wiegenden Hüften vor mir her.

Ich folgte ihr den halbdunklen Gang entlang.

Im Vorbeigehen musterte ich die Bilder, die in schwarzen Hochglanzrahmen auf beiden Seiten des ochsenblutfarbenen

Ganges hingen. Bei den Fotos handelte es sich um professionelle Schwarz-Weiß-Aufnahmen, die Frauen auf brutal hohen High Heels und in engen Lack- und Lederkorsagen zeigten. Frauen wie Männer trugen Halsbänder aus Leder oder hochglänzendem Edelstahl, manche Gesichter waren unter Ledermasken verborgen.

»Oh, mein Gott, Uz«, dachte ich unbehaglich. »Wo hast du mich hinbestellt?«

Die Schwarzhaarige öffnete zur Rechten eine schmale Holztür, die ebenfalls einem alten Kloster oder einer Burg zu entstammen schien, und stieg eine steinerne Treppe hinunter.

Ich folgte ihr vorsichtig.

Am Fuß der Treppe angekommen, mussten sich meine Augen erst langsam an die neuen Lichtverhältnisse gewöhnen. Lag der vorherige Gang im Halbdunkeln, sorgte jetzt Kerzenlicht für eine mystische Atmosphäre. Auch die Motive der großformatigen Hochglanzfotos, die in schwarzen Aluminiumrahmen zu beiden Seiten die Wände des Ganges schmückten, waren anders: noch verstörender! Und doch musste ich hinsehen.

Frauen, Männer und auch Transgender oder Transsexuelle mit weit aufgerissenen Mündern, in denen schwarze Lederknebel oder metallene Spreizvorrichtungen steckten, aus denen Speichel tropfte, wechselten sich mit Fotos von gefesselten Frauen ab, deren weit auseinandergespreizte Arme und Beine mit Lederriemen oder Ketten gefesselt waren.

Martialisch anmutende Frauen mit Peitschen oder Reitgerten in der Hand, vor denen nackte Männer knieten. Düstere und dominant aussehende Männer in Frack, Smoking oder mit nacktem Oberkörper und tätowierten Armen, vor denen nackte Frauen kauerten, deren Rücken oder Hinterteile mit blutroten Striemen übersät waren.

Ich war durchaus nicht prüde – war ich zumindest bislang

der Meinung gewesen –, aber diese Fotos trieben mir eine eruptive Verlegenheitsröte ins Gesicht.

Eine Gangbiegung weiter standen wir dann in einem großen gewölbeartigen Kellerraum, der in flackerndes Kerzenlicht getaucht war. Der Gewölbekeller wirkte wie einer düsteren historischen Filmkulisse entsprungen; wäre in dem Moment der Graf von Monte Christo um die Ecke gebogen, hätte ich mich nicht gewundert. Raues, unverputztes Mauerwerk mit kleinen Nischen, in denen ich steinerne Skulpturen mit hässlichen Fratzen erkannte, wie sie im Mittelalter Dächer und Simse von Kathedralen schmückten und böse Geister darstellen sollten – einige Mauernischen waren mannshoch. Sie waren mit schmiedeeisernen Gittern versehen und mit schweren Vorhängeschlössern verschlossen.

Mein Blick fiel auf eine Anordnung schwerer eiserner Ringe, die an den unverputzten Wänden in unterschiedlichen Höhen angebracht waren. Im Raum verteilt standen eiserne Käfige und Holzgestelle, die an historische Kreuzigungsszenen erinnerten, sowie diverse Vorrichtungen, für deren Verwendung mir die Fantasie fehlte. Inmitten dieses Szenarios eines archaischen Folterkellers kniete mein Freund auf dem nackten Kellerboden und hantierte mit einer Wundsonde im Kopf eines Mannes herum.

»Dein Kumpel ist da, Uz«, hörte ich die Schwarzhaarige sagen.

Erst jetzt bemerkte ich meinen Freund. Er kniete auf dem Boden unmittelbar vor mir. Uz schaute nur kurz auf und begrüßte mich mit kurzem Nicken, bevor er sich wieder dem halbnackten muskulösen Mann zuwandte, der kopfüber von der Decke baumelte.

Das bösartig aussehende schwarze Loch auf dessen Stirn befand sich in Augenhöhe von Uz, der mit der einen Hand den kahl rasierten Schädel des Mannes abtastete, während er mit der anderen eine chromglänzende Wundsonde aus der Stirn des Kahlköpfigen zog.

Entsetzt starrte ich zuerst dem Toten in dessen weit aufgerissene Augen und dann auf das kaum sichtbare dünne Blutrinnsal, das dem Mann quer über die Stirn Richtung Kellerboden gelaufen war.

Das Gesicht des Toten hatte eine schwarze Färbung angenommen. Ob seine Gesichtsfarbe darauf zurückzuführen war, dass er kopfüber von der Decke hing, oder von einer Art Bandage herrührte, die sich um seinen Hals schlang, war für mich nicht ersichtlich und würde erst durch eine Obduktion mit Sicherheit festgestellt werden können.

Seine Zunge hing ihm blauschwarz verfärbt aus dem Mund. Der extrem muskulöse Oberkörper und die schlaff herunterhängenden Arme waren ebenfalls durch das abgesackte Blut dunkel verfärbt. Beide Arme waren von den Schultern bis hin zu den Handgelenken mit kunstvollen Tätowierungen bedeckt, von denen zwei freigestellte Motive meinen Blick auf sich zogen.

Da ich selbst Tattoos entwerfe und mich etwas mit dem Thema auskenne, erkannte ich sofort die peitschenförmige Triskele auf der linken Innenseite des Oberarms: einen keltischen Glücksbringer, der sich seit den Neunzehnhundertneunzigerjahren in England und Amerika, aber auch als diskretes Erkennungszeichen der Sadomasoszene größter Beliebtheit erfreut. Bei dem anderen Tattoo, das sich auf der Innenseite des rechten Oberarms befand, handelte es sich um zwei knappe, aber aussagekräftige Worte: *Die Hard*.

Diese Worte hatte offensichtlich jemand als Aufforderung verstanden.

Irgendwer hatte dem Mann die Füße mit einer Eisenkette zusammengebunden und ihn an einen massiven Eisenring unter die Decke gehängt und dann …

»Bolzenschuss!« Uz' plötzlicher Ausruf zerriss die Stille.

Erschrocken fuhr ich zusammen und wandte meinen Blick Uz zu.

»Bist du sicher?«, fragte die Schwarzhaarige beunruhigt.

»Bolzenschussgerät!«, sagte Uz nachdrücklich und richtete sich ächzend auf. »Ja, da bin ich mir sicher – zumindest, was das Loch in seinem Schädel anbelangt. Die Todesursache kann aber auch eine andere gewesen sein.« Uz deutete auf den Hals des Mannes.

»Du meinst diese Bandage?«, fragte ich und musterte den schwarzen Wickel um den Hals des Toten.

»Das ist keine Bandage!« Uz schüttelte den Kopf. »Das ist eine Blutdruckmanschette!«

»Eine Blutdruckmanschette?«, fragte ich ungläubig. »Die sind doch viel kleiner.«

»Hm«, nickte er bestätigend. »Für den Oberschenkel.«

Auch wenn ich ihn ungläubig anstarrte, zweifelte ich keinen Moment an der Einschätzung meines Freundes, blickte er doch auf eine jahrzehntelange Erfahrung als Arzt zurück. Er musste es schließlich wissen.

»Oberschenkelmessungen sind zwar nicht an der Tagesordnung, aber aus medizinischen Gründen auch nicht unüblich – allerdings nicht an der Halsschlagader!«, meinte Uz sarkastisch und streifte seine Einweghandschuhe ab, die er sorgfältig in einer kleinen Plastiktüte an seinem Gürtel verstaute.

Uz klopfte mir zur Begrüßung auf den Oberarm, wandte sich aber gleich wieder um und deutete auf den Toten hinter sich. »Darf ich dir vorstellen: ›Dom de Dolor‹.«

»Bitte, was?« Begriffsstutzig sah ich Uz an.

»Der Tote war Dom, und sein Pseudonym war ›Dom de Dolor‹.«

»Dom de Dolor?«, echote ich verständnislos.

»›Dom‹ ist eine Insiderbezeichnung der SM-Szene für einen dominanten Mann, der gerne Frauen schlägt. Und ›Dolor‹ kommt aus dem Lateinischen und bedeutet Schmerz«, klärte Uz mich auf. »Die Bezeichnung hat auch ihren Ursprung im Katalanischen, dort hat sie dieselbe Bedeutung: Leid, Pein, Qual, Schmerz.«

»Dom de Dolor – Herr der Schmerzen«, sagte die Schwarzhaarige mit tonloser Stimme, während sie den Toten unverwandt anblickte. »Ja, so nannte er sich.«

Ich ging nicht auf die Bemerkung der Frau ein, zu sehr interessierte mich die Blutdruckmanschette, die der Tote um den Hals trug. »Was ist mit der Manschette?«

»Kann ich nicht genau sagen.« Uz zuckte mit den Schultern. »Kann sein, dass er damit stranguliert wurde, kann aber auch sein, dass er damit gefoltert wurde.«

»Gefoltert?« Ich verzog unbehaglich das Gesicht.

Uz nickte, griff nach dem rechten Handgelenk des Toten und hob den Arm gegen das Licht.

Scharf zog ich die Luft ein und hielt entsetzt die Luft an, als ich die blutigen Stümpfe der Finger sah.

»Das hier ist eindeutige Folter«, erklärte Uz mit einer betroffenen Stimme, die ich eigentlich nicht von ihm kenne, wenn er medizinische Sachverhalte erläutert und erklärt. »Jemand hat diesem Mann in aller Seelenruhe die Fingerglieder abgeknipst – nacheinander und einzeln.«

Geräuschvoll atmete ich aus und starrte auf die fünf blutigen Stümpfe. »Womit haben die das gemacht?«, wollte ich wissen.

»Seitenschneider.« Uz ließ den Arm des Toten sachte wieder zurück in seine Ausgangsposition sinken.

»Da scheint jemand einen gewaltigen Hass auf ihn gehabt zu haben.« Ich deutete auf den kopfüber vor uns baumelnden Toten.

»Er war ein richtiges Arschloch!«, stieß die Schwarzhaarige hervor. »Er war ein echter Sadist und Menschenschinder. Ich habe ihm oft die Pest an den Hals gewünscht!«

»Egal, was er zu Lebzeiten war«, entgegnete Uz mit harter Stimme, während er den Toten ebenfalls unverwandt ansah. »Der arme Teufel hier ist langsam gestorben – sehr langsam und qualvoll. Ich will dem Gerichtsmediziner nicht vorgreifen, aber ich bin mir sicher, er wird den Todeskampf des Mannes auf ein bis zwei Stunden schätzen.«

»Wie kommst du darauf?«, fragte ich neugierig, denn ich konnte mir nicht vorstellen, aufgrund welcher Erkenntnisse Uz zu seiner Annahme kam.

»Farbe und Zustand des getrockneten Blutes an den Fingerstümpfen.« Er deutete auf die Hand des Toten. »Auch wenn der Körper sich im Notfall schnell selbst hilft und Blut gerinnen lässt, braucht es doch eine Zeit, bis eine Blutung von selbst zum Stillstand gekommen ist, insbesondere dann, wenn der Verletzte kopfüber wie ein Tier zum Ausbluten aufgehängt wurde. Außerdem kann man an den unterschiedlich dunklen Rändern der Stümpfe hervorragend erkennen, dass zwischen dem Gerinnungsprozess des Blutes an den einzelnen Fingern gewisse Zeitspannen vergangen sein müssen.«

Ich folgte Uz' Blick und stellte fest, dass ich zum Gerichtsmediziner nicht taugte – ich konnte keine Unterschiede an den blutigen Fingerstümpfen erkennen. Für mich war das Ganze eine einzige blutige Sauerei!

»Und dann natürlich die Intensität der Hautverfärbung, die durch das Absacken des Blutes in den Kopf entstanden ist«, fuhr mein Freund fort und wies auf den Kopf des Toten. »Je länger der Mann kopfüber dort hing, umso mehr Blut hat sich in seinem Kopf gestaut. Und die blutunterlaufenen Augen des Mannes sind auf geplatzte Blutgefäße zurückzuführen. So ein Hyposphagma gibt es öfter. Da reicht schon starkes Husten oder Niesen – aber in diesem Fall ...«, Uz machte ein bekümmertes Gesicht; offensichtlich gingen auch dem altgedienten Landarzt die Foltersymptome ziemlich nahe, »... ist dem Mann fast der ganze Kopf geplatzt.«

Ich hatte zwar schon beim ersten Blick auf den toten Glatzkopf dessen blutunterlaufene Augen gesehen, aber nicht über deren Ursprung nachgedacht. Wenn man sich mitten in eisiger Nacht durch einen Schneesturm gekämpft hat, sich dann unvermittelt in einem Folterkeller wiederfindet und mit einer von der Kellerdecke baumelnden Leiche konfrontiert sieht, ist es sicherlich kein Wunder und absolut verständlich, dass einem zwar möglicherweise Details auffallen, man ihnen aber keine Bedeutung beimisst.

Polizei und Staatsanwaltschaft wissen um dieses Problematik und berücksichtigen sie daher bei Zeugenvernehmungen; als altgedienter Strafverteidiger weiß ich das natürlich auch. Gleichwohl tappe ich in diese Falle, wenn ich selbst betroffen bin.

»Aber das ist noch nicht alles.« Uz zeigte mit ausgestrecktem Zeigefinger auf die gegenüberliegende Seite des Kellergewölbes.

Ich drehte meinen Kopf in die angewiesene Richtung.

Voller Entsetzen riss ich die Augen auf!

Nur wenige Meter von mir entfernt saßen an einem mit grünem Filz bezogenen Tisch drei Gestalten, die miteinander Karten spielten und die wie mit der Pausentaste eines DVD-Players mitten in ihren Bewegungen gestoppt worden waren. Regisseure und Kameraleute nennen diesen Stopp einen »Frozen Shot«.

Das Gespenstische an dieser Runde war nicht nur, dass die Spieler so offensichtlich tot waren, wie man nur tot sein kann, und deshalb in ihrer Bewegung erstarrt waren, sondern dass sie mehr als nur nackt regungslos in ihren Bewegungen verharrten.

Nackter, als ein Mensch sein kann – allen drei war die Haut abgezogen worden.

Ich wollte nicht glauben, was mir vor Augen stand.

Zu schrecklich, zu absurd und irreal war das Bild. Ohne das Horrorszenario einer genaueren Diagnose zu unterziehen, erkannte ich auf den ersten Blick, dass es sich bei den Gestalten um Männer handelte: Die Geschlechtsteile waren sorgfältig präpariert worden und präsentierten sich anatomisch so deutlich, dass keine Fragen offen blieben. Einer der Männer saß lässig zurückgelehnt in seinem Stuhl und hatte die Beine ausgestreckt. Der Zweite stützte sich konzentriert mit den Ellbogen auf, während er auf die Mitte des Spieltisches starrte. Der dritte der Spieler hielt in der ausgestreckten Hand eine Spielkarte und war im Begriff, sie auf den Kartenhaufen in der Mitte des Tisches abzuwerfen. Wie ein Bühnenbild des Schreckens wurde die Szene von zwei roten Spots unter der Decke effektvoll beleuchtet und in Szene gesetzt.

Ohne nachzudenken, machte ich zwei Schritte auf die Männerrunde zu und blieb direkt vor dem runden Tisch stehen. Schockiert und dennoch fasziniert von der Morbidität des Szenarios, glitt mein Blick über die gehäuteten Männer. Die freigelegten Muskeln leuchteten in genau dem roten Farbton, den ich von der Fleischtheke der Fleischerei in Greetsiel kenne, wenn ich dort am Wochenende ein paar Rumpsteaks zum Grillen kaufe. Das helle Fettgewebe, die Sehnen und Bänder der Körper bildeten einen makabren Kontrast zum Rot der Muskeln.

»Ziemlich morbide«, bemerkte Uz hinter mir.

Ich nickte wortlos. Zu groß war mein Entsetzen, als dass ich einen klaren Gedanken fassen konnte.

Erst sehr mühsam und zäh begannen meine Synapsen, das Bild zu verarbeiten, das sich mir bot. Wohl deshalb setzte mein Denken erst wieder ein, als meine Augen etwas banal

Reales wahrnahmen: die Spielkarten in den Händen der Männer.

Der Tote, der lässig mit ausgestreckten Beinen auf seinem Stuhl saß, bluffte, denn er hatte ein Blatt auf der Hand, das Pokerspieler als »Nichts« bezeichnen: fünf Karten ohne Kombination und ohne Paarbildung. Der konzentriert auf die Tischmitte blickende Mann, soweit man das von einem Mann ohne Augen sagen konnte, hatte fünf Karten derselben Farbe in aufeinanderfolgenden Werten auf der Hand. So etwas nennt man einen Flush, glaubte ich zu wissen, hätte das aber lebenden Spielern gegenüber nicht behaupten wollen.

Ich hätte mich gerne noch länger mit der Analyse der Karten aufgehalten, um meinem Gehirn Gelegenheit zu geben, das Gesehene rational zu verarbeiten, aber Uz unterbrach mich in meinen Überlegungen und gab meinem Denkapparat Starthilfe. »Bei aller Morbidität kann ich eine gewisse Faszination nicht leugnen«, stellte Uz sachlich fest.

Als hätte mir jemand mit einem Ruck Wachsstöpsel aus den Ohren gezogen oder eine schalldichte Käseglocke vom Kopf abgenommen, fluteten Bilder und Geräusche in mein Bewusstsein. Mein Gehirn schaltete sich schlagartig online, und mir dämmerte es, schon mal einen Zeitungsartikel über diese bizarre Pokerrunde gelesen zu haben. Wenn ich mich richtig erinnerte, hat der Pathologe mit dem schwarzen Schlapphut, den die Medien gerne reißerisch »Doktor Tod« nennen, eine Ausstellung seiner umstrittenen Plastinate in Berlin eröffnet und dabei eine solche Pokerrunde ausgestellt.

Ich drehte mich in Zeitlupe zu Uz herum und breitete entgeistert die Arme aus. »Was soll diese Scheiße hier?«

»Lydia hat mich angerufen, nachdem sie den Toten gefunden hatte.« Uz deutete mit dem Kinn auf den noch immer unter der Decke baumelnden Mann.

»Du bist mit deinem Wagen da?« Meine Frage war eher

rhetorischer Natur, da ich Uz' alten Benz draußen gesehen hatte und in mir ein Verdacht aufkeimte.

Uz nickte.

»Wieso hast du mich denn angerufen, dass ich dich abhole?«

»Damit du dir mit eigenen Augen ein Bild machen kannst.« Uz deutete auf die toten Männer, die noch immer in ihr Spiel vertieft waren. »Du hättest mir sonst nicht geglaubt.«

»Wieso sollte ich mir ein Bild machen wollen, Uz?« Meine Vermutung verdichtete sich zur unausgesprochenen Gewissheit, ich stellte mich dennoch dumm. Vielleicht hörte ich ja nur die Flöhe husten.

»Warum bin ich hier?«, wollte ich ohne Wenn und Aber wissen.

Während Uz nach Worten suchte, um mir mein Hiersein zu erklären, fiel mir die Musik auf, die schon die ganze Zeit im Hintergrund lief. Die Synthesizerklänge hörten sich sehr mystisch und düster an. Ich hatte das Gefühl, der Klangteppich würde immer bedrohlicher, zumal eine Frau schmerzvoll zu stöhnen begann und das kurze und scharfe Knallen einer Peitsche im Hintergrund mehr als drohend klang.

»Jungs, wir haben keine Zeit«, unterbrach die Schwarzhaarige unser Frage-und-Antwort-Spiel und tippte mit einem rot lackierten Fingernagel auf ihre Armbanduhr. »Uz, du wolltest …«

Uz knurrte etwas Unverständliches und gab sich einen Ruck. »Ich wollte, dass du selbst siehst, was hier geschehen ist«, quetschte er zwischen den Zähnen hervor.

»Sagtest du bereits«, entgegnete ich.

»Lydia rief mich an …«

»Sagtest du auch schon.«

»Ich habe Uz angerufen, als ich den Toten fand.«

Der Schwarzhaarigen riss offenbar der Geduldsfaden. »Ich bin fast zu Tode erschrocken, als ich Markus dort hängen sah – außerdem hatte ich Angst, dass der Mörder wiederkehren könnte.«

Sichtlich genervt fuhr ich zu der Schwarzhaarigen herum: »Können Sie vielleicht mal diese verdammte Musik ausmachen?«

Sie machte ein paar Schritte zum Tresen, wo sie mit der linken Hand auf eine Taste der Musikanlage drückte und mit der rechten Hand zwischen ihre Brüste griff und wie ein Taschenspieler ein dünnes mattsilbernes Zigarettenetui hervorzog. Geräuschlos klappte sie die Dose auf und streckte sie uns entgegen. Sowohl Uz als auch ich lehnten wortlos ab, indem wir widerwillig synchron den Kopf schüttelten. Widerwillig nicht etwa deshalb, weil wir absolute Nichtraucher sind, sondern weil es sich bei den angebotenen Zigaretten um extrem dünne und extrem eklige Mentholzigaretten handelte. Die Schwarzhaarige zuckte gleichgültig die Achseln, zupfte sich eine filigrane Mentholzigarette aus dem Etui und fuhr fort. »Mir war sofort klar, dass ich ein Problem mit der Polizei bekommen werde und es für mich als Betreiberin des INSOMNIA schwer bis aussichtslos sein wird, einen Rechtsbeistand zu finden, der mich frei von Vorurteilen und Vorbehalten verteidigen wird.«

Ich seufzte. Meine Vermutung hatte sich hiermit bestätigt.

»Und da kam Uz auf die Idee, mal kurz seinen alten Kumpel Jan anzurufen, und schwupp, sind alle Rechtsprobleme gelöst?«, fragte ich sarkastisch.

»Sorry, Jan«, brummte Uz verlegen. »Tut mir leid, dass ich dich durch die eisige Nacht gescheucht habe, aber Lydia hat recht – mit ihrem Leumund und als Betreiberin des Klubs hat sie wenig Aussichten, einen guten Anwalt zu finden.«

»Klub?«, fragte ich konsterniert. »Was soll das denn für ein Klub sein, wo ein Toter von der Kellerdecke baumelt und ihm gegenüber in der Ecke drei tote Typen lustig Karten miteinander spielen? Ist das hier das *Kabinett des Doktor Caligari*?«

»Nicht schlecht, Jan.« Uz verzog seine Lippen zu einem schiefen Grinsen. »Aber auch wenn Lydias Klub INSOMNIA, also Schlaflosigkeit, heißt, hat er nichts mit dem somnambulen Mörder des Doktor Caligari zu tun. Wer das hier getan hat, war mit Sicherheit kein Schlafwandler.«

»Es ist mir vollkommen egal, wie dieser Laden hier heißt«, sagte ich ungehalten, denn ich wurde langsam stinksauer auf meinen Freund. »Du weißt doch sicherlich noch, wie es im letzten Jahr geendet hat, als ich so blöd war, jemandem zu helfen, und aus lauter Gutmütigkeit ein Mandat übernommen habe?«

Natürlich wusste Uz, was ich meinte. Uz ist schließlich hautnah mit dabei gewesen, als uns beim Krabbenfischen eine Wasserleiche ins Netz ging und ich dann, auf Bitten der Schwester der Toten hin, mich aus meinem anwaltlichen Ruhestand habe reaktivieren lassen. Aufgrund meiner damaligen Ermittlungen hat die Mordkommission, die den Todesfall ursprünglich als Segelunfall abgehakt hatte, diesen wieder aufnehmen und als Mordsache behandeln müssen. Als Recherchequartett haben Uz, mit seiner Tochter Claudia, und ich, mit meiner Tochter Thyra, gemeinsam den Mord an der Toten aufgeklärt. Im Verlauf des Falls rettete ich meiner Tochter unter dramatischen Umständen das Leben und verlor dabei fast mein eigenes. Wochenlang habe ich nach Ende der Ermittlungen im Rollstuhl verbracht und musste erst mühsam das Laufen wieder erlernen. Die Krücken haben mich über ein halbes Jahr begleitet.

Und jetzt kam Uz in dieser eisigen Nacht auf die glorreiche Idee, ich müsse seiner Bekannten, oder was auch immer diese schwarzhaarige Frau in Ledermontur für Uz sein mochte, jetzt helfen und sie anwaltlich vertreten.

»Nun …«, entgegnete Uz in seiner bedächtigen Art. »Du hast den Job im letzten Sommer ja nicht nur aus reiner Gutmütigkeit gemacht; die Schwester der Toten hatte es dir ja wohl auch angetan – wenn ich mich recht erinnere.«

Ich fühlte mich ertappt und stierte Uz grimmig an.

»Ich will ja nicht drängeln, Jungs, aber gleich wird die Polizei da sein.« Die Schwarzhaarige wirkte leicht nervös, als sie ihren Zigarettenstummel zu Boden fallen ließ und mit der Spitze ihres Lederstiefels ausdrückte. Was offenbar eine übliche Gepflogenheit in diesem Klub war, stellte ich fest, als ich meinen Blick über den kippenübersäten Kellerboden schweifen ließ. »Ich bin noch nicht zum Saubermachen gekommen«, kommentierte sie unbekümmert, als sie meinen Blick bemerkte. »Deshalb bin ich ja hergekommen – um sauberzumachen.«

»Sind Sie hier die Putzfrau?«, erwiderte ich spöttisch. »Ich denke, Sie sind die Chefin.«

Belustigt sah mich die Schwarzhaarige an. »Ich bin hier alles: Putzfrau, Chefin, Seelsorgerin, Kellnerin – suchen Sie sich was aus. Ich mache alles, ich ficke nur nicht mit den Gästen!«

Die Schwarzhaarige war offenbar eine Frau der offenen Worte.

»Ich vermiete meinen Klub auch für Privatevents«, fuhr sie fort und zündete sich die nächste Mentholzigarette an. »Gestern Abend war ein solches Event. Ich hatte den Klub an eine private Gruppe für eine spezielle Session vermietet ...«

»Session?«, fragte ich verständnislos.

»Sorry, ich vergaß.« Die Schwarzhaarige nickte nachsichtig. »Sie sind ja ein Vanilla.«

»Vanilla?« Ich verstand nur Bahnhof.

»Wir Sadomasochisten bezeichnen Menschen, die lediglich normalen Sex haben, als ›Vanilla‹ – Blümchensex eben.« Ein leichtes Grinsen huschte über ihr Gesicht. »Wenn Leute aus der SM-Szene ihren speziellen Neigungen nachgehen, egal, ob allein oder mit mehreren, bezeichnen sie diese Treffen als Session«, fuhr sie im Vortragston fort. »Eine Session hat einen Anfang und ein Ende und kann mehrere Stunden dauern.«

»Aha«, entgegnete ich, denn mehr fiel mir zu den Ausführungen der Schwarzhaarigen nicht ein.

»Diese Session hier fing gestern am frühen Abend an und sollte irgendwann gegen Mitternacht enden.«

»Wieso wissen Sie den Zeitpunkt nicht genauer?«, warf ich ein.

»Man weiß nie so genau, wie lange eine Session dauert und wann sie endet. Das kommt immer drauf an, wie die Akteure drauf sind und in welcher Verfassung die jeweilige Sub ist.«

Ich ersparte mir die Nachfrage, was denn nun schon wieder eine »Sub« sei. Wahrscheinlich fielen noch ein paar Begriffe, deren Bedeutung ich gar nicht wissen wollte.

»Ich wusste in diesem Fall ungefähr, wann Schluss sein sollte, weil der Dom, der den Klub gebucht hatte, heute früh nach Hamburg zum Flughafen musste. Sein Flieger ging ganz früh.« Die Schwarzhaarige wies auf den halbnackten Mann mit dem Loch in der Stirn: »Nun wird er seinen Flug verpassen.«

»Ja, in dem Fall nützt auch keine Reiserücktrittsversicherung«, bestätigte ich sarkastisch. »Und was wollten Sie um diese Zeit im Klub? Die Party war doch vorbei.«

»Wie bereits gesagt: saubermachen und aufräumen«, antwortete die Schwarzhaarige und schnippte wie zur Bestätigung ihre nächste Kippe auf den Boden. »Den Gästen gefällt dieser Dreck genauso wenig wie Ihnen. Heute Abend findet die nächste Veranstaltung statt – eine Spanking-Party.«

Bevor ich weitere Fragen stellen konnte, vernahm ich das dumpfe Wummern des Türklopfers von oben.

»Die Bullen«, bemerkte die Schwarzhaarige knapp und machte sich auf den Weg nach oben.

Ich sah ihr nach, wie sie mit wiegenden Hüften im Dämmerlicht des Kellergewölbes verschwand. Stille breitete sich im

Gewölbe aus, und ich nutzte die Gelegenheit, meinen Blick durch den Raum schweifen zu lassen.

Die linke Seite des Klubs wurde von einer aus edlem Walnussholz gearbeiteten Bar eingenommen. Das warme Holz spiegelte sich in der Rückwand der Bar wider, die komplett aus mannshohen Spiegeln bestand und offensichtlich nicht nur dazu diente, die teuer aussehenden Whiskey- und Cognacflaschen zur Geltung zu bringen, sondern auch, um den Gästen ausreichend Möglichkeit zur unauffälligen Begutachtung der anwesenden Gäste und zur eigenen Präsentation zu geben.

Die Mitte des Raums nahm eine kleine Tanzfläche mit einer vom Boden bis zur Decke reichenden Messingstange ein, wie man sie aus Tabledance-Bars kennt. Ich kannte solche Bars bislang nur aus Filmen, schließlich war ich ja ein »Vanilla«, wie die Schwarzhaarige mir eröffnet hatte.

Auf der rechten Seite des Gewölbekellers stand eine kleine erhöhte Bühne, neben der sich eine dunkle Türöffnung befand. Offenbar gingen von dort weitere Räume ab. Neugierig, wie ich war, steuerte ich auf direktem Wege auf die dunkle Öffnung zu. Als ich meinen Fuß vorsichtig über die Schwelle setzte, flammten direkt über meinem Kopf Strahler auf und warfen ihr gleißendes Licht auf eine makabre Szenerie:

Zu beiden Seiten des vor mir liegenden Ganges reihten sich fast deckenhohe Gitterboxen aneinander.

Die gusseisernen Gitter schienen dem Mittelalter entsprungen, sie waren nur schemenhaft zu erkennen, da der Gang zu seinem Ende hin immer dunkler wurde. Die Strahler über meinem Kopf rissen nur den Teil des Bühnenbilds seitlich von mir aus dem Dunkeln – eine Gitterbox, die vom Boden bis fast unter die Decke reichte und mindestens fünf Menschen Platz bot. Die Gitterbox ließ sich mit einer schmalen Eisentür verschließen, an der ein großes schwarzes Vorhängeschloss baumelte.

Mir blieb fast das Herz stehen vor Schreck, als ich in der Gitterbox zwei gehäutete Frauen erblickte. Erschrocken stolperte ich ein paar Schritte zurück, konnte aber den Blick vor lauter Entsetzen nicht abwenden.

Mein Gott, was für eine Horrornacht war das!

Wahrscheinlich klingelte gleich der Wecker, und Motte schleckte mir genussvoll durchs Gesicht. Leider tat mir mein dicker Hund diesen Gefallen nicht, und ob mir das gefiel, was ich sah, oder nicht – es war entsetzliche Realität!

Eine Frau stand, oder vielmehr hing, mit über dem Kopf gefesselten Händen an schweren Eisenketten von der Decke der Gitterbox. Ihre Handgelenke steckten in metallenen Eisenbändern, wie man sie aus Filmen wie *Der Graf von Monte Christo* kennt. Die zweite Frau kniete auf einem hölzernen Bock, Arme und Beine gespreizt und mit schweren Ketten an einer Art Kreuz befestigt, das vor ihr bedrohlich aufragte.

Da beiden Frauen die Haut vom gesamten Körper abgezogen worden war, breitete sich ihre komplette Anatomie in obszöner Nacktheit vor dem Betrachter aus und präsentierte Muskeln und Fettgewebe, Venen und Arterien wie eine unwirkliche, verstörende Topografie.

Ich fühlte mich abgestoßen, angeekelt von diesem Anblick, vor allem diese voyeuristische Präsentation eines toten Leibes widerte mich an, nicht so sehr die Blöße selbst. Mir taten die beiden Frauen leid, ebenso wie die absurde Pokerrunde mir leidtat.

»O mein Gott – welches kranke Hirn denkt sich solche Szenarien aus?«, dachte ich bei mir.

»Ich hab ja schon 'ne Menge gesehen, aber das hier …«, sagte Uz leise hinter mir und ließ seinen Satz unvollendet im Raum stehen.

Ich warf Uz einen fragenden Blick über die Schulter zu: »Ich dachte, du kennst den Horrorladen hier.«

»Nee, nee.« Uz lachte kurz und trocken auf. »Da haste falsch gedacht. Ich kenne nur Lydia, aber schon seit ihrer Geburt. Ich hatte meine Praxis gerade eine Woche geöffnet, da wurde ich zu Lydias Mutter gerufen – Hausgeburt. Die Kleine war mein erstes Baby hier in der Krummhörn. Wir haben ein besonderes Vertrauensverhältnis zueinander.«

»Deshalb hat sie dich angerufen?«

»Ja, ich bin so eine Art Ersatzvater für sie. Ihren eigenen Vater hat sie nie kennengelernt; ihre Mutter hat ihr nie verraten, wer ihr Vater war. Ich bin heute auch zum ersten Mal hier. Hätte auch nicht gedacht, dass Lydia einen Klub dieser Art betreibt.«

Wir blickten unverwandt auf die Szenerie der obszön zur Schau gestellten Frauen, die an die Höllenszenen der apokalyptischen Gemälde von Hieronymus Bosch erinnerten.

»Sind die echt?«, fragte ich mit tonloser Stimme.

Ich sah aus den Augenwinkeln, wie Uz mit den Schultern zuckte.

Inständig hoffte ich, es sei unmöglich, dass die hier zur Schau gestellten toten Leiber in diesem Keller echt wären.

Andererseits wusste ich aber auch, dass der Plastinator Gunther von Hagens die Eröffnung einer umstrittenen Dauerausstellung mit toten Anatomiemodellen eröffnen wollte – und dessen Modelle waren zweifelsohne echt!

Uz schob sich an mir vorbei, griff nach der gusseisernen Gittertür und zog sie auf; sie quietschte original mittelalterfolterkellerlich. Er betrat die Box und trat dicht an die Frau heran, die mit gesenktem Kopf vor ihm in Ketten hing. Erst jetzt fiel mir auf, dass die Tote ein ledernes Halsband trug, an dem in der Mitte ein glänzender kleiner Ring angebracht war. Ich sah zu der auf Knien hockenden Frau hinüber. Sie trug ebenfalls ein Halsband, das einen makabren Kontrast zu den bloß liegenden Halsmuskeln bildete.

»Der Ring der O«, erklärte Uz unaufgefordert und deutete auf den Ring, der sich glitzernd von dem schwarzen Leder abhob.

Obwohl ich schon mal von einem Buch mit dem Titel *Die Geschichte der O* gehört hatte, konnte ich mich nur schwach daran erinnern, wovon diese Geschichte handelte. Deshalb hatte ich keine wirkliche Ahnung, wovon Uz sprach. Ich zuckte mit den Schultern.

Uz beugte sich tief zu der Frau mit dem gesenkten Kopf hinunter und schloss die Augen. Lautlos begann er, an der Wange der Frau zu schnuppern. Wie Motte, wenn er eine Witterung aufgenommen hat, streifte Uz mit seiner Nase zuerst am Hals der Frau hinunter, verharrte kurz an den Brüsten, deren Fettgewebe im Licht wachsweiß schimmerten, und schnüffelte sich bis zu den Rippen hinunter.

Er hob schließlich den Kopf, sah mich an und zuckte mit den Schultern. »Ich kann nicht mit Bestimmtheit sagen, ob die Frauen echt sind. Sie sind logischerweise so massiv präpariert, dass ich nur mit meiner Nase nicht feststellen kann, ob es sich um echte Leichen oder Imitate aus Asien handelt; ich rieche nur reine Chemie.«

»Du kennst doch diesen ›Doktor Tod‹?«, fragte ich nachdenklich.

Uz nickte. »Klar, sehr umstritten und sehr speziell. Aber auf jeden Fall konsequent in der Umsetzung seiner Ziele.«

»Könnte es sich um Plastinate aus seiner Produktion handeln?«

»Könnte sein.« Uz nickte. »Die Pokerrunde kennt man ja aus den Medien. Wenn es sich um Originale handelt, dann sitzt und hängt ...«, Uz deutete auf die Frau neben sich, »... hier ein Vermögen herum. Denn soweit ich weiß, verkaufen von Hagens und seine Firma ihre Anatomiemodelle auch – offiziell nur zu wissenschaftlichen Zwecken. Aber ich glaube nicht, dass

Kunden irgendwelche Reputationen vorlegen müssen. Von Hagens betreibt ja seit Neuestem sogar einen Online-Shop.«

»Was kostet so ein Plastinat?«, wollte ich wissen.

Uz wiegte nachdenklich den Kopf. »Schnitte von inneren Organen sind am preisgünstigsten, die bekommt man schon für ein paar Hundert Euro. Körperteile kosten dann, je nachdem, worum es sich handelt, ein paar Tausender. Für ein Ganzkörperplastinat musst du sicherlich einen sechsstelligen Betrag hinlegen.«

Ich pfiff durch die Zähne und zuckte schmerzhaft zusammen, denn mein Weisheitszahn machte sich prompt bemerkbar.

»Das hieße ja ...« Ich begann zu rechnen und ignorierte darüber das schmerzhafte Ziehen in meinem Unterkiefer.

»Das hieße ...«, führte Uz meinen Satz fort, »... wenn die Modelle hier echt sind, dass Leichen im Wert von einer runden Viertelmillion in diesem Klub für den außergewöhnlichen Kick sorgen.«

»Donnerwetter!«, entfuhr es mir.

»Wenn sie echt sind!«, wiederholte Uz. »Die Chinesen sind dafür bekannt, dass sie von kompletten Fabriken bis hin zu Autos und Motorrädern nahezu alles kopieren. Es kann sich auch bei den Frauen hier um sehr gute fernöstliche Kopien aus Polyresin handeln. Vielleicht haben die Chinesen aber auch schon die Hagens'sche Plastinatmethode kopiert und bieten echte Leichen zu einem Bruchteil der Gubener Originale an.«

»Die Polizei ist da.« Ich deutete mit dem Kopf Richtung Kellergewölbe, wo ich eine mir wohlbekannte Stimme vernahm.

»Geh schon mal vor, ich komme gleich nach«, sagte Uz mit gesenkter Stimme und griff in eine Tasche seiner Allzweckweste.

Ich sah, wie seine Hand mit einem Skalpell wieder auftauchte, dessen Klinge man nach neuesten sicherheitstechnischen Vorschriften wie ein Teppichmesser im Griff versenken konnte. Uz löste die Sicherung des Skalpells. Die Klinge schnellte blitzend hervor. Schaudernd wandte ich mich ab und setzte mich in Richtung Gewölbekeller und der immer lauter werdenden Stimmen in Bewegung. Ich betrat das Kellergewölbe und blieb im Torbogen stehen, der im Schatten lag. Dass die Anwesenden mich nicht bemerkten, lag wohl daran, dass die Schwarzhaarige sich in einer verbalen Auseinandersetzung mit zwei Männern befand, die mir den Rücken zuwandten und deren Silhouetten mir bedauerlicherweise sehr bekannt vorkamen: groß und schlaksig der eine, klein und bierbäuchig der andere. Es konnte sich nur um zwei Kripobeamte handeln: Bodo Hahn und Folkert Mackensen!

»Was wollen Sie mir denn eigentlich erzählen!?«, herrschte Mackensen die Schwarzhaarige gerade an. »Sie vermieten Ihre Fickbude für teures Geld und waren bei dem Rudelbums angeblich nicht dabei?«

»Sie können so vulgär sein, wie Sie wollen, aber ich kann Ihnen nichts anderes sagen als das, was ich schon gesagt habe«, entgegnete die Schwarzhaarige kühl.

»Erzählen Sie mir nichts von vulgär; das hieße, den Bock gärtnern lassen, wenn ich mir Sie so anschaue. Wieso sind Sie denn eigentlich in dieser Nuttenaufmachung, wenn Sie den Abend über angeblich nicht anwesend waren?«, sagte Mackensen geringschätzend und ließ seinen Blick provozierend über ihren Körper gleiten.

Ich sah, wie Oberkommissar Hahn seinem Kollegen beschwichtigend die Hand auf die Schulter legte.

»Ich war auf einer privaten Veranstaltung und wollte hier im Klub nur noch schnell saubermachen.«

»Was das wohl für eine Veranstaltung war?«, grinste Mackensen anzüglich.

Ich konnte seine arrogante und verachtende Art auf den Tod nicht ausstehen.

Für mich war Hauptkommissar Mackensen ein überheb-liches Arschloch. Das bestätigte er gerade wieder einmal.

Hahn und Mackensen sind die beiden Kommissare, die die Tote aus dem Fischernetz voreilig als Unfallopfer deklariert hatten. Da die Schwester der Toten das aber ganz anders sah, bat sie mich, ihre Interessen zu vertreten und dafür zu sorgen, dass die Kripo die Akte wieder öffnete und als Mordfall behandelt – eine Bitte, der ich zunächst nur widerwillig nachkam. Aber wie Uz vorhin so treffend bemerkte, fand ich die Schwester der Toten sehr anziehend. Und ja, ich gebe zu, dass ich das Mandat nicht nur aus rein uneigennützigen Gründen übernommen hatte, sondern mir auch mehr erhofft hatte. Dieses »mehr« hatte ich ja dann auch bekommen – allerdings auf eine andere Art und Weise, als ich es mir gedacht hatte.

Im Verlauf der Ermittlungen rasselten Mackensen und ich gehörig aneinander. Es stand bereits bei unserer ersten Begegnung fest, dass wir in diesem Leben keine Freunde werden würden.

Auch Uz konnte Mackensen nicht ausstehen. Die beiden schienen ohnehin eine gemeinsame Leiche im Keller zu haben. Allerdings schwieg Uz sich zu diesem Thema aus, obwohl ich schon ein paarmal nachgebohrt hatte.

Auch die Frage, wieso Mackensen im letzten Jahr übergangslos vom Kommissar zum Hauptkommissar befördert worden war, fand ich sehr interessant. Denn normalerweise wartet in Niedersachsen ein Kommissar zehn Jahre oder länger auf seine Beförderung zum Oberkommissar, was die Gewerkschaft der Polizei bekanntermaßen als Skandal bezeichnet. Die wenigsten Oberkommissare haben eine Chance auf Beförderung zum Hauptkommissar. Zwar erleichtert das Land Niedersachsen zu Anfang des letzten Jahres die Aufstiegsmöglichkeiten innerhalb der Polizei, was aber nicht die Erklärung dafür sein konnte, dass Mackensen in einem Rutsch an seinem altgedienten Vorgesetzten, Oberkommissar Bodo Hahn, vorbei zum Hauptkommissar und Schönling vom Dienst befördert worden war. Da dürften wohl noch andere Faktoren eine Rolle gespielt haben. Allerdings konnte oder wollte niemand von den Leuten, die wir aus dem Dunstkreis von Polizei und Staatsanwaltschaft kannten, diesbezügliche Fragen beantworten.

Ich musterte die beiden Kripobeamten aus dem Schutz des im Schatten liegenden Torbogens ausgiebig; die automatische Lichtschranke hatte die Strahler wieder hinter mir erlöschen lassen. Hahn betonte mit seinen obligatorischen ausgebeulten braunen Cordhosen und seiner viel zu engen, ebenfalls braunen, Steppjacke seine untersetzte Figur. An den Füßen trug er für die Witterung viel zu dünne Halbschuhe mit kleinen Troddeln obenauf.

Mackensen trat wie gewohnt teuer und makellos gekleidet auf; kostspielige Schuhe und Maßanzüge sind für ihn ebenso lässiges Statussymbol wie die Dienstwaffe, die er wie zufällig gut sichtbar am Gürtel trägt. Entsprechend der derzeitigen Eiseskälte von bis zu minus vierundzwanzig Grad, auf die die Temperaturen hier an der Küste heruntergestürzt waren, hatte er sich wie Reinhold Messner bei seiner Antarktisdurchquerung mit Arved Fuchs ausstaffiert – schwarze Thermohose, wadenhohe Outdoorstiefel mit extra starkem Profil und ein signalroter Skipullover, der aus der wind- und wasserdichten Thermojacke mit Pelzbesatz hervorlugte.

Während Hahn sich zu dem Toten hinunterbeugte und ihn ausgiebig von allen Seiten inspizierte, hatte Mackensen seine Hände gelangweilt in den Hosentaschen vergraben und machte keine Anstalten, auch nur einen Finger zu krümmen. Er tänzelte gelangweilt von einem Bein aufs andere.

»Ach, du heilige Scheiße!«, rief Mackensen plötzlich mit

hoher Stimme und versuchte dabei eine tänzelnde Drehung auf dem Absatz. »Was ist denn das?« Beim Blick in die Richtung des Pokertrios misslang jedoch die Drehung, Mackensen kam ins Stolpern und musste nach seinem Gleichgewicht rudern. Er schaffte es gerade noch, mit seinem ausgestreckten Arm auf den Spieltisch zu zeigen. Auch wenn Oberkommissar Hahn über das Temperament eines Sedativums verfügte, schaltete er diesmal schneller als sein Kollege. Er schnellte vor, war mit wenigen Schritten bei dem grünen Filztisch und beugte sich zu dem Kartenspieler hinunter, der sich lässig auf seinem Stuhl herumfläzte.

Es vergingen ein paar Sekunden, in denen kein Laut in dem Gewölbekeller zu hören war und die Lebenden ebenso wie die Toten in Regungslosigkeit verharrten.

»Sind die echt?«, unterbrach Hahn die Stille, hob den Kopf und sah die Schwarzhaarige fragend an.

»Sie sind doch die Polizei«, entgegnete die Angesprochene frech.

Mackensen löste sich aus seiner Erstarrung, wirbelte – diesmal standfester – auf dem Absatz herum und war mit ein paar schnellen Schritten bei der Schwarzhaarigen. Mit der einen Hand ergriff er das rechte Handgelenk der Frau und drehte ihr den Arm ebenso schnell wie routiniert auf den Rücken. Mit einem harten, metallischen Geräusch schnappten seine Handschellen um die Handgelenke, die er im Laufen mit der anderen Hand von seinem Gürtel gelöst hatte.

»Au!«, schrie die Schwarzhaarige überrascht auf. »Was soll das denn? Machen Sie die Dinger wieder ab. Sie haben kein Recht …«

»Ich habe jedes Recht!«, erwiderte Mackensen höhnisch. »Ich kann dich verhaften, wann ich will und wo ich will! Außerdem stehst du doch auf Handschellen.«

Jetzt langte es mir.

»Ist Größenwahn heilbar?«, fragte ich mehr rhetorisch als eine Antwort erwartend und trat aus dem im Schatten liegenden Gang hervor.

Mackensen fuhr erneut herum wie ein Brummkreisel. Seine Hand schnellte zu seinem Gürtelholster, in dem er seine Dienstwaffe wie ein Phallussymbol vor sich her trug. Wobei es sich bei der Waffe um eine übliche Standardpistole der Kripo handelte. Das Imponiergehabe beeindruckte mich wenig, und ich baute mich vor dem ungleichen Pärchen auf. »Das hört sich für mich ja fast wie Amtsanmaßung an!«, sagte ich trocken. »Wenn Sie nicht aufpassen, könnten Sie Schwierigkeiten bekommen.«

»De Fries?« Mackensen starrte mich überrascht an.

Ich erwiderte nichts, sondern genoss seinen selten dämlichen Gesichtsausdruck.

»De Fries?«, wiederholte Mackensen und kniff seine Augen zusammen, als müsste er das, was er sah, auf seiner Netzhaut schärfer stellen.

Ich sah ihn noch immer regungslos an.

»Ich hatte sehr gehofft, Ihr Gesicht nicht wiedersehen zu müssen!«

»Jetzt raten Sie mal, wem es genauso geht«, erwiderte ich spöttisch.

»Kommen Sie mir nicht in die Quere!«, quetschte er durch die Zähne hervor.

»Ach ja«, entgegnete ich kühl. »Und wenn, was dann? Wollen Sie wieder einen Gefangenen misshandeln, wie beim letzten Mal?«

»Geben Sie mir einen Grund …« Mackensens Gesichtsfarbe lief zusehends dunkelrot an.

»Folkert, hör auf!«, mischte Hahn sich mit unerwartet autoritärem Ton ein. Offenbar war Oberkommissar Hahn in Mackensens Hirn noch rudimentär als ehemaliger Vorgesetzter abgespeichert, denn der noch recht frischgebackene Hauptkommissar ließ langsam die Hand sinken, den Finger aber noch immer verdächtig nah am Quick-Action-Abzug, der die Waffe im geladenen Zustand sofort schussbereit macht – eine automatische Sicherung gibt es nicht.

»Sie sollten Ihre Gefangene sofort wieder freilassen.« Ich wies mit dem Kinn auf die metallen glänzenden Handschellen. »Damit kommen Sie nicht durch – diesmal nicht!«

»Was geht Sie das an?«, fragte Mackensen lauernd.

»Weil …«, ich beugte mich vor und sah ihm direkt in die Augen, »… weil sie meine Mandantin ist und ich Sie wegen Amtsmissbrauchs, Unverhältnismäßigkeit – und als kleines Give-away obendrauf – wegen Freiheitsberaubung verklagen werde!«

Ich tauschte einen schnellen Blick mit der Schwarzhaarigen, die mir schweigend ihr Einverständnis mit ihren Augen signalisierte. Und schon steckte ich ohne eigenes Dazutun wieder in einer Situation, die ich wie der Teufel das Weihwasser mied – ich hatte ein Mandat übernommen. Offenbar war Mackensen meine juristische Erklärung vollkommen egal, oder er kapierte nicht, in welche Schwierigkeiten er sich gerade hineinmanövrierte. Anstatt meine Ansage ernst zu nehmen, packte er die Schwarzhaarige an den Handschellen und zerrte sie hinter sich her zur gegenüberliegenden Wand und hängte ihre gefesselten Hände über Kopf an einen Karabinerhaken.

»Nicht weglaufen«, zischte er ihr ins Ohr.

»Ich glaub's nicht«, seufzte ich, »Sie legen es wirklich darauf an, Ärger zu bekommen.«

»§ 127 Abs. 1 StPO«, deklamierte er halblaut in Richtung Hahn und ignorierte mich. »Rechtfertigt jede vorläufige Festnahme. Einen Rechtsbeistand kann sie haben, wenn die Lage hier geklärt ist.«

»§ 239 und § 302 StGB – Freiheitsberaubung und Missbrauch der Amtsgewalt«, entgegnete ich trocken: »Amtsmissbrauch!«

Mackensen blieb stehen, drehte sich halb zu mir herum und sagte mit mühsam unterdrückter Wut: »De Fries, Sie befinden sich mitten in einer Polizeiaktion. Rühren Sie sich vom Fleck, nehme ich Sie fest wegen Behinderung.«

Betont langsam drehte er mir den Rücken zu, verschränkte die Hände hinter dem Rücken und schlenderte lässig zu dem im Halbdunkel liegenden Torbogen. An der Schwelle verharrte er einen Moment, um mit dem nächsten Schritt ins Dunkle zu verschwinden und dabei die Lichtschranke zu passieren. Schlagartig flammten die Strahler auf, die mich vorhin zu Tode erschreckt hatten. Synchron zum erneut automatisch aufflammenden Licht stieß Mackensen einen Schrei aus.

Sekundenbruchteile später peitschten zwei Schüsse durch den Gewölbekeller und ließen mir fast die Trommelfelle platzen. Im selben Moment hörte ich Uz aufschreien. Ohne einen Gedanken daran zu verschwenden, dass Mackensen auch mich treffen könnte, wenn er wild um sich schoss, spurtete ich in höchster Sorge um meinen Freund Richtung Torbogen.

Meine Sorge erwies sich als unbegründet, stellte ich mit einem Blick in den Kellergang fest.

Mackensen stand wie angewurzelt vor dem Gitterkäfig, in dem sich die beiden abgehäuteten Frauen befanden. Seine Dienstwaffe hielt er in der rechten Hand am ausgestreckten Arm, die Mündung zeigte auf die Spitzen seiner Designerstiefel.

Die Frau mit dem gesenkten Kopf und den über dem Kopf gefesselten Händen hatte ein kleines, unspektakuläres Loch direkt unter dem Schlüsselbein. Links über ihrem Kopf war ein Stück Mauerwerk zersplittert. Mackensen hatte die Frau einmal verfehlt.

»Gratuliere, Mackensen – Sie haben eine Leiche erschossen. Sie sind ein Held!«, rief Uz spöttisch vom Gangende her, wo er im Licht einer Taschenlampe den Boden nach Spuren untersucht hatte. »Schießen Sie sich aber nicht die Zehen ab!«

Der Hauptkommissar rührte sich nicht von der Stelle. Seine Augen starrten unentwegt auf die beiden Frauen in der Gitterbox.

Hinter mir bemerkte ich eine Bewegung und warf einen Blick über die Schulter. Hahn schob sich an mir vorbei und stellte sich neben seinen Kollegen.

Langsam kehrte das Leben in Mackensen zurück. Ein leichtes Zittern ging durch seinen Körper, und als ihm bewusst wurde, dass er noch immer den Finger am Abzug hatte, entspannte er langsam seine Hand und steckte die Walther zurück in seinen Gürtelholster.

»Ich sage der Streife jetzt, dass sie reinkommen kann«, flüsterte Hahn Mackensen zu. »Die Spurensicherung und der Doc müssten ja auch jeden Moment eintrudeln.«

Mackensen nickte schweigend.

Zu uns gewandt meinte Hahn in betont freundlichem Ton: »Halten Sie sich bitte oben im Eingang zur weiteren Verfügung. Wir müssen Ihre Aussage noch zu Protokoll nehmen.« Dann wandte er sich ab und zog aus der Innentasche seiner Jacke ein mobiles Funksprechgerät, das quäkende Geräusche von sich gab, als er es auf Empfang schaltete.

Gemeinsam mit Uz begab ich mich zurück ins Kellergewölbe, wo die Schwarzhaarige noch immer an ihrem Haken hing. Ihre Augen sprühten Funken, aber erstaunlicherweise sagte sie keinen Mucks.

»Sorry, Lydia, dass wir dich da hängen lassen«, sagte Uz und trat dicht an sie heran. »Wenn wir dich losmachen, buchtet uns Macke sofort ein, aber die Blauen müssen sowieso jeden Moment da sein.«

Kaum hatte Uz das ausgesprochen, hörten wir Stiefel die Treppe herunterpoltern. Zwei junge Polizisten, die mich um einen halben Kopf überragten, tauchten am Fuß der Treppe auf – die Waffen im Anschlag.

»Alles in Ordnung, die Lage ist gesichert!«, rief Hahn vom Torbogen aus den Uniformierten zu. »Die Frau ist vorläufig festgenommen, bringt sie nach oben und setzt sie in den Streifenwagen. Die beiden Männer müssen ihre Aussage machen und können dann gehen.«

Da ich nicht damit gerechnet hatte, mitten in der Nacht ein Mandat zu übernehmen, hatte ich natürlich keine Visitenkarte dabei. Während ich noch überlegte, wie ich meiner frischgebackenen Mandantin meine Telefonnummer hinterlassen konnte, fiel mein Blick auf ihr gut gefülltes Dekolleté.

»Hast du was zum Schreiben dabei?«, fragte ich Uz.

Der nickte, öffnete seine Arzttasche und reichte mir einen dicken schwarzen Filzstift, mit dem er normalerweise Laborgefäße beschriftet. Ich nahm den Stift, nickte dankend und trat dicht an Lydia heran.

»Bitte nicht mit der Festgenommenen reden!«, wies mich einer der beiden Uniformierten scharf an, während er mit raschen Schritten auf uns zukam.

»Ich bin ihr Anwalt«, erwiderte ich und ließ mich nicht davon abhalten, der Schwarzhaarigen kurz entschlossen meine Handynummer auf ihren Brustansatz zu schreiben. Alles andere an ihr war ja in Lederklamotten verpackt.

»Für alle Fälle«, sagte ich. »Ich warte oben auf Sie und fahre Ihnen zum Polizeipräsidium hinterher. Sie haben jederzeit das Recht auf einen Anwalt, man muss mich zu Ihnen lassen. Verweigern Sie bis dahin jegliche Aussage!«

Sie nickte mir gelassen zu. Obwohl sie gerade vorübergehend festgenommen worden war, machte sie einen vollkommen entspannten und unbesorgten Eindruck.

Während sie einer der Polizisten in Gewahrsam nahm,

begleitete sein Kollege Uz und mich nach oben, wo wir dann im Polizeiwagen unsere Aussagen zu Protokoll geben sollten.

»Danke!«, rief die Schwarzhaarige mir noch schnell hinterher, bevor wir Richtung Treppenaufgang verschwanden.

Durch das Schneegestöber hinweg sah ich den Kastenwagen der Spurensicherung eintrudeln, dicht gefolgt vom Gerichtsmediziner. Ich erkannte im Halbdunkel die hoch aufgeschossene Gestalt des Pathologen Doktor Tillmann, den ich im vergangenen Jahr ebenfalls im Zusammenhang mit der toten Frau im Fischernetz kennengelernt hatte. Die Kontur seiner Afrolookfrisur, mit der er in jeder Stand-up-Comedy-Show die Lacher auf seiner Seite hätte, zeichnete sich unverkennbar gegen den Nachthimmel ab.

Spurensicherung und Gerichtsmediziner verschwanden im Eingang des INSOMNIA.

Wir folgten der Aufforderung des Beamten, hockten uns in den Polizeiwagen und gaben unsere Aussagen zu Protokoll. Da der junge Polizist offenbar sehr talentiert im Verfassen von Protokollen und im Umgang mit seinem Notebook war, dauerte es nur eine knappe Viertelstunde, bis unsere Protokolle ausgedruckt und von uns unterschrieben auf dem ausklappbaren Tisch des Polizeiwagens lagen.

Uz und ich wollten gerade zu unseren Autos aufbrechen, als plötzlich, wie aus dem Boden geschossen, die Schwarzhaarige neben dem Polizeibus auftauchte. »Sie haben mich laufen lassen«, sagte sie ohne Begrüßung.

»Wieso denn das auf einmal?« Ich runzelte die Stirn und verzichtete ebenfalls auf eine Begrüßung.

»Vielleicht sind sie doch auf die Idee gekommen, dass ich mit meinen zweiundfünfzig Kilo keinen Hundertzehn-Kilo-Mann umbringen und unter die Decke hängen kann«, meinte sie lakonisch und zuckte mit den Schultern.

»Aber sie ermitteln weiter gegen dich?«, fragte Uz.

»Ja, klar.« Die Schwarzhaarige nickte und sah mich fragend an: »Bleibt es bei unserem Deal?«

Ich seufzte kurz und nickte: »Rufen Sie mich morgen an, die Nummer haben Sie ja.«

»Sehr witzig.« Ein spöttischer Blick traf mich.

Da Uz mich nicht nach Pilsum gebeten hatte, um ihn abzuholen, sondern damit ich mir mit eigenen Augen ein Bild vom Geschehen machen sollte, fuhren wir jeder in seinem eigenen Wagen nach Hause. Die Scheinwerfer von Uz' altem Benz begleiteten mich im Rückspiegel bis zur Kreuzung Neu-Etumer-Straße, an der ich nach rechts Richtung Hamswehrum und Uz entgegengesetzt in Richtung Greetsiel abbog.

Uz blendete als kurzen Gruß das Fernlicht auf, und ich sah seine Rücklichter im Spiegel kleiner werden.

Der unverminderte Schneefall puderte die vor mir liegende Landstraße so gleichmäßig weiß, dass ich nicht nur Schwierigkeiten hatte, den Verlauf der Straße zu erkennen, sondern auch keinen Straßengraben mehr von der Fahrbahn unterscheiden konnte. Straßenschilder, sofern ich sie überhaupt sah, trugen dicke Schneemützen.

Während ich meinen Käfer vorsichtig durch das Schneegestöber lenkte, hing ich meinen Gedanken nach. Mir war die Thematik Sadomasochismus vom Grundsatz her nicht unbekannt, sie hatte mich in meinem Leben aber weder interessiert noch irgendeine Bedeutung für mich gehabt. Ich hätte es nie für möglich gehalten, dass es hier bei uns im beschaulichen Ostfriesland einen SM-Klub geben könnte – und dann noch quasi vor der Haustür. Da stellte sich natürlich die Frage, ob sich ein solcher Klub hier auf dem Land überhaupt rentierte und, falls ja, wer die zahlenden Gäste waren. Kaum vorstellbar für mich, dass der Bäcker oder die Arzthelferin von nebenan am Wochenende schwarze Lederkutten anzogen und in Pilsum die

Peitschen schwangen. Andererseits sah der Klub zwar martialisch, aber gleichzeitig auch edel und teuer aus. Ich hatte zwar keine Ahnung, was so ein Holzkreuz oder Gitterkäfig kosten mochte, aber so etwas bekam man mit Sicherheit nicht im Baumarkt, und erst recht nicht die makabren Anatomiemodelle. Es musste sich zwar erst noch herausstellen, ob die Herrschaften überhaupt echt waren, aber in jedem Fall gab es auch sie nicht auf dem Schnäppchenmarkt.

Der holperige Feldweg, der zu meinem Haus am Hamswehrumer Altendeich führte, riss mich aus meinen Überlegungen. Erschrocken stellte ich fest, dass ich die ganze Strecke von Pilsum her wie mit Autopilot gefahren war.

Ein Blick auf die Uhr sagte mir, dass Traute in knapp zwei Stunden wieder aufstehen musste. Neben ihr im Bett wäre mein Platz gewesen und nicht in diesem Horrorkabinett! Ich drückte die Wagentür ins Schloss und hastete zur Haustür. Darauf bedacht, keinen Lärm zu machen, klopfte ich mir auf der Schwelle den Schnee von den Schuhen. Meine Sorge, ich könnte Traute oder meinen dicken Hund Motte aufwecken, erwies sich indes als überflüssig – beide schnarchten um die Wette. Motte lag wie ein ausgestopfter Bettvorleger direkt vor dem Bett. Es war deutlich zu hören, dass der Dicke von Flatulenzen heimgesucht wurde, denn vollkommen ungeniert ließ er seinen Winden ihren lautstarken Lauf. Ich atmete flacher und stellte meine Nase auf Durchzug. Mit einer Handbewegung stellte ich das Fenster auf Kipp und zog mich aus, ließ meine Kleidung an Ort und Stelle geräuschlos einfach zu Boden fallen und schlüpfte vorsichtig unter die Decke.

»Uh!«, entfuhr es meiner Bettgenossin. »Was bist du nur für ein Eisklotz!«

Traute machte einen Buckel und schlang vorsichtig und auf Abstand bedacht ihre Arme von hinten um meinen Hals. »Schön, dass du wieder da bist«, schnurrte sie.

»Schön, dass du auf mich gewartet hast«, flüsterte ich leise, während ich mir fast meinen Hals verrenkte, um ihr einen Kuss zu geben.

Ich traf nur ihr Ohr, beließ es aber dabei, denn ich wollte sie nicht ganz wecken. Deshalb erzählte ich ihr auch nichts von dem Toten im Gewölbekeller und den Geschehnissen der Nacht. Als zuständige Staatsanwältin würde sie ohnehin morgen früh als Erstes von Rosi, ihrer Sekretärin, umfassend informiert werden.

Ich hatte Traute Lenzen ebenfalls im vergangenen Jahr kennengelernt, als ich der Schwester der toten Frau im Fischernetz als Rechtsvertreter beistand. Unser Kennenlernen war unvermeidlich gewesen, da sie die verantwortliche Staatsanwältin beim Amtsgericht Emden ist. Traute ist eine sehr intelligente und scharfsinnige Frau, die mir meine Mandatsausübung nicht gerade leicht gemacht hat und mit der ich mich über diverse juristische Feinheiten auseinandersetzen musste.

Als ich sie kennenlernte, war ich von der hochgewachsenen Frau mit ihren schulterlangen brünetten Haaren noch nicht sehr angetan. Ich fand sie zwar attraktiv; da sie mich aber einige Male juristisch aufs Nebengleis geführt hatte, verspürte ich keinerlei Ambitionen, mich ihr auch noch privat zu nähern. Das änderte sich erst, nachdem sie mir in letzter Minute das Leben gerettet hatte, als mich meine Recherchen in eine äußerst missliche Lage manövriert hatten. Ich hatte es Traute und meiner Tochter Thyra zu verdanken, dass ich dem Tod im letzten Moment noch so eben von der Schippe gesprungen war.

Ich wusste nicht genau, ob ich Traute liebte. Nach meiner gescheiterten Ehe tat ich mich mit Gefühlen schwer. Wenn ich aber in mich hineinhörte, verspürte ich das Gefühl, nicht weit davon entfernt zu sein. In den langen Monaten meiner Genesung war Traute zu einer festen Größe in meinem Junggesellenleben geworden. Wir führten Gespräche bis tief in die

Nacht hinein, haben gelacht und herumgealbert wie Teenager und dabei den besten Sex unseres Lebens genossen.

Traute war sinnlich und hingebungsvoll im Bett, auch wenn ich manchmal das Gefühl hatte, dass sie phasenweise von einer tiefen Melancholie und Traurigkeit erfasst wurde, wenn wir morgens nebeneinander erwachten. Sie umschlang mich dann so eng, als wolle sie etwas festhalten, was nicht nur ich sein konnte. Traute versicherte mir stets, dass mit uns alles in Ordnung sei und sie sich ihre emotionale Ambivalenz auch nicht erklären könne. Ich suchte dann auch nicht weiter nach Gründen, sondern hielt sie so lange im Arm, bis wir aufstehen mussten, damit sie nicht vollkommen verspätet ins Büro kam.

Im Laufe des morgigen Tages würde ich Traute wieder als Anwalt gegenüberstehen, was aber aus meiner Sicht kein Problem sein sollte.

Als ich noch meine Kanzlei in Berlin aktiv betrieben hatte, kam es mitunter vor, dass meine damalige Frau Maria, die ebenfalls Juristin war, die gegnerische Partei vertrat. Auch wenn wir im Gerichtssaal gegensätzliche Standpunkte vertraten und uns auch schon mal den einen oder anderen Schlagabtausch lieferten, saßen wir uns morgens beim Frühstück friedlich gegenüber – wenn wir mal gemeinsam frühstückten. Denn eigentlich hatten wir uns morgens lediglich bei der ersten Zigarette und schwarzem Kaffee in der Küche getroffen, bevor jeder seiner Wege ging. Der wesentliche Grund für unsere Scheidung lag darin, dass wir uns im Laufe der Jahre zu sehr auseinandergelebt hatten. Im Grunde hatten wir keine Ehe geführt, sondern in einer Wohngemeinschaft zusammengelebt. Vielleicht war das ja auch der Grund, weshalb wir keine Probleme damit hatten, wenn wir uns im Gerichtssaal als gegnerische Anwälte gegenüberstanden.

Aber das war ja in dem vorliegenden Fall überhaupt kein Thema. Ich vertrat lediglich eine Freundin von Uz, in deren

Geschäftsräumen ein Verbrechen geschehen war und die ihrerseits Ärger mit den Behörden vermutete. Genau genommen beschränkten sich meine juristischen Aktivitäten auf juristischen Beistand und formale Interessenvertretung. Bereits nach der erste Vernehmung würde feststehen, dass meine Mandantin mit dem Tod des Mannes nichts tun hatte, was ich mir bei der Schwarzhaarigen auch beim besten Willen nicht vorstellen konnte. Es käme weder zu weiteren Ermittlungen, geschweige denn zu einer Anklageerhebung; wofür ja auch die Tatsache sprach, dass die beiden ermittelnden Kriminalbeamten Hahn und Mackensen sie so schnell wieder hatten laufen lassen.

Wenn ich aber an die beiden Kommissare dachte, wusste ich schon jetzt, dass es Ärger geben würde! Die beiden Kripobeamten wussten natürlich von meiner privaten Beziehung zu ihrer Chefin. Mackensen würde sicherlich keine Gelegenheit auslassen, diverse kompromittierende Situationen herbeizuführen, um mir das Leben schwer zu machen.

Während ich noch überlegte, wie er das anstellen könnte, schlief ich ein. Gottlob blieb ich in meinen Träumen von zockenden Leichen und abgehäuteten Frauen mit Lederhalsbändern verschont!

2

Am nächsten Morgen wurde ich von einem heftigen Ziehen im Unterkiefer geweckt, das bis unters Schädeldach ausstrahlte.

Stöhnend schlug ich die Augen auf.

Mit der linken Hand tastete ich hinter mich – die Bettseite war leer. Ein Blick zum Fenster sagte mir, dass es schon Vormittag sein musste, denn Lichtschein drang durch die Ritzen des Vorhangs. Ich griff mir an die Wange, sie fühlte sich geschwollen und heiß an. Heute führte kein Weg am Zahnarztbesuch vorbei.

»Shit!«, fluchte ich halblaut.

Ein Blick in den Spiegel ließ keine weiteren Ausreden zu, den Arztbesuch noch einmal zu verschieben. Die Schwellung meiner Wange, die mich wie ein Backenhörnchen aussehen ließ, war eine klare Ansage. Keine Widerrede! Auf nach Emden zum Zahnarzt!

Ein Blick aus dem Fenster bestätigte mir eine unveränderte Wetterlage: Die Welt sah aus wie weiß gepudert, und Bäume und Haselnusssträucher bogen sich unter der Last des Neuschnees. Das bedeutete auch heute wieder Minusgrade im zweistelligen Bereich, und so stieg ich in eine gut isolierte Thermohose und zog einen warmen Hoodie über.

Da ich spät dran war, gab es heute nur das Sparprogramm: Dusche – Trockenfutter für Motte – Kaffee für mich. Mit der Kaffeetasse in der Hand las ich den kleinen Zettel, den Traute mir an die Kaffeemaschine geklebt hatte:

Moin, mein Schnarchbär,
ist Dir eigentlich klar, was Du mit mir angestellt hast?
Zum ersten Mal nach langer Zeit wache ich neben einem Mann auf und bin glücklich.
Ich hätte nicht gedacht, dass mir so etwas noch einmal passieren würde – mich zu verlieben. Und dann auch noch in einen schnarchenden, sich nachts herumtreibenden Exanwalt.
*Ganz abgesehen davon, dass Du mich ständig so heiß machst, dass ich im Büro immer die Oberschenkel aneinanderreiben muss – Du Mistkerl :-**

Unterzeichnet war der Liebesbrief mit dem Abdruck eines Kussmundes, den Trautes Lippenstift auf dem Zettel hinterlassen hatte.

»Ja, Frau Staatsanwältin, wer hätte das gedacht«, sagte ich zärtlich zu dem Zettel.

Mir ging es ja genauso. Wer rechnet denn noch damit, nach Überschreiten der Fünfziger-Altersmarke noch einmal eine Frau zu treffen, die einen so umhaut? Abgesehen davon, dass Traute eine sehr attraktive Frau war, hatten wir beide das Gefühl, dass uns etwas ganz Besonderes verband, auch wenn wir noch kein Jahr lang zusammen waren. Abgesehen von unseren beruflichen Kollisionen hatten wir vom ersten Moment an absolutes Vertrauen zueinander. Unsere Gefühle füreinander hatten sehr schnell eine Tiefe bekommen, in die ich in den Jahren meiner Ehe nie vorgedrungen war. Traute war ja nicht die erste Frau, mit der ich zusammen gewesen bin, aber für das, was wir miteinander erlebten … fehlten mir manchmal die Worte.

Traute war nicht nur eine heißblütige Frau, die mich mit ihrem Temperament mitunter bis an meine Leistungsgrenzen brachte, sondern auch eine überaus sinnliche Frau. Bevor ich aber noch weiter über Lust und Leidenschaft sinnieren konnte, machte sich mein Zahn nachdrücklich bemerkbar!

Ich stellte den Kaffeebecher in die Spüle und machte einen großen Schritt über Motte hinweg, der sich wie gewohnt dort hatte hinplumpsen lassen, wo ihn die Müdigkeit gerade überkam, um zu pennen; heute hatte ihn der Schlaf direkt vorm Geschirrspüler übermannt. Beim Hinausgehen zog ich meine dicke wollene Cabanjacke über und meine Strickmütze tief in die Stirn. Ein dicker marineblauer Wollschal vervollständigte meine Aufmachung.

Nachdem ich den Käfer vom Neuschnee befreit hatte, sprang der Graue beim ersten Versuch verlässlich an. Da ich in den vergangenen Tagen meine Zufahrt regelmäßig geräumt hatte, bereitete mir der Schnee keine Schwierigkeiten, und ich brauchte mir keine Sorgen zu machen, in einer Schneewehe stecken zu bleiben.

Um keine Zeit zu verlieren, rief ich vom Auto aus die Zahnarztpraxis an.

Melanie, die dunkelhaarige kleine Praxisassistentin, versicherte mir am Handy, dass ich mir Zeit lassen könne. Es sei ohnehin noch ein Notfall reingekommen, sie würde mich als Schmerzpatient aber natürlich auch nach Praxisschluss noch hereinlassen.

Ich erreichte Emden über die Schnellstraße 210 und fuhr unter der Brücke der Autobahn 31 durch. Nach ein paar Hundert Metern bog ich in die Concordiastraße ein und fuhr fast bis zum Ende durch.

In dem ehemaligen Zweifamilienhaus betrieb Dr. Dr. Joseph Gardim, ein ausgezeichneter Zahnarzt und Kieferchirurg, seine Zahnklinik MEDIC mit rund zehn angestellten Ärzten. Das Gebäude lag direkt am Kanal »Hinter Tief«, der von seinen Anwohnern nur »Tief« genannt wurde, und verfügte über einen eigenen malerischen Bootsanleger. Das Privathaus von

Doktor Gardim, ein gemütliches reetgedecktes Fachwerkhaus, ebenfalls mit eigenem Bootssteg, stand auf dem angrenzenden Grundstück und war in den Sommermonaten von einem Dschungel der buntesten Rosenarten umgeben, die ich je gesehen habe. Dornröschen hätte in diesem Haus lange warten müssen, bis sie von ihrem Prinzen wachgeküsst worden wäre, denn der hätte alle Hände voll zu tun gehabt, bis er sich zur Haustür durchgekämpft hätte, so sehr von Rosensträuchern umwuchert war das Haus; Doktor Gardim war ein echter Rosenfreak.

Ich reichte Melanie meine Krankenkassenkarte und füllte den ärztlichen Fragebogen aus, wobei ich bei der Frage, ob ich Raucher sei, der Einfachheit halber die gelegentliche Zigarette oder Selbstgedrehte verschwieg. Penible Gemüter könnten jetzt auch sagen, dass ich meinen Arzt anlog und damit unabwägbare medizinische Zwischenfälle billigend in Kauf nahm; sie hätten recht.

Nach ungefähr einer Viertelstunde, die ich mir im Wartezimmer mit dem Studium von diversen Illustrierten vertrieben hatte, wie man sie nur in den Wartezimmern von Ärzten liest, holte mich eine andere Praxisassistentin ab und führte mich in einen mintfarben gestalteten Behandlungsraum. Ich vermied jegliche Musterung des Raumes, da Zahnarztinstrumentarium in mir Fluchtimpulse auslöst. Starr auf meine Schuhspitzen blickend und stocksteif auf dem Behandlungsstuhl liegend, sprach ich mit der Assistentin nur das Nötigste und beantwortete ihre Fragen einsilbig.

Es dauerte nicht lange, und Doktor Gardim betrat schwungvoll den Behandlungsraum. Er begrüßte mich mit strahlendem Lächeln und einem festen Handschlag. Abgesehen davon, dass er ausgesprochen gut aussah, charmant war, ein Schweinegeld verdiente und ein höchst kompetenter Arzt war, war er auch ein echter Sympathieträger und obendrein

ein Kumpeltyp, mit dem Männer gerne ein Bier trinken oder zusammen am Grill stehen. Ich mochte ihn gut leiden.

Er war groß, schlank, ungefähr in meinem Alter, hatte männlich-markante Gesichtszüge und eine ausgeprägte Hakennase. Er trug seine grauen Haare halblang, was ihm ein verwegenes Aussehen gab. Sein durchtrainierter Oberkörper zeichnete sich eindrucksvoll unter dem malvenfarbenen Polohemd ab und ließ mich reflexartig meinen eigenen Bauch einziehen.

»Herr de Fries, schön, Sie zu sehen«, begrüßte er mich und musterte mich mit schiefergrauen Augen. »Allerdings hatte ich gehofft, Sie bereits vor Monaten zu Gesicht zu bekommen.«

Er setzte sich auf einen Drehstuhl und warf einen Blick auf seinen Computer. »Um genau zu sein, vor einem Dreivierteljahr.« Mit eleganter Drehung seines chromblitzenden Stuhls wandte er sich wieder zu mir um und grinste breit: »Sie haben acht Mal Ihren Termin verschoben.«

Ich machte ein vollkommen überraschtes Gesicht und hob unschuldig die Schultern; ich versuchte erst gar nicht, mich herauszureden.

»Angstpatient?«, fragte er verständnisvoll und brachte das leidige Thema auf den Punkt.

»Todesangstpatient!«, quetschte ich hervor.

»Na, wenigstens sind Sie ehrlich.« Doktor Gardim lachte lautlos. »Ich verzichte darauf, Ihnen zu sagen, dass es keinen Grund für Ihre Angst gibt. Sie würden es mir ohnehin nicht glauben.«

Ich seufzte tief.

»Dafür verspreche ich Ihnen aber eins«, versicherte er mir mit seinem jugendlichen Lächeln. »Sie werden keine Schmerzen haben – das lasse ich nicht zu!«

Auch wenn ich ihn skeptisch ansah, waren seine Worte wahrer Balsam für meine Ohren.

»Ich werde Sie so dosiert mit Schmerzmitteln versorgen, dass Sie nichts merken werden. Auch wenn das in Ihrem Fall nicht einfach sein wird, vermutlich haben Sie sich eine bilderbuchmäßige Entzündung gezüchtet«, sagte er.

Doktor Gardim stellte meinen Behandlungsstuhl in die Waagerechte und rollte mit seinem Drehstuhl seitlich an mich heran. »Tut mir leid, aber dieser Stuhl hat keine Armlehnen. Ich brauche Bewegungsfreiheit«, sagte er, während er meine Mundhöhle inspizierte, und stützte sich leicht mit einem Ellbogen auf meinem Oberkörper ab.

Mir war es eigentlich vollkommen egal, ob der Stuhl Armlehnen hatte oder nicht. Ich verkrampfte ohnehin die Hände ineinander und zog die Schultern bis zu den Ohren hoch.

»Wie ich gesagt habe, Sie haben sich eine fette Entzündung gezüchtet.« Er beendete seine Inspektion und lächelte lausbubenhaft. »Da werde ich das Betäubungsgewehr herausholen müssen. Ich gebe Ihnen eine Elefantendosis.«

Mein Blick fiel auf die Fotogalerie an der gegenüberliegenden Wand, auf der wundervoll anzuschauende Afrikamotive in Glasrahmen hingen. Ein Motiv zeigte eine Elefantenherde, die in der Abenddämmerung an einem Wasserloch rastete. Der Fotograf hatte eine wunderbare Stimmung eingefangen.

»Sie jagen?«, fragte ich.

»Nur mit dem Fotoapparat«, antwortete er und zeigte auf ein großformatiges Schwarz-Weiß-Foto an der anderen Wand, das mir durch meinen Tunnelblick nicht aufgefallen war. Ein sichtbar wütender Elefantenbulle raste, umhüllt von einer dichten Staubwolke, die seine mächtigen Füße aufwirbelten, direkt auf den Fotografen zu.

»Das war knapp«, grinste er. »In diesem Moment hätte ich wirklich gerne eine Elefantenbüchse dabei gehabt.«

»Wie sind Sie aus der Nummer rausgekommen?«, wollte ich wissen.

»Unser Guide hat den Bullen abgelenkt.« Er zuckte lässig mit den Schultern. »In solchen Nationalparks kennen die Wildhüter jedes Tier beim Namen.«

Während Doktor Gardim mit mir plauderte, hatte er außerhalb meines Gesichtsfelds die Schutzhülle meiner Betäubungsspritze entfernt, und er forderte mich freundlich lächelnd auf, den Mund zu öffnen.

Geschickt und unerwartet schmerzfrei versenkte der Doc die Nadel in meinem Zahnfleisch. Obwohl ich krampfhaft meine Hände umklammerte und mit klopfendem Herzen auf einen stechenden Schmerz wartete, spürte ich auch den zweiten Einstich nicht. Doktor Gardim war wirklich ein Meister seines Fachs.

Als er gerade die nächste Spritze ansetzen wollte, klingelte mein Handy in der Seitentasche meiner Lederjacke, die an einem Haken neben der Tür hing. Ich hatte vergessen, es auszuschalten – wie peinlich!

»Soll ich mal kurz für Sie rangehen?«, hörte ich die Assistentin fragen, die außerhalb meines Gesichtsfelds herumhantierte.

»Das ist kein Problem, Herr de Fries«, sagte Doktor Gardim. »Zwei Piekse noch, dann lass ich Sie alleine; Sie müssen sowieso ein paar Minuten warten, bis die Betäubung wirkt.«

Ich röchelte zustimmend, worauf die Assistentin in meine Jacke griff und das Handy hervorzog. »Zahnklinik MEDIC, mein Name ist Inka. Herr de Fries ist gerade in Behandlung und kann deshalb nicht sprechen«, meldete sie sich.

Sie hörte einen Moment zu und sah mich dann an. »Eine Frau Saalbusch möchte Sie sprechen.«

»Wer kann das denn sein?«, wunderte ich mich. Ich kannte niemanden, der so hieß.

»Ich rufe zurück«, nuschelte ich.

Inka informierte jene unbekannte Frau Saalbusch – wer auch immer das sein mochte – und beendete das Gespräch.

Auch die folgenden zwei Betäubungsspritzen hielt ich tapfer aus und formte während der Behandlung eine Kugel aus den Papiertüchern, die ich von der Assistentin erhalten hatte. Doktor Gardim und seine Assistentin zogen die Tür des Behandlungszimmers hinter sich zu und überließen mich der langsam wirkenden Betäubung.

Da ich ohnehin warten musste, konnte ich auch gleich die Anruferin zurückrufen. Ich griff nach meinem Handy, tippte die Anrufliste an und wählte die zuletzt angezeigte Nummer.

»Saalbusch«, meldete sich eine Frauenstimme.

»Mein Name ist de Fries. Sie wollten mich sprechen?«

»Danke, dass Sie so schnell zurückrufen«, sagte die Frau. »Sie hatten vergangene Nacht gesagt, ich könne Sie heute anrufen.«

Endlich fiel bei mir der Groschen, und ich wusste, wer Frau Saalbusch war – die Schwarzhaarige aus dem Horrorstudio!

»Ja, klar«, sagte ich undeutlich. »Ich bin gerade beim Zahnarzt. Aber egal, wir müssen heute miteinander sprechen, sofern ich das gleich noch kann.«

»Sie sind bei MEDIC in Emden, das trifft sich gut. Ich wohne auch in Emden.«

»Können Sie hierherkommen?«, fragte ich. »So in einer halben Stunde müsste ich fertig sein. Dann könnten wir uns vor der Praxis treffen und fahren kurz in ein Café. Sie müssen mir dringend ein paar Fragen beantworten.«

»Okay, kein Problem«, sagte sie. »Ich bin gleich da.«

Wir verabschiedeten uns, und ich machte mich wieder auf der Liege lang. Erneut schenkte ich meinen Schuhspitzen vollste Aufmerksamkeit.

Die Extraktion meines Weisheitszahns verlief unspektakulär, unblutig und schmerzfrei. Kaum hatte Doktor Gardim ein Hebelwerkzeug am Zahnhals angesetzt, bat er seine Assistentin schon um eine Greifzange, und ich sah seine Hand mit meinem Zahn an meinem Blickfeld vorbeihuschen.

Nach überstandener Prozedur wurden mir eine Handvoll Aufklärungszettel und eine Packung Schmerztabletten von der Assistentin ausgehändigt, während Doktor Gardim mir herzlich auf die Schulter klopfte und mich in höchsten Tönen für mein heldenhaftes Durchhalten lobte. Obwohl ich wusste, dass er das wahrscheinlich jedem seiner Patienten sagte, nahm ich sein Lob gerne an, schließlich war ich ja Schmerzpatient!

Während ich auf einen sterilen Tupfer biss, um durch den Druck eine Blutung zu verhindern, zog ich meine Daunenweste über meine Lederjacke und meine Strickmütze tief ins Gesicht. Wohlweislich band ich mir noch einen dicken Wollschal, den ich mitgebracht hatte, um den Hals, sodass nur noch meine Nase rausschaute, und verabschiedete mich von Melanie.

3

Draußen vor der Tür wartete die Schwarzhaarige schon auf mich.

Zuerst erkannte ich sie mit der roten Bommelmütze im Lapplandstil und dem ebenfalls roten, gesteppten Daunenparka nicht. Aber was hatte ich denn auch erwartet – dass sie in Strapsen vor der Arztpraxis auf mich wartet?

»Hi, da sind Sie ja!«, begrüßte sie mich munter, warf einen prüfenden Blick auf meinen Unterkiefer und meinte grinsend: »Schätze, Sie werden heute keine Referate mehr halten.«

Ich nuschelte etwas Unverständliches und deutete auf meinen Wagen.

»Ich verstehe zwar nix, was Sie da nuscheln, gehe aber davon aus, dass wir irgendwo hinfahren sollen, wo wir miteinander reden können.«

Ich nickte zustimmend und deutete erneut auf meinen Wagen.

»Nee, nee!«, sagte sie bestimmt. »Sie fahren jetzt nicht!«

Bevor ich etwas erwidern konnte, hakte sie sich bei mir unter und bugsierte mich auf einen roten Minicooper mit weißem Dach und Dekorstreifen auf der Motorhaube zu, der ebenfalls am Straßenrand stand. Sie öffnete mir die Beifahrertür, und ich nahm in dem kleinen Flitzer Platz.

Die Schwarzhaarige warf ihren Rucksack auf den Rücksitz und stieg ebenfalls ein. Sie startete den Motor, der mit sanftem Röhren ansprang.

»Wir fahren jetzt in die *Klapsmühle*!«, verkündete sie und kurbelte am Lenkrad.

»Prima Idee nach der letzten Nacht«, entgegnete ich trocken. Ich kannte die gemütliche Kneipe in der Neutorstraße in Borssum.

Wir fuhren die Auricher Straße hoch und hatten die *Klapsmühle* schon nach wenigen Minuten erreicht. Die Schwarzhaarige parkte den Mini direkt vor der Eingangstür des eingeschossigen Klinkerbaus, und wir stiegen aus. Dankenswerterweise hatte das Personal oder der Wirt den Gehweg vor der Kneipe säuberlich geräumt, sodass wir keine Kletterpartie über Schneeberge am Straßenrand machen mussten, die die Räumfahrzeuge in den vergangenen Tagen aufgetürmt hatten.

»Moin, Lydia«, begrüßte eine gemütlich aussehende Frau mittleren Alters, die ich für die Wirtin hielt, meine Begleiterin beim Eintreten und warf mir einen neugierigen Blick zu.

Wir schälten uns aus unseren Winterjacken, und da wir zu dieser Stunde die einzigen Gäste waren, nahmen wir an einem großen schwarzen Tisch Platz, um den sich eine Ansammlung hochlehniger schwarzer Lederstühle und Sitzbänke gruppierten. Wir bestellten bei der Wirtin zwei Kaffee.

»Ich habe mich bei Ihnen ja noch nicht einmal richtig vorgestellt, geschweige denn bedankt, dass Sie mich vertreten werden«, begann die Schwarzhaarige unser Gespräch.

Ich gab ein zustimmendes Brummen von mir, denn nach vielen Worten war mir nicht. Meine gesamte Unterlippe fühlte sich pelzig an, und die Zunge lag wie ein nutzloser Fremdkörper in meinem Mund herum. Ich bezweifelte im Moment, dass ich jemals wieder ganze Sätze würde flüssig sprechen können.

»Mein Name ist Lydia Saalbusch, ich bin fünfundvierzig Jahre alt, geschieden, habe zwei Kinder und betreibe seit drei Jahren das INSOMNIA. Ich bin eine submissive Masochistin und stehe auf Schmerzen, Erniedrigung und Fesselungen«, sagte sie forsch und streckte mir gespielt übertrieben ihre Hand über den Tisch entgegen, die ich automatisch ergriff und schüttelte.

Na, das ist ja mal eine unkonventionelle Art der Vorstellung, dachte ich konsterniert und fühlte mich angesichts ihres Speed-Outings etwas überrumpelt. »Freut mich«, nuschelte ich mit pelziger Zunge. »Jan de Fries, ehemaliger Strafverteidiger, irgendwo in den Fünfzigern, ledig, eine Tochter und bekennender Vanilla.«

Da in diesem Moment die Wirtin auftauchte und den bestellten Kaffee vor uns abstellte, hatte ich einen Moment Zeit, um das Frontal-Outing der Schwarzhaarigen zu verdauen. Mit einem solch speziellen Statement wird man schließlich nicht alle Tage konfrontiert. Ich rührte betont langsam in meinem Kaffee herum, um meine Irritation und Befremdung gegenüber ihren speziellen Neigungen zu überspielen.

Lydia Saalbusch sah mir eine Weile zu, wie ich mit dem Löffel Kreise im Kaffee zog, und griff schmunzelnd zur Kaffeetasse. »Halten Sie mich für pervers?«, fragte sie ohne Umschweife und nahm einen Schluck.

»Ja!«, antwortete ich ebenso unverblümt.

»Warum vertreten Sie mich dann?«

»Weil ich es Uz versprochen habe.«

Wir schwiegen einen Moment.

Sie nahm einen weiteren Schluck Kaffee und deutete auf meine Tasse. »Ihr Kaffee wird kalt.«

»Ich kann nicht, meine Lippe ist taub.«

»Strohhalm?«

Ich schüttelte den Kopf.

»Haben Sie heute überhaupt noch den Nerv, mit mir zu sprechen?«, fragte sie und deutete auf meine geschwollene Wange.

»Ist schon okay«, nuschelte ich. »Erzählen Sie einfach, was

los war. Aber als Erstes stellt sich mir die grundsätzliche Frage, wieso ich Sie überhaupt vertreten soll. Schließlich hat die Kripo Sie gestern laufen lassen.«

»Worüber ich auch froh bin!«, entgegnete sie, und die Erleichterung war ihr anzuhören. »Sie können aber sicher sein, dass die mich erst mal nicht in Ruhe lassen. Dieser lange Kommissar hat mich auf dem Kieker, das steht fest.«

Auch wenn ich ihrer Einschätzung durchaus zustimmte, enthielt ich mich erst einmal jeglicher Meinungsäußerung.

»Seit ich vor drei Jahren das INSOMNIA eröffnet habe, stehe ich mit der Stadtverwaltung auf Kriegsfuß. Die zuständige Sachbearbeiterin legt mir seit Jahren alle Steine in den Weg, die sie finden kann. Dieser Mord ist ein gefundenes Fressen; die werden alles dransetzen, um meine Existenz zu zerstören.«

»Warum betreiben Sie denn auch so einen Laden?«

»Schon klar.« Sie verzog spöttisch ihre Mundwinkel. »Typisch, dass diese Frage kommt.«

»Sorry«, entschuldigte ich mich, »ist mir so herausgerutscht.«

Sie zuckte mit den Schultern. »Macht nix. Ist die übliche Frage, habe ich schon oft gehört. Meistens von Gästen nach dem dritten Drink.«

Sie sah mich mit ihren dunklen Augen abschätzend an. Wahrscheinlich überlegte sie, wie viel Outing ich noch vertragen konnte. Sie entschied sich, bei ihrer direkten Linie zu bleiben. »Ich sage es mal mit einem geflügelten Zitat von Richard Bach, das in der BDSM-Szene gerne benutzt wird: ›Wer einmal das Außergewöhnliche erfahren hat, kann sich nicht mehr an die Normen des Durchschnitts binden.‹«

»Soll heißen?«, fragte ich undeutlich.

»Das mit mir alles in Ordnung ist!« Ihre Stimme hatte einen patzigen Unterton angenommen. »Ich hatte eine absolut glückliche Kindheit, habe nichts verdrängt, bin weder als Kind missbraucht noch vom Vater meiner Kinder geschlagen worden. Ich habe studiert, einen Beruf erlernt – und Sie werden es vielleicht nicht glauben, ich wurde nie zu etwas gezwungen! Und ja, ich habe eine spezielle sexuelle Ausrichtung, die von den gängigen gesellschaftlichen Moralvorstellungen abweicht, und fühle mich ausgesprochen wohl in meiner Haut! Auch wenn ich masochistische Neigungen habe, sind mir Liebe, Vertrauen und Zärtlichkeit genauso wichtig wie allen anderen Menschen auch. Ich liebe zwar die dunkle Seite der Lust, aber ich schlafe nicht im Sarg und liege genauso gerne als Löffelchen mit meinem Partner im Bett, wenn ich denn einen habe, wie jeder andere auch! Mit dem INSOMNIA habe ich mir meinen Traum erfüllt: meinen eigenen SM-Klub zu führen.«

Sie hatte sich in Rage geredet und trommelte mit den Fingerspitzen gegen ihre Kaffeetasse.

Der Darstellung ihrer Lebensführung mochte ich nichts hinzufügen und fragte deshalb nur pragmatisch: »Kann man davon leben?«

Sie lachte amüsiert. »Sie fragen sich, ob es hier in Ostfriesland genügend Perverse gibt, damit sich mein Klub rentiert?«

»Genau diese Frage habe ich mir gerade gestellt«, gab ich zu.

»Sie würden sich wundern.« Lydia Saalbusch lachte noch immer, wurde dann aber wieder ernst. »Ich habe das INSOMNIA von Anfang an als einen exklusiven Privatklub aufgezogen. Ein High-Premium-Klub der Luxusklasse für handverlesene Gäste, die höchste Ansprüche an Event, Location und Service stellen. Und natürlich habe ich von Anfang an größten Wert auf die Zusammenstellung der Gäste gelegt.«

»Hört sich ja verdammt elitär an«, warf ich ein. »Wie einer dieser noblen Herrenklubs an der Hamburger Alster.«

»Da kommen Sie der INSOMNIA-Philosophie schon sehr nah.« Die Schwarzhaarige nickte zustimmend. »Die Zusammensetzung unserer Gäste ist ebenfalls sehr exklusiv. Der Unterschied zu den hanseatischen Altherrenklubs ist allerdings der, dass in meinem Klub in der Regel nicht über wirtschaftliche Themen diskutiert oder den Sinn des Lebens philosophiert wird. Für meine Gäste stehen andere Themen auf dem Abendprogramm: Lust, Leidenschaft, Dominanz, Unterwerfung Schmerz.« Ihre Augenbrauen hoben sich leicht, als sie mich abschätzend musterte. »Lustschmerz, um genau zu sein.«

»Heute ist kein guter Tag, um mit mir über Schmerzen zu sprechen«, entgegnete ich lapidar. »Weder mit noch ohne Lust.«

Ein amüsiertes Lächeln umspielte ihre Lippen, als sie fortfuhr: »Wie gesagt, es ist diese spezielle Mischung der Gäste, die den Reiz des INSOMNIA ausmacht.«

»Wie muss ich mir denn diese Mischung vorstellen?«

»Es ist eine anregende Kombination aus Exklusivität, Geist, Niveau und Stil, die in keinem Widerspruch zu Dominanz und Submission steht. Meine Gäste stehen alle dem Thema Sadomasochismus sehr nahe und genießen ihre spezielle Lust. Sie haben entweder eine dominante oder eine devote Ausrichtung, wobei die Bandbreite der sexuellen Präferenzen meiner Gäste vom Spanking-Liebhaber über Bondage-Künstler bis hin zu 24/7-Paaren reicht.« Lydia Saalbuschs Stimme hörte sich so nüchtern und pragmatisch an, als referiere sie gerade über den Aktienkurs der Frankfurter Börse.

Mir schwirrte langsam der Kopf vor lauter Fachbegriffen und Sadomasokram. Das Thema ist ja eine Wissenschaft für sich, dachte ich bei mir und griff in die Innentasche meiner Jacke. Umständlich kramte ich einen Kugelschreiber hervor. Ich griff dann nach einer hellgrünen Serviette, die als Dekoration auf dem Tisch lag, und machte mir ein paar Notizen, damit ich zu Hause Hintergrundinformationen recherchieren konnte.

»Pervers alleine reicht aber nicht, zahlungskräftig müssen Ihre Gäste aber schon sein, oder?«, fragte ich mit provokantem Unterton.

»Was ist falsch daran, Geld zu verdienen?« Die Schwarzhaarige schnaubte verächtlich durch die Nase. »Ich betreibe meinen Klub mit Stil und auf höchstem Niveau; Qualität hat eben ihren Preis!«

Jetzt war es an mir, durch die Nase zu schnauben. Ich fand es absolut unangemessen und geschmacklos, im Zusammenhang mit der inszenierten Leichenfledderei, die ich in ihrem Klub zu sehen bekommen hatte, von Qualität zu sprechen.

Ich kam aber nicht dazu, etwas zu erwidern, denn Lydia Saalbusch redete sich gerade wieder in Rage. Mit meiner Bemerkung hatte ich wohl einen wunden Punkt bei ihr getroffen. »Es ist so verdammt billig, Dinge, die man nicht versteht, weil man sie nicht kennt oder sie sich einem nicht erschließen, als pervers zu bezeichnen!«, sagte sie aufgebracht.

»Es gibt Dinge, die muss man nicht unbedingt ausprobiert haben, um sich eine Meinung zu bilden!«, fiel ich ihr ins Wort.

»Ach?« Über ihrer Stirn bildete sich eine Zornesfalte. »Woher beziehen Sie denn Ihre Weisheiten – aus den nachmittäglichen Talkshows, in denen Pseudodominas über Sadomaso à la *Shades of Grey* reden und wie viel Spaß es ihnen macht, ihre Kunden zu verhauen?«

Auf diese Frage konnte ich ihr keine erschöpfende Antwort geben. Zwar war ich in den Jahren, in denen ich in Berlin eine eigene Kanzlei als Strafverteidiger betrieben hatte, öfter mit Gerichtsfällen befasst gewesen, in denen sexuelle Perversionen eine Rolle spielten. Auch hatte ich SM-Praktiken und Utensilien auch schon in Filmen, Pornoheften oder bei Internetrecherchen gesehen und war auch über Hintergründe gewisser Methoden informiert. Privat aber war mir die Handschellen- und Ledermaskenfraktion aber vollkommen schnurz.

Ich fand die Lack- und Ledermaskerade einfach nur lächerlich und konnte dem ganzen Brimborium mit Peitschenknallen und albernen Ledermasken rein gar nichts abgewinnen.

Da ich angesichts meiner tauben rechten Gesichtshälfte und meiner pelzigen Zunge, die mir kiloschwer im Mund lag, kein gesteigertes Interesse daran hatte, mir mit Lydia Saalbusch in einer Grundsatzdebatte über die Frage den Kopf heiß zu diskutieren, was oder was nicht pervers sei, ging ich auf ihre Frage nicht ein und antwortete mit einer Gegenfrage: »Wie sind Sie eigentlich zu SM gekommen?«

So schnell, wie sie sich hatte provozieren lassen, regte sie sich auch wieder ab. »Das hat sich irgendwann ergeben.« Sie zuckte mit den Schultern. »Ich hatte mein ganzes Leben das Gefühl, das mir irgendetwas fehlt. Wenn ich einen Mann kennengelernt habe, wurde mir schnell langweilig; mich hat schon immer das Verwegene, das Verruchte angezogen. Zwielichtige Typen, die man als Seeräuber oder Raubritter aus Filmen kennt, haben mich schon als Kind fasziniert und in den Bann geschlagen. Nach diversen Beziehungen und öden One-Night-Stands, die ich irgendwann alle mangels Interesse meinerseits beendet hatte, habe ich einen Typen kennengelernt, der mich mit Seilen gefesselt hat. Da ist etwas in mir angesprungen. Ich habe angefangen, mich gezielt mit dem Thema BDSM auseinanderzusetzen, und habe mir Spielpartner gesucht.«

»Spielpartner?«, fragte ich nach.

»Sagt man so bei uns in der Szene«, grinste sie. »Ein Top oder Bottom sucht sich für eine Session einen Spielpartner, und dann – geht's los.«

Ich seufzte und notierte mir »Top & Bottom«. Obwohl mir der SM-Terminus nicht ganz unbekannt war, zeichnete sich ab, dass ich einiges an Hausaufgaben zu erledigen und noch jede Menge Hintergrundrecherche zu leisten hatte. Das würde ich mir aber nicht hier und heute bei Frau Saalbusch antun;

dafür hatte ich im Moment wirklich keinen Nerv. Wofür gab's schließlich Internet?

»Lassen Sie es gut sein«, winkte ich deshalb ab. »Das wird mir jetzt zu viel. Ich mach mich in aller Ruhe schlau, und wenn ich Fragen haben sollte, die mir nur ein Insider beantworten kann, frag ich Sie einfach. Erzählen Sie mir jetzt erst mal von letzter Nacht! Wieso und an wen haben Sie Ihren Klub vermietet? Wieso waren Sie nicht im Klub, und weshalb sind Sie später dort aufgetaucht? Sie haben erwähnt, dass Sie den Toten kennen: Erzählen Sie mir bitte alles, was Sie über ihn wissen.«

»Sie wollen es aber genau wissen, wie?«, entgegnete Lydia Saalbusch und verzog das Gesicht, als hätte ich etwas Unmoralisches von ihr verlangt.

Ich beugte mich vor und sagte schärfer als beabsichtigt, was ich auf meine geschwollene Wange schob: »Natürlich will ich alles genau wissen, Frau Saalbusch – schließlich soll ich Ihre Interessen vertreten. Ich bin Ihr Anwalt! Und eins interessiert mich ganz besonders: Sind die toten Menschen, die bei Ihnen im Klub Karten spielen und in Ketten hängen – echt?«

Sie sah mich ein paar Sekunden schweigend an.

Dann griff sie in ihre Tasche, nahm eine frische Schachtel filterlose Zigaretten heraus und setzte einen Glimmstängel in Brand. Mit geschlossenen Augen nahm sie einen genüsslich tiefen Zug und blies den blauen Dunst zur Decke, wo sich eine kleine Nikotinwolke bildete.

»Ich habe meinen Klub für sechs Stunden an ›Die Herren‹ und ihre Begleiterinnen vermietet«, sagte sie mit ausdruckslosem Gesicht.

»Die Herren?« Ich sah sie verständnislos an. »Was für Herren?«

Sie antwortete nicht sofort, sondern starrte dem Rauch ihrer Zigarette hinterher, der sich langsam der Decke entgegenkräuselte.

Ich wurde schon langsam ungeduldig, als Lydia Saalbusch endlich fortfuhr. »Bei den ›Herren‹ handelt es sich um drei Doms, die ihre BDSM-Neigungen konsequent ausleben und sich ›Die Herren‹ nennen. Für sie ist BDSM kein Spiel, sie leben den Sadomasochismus in 24/7-Beziehungen nach alten Werten, Regeln und Riten aus. Sie nennen das Old-School-Präsenz. ›Die Herren‹ treffen sich einmal im Monat im INSOMNIA und mieten den Klub für die ganze Nacht. Sie inszenieren und zelebrieren sehr spezielle Events. Diese Sessions dauern in der Regel sechs bis acht Stunden und sind wirklich sehr speziell.«

»Definieren Sie ›sehr speziell‹!«, forderte ich sie auf.

Sie zögerte einen Moment, als suche sie nach geeigneten Worten. »Spezielle Disziplinierungen, die über Peitsche & Rohrstock im Sinne der englischen Erziehung hinausgehen.«

»Peitsche & Rohrstock hört sich für mich schon sehr extrem an«, erwiderte ich sarkastisch.

Sie zuckte mit den Schultern. »Kann man so sehen, muss man aber nicht. Ich persönlich stehe den Werten der alten Schule ebenfalls sehr nahe.«

»Was sind das denn für Werte, und was bedeutet diese ominöse Zahl 24/7?«

Sie nahm noch einen letzten Zug, blies eine weitere Rauchwolke in die Luft und drückte ihre Zigarette langsam im Aschenbecher aus. Ihre Augen zogen sich leicht zu Schlitzen zusammen, als sie antwortete: »24/7 bedeutet, die Sklavin unterwirft sich ihrem Herrn vierundzwanzig Stunden am Tag, sieben Tage die Woche.«

»Und das nennen Sie nicht extrem?« Ich starrte sie entgeistert an. »Diese absolute … Unterwerfung!«

»Nein.« Sie schüttelte den Kopf. »Das nenne ich nicht extrem. 24/7 mag im ersten Moment einem Vanilla als sehr absolut erscheinen, ist aber nur die konsequente Umsetzung einer

Lebensphilosophie. Und eine dominant-devote Konsequenz erscheint Außenstehenden immer als absolut.«

Offenbar stand mir aber meine Abneigung zu ihren Ausführungen so deutlich ins Gesicht geschrieben, dass sie meinen Gesichtsausdruck als Antwort interpretierte und mich deshalb erst gar nicht zu Wort kommen ließ. »Auch wenn Sie mit Ihren herkömmlichen Moralvorstellungen nicht verstehen können, worum es geht, sollten Sie zumindest die Lebensweise und sexuelle Ausrichtung anderer Menschen respektvoll akzeptieren«, fuhr sie mich mit zunehmend aggressiverem Tonfall an.

Eigentlich wollte ich entrüstet losprusten, was aber meine taube Unterlippe verhinderte, sodass ich lediglich ein klägliches Fiepen hervorbrachte. »Jetzt hören Sie aber mal auf!«, zischte ich deshalb halblaut, aber nicht minder erbost. »Ich bin kein verklemmter Spießer, und die Lack- und Lederfraktion ist mir durchaus nicht unbekannt. Aber wir reden hier von Frauen, die sich von Typen, die sich Doms und Herren nennen, als Sklavin halten lassen, und Sie erzählen mir im gleichen Atemzug etwas von respektvoller Toleranz?«

Lydia Saalbusch seufzte und verdrehte gequält die Augen. »Sie haben wirklich keine Ahnung!«

»In diesem Punkt mögen Sie durchaus recht haben«, entgegnete ich. »Von Unfreiheit und freiwilliger Sklavenhaltung habe ich wirklich keine Ahnung. Was Werte anbelangt, bin ich relativ einfach gestrickt. Für mich sind Freiheit, Respekt und gegenseitiges Vertrauen selbstverständlich und sehr hohe Werte, die es zu schützen und zu bewahren gilt und nach denen ich lebe.«

»Vielen Dank, Sie haben soeben haargenau die grundlegenden Werte der Old-School-Präsenz beschrieben.« Die Schwarzhaarige grinste amüsiert. »Das hätte ich auch nicht besser umschreiben können.«

Jetzt reichte es mir endgültig.

In diesem Moment summte meine Handy in der Innentasche meiner Jacke. Ohne mich für die Störung zu entschuldigen und die Schwarzhaarige eines Blickes zu würdigen, angelte ich mein Handy aus der Jackentasche. Eine Nachricht war eingegangen: »Ruf mich bitte an – dringend! Traute.«

Mit einem lautlosen Seufzer bedankte ich mich insgeheim bei Traute und steckte mein Handy wieder in die Tasche. Die Nachricht war ein Grund mehr, das Gespräch mit der Schwarzhaarigen zu beenden. Es war eine Schnapsidee von mir gewesen, mich nach dem Zahnarztbesuch noch auf ein Mandantengespräch einzulassen. Ich hätte noch ein, zwei Tage warten sollen, bevor ich mich bei ihr meldete.

Während ich in meiner Geldbörse kramte und einen Geldschein hervorzog, den ich achtlos auf die Tischplatte fallen ließ, stand ich auf.

»Sorry, Frau Saalbusch, aber unsere Sichtweisen hinsichtlich sexueller Präferenzen gehen doch weiter auseinander, als ich gestern Abend dachte. Aber ich habe Uz versprochen, Ihnen zu helfen – und genau das werde ich tun. Nicht mehr und nicht weniger. Ersparen Sie mir also bitte in Zukunft Grundsatzdiskussionen über sexuelle Perversionen und Abartigkeiten. Ich möchte auch nicht missioniert werden! Über die juristisch relevanten Dinge zur BDSM-Thematik, die ich wissen muss, um Sie zu vertreten, mache ich mich im Internet schlau.«

Neben den Geldschein ließ ich auch meine Visitenkarte fallen.

»Ich benötige von Ihnen Namen, Adressen und sonstige relevante Angaben über diese sogenannten ›Herren‹ und ihre Begleiterinnen, damit ich Ihre Interessen vertreten kann – und das möglichst schnell. Sie bringen mir die Angaben am besten vorbei, dann können Sie mir gleich die anwaltliche Vollmacht zur Mandatsübertragung unterschreiben. Aber heute nicht mehr – ich verbringe den restlichen Tag auf dem Sofa und werde mich erst morgen um Ihr Mandat kümmern.«

Ich nickte ihr kurz zu, drehte mich auf dem Absatz um und ließ Lydia Saalbusch ohne weitere Worte alleine zurück.

Ich gebe zu, dass ich an jenem Tag nicht besonders gut gelaunt war, was ich aber auch nicht für verwunderlich halte, nachdem man mir einen Weisheitszahn gezogen hatte und es in meinem Schädel wie nach einer durchzechten Nacht mit schlechtem Wein wummerte. Und ja, ich gebe auch zu, dass sich mein Verständnis für das Thema Sadomaso in klaren Grenzen hielt. Sollen sich die Ledertypen doch gegenseitig den Arsch vollhauen und sich auspeitschen; ich öffne stattdessen lieber eine gute Flasche Rotwein, lege Nils Landgren auf und mache es mir mit Traute vor dem Kamin gemütlich.

4

Von der Concordiastraße, wo ich Lydia Saalbusch alleine in der *Klapsmühle* hatte sitzen lassen, bis zum Gerichtsgebäude in der Cirksenastraße, in dem Traute ihr Büro hatte und als Staatsanwältin arbeitete, waren es nur knapp vier Kilometer, für deren Bewältigung ich nur ein paar Minuten benötigte.

Da mir noch immer fast der Schädel platzte, stieg ich die zwei Etagen zu Trautes Büro nicht zu Fuß hinauf, sondern benutzte den urigen Paternoster. Betulich langsam tauchte der Fußboden der zweiten Etage unter meiner Nase auf, sodass ich ausreichend Zeit hatte, den Linoleumbelag aus der Mäuseperspektive zu betrachten. Als sich Kabinenboden und Fußboden auf gleicher Höhe befanden, trat ich mit einem schnellen Schritt auf den Gang hinaus. Ich mochte den alten Fahrstuhl sehr, hatte aber auch schon von Leuten gehört, die stundenlang mit dem Paternoster ihre Runden gedreht hatten und sich nicht trauten, den Fahrstuhl zu verlassen, weil die Kabine keine Türen hatte.

Ich ging den Gang entlang, an dessen Ende sich die Büros der Staatsanwaltschaft befanden, und klopfte an die schwere Eichentür, die zu Trautes Vorzimmer führte. Trautes rothaarige Sekretärin Rosi sah von ihrer Computertastatur hoch, als ich eintrat. »Guten Morgen, Herr de Fries«, begrüßte Rosi mich mit ihrem gewohnt schüchternen Lächeln.

War Rosi im vergangenen Jahr noch ziemlich pummelig gewesen, hatte sie in den letzten Monaten deutlich an Gewicht verloren. Ihre Silhouette zeigte Anzeichen einer Taille, und ihr Gesicht hatte sich von einer runden in eine ovale Form gewandelt.

Ich erwiderte ihren Gruß freundlich und deutete auf die Tür hinter ihrem Schreibtisch, die zum Büro der Staatsanwältin führte.

»Ist die Chefin da?«

Rosi nickte. »Frau Doktor Lenzen wartet bereits auf Sie.«

Ich bedankte mich mit einem Lächeln bei Rosi und durchquerte den Raum. Mit den Fingerknöcheln klopfte ich kurz an die dunkle Holztür und drückte die Türklinke herunter, als mich Trautes Stimme zum Eintreten aufforderte. Traute blickte bei meinem Eintreten von einem Aktenberg hoch, den sie auf ihrem Schreibtisch vor sich ausgebreitet hatte.

»Ah, da bist du ja.« Ohne wirkliche Begeisterung darüber zu zeigen, mich zu sehen, nahm Traute ihre Lesebrille ab und sah mich abwartend an.

Nach ihrem morgendlichen Zettel hatte ich etwas anderes erwartet, aber gut – zu den Frauenverstehern zähle ich mich ohnehin nicht. Ich umrundete Trautes Schreibtisch, beugte mich über sie und gab ihr einen Kuss, dem sie mit einer Kopfbewegung auswich, sodass ich ihren Mund verfehlte und meine Lippen nur ihr Ohr streiften.

Zugegeben, die Situation war neu für uns; schließlich hatte ich Traute im letzten Jahr in diesem Büro als ermittelnde Staatsanwältin kennengelernt und einige verbale Auseinandersetzungen mit ihr ausgetragen. Mittlerweile waren wir aber miteinander liiert und uns in jeglicher Hinsicht sehr nahe gekommen. Aber auch wenn wir in dem neuen Fall beruflich miteinander zu tun hatten, sah ich kein Problem darin, ihr auf beruflicher Ebene zu begegnen. Unser inniges, intimes Verhältnis war natürlich auch Trautes beruflichem Umfeld nicht verborgen geblieben, zumal wir auch kein Geheimnis aus unserer

Beziehung machten; schließlich hatten wir nichts zu verbergen, und wir waren erwachsen. Allerdings irritierte mich Trautes ernste Miene so sehr, dass ich mich plötzlich befangen fühlte. Also beließ ich es bei dem missglückten Kussversuch und setzte mich, auf Abstand bedacht, auf die Kante ihres Schreibtischs.

»Nanu, heute so ernst?«, fragte ich eher rhetorisch, als dass ich eine Antwort erwartete.

Traute entgegnete erwartungsgemäß nichts, sondern starrte auf den Aktenordner vor sich auf dem Schreibtisch. Mit dem Zeigefinger strich sie über einen kaum sichtbaren Knick im Papier.

»Du vertrittst Lydia Saalbusch?«, fragte sie nach einer Weile, ohne auf meine Frage einzugehen, während sie weiter den Aktenordner anstarrte.

Offenbar lag ich mit meiner Einschätzung, dass eine berufliche Begegnung unproblematisch sei und unsere private Beziehung nicht belaste, so falsch, wie man nur falsch liegen konnte.

»Das hat sich vergangene Nacht so ergeben«, antwortete ich entspannter, als ich mich fühlte, und zuckte achtlos mit den Schultern, um das Thema runterzuspielen.

»Wieso tust du das?«

»Stört es dich, dass ich den Fall übernommen habe?«, entgegnete ich.

»Beantworte bitte meine Frage nicht mit einer Gegenfrage!« Trautes Ton verhieß nichts Gutes.

Ich atmete tief ein; das konnte ja heiter werden.

»Ich vertrete Frau Saalbusch, weil Uz mich darum gebeten hat.« Da ich keine Anstalten machte, näher auf ihre Frage einzugehen, senkte sich bleiernes Schweigen über den Raum.

Es verging eine quälende Minute, bis Traute der Geduldsfaden riss.

»Herrgott!«, fuhr sie mich an. »Lass dir doch nicht alles einzeln aus der Nase ziehen!«

Ich lasse mich nicht gerne anfahren, insbesondere dann nicht, wenn ich mir keiner Schuld bewusst bin; auch nicht von der Frau, die mir innerhalb kürzester Zeit sehr ans Herz gewachsen war. Trotzdem bemühte ich mich um einen neutralen und ruhigen Ton, als ich antwortete. Ich wollte die Auseinandersetzung vermeiden, die ich langsam, aber unvermeidlich wie eine atlantische Schlechtwetterfront aufziehen sah. »Uz kennt Lydia Saalbusch seit ihrer Geburt, er hat damals als Arzt geholfen, sie auf einer Landstraße zur Welt zu bringen, und ist in gewisser Weise ein Ersatzvater für sie. Heute betreibt die Saalbusch offenbar eine Art Swingerklub und vermietet ihre Räumlichkeiten für Veranstaltungen. Letzte Nacht gab es nach einer solchen Veranstaltung einen Toten, und Uz bestellte mich zu dem Klub, weil ich mir persönlich ein Bild machen sollte. Uz bat mich, Frau Saalbusch zu vertreten, da sie Schwierigkeiten mit den Behörden und der Polizei befürchtet; ihr Klub ist den Behörden ein Dorn im Auge. Diese Schwierigkeiten stellten sich auch prompt ein, als deine beiden Kommissare auftauchten, eine Leiche erschossen und Lydia Saalbusch festnahmen.«

Bei meinen letzten Worten konnte ich ein Grinsen nur mühsam unterdrücken.

»In welcher Beziehung dein Freund Uz zu dieser Frau Saalbusch steht, kann ich nicht beurteilen. Aber ich kann durchaus beurteilen, worin der Unterschied zwischen einem Swingerklub und einem SM-Klub besteht! Und der Klub von Frau Saalbusch ist ein lupenreiner Hardcore-SM-Klub.« Trautes Blick war so stechend, wie ihr Ton scharf war. »Im INSOMNIA werden die härtesten Spielarten praktiziert, die du dir vorstellen kannst. Der tote Mann, der an der Decke hing, ist einschlägig bekannt; ein brutaler Sadist, der gerne Frauen verprügelt!«

»Dom de Dolor«, sagte ich und nickte zur Bestätigung.

»Ich sehe, du kennst dich aus«, antwortete Traute mit spitzem Ton.

»Frau Saalbusch hat uns erzählt, dass er sich so nennt«, erklärte ich.

»Dieser sogenannte Herr der Schmerzen, der mit bürgerlichem Namen Markus Sanddorn heißt, ist ein polizeibekannter Hehler und dubioser Fälscher. Schon so manche Frau, die er verprügelt hat, landete in der Notaufnahme des Emdener Krankenhauses. Sein Vorstrafenregister reicht von hier bis nach Pilsum«, fuhr Traute fort, ohne auf meine Bemerkung einzugehen, und wechselte das Thema. »Die Probleme, die Frau Saalbusch befürchtet, hat sie sich selber zuzuschreiben. Sie hätte sich einfach mal termingerecht um die Einhaltung der Brandschutzbestimmungen kümmern sollen. Und auch ihre Umbauten, die sie ohne behördliche Genehmigungen durchgeführt hat, haben nicht unwesentlich dazu beigetragen, dass sich das Ordnungs- und Bauamt ihren Betrieb mehr als einmal vorgenommen hat. Ob sie zu dem Tod von Sanddorn etwas beigetragen hat oder nicht, werden die Ermittlungen zeigen.«

»Also wirst du ermitteln?«, hakte ich ein.

»Natürlich wird die Staatsanwaltschaft gegen Frau Saalbusch ermitteln!«

»Weswegen?«

»Wenn du mich das beruflich und offiziell fragst, muss ich dich auf Einhaltung der Formalien und Einreichung deiner Vollmachten hinweisen.«

Schweigend sah ich die Frau an, die mich heute Morgen noch liebevoll »Schnarchbär« und »Mistkerl« genannt hatte. Ich hatte nicht damit gerechnet, dass Traute sich mir gegenüber, quasi ohne Vorwarnung, wieder als die beinharte Staatsanwältin positionieren würde, wie ich sie im letzten Jahr kennengelernt hatte.

Ich überlegte, was ich sagen sollte, was ich tun sollte oder besser sein ließ.

Nach meiner Scheidung vor ein paar Jahren hatte ich keine Frau mehr so nahe an mich herankommen lassen wie Traute. Mit ihr fühlte ich mich wohl, wir lachten viel und oft. Wir unternahmen lange Deichspaziergänge oder radelten auf unseren Rädern mit dicken Jacken und Mützen quer durch die Krummhörn. Wenn wir Lust hatten, packten wir ein paar belegte Brote und eine Kanne mit Tee in den Rucksack und setzten mit der Fähre auf eine der Inseln über. Wir verbrachten den Tag am Strand oder lagen in den Dünen, und oft mussten wir im Dauerlauf zum Hafen laufen, um die letzte Fähre noch zu erreichen.

Im Moment saß mir nicht die verschmuste Frau gegenüber, die morgens völlig verwuschelt neben mir aufwachte, sondern die Staatsanwältin Traute Lenzen – unnahbar!

»Was überlegst du?«, riss Traute mich aus meinen Überlegungen. »Du hast doch eine Vollmacht, oder?«

Ich hob den Kopf und sah in Trautes braune Augen. Einen Moment rang ich noch mit mir, dann gab ich mir einen Ruck und rutschte von der Tischkante. »Nein, Frau Staatsanwältin, habe ich nicht – noch nicht. Aber das Beibringen der Vollmacht ist eine reine Formsache, das habe ich bis morgen früh erledigt.« Mein Blick suchte ihre Augen, und wir sahen uns schweigend an; es war still im Raum.

Nach einer ganzen Weile, von der ich nicht sagen konnte, wie lange der Moment gedauert hatte, wandte sie den Blick ab und stand auf; sie trat schweigend ganz dicht an mich heran. Mir stieg der blumige und sinnliche Duft von Gardenien und Patschuli in die Nase – *Jour d'Hermès*. Ich hatte ihr das Parfum zu Weihnachten geschenkt und liebte den Duft sinnlicher Blüten sehr an ihr.

»Jan«, sagte sie leise, fast schon im Flüsterton.« Lass den Fall doch einfach Fall sein und kümmere dich nicht mehr darum.

Du hast es doch nicht nötig, wieder als Anwalt zu arbeiten. Mach einfach Dinge, die dir Spaß machen. Entwirf eine neue Kollektion Tattoos, oder fahr mit Uz zum Fischen raus.« Ich spürte ihre Hand auf meinem Arm, zärtlich streichelte sie mich.

Ich konnte nicht glauben, was sie mir da gerade vorschlug.

»Warum soll ich den Fall nicht übernehmen?«, fragte ich tonlos.

Ich spürte ihren Atem ganz dicht an meinem Gesicht, als sie antwortete: »Die Umstände des Falls sind sehr brutal. Dieser Sanddorn ist regelrecht hingerichtet worden, dann diese makabren Begleitumstände, und nicht zu vergessen, dass sich das Ganze in einem SM-Klub hier in der Krummhörn in Ostfriesland abspielt. Der Fall ist ein gefundenes Fressen für die Presse, es wird ein Medienspektakel geben – und wir mittendrin. Willst du das?«

Trautes Ton war eindringlicher geworden, und ihre Hand streichelte nicht mehr meinen Arm, sondern umklammerte ihn mit festem Griff.

»Ist es dir unangenehm, dass unsere private Beziehung plötzlich im Blickpunkt der Öffentlichkeit stehen könnte?« Wieder beantwortete ich ihre Frage mit einer Gegenfrage. Diesmal störte Traute sich nicht dran.

»Natürlich nicht!«, wehrte sie etwas zu schnell ab und ließ meinen Arm los. »Obwohl – wenn ich ehrlich bin, muss ich zugeben, dass es mir doch ein Stück weit unangenehm wäre, wenn mir Anspielungen oder Zweideutigkeiten hinsichtlich meines Privatlebens zu Ohren kommen würden; insbesondere, wenn es von meinen Beamten käme.«

»Verhafte sie«, sagte ich ironisch. »Du bist die Staatsanwältin!«

Traute ging auf meinen Spruch nicht ein, sondern sah mich eindringlich an. »Jan! Gib den Fall ab, er tut unserer Beziehung nicht gut!«

»Wie meinst du das?« Ich konnte nicht glauben, dass Traute mich wirklich bat, das Mandat nicht zu übernehmen.

»Dieser ganze perverse Kram; der Sensationsjournalismus macht auch vor uns in Ostfriesland nicht halt; es wird jede Menge Dreck aufgewirbelt.« Sie sah mich beschwörend an.

»Was soll's, es ist nicht unser Dreck«, entgegnete ich schroffer als gewollt.

»Das stimmt zwar«, erwiderte sie, »aber wo im Schmutz herumgewühlt wird, bekommen auch die Umstehenden etwas ab.«

Unwillkürlich trat ich einen Schritt zurück. Mein inneres Stellwerk schaltete gerade alle Signale und Antennen auf Widerstand, was auch meinem distanzierten Ton anzuhören war, als ich kühl sagte: »Ich kann nicht glauben, was du da gerade sagst. Du bittest mich allen Ernstes darum, einen Fall nicht anzunehmen, weil du befürchtest, der Fall könnte Staub aufwirbeln und du könntest etwas abbekommen? Und im gleichen Atemzug schickst du mich wie einen kleinen Jungen oder einen Rentner, der sich langweilt, an sein Steckenpferd?« Ich schüttelte ungläubig, mit dem Kopf. »Ich bin Anwalt, und meine Arbeit macht mir nicht nur Spaß – meine Arbeit, das bin ich!«

Traute legte mir wieder die Hand auf den Arm: »So habe ich das doch gar nicht gemeint! Versteh mich nicht falsch, ich wollte dir nur …«

Ich hörte gar nicht richtig hin; in mir schwappte eine Woge der Empörung hoch. »Wir sind beide Anwälte – wir sollten tun, was unsere Arbeit ist!«

Mit einem Ruck zog sie ihre Hand weg und fuhr mich mit scharfem Ton an: »Nun sei doch nicht so selbstgefällig – *wir sind Anwälte*«, spöttisch schnaubte sie durch die Nase. »Du hast doch deine Schäfchen im Trockenen; deine Kanzlei hast du an deinen Partner abgegeben und kassierst, ohne einen Finger krumm zu machen, regelmäßig deine Beteiligung. Du kannst dich in aller Seelenruhe deinen Hobbys widmen und, wenn du Lust hast, mit deinem Kumpel Uz zum Fischen fahren oder dich mit deinen Entwürfen beschäftigen. Ich hingegen stehe noch voll im Berufsleben und muss zusehen, wie ich klarkomme. Du weißt genauso gut wie ich, wie das hier bei uns an der Küste ist, wie stur die Leute sein können und dass ich es als Frau in meiner Position verdammt schwer habe. Ich muss immer besser und schneller sein als meine männlichen Kollegen, immer länger und härter arbeiten und jeden Tag aufs Neue beweisen, dass ich als Staatsanwältin meinen Amtsbereich im Griff habe. Du machst es auch nicht besser, wenn du dich ständig mit meinen Beamten anlegst und mir Probleme bereitest!«

»Ich bereite dir Probleme?« Jetzt war es an mir, empört durch die Nase zu schnauben. »Natürlich bereite ich dir Probleme, wenn deine Beamten aus Faulheit einen unklaren Todesfall als Unfall bearbeiten, der sich hinterher als Doppelmord herausstellt!« Ich spielte auf den Tod einer jungen Frau an, deren Leiche Uz und ich im vergangenen Jahr beim Krabbenfischen aus der Nordsee gefischt hatten. »Und natürlich mache ich auch jetzt wieder Probleme, wenn dein Armani-Bulle mehr Interesse am Sitz seiner Frisur hat, aus Panik eine Leiche erschießt und in einem Anfall von narzisstischem Aktionismus eine Zeugin als Tatverdächtige verhaftet.«

»Die Leiche ist keine Leiche!«, schnappte sie.

»Ach nee ...«, sagte ich gedehnt, »was sind denn die makabren Gestalten im Kellergewölbe des INSOMNIA dann?«

»Makabre Gestalten eben – nicht mehr und nicht weniger!«, entgegnete Traute schnippisch. »Hightech-Polyethylen, Polyresin, medizinisches Silikon – such dir was aus!«

»Die sind also nicht echt. Woher weißt du das?«, fragte ich verwundert darüber, dass Traute offenbar schon Ergebnisse vorliegen hatte.

»Tillmann ist gut und schnell, außerdem haben wir ein gerichtsmedizinisches Labor auf neuestem Stand.« Traute verschränkte herausfordernd die Arme vor die Brust.

Auch wenn wir gerade aneinandergeraten waren und wie Stachelschweine alle Borsten ausgefahren hatten, war ich doch erleichtert, dass sich die Vermutung von Uz bestätigt hatte und es sich bei den Toten im INSOMNIA nicht um echte gehäutete Menschen handelte. Aber auch meine Erleichterung vertrieb nicht meinen Ärger auf Traute, die noch immer mit verschränkten Armen vor mir stand und mich angriffslustig ansah.

»Na gut«, grinste ich spöttisch, »dann hat Mackensen keine Leiche, sondern eine Puppe erschossen – das macht's auch nicht besser.«

»Wollen wir mal langsam wieder sachlich werden?«

»Gerne, Frau Staatsanwältin«, erwiderte ich und verschränkte ebenfalls die Arme vor der Brust. Jetzt standen wir uns wie ein altes Ehepaar gegenüber, das sich über den verbrannten Sonntagsbraten oder die Frage streitet, ob es im Urlaub in die Berge oder an die See gehen soll.

»Gut«, sagte Traute betont ruhig, »und was machen wir jetzt? Übernimmst du das Mandat?«

»Ich wüsste keinen Grund, weshalb ich das nicht tun sollte«, antwortete ich bockig.

»Vielleicht einfach nur aus Rücksicht?«

»Wieso aus Rücksicht?«

»Ach, vergiss es«, winkte sie störrisch ab. »Wenn ich dir das erst noch erklären muss.«

Sie drehte sich unwillig um und hatte mit ein paar schnellen Schritten ihren Schreibtisch umrundet, wo sie sich in ihren Drehstuhl fallen ließ. Mit einer schroffen Handbewegung zog sie einen Schnellhefter zu sich heran.

»Ich habe jetzt zu tun, du kennst ja das Prozedere«, sagte sie, ohne aufzusehen.

Tja, so kann's kommen. Vor ein paar Minuten dachte ich noch an nichts Böses, und von einem Moment auf den anderen steckte ich in einem fetten Beziehungsstreit. Wieso sich die Fronten zwischen uns innerhalb weniger Minuten so sehr verhärtet hatten, verstand ich nicht so richtig. Mir war schon klar, dass Traute nicht wollte, dass ich das Mandat von Lydia Saalbusch übernahm. Ich konnte auch verstehen, dass es ihr unangenehm war, wenn unsere private Beziehung durch den Fall zum Thema und als Klatschgeschichte durch die norddeutschen Amtsstuben und Kantinen getragen und genüsslich ausgewalzt wurde. So weit klar, aber ich verstand Trautes heftige Reaktion nicht: Ich bin grundsätzlich der Meinung, dass man über alles reden kann. Das sah Traute aber offenbar anders, stellte ich gerade fest, als ich sie mit zusammengekniffenen Lippen an ihrem Schreibtisch sitzen und geräuschvoll in ihren Akten blättern sah.

»Ich geh dann mal«, sagte ich lahm und bewegte mich nicht von der Stelle.

Traute knurrte zustimmend, machte aber keinerlei Anstalten, von ihrem Schreibkram hochzusehen.

Ich setzte mich langsam Richtung Tür in Bewegung und griff noch langsamer nach der Türklinke.

»Moin«, verabschiedete ich mich.

»Moin«, antwortete Traute knapp und blätterte stur in ihrem Schnellhefter.

Ich drückte die Tür von Trautes Büro hinter mir ins Schloss und nickte Rosi im Vorbeigehen gedankenverloren zu.

Proportional zur Abnahme der Wirkung der Betäubungsspritzen, die mir Doktor Gardim verpasst hatte, stieg der Schmerzpegel in meinem Kiefer an, was wiederum meine Laune noch massiver verschlechterte, als es der Streit mit Traute bereits getan hatte. Mit einer Laune, die weit unter den Minusgraden lag, die mich vor der Tür des Amtsgerichts erwarteten, kratzte ich die Scheiben meines Käfers frei. Achtlos warf ich den Eiskratzer in den Fußraum des Volkswagens und ließ den Motor an. Ohne Murren sprang mein Käfer beim ersten Versuch an, und ich machte mich auf den Heimweg nach Greetsiel.

5

Zu Hause angekommen, streifte ich meine Stiefel achtlos ab und ließ sie in der Diele liegen. Ich vermied es, in den mannshohen Spiegel zu schauen, als ich in die Küche schlich, um mir einen Eisbeutel zu machen. Als bekennender Zahnarztfeigling reichte mir das Wissen, dass ich ein Loch im Kiefer hatte – ich musste es mir nicht auch noch anschauen.

Ich stellte eine große Glaskaraffe unter den Auswurfschacht für Crushed Ice meines Kühlschranks und ließ es Eiswürfel regnen. Ächzend machte ich mich im Wohnzimmer auf dem Sofa lang und drückte den mit Eiswürfeln gefüllten Plastikbeutel vorsichtig auf meine geschwollene Gesichtshälfte. Kaum dass ich mich auf dem Sofa ausgestreckt hatte, fielen mir auch schon die Augen zu.

Ich verschlief den Nachmittag ruhig und traumlos und wurde irgendwann am Abend von meinem dicken Hund geweckt, der das Tauwasser von meinem Eisbeutel geräuschvoll abschleckte.

»Mensch, Motte«, moserte ich den Dicken verschlafen an, »muss das denn sein?«

Als Antwort fuhr mir mein Hund mit seiner langen Zunge quer übers Gesicht. Ich fluchte laut und wälzte mich schwerfällig vom Sofa. Prüfend betastete ich meinen Unterkiefer und stellte erleichtert fest, dass sich die Schwellung in Grenzen hielt, was ich aber von den Schmerzen nicht sagen konnte. Ich stapfte in die Küche und drückte gleich zwei Schmerztabletten auf einmal aus der Schutzhülle der Packung. Nachdem ich die Pillen mit einem kalten Schluck Tee hinuntergespült hatte, zog ich mir in der Diele Stiefel und Daunenjacke an. Motte stand bereits ungeduldig an der Tür und schnüffelte am Türspalt; offenbar hatte er den Ruf der Natur bereits vernommen, als ich noch auf dem Sofa gelegen habe, und konnte es nicht mehr länger erwarten, hinausgelassen zu werden.

Ich öffnete die Tür, und der Dicke warf mich fast um, als er sich zur Tür hinausdrückte. Da ich mein Handy auf dem Sofatisch liegen gelassen hatte, machte ich noch einmal kehrt und warf beim Hinausgehen einen Blick aufs Display; Traute hatte mir eine Nachricht geschickt. Gerade las ich sie, als mir siedend heiß einfiel, dass wir heute unseren Tangoabend hatten; den hatte ich verschlafen. Aber darüber brauchte ich mir keine Gedanken mehr zu machen, denn der Text ihrer Nachricht war knapp, aber deutlich: »Bis auf Weiteres lassen wir unseren Tangokurs besser ausfallen – ich melde mich wieder, Traute.«

Ich ließ das Handy sinken und unterdrückte den Impuls, das Telefon quer durch den Raum an die gegenüberliegende Wand zu pfeffern. Die Verbitterung, die in mir hochstieg, brannte wie üble Magensäure und setzte sich wie ein Kloß im Hals fest. Langsam steckte ich das Handy in die Jackentasche und folgte Motte hinaus in die eisige Nacht.

Nach meinem Krankenhausaufenthalt im letzten Jahr hatte mir mein Arzt während der mehrwöchigen Reha zur Verbesserung meiner motorischen Fähigkeiten Tangounterricht statt Gehschule verordnet. Zunächst war ich von der Verordnung nicht begeistert gewesen, hatte aber recht schnell festgestellt, dass die Art von Tango, die ich aus dem Fernsehen kannte, rein gar nichts mit dem Tango Argentino zu tun hatte, der an jener Rehaklinik im Rheingau sehr erfolgreich zur Behandlung motorischer Störungen angewandt wurde. Traute war von meiner Therapie so sehr begeistert, dass sie mich nach meiner Reha mit einem Tangokurs bei Maximiliano Enduardo überraschte, der in Upusen, einem Stadtteil im Osten von Emden, eine Schule für argentinischen Tango betrieb. Sie hatte mich auch nicht groß überzeugen müssen, denn bereits nach den ersten Stunden Tango Argentino im Rheingau war ich tangofiziert und tangorisiert.

Traute und ich genossen unsere wöchentlichen Unterrichtsstunden und hatten im Laufe der Monate unser tänzerisches Können recht gut weiterentwickelt. Unsere gemeinsamen Stunden waren uns heilig, und wir hatten noch nie einen Unterricht ausfallen lassen; zu sehr berührten die Musikalität, Eleganz und Erotik des Tango Argentino unsere Sinne. Umso härter traf mich jetzt Trautes Absage!

Es war eine klirrend kalte, mondhelle Nacht, die nach Neuschnee roch. Der Mond hing so tief überm Deich, dass ich geneigt war, den Kopf einzuziehen, um ihn mir nicht an seiner Sichelkante anzustoßen. Da ich ziemlich stark auf den Mond anspreche, spürte ich, ohne auf die Mondkalender-App meines Handys zu schauen, dass wir in spätestens zwei Nächten einen herrlichen Vollmond haben würden.

Oben auf dem Deich sah ich Motte entlangtrotten und folgte ihm.

Als ich die letzte Stufe der schmalen steinernen Treppe erklommen hatte, die den Deich hinaufführte, hatte ich einen fantastischen Blick über das nächtliche Wattenmeer, das sich wie eine geheimnisvolle Mondlandschaft schier grenzenlos vor mir ausbreitete. Von der Seeseite her wehte eine leichte Brise übers Watt und strich mir so eiskalt übers Gesicht, dass es nur wenige Augenblicke dauerte, bis mein Gesicht taub vor Kälte war. Meinem schmerzgeplagten Kiefer tat das sehr gut.

Während Motte warm in seinen Naturpelz eingehüllt den Deich entlanglief und alle paar Meter seine Nase tief in jedes Karnickelloch steckte, das er entdeckte, blieb ich auf dem Deich stehen und genoss den Blick über die unendliche Weite des Wattenmeers. Die Ebbe hatte unzählige Krater und Rinnen im Schlick hinterlassen, in denen sich das Meerwasser gesammelt hatte und silbern im Mondlicht schimmerte. Ich genoss diesen stimmungsvollen Kontrast zu den unzähligen Graunuancen der Schlicklandschaft. Mir fiel der köstliche Loriot ein, der seinerzeit in einem Sketch über die Unterschiedlichkeit von Grautönen referiert und dem Ehepaar Melzer Farbmuster präsentiert hatte, die von Aschgrau und Zementgrau über Bleigrau bis hin zu Mausgrau reichten. Obwohl mir überhaupt nicht zum Lachen war, musste ich schmunzeln, als ich mich an die skurrile Beratungsszene des Farbberaters Winkelmann erinnerte.

Langsam und in Gedanken versunken schlenderte ich meinem Hund, von dem ich nur noch einen Schatten sah, über den einsamen Deich hinterher. Der eiskalte Wind fuhr mir in den Kragen, und ich zog unwillkürlich die Schultern noch ein Stück höher. Es gibt Momente hier in Ostfriesland, da denkt man, man sei der einzige Mensch auf diesem Planeten. Das kann morgens während des Sonnenaufgangs auf der B 72 sein oder in den frühen Morgenstunden im Norddeicher Hafen oder am Südende von Juist. Auch jetzt war ein solcher Moment, in dem ich das Gefühl hatte, außer Motte und mir sei die Welt ausgestorben. Zugegeben, wer läuft auch schon um diese Zeit bei Eiseskälte im Dunkeln übern Deich, wenn nicht der einsame Hundeliebhaber, der seinen Vierbeiner durchlüftet.

Ich dachte an Traute, wie sie mit zusammengekniffenen Lippen an ihrem Schreibtisch gesessen hatte. Obwohl wir nie vertiefend über ihren Job als Staatsanwältin gesprochen hatten, konnte ich mir gut vorstellen, dass sie es nicht immer leicht hatte und sie sich gegenüber konservativen Sichtweisen ihrer

Standeskollegen ständig aufs Neue durchsetzen musste. Zumal hier in Ostfriesland die Uhren ohnehin etwas anders ticken als im Rest der Welt.

Aber sollte ich deshalb ein Mandat nicht annehmen?

Traute hatte recht, ich war auf das Mandat finanziell nicht angewiesen; die stille Teilhaberschaft an meiner alten Kanzlei, die ich vor ein paar Jahren an meinen Nachfolger übergeben und mich selbst aufgrund eines Burn-outs und der Scheidung von meiner Frau aus meinem alten Berufsleben zurückgezogen hatte, sicherte mir eine solide finanzielle Basis. Die Gewinne aus klug und langfristig angelegten Aktienportfolios verschafften mir zusätzliche finanzielle Unabhängigkeit, sodass ich mich tatsächlich nach Lust und Laune mit den Dingen beschäftigen konnte, die mir Spaß machten. Ganz besonderen Spaß machte mir das Zeichnen und Aquarellieren, insbesondere die kreative Gestaltung von Tattoos, die ich an renommierte Tattoostudios verkaufte und die sich mittlerweile sogar eine kleine Fangemeinde erobert hatten. So war aus dem erfolgreichen Rechtsanwalt und Strafverteidiger Jan de Fries der mit sich und der Welt zufriedene Aussteiger und Tattooartist Jan geworden.

So gesehen hatte Traute durchaus recht mit dem, was sie sagte. Allerdings sträubte sich in mir alles dagegen, einer Hilfe suchenden Mandantin das Mandat wieder zu verwehren, das ich ihr aus Gefälligkeit versprochen hatte.

Allerdings musste ich zugeben, dass ich eher Uz einen Gefallen tat, denn wirklich Hilfe suchend war mir Lydia Saalbusch nicht vorgekommen. So gesehen musste ich abwägen, ob mein zwanghaftes Festhalten an beruflichen Grundsätzen mit meiner jetzigen Lebenssituation noch übereinstimmte und nicht eines gewissen Updates bedurfte.

»Grundsätze sind nun mal Grundsätze, deshalb heißen sie ja so!«, murmelte ich halblaut vor mich hin und zog die Schultern hoch.

Es war wirklich scheißkalt hier auf dem Deich. Ich rief nach Motte und machte mich auf den Rückweg. Als ich mich nach einer guten halben Stunde meinem alten Reetdachhaus näherte, runzelte ich verwundert die Stirn. Aus dem Kamin stieg eine Rauchsäule auf. Aber ich hatte den Kamin nicht angezündet!

Möglichst geräuschlos klopfte ich mir das Eis von den Schuhen und betrat meine Diele. Am flackernden Lichtschein, der aus der Tür zum Wohnzimmer fiel, erkannte ich, dass tatsächlich Feuer im Kamin brannte. Aber wer hatte es entzündet?

Mit ein paar Schritten war ich an der Tür.

Mir fiel vor Überraschung die Kinnlade herunter, als ich sah, wer es sich vor dem flackernden Kamin gemütlich gemacht hatte – Lydia Saalbusch!

»Was machen Sie denn hier?«, fragte ich ungläubig.

Die Schwarzhaarige hob den Kopf von der Illustrierten, die ich auf dem Kamintisch zum Schmökern deponiert hatte.

»Sie wollten doch Informationen von mir«, verteidigte sie ihre Anwesenheit mit einem unbekümmert freundlichen Grinsen.

Ich griff nach meiner Wollmütze, zog sie mir vom Kopf und warf sie achtlos aufs Sofa. Kopfschüttelnd fuhr ich mit der flachen Hand über meine zwei Millimeter langen Resthaare, die sich nach der Anzahl, aber nicht in der Länge von meinem Bart unterschieden. War die Schwarzhaarige nun entwaffnend unkonventionell oder einfach nur unglaublich unverfroren?

»Nicht heute, nicht unangemeldet und schon gar nicht gemütlich vorm Kamin!«, erwiderte ich schroff. »Wie sind Sie denn überhaupt hier reingekommen?«

»Die Tür stand offen.«

In dem Fall hatte sie recht, denn wenn ich mit Motte kurz Gassi gehe, verriegle ich die Tür nicht eigens, sondern ziehe sie nur hinter mir zu. Im Sommer lasse ich die Tür auch schon mal offen stehen. Mein altes Kapitänshaus ist von alten Bäumen rundum hoch eingefriedet und von der Straße aus nicht zu sehen, was den Besuch ungebetener Gäste nahezu ausschließt – von heute an lag die Betonung auf nahezu!

»Auch wenn eine Tür offen steht, bedeutet das nicht automatisch, dass Sie eintreten dürfen! Und überhaupt: Wie kommen Sie denn auf die Idee, den Kamin anzumachen? Da hätten Sie doch auch gleich Teewasser aufsetzen können«, sagte ich barsch.

»Mir war kalt!«, beklagte sie sich und schob einen Schmollmund. »Und den Tee habe ich in Ihrem Durcheinander in der Küche nicht gefunden.«

Ich wusste nicht, ob ich sauer sein oder über ihre Unverfrorenheit lachen sollte. Als ich dann aber ihre Unschuldsmiene sah, die sie aufsetzte, konnte ich ihr nicht mehr böse sein und entschied mich für ein schiefes Grinsen. »Ist Ihnen ein Assam recht?«

Sie schenkte mir ein mädchenhaftes Lächeln und klimperte zustimmend mit ihren langen schwarzen Wimpern.

In diesem Moment fiel mir ein guter Freund ein, der mir vor einigen Wochen bei einem Bier im Rettungsschuppen gesagt hatte, ich sei ein alter Chauvi, und es werde mit zunehmendem Alter schlimmer mit mir. Da wir uns schon ein Leben lang kennen, nahm ich ihm seine augenzwinkernde Bemerkung nicht krumm. Denn irgendwo hat er auch recht; seit ich vor Jahren aus der juristischen Tretmühle ausgestiegen bin und mich aufs Wesentliche beschränkt habe, nehme ich das Leben in all seiner Schönheit, die es bietet, sehr viel bewusster wahr – und dazu gehören eben auch Frauen. Okay, ich bin wahrhaft kein Womanizer und sicherlich kein Traumtyp, nach dem sich die Frauen in der Fußgängerzone umdrehen, aber ich müsste lügen, wenn ich behauptete, mir sei der Anblick einer attraktiven Frau unangenehm. Allerdings verbinde ich Attraktivität nicht mehr nur mit den Äußerlichkeiten, die uns Castingshows und bunte Illustrierte einbläuen. Für mich hat jeder Mensch seine eigene Attraktivität; der alte Spruch, wonach die Schönheit eines Menschen im Auge des jeweiligen Betrachters liegt, trifft es meiner Meinung nach sehr genau.

Ich habe damals meinem Berliner Kumpel ein Bier ausgegeben, und wir ließen dieses Thema fallen, zumal ich wusste, dass er selbst gerne mal einer schönen Frau hinterherschaut; insbesondere, wenn sie auf langen Beinen daherkommt.

Bevor ich aber jetzt wieder ins Philosophieren kam, musterte ich die Schwarzhaarige unauffällig. Sie trug wieder schwarze Klamotten: enge schwarze Jeans und einen dicken, ebenfalls schwarzen Rollkragenpullover mit einem Riesenkragen, der ihr über die Schultern fiel. Mein Chesterfieldsofa, auf dem sie es sich gemütlich gemacht hatte, stand ihr vorzüglich.

Schwarze Klamotten sind offenbar ihre Berufskleidung oder passen am besten zu ihrer schwarzen Seele, dachte ich bei mir und grinste schweigend in mich hinein.

Kommentarlos ging ich in die Küche.

Ich füllte den Wasserkessel und stellte ihn auf die Herdplatte. Als konservativer Teetrinker lehne ich neumodischen Kram wie elektrische Wasserkocher ab. In der Zeit, bis das Wasser zu sprudeln begann, stellte ich Sahnekännchen, Zuckerdose und dünnwandige Teetassen auf ein kleines Holztablett. Ich schaute auf meinem Handy nach, ob vielleicht eine neue Nachricht von Traute eingegangen war.

Fehlanzeige!

Frustriert legte ich das Handy auf die Arbeitsplatte und widmete mich dem Tee. Ich mache zwar keine heilige Handlung aus dem alltäglichen Teekochen, schludere aber auch nicht, dafür sind mir Geschmack und Aroma zu wichtig. Vorsichtig wärmte ich die Teekanne mit kochend heißem Wasser vor und füllte das Teesieb mit einem von mir favorisierten Ostfriesentee, der aus verschiedenen Sorten Schwarztees mit besonders kräftigem Aroma gemischt war, mit dem überwiegenden Anteil an Assamtee. Mir schmeckt diese kräftige, würzige Mischung am besten.

Ich griff zur Kanne und goss das Vorwärmwasser aus, dann hängte ich das Teesieb in die Kanne und brühte einen kräftigen Ostfriesentee auf.

Beladen mit dem Teetablett, auf das ich noch ein paar frisch gebackene Ingwerplätzchen von Uz' Tochter Claudia gestellt hatte, kehrte ich zurück ins Wohnzimmer. Ich lachte laut auf, als ich sah, dass Motte unseren Besuch schon ins Abendprogramm eingebunden hatte. Alle viere von sich gestreckt, lag mein dicker, fauler Hund auf dem Rücken vor dem flackernden Kamin und grunzte vor Wohlbehagen, denn Lydia Saalbusch kraulte ihm mit beiden Händen den Bauch.

Bei meinem Eintreten hob sie den Kopf und lachte entschuldigend: »Ich hatte keine Chance, ihr Hund hat ein einnehmendes Wesen.«

»O ja«, bestätigte ich. »Wenn Motte ein Opfer zum Kraulen findet, kennt er keine Gnade.«

Ich stellte das Tablett auf die alte Seemannskiste, die vorm Sofa als Ablagetisch diente. Vorsichtig goss ich das dampfende Gebräu in die dünnen Teetassen. Da das originale ostfriesische Teezeremoniell keinerlei Interpretationen zur Art und Weise vorsieht, wie der Tee angeboten wird, erübrigte sich die Nachfrage, wie Lydia Saalbusch ihren Tee trinken wolle. Es gab nur eine Möglichkeit: langsam den heißen, dampfenden Tee in dünnwandige Tassen eingießen, ein Kluntje hineinfallen lassen, das sich wohlig knisternd im heißen Tee auflöst, und die Sahne über einen kleinen Sahnelöffel den Tassenrand entlang langsam einfließen lassen, sodass vom Boden der Teetasse kleine Wölkchen aufsteigen.

Einladend deutete ich auf die Teetasse, die ich ihr eingegossen hatte und aus der es verführerisch duftete, während ich es mir auf dem gegenüberliegenden Sofa bequem machte.

Meine Besucherin klopfte Motte entschuldigend auf den Bauch und griff nach ihrer Tasse. Schweigend tranken wir unseren Tee und genossen mit den ersten Schlucken das leicht malzige Aroma der würzigen Blattmischung, dem der zarte Geschmack des Sahnewölkchens einen wohlschmeckenden Kontrast entgegensetzte. Der Geschmack des Kluntjes kam mit jedem Schluck stärker zur Geltung und versüßte den Teegenuss der ersten Tasse.

Als auch die Schwarzhaarige ihre Tasse geleert hatte, beugte ich mich vor, griff nach der Kanne und goss uns eine zweite Tasse ein.

»Nun«, sagte ich, während ich einschenkte, »auch wenn der Tee zweifellos ausgezeichnet ist, sind Sie sicherlich nicht alleine zum Teetrinken vorbeigekommen.«

»Stimmt!« Lydia Saalbusch nippte vorsichtig am Rand ihrer Tasse, aus der eine dampfende Wolke aufstieg. »Sie wollten Informationen und – ich habe Informationen!«, verkündete sie vielsagend.

»Na, dann lassen Sie mal hören«, forderte ich sie auf und nahm ebenfalls einen Schluck.

»Wenn Sie denken, dass ich Ihnen Namen und Adressen der ›Herren‹ geben kann, muss ich Ihnen diesen Zahn leider ziehen!«, kam sie direkt zum Thema.

Ich zuckte zusammen und verzog schmerzhaft das Gesicht. Lautlos verfluchte ich die Schwarzhaarige! Mein Kiefer hatte über eine halbe Stunde lang keinen Mucks mehr von sich gegeben. Kaum machte die Saalbusch ihre saloppe Bemerkung, fing es in meinem Kiefer an zu pochen. Ich hätte sie schütteln können!

»Ich wäre Ihnen wirklich sehr verbunden, wenn Sie im

Moment auf Wortspiele dieser Art verzichten würden!«, sagte ich mit verkniffenem Mund.

Offenbar stand mir meine Verärgerung deutlich ins Gesicht geschrieben, denn sie bat sofort und sehr verlegen mit einem leisen »Oh, sorry« um Entschuldigung und begann vor lauter Verlegenheit, unsichtbare Falten an ihrer Jeans glatt zu streichen. »Ich vergaß, dass Sie heute ziemlich empfindlich sind.«

»Was ja auch kein Wunder ist!«, gab ich zurück. »Aber lassen Sie uns das Thema bitte nicht vertiefen!«

»Okay.« Besorgt musterte sie mich. »Wenn Ihnen aber Ihr Zahn noch Probleme bereitet, komme ich gerne noch einmal wieder.«

»Zu spät!«, winkte ich ab, ich wurde langsam ungeduldig. »Ich würde gerne ein paar Fakten hören – schießen Sie los!«

»Erwarten Sie bitte nicht zu viel von mir!«, warnte sie mich. »Ich kann Ihnen weder mit Klarnamen, geschweige denn mit Anschriften dienen.«

»Sie sagten, die Männer nennen sich ›Die Herren‹ und mieten Ihren Klub regelmäßig für ihre Sexpartys«, wiederholte ich und ignorierte dabei ihren Einwand. »Erzählen Sie doch einfach mal, wie das so abläuft.« Es ist eine alte Erkenntnis von Juristen und Kriminalisten, dass Zeugen oftmals nicht wissen, was sie wissen. Ich hatte schon oft die Erfahrung gemacht, dass befragte Personen sich an Details einer Begebenheit erinnern, wenn man ihnen ausreichend Gelegenheit zum Reden gibt und sie mit gezielten Fragen unterstützt – oder leicht provoziert, wie ich es gerade tat.

»Es sind keine Sexpartys!«, erwiderte sie pikiert. »Es sind Sessions.«

»Wo ist denn da der Unterschied?«, stellte ich mich unwissender, als ich war. Mir war durchaus klar, dass sich Partys in Swingerklubs nicht nur durch die teilweise bizarren

Sexualpraktiken von den Veranstaltungen in SM-Klubs unterschieden, sondern dass die Popoklatscher aufgrund ihres Selbstverständnisses gegenüber Swingern gerne die Nase rümpften. Deshalb interessierten mich Philosophie und Interpretation der Schwarzhaarigen, denn ich versprach mir von ihrer Sichtweise aufschlussreiche Einzelheiten, die mir Zugang zur Denkweise ihrer Gäste ermöglichte und mir damit eventuell wichtige Hinweise zu dem oder den Tätern geben konnten.

»Sexparty ist ein Begriff aus der Mottenkiste, das hat meine Oma früher immer gesagt, wenn sie mir von Oswalt Kolle erzählt hat«, kicherte die Schwarzhaarige. »Das schreiben auch immer Journalisten, wenn sie über irgendwelche Politiker berichten, die mal wieder ›wilde Sexpartys‹ gefeiert haben.«

»Und was ist die richtige Bezeichnung?«, fragte ich geduldig.

»Nee, lassen Sie mal, ist schon okay. Sie sind ja auch keine dreißig mehr«, gluckste sie in Anspielung auf ihre Oma. »Es ist schon richtig, die Blümchensexgemeinde spricht auch heute noch von sogenannten Sexpartys. In der Klubszene heißt es Afterwork-Swing, Nasty-Thursday oder Mix-Evening. Aber im Grunde ist es auch egal, wie man die Veranstaltungen nennt, es geht sowieso nur ums Ficken.«

»Ach ja«, erwiderte ich belustigt. »Und bei den Sadomasopartys geht es darum nicht?«

»Diese Frage kann man nicht in zwei Sätzen beantworten«, erwiderte sie und wurde wieder ernst. »Zu diesem Thema gehen die Meinungen in der Szene auseinander. Es gibt mehrere Fraktionen. Zunächst haben wir da die hedonistischen Liebhaber sadomasochistischer Spielarten, die sich zwanglos zum Plaudern, Relaxen und zur Kontaktpflege mit Gleichgesinnten treffen. Das sind ganz normale Leute wie du und ich; der einzige Unterschied zu Normalos und Vanillas besteht darin, dass sie gewisse Neigungen ausleben und lediglich eine härtere

Gangart beim Sex bevorzugen.« Lydia Saalbusch machte eine kleine Pause und musterte mich eindringlich, als wolle sie prüfen, ob ich entspannter war als bei unserem letzten Gespräch.

Offenbar fiel mein Gesichtsausdruck zu ihrer Zufriedenheit aus, denn sie fuhr in ihren Erläuterungen beruhigt fort: »Dann haben wir die Freizeit- und Gelegenheitsspieler; das sind all diejenigen, die mal ein bisschen böse sein und BDSM spielen wollen. Wir nennen sie Popoklatscher.«

Ich grinste innerlich, denn so nenne ich die gesamte Lack- und Lederfraktion. Mir sind schon seit jeher Insider aller Couleur suspekt, und ich staune immer wieder über die Inbrunst, mit der Begeisterte über die Feinheiten ihrer Liebhaberei sprechen. Egal, um welche Liebhaberei es sich handelt, ob Buddelschiffliebhaber oder Freunde des gepflegten Kartografierens von rechtsdrehenden Windrädern – als Außenstehender steht man immer als Ignorant oder Depp da. Warum sollten die Sadomasoleute da eine Ausnahme bilden? Aber vielleicht bin ich ja zu spießig oder ein zu langweiliger Vanilla, um der Szene etwas abzugewinnen.

Ich richtete meine Aufmerksamkeit wieder auf Lydia Saalbusch, die mir gerade den Unterschied zwischen den Möchtegernperversen und ihren elitären Perversen erklärte.

»Diese Typen fühlen sich unheimlich toll, wenn sie ihren Kumpels daheim in der Schrebergartensiedlung erzählen können, dass sie mit der Peitsche herumgeknallt und der Mutti mal den Arsch versohlt haben. Für diese Klientel habe ich einen Blick und lasse sie gar nicht erst ins INSOMNIA. Solche Typen würden die besondere Atmosphäre und das Niveau meines Klubs stören«, erklärte sie im Brustton der Überzeugung.

»Ist das Ihr Erfolgsgeheimnis, von dem Sie gestern sprachen?«, fragte ich.

Die Schwarzhaarige nickte: »Genau. Die Auswahl der Gäste ist die Basis des exquisiten Rufs des INSOMNIA. Meine

Gäste sind handverlesen! Der Klub hat ja kein sogenanntes Laufpublikum. Wer an einer Veranstaltung teilnehmen oder einfach nur bei einem Drink relaxen möchte, muss sich anmelden und kommt auf die Gästeliste. Neue Gäste benötigen die Empfehlung eines Stammgastes, ansonsten wird kein Einlass gewährt. Auf diese Weise filtere ich Leute von vornherein heraus, die nicht unserem Niveau und unserer Philosophie entsprechen, und vermeide jeglichen Missklang bei unseren Gästen.«

»Und die sogenannten ›Herren‹ entsprechen Ihrem Anspruch?«

Sie nickte bestätigend. »Voll und ganz! Bei den ›Herren‹ handelt es sich um charismatische und attraktive Männer, jeder auf seine Weise. Alle sind gut situiert, intelligent und eloquent; Gentlemen und Machos gleichermaßen.«

»Und alle pervers?«, konnte ich mir nicht verkneifen einzuwerfen.

»Aus Ihrer Sicht – ja.« Lydia Saalbusch sah mich mit süffisantem Lächeln an. »Aus meiner Sicht dominant, konsequent und sehr attraktiv!«

»Das sind ja wahre Supermänner«, spottete ich.

»Nun, sagen wir mal so«, entgegnete sie und setzte eine arrogant-mitleidige Miene auf, »sie sind klug, geschäftlich erfolgreich, charmant und verfügen über eine Charaktereigenschaft, bei der wir Frauen schwach werden: natürliche Dominanz. Sie können zärtlich sein – wenn sie es wollen. Aber auch knallhart. Diese Männer fragen nicht lange, wenn sie etwas wollen – sie nehmen es sich einfach wie Raubritter. Es sind richtige Männer, keine weichgespülten Frauenversteher, für die bereits ein Tantra-Workshop ein spektakuläres Event ist.«

Manchmal frage ich mich, was in den Köpfen der Frauen vor sich geht. Seit den Sechzigerjahren stellt die Frauenbewegung das männliche Patriarchat infrage und kämpft für die Gleichberechtigung. Wir Männer hatten in den zurückliegenden Jahrzehnten so manche Sinn- und Identitätskrise. Machos waren verpönt, die klassische Rollenverteilung wurde infrage gestellt, und wir diskutierten unsere femininen Anteile in Männergruppen. Heute sind berufstätige Karrierefrauen, deren Männer daheim die Kinder hüten, und alleinerziehende Männer und Frauen in Führungspositionen zwar noch nicht in dem Maße vertreten, wie uns das die Politik glauben machen will, aber auch keine exotischen Einzelfälle mehr. Wir Männer haben dazugelernt und sind dabei, uns ebenfalls von alten Rollenbildern zu emanzipieren – zumindest ein Teil von uns. Zwar dürfen wir Männer uns nach wie vor im Job keine Blöße geben oder Schwächen eingestehen, dafür ist der Konkurrenzdruck zu stark. Aber wir haben gelernt, Gefühle zu zeigen und über Dinge zu sprechen, die für unsere Väter noch Tabuthemen waren. Alles in allem hatte sich in den vergangenen Jahrzehnten eine grundlegende gesellschaftliche Entwicklung der Gleichberechtigung zwischen den Geschlechtern entwickelt und etabliert.

Und jetzt saß mir Lydia Saalbusch mit arrogantem Gesichtsausdruck gegenüber und erklärte süffisant, dass Frauen bei dominanten Raubrittern schwach werden, weil die sich brutal und mit Gewalt nehmen, was sie wollen – und den Frauen gefällt das?

Ich musste mich zusammenreißen, um ihr nicht ein paar Takte zu erzählen. Aber es war im Moment sowieso egal, was ich hinsichtlich der Beschreibung ihres Männerbilds erwiderte; ich zog sowieso in jedem Fall den Kürzeren. Dafür war ihre Sichtweise zu extrem und sexuell ausgeprägt.

Also hielt ich besser den Mund und sah sie schweigend an; schließlich wollte ich mit ihr ja keine fruchtlosen gesellschaftlichen Grundsatzdiskussionen führen. Ich hatte lediglich Uz versprochen, ihr zu helfen, wenn es zu Problemen mit Behörden kommen sollte – nicht mehr und nicht weniger!

»Wie ich Ihnen bereits heute Morgen erzählte, gehören die ›Herren‹ einer ganz besonderen Kategorie an«, fuhr Lydia Saalbusch in der Beschreibung ihres Männerbilds fort.

Und ob ich mich erinnerte! Schließlich hatte ich das Gespräch abgebrochen, weil mir ihr Gerede über diesen ganzen Sadomasokram auf die Nerven gegangen war. Vielleicht sollte ich mir tatsächlich mal die Frage stellen, weshalb ich angesichts der Spannungen zwischen Traute und mir überhaupt noch das Mandat weiterführen wollte, zumal mich das Thema ohnehin nervte.

»Scheiß Loyalität!«, beantwortete ich mir meine Frage insgeheim.

»Allerdings hatten Sie das Gespräch ziemlich einseitig beendet.« Amüsiert sah sie mich an.

Ich verzog die Mundwinkel, erwiderte aber nichts.

»Jeder der ›Herren‹ ist eine starke und dominante Persönlichkeit. Alle sind charmant, erfolgreich und ungeheuer attraktiv …«, nahm sie den Faden wieder auf.

»Wollen Sie mir einen Minderwertigkeitskomplex einreden?«, warf ich spöttisch ein.

»Keineswegs.« Sie grinste belustigt. »Sie sind doch selber auch ein sehr attraktiver Mann mit einer deutlich spürbaren Dominanz; diese Charaktereigenschaft sollten Sie sich nur eingestehen und zulassen.«

»Was wollen Sie mir denn jetzt einreden?«

Da ich nicht vorhatte, mich von der Schwarzhaarigen analysieren zu lassen, ließ ich mich auf das Thema gar nicht erst ein, sondern bedeutete ihr mit einem Kopfnicken, in ihren Erläuterungen fortzufahren.

Ein amüsierter Blick traf mich, als sie fortfuhr: »Ich hatte Ihnen ja bereits erzählt, dass es sich bei den ›Herren‹ um Doms handelt, die ihren Sadomasochismus nach klassischen Werten der Old School konsequent leben.«

Ich nickte bestätigend.

»Und Sie wollten wissen, mit welchen speziellen Disziplinierungen die ›Herren‹ Ungehorsam bestrafen?«

Wieder nickte ich.

»Dann sollten Sie diesmal aber zuhören und nicht wieder das Gespräch abbrechen«, mahnte sie mich.

Ich brummte zustimmend.

»Peitsche und Rohrstock sind zwar schmerzhaft, aber gefallen den Sklavinnen oftmals so gut, dass sie eher Belohnung als Bestrafung sind«, erklärte sie. »Eine raffinierte Sub …«

»Was genau ist eine ›Sub‹?«, unterbrach ich sie.

Die Schwarzhaarige rollte demonstrativ mit den Augen, weil sie mir aus ihrer Sicht das kleine Einmaleins des Sadomaso erklären musste. »Eine Sub oder auch Bottom wird eine Person genannt, die während einer Session oder innerhalb einer Beziehung eine passiv-unterwürfige Rolle einnimmt.«

»Also eine Frau, die sich als Sklavin benutzen lässt«, stellte ich fest.

»Mitnichten!«, widersprach sie. »So einfach ist das nicht. Eine Sub kann natürlich eine Frau sein, muss es aber nicht; Männer haben es auch gerne, sich mal zu unterwerfen«, sagte sie anzüglich.

»No Chance!«, erwiderte ich bestimmt.

»Huh …«, die Schwarzhaarige machte ein demonstrativ erschrockenes Gesicht und riss ihre Augen gespielt weit auf, »… sag ich doch: ein dominanter Mann.«

»Können wir bitte ernsthaft weiterreden?«, mahnte ich und verdrehte meinerseits die Augen.

»Sie glauben ja gar nicht, wie ernst es mir ist …«, entgegnete sie zweideutig und ließ für einen Sekundenbruchteil einen Schleier vor ihrem Blick vorbeigleiten.

Ich räusperte mich umständlich. Das fehlte mir gerade noch, dass Lydia Saalbusch mir das Peitschenknallen beibringen wollte. »Sie sind bei der Sub stehen geblieben.«

Ihr Blick war wieder neutral, das beruhigte mich ungemein.

»Genau. Bleiben wir also bei der weiblichen Sub«, schlug sie vor. »Eine raffinierte Sub, die auf Lustschmerz steht, manipuliert ihren Dom und gibt sich aufmüpfig und frech. Sie verhält sich rebellisch, gibt Widerworte und provoziert nach dem Motto: ›Du dominierst mich nicht, ich mach, was ich will!‹ Erfahrene SMler fallen auf diese Wunschzettelsubs nicht rein.«

»Wunschzettelsub?«

»Sie würden sich solche Frechheiten sicher nicht bieten lassen«, sagte sie anzüglich.

»Bitte fahren Sie fort!«

»Jaha …«, hauchte sie und riss wieder die Augen auf.

Mit einem Mal kapierte ich: »Sie meinen, diese sogenannten Subs provozieren genauso frech, wie Sie es gerade tun?«

»Sie kapieren schnell.« Die Schwarzhaarige kicherte. »Wären Sie ein Dom, hätten Sie mich schon lange übers Knie gelegt; aber vielleicht hätte ich ja genau das gewollt.«

Dieses Spielchen erschien mir ziemlich kompliziert und anstrengend – aber gut, wer's mag. Ich verschränkte die Arme vor der Brust und sah sie schweigend an.

»Wenn ich das gewollt provoziert hätte und Sie darauf eingegangen wären, wäre das ein sogenanntes ›Topping-from-the-Bottom‹. Ich hätte den Dom so manipuliert, wie ich es will, und wäre bestraft worden; schließlich hätte ich ja genau das gewollt, denn als Masochistin stehe ich auf Lustschmerz.«

»Mein Gott, ist das alles kompliziert. Wozu das alles, wozu die ganzen Spielchen, wer wen wo und wie manipuliert?«, stöhnte ich.

»Weil's Spaß und ungeheure Lust macht.« Wieder ließ die Schwarzhaarige einen Schleier vor ihren Augen vorbeiziehen.

Ich ignorierte ihre Anspielung und ermahnte sie auch nicht. Wahrscheinlich wollte sie genau das. Stattdessen wartete ich regungslos ab, bis sie wieder ihren Faden aufnahm.

»Sie lernen wirklich schnell«, stellte sie fest. »Sie würden einen sehr guten Dom abgeben.«

Schweigend ignorierte ich auch diese Anspielung und sah sie unbewegt an.

»Gut, sehr gut«, hauchte sie und ließ dann einen Ruck durch ihren Körper gehen, um mit normaler Stimme fortzufahren: »Wenn also die Sub ›Topping-from-the-Bottom‹ spielt, läuft sie Gefahr, dass ihr Dom – sofern er sie kennt oder erfahren genug ist, um ihr Spiel zu erkennen – nicht auf ihre Provokationen eingeht, sondern sie stattdessen empfindlich bestraft. Ein guter Dom setzt Rohrstock und Peitsche so gekonnt ein, dass sich die Sklavin permanent …«

Ich verzog unangenehm berührt das Gesicht, als die Schwarzhaarige den Begriff »Sklavin« erneut wie selbstverständlich benutzte.

»… auf dem Grat zwischen Lust und Schmerz befindet – deshalb auch Lustschmerz«, fuhr die Schwarzhaarige unbeirrt fort. »Und ja, wir sagen auch Sklavin, das ist für uns normal! Diese Bezeichnung gehört für alle Beteiligten nicht nur selbstverständlich zum Spiel dazu, sondern wird auch als außerordentlich lustvoll empfunden!«, sagte sie mit einer gewissen Nachsicht, denn offenbar war mir meine Missbilligung deutlich vom Gesicht abzulesen.

»Ich habe verstanden«, entgegnete ich steif. »Und was verstehen nun …«, ich suchte nach den richtigen Worten, denn es widerstrebte mir ungemein, die von ihr beschriebenen Typen als Herren zu bezeichnen, »… die Akteure unter speziellen Disziplinierungen?«

»Das interpretiert jeder für sich individuell«, entgegnete sie. »Ich gebe zu, dass für Außenstehende das Thema BDSM schockierend und abstoßend sein kann, wenn man damit zum ersten Mal konfrontiert wird«, räumte sie ein. »Bevor Sie aber möglicherweise gleich wieder das Gespräch abrupt beenden, sollten Sie eins unbedingt wissen: Egal, ob eine BDSM-Beziehung auf Liebe basiert oder sich auf eine reine Spielbeziehung beschränkt, bei der die Befriedigung der Lust im Vordergrund steht, die absolute Voraussetzung für ein Miteinander, in welcher Form auch immer, sind Vertrauen, Respekt und unbedingtes Einhalten der Regeln!« Sie sah mich eindringlich an.

»Fahren Sie einfach fort!«, sagte ich und bemühte mich um eine neutrale Sichtweise, denn ich gehörte eindeutig zu den Außenstehenden, die brutale und gewalttätige Sexpraktiken schockierend und abstoßend finden. Aber ich fühlte mich noch immer genug als Profi, um mich von meinen Gefühlen nicht in meinen Handlungen beeinflussen zu lassen. Natürlich kann diese Einschätzung immer nur eine rein subjektive sein; auch wir Strafverteidiger, Staatsanwälte und Richter sind schlussendlich nur Menschen und können uns nicht gänzlich von Gefühlen freimachen, auch wenn es Beruf oder Amt von uns verlangt.

»Wie gesagt, für Außenstehende schwer zu verstehen, aber das Wesen von BDSM liegt nun mal in der Ausübung von Macht, Unterwerfung und dem Zufügen von Schmerzen«, fuhr die Schwarzhaarige in ihren Erläuterungen fort und folgte darin meiner Aufforderung. »Ein virtuoser Dom lässt seine Spielgefährtin zwar fliegen, kann sie aber auch hart und konsequent bestrafen.«

»Fliegen?«, wiederholte ich verdutzt. Was hieß das denn nun schon wieder?

»In SM-Kreisen bedeutet Fliegen, dass ein Dom seine Sub derart in sexuelle Ekstase führt, dass sie in eine Art Trance fällt und nichts anderes als pure Lust empfindet, die sich in ekstatischen Orgasmen entlädt.« Die Augen von Lydia Saalbusch bekamen einen eigentümlichen Glanz, als sie mir diese spezielle Art der Lust beschrieb. »Diese Art Trancezustand nennt die Szene ›Fliegen‹. Die ›Herren‹ beherrschen diese Art der sexuellen Führung virtuos.«

Angesichts der Beschreibung »ultimativer« Orgasmen kam mir mein eigenes Sexualleben fast schon langweilig und meine Vorlieben für Kamin, Rotwein und romantische Musik etwas konservativ vor, um es mal vorsichtig zu formulieren – aber nur für einen Moment! Abrupt schob ich diese absurden Gedanken beiseite, denn ich konnte mir beim besten Willen und aller Toleranz nicht vorstellen, mit einer Peitsche in der Gegend herumzulaufen und Frauen zu verhauen.

»Lassen Sie uns das Thema bitte nicht weiter vertiefen«, wehrte ich deshalb ab und kam zurück zu meiner eigentlichen Frage: »Lust hin oder her, kommen Sie bitte zum Wesentlichen: Wie haben diese Typen denn nun ihre Bestrafungen durchgeführt?«

»Entschuldigen Sie, ich wollte Sie nicht in Verlegenheit bringen«, entgegnete sie. »Sie sollten nur die Zusammenhänge etwas besser verstehen. Es geht bei BDSM nicht ausschließlich um Schmerzen, sondern um Macht …«

»Das erwähnten Sie bereits.«

»Diese Macht wird bei Ungehorsam oder schlampiger Ausführung von Anordnungen in Form von Bestrafungen ausgeführt und demonstriert. Diese Demonstration wird von dem jeweiligen Dom oder dessen Beauftragten hart und konsequent ausgeführt. ›Die Herren‹ lieben die öffentliche Zurschaustellung ihrer Sklavinnen. Mit Vorliebe führen sie ihre Sklavinnen einem ausgesuchten Publikum vor.«

»Sie sagten doch, dass diese Typen Ihren Klub für reine Privatveranstaltungen buchen?«, warf ich ein.

»Ja, schon«, nickte sie zustimmend, »aber zu diesen privaten Abenden luden die ›Herren‹ sich auch mitunter ausgesuchte Gäste ein – ein erlesener Kreis.«

»Was den Kreis der Verdächtigen beträchtlich erhöht«, knurrte ich. »Erzählen Sie weiter: Wie liefen diese Veranstaltungen ab?«

Die Schwarzhaarige zuckte mit den Schultern und fuhr fort: »Die zu bestrafenden Sklavinnen wurden vor den Augen der anderen Gäste an einen hölzernen Pranger gestellt oder ans Kreuz gebunden und mit Reitgerten, Peitschen oder Rohrstöcken gezüchtigt.«

»Das sind aber doch die üblichen SM-Praktiken«, widersprach ich, denn so viel wusste ja sogar ich.

»Peitsche und Gerte waren lediglich ein Warming-up«, grinste sie. » Diese Form der Bestrafung haben ihre Subs ja auch noch sehr genossen. Wenn dann aber Skalpell und Spritzen aus dem Koffer geholt wurden ...«

»Skalpell und Spritzen?« Entsetzt riss ich die Augen auf. »Wozu denn das?«

»Zum Schneiden und Spritzen natürlich«, entgegnete sie ernst. »Was haben Sie denn gedacht? Ich sagte doch, dass die Herren spezielle Sessions durchführen; dafür sind sie bekannt. Und weil Schneiden und Stechen nicht jedermanns Sache ist, buchen sie für ihre englischen Veranstaltungen mitunter das INSOMNIA. Ansonsten würden mir viele meiner Stammgäste wegbleiben.«

»Wieso nennt sich das englische Veranstaltung?«, wollte ich wissen.

»Wie bestellen Sie Ihr Steak, wenn es nicht durchgebraten, sondern leicht blutig sein soll?«, sah sie mich fragend an.

»Medium«, antwortete ich.

»Oder?«

Ich sah sie verständnislos an; dann fiel bei mir der Groschen. »Englisch«, sagte ich konsterniert.

Während sich in meinem Kopf Bilder zu den Erklärungen der Schwarzhaarigen über spezielle Strafen bildeten, grunzte

Motte plötzlich im Schlaf und drehte sich geräuschvoll auf die Seite; überrascht zuckte ich zusammen. Unser Gespräch hatte meine Aufmerksamkeit so sehr gefordert, dass ich das Drumherum völlig vergessen hatte. Ich griff zur Teetasse, der Tee war mittlerweile völlig kalt.

Wortlos nahm ich die Tasse der Schwarzhaarigen und meine eigene und ging zur Küche, wo ich gedankenverloren die Tassen ausspülte und abtrocknete. Obwohl ich über mehr als zwei Teetassen verfüge und einfach nur zwei neue Tassen aus dem Küchenbüfett hätte nehmen können, hatte ich das Bedürfnis, etwas zu tun; und wenn es nur Teetassen abspülen war.

Mit den sauberen Tassen in der Hand kehrte ich zurück ins Wohnzimmer und setzte mich wieder auf meinen Sessel. Schweigend goss ich frischen Tee in die Tassen und lehnte mich zurück.

»Okay«, sagte ich betont langsam und konzentriert, während ich versuchte, zum Thema Skalpell und Nadeln sämtliche Bilder in meinem Kopf wegzuwischen. »War das alles, oder gab's noch mehr Spezielles?«

»Natürlich gab und gibt es noch mehr Spezielles!« Die Schwarzhaarige machte einen entspannten Eindruck, während sie zu ihrer Teetasse griff und antwortete. »Das Repertoire der ›Herren‹ ist sehr breit; ihre Kreativität ist in der Szene berüchtigt. Skalpell und Spritze gehören zum blutigen Handwerkszeug ihrer Bestrafungen. Diese Praktiken sind aber auch in der BDSM-Szene nicht unumstritten und werden auch nicht von allen ›Herren‹ angewandt. Jeder von ihnen hat sich auf ein Gebiet spezialisiert. Skalpell und Spritze waren das Fachgebiet des Dom de Dolore – des Herrn der Schmerzen.«

»Da ist der Name ja Programm«, sagte ich spöttisch.

»Langsam verstehen Sie«, lobte Lydia Saalbusch mich.

»Vergangene Nacht sagten Sie, dass der Tote sich so nannte?«, fragte ich, ohne auf ihre Bemerkung einzugehen.

»Stimmt.« Sie nickte zur Bestätigung. »So nannte er sich – Dom de Dolore.«

»Was waren die weiteren Spezialgebiete dieser Gruppe?«, nahm ich den Faden wieder auf, auch wenn ich jetzt schon wusste, dass ich die Antwort im Grunde nicht hören wollte.

»Eine weitere Spezialität der ›Herren‹ ist die Atemkontrolle, dafür ist Dom de Agonie zuständig.«

»Agonie – Todeskampf?« Ich wunderte mich, dass ich gar nicht mehr so entsetzt war wie noch vergangene Nacht oder zu Beginn unseres Gesprächs; offenbar gewöhnt man sich schnell an das Unvorstellbare.

»Genau, Todeskampf. Auch hier ist der Name Programm.« Sie nickte bestätigend.

In meinem Kopf tauchten Bilder von Folterszenen auf, von denen ich mal gelesen, gehört oder in irgendeiner Form in Filmen gesehen hatte. Ich konnte kaum glauben, was Lydia Saalbusch mir da erzählte; eine solch harte BDSM-Szene hätte ich in Frankfurt oder Berlin erwartet, aber doch nicht hier bei uns – im malerischen und beschaulichen Ostfriesland!

»Sie wollen sagen …«, begann ich meinen Satz, ließ ihn aber unvollendet im Raum stehen; zu brutal war das soeben Gehörte, um es zu Ende zu denken.

»Ja, genau das will ich sagen«, bestätigte sie. »Zur Bestrafung wurde der betreffenden Sklavin eine Maske aus Gummi oder Latex über den Kopf gezogen. Diese Maske umschließt den Kopf wie eine zweite Haut und sieht ähnlich aus wie eine Gasmaske. Der Unterschied besteht darin, dass eine Gasmaske am unteren Ansatz einen aufschraubbaren Filter hat, die Latexmaske hingegen eine Öffnung, an der ein Atemschlauch angebracht werden kann. Über diesen Atemschlauch kann die Atmung reguliert werden. Die Sklavin wurde mithilfe von Lederfesseln oder Seilen mit gespreizten Armen und Beinen an ein Kreuz gefesselt, sodass sie vollkommen wehrlos war. Der Dom drosselte dann langsam die Atemzufuhr …«

»Sie meinen, er erstickte die Frau?« Ich konnte nicht glauben, was ich da hörte.

»So geht das Spiel«, lautete die knochentrockene Antwort der Schwarzhaarigen. »Wie gesagt, sehr speziell. Sogar für mich.«

Ich atmete tief aus.

Mein Gott, auf was hatte ich mich da eingelassen? Traute hatte wirklich recht, dieses perverse Szenario wäre ein gefundenes Fressen für die Presse. Musste ich da wirklich mitmischen?

»Wie hat, was machte …«, versuchte ich eine Frage zu formulieren und beließ es bei dem Versuch, denn im Moment wusste ich nicht mehr, was ich fragen sollte – zu ungeheuerlich war das eben Gehörte. Ich ließ Lydia Saalbusch einfach weiter erzählen und hörte ihr mit äußerst zwiespältigen Gefühlen zu.

»Die Sklavin versuchte natürlich zuerst, immer flacher zu atmen, aber der Dom drehte ihr immer weiter die Luft ab – bis der Todeskampf einsetzte.«

»Mein Gott!«, entfuhr es mir. »Wie pervers ist das denn?«

»Für Sie – ja«, stimmte sie mir zu. »Für uns – nun ja … zumindest für den Großteil der Szene sind diese Spiele auch zu speziell, und die meisten lehnen diese Praktiken für sich ab, tolerieren sie aber.«

Von derartigen Strangulationsspielchen hatte ich auch schon gehört. Angeblich sollen bei dem Betreffenden durch das Ersticken gewaltige Schübe von Adrenalin und Endorphinen freigesetzt werden und rauschartige sexuelle Lustzustände hervorrufen. Vage erinnerte ich mich an einen bekannten amerikanischen Filmschauspieler, der bei einer solchen Autostimulation ums Leben gekommen war. Seine asiatische Filmcrew hatte ihn tot in seinem Kleiderschank im Hotel gefunden – erdrosselt an einem Kleiderhaken. Offenbar war da etwas mächtig schiefgegangen.

»Was sind das denn für Freaks, die so etwas praktizieren?«, entfuhr es mir, und mit lautem Scheppern stellte ich meine Teetasse aufs Tablett.

Motte zuckte zusammen und fuhr erschrocken hoch. Der Dicke schaute mich schlaftrunken und gleichermaßen vorwurfsvoll an, weil ich es gewagt hatte, seinen hochherrschaftlichen Schlaf zu stören. Entschuldigend griff ich ihm ins zottelige Fell und kraulte ihm den Nacken, was ihn dazu animierte, sich zurück in seine Schlafstellung plumpsen zu lassen und sein Schnarchkonzert übergangslos fortzusetzen.

Ein beneidenswerter Hund.

Lydia Saalbusch hatte auf meinen kleinen Impulsdurchbruch überhaupt nicht reagiert, sondern trank in kleinen Schlucken ihren Tee. Sie setzte ihre Tasse ab und stand wortlos auf. Ebenso wortlos ging sie in die Diele und schlüpfte in ihre dicken Winterstiefel, die sie bei ihrem Besuch sorgfältig auf der Abtropfwanne abgestellt hatte, die ich als Schuhablage nutzte, um Schmelzwasserpfützen auf dem Dielenboden zu vermeiden.

»Was soll das werden?«, rief ich ihr zu und blieb im Sessel sitzen.

Wortlos schlüpfte sie in ihre rote Steppjacke, die sie schon bei unserem ersten Treffen getragen hatte.

Ich stand auf und folgte ihr in die Diele. Während ich sie beim Zuknöpfen ihrer Jacke beobachtete, lehnte ich mich in den Türrahmen.

Schweigend stopfte sie ihre schwarzen Haare unter ihre roten Bommelmütze. Ich finde es schrecklich, wenn Frauen sich ausschweigen, weil sie entweder gerade sauer oder sonst wie befindlich sind!

»Was habe ich Falsches gesagt?«, wollte ich wissen.

Sie fuhr zu mir herum und stopfte noch ein paar Strähnen ihres blauschwarzen Haars unter den Mützenrand.

»Wieso hören Sie sich denn das alles an, wenn das alles für Sie so pervers ist?«, fragte sie nicht zu Unrecht.

»Weil ich Uz versprochen habe, Ihnen zu helfen«, antwortete ich mit unverblümter Offenheit.

»Was ist das denn für ein Scheiß?«, fuhr sie mich an. »Sie helfen mir, weil ein Kumpel Sie vor vollendete Tatsachen gestellt hat und Sie nicht Nein sagen können oder wollen?«

»Genau so!«

»So ein Männerscheiß!«, schimpfte sie. »Wollen Sie mir eigentlich überhaupt helfen?« Ihre Augen blitzten mich an.

»Was regen Sie sich denn so auf?« Nun war es an mir, gelassen zu reagieren. »Sie erzählen mir doch die ganze Zeit von hehren Werten wie Verantwortung, Vertrauen, sich aufeinander verlassen zu können. Was ist denn an Werten anders, wenn es sich um eine Männerfreundschaft handelt, wo Sex keine Rolle spielt?«, wollte ich wissen.

Schweigend überlegte sie, dann hob sie den Kopf und sah mich an. »Der Punkt geht an Sie«, sagte sie, und ein feines Lächeln kroch ihre Mundwinkel entlang. »Und – helfen Sie mir?«

Ich zögerte. »Wenn ich ehrlich bin, kann ich Ihnen das gar nicht genau sagen«, gab ich ehrlich zu.

Traute gegenüber hatte ich zwar geäußert, dass ich das Mandat von Lydia Saalbusch angenommen habe, was ja auch der Wahrheit entsprach, obwohl wir das Anwalt-Mandanten-Verhältnis bislang nur nonverbal per Blickkontakt in ihrem Gewölbekeller vereinbart hatten; eine offizielle Mandatsvollmacht hatten wir noch nicht unterschrieben. Mittlerweile war ich mir auch nicht mehr sicher, ob eine Vertretung der Saalbusch überhaupt eine gute Idee war.

»Ich empfinde das Thema schon als sehr krass«, gab ich zu. »Nennen Sie mich Spießer, Normalo, Vanilla oder was es sonst noch an branchenüblichen Beschimpfungen gibt, aber am liebsten würde ich meine Ohren anlegen und nichts mehr von dem Sadomasokram hören.«

»Na toll!«, entfuhr es der Schwarzhaarigen. »Wäre ja auch zu schön gewesen, wenn ich einmal Glück gehabt hätte.«

»Ich habe doch noch gar nicht Nein gesagt«, entgegnete ich lahm.

»Tut auch nicht not«, winkte sie ab.

Sie zog ein paar wollene Fäustlinge aus der Jackentasche und ging zur Tür. »Lassen Sie mal gut sein.«

»Geben Sie mir wenigstens die Namen dieser … Typen … Doms, oder wie auch immer wir sie nennen wollen. Dann kann ich bei Gelegenheit etwas recherchieren.«

»Wieso sollten Sie das tun wollen?« Lydia Saalbusch drehte sich in der Tür um, sah mich traurig an. »Irgendwie glaube ich jetzt auch nicht mehr, dass sie mir helfen können.«

Das fehlt mir jetzt auch noch, dass sie mir ein schlechtes Gewissen macht, dachte ich bei mir und verdrehte innerlich die Augen.

»Die Namen!«, rief ich ihr nach, als sie schon aus der Tür und gerade im Begriff war, sie hinter sich zu schließen.

Die Schwarzhaarige verharrte in der Bewegung, dann steckte sie den Kopf noch mal durch den Türspalt und bemerkte reserviert: »Ich habe gesagt, lassen Sie es gut sein! Außerdem haben Sie alle Namen, die ich Ihnen nennen kann. Ich habe Ihnen doch von Anfang an gesagt, dass ich Ihnen keine Klarnamen geben kann.«

»Dom de Dolore, Dom de Agonie und weiter?«, zählte ich beharrlich auf.

Ihre dunklen Augen sahen mich abschätzend unter dem Wollrand ihrer Mütze an. Ich konnte ihr ansehen, dass sie überlegte, ob sie mir Namen nennen sollte, obwohl ich mich bezüglich meiner juristischen Unterstützung ihr gegenüber in den letzten Minuten sehr diffus präsentiert hatte.

»Dom de Dios heißt der Dritte«, sagte sie unvermittelt.

Ich riss mich zusammen, um jetzt nicht auch äußerlich die Augen zu verdrehen. Dios war ebenfalls spanisch und hieß Gott.

Drunter machen es diese Typen wohl nicht, dachte ich spöttisch und konzentrierte mich darauf, meine Gesichtszüge so weit unter Kontrolle zu halten, dass die Schwarzhaarige mir meine Gedanken nicht wieder simultan vom Gesicht ablesen konnte.

»Und weiter?« Ich ließ nicht locker.

»Nix weiter«, blitzte sie mich an. »Es gab einen vierten Dom, der immer mal bei den Events als Ehrengast dabei war, weil er irgendwelche geschäftlichen Formalitäten für die ›Herren‹ erledigte, aber nicht direkt zum Kreis dazugehört.«

»Was ist mit den dazugehörigen Frauen?«, bohrte ich weiter.

Sie kniff den Mund zusammen.

Wieder schwiegen wir uns an, bis ich das Schweigen brach und entnervt sagte: »Die Namen bitte.«

»Wozu? Sie wollen mir doch nicht helfen.«

»Ich habe mich noch nicht endgültig entschieden«, wiederholte ich mich. »Ich will erst noch etwas Hintergrundrecherche betreiben, vielleicht kann ich Ihnen ja auf dem kleinen Dienstweg helfen.« Mein Kopf argumentierte hart gegen mein Bauchgefühl an, während ich solche voreiligen Versprechungen machte.

Sie zögerte noch zwei Sekunden, dann siegte aber doch die Hoffnung auf eine gütliche Einigung zwischen uns, und sie nannte die Pseudonamen der dazugehörigen Frauen: »›Black Pearl‹ gehörte zu Dom de Dolore, die Sub vom Dom de Agonie heißt ›Broken Heart‹, und ›Amado‹ nennt sich die Sklavin von Dom de Dios.«

Ich zog mein Smartphone aus der Hosentasche hervor, aktivierte per App die Sprachnotizen und diktierte kurz alle

Namen, die Lydia Saalbusch gerade genannt hatte, und die Beziehung, in der sie miteinander standen.

»Und der Vierte?« Ich ließ noch immer nicht locker; Penetranz war mein zweiter Vorname.

»Loup Garou – der Werwolf«, sagte sie widerwillig.

»Gibt's auch eine Frau dazu?«

»Seine Sub nennt sich Angel Heart.«

Aha, dachte ich, Filmliebhaber, wie mir scheint.

»Danke«, sagte ich hölzern. »Ich melde mich dann bei Ihnen.«

Sie sah mich mit einem zwiespältigen Blick an, erwiderte aber nichts. Ohne Abschiedsgruß zog sie die Tür endgültig hinter sich zu.

Ich blieb eine ganze Weile regungslos in meiner Diele stehen und starrte die blau-weiße Türfüllung meiner Landhaustür an.

* * *

Den Abend verbrachte ich, mit einem Eisbeutel gegen meinen Kiefer gepresst, auf dem Sofa vor dem Kamin. Übers Abendbrot brauchte ich mir keine Gedanken zu machen; mir war jeglicher Hunger vergangen. Ob das nun an dem kontinuierlich stärker werdenden Schmerz in meinem Unterkiefer, an dem unerquicklichen Gespräch mit Lydia Saalbusch oder der Gewitterwolke lag, die zwischen Traute und mir aufgezogen war, ließ ich fürs Erste dahingestellt.

Kurz vor Mitternacht hielt ich es nicht mehr aus und nahm zwei starke Schmerztabletten, die ich mit lauwarmem Kamillentee hinunterspülte.

Da ich nichts mehr hasse, als im Bett zu liegen, wenn ich krank bin, verbrachte ich eine schmerzvolle und fast schlaflose Nacht mit meiner Wolldecke auf dem Sofa vorm Kamin, der zwar heruntergebrannt war, aber noch ein paar Stunden lang die gespeicherte Wärme abgab, sodass ich nicht zu frieren brauchte.

Regelmäßig musste ich aufstehen, um den Eisbeutel mit neuen Eiswürfeln zu füllen.

Nur mein dicker, fauler Hund schlief in dieser Nacht tief und laut wie ein Bär. Zwar tat Motte nichts, um meine Schmerzen erträglicher zu machen oder mich zu pflegen, aber ich empfand allein seine schnarchende Gegenwart als beruhigend und tröstend.

Erst gegen sechs Uhr in der Früh, die Zeit, zu der ich normalerweise aufstehe, schlief ich ein.

6

Gegen Mittag wurde ich langsam wach, steckte den Kopf unter der Decke hervor und blinzelte vorsichtig in die flimmernden Sonnenstrahlen, die mein Wohnzimmer durchfluteten.

Ächzend quälte ich mich vom Sofa hoch.

»Mist!«, fluchte ich, denn zu den verdammten Zahnschmerzen gesellten sich jetzt auch noch bohrende Kreuzschmerzen von der Nacht auf dem Sofa und erinnerten mich schmerzhaft an den Zählerstand meiner Lebensjahre.

Mit verquollenem Gesicht stand ich missgelaunt vorm Spiegel und musterte die Schwellung meines rechten Unterkiefers. Vorsichtig öffnete ich den Mund, um meine Mundhöhle zu inspizieren, was ich aber sofort sein ließ, als mein Unterkiefer diesen Versuch mit einem stechenden Schmerz quittierte.

»Verflucht!«, zischelte ich undeutlich mein Spiegelbild an. »Wann hört dieser Scheißschmerz denn endlich mal auf?«

Vorsichtig spülte ich mir den Mund mit einer alkoholfreien antiseptischen Lösung aus und warf mir eine Handvoll Wasser ins Gesicht. Auf Dusche und Rasur verzichtete ich heute kurz entschlossen. In der Küche füllte ich Mottes Futter- und Wassernäpfe und stellte meine achteckige Bialetti auf die Herdplatte, um mir einen doppelten Espresso zuzubereiten. Ich schätze diese einfache und original italienische Methode des Espressokochens sehr und käme niemals auf die Idee, mir ein chromglänzendes Kaffeemonster in die Küche zu stellen.

Hundemüde und vollkommen zerschlagen schaute ich zu,

wie der Wasserdampf das schwarze Gebräu in dem Kännchen nach oben drückte. Bevor der Kaffee zu kochen begann, was um des Aromas willen unbedingt zu vermeiden ist, nahm ich den kleinen Kocher vom Herd und zuckte wie gewohnt erschrocken zusammen, als das Überdruckventil zischend eine Dampffontäne ausspie.

Motte kam zu mir in die Küche getrottet, baute sich vor mir auf und sah ungewöhnlich interessiert zu mir hoch. Auch wenn mein Hund, was andere Hundebesitzer als oftmals befremdlich und nicht artgerecht empfinden, meist schlafend in der Gegend herumliegt und vollkommen desinteressiert vor sich hin schnarcht, überrascht der Dicke mich dann wieder mit seiner Zuneigung. Diese Momente kommen nicht allzu oft vor und sind deshalb besondere Sternstunden für mich – er ist halt ein Kerl!

Als er mich mit seinen ungewohnt wachen Augen musterte, spürte ich, wie genau er wusste, dass es mir nicht gut ging.

»Alles klar, Alter«, nuschelte ich. »Dein Kumpel hat gerade nur ein paar Probleme mit seinen Beißerchen. Nichts, worüber du dir Sorgen machen müsstest.«

Ich war gerührt von seiner Aufmerksamkeit und beugte mich zu meinem Dicken herunter. Wohlig brummend drückte er seine Augen zu und genoss es, wie ich ihm durchs braunweiße Fell wuschelte. Eine ganze Weile kraulte ich ihm seinen Kopf und musste daran denken, wie ich ihn vor ein paar Jahren als kleines Fellbündel von Oma Frieda bekommen hatte.

* * *

Schon als kleiner Junge hatte ich mir immer einen Hund gewünscht. Dieser Wunsch war mir allerdings nie erfüllt worden, und auch Studium und Beruf hatten mir nie die Zeit für einen Hund gelassen. Erst als ich nach meinem Burn-out in die Krummhörn übersiedelte, erwachte mein Wunsch aus Kindertagen wieder in mir.

Als mir eines Tages Greta, die pfundige Wirtin des Bistros *Rettungsschuppen* im Greetsieler Hafen, bei einem Bier erzählte, dass ihre Großmutter Frieda ein paar junge Welpen abzugeben habe, fuhr ich spontan zu dem Hof hinaus, den die Zweiundachtzigjährige noch immer selbst bewirtschaftete.

Kaum kam ich mit meinem Käfer auf Oma Friedas Hof geknattert, war ich schon von einer Meute wild gewordener Pelzkugeln umgeben. Die kleinen Hunde, die mich auf den ersten Blick an kleine Teddybären erinnerten, sprangen und kugelten außer sich vor Freude quer durch die zahlreichen Pfützen entlang von Oma Friedas Hofeinfahrt. Einige ganz mutige Hundebabys knabberten mit ihren kleinen Welpenzähnchen an meinen Hosenbeinen; andere wiederum sprangen wie kleine Gummibälle an meinen Beinen hoch, und zwei pinkelten mir vor Freude direkt ans Bein.

In diesen Moment war ich bereits hin und weg, doch auch mich ereilte das Problem, das jeder Hundeliebhaber sofort bekommt, wenn er sich Hundebabys anschaut: Für welches dieser kleinen Monster entscheidet man sich? Ich hatte ja in der Vergangenheit stets davon gehört und gelesen, dass man sich einen kleinen Welpen tunlichst nicht aussuchen soll, sondern dass der kleine Hund sich sein Herrchen oder Frauchen selbst aussucht. Bloß im Moment sah es so aus, als hätten sich acht Hundebabys gleichzeitig für mich entschieden.

Da fiel mein Blick auf ein neuntes schwarz-braunes Pelzknäuel, das abseits von der Meute saß und mich interessiert, aber mit einer gewissen Trägheit im Blick musterte. Die kleinen dunklen Knopfaugen sahen mich direkt an, und ich verliebte mich auf der Stelle in diesen kleinen Kerl.

Mit langsamen Schritten ging ich zu dem Kleinen hinüber, der sich nicht von der Stelle rührte, und kniete mich vorsichtig in eine Pfütze. Behutsam streckte ich meine Hand aus; ich wollte den Kleinen ja nicht erschrecken.

»Moin, Motte«, sagte ich leise.

Ich wusste nicht, warum mir gerade dieser Name durch den Kopf schoss, aber ich fand ihn sehr passend. Irgendwie sah das kleine Pelzknäuel aus, als müsste er zukünftig Motte heißen.

Motte versuchte, die Ohren aufzustellen, was ihm allerdings nicht so recht gelang. Er beließ es bei dem Versuch und schaute mich aufmerksam aus seinen dunklen Knopfaugen an. Er legte den Kopf leicht auf die Seite, und eines seiner Schlappohren fiel ihm in die Augen, seine feuchte Nase schnupperte vorsichtig.

»Na, wie wäre es denn mit uns beiden?«, begann ich die Unterhaltung. Nicht sehr originell, aber etwas anderes fiel mir nicht ein, denn bis zu diesem Zeitpunkt hatte ich nie mit Hunden geredet.

Motte legte den Kopf noch schiefer, als wollte er sagen, dass dies ja wohl die älteste Anmache seit den Kreuzzügen des Mittelalters sei. Er reckte seinen kurzen Hals und schnüffelte neugierig an meiner ausgestreckten Hand. Eine winzige rosa Zunge kam aus dem kleinen Mäulchen und leckte versuchsweise an meinen Fingern.

Ich nahm den kleinen Kerl vorsichtig hoch auf meinen Arm. Motte sah mir direkt in die Augen und schleckte mir dann inbrünstig mit seiner Babyzunge quer über die Nase, gleichzeitig pinkelte er mir zur Begrüßung auf meine Jacke. Wir rieben zärtlich unsere Nasen aneinander.

»Da haben sich ja zwei gesucht und gefunden.« Oma Frieda war leise hinter mich getreten. »So sieht Liebe auf den ersten Blick aus. Du musst nämlich wissen, kleine Hunde suchen sich ihr Herrchen immer selber aus.« Oma Frieda zwinkerte mir zu.

»Anscheinend gibt es ja doch so was wie Liebe auf den ersten Blick«, sagte ich versonnen.

»Zumindest bei Hunden,« Oma Frieda lächelte gutmütig, »bei den Menschen muss man manchmal sehr lange warten.«

»Das ist wohl wahr«, antwortete ich. »Was soll der Kleine denn eigentlich kosten?«

»Gar nichts.«

»Nein«, wehrte ich ab. »Das kann ich nicht annehmen!«

»Ich habe ja auch nicht gesagt, dass du den Kleinen gratis bekommst.« Oma Frieda sah mich verschmitzt an. »Du musst schon etwas dafür tun. Ich dachte mir, du könntest mir ein bisschen auf dem Hof zur Hand gehen; ich bin ja auch nicht mehr die Jüngste.«

»Geht klar, Frau Röggelsen«, antwortete ich. »Mach ich doch gerne.«

»Geh mir weg mit Frau Röggelsen!«, wies sie mich zurecht. »Sag einfach Oma Frieda, das sagen hier alle. Weißt du eigentlich, dass dieser Wurf reinrassige Berner Sennenhunde sind?«

»Nö«, entgegnete ich. »Keine Ahnung. Die Rasse kenne ich auch gar nicht. Aber ich nehme Motte auf jeden Fall, egal, was später mal herauskommt!«

»Na, das musst du ja selber wissen«, sagte Oma Frieda mit einem gutmütigen Lächeln. »Du bist ja alt genug.«

Auch wenn ich damals gewusst hätte, dass Motte sich zu einem hundertzwanzig Pfund schweren Fellbündel entwickeln würde, das meist faul in der Gegend herumliegt und mich manchmal in Versuchung bringt, ihn als Kälteschutz vor die Haustür zu schieben – ich würde ihn immer wieder nehmen. Wo die Liebe hinfällt, ist man machtlos.

Ich griff dem Dicken noch ein letztes Mal in seinen dicken Pelz und hatte danach ein großes Büschel Fell in der Hand. Ich warf es in den Mülleimer zu dem bereits großen Haufen braun-schwarzer Haare. Es ist unglaublich, was dieser Hund im Frühjahr und Herbst beim Fellwechsel an Haaren verliert. Obwohl ich ihn täglich zweimal gründlich bürste, reicht ein Griff ins Fell, um wie durch Zauberei wieder eine Handvoll Haare in der Hand zu halten. Das wär doch mal eine erfolgreiche Geschäftsidee, wenn ich Mottes Winterfell verkaufen könnte; an Nachschub mangelte es ja nicht. Der Dicke schüttelte sich kurz und ließ mich inmitten eines Teppichs aus braun-schwarzen Hundehaaren stehen.

Nachdem ich den Küchenboden gekehrt hatte, stellte ich mich mit meinem Espresso ans Küchenfenster und blinzelte in die strahlende Wintersonne hinaus. Sie tauchte meinen Garten und den daran anschließenden Deich in gleißendes Wintersonnenlicht und ließ ihn wie eine märchenhafte Winterlandschaft leuchten.

In der Nacht hatte es wieder Neuschnee gegeben, der vom seewärts wehenden Wind zu skurrilen Schneeverwehungen aufgetürmt worden war. Die schmale Steintreppe zum Deich hinauf, die direkt an mein Grundstück angrenzte, war unter dem Neuschnee nicht mehr zu sehen. Die knorrigen alten Bäume, in deren Schutz sich mein altes Kapitänshaus zu ducken schien, streckten ihre eisüberkrusteten Äste und Zweige in den strahlendblauen Friesenhimmel.

Es war nicht der erste Winter in Ostfriesland, in dem ich die typische Art der altfriesischen Baumeister zu schätzen wusste, Landhäuser und Bauernhöfe mit robusten Bäumen und mannshohen Büschen einzufrieden. Die Bepflanzung war sehr widerstandsfähig und hielt auch im Winter dem eisigsten und stürmischsten Nordwind stand, wie er auch in diesem Winter wieder kräftig vom Meer her blies.

Die knorrigen Bäume und dichten Büsche, die mein altes Kapitänshaus von drei Seiten her umschlossen, waren alt, verwittert und hatten schon vielen Stürmen und kalten Wintern in der Krummhörn getrotzt. Von der Straße her war mein Haus nicht zu sehen, außerdem vermutete niemand ein Haus in dem kleinen Wäldchen; entsprechend gemütlich lebte es sich dort. Das alte Kapitänshaus hatte mir auf den ersten Blick so gut gefallen, dass ich es vor ein paar Jahren spontan und günstig kaufte, als ich mich entschloss, mich in der Krummhörn niederzulassen.

Das Haus war von Grund auf solide renoviert und mit einem gemütlichen Alkoven und einem offenen Kamin ausgestattet sowie mit alten Dielenplanken ausgelegt. Das tiefgezogene Reetdach, das wie eine Mütze das Haus zu behüten schien, war dicht und trocken.

Ich hatte nur noch meine geliebten ledernen Chesterfieldsofas, Ohrensessel und verglasten Bücherregale in das Haus stellen müssen, und schon war es ganz nach meinem Geschmack eingerichtet.

* * *

Heute stand mir aber nicht der Sinn nach friesischer Winterromantik oder gemütlichem Kaminabend; ich wollte endlich mit meinen Zahn- oder, besser gesagt, Kieferschmerzen zur Ruhe kommen. Um meinen Kiefer nicht noch zusätzlich zu reizen, trank ich meinen Espresso ohne Zucker, was ich für eine Alternative zum Kamillentee hielt.

Als der starke Espresso Wirkung zu zeigen begann und ich mich langsam entknitterte, wählte ich die Nummer der Zahnklinik MEDIC in Emden. Ich zählte die Freizeichen, bis mir der Anrufbeantworter mitteilte, dass ich außerhalb der Praxisöffnungszeiten anrief und mir riet, mich nochmals zu melden. Ich warf einen Blick auf meine Armbanduhr und stellte fest, dass der Automat recht hatte. Die Praxis hatte zu diesem Zeitpunkt tatsächlich noch geschlossen und öffnete erst wieder in etwas über zwei Stunden. Zeit genug also, um mit Motte eine ausgedehnte Runde über den Deich zu drehen.

Heute entschied ich mich ebenfalls für eine dicke Daunenjacke und zog für den Spaziergang am Wasser auch Handschuhe, Wollmütze und Schal an. Motte trug wie gewohnt seinen Naturpelz und machte nicht den Eindruck, dass ihm die Kälte etwas ausmachte. Was ja auch kein Wunder war; sein stundenlanges regungsloses Ruhen vor dem Kamin musste ihn mächtig aufgeheizt haben, sodass sein dichtes Fell die Wärme wie ein Schamottstein gespeichert hatte. Entspannt in den Wind schnüffelnd, trottete der Dicke vor mir her und hinterließ mit seinen kräftigen Pfoten tiefe Abdrücke in dem unberührten Schnee.

Der Blick über die silbrig flimmernde Wasseroberfläche der Nordsee, die noch weit über den Horizont hinauszureichen schien, war atemberaubend. Die Sonne ließ das Deichvorland wie eine verschneite Winterlandschaft aus einem alten Märchenfilm leuchten.

Da das Land ebenso platt war wie die Wasseroberfläche der Nordsee, breitete sich eine schier unendliche Schneedecke vor mir aus, wie man sie nur bei uns in Ostfriesland zu sehen bekommt: fast wie ein mit Puderzucker bestäubtes Backblech. Der strahlendblaue Winterhimmel setzte einen Farbkontrast wie mit einem Paukenschlag und hing so tief, dass ich das Gefühl hatte, nur den Arm auszustrecken zu brauchen, um ihn berühren zu können.

Ich konnte mich noch lebhaft an den Winter 2006 erinnern, der für außergewöhnlich starke Schneefälle und Tiefsttemperaturen an der gesamten Nordseeküste gesorgt hatte. Damals hatten die beiden Tiefs *Christine* und *Bente* dichte Wolken mitgebracht, aus denen es dann an der Nordseeküste und den vorgelagerten Inseln vierundzwanzig Stunden lang ununterbrochen schneite. Praktisch über Nacht war damals die Krummhörn unter zwanzig Zentimetern Neuschnee verschwunden.

Der diesjährige Winter war sicherlich nicht mit dem Winter von 2006 zu vergleichen, aber wir hatten in den letzten Wochen eine Rekordkälte von bis zu minus elf Grad, was für Ostfriesland eher untypisch ist. Unsere Winter sind meist mild, mit Temperaturen nur leicht unter dem Gefrierpunkt, wenn es überhaupt Frost gibt. Auch was den Schneefall anbelangte, zeigte sich der Winter in diesem Jahr von seiner großzügigen Seite; ich hatte bereits mehrfach meine Zufahrt mit dem Schneeschieber freiräumen dürfen, weil ich sonst mit meinem Käfer bis zum nächsten Frühjahr festgesteckt hätte.

Angesichts der prachtvollen Winterlandschaft, in der Bäume und Sträucher aus einem alten russischen Wintermärchen zu stammen schienen, waren mir die kalten Finger vom Schneeschieben so wurscht wie nur irgendetwas.

Ein Blick auf meine Uhr sagte mir, dass es Zeit für die Fahrt zur Zahnklinik wurde. Ich versuchte, nach Motte zu pfeifen, der seine Nase gerade in eine Schneewehe steckte, brachte aber nur ein missglücktes Fiepen hervor. Der Dicke hob trotzdem seinen Kopf und sah mit dem Schneehaufen auf der Nase selten dämlich aus. Geräuschvoll schüttelte er sich mit schlackernden Ohren den Schnee aus dem Fell und folgte mir langsam, als ich mich umdrehte und auf den Rückweg machte.

Eine halbe Stunde später parkte ich meinen Grauen in der Concordiastraße auf dem Parkplatz der Zahnklinik MEDIC – pünktlich zu Beginn der Nachmittagssprechstunde. Ich warf einen Blick zum Fachwerkhaus von Doktor Gardim hinüber, das unter der dicken Schneehaube völlig verlassen wirkte, wenn sich nicht ein dünner Rauchfaden aus dem Kamin in den blauen Himmel gekräuselt hätte.

»Moin, Herr de Fries«, begrüßte mich Melanie mit einem mitfühlenden Lächeln. »Sie sehen aber gar nicht gut aus – gibt's Probleme mit der Wunde?«

Ich erklärte ihr kurz meine Beschwerden, entschuldigte

mich, dass ich nicht wegen eines Termins angerufen hatte, und bekräftigte meine Bereitschaft, notfalls auch eine längere Wartezeit in Kauf zu nehmen, falls Doktor Gardim ausgelastet sei.

»Telefonieren hätte auch nichts gebracht«, klärte Melanie mich auf. »Mit einer längeren Wartezeit müssen Sie sowieso rechnen: Doktor Gardim ist krank.«

»Dann ist der Doktor wohl gerade beim Doktor?«, kalauerte ich verdrossen. Das fehlte mir gerade noch, dass mein Zahnarzt krank war!

»Den Chef hat's voll erwischt«, sagte Melanie, »Fieber, Schüttelfrost, Husten, Schnupfen – das komplette Programm.«

»Das hört sich aber nicht gut an«, erwiderte ich ehrlich betrübt. »Richten Sie ihm bitte herzliche Grüße und Genesungswünsche aus.«

»Mach ich.« Melanie beugte sich konzentriert über den Terminkalender der Gemeinschaftspraxis, der gut gefüllt aussah. »Ich schau mal, ob ich Sie bei einer Vertretung unterbringen kann.« Sie knabberte eine ganze Weile an ihrer Unterlippe, bis sie triumphierend »Geht doch!« ausrief.

Ich sah sie erwartungsvoll an.

»Keine Sorge, Herr de Fries«, beruhigend sah sie mich an, »bei Frau Doktor Bergmann hat ein Patient kurzfristig abgesagt. Sie wird sich um Sie kümmern.«

Ich bedankte mich erleichtert, zog Jacke und meine übrigen Winterutensilien aus. Im Wartezimmer schnappte ich mir eine der Illustrierten, die man nicht kauft, sondern nur im Wartezimmer seines Arztes liest, und richtete mich auf eine längere Wartezeit ein.

Überrascht sah ich auf, als ich bereits nach wenigen Minuten von einer Praxisassistentin, deren Namensschild sie als Sybille auswies, in einen freien Behandlungsraum gebeten wurde. Kaum hatte ich mich auf der Behandlungsliege lang ausgestreckt, betrat eine große und kräftig wirkende Frau in

Arztkleidung den Raum. Sie trat an meine Liege heran und begrüßte mich mit einem für eine Frau ungewöhnlich kräftigen Händedruck: »Moin, Herr de Fries. Mein Name ist Dörthe Bergmann«, stellte sie sich vor. »Ich vertrete heute Doktor Gardim; der liegt momentan flach. Melanie hat mir über Ihr Problem berichtet.«

Ich musterte die Ärztin argwöhnisch und war mir nicht sicher, ob ich es beruhigend fand, dass Frau Doktor Bergmann einen blauen Mundschutz trug, der ihr Gesicht fast vollständig verdeckte und nur ihre blassblauen Augen frei ließ.

»Mir kribbelt heute auch schon ein bisschen die Nase, und da geh ich lieber auf Nummer sicher, ich möchte ja schließlich keine Patienten anstecken«, erklärte die Ärztin, die offenbar meinen skeptischen Blick bemerkt hatte. »Deshalb auch der Mundschutz. Reine Prophylaxe!«

Ich entspannte mich und sperrte den Mund so weit auf, wie es meine Schmerzen zuließen. Behutsam unterzog die Zahnärztin die Wunde, in der gestern noch mein Weisheitszahn seinen angestammten Platz gehabt hatte, einer genauen Untersuchung und kommentierte synchron die Dinge, die sie gerade tat oder im Begriff war zu tun: eine Behandlungsform, die ich als Angstpatient außerordentlich zu schätzen weiß, da sich bekanntermaßen Ängste verringern, je mehr der Betreffende weiß, was gerade mit ihm geschieht.

»Sie brauchen sich überhaupt keine Sorgen zu machen, Herr de Fries«, hörte ich sie mit für eine Frau ungewöhnlich rauchiger Stimme sagen. »Hier sieht alles so normal aus, wie es einen Tag nach Weisheitszahnextraktion aussehen sollte. Eine dem Eingriff angemessene Schwellung des umliegenden Gewebes, keine Nachblutungen, keine Entzündungszeichen – alles chic!«

Frau Doktor Bergmann legte ein glänzendes Edelstahlinstrument in die Ablageschale aus Pappe, zog dann ihre im gleichen Blau wie ihr Mundschutz gehaltenen Handschuhe aus und warf sie in dieselbe Schale.

»Und warum habe ich solche Schmerzen?«, fragte ich skeptisch.

»Ich sehe keinen Grund für Ihre Schmerzen«, antwortete die Ärztin und sorgte schlagartig dafür, dass ich mir wie ein Hypochonder vorkam. »Jeder Mensch hat ein anderes Schmerzempfinden; während der eine noch nicht einmal mit der Wimper zuckt, verlangt der andere bereits die zweite Schmerzspritze.«

»Dann gehöre ich gerne der zweiten Gruppe an«, antwortete ich spontan und unterdrückte einen Niesreiz.

Sie lachte. »Dann sind Sie ja in guter Gesellschaft – ich bin auch bekennender Schmerzpatient!«, outete Frau Doktor Bergmann sich.

»Dürfen Sie das so einfach zugeben?«, fragte ich überrascht.

»Ja klar, wir Ärzte sind auch nur Menschen mit all ihren Ängsten und Befindlichkeiten. Deshalb kann ich Sie gut verstehen und halte Sie auch nicht für einen eingebildeten Kranken. Ich denke, dass Sie einfach nur extrem empfindlich auf Schmerzen reagieren. Den Schmerz, über den Sie klagen, halte ich für ganz normalen Wundschmerz. Sie brauchen sich also keine Sorgen zu machen, dass irgendwelche Reste vom Weisheitszahn zurückgeblieben sind.«

»Und was soll ich jetzt machen?«, fragte ich besorgt.

Sie sah mich mütterlich aus ihren blassblauen Augen an: »Augen zu und durch.« Als sie mein entsetztes Gesicht sah, lachte sie und beruhigte mich sogleich: »Keine Sorge, ich gebe Ihnen eine Packung eines sehr guten Schmerzmittels mit; von den Tabletten nehmen Sie zweimal täglich eine. Außerdem kommen Sie bitte alle zwei Tage in die Praxis, und wir schauen uns Ihre Wunde an.«

Zur Bestätigung ihrer Ausführungen nieste ich mehrfach

laut und heftig hintereinander. »Sorry«, schnüffelte ich und griff dankbar nach dem Papiertuch, das sie aus dem Nichts hervorgezaubert hatte.

»Sind Sie auch erkältet?«, fragte mich die Ärztin. »So schnell kann ich Sie nämlich nicht angesteckt haben.«

»Nein, ich bin nicht erkältet. Mir kribbelt nur wie verrückt die Nase – entschuldigen Sie bitte!« Ich schüttelte den Kopf.

»Nicht dafür«, entgegnete sie. »Machen Sie ja nicht mit Absicht.«

Lautstark bekam ich eine zweite Niesattacke. Als ich wieder halbwegs Luft bekam, verabschiedete ich mich eilig von der Zahnärztin und verließ fluchtartig die Zahnklinik. Ich verspürte nur noch den Wunsch nach frischer Luft, denn meine Nase kribbelte genauso heftig, als wenn ich sie in ein Katzenfell gesteckt hätte; was ich in Anbetracht meiner starken Katzenallergie tunlichst vermeide.

Vor der Tür blieb ich dann erst einmal eine ganze Weile stehen und ließ meine Nase zur Ruhe kommen. Während mir die eiskalte Winterluft um die Ohren pfiff, beruhigte sich mein Riecher etwas, und ich schaute zum Himmel hoch, dessen Farbenspiel deutlich weniger geworden war. Es war zwar erst Nachmittag, aber das Licht hatte schon abgenommen und es dämmert stark. Die immer dichter aufziehenden Wolken schickten sich zudem an, das letzte Tageslicht zu verschlucken.

7

Auf dem Weg zu meinem Wagen stellte ich zufrieden fest, dass mir mein Kiefer momentan eine Auszeit gönnte – ich hatte keine Schmerzen mehr!

Ich kratzte Scheiben und Spiegel meines Käfers frei und startete den Motor, der trotz der Minusgrade zuverlässig ansprang. Da die Concordiastraße nach dem letzten Schneefall noch immer nicht geräumt und gestreut worden war, fuhr ich im Schritttempo die Straße entlang und lobte meinen Käfer für seinen spurtreuen Vortrieb, den er dank seines Heckantriebs perfekt beherrschte.

Ich dachte wieder an das Gespräch mit der Schwarzhaarigen, das mir nicht aus dem Kopf ging, zumal ich eine Entscheidung treffen musste – übernahm ich das Mandat oder übernahm ich es nicht?

Während der Käfer unbeirrt in der Spur blieb, zog ich mein Handy aus der Jackentasche und wählte Uz' Nummer, der sich wie gewohnt nach dem ersten Klingeln meldete.

»Moin, Uz«, meldete ich mich. »Jan hier – hast du Zeit für mich? Ich würde gerne mit dir reden.«

»Moin«, brummte Uz zur Begrüßung. »Na klar, Jan. Für dich doch immer!« Uz' Stimme klang zwar brummig, aber das tat sie immer. »Wo bist du?«

»In Emden, komme gerade vom Zahnarzt.«

»Muss ja ganz schön wehtun«, brummelte er. »Sonst würdest du nicht freiwillig zum Zahnarzt fahren.«

Uz kannte mich sehr gut. Wir wechselten noch ein paar Worte und verabredeten, dass ich direkt zu ihm durchfahren würde. Nach ein paar Minuten kam schon die Abzweigung der Landesstraße in Sichtweite, die mich über Pewsum und Eilsum direkt nach Greetsiel führte.

Mich wunderte nicht, dass ich Uz auch bei diesen eisigen Temperaturen auf der *Sirius*, seinem alten Krabbenkutter, fand. Uz war, nachdem er vor einigen Jahren seine Landarztpraxis an seine Tochter Claudia übergeben hatte, von einer massiven Sinnkrise befallen worden, wie sie Männer nach dem Ausscheiden aus dem aktiven Berufsleben oftmals überkommt. Seine neue Lebensaufgabe hatte er dann in der aufwendigen und langwierigen Restauration jenes verrotteten Krabbenkutters gefunden, den er während seiner Streifzüge auf einem Trockendock im Norddeicher Hafen entdeckt hatte. Er liebte diesen Kutter sehr, was auch kein Wunder war, denn die *Sirius* hatte sich während ihrer Komplettüberholung zu einer wahren Schönheit entwickelt – sofern man diese Bezeichnung für einen Krabbenkutter verwenden wollte. Motoren und Technik, insbesondere die Hebevorrichtungen der Fangnetze, waren komplett erneuert worden: Schiffskörper, Planken und sämtliche Holzteile hatte Uz aufwendig und kostspielig restaurieren lassen, sofern er mit seinen handwerklichen Fähigkeiten nicht an seine Grenzen stieß. Der Tag ihres Stapellaufs legte den Vergleich mit dem Aufstieg des Phönix aus der Asche nahe. Kein Wunder also, dass Uz trotz eisiger Kälte nach dem Rechten sah.

Die Dämmerung hatte während meiner Fahrt von Emden nach Greetsiel so stark zugenommen, dass ich unterwegs bereits die Scheinwerfer einschalten musste. Ich parkte meinen Käfer direkt vor Uz' Haustür am Alten Deich und stieg die Stufen zum Deich hinauf.

Der Greetsieler Hafen lag wie ausgestorben in der Dämmerung vor mir.

Ich zog die Schultern noch höher und war dankbar für den dicken Wollschal, der die untere Hälfte meines Gesichts bedeckte.

Der auffrischende Nordwestwind hatte kalte Atlantikluft im Gepäck und bewies wieder einmal mehr, dass die gefühlte Temperatur meist deutlich kälter als die gemessene ist. Auch wenn Wetterberichte im Radio mittlerweile einen höheren Entertainmentfaktor als Informationsgehalt haben, gebe ich der Wetterfee aus der *Moin-Show* von Antenne Niedersachsen im Nachhinein recht, als sie heute Morgen im Autoradio aufgrund des eisigen Nordwestwinds eine gefühlte Temperatur von fast minus dreißig Grad ankündigte. Ein Blick auf meine Wetter-App hingegen ermahnte mich, dass ich mich nicht so anstellen sollte; schließlich zeigte das Thermometer gerade mal knapp zehn Grad unter null an. Mit Sicherheit fiel die Temperatur zum Abend hin nochmals deutlich, das wusste ich aus der Erfahrung der vergangenen Eisnächte.

Ich erblickte die sicher am Pier vertäut liegende *Sirius*, deren Aufbauten wie mit Zuckerguss verziert schienen. Aus dem mit Eiskristallen überzogenen Fenster des Ruderhauses fiel ein matter, warmer Lichtschein auf die Schneedecke, die den Kai bedeckte, und verlieh dem Boot etwas ausgesprochen Heimeliges.

Schwungvoll klopfte ich mir am Poller, an dem das Boot vertäut war, die Stiefel ab und schwang mein rechtes Bein über die Reling. Dabei hielt ich mich vorsichtshalber mit beiden Händen an einem Tampen fest.

Uz hatte mich kommen sehen und öffnete die Tür zum Ruderhaus nur etwas mehr als eine Handbreit, um keine Wärme zu vergeuden. Schnell schlüpfte ich durch den offen stehenden Spalt und zog die Tür hinter mir zu.

Wir begrüßten uns mit Handschlag, und ich begann erneut, mich aus Jacke, Schal und Mütze zu pellen.

»Du hast es ja richtig gemütlich hier!«, sagte ich anerkennend und warf einen Blick auf die kleine Sturmlaterne, die gemeinsam mit einer dampfenden Teekanne und dem dazugehörenden Stövchen auf dem Armaturenbrett neben dem Steuerruder stand.

»Willst 'nen Tee?«, knurrte Uz freundlich und überhörte mein Kompliment.

Liebend gerne nahm ich sein Angebot an und wärmte Sekunden später meine Hände an dem heißen Blechbecher, den er mir vollgegossen hatte.

Uz warf einen prüfenden Blick auf meine Wange: »Was macht dein Problem?«

Mit knappen Worten berichtete ihm vom letzten Zahnarztbesuch.

»Das kann gut sein, dass du noch vor Schmerzen die Wände hochgehst, während ein anderer nach der gleichen Behandlung bereits ohne Probleme kauen kann«, stimmte er der Einschätzung der Zahnärztin zu, dass sich individuelles Schmerzempfinden nicht immer logisch erklären lässt. »Auf jeden Fall kannst du davon ausgehen, dass eine normale Wundheilung in der Regel mindestens drei Wochen dauern wird. Wobei aber auch bei dir die Schmerzen in ein, zwei Tagen nachlassen dürften.«

Verstohlen tastete ich meinen Unterkiefer ab und stellte erfreut fest, dass die Schwellung im Vergleich zum Mittag bereits leicht zurückgegangen war.

Wir machten es uns auf zwei Klappstühlen bequem, die Uz bereitgestellt hatte, und tranken unseren Tee. Schweigend blickten wir durch die kleinen vereisten Scheiben des Ruderhauses hinaus in die Dämmerung, die sich wie eine dunkle Wolke über den menschenleeren Hafen und das schwarz schimmernde Wasser legte, das träge im Hafenbecken gegen die Kaimauer schwappte.

»Wird früh dunkel heute«, unterbrach Uz die Stille nach einer Weile und machte eine Kopfbewegung zum Himmel hin.

»*Daniel* kommt bald«, fügte er hinzu.

Ich drehte den Kopf und sah ihn fragend an: »Wer kommt?«

»Daniel«, wiederholte er einsilbig.

»Und wer, bitte schön, ist *Daniel*?« Manchmal musste man meinem Kumpel jedes einzelne Wort aus der Nase ziehen.

»So haben die Wetterfrösche das Atlantiktief getauft, das im Anzug ist.«

»Ich hatte mich schon gewundert«, grinste ich. »Ich dachte schon, du hast einen neuen Matrosen.«

»Gott bewahre, hör auf – Onno reicht vollkommen!«, ächzte er und zog ein übertrieben erschrockenes Gesicht.

Ich lachte, denn Aushilfsmatrose Onno, der Uz bei seinen Fangfahrten begleitete, war ein ostfriesisches Unikum. Klein und so dürr, dass man ihm das Ave-Maria durch die Rippen singen könnte, verrichtete er so manchen Job in und rund um Greetsiel; aber nur, wenn mal wieder Tiefstand in seiner Geldbörse war.

»Was macht eigentlich deine Traute?«, fragte Uz zielsicher und kam, ohne viel drumherum zu reden, auf den neuralgischen Punkt meines Besuchs.

Jetzt war es an mir, ein Gesicht zu ziehen.

»Oh«, meinte Uz vielsagend. »Gibt's Ärger?«

»Traute möchte nicht, dass ich Lydias Mandat übernehme«, antwortete ich freiheraus, da ich vor Uz keine Geheimnisse habe. »Sie denkt, dass der Mord im INSOMNIA aufgrund des SM-Milieus, in dem er geschehen ist, einen mächtigen Medienwirbel hervorrufen wird.«

»Womit sie recht haben dürfte!«, sagte Uz und traf zum zweiten Mal hintereinander den Nagel auf den Kopf. »Und da befürchtet sie, dass die Presse sich auch auf euer Privatleben stürzen wird, wenn du als Anwalt die Chefin vom INSOMNIA vertrittst und Traute als Staatsanwältin Klage erhebt?«

Ich nickte schweigend.

Sachverhalte können so wohltuend einfach sein, wenn zwei pragmatisch denkende Männer sie bereden, dachte ich bei mir. Diese schlichte Sachlichkeit war einer der Gründe, weshalb ich so gerne mit meinem Kumpel Uz stundenlang über Gott und die Welt quatschte.

»Auch da hat deine Traute gar nicht mal so unrecht«, bestätigte er Trautes Vorbehalte. »Es mag ja heutzutage nicht mehr so ungewöhnlich sein, dass Ehepaare beruflich gegensätzliche Standpunkte vertreten, aber hier bei uns…« Er ließ den Satz unvollendet im Raum stehen und griff nach der verbeulten Teekanne auf dem kleinen gusseisernen Stövchen, das seinem verrosteten Zustand nach noch vom ersten Kapitän der *Sirius* stammen musste.

»… ticken die Uhren anders«, vollendete ich seine Binsenweisheit. »Ich weiß, wir sind hier auf dem platten Land und obendrein noch mitten in Ostfriesland – ja, ja, ich weiß…«

Uz grinste: »Du brauchst gar nicht die Augen zu verdrehen. Schließlich lebst du schon lange genug hier, um zu wissen, dass wir hier bei uns an der Küste zwar sehr weltoffen…«

Ich gab ein gurgelndes Geräusch von mir und verzog das Gesicht dabei so sehr, dass ich mich dabei fast an meinem Tee verschluckte.

»… ja, sehr weltoffen – verschluck dich nicht!« Uz machte ein strenges Gesicht. »Aber weltoffen heißt ja noch lange nicht, dass es für uns normal ist, dass unsere hiesige Staatsanwältin mit einem Exanwalt aus der Stadt das Bett teilt. Ich kann Traute sehr gut verstehen; sie muss hier in der Krummhörn ständig beweisen, dass sie eine gute Staatsanwältin ist, und darf sich keine Blöße geben – und nur aus einem einzigen Grund: weil sie eine Frau ist!«

Ich machte ein skeptisches Gesicht. Einerseits hatte ich jahrelang meine Kanzlei in der Metropole Berlin betrieben, wo jede geschlechtliche und gleichgeschlechtliche Form des Zusammenlebens mindestens toleriert wurde – es war schlichtweg normal, dass jeder so lebte, wie es ihm gefiel. Andererseits lebte ich lange genug in Ostfriesland, um zu wissen, dass eine gewisse konservative Grundhaltung der Friesen nicht von der Hand zu weisen ist, um es mal diplomatisch zu formulieren. Gleichzeitig musste ich aber auch zugeben, dass auch die Berliner Medien sich in Anbetracht der brutalen Todesumstände des Opfers und des bizarren Tatorts die Hände reiben würden. Sex & Crime verkauft sich immer gut, perverser Sex & Crime ist eine wahre Goldgrube!

»Auch was den Tatort und das Thema INSOMNIA anbelangt, hat deine Traute absolut recht!«, fuhr Uz fort. »Es ist offensichtlich, dass das Opfer aus der Sadomasoszene stammt, und die Art, wie Lydia ihren Laden ausstaffiert hat, das ist wirklich pervers – es wird einen mächtigen Wirbel geben!«

»Na, da bin ich aber froh, dass du das genauso siehst wie ich«, entfuhr es mir. »Ich dachte schon langsam, ich sei ein alter Spießer.«

»Ich meinte den Tatort mit der gehäuteten Pokerrunde und den zwei Frauen in dem Käfig«, stellte er klar. »Was die Leute dort für Spielchen treiben, ist für mich absolut okay! Muss jeder selber wissen, was er macht, die sind ja schließlich alle erwachsen. Aber die voyeuristische Zurschaustellung von Figuren, die du nicht von echten Menschen unterscheiden kannst, ist …«

»Du weißt offenbar schon, dass das Horrorkabinett nicht echt ist?«, unterbrach ich ihn.

»Das Horrorkabinett schon«, grinste er, »nur die darin befindlichen Toten sind es nicht.«

»Ja, ich weiß«, nickte ich. »Traute hat mir das schon erzählt. Ich war total erstaunt, dass das gerichtsmedizinische Labor so schnell mit seiner Analyse war. Aber woher weißt du das? Du hast ja schließlich kein Labor.«

Uz' Grinsen wurde noch breiter. »Dafür braucht man kein Labor!«

»Sondern?«, wollte ich wissen.

»Du erinnerst dich, als ich dich bat, schon vorzugehen, weil ich noch etwas erledigen wollte?«

»Und ob ich mich erinnere!« Unwillkürlich zog ich die Schultern hoch, weil mich die Erinnerung an die Szene in dem halbdunklen Kellergang schaudern ließ. Ich hatte noch gesehen, wie Uz ein metallisch glänzendes Skalpell aufschnappen ließ.

»Ich habe den Körpern ein paar Gewebeproben entnommen«, erklärte er.

»Von welchen Stellen hast du die Proben entnommen?«

»Ich hatte ja nur Gelegenheit, bei den beiden Frauen im Gitterkäfig Proben zu entnehmen. Und auf die Schnelle boten sich Brüste, der obere Rand der Beckenschaufel und das Platysma an.«

»Pla… was?«

»Platysma. Das ist ein großer Halsmuskel, der zwischen Oberhaut und der Halsfaszie liegt«, erklärte Uz. »Durch die Häutung war er leicht zugänglich.«

Ich verzog das Gesicht. Auch wenn ich Uz' medizinische Ausführungen immer sehr interessant fand, lief bei seinen Schilderungen gerade mein Kopfkino ab. Und die Bilder, die vor meinem geistigen Auge auftauchten, gefielen mir überhaupt nicht.

»Und was hast du dann mit den Gewebeproben gemacht?«, fragte ich neugierig. »Sicherlich auch ins Labor geschickt.«

»Das Geld habe ich mir gespart«, schmunzelte Uz. »Wäre sicherlich auch nicht so schnell gegangen wie meine Methode. Ich habe die Gewebeproben verbrannt.«

»Einfach verbrannt?«, staunte ich.

»Ich habe die Proben jeweils einzeln in einer Glasflasche verbrannt: Bunsenbrenner dran und fertig«, sagte Uz zufrieden und goss Tee nach. »Dann habe ich einfach das Emissionsgerät, mit dem ich die Abgaswerte der Dieselmotoren der *Sirius* kontrolliere, an die Flaschen gehalten.«

»Und das funktioniert?« Ich war völlig baff. Auf eine solche Idee muss man erst einmal kommen.

»Nur als grobe Orientierung; selbstverständlich weiß ich nicht, um welche Kunststoffe, Beschaffenheit, Menge et cetera es sich handelt – aber ich weiß zumindest, dass die Rückstände nicht organisch sind; und das reicht fürs Erste, um zu wissen, dass es keine echten Leichen sind.«

»Auf die Idee muss man erst mal kommen«, staunte ich nun auch laut.

»Ach, hör auf!«, winkte Uz ab. »Halb so wild. Ich habe ja auch nur die Gewebeproben – obwohl, jetzt müsste ich eigentlich Materialproben sagen – von den beiden Frauen untersucht.«

»Du meinst, die Männer könnten trotzdem echt sein?«

»Könnten.« Uz nickte bestätigend. »Glaub ich aber nicht. Meiner Meinung nach sind das Kopien von den bekannten Anatomiemodellen dieses sogenannten Doktor Tod, die den Originalen so verblüffend ähnlich sehen, dass sie schwer bis überhaupt nicht zu unterscheiden sind.«

»Glaube ich jetzt auch«, stimmte ich zu. »Wahrscheinlich nur als morbide Dekoration für die perversen Spiele in dem Sadomasoklub.«

»Wie gesagt, Jan«, griff Uz das Stichwort auf, »abgesehen von dieser Inszenierung mit den Toten wäre ich mit dem Begriff ›pervers‹ vorsichtig. Alles, was niemanden schädigt oder gegen dessen Willen geschieht, sondern einvernehmlich, ist jedermanns eigene Sache. Und so gesehen, hat jeder das Recht auf freie Ausübung seiner Sexualität, egal, wie skurril oder andersartig sie uns vorkommt.«

Ich starrte Uz staunend an. Der gute, alte Uz stand dem Sadomasokram aufgeschlossener und toleranter gegenüber als ich. Vielleicht ist man als Arzt ja toleranter, weil einem nichts Menschliches fremd ist. Jetzt kam ich mir wirklich langsam wie ein alter Spießer vor.

Dann bin ich halt ein verklemmter Vanilla!, dachte ich trotzig. Man muss ja schließlich auch nicht für alles Verständnis aufbringen und nicht alles tolerieren.

»Um noch mal auf Trautes Vorbehalte zurückzukommen«, knüpfte Uz an unser Ausgangsthema an. »Ich möchte nicht versäumen, zu erwähnen, dass Trautes Chef ein ziemlich verkniffener Klugschieter ist. Außerdem ist es ein offenes Geheimnis, dass der scharfe Riegel Generalstaatsanwalt in Oldenburg werden will, wenn der alte General in Ruhestand geht.«

»Riegel?« Ich sah Uz verständnislos an.

»Leitender Oberstaatsanwalt Dr. jur. Riegel«, erklärte Uz. »Er sitzt in Aurich.«

Dass Traute als Staatsanwältin zum Amtsbezirk der Staatsanwaltschaft Aurich gehörte, wo auch ihr Vorgesetzter seinen Amtssitz hatte, war mir schon klar; ich wusste nur nicht, wer ihr Chef war.

»Der Riegel ist ein ganz scharfer Hund«, klärte Uz mich auf. «Erinnert mich stark an diesen Schill aus Hamburg.«

»Ein extravaganter Typ, aber ausgezeichneter Jurist«, entgegnete ich, denn Ronald Barnabas Schill war mir selbstverständlich ein Begriff. Der ehemalige Zweite Bürgermeister und Innensenator hatte sich einen Namen als »Richter Gnadenlos« gemacht, weil er auch kleinste Rechtsbrüche mit den härtesten Strafen belegte, die das Strafgesetzbuch für das jeweilige Delikt vorsah. Ironischerweise war der Hardliner seinerzeit über seine zahlreichen Sex- und Kokainaffären gestolpert und hatte sein Amt niederlegen müssen.

»Bei Riegel beschränkt sich der Vergleich mit Schill aber

lediglich darauf, dass er als Oberstaatsanwalt massiv und unnachgiebig Höchststrafen für Straftäter fordert und mildernde Umstände grundsätzlich ausschließt«, schränkte Uz ein. »Ansonsten ist er ein staubtrockener Bürohengst, der Tag und Nacht in seinem Büro hockt und seinen Staatsanwälten akribisch auf die Finger schaut.«

»Hm«, machte ich und sah gedankenverloren den ersten Schneeflocken zu, die wie aus dem Nichts heraus fast schwerelos zu Boden schwebten.

»Du musst wissen, was du tust«, fuhr Uz fort und sah mich dabei ernst an. »Mach dir keine Gedanken, du bist mir in keiner Weise verpflichtet. Als ich den Toten sah, war mir gleich klar, dass Lydia Schwierigkeiten bekäme. Sie hat ja ohnehin seit ihrer Geschäftseröffnung ständig Ärger mit den Behörden. Und eine solche Gelegenheit werden sich die Sesselpupser nicht entgehen lassen; das INSOMNIA ist nicht gewollt.«

»Von wem?«

Uz lachte spöttisch. »Von allen – fängt beim Bürgermeister an und hört bei Riegel auf.«

»Warum tut Lydia sich diesen Ärger an?«

»Aus zwei Gründen« antwortete Uz. »Sie ist alleinerziehend und braucht das Geld, um ihre beiden Kinder durchzubringen. Und zum anderen ist sie ein unbelehrbarer Dickschädel. Das war sie schon immer, und das wird sie auch immer bleiben. Sie hat es sich in den Kopf gesetzt, einen eigenen Klub zu betreiben, und niemand wird sie davon abhalten.«

»Wenn die Behörden sie auf dem Kieker haben, ist es nur eine Frage der Zeit, bis sie einen Grund finden, den Laden dichtzumachen«, wandte ich ein.

»Eben!« Uz brummte trocken. »Deshalb habe ich dich angerufen.«

Ich brummte etwas Undefinierbares; klassischer Fall von Eigentor.

»Aber mach dir keinen Kopp«, beruhigte Uz mich. »Ich will nicht, dass du mit Traute Ärger bekommst. Sie hat mit ihren Bedenken ja auch wirklich recht. Lydia wird auf jeden Fall einen anderen Anwalt finden. Vielleicht keinen aus der Krummhörn, aber mit Sicherheit jemanden aus Hamburg.«

»Ich habe doch noch überhaupt nicht gesagt, dass ich das Mandat nicht übernehme«, wehrte ich lahm ab.

»Du sitzt zwischen zwei Stühlen, und ich will nicht, dass du auf den Hintern fällst«, sagte Uz. »War im Grunde auch ziemlich blöd von mir, dich mitten in der Nacht anzurufen.«

»Nun hör aber auf«, wehrte ich energisch ab. »Wozu sind denn Freunde da, wenn nicht dazu, um zu helfen, wenn der Freund ein Problem hat?«

Wir tauschten noch eine Weile das Für und Wider einer Mandatsübernahme aus, und ich kam nicht umhin, Uz zu erzählen, wie sehr es mir gegen den Strich ging, als Traute mehr oder weniger direkt von mir verlangte, das Mandat nicht anzunehmen.

»Und das geht einfach nicht. Auch Traute kann bei aller Liebe nicht von dir verlangen, dass du dich gegen deine Überzeugung so verbiegst, dass du das nicht mehr mit dir und deinem beruflichen Selbstverständnis vereinbaren kannst«, sprach Uz aus, was ich empfand. »Du bist nicht der Typ, der den Schwanz einzieht, weil es vielleicht Ärger geben könnte.«

»Höre ich da einen ironischen Unterton?«, fragte ich argwöhnisch.

»Na klar«, zog Uz mich auf. »Wie soll man sonst einem zwanghaften Moralisten wie dir beikommen?«

In diesem Stil ging es weiter, bis die Teekanne leer war. Uz bot an, frischen Tee aufzubrühen, was ich aber ablehnte. Ich hatte zwar im Moment keine Schmerzen im Kiefer, fühlte mich aber mittlerweile ziemlich schlapp und wollte auf dem schnellsten Wege nach Hause.

Während wir uns voneinander verabschiedeten, warf Uz einen prüfenden Blick zum Nachthimmel hoch. »Da wird heute noch ganz schön was runterkommen«, prophezeite er und zeigte auf die sich bedrohlich am Himmel auftürmende Wolkenwand, die sich trotz der Dunkelheit deutlich gegen den Nachthimmel abzeichnete – wir hatten momentan zunehmenden Mond. »Die sind proppenvoll mit Neuschnee. Sieh zu, dass du nach Hause kommst!«

Ich folgte seinem Rat und beeilte mich, heimzukommen. Glücklicherweise hatte ich es nicht weit bis nach Hause.

8

Die Scheinwerfer meines Käfers mühten sich redlich ab, das immer stärker werdende Schneetreiben zu durchdringen. Dicht an dicht fielen die Schneeflocken und reflektierten das Scheinwerferlicht so stark, dass ich Mühe hatte, die Fahrbahn vor mir zu erkennen, weil der Neuschnee gerade die Mittellinie fraß: Angestrengt starrte ich geradeaus.

Obwohl es nur wenige Kilometer zu mir nach Hause waren, benötigte ich eine knappe Stunde, bis ich meinen Käfer über den unbefestigten Feldweg zu meinem Haus hoppeln ließ. Froh darüber, heil angekommen zu sein, parkte ich den Grauen dicht an der Hauswand und bedauerte es gleichzeitig, mit dem Bau des von mir geplanten Carports nicht schon im Herbst begonnen zu haben. Das Bauholz lag bereits seit Monaten aufgestapelt neben dem Schuppen für die Gartengeräte. Die letzte Lieferung Holzbalken hatte ich nach der Anlieferung hochkant neben der Schuppentür aufgereiht, weil ich sie eigentlich am nächsten Tag hatte verarbeiten wollen: eine lästige Arbeit, die ich dann von einem Tag auf den anderen verschoben hatte. Denn viel lieber hatte ich mich der Errichtung eines gusseisernen Rosenpavillons im Garten gewidmet. Den Pavillon hatte ich schräg gegenüber meines Wintergartens neben zwei alten Apfelbäumen aufgebaut und ihn mit zahlreichen Lichterschläuchen umwickelt. Und wo ich schon mal dabei gewesen war, hatte ich auch gleich die beiden Apfelbäume mit ebensolchen Lichterschläuchen und Lichterketten ausstaffiert. Nun hatte ich zwar noch immer keinen Carport, aber einen ganz wunderbaren Arbeitsplatz. Denn wenn ich seitdem abends an meinem Schreibtisch im Wintergarten saß und an Entwürfen für neue Tattoomotive arbeitete oder Druckvorlagen kolorierte, schaltete sich eine Zeitschaltuhr im Außenbereich ein und tauchte meinen Garten wie von Zauberhand in ein stimmungsvolles Lichtermeer. So genoss ich vom Schreibtisch aus einen fantastischen Blick auf meinen beleuchteten Garten und freute mich, wenn das Funkeln der Lichter Dunkelheit und Kälte der langen Winterabende vertrieb.

Noch aber lag heute mein Haus im Dunkeln. Nur der Bewegungsmelder begrüßte mich und schaltete die Leuchte neben der Haustür ein. Um das Stoffdach meines Cabrios vor Eis und Schnee zu schützen, deckte ich es mit einer Schutzplane ab, nachdem ich den Wagen dicht an der Hauswand geparkt hatte. Halbwegs gut verpackt, ließ ich den Grauen im Schneegestöber zurück und ging zur Haustür. Ich streckte die Hand nach der Türklinke aus und hielt erschrocken mitten in der Bewegung inne: Die Tür war nur angelehnt.

Ich war mir absolut sicher, dieses Mal die Haustür bei meinem Aufbruch hinter mir zugezogen zu haben! Saß die Schwarzhaarige etwa schon wieder uneingeladen vor dem Kamin?

Mit spitzen Fingern drückte ich die Tür auf, die geräuschlos nach innen aufschwang.

Die Lichter im Haus waren ausgeschaltet: logisch! Schließlich lasse ich keine Festbeleuchtung im Haus brennen, wenn ich unterwegs bin.

Die Diele lag im Halbdunkel, nur der Schein der Haustürlampe spendete Licht. Der Durchgang zum Wohnzimmer, wo ich beim letzten Überraschungsbesuch das Flackern des Kamins erkennen konnte, lag in völliger Finsternis.

Es war totenstill im Haus.

Leise schlüpfte ich aus meinen Stiefeln und bemühte mich, kein Geräusch zu machen. Wenn mein ungebetener Besuch sich im Wohnzimmer aufhielt, wollte diesmal ich derjenige sein, der ihm einen Schrecken einjagte.

Auf Socken schlich ich geräuschlos Richtung Wohnzimmer.

Des Überraschungseffekts wegen schaltete ich kein Licht ein. Meine Augen hatten sich mittlerweile an die Dunkelheit gewöhnt, sodass ich die Umrisse der Möbel erkennen konnte.

Im Türrahmen stehend suchten meine Augen das Wohnzimmer nach dem ungebetenen Besucher ab – vergebens. Das Wohnzimmer war leer.

Natürlich konnte es sein, dass sich jemand oben im Schlafzimmer oder in der Küche aufhielt. Aber daran glaubte ich nicht. Auch wenn ich mir keinen anderen Besucher vorstellen konnte als Lydia Saalbusch, die es sich uneingeladen auf meinem Sofa bequem macht, traute ich auch ihr die Dreistigkeit nicht zu, meinem Schlafzimmer einen Besuch abzustatten.

Ich streckte die Hand zum Lichtschalter aus. Das Deckenlicht flammte auf.

Ein erneuter Rundblick bestätigte meine erste Einschätzung – es war niemand da. Mit ein paar Schritten stand ich in meinen Wintergarten, den ich als Arbeitszimmer nutzte und der mit hohen Bücherregalen und dem alten Kapitänsschreibtisch des Vorbesitzers – wie mir der Makler beim Kauf des Hauses versichert hatte – gemütlich eingerichtet war.

Nachdenklich zog ich meine Jacke aus und ging zurück in die Diele.

Ich schloss die Haustür, die ich vorsichtshalber hatte offen stehen lassen – man weiß ja nie, ob nicht vielleicht doch Einbrecher zugange waren. Anschließend machte ich einen schnellen Rundgang durchs Haus. Alle Zimmer sahen wie gewohnt aus und machten einen unberührten Eindruck.

Nur Motte war verschwunden!

Als er nicht an seinem Lieblingsplatz in der Diele lag, war ich, ohne groß darüber nachzudenken, davon ausgegangen, dass der Dicke es sich auf meinem Bett gemütlich gemacht hatte. Das Bett war zwar tabu für ihn, aber manchmal scherte er sich nicht um Verbote und fläzte sich dorthin, wo ihm gerade danach war.

Da es für den Dicken vollkommen untypisch gewesen wäre, alleine in der Kälte und Dunkelheit durch den Schnee zu tapern, hatte ich keine Idee, wo er sein könnte.

Ich suchte ein zweites Mal das Haus ab – wieder ohne Erfolg.

Motte blieb verschwunden!

Ratlos hockte ich mich hinter meinen Schreibtisch und schaute zu dem dunklen Butzenfenster meines Arbeitszimmers hinüber. Ich sah lediglich mein eigenes Spiegelbild, da es draußen im Garten vollkommen finster war. Nachdenklich griff ich zu der Flasche Mate, die ich neben dem Computer hatte stehen lassen, um einen Schluck zu trinken. Dabei stieß ich mit der Flasche gegen die kabellose Computermaus, woraufhin der Bildschirm meines Computers sofort aufleuchtete und mich mit der Startseite zur Eingabe meines Passworts aufforderte.

Ich fuhr hoch und starrte erschrocken auf den Bildschirm. Den Computer hatte ich ebenso sicher runtergefahren und ausgeschaltet, wie ich die Haustür hinter mir zugezogen hatte.

Hier stimmte definitiv irgendetwas nicht!

Besorgt stand ich vom Schreibtisch auf und rutschte prompt aus. Überrascht trat ich einen Schritt zurück und starrte auf eine Pfütze neben meinem Schreibtisch.

Auch wenn ich mit meinen Socken in die Pfütze getreten war und diese dabei verwischt hatte, konnte ich doch ganz deutlich die Umrisse eines grob geriffelten Schuhabdrucks erkennen. Mein Blick glitt über den Boden, und ich sah einen zweiten Fußabdruck, der mir ebenfalls nicht aufgefallen war. Als ich meine Räume nach ungebetenen Besuchern abgesucht hatte, war meine Suche auf Augenhöhe beschränkt geblieben; dem Fußboden hatte ich keine Aufmerksamkeit geschenkt.

Ich stand wie angewurzelt neben meinem Schreibtisch und sortierte meine Gedanken. Der nasse Fußabdruck war der unwiderlegbare Beweis für einen ungebetenen Besucher! Offensichtlich hatte sich der Eindringling an meinem Computer zu schaffen gemacht.

Zu dieser beunruhigenden Erkenntnis kam der Umstand, dass Motte offenbar verschwunden war. Und ich hatte keine Ahnung, was den Dicken bewegt haben konnte, freiwillig seinen Schlafplatz zu verlassen.

Ich griff in die Hosentasche meiner Jeans und zog mein Smartphone hervor. Schnell tippte ich meinen vierstelligen Code ein, aktivierte die Handykamera und schoss von dem Fußabdruck zwei Fotos.

Das Blitzlicht flammte auf.

Im selben Moment schaltete die Zeitschaltuhr die Außenbeleuchtung ein. Automatisch hob ich den Kopf und sah zum Fenster hinüber, das nur eine Armlänge von mir entfernt war. Entsetzt fuhr ich zusammen!

Mir direkt gegenüber stand eine schwarz vermummte Gestalt und starrte mich regungslos durch die Glasscheibe hindurch an!

Offensichtlich war die Gestalt ebenso erschrocken wie ich. Wir standen uns regungslos gegenüber, nur getrennt durch eine Glasscheibe.

Der Schreck jagte mir einen solchen Adrenalinschub durch die Adern, dass meine Sinne überscharf jedes noch so schockierende Detail an der maskierten Gestalt wahrnahmen und ich mein gespenstisches Gegenüber in bestürzender Deutlichkeit sah.

Die Gestalt war etwas kleiner als ich und von kräftiger Statur. Mehr konnte ich nicht erkennen, da mein Gegenüber komplett in einem hautengen schwarzen, matt glänzenden Etwas, ähnlich einem Taucheranzug, steckte. Selbst das Gesicht und der gesamte Kopf waren mit diesem glänzenden Material überzogen. Die Augen waren hinter zwei dunklen Sichtscheiben verborgen, die von metallenen Ringen eingefasst waren. Wo sich eigentlich der Mund befinden sollte, gähnte eine dunkle Öffnung, die ebenfalls von einem Metallring eingefasst war. Das entsetzliche maskenhafte Gesicht glich in schockierender Weise einer Gasmaske aus dem Zweiten Weltkrieg, war aber keine Gasmaske. Denn Gasmasken haben keine verchromten Haken, Nieten, Ösen und sonstige Riegel wie diese Maske, die mir regungslos gegenüberstand.

Schlagartig kehrte Leben in das unheimliche Wesen. Blitzschnell wirbelte es herum und verschwand mit einer katzenhaften Bewegung aus meinem Blickfeld in die Dunkelheit.

Ich handelte reflexartig.

Mit ein paar Sätzen stand ich in der Diele und riss die Schublade der Kommode auf, in der ich meine schwere metallene Stabtaschenlampe für den Fall aufbewahrte, dass die Sicherungen in meinem alten Zählerkasten ihren Geist aufgeben. Ohne zu überlegen, stieg ich hastig in meine Stiefel, ohne sie in der Eile zuzuschnüren, und riss die Haustür auf. Ich flitzte um die Hausecke und ließ gleichzeitig das gleißende Halogenlicht der Stabtaschenlampe aufleuchten. Bei der Taschenlampe handelte es sich um ein äußerst leistungsstarkes Modell, wie es auch von amerikanischen Polizisten und Sicherheitsdiensten benutzt wird. Der scharf gebündelte Lichtstrahl zerschnitt die Dunkelheit und zeigte mir im kalten Halogenlicht die kleinsten Details der Umgebung.

Nur Sekunden, nachdem die vermummte Gestalt verschwunden war, stand ich an der gleichen Stelle im Garten wie der Unbekannte. Ich ließ den Lichtstrahl der Taschenlampe hin und her fliegen zwischen den Fußabdrücken im frisch gefallenen Schnee und dem hell erleuchteten Fenster, hinter dem – wie auf einem Präsentierteller – mein Schreibtisch stand.

Mein Blick blieb an den Fußabdrücken im Schnee hängen, und ich ging in die Knie, um die Spuren aus nächster Nähe zu inspizieren. Als ehemaliger Strafverteidiger hatte ich oft genug mit Schauplätzen von Verbrechen und Tatorten zu tun gehabt und kannte mich ganz gut mit Spuren aus. Ich erkannte sofort, dass die Fußabdrücke im Schnee von dem Vermummten stammen mussten, denn sie hatten scharfe Ränder. Der Neuschnee, der in dicken Flocken vom Himmel schwebte, hätte die Ränder verwischt – die Spur war frisch.

Die Adrenalindosis hatte meinen Schreck in Wut verwandelt, und ich brannte darauf, mir den Eindringling vorzuknöpfen. Energisch stapfte ich den Fußspuren hinterher, die nach schätzungsweise zehn Metern hinter der Ecke des Schuppens verschwanden, auf dessen Rückseite ich meinen Käfer geparkt hatte.

Ich reckte den Hals und schob meine Nasenspitze vorsichtig um die Ecke. Die Fußabdrücke endeten neben dem Stapel Holzbohlen und Bretter, die ich hochkant an die Schuppenwand gelehnt hatte. Dadurch ergab sich ein mannshoher Spalt, in dem sich ein Mann vortrefflich verbergen konnte, sofern er von nicht allzu kräftiger Statur war.

Mit der Lampe leuchtete ich in den Spalt hinein – mein Lichtstrahl traf den Maskenmann mitten ins Gesicht. Die Antwort erhielt ich postwendend in Form eines auf mich zustürzenden Bretterstapels. Der Vermummte verfügte offenbar über starke Nerven. Denn anstatt nach seiner Entdeckung das Naheliegende zu tun und das Weite zu suchen, hatte er sich hinter dem Bretterstapel verborgen. Als der Halogenstrahl meiner Lampe ihn ins Gesicht traf, stieß er den Bretterstapel an der Wand mit beiden Händen von sich, der nach vorne fiel und mich unter sich begrub.

Ich schlug der Länge nach rücklings zu Boden und wurde unter Balken und Brettern begraben. Da der Holzstapel eine dicke Schneekappe trug, wurde ich zusätzlich zu den Brettern, die mir schwer und schmerzhaft auf Brust und Unterleib lagen, von einer Lawine Neuschnee getroffen, die mein Gesicht zuschüttete und mir in Mund und Nase drang.

Wild strampelnd versuchte ich vergeblich, mich von den Brettern zu befreien; hustend und spuckend rieb ich mir gleichzeitig den Schnee aus den Augen. Halb blind und noch immer unter den Brettern begraben, blinzelte ich ins Halbdunkel und sah meinen Angreifer breitbeinig über mir stehen. Hilflos auf dem Rücken liegend, sah ich, wie die gespenstische Gestalt ihren Arm wie in Zeitlupe ausstreckte.

Voller Panik erkannte ich den matt schimmernden Lauf einer Pistole und riss reflexartig die Arme schützend hoch: nicht schnell genug.

Im selben Moment mit dem Peitschenknall eines Schusses sah ich einen Feuerstrahl auf mich zurasen.

Ein höllischer Schmerz traf mich wie ein feuriger Peitschenhieb mitten ins Gesicht. Schlagartig wurde mir schwarz vor Augen, und ich verlor das Bewusstsein.

* * *

Langsam kam ich zu mir.

Um mich herum war es stockfinster. Ich versuchte, die Augen zu öffnen – es gelang mir nicht. Oder hatte ich sie bereits offen?

Ich hatte jegliche Orientierung und Zeitgefühl verloren. Mein Kopf fühlte sich an wie in Watte gepackt.

Dann aber meldeten sich Nerven und Sinne zurück und nahmen ihre Arbeit wieder auf. Wie von einem imaginären Regler gesteuert, fuhr mein Körper mein Bewusstsein wieder hoch: ganz voran – der Schmerz!

Ich stöhnte laut auf. Oder glaubte zumindest, es zu tun, denn aus meinem Mund drang kein Laut. Ich versuchte den Mund zu öffnen, was mir genauso misslang wie der Versuch, meine Augen zu öffnen. Mein Gesicht brannte wie Feuer, obwohl mir eiskalt war. Erst in diesem Moment bemerkte ich schlagartig, dass mir saukalt war. Ich versuchte, Arme und Beine zu bewegen, obwohl ich in meinen Gliedmaßen außer der eisigen Kälte kein Gefühl verspürte. Vergeblich, ich konnte keinen Finger krumm machen.

In meinem Schädel begann es langsam zu pochen. Ich hatte das Gefühl, dass mein Kopf langsam, aber stetig anschwoll – wo doch ein Kopf nicht anschwellen kann. Oder meiner vielleicht doch? So fühlte es sich jedenfalls an.

Verzweifelt bäumte ich mich auf – was auch misslang! In diesem Moment drang mir die Erkenntnis meiner Lage so klar ins Bewusstsein, wie der Strahl meiner Halogenlampe vorhin die Dunkelheit durchschnitten hatte. Wann eigentlich war »vorhin«?

Die Eiseskälte drang mir bis ins Knochenmark: Also befand ich mich noch draußen. Augen und Mund konnte ich nicht öffnen, weil sie mir mit einer Art Klebeband zugeklebt worden waren. Meine komplette Unfähigkeit, mich zu bewegen, lag daran, dass mich jemand mit irgendetwas umwickelt hatte, sodass der Vergleich von der Wurst in der Pelle auf makabre Art und Weise auf mich zutraf. Den anschwellenden Zustand meines Kopfs führte ich darauf zurück, dass ich kopfüber in der Luft baumelte und sich das Blut in meinem Kopf staute, sodass ich immer mehr das Gefühl bekam, dass er gleich zerplatzen müsste.

Ich baumelte kopfüber, blind und hilflos in der eisigen Kälte irgendwo im heimischen Garten herum: Ich hatte jeden Grund der Welt, in Panik zu verfallen. Ich hatte zwar keine Ahnung, wie lange ich bewusstlos gewesen war, aber mittlerweile musste es mitten in der Nacht sein.

Todesangst stieg in mir auf.

Ich begann zu hyperventilieren. Bewusst zwang ich mich zu ruhigen und gleichmäßigen Atemzügen. Nach einer gewissen Zeit beruhigte sich meine Atmung, was ich von meinen aufgepeitschten Sinnen nicht behaupten konnte. Meine Todesangst zerkratzte mein Innerstes mit scharfen Krallen wie eine Ratte die Reling eines sinkenden Schiffes.

Ich hatte keine Ahnung, wie viel Zeit vergangen war, als ich aufgab, mich gegen die Gewissheit zu wehren, dass ich in dieser Nacht sterben sollte.

Meine Lage war aussichtslos.

Ich war blind, ich konnte mich weder bewegen noch um Hilfe rufen, geschweige denn meine Todesangst herausbrüllen. Es war mitten in der Nacht und stockfinster; niemand wusste, dass ich in Todesgefahr schwebte, und niemand suchte nach mir.

Nicht einmal mein dicker Hund konnte mich retten. Ich wusste ja nicht einmal, wo er sich herumdrückte – ich konnte nur hoffen, dass er noch lebte.

Wie eine eiskalte Flamme brannte in mir die Wut darüber, dass ich nicht einmal wusste, wieso ich sterben musste. Nach und nach erstickte die eisige Kälte, die sich allmählich durch meinen ganzen Körper fraß, auch meine Wut.

In meinen brennenden Augen sammelten sich Tränen und suchten sich ihren Weg entlang des Klebestreifens. In meinen Ohren toste das Rauschen meines eigenen Blutes – noch.

Irgendwann gab ich auf und überließ mich der eisigen Kälte und der undurchdringlichen Dunkelheit.

Nach einer Zeitspanne, die ich nicht bemessen konnte, da ich jegliches Zeit- und Körpergefühl verloren hatte, durchdrang ein leises Brummen die Nacht und erreichte zwar meine Ohren, aber nicht mein Bewusstsein.

Das Brummen wurde immer lauter, um dann abrupt zu verstummen.

Das Geräusch war im Schneckentempo durch meine Gehörgänge gekrochen und wie Sand in der Sanduhr körnchenweise in mein Bewusstsein eingesickert, bis es schwach aufflackerte. Ich hörte in der Ferne ein Geräusch, das mein Unterbewusstsein erkannte und mir ins Bewusstsein schob. Schlagartig war ich elektrisiert – eine Wagentür war zugeschlagen worden!

Ich begann, kläglich mich hin und her zu winden, was aber keine Möglichkeit war, den nächtlichen Besucher auf mich aufmerksam zu machen. In Todesangst versuchte ich zu schreien, zu grunzen und zu stöhnen, was aber wohl auch kaum zu hören war. Zu lautstärkeren Aktionen war ich vor Schwäche nicht fähig.

Nach einer Zeit hörte ich ein weiteres Geräusch und identifizierte es sofort als Türenklappen; Gott sei Dank nicht das Zuschlagen einer Wagentür, was darauf hingedeutet hätte, dass mein Besucher sich wieder auf den Heimweg machte, weil er mich nicht vorfand.

Angestrengt lauschte ich in die totenstille Nacht hinein.

Dann hörte ich eine Stimme, die meinen Namen rief!

Traute!

Es war meine geliebte Traute! Traute rief in der Dunkelheit nach mir!

Ich bäumte mich voller Hoffnung auf und versuchte erneut, mich bemerkbar zu machen – immer noch vergeblich.

Dann hörte ich leises Knirschen im Schnee – Schritte näherten sich.

»O mein Gott, Jan!«, hörte ich Traute aufschreien.

Ich konnte hören, wie Traute durch den Garten auf mich zugestürmt kam.

Dann spürte ich ihre Hände, die meinen Körper abtasteten.

»Verdammte Scheiße!«, fluchte sie undamenhaft. »Wie pervers ist das denn?«

Ich spürte, wie Trautes Hände mein Gesicht abtasteten.

»Bleib ganz ruhig, Jan«, hörte ich sie flüstern. »Alles wird wieder gut. Die Schweine haben dich in Frischhaltefolie eingewickelt. Ich muss im Haus eine Schere holen. Ich krieg dich auch allein nicht von dem Baum runter. Ich muss Hilfe herbeitelefonieren.«

Während Traute mit ruhiger Stimme beruhigend auf mich einflüsterte, hatten ihre Fingerspitzen vorsichtig das Klebeband von meinem Mund gelöst.

Ich schmeckte Klebstoff und versuchte, etwas zu sagen, aber nur ein Krächzen kam über meine Lippen, die dabei in der Kälte aufplatzten. Der Geschmack von frischem Blut vermischte sich mit dem Klebstoff und sammelte sich in meinen Mundwinkeln.

»Nicht sprechen, Jan«, flüsterte sie. »Du bist zu schwach, um dich anzustrengen. Außerdem weiß ich nicht, ob die Typen, die dir das angetan haben, sich nicht noch irgendwo hier herumdrücken.«

Sie drückte kurz ihre Wange an mein Gesicht, und ich verspürte eine wohlige Wärme von ihr ausgehen, dann huschte sie leise davon.

Nach einiger Zeit, die mir wie eine Ewigkeit vorkam, hörte ich erleichtert, wie Traute zurückkehrte.

Während sie sich an meinem eisigen Kokon zu schaffen machte, flüsterte sie beruhigend auf mich ein. »Ich habe Uz angerufen, er wohnt am nächsten und ist schneller hier als ein

Krankenwagen aus Norden. Außerdem hat er immer seine Arzttasche griffbereit im Flur stehen.«

Obwohl mein Körper vor lauter Kälte vollkommen taub war, spürte ich, wie Traute vorsichtig mit einer Schere – wahrscheinlich die Geflügelschere aus dem Küchenschrank – den Kokon zentimeterweise von mir ablöste.

»Das Klebeband auf deinen Augen lasse ich noch dran«, hörte ich sie leise flüstern. »Ich will dir nicht die Haut abziehen, außerdem liebe ich deine schönen langen Wimpern.«

Vor lauter Rührung liefen mir erneut Tränen übers Gesicht und brannten mir in den Augen, weil sie sich unter dem Klebeband stauten.

»Verdammte Arschlöcher!«, hörte ich Traute undamenhaft fluchen. »Die haben die Folie so fest um dich herumgewickelt. Ich bekomme diesen Scheiß nicht so schnell runter, ohne dich zu schneiden. Bin gleich wieder da.«

Ich hörte, wie Traute mit schnellen Schritten durch den Schnee stapfte und in die Richtung verschwand, wo ich mein Haus vermutete. Panische Angst stieg in mir auf; was war, wenn dieser Typ noch da war und Traute auflauerte und überwältigte? Dann würden wir wahrscheinlich demnächst nebeneinander im Baum hängen und erbärmlich erfrieren.

Angestrengt horchte ich in die Stille der Nacht; in der Ferne hörte ich lediglich einen Hund bellen. Ein zweiter Hund antwortete ihm.

Motte!

Hoffentlich ging es dem Dicken gut, und der Vermummte hatte ihm nichts zuleide getan! Ich merkte, wie wieder Tränen der Sorge um meinen geliebten Hund in mir aufstiegen.

Eine Tür klappte, und ich erkannte erleichtert Trautes Stimme, als sie flüsterte: »Ich lasse die Folie so lange dran, bis Uz kommt. Wir machen sie dann im Haus runter.«

Ich spürte, wie Traute mich in eine Decke einhüllte.

»Damit du mir nicht unter den Händen erfrierst«, hörte ich sie flüstern.

Traute umschlang mich mit beiden Armen und presste sich an mich. Ich war vollkommen durchgefroren und spürte kaum noch etwas; ob ich noch Klamotten am Leib trug, konnte ich nicht einschätzen. Ich vermutete aber ja, denn auch wenn ich jegliches Zeitgefühl verloren hatte, hätte ich bei den derzeitigen Minusgraden nicht lange überlebt. Ich konnte kaum denken, aber mein Gefühl sagte mir, dass ich meine Kleidung noch anhaben musste.

Wahrscheinlich war ich, nachdem der Unbekannte mir ins Gesicht geschossen hatte, nur so lange bewusstlos gewesen, wie er gebraucht hatte, um mich zu verschnüren und wie eine Schweinehälfte kopfüber aufzuhängen. Traute musste auch wenig später, nachdem ich aufgewacht war, aufgetaucht sein.

»Ich glaube, ich höre Uz kommen!«, flüsterte Traute in die Stille hinein und hielt mich eng umklammert.

Und tatsächlich! Zum zweiten Mal in dieser Nacht hörte ich, wie eine Wagentür lautstark ins Schloss geworfen wurde und sich schwere Schritte schnell näherten. »Ach du Scheiße!«, fluchte Uz ebenso derb wie Traute. «Das darf doch nicht wahr sein! Was haben die denn mit dir angestellt?«

Traute löste ihre Umklammerung, und ich hörte, wie sie Uz erklärte, wie sie mich gefunden und versucht hatte, mich warmzuhalten.

Ich spürte Uz' kräftige Hände, wie sie mich hochhoben, als wäre ich ein Fliegengewicht. »Keine Angst, Jan«, brummte er mit tiefer Stimme. »Ich halte dich fest, und Traute schneidet das Seil durch.«

Ich spürte, wie Traute sich an meinen Füßen zu schaffen machte, und dann lag ich bei meinem Freund quer auf den Schultern und wurde schaukelnd zum Haus getragen.

Uz legte mich vorsichtig auf meinem Esszimmertisch ab, und ich spürte, wie eine Wolldecke über mir ausgebreitet wurde. Während Traute vorsichtig die Wolldecke wieder anhob und mich mit der Geflügelschere weiter bearbeitete, um mich aus meiner eisigen Pelle zu befreien, tränkte Uz meine Augenbinde mit einer warmen Flüssigkeit.

»Das ist lauwarmer Kamillentee; hatte ich noch in der Thermoskanne«, hörte ich ihn sagen. »Wirkt nicht nur abschwellend, sondern löst auch den Klebstoff von dem Klebstreifen ganz gut ab.« Dann wurde es mit einem Mal hell um mich, und das Licht stach mir schmerzhaft in die Augen.

»Pass auf, Jan!«, warnte mich Uz. »Es wird jetzt ziemlich brennen, aber ich muss die Wunden säubern.«

Kaum hatte er mich gewarnt, brannte ein Höllenfeuer rund um meine Augen, als ob Salzsäure sich durch meine Haut fressen wollte.

»Die Typen haben dir ins Gesicht geschossen – mit einer Gaspistole«, sagt Uz grimmig. »Es tut zwar sauweh, aber abgesehen von den Verbrennungen scheinst du noch mal richtig Glück gehabt zu haben.«

Als Uz die Pistole erwähnte, blitzte schlagartig die Erinnerung an den Maskenmann vor meinem geistigen Auge auf, wie er die Pistole auf mich richtete. Erneut sah ich die Feuerlanze auf mich zurasen.

Ich stöhnte unterdrückt auf. Die heutige Nacht hatte das Potenzial zu einem lebenslang wiederkehrenden Albtraum.

Uz bezog mein Aufstöhnen auf sein ärztliches Tun und beruhigte mich. »Ich bin gleich fertig. Es fehlt nur noch die Heilsalbe, das kühlt die Wunden, und die Schwellung wird nicht so stark. Lass aber die Augen zu, wenn ich fertig bin; es ist hier zu hell. Ich schau mir deine Augen später an, ob alles in Ordnung ist.«

Vorsichtig trug er eine Salbe rund um meine Augen auf.

Von der kühlenden Wirkung der Salbe spürte ich nichts, da ich sowieso vor Kälte zitterte.

»Fertig!«, ließ Traute sich vernehmen. »Jetzt sofort ab in die Badewanne.«

»Um Gottes willen nein!«, brummte Uz. »Damit bringst du ihn um. Wir legen Jan ins Bett und packen ihn in Wolldecken ein. Seine Körpertemperatur darf sich nur langsam wieder auf Normal erhöhen.«

Langsam begann ich wegzudämmern und war Uz dankbar dafür, dass er mich ins Bett trug: Ich hätte noch keinen Schritt laufen können. Während Traute mich von Kopf bis Fuß in alle Decken einwickelte wie eine Mumie, machte Uz heißen Tee. Ich konnte gar nicht fassen, dass ich noch lebte: Zu schrecklich war die Ausweglosigkeit meiner Situation gewesen, zu grausam das Gefühl beim Aufwachen, blind und vor Kälte gelähmt zu sein.

Uz kam mit dem Tee ins Schlafzimmer, und ich hörte Traute mit Geschirr hantieren. Dann spürte ich einen Strohhalm an meinen Lippen und öffnete vorsichtig meinen Mund.

Ich zuckte zusammen: Scheiße, war der Tee heiß!

»Langsam trinken, Jan«, mahnte Traute mich und hielt mir die Tasse hin, sodass ich bequem trinken konnte.

Während ich an dem Strohhalm nuckelte, inspizierte Uz wieder meine Augen.

»So, mein Freund«, sagte er mit ruhiger Stimme und tupfte mir vorsichtig die Augen ab. »Jetzt öffne ganz vorsichtig deine Augen. Keine Angst, das Licht ist aus.«

Langsam hob ich die Augenlider, sie fühlten sich an wie mit Bleigewichten beschwert. Meine Wimpern klebten noch ein wenig aneinander, und ich spürte, wie Uz sie leicht mit einem angefeuchteten Tupfer befeuchte. Ich blinzelte schließlich, und die Konturen von Traute und Uz schälten sich aus der Dunkelheit.

Langsam gewöhnten sich meine Augen an das Dämmerlicht im Schlafzimmer, und ich merkte, wie sich meine Sehschärfe langsam auf normale Verhältnisse einregulierte. Ich wollte etwas sagen, aber Traute schüttelte energisch den Kopf. »Nicht reden, Jan«, sagte sie zärtlich. »Nicht jetzt. Du musst erst wieder auftauen und zu Kräften kommen. Bis dahin einfach – pscht.« Sie fuhr mit dem Zeigefinger vorsichtig über meine aufgeplatzten Lippen und bestrich sie mit einer Salbe. Die zarte Berührung fühlte sich schmerzhaft, aber dennoch sehr gut an. Ich musste mich nicht lange überreden lassen, und während Uz mir noch den Blutdruck maß, schlief ich mit einem dankbaren Gefühl ein.

9

Am nächsten Morgen war es schon hell, als ich erwachte. Ich blinzelte in Richtung der Vorhänge, durch deren Ritzen die milchige Morgensonne kroch. Mir brummte der Schädel, und ich drehte vorsichtig den Kopf zur Seite. Im ersten Moment verstand ich überhaupt nicht, weshalb Uz mit halb geöffnetem Mund und leise schnarchend im Sessel neben meinem Bett saß.

Doch dann fielen mir die Ereignisse der letzten Nacht ein, und ich verdrehte den Hals. Wo war Traute? Vielleicht in der Küche? Ich musste sie unbedingt sprechen, schließlich verdankte ich ihr mein Leben! Vorsichtig, um Uz nicht aufzuwecken, begann ich, mich aus den Decken zu pellen, und löste die Blutdruckmanschette von meinem rechten Arm. Offenbar hatte Uz die ganze Nacht an meinem Bett Sitzwache gehalten und meine Vitalwerte überwacht. Mir war bekannt, dass Menschen mit starken Unterkühlungen leicht Herzrhythmusstörungen oder Tachykardien bekommen konnten, und ich war sehr dankbar für Uz' ärztliche Fürsorge.

Leise ächzend erhob ich mich und ging benommen ins Bad, wo ich vor dem Spiegel vor lauter Schreck über mein Aussehen zurückzuckte. Mein Gesicht war völlig aufgequollen und die Haut rund um beide Augen knallrot, wie von einem Sonnenbrand verbrannt. Der Feuerstoß aus der Pistole hatte schwarze Schmauchspuren rund um meine Augen hinterlassen und mir obendrein einen Teil meiner Wimpern abgefackelt. Zudem hatten sich Partikel des Geschosses in die Haut eingebrannt.

Ich sah aus wie ein Waschbär, der gegen die Stoßstange eines Autos geknallt ist. Wie solch ein Aufprall knallte mir die Erinnerung um Mottes Verschwinden ins Bewusstsein.

Sorge und Angst um meinen dicken Hund schnürten mir die Kehle zu. Ich musste sofort unter die heiße Dusche, um halbwegs in die Gänge zu kommen, und dann sofort den Garten nach Motte absuchen!

Trotzdem tapste ich langsam und vorsichtig wie ein Hundertjähriger unter die Dusche. Ausziehen musste ich nichts, das hatte Traute in der Nacht erledigt.

Während ich unter der Dusche stand, kreisten meine Gedanken um die Geschehnisse der vergangenen Nacht; um Mottes Verschwinden und Trautes Erscheinen und die damit verbundene Frage, wieso sie gestern Abend so unerwartet bei mir aufgetaucht war und mir damit das Leben gerettet hatte.

Ich musste sie so schnell wie möglich sehen.

Es brannte mir unter den Nägeln, mich bei ihr für meine Rettung zu bedanken. Ohne Traute hinge ich jetzt erfroren und in Frischhaltefolie eingewickelt im eigenen Apfelbaum. Außerdem lastete mir unsere Meinungsverschiedenheit – von Streit wollte ich nicht sprechen – schwer wie ein Sack Kieselsteine auf der Seele. Als Erstes wollte ich den Garten und das umliegende Gelände auf den Kopf stellen, um Motte zu finden, dann zu Traute ins Büro fahren und sie in die Arme nehmen – Meinungsverschiedenheiten hin oder her.

Für den Moment aber ließ ich das heiße Wasser auf meinen geschundenen Körper niederprasseln. Langsam kehrten die ersten Lebensgeister zurück in meinen Körper, und ich bewegte vorsichtig meine Gelenke, die vernehmlich knirschten, als seien sie noch immer tiefgefroren.

In ein riesengroßes weiches Badetuch eingewickelt, stakste ich zurück ins Schlafzimmer und kramte bequeme Jeans und einen dicken Rollkragenpullover aus dem Kleiderschrank.

Frisch geduscht und angezogen fühlte ich mich langsam wieder wie ein normaler Mensch.

Uz ließ ich in seinem Sessel weiter schnarchen und schlich mich leise in die Küche hinunter. Dort setzte ich meine alte Kaffeemaschine in Gang – nach Tee war mir heute Morgen nicht.

Während die Kaffeemaschine röchelnd Wasser in den Filter tropfen ließ, stieg ich in warme Winterstiefel und zog mir meine Jacke über, die ich gestern Abend an den Garderobenhaken gehängt hatte. Mit hochgeschlagenem Kragen trat ich vor die Haustür. Eine weiße Schicht Neuschnee hatte sich wie eine überdimensionale Daunendecke über den Garten gelegt und glitzerte unschuldig im Morgenlicht. Das kleine Vordach über der Haustür hatte einen Teil des Schnees abgehalten, sodass zumindest diese Spuren vom Vorabend noch gut zu erkennen waren. Während ich vorsichtig durch den Schnee stapfte, konnte ich ein beklemmendes Gefühl nicht abschütteln; zu frisch war noch die Erinnerung an die Todesängste, die ich ausgestanden hatte.

Nur der Apfelbaum reckte seine nackten Äste in den blauen Morgenhimmel und erinnerte mich an die schrecklichste Nacht meines Lebens. In diesem Apfelbaum hatte ich blind und hilflos gehangen und um mein Leben gekämpft.

Ich schüttelte unwillig den Kopf und verdrängte die Erinnerung an die vergangene Nacht. Im Moment interessierte mich nur ein Gedanke: Wo war mein dicker Hund?

Ein rund hundertzwanzig Pfund schwerer Berner Sennenhund verschwindet nicht einfach mal so, zumal mein Dicker ein ausgemachter Faulpelz war und freiwillig keinen Schritt mehr als notwendig tat.

Mit für meine momentane Verfassung schnellen Schritten lief ich die Zufahrt ab; von Motte keine Spur. Ich kehrte um, ging langsam zurück zum Haus. An die Hausecke angelehnt, suchten meine Augen die geschlossene Schneedecke des Gartens ab.

Ein Geräusch hinter meinem Rücken ließ mich zusammenfahren. Ich drehte mich um und stöhnte zugleich laut auf: Jeder einzelne Knochen im Leib tat weh. Dementsprechend langsam fiel meine Drehung aus. Ich fühlte mich so fit wie eine hundertjährige Schildkröte.

Vor mir stand Traute.

Mit beiden Händen drückte sie eine große Brötchentüte an ihre Brust, sodass das Papier leise knisterte. Sie trug eine dicke Daunenjacke und hatte ebenfalls eine Wollmütze in die Stirn gezogen.

Wir sahen einander stumm an.

War es noch immer die gestrige Auseinandersetzung in ihrem Büro, die uns befangen machte und uns stumm und hölzern einander gegenüberstehen ließ, oder war da etwas Tiefergehendes, das ich noch nicht begriffen hatte? Denn ich spürte deutlich, dass trotz des gemeinsam überstandenen Horrors der vergangenen Nacht etwas zwischen uns stand.

Befangen, aber voller Zärtlichkeit, betrachtete ich ihr Gesicht: Sie sah übernächtigt und müde aus, was nach der vergangenen Nacht auch kein Wunder war. Wahrscheinlich hatte sie mit Uz abwechselnd an meinem Bett Wache gehalten.

»Frische Brötchen!«, unterbrach Traute unser Schweigen.

Der köstliche Duft nach warmen Brötchen stieg mir verlockend in die Nase.

Ich brummte lediglich, da ich nicht so recht wusste, was ich sagen, geschweige wie ich mich verhalten sollte.

»Du bist ja schon auf den Beinen«, stellte sie fest und musterte mich besorgt. »Wie fühlst du dich?«

»Wie der Hundertjährige, der aus dem Fenster stieg«, grinste ich schief. »Nur mit dem Fenster klappt es heute Morgen nicht so gut.«

»Wenigstens hast du deinen Humor nicht verloren. Lass uns reingehen, du musst es langsam angehen lassen.«

Als ich mich nicht von der Stelle rührte, sah sie mich fragend an. »Motte?«

Ich nickte stumm.

»Ich hab ihn auch schon vermisst«, sagte sie. »Im Haus ist er nicht.«

»Ich weiß«, bestätigte ich. »Hier draußen auch nicht; zumindest nicht auf den ersten Blick.«

Im gleichen Moment, wo ich andeutete, dass Motte möglicherweise unter der Schneedecke begraben liegen könnte, begann ich am ganzen Körper zu zittern.

»Komm rein!«, sagte Traute drängend. »Du musst erst etwas essen, damit du wieder zu Kräften kommst. Dann suchen wir gemeinsam den Garten ab.«

Widerstrebend folgte ich ihrem Rat und stapfte hinter ihr her, als sie Richtung Haustür ging.

In der Küche griff ich nach der Brötchentüte und knisterte nun meinerseits mit dem Papier. »Ich danke dir«, sagte ich und hatte das Gefühl, dass sich in meinem Hals ein Kloß bildete.

»Nicht so wild«, antwortete sie, »du holst doch sonst auch immer Brötchen.«

»Ich meine nicht die Brötchen. Ich danke dir, dass du mir das Leben gerettet hast!«

Schwerfällig machte ich zwei Schritte auf sie zu und nahm sie wortlos in die Arme. Die Brötchentüte in meiner rechten Hand riss dabei auf, und die Brötchen aus Gerda Viets Bäckerei fielen zu Boden, wo sie kreuz und quer durch die Küche kullerten. Das interessierte mich im Moment aber nicht im Geringsten.

Traute erwiderte wortlos meine Umarmung.

Ich spürte ihren warmen, weichen Körper, sie drückte

sich eng an mich, und ich hielt sie, als wollte ich sie nie wieder loslassen. Wollte ich auch nicht.

»Ich hatte solche Angst«, flüsterte ich und vergrub mein Gesicht in ihrem Haar. »Es war so kalt, und ich konnte nichts sehen; ich war sicher, dass ich sterben würde.«

Bei meinen Worten wurde Trautes Umarmung noch fester, und sie schmiegte sich noch enger an mich. »Du bist in letzter Sekunde aufgetaucht; ich verdanke dir mein Leben. Danke!«, flüsterte ich.

Wir küssten uns voller Hingabe, und meine aufgerissenen Lippen interessierten uns kein bisschen.

Es dauerte eine ganze Weile, bis wir uns voneinander lösten und uns blinzelnd gegenüberstanden. Traute fand schneller zurück auf den Boden der Tatsachen als ich; ihr Blick verlor an Weichheit und wurde sachlich: »Das hätte böse enden können, Jan«, sagte sie, und der Vorwurf in ihrer Stimme war nicht zu überhören.

Wortlos nickte ich. Sie hatte zweifellos recht.

»Ich hatte dich gebeten, die Finger von der Sache zu lassen«, fuhr sie fort. »Aber du hast das Mandat angenommen – hast du doch, oder?«

Obwohl ich nach meinem Gespräch mit Lydia Saalbusch unschlüssig war, ob ich überhaupt noch bei meinem Angebot bleiben sollte, nickte ich schweigend.

»Ich wusste es.« Sie seufzte enttäuscht und verzog die Mundwinkel. »Warum machst du so was – brauchst du das Geld oder das Gefühl, gebraucht zu werden?«

»Uz hat mich gebeten«, antwortete ich mit den gleichen Worten, wie ich sie schon in ihrem Büro benutzt hatte.

Traute löste sich aus unserer Umarmung, indem sie mir ihre Hände gegen die Brust stemmte und mich von sich wegschob.

»Das sagtest du bereits. Und ich hatte dich gebeten, es nicht zu tun.«

Was sollte ich jetzt darauf antworten, ohne eine erneute kontroverse Diskussion auszulösen? Eine Diskussion, die ich möglichst vermeiden wollte, denn sie würde mit Sicherheit ebenso enden wie die letzte.

»Mensch, Jan!« Trautes Stimme nahm einen anderen, einen besorgteren Ton an. »Diese Sache ist gefährlich. Da ist ein skrupelloser Mörder unterwegs: Du könntest tot sein!«

»Mit so etwas hat niemand rechnen können«, entgegnete ich. »Für den Überfall gab's keinen Grund.«

»Okay. Da gebe ich dir recht. Damit hatte ich auch nicht gerechnet. Aber ein Risiko bestand zumindest!«

»Ein Risiko besteht immer!«, sagte ich bestimmt. »So gesehen kannst du mit jedem Ärger bekommen, wenn du ein Mandat übernimmst und eine Partei vertrittst.«

»Aber nicht jede Gegenpartei überfällt dich mitten in der Nacht und hängt dich in Klarsichtfolie eingewickelt in einen Apfelbaum, um dich qualvoll erfrieren zu lassen.«

Ich zuckte mit den Achseln. Da hatte jetzt sie wieder recht.

»Wieso bist du eigentlich mitten in der Nacht aufgetaucht?«, fiel mir gerade wieder ein. Denn den ganzen Tag über hatten wir nichts voneinander gehört, außer ihrer Absage unserer »heiligen« Tangostunden. Und dann war sie mitten in der Nacht bei mir aufgetaucht und hatte mich im allerletzten Moment davor bewahrt, als Gefrierfleisch im eigenen Apfelbaum zu enden? Entweder hatte eine komplette Garnison von Schutzengeln für mich Überstunden gemacht, oder es war einfach nur Zufall.

Traute sah mich traurig an. »Ich wollte noch mal mit dir reden und wissen, ob du bei deiner Meinung bleibst. Denn wenn die Presse von dem Fall Wind bekommt, geht der Rummel los. Und meine Sorge ist ja wohl nicht unbegründet, denn die Geschichte von letzter Nacht wäre ein gefundenes Fressen.«

»Du kannst sicher sein, dass ich keine Pressekonferenz geben werde«, erklärte ich lapidar.

»Nimm das nicht auf die leichte Schulter!«, mahnte sie. »Auf solche Themen stürzen die sich auch freiwillig wie die Geier.«

»Wieso machst du dir eigentlich so einen Kopf wegen der Presse?«, fragte ich sie – und im selben Moment auch mich selbst. »Presse gibt's doch bei jedem spektakulären Fall. Das ist doch nichts Neues.«

Trautes Haltung versteifte sich, und ihr Unmut stand ihr deutlich ins Gesicht geschrieben. »Ich will nicht mehr als nötig mit dem Fall zu tun haben.« Traute verzog das Gesicht, als habe sie in etwas übel Schmeckendes gebissen. »Ich sehe nämlich schon die Schlagzeilen: ›Frau Staatsanwältin jagt den Sadomasokiller‹ oder ›Ortstermin im Sadoklub‹.«

»Du übertreibst.«

»Keineswegs!« Energisch schüttelte sie den Kopf. »Erinnere dich bitte an deinen letzten Fall, der für ein wochenlanges Pressegewitter gesorgt hat!«

Widerwillig zuckte ich zur Bestätigung mit den Schultern, denn Traute hatte auch hier recht. Ich konnte mich noch sehr gut an die Schlagzeilen erinnern, die durch die Spinnenattacke von der Schwester des Mordopfers gegen mich ausgelöst worden war. Jedes Käseblatt landauf, landab hatte Phrasen getitelt wie »Der Todeskuss der Spinnenfrau«, »Spinnenalarm an der Alster« oder »Schwarze Witwe bedroht Hamburg«.

»Du hast recht«, gab ich zu, fasste jedoch sofort nach: »Aber das heißt nicht zwangsläufig …«

»Mensch, Jan!«, fuhr sie mich gereizt an. »Relativiere das Thema nicht so einfach!«

»Ich habe doch noch gar nichts gesagt.«

»Ist auch besser so!« Jetzt war Traute richtig sauer, was ich allerdings etwas überzogen fand.

»Wieso reagierst du in diesem Fall so gereizt?«

Traute stemmte die Hände in die Hüften und sah mich hitzig an. »Wieso ich gereizt reagiere?«

Ich nickte.

»Was hast du denn daran nicht verstanden, was ich dir seit gestern versuche zu erklären?« Sie fuhr jetzt endgültig ihre Krallen aus.

»Ich habe dich schon verstanden«, lenkte ich ein, um nicht noch mehr Öl ins Feuer zu gießen. »Du willst keinen Ärger mit der Presse.«

»Wäre das denn so abwegig?«

Ich seufzte. »Nein, abwegig wäre das nicht, aber…« Ich beendete den Satz nicht, weil unser Gespräch in eine Richtung lief, die Ärger versprach, wozu ich nicht die geringste Lust verspürte.

»Aber was?«, bohrte sie nach. »Sprich ruhig weiter!«

Ich suchte nach den richtigen Worten, denn mir war selbst nicht klar, ob ich das Ganze nicht zu engstirnig sah. Ich druckste noch einen Moment herum, entschied mich dann für das offene Wort; auch auf die Gefahr hin, dass unser Haussegen Schlagseite bekam.

»Wenn du Angst vor der Presse hast und dein Handeln nach möglichen Negativschlagzeilen ausrichtest, die noch überhaupt kein Thema sind, machst du dich manipulierbar – du kuscht vor der Presse, bevor die einen Satz geschrieben haben.« Endlich war heraus, was mir seit gestern auf der Seele lag.

Trautes Gesicht wirkte mit einem Mal wie versteinert. Sie erwiderte nichts auf meine Worte, sondern sah mich nur stumm an.

»Und wenn du von mir das Gleiche erwartest…«, ich machte eine kurze Pause, hob den Kopf und sah sie direkt an, »… und ich das Mandat nicht annehme, mache ich das Gleiche wie du – dann mache ich mich auch manipulierbar und zieh den Schwanz ein.«

Plötzlich sanken Trautes Schulter langsam nach vorn. Sie sah unendlich traurig und verletzlich aus; ihr Gesichtsausdruck versetzte mir einen Stich direkt ins Herz. Anstatt aber Traute einfach in den Arm zu nehmen, begann ich unbeholfen, meine Hände zu kneten.

»Es tut mir sehr weh, was du gerade gesagt hast.« Trautes Stimme war kaum zu hören, so leise sprach sie. »Du bist ungerecht und unterstellst mir mangelnde Neutralität und Professionalität.«

Sie drehte sich um, griff nach ihrer Handtasche auf dem Küchentisch und ging schweigend Richtung Diele.

Ich verspürte den Wunsch, ihr zu folgen und sie einfach in den Arm zu nehmen, schließlich hatten meine Worte sie sehr verletzt. Auch wenn ich es mir nicht eingestehen wollte, war klar, dass ich Traute nicht nur professionelles Handeln abgesprochen, sondern auch Feigheit vorgeworfen hatte. Einem Staatsanwalt, in dem Fall einer Staatsanwältin, zu unterstellen, dass sie vor der Presse kuscht, ist nicht nur ein heftiger Vorwurf, sondern stellt auch die Berufsehre infrage – was mir auch bewusst war. Aber was hätte ich denn machen sollen: die Klappe halten, Trautes Wunsch nachgeben und das Mandat von Lydia Saalbusch nicht annehmen? Dann lieber offen und direkt die Meinung sagen, auch wenn's die Beziehung durchrüttelt. Schließlich hatten wir uns auch beim letzten Fall gekeilt.

Aber auch wenn sich die Verschärfung unserer Meinungsverschiedenheit nicht vermeiden ließ, schmerzte mich die Entwicklung unseres Gesprächs sehr. Insbesondere vor dem Hintergrund der gestrigen Nacht, in der Traute mich aus meiner ausweglosen Lage gerettet hatte.

Ich fühlte mich im Moment ziemlich beschissen!

»Traute!«, sagte ich deshalb. »Nun warte doch erst mal ab. Es ist doch noch gar nichts passiert!«

Sie blieb in der Tür stehen und sah mich über die Schulter hinweg an.

»O doch, mein Lieber«, sagte sie, und der bittere Ton in ihrer Stimme war nicht zu überhören. »Deine Worte haben gesessen.«

Sie wandte sich wieder ab und verschwand in der Diele. Kurz danach hörte ich die Tür ins Schloss fallen. Ein heftiger Stich bohrte sich mir ins Herz und ließ mich regungslos auf der Stelle verharren. Nach ein paar Minuten hörte ich, wie ihr Wagen ansprang. Der Stich ins Herz war tief gegangen und tat tierisch weh; gleichzeitig spürte ich Traurigkeit in mir aufsteigen. Aber was hätte ich tun sollen?

Schwerfällig ging ich zum Fenster und schaute hinaus.

Es schneite schon wieder. Der Himmel, vorhin noch strahlend blau, war tief verhangen von einer grauen Wolkenschicht. Zäh sanken dicke Flocken langsam herab und legten sich auf die winterlich karge Landschaft.

Ich vergrub meine Hände tief in den Hosentaschen und hörte den Motor von Trautes Wagen brummen, bis sich das Geräusch in dem Schneetreiben verlor.

Wieder hörte ich hinter mir ein Geräusch und drehte diesmal nur meinen Kopf langsam in die Richtung, wo ich es hatte rascheln hören.

Uz war aufgewacht und stand in der Diele.

»Moin«, brummte er. »Gibt's Tee?«

Ich nickte schweigend, ging zum Herd und drehte den Schalter der kleinen Herdplatte, auf dem der Wasserkessel stand, ein wenig auf. Mit der anderen Hand griff ich nach dem Gasanzünder und ließ ihn aufflammen. Mit einem fauchenden Geräusch erwachten die blau leuchtenden Flammen der Kochstelle zum Leben. Mit frischem Wasser gefüllt, setzte ich den Kessel auf die Herdplatte, wo er gleich zu summen begann.

Während Uz sich an den Küchentisch setzte und sich schwer auf seine Unterarme stützte, gab ich drei gut gehäufte Löffel Blatttee in das Teesieb der Kanne.

»Tasse oder Pott?«, fragte ich über die Schulter.

»Pott«, kam erwartungsgemäß Uz' knappe Antwort.

Ich stellte zwei große Teepötte und eine Zuckerdose auf den Tisch und widmete mich schweigend der Teezubereitung. Nachdem unsere Teepötte gefüllt waren, setzte ich mich Uz gegenüber. Schweigend starrten wir auf den dampfenden Tee.

Es wird ja oft von Paaren behauptet, dass sie ganz wunderbar miteinander schweigen können – eine Behauptung, der ich nicht zustimmen kann und für romantisches Wunschdenken halte. Ich bin der Meinung, dass sich nur Kerle wortlos verstehen, was sich mir heute Morgen wieder einmal bestätigte.

Nachdem Uz und ich uns ausgiebig angeschwiegen und mittlerweile den zweiten Teepott ohne ein Wort geleert hatten, unterbrach ich unsere Wortlosigkeit und bedankte mich für seine Hilfe und medizinische Betreuung in der vergangenen Nacht, insbesondere dafür, dass er mich ins Haus getragen hatte und mir aufgrund seiner Umsicht meine Haut auf den Augenlidern erhalten geblieben war.

»Lass mal gut sein«, winkte er ab und kam direkt zu dem Punkt, der mir schwer im Magen lag: »Ärger mit Traute?«

Ich nickte stumm.

»Verstehe.«

Damit war alles gesagt.

»Du hast Glück, dass du noch lebst«, wechselte Uz das Thema, das mir aber auch nicht besser gefiel.

Ich nickte abermals stumm.

»Ich hab ja schon einiges erlebt, aber das von letzter Nacht…«, Uz pfiff leise durch die Zähne, »… das war schon recht heftig!«

»Es war schrecklich; ich habe noch nie in meinem Leben eine solche Todesangst gehabt«, gab ich mit leiser Stimme zu.

Uz nickte bedächtig mit dem Kopf und strich sich gedankenverloren durch seinen dichten weißen Bart, der immer ein bisschen an einen Weihnachtsmann erinnerte.

»Ich glaube, genau das wollte der Unbekannte auch.«

»Was wollte er?«

»Dich in Todesangst versetzen.«

»Wie kommst du darauf?« Ich war ja noch überhaupt nicht dazu gekommen, über den nächtlichen Überfall nachzudenken. Aber diese Idee erschreckte mich.

»Nur ein erster Gedanke«, meinte Uz. »Jetzt erzähl aber doch erst einmal, was eigentlich letzte Nacht passiert ist«, forderte mein Freund mich auf.

»Da gibt es eigentlich nicht viel zu erzählen«, sagte ich und berichtete von den Geschehnissen, wobei ich mit dem uneingeladenen Besuch von Lydia Saalbusch begann.

Während ich Uz von der offen stehenden Tür, dem Verschwinden von Motte, den nassen Fußabdrücken und meinem Entsetzen, als sich die Gartenbeleuchtung einschaltete und ich der vermummten Gestalt gegenüberstand, berichtete, überkam mich ein immer stärker werdendes Frösteln.

»Scheiße, ist das kalt!«, fluchte ich und ging in die Diele, um mir eine zusätzliche dicke Daunenweste über den Pullover zu ziehen.

»Du hast noch einen Schock«, stellte Uz fest und musterte mich mit ärztlichem Blick, als ich in die Küche zurückkehrte. »Was ja nach dem, was du durchgemacht hast, auch kein Wunder ist.«

Ich setzte mich wieder zu ihm an den Tisch und griff seine Bemerkung über die Todesangst auf: »Was meintest du damit, als du sagtest, dass man mir Angst machen wollte?«

»Wenn es der Unbekannte gewollt hätte, wärst du bereits zweimal tot«, behauptete Uz. »Er hätte dich in aller Seelenruhe draußen im Schnee erdrosseln können, nicht nur zum Tiefkühlen aufhängen.«

»Schon«, gab ich zu. »Aber er hat mir ins Gesicht geschossen!«

»Mit einer Schreckschusspistole.« Uz nickte ernst. »Du hast riesiges Glück gehabt, dass deine Augen nicht verletzt wurden. Schreckschusspistolen werden sträflich unterschätzt. Die Leute meinen immer, das seien Spielzeuge, aber weit gefehlt. Ein Schuss aus einer solchen Waffe, unmittelbar neben deinem Ohr abgefeuert, kann dein Trommelfell zum Platzen bringen. Und ein gerader Schuss aus nächster Nähe direkt ins Gesicht, wie in deinem Fall, kann zu üblen Verbrennungen im Gesicht und zur Verletzung der Augen führen.«

»Da hab ich wirklich Glück gehabt.« Vorsichtig tastete ich mit meinen Fingerspitzen die geschwollene Hautpartie unter meinen Augen ab.

»Hast du. Wenn der Unbekannte es auf dich abgesehen hätte, hätte er mit einer scharfen Waffe geschossen – das wäre es dann für dich gewesen.«

Diese Bemerkung musste ich erst einmal verdauen.

Aber Uz hatte recht mit seiner Einschätzung. Wenn ich es mir genau überlegte, sprach die ganze Geschichte dafür, dass die vermummte Gestalt bei mir eingebrochen war – wovon man auch bei unverschlossener Tür sprechen konnte –, um etwas zu erfahren, und nicht, um mich zu töten.

Ich konnte Stein und Bein darauf schwören, dass ich meinen Rechner seit drei Tagen nicht mehr hochgefahren hatte. Es stand somit außer Frage, dass sich der Vermummte am Computer zu schaffen gemacht hatte, aber wegen der Passwortsicherung nicht weitergekommen war. Vielleicht hatte ich ihn ja bei der Suche nach dem Passwort gestört, und er war beim Herannahen meines Käfers hinaus in den Garten geschlüpft, um mich von draußen zu beobachten. Abwegig war dieser Gedanke nicht, denn viele Menschen notieren sich ihr Passwort auf irgendwelche Zettel, die sie dann irgendwo in dem Irrglauben verstecken, dass ein Einbrecher danach nicht suchen würde. Was wahrscheinlich auch stimmt; ein Einbrecher nimmt gleich den ganzen Computer mit! Mein Passwort liegt übrigens als Kalendereintrag getarnt auf dem Schreibtisch, was sicherlich auch nicht originell, geschweige denn sicher ist. Der Unbekannte hätte also große Chancen gehabt, meinen Computer zu knacken.

Aber was konnte der Eindringling gesucht haben? Mit Sicherheit nicht meine neuesten Kreationen von Black-Work-Tattoos, mit denen ich mich gerade beschäftigte.

Was aber dann?

Naheliegend war natürlich, dass der Besuch des Vermummten mit Lydia Saalbusch zu tun hatte. Aber was? Die Schwarzhaarige kam mit Sicherheit nicht als Täterin infrage, allein schon aus physischen Gründen. Einen Toten mit schätzungsweise hundert Kilo unter eine Kellerdecke zu hängen wäre ihr auch mit einem Flaschenzug schwerlich gelungen.

Was hatte der Unbekannte von mir gewollt? Was hatte er bei mir zu finden geglaubt? »Wieso ist eigentlich Traute als rettender Engel aufgetaucht?«, fragte Uz und riss mich dabei aus meinen Überlegungen.

»Sie wollte noch mal mit mir reden«, antwortete ich. »Sie wollte wissen, ob ich bei meiner Meinung geblieben bin und die Saalbusch vertrete.«

»Und – bleibst du?«

»Da denke ich schon die ganze Zeit drüber nach.« Ich zuckte mit den Schultern.

»Fühl dich mir gegenüber nicht verpflichtet«, bekräftigte er, was er mir bereits an Bord der *Sirius* gesagt hatte.

»Nein, das ist es nicht.« Ich schüttelte den Kopf. »Zugegebenermaßen teile ich nicht ihre …«, ich zögerte und suchte nach einem neutraleren Wort als abartig, »… speziellen Neigungen. Auch ist die Kleine eine echte Nervensäge und rotzfrech; aber trotzdem habe ich Respekt vor ihrem Durchsetzungsvermögen, einen solchen Laden zu betreiben. Die Kleine täte mir wirklich leid, wenn sie den Laden verlieren und ihr Lebenstraum, wie sie es nennt, sich in Luft und eine Menge Schulden auflösen würde.«

Uz lachte. »Ja, rotzfrech ist sie wirklich. Und du hast recht, die Kleine hat wirklich eine Wahnsinnspower, für die ich sie immer bewundert habe. Sie hat schon eine Menge Mist erlebt – falschen Typen vertraut, Geld verloren, ist vom Geschäftspartner über den Tisch gezogen worden und so weiter. Ja, wäre wirklich schade um sie, wenn der Laden den Bach runtergeht.«

»Aber ich will natürlich Traute nicht vor den Kopf stoßen«, wandte ich ein. »Es ist ja nicht so, dass ich sie nicht verstehen könnte. Und dann ist da auch noch meine eigene berufliche Sichtweise, schließlich war ich jahrelang Strafverteidiger – das prägt.«

»Schwierige Entscheidung«, räumte Uz ein. »Da warst du mit deinem Hilfsangebot vielleicht doch etwas voreilig.«

»Ja, vielleicht«, gab ich zu. »Aber ich konnte in dem Moment nicht anders, weil Mackensen sich so großkotzig benommen hat.«

»Ich find's gut, dass du ihr in dem Moment beigestanden hast, aber mach nie den Fehler und nenn sie Kleine!« Er lachte.

Jetzt lachte auch ich. Allerdings blieb mir das Lachen im Hals stecken, als Uz unvermittelt fragte: »Wo ist denn eigentlich Motte?«

Schlagartig war ich wieder ernst. »Keine Ahnung. Als ich nach Hause kam, war er schon verschwunden.«

»Irgendwelche Spuren oder Abdrücke im Schnee?«

Ich schüttelte den Kopf.

Ja, das war die große Frage, wo mein dicker Hund abgeblieben war. Er konnte sich ja nicht in Luft aufgelöst haben.

»Lass uns mal nach draußen gehen«, schlug Uz vor. »Vielleicht finden wir ja trotz Neuschnees irgendwelche Spuren.«

Wir standen auf und gingen zur Diele, wo wir unsere

Jacken überzogen. Diesmal wickelte ich mir zusätzlich einen Schal um den Hals. Mein Kiefer schien sich heute nicht melden zu wollen, was ich nach dem Horror der letzten Nacht gut nachvollziehen konnte; trotzdem tat ich sicherlich gut daran, ihn warmzuhalten.

Mit gemischten Gefühlen stand ich einen Moment später wieder an der Stelle, von der die vermummte Gestalt ins Arbeitszimmer gestarrt hatte. Ich würde wohl nie mehr unbefangen im Arbeitszimmer sitzen können, wenn der Garten im Dunklen lag. Die Zeitschaltuhr für die Gartenbeleuchtung würde ich neu einstellen, sodass sie sich bereits mit einsetzender Dämmerung einschaltete.

Meine Augen suchten die Decke aus Neuschnee erneut ab, die sich in der Nacht über meinen Garten gelegt hatte – wie erwartet war von Motte keine Spur zu sehen.

Uz und ich stiefelten gemeinsam durch den Schnee und suchten den Garten ab. Dabei schauten wir in alle Ecken und Winkel und hinter alle Bretterstapel und das Holzskelett, das im Sommer den Komposthaufen umzäunt. Mir wurde ziemlich flau, als ich am Apfelbaum stand, an dem ich in der Nacht kopfüber in der Eiseskälte gebaumelt hatte. Die Stellen, wo Traute und Uz gestanden hatten, waren zertreten, und der Neuschnee hatte nicht ausgereicht, die Spuren gänzlich zu bedecken.

»Scheißgefühl, nicht?«, brummte Uz hinter mir.

Ich nickte und zog die Schultern hoch. Mir war noch immer kalt, und ich befürchtete, dass sich diese innere Kälte auch noch eine ganze Weile halten würde.

»Nichts zu sehen«, stellte Uz fest. »Keine Spur, keine Pfotenabdrücke – nix!«

»Es gab aber auch zweimal Neuschnee«, gab ich zu bedenken. »Wenn Motte davongestapft ist, sind die Spuren zugeschneit.«

»Stimmt«, gab mir Uz recht. »Mich beruhigt auch in erster Linie die Gewissheit, dass wir ihn nicht hier in einer Gartenecke gefunden haben«, sprach Uz aus, wovor ich mich am meisten fürchtete: den Dicken tot unter einem Schneehaufen zu finden.

Nachdenklich stapften wir zurück durch den Schnee. Als wir wieder am Fenster meines Arbeitszimmers standen, starrte ich durch die Scheibe auf meinen Schreibtisch. Der Gedanke, in der Dämmerung oder im Dunkeln zukünftig mit Angst oder zumindest einem mulmigen Gefühl arbeiten zu müssen, machte mich wütend. Diese Wut fühlte sich sehr gut an. Ich will kein traumatisiertes Opfer sein!

Irgend so ein Scheißkerl kommt einfach daher, dringt in meinen absoluten Privatbereich ein, erschreckt mich zu Tode, schießt mir ins Gesicht, wickelt mich in Frischhaltefolie ein und hängt mich bei eisiger Kälte in den eigenen Garten, um mich erfrieren zu lassen! Ganz abgesehen davon, dass er mit dem Verschwinden meines geliebten Hundes zu tun hat.

»Nein!«, sagte ich vollkommen ruhig und so eisig, wie es die Außentemperatur war. »Nein, ich will kein Opfer sein!«

Uz sah mich von der Seite an, sagte aber nichts. Er verstand auch so.

»Ich fahre jetzt nach Emden zur Staatsanwaltschaft und lasse mir die Akte geben!«, sagte ich bestimmt und griff zum Handy.

Schnell scrollte ich durchs Menü und rief die Anrufliste auf. Bereits nach dem zweiten Freizeichen meldete sich Lydia Saalbusch.

»De Fries«, meldete ich mich knapp. »Frau Saalbusch, es bleibt dabei – ich übernehme Ihr Mandat!«

»Oh ...«, erwiderte sie überrascht. »Wie kommt ...«

»In einer Stunde möchte ich Sie vorm Eingang des Amtsgerichts in Emden sehen«, unterbrach ich sie kurz angebunden. »Sie müssen mir die Mandatsvollmacht unterschreiben!«

»Okay«, sagte sie knapp und legte auf.

»Und Traute?« Uz sah mich fragend an.

»Wie sagst du immer so schön?«, entgegnete ich.« Wat mutt, dat mutt!«

Uz bot mir noch an, mich nach Emden zu begleiten, aber ich lehnte das Angebot ab. Ich brauchte jetzt wieder das Gefühl, die Dinge selbst in die Hand zu nehmen und aktiv zu werden.

10

Bevor ich nach Emden aufbrach, suchte ich ein gutes Foto von Motte von der Festplatte meines Computers und druckte es in großer Anzahl großformatig und in Farbe aus. Mit dem Stapel Fotos auf dem Beifahrersitz, die ich einzeln in Klarsichthüllen gesteckt hatte, fuhr ich zunächst Richtung Greetsiel und tackerte und klebte Mottes Foto an Wände, Bäume und Lichtmasten, von denen ich dachte, dass Autofahrer, Radler und Fußgänger das in Klarsichthülle verpackte Suchfoto an ihnen sehen könnten. In Greetsiel bepflasterte ich die Greetsieler Straße von der Einmündung Okko-tom-Brook-Straße entlang der Mühlenstraße bis zum Beginn der verkehrsberuhigten Zone im Stadtkern mit Mottes Konterfei. Auf Anfragen in Einzelhandelsgeschäften und Restaurants verzichtete ich, weil mich das zu viel Zeit gekostet hätte; außerdem waren die meisten ohnehin aufgrund der eisigen Temperaturen verriegelt und verrammelt.

Ich vertraute auf die bewährte Mundpropaganda der hiesigen Nachbarn und Geschäftsleute, die bislang stets zuverlässig jegliche Neuigkeiten auch bis in die entlegenste ostfriesische Stube befördert hatte. Zufrieden darüber, dass ich binnen kürzester Zeit den Stapel Fotos verteilt hatte, machte ich mich auf zu meiner Verabredung mit Lydia Saalbusch.

Als ich in Emden in die Cirksenastraße einbog und Richtung Amtsgericht fuhr, lag ich gut in der Zeit und hatte noch eine Viertelstunde bis zur Verabredung mit der Schwarzhaarigen. Aber Lydia Saalbusch wartete bereits dick vermummt am

Eingang des Gerichtsgebäudes auf mich und hüpfte von einem Bein aufs andere, um sich die Kälte vom Leib zu halten.

Der Parkplatz war weitestgehend frei und erstaunlicherweise vollständig von Schnee geräumt, sodass ich mit meinem Käfer eine schwungvolle Runde drehen konnte und direkt neben ihrem roten Mini Cooper mit den breiten Rallyestreifen zu stehen kam.

Kaum hatte ich die Wagentür hinter mir ins Schloss gedrückt, stand sie auch schon neben mir und begrüßte mich mit einem strahlenden Lächeln.

»Sie sind aber pünktlich«, lobte ich sie zur Begrüßung.

»Ich habe mich ja gar nicht getraut, nur eine Sekunde zu spät zu kommen«, gab sie mir zur Antwort.

»Wieso?«

»Sie waren so … dominant«, antwortete sie mit einem frechen Grinsen.

Ich warf ihr statt einer Antwort einen scharfen Blick zu und klappte die Aktenmappe auf, die ich mir unter den Arm geklemmt und in der ich die Vollmacht verstaut hatte. Lydia Saalbusch griff nach dem Kugelschreiber, den ich ihr hinhielt, und setzte schwungvoll ihren Namen auf die gekennzeichnete Linie, ohne das Papier zu lesen. Bevor ich noch sagen konnte, dass sie doch besser durchlesen solle, was sie unterschreibt, reckte sie sich auf die Fußspitzen und gab mir einen eiskalten Kuss auf die Wange.

Überrascht sah ich sie an.

»Danke!«, sagte sie überschwänglich. »Vielen, vielen Dank, dass Sie mir helfen. Ich war schon ganz verzweifelt und hätte gar nicht gewusst, was ich ohne Ihre Hilfe hätte machen sollen.«

»Es gibt auch andere Anwälte«, winkte ich leicht verlegen über ihren Gefühlsausbruch ab.

»Ja, aber nicht für mich.« Ihr Lachen verschwand wieder aus ihrem Gesicht.

»Wenn ich also jetzt auch offiziell Ihr Anwalt bin und Ihnen helfen soll …«, lenkte ich ab.

»… muss ich Ihnen auch Namen nennen, damit Sie überhaupt wissen, was läuft«, unterbrach sie mich. »Ich weiß, ich weiß!«

»Ich hätte es nicht besser ausdrücken können«, erwiderte ich und verkniff mir ein Grinsen. »Und – haben Sie Namen für mich?«

Sie stieß geräuschvoll eine Atemwolke aus. »Ich hab's Ihnen ja schon erklärt; in unserer Szene kennt man sich in den seltensten Fällen mit Klarnamen. Alle sind mit ihrem Alias unterwegs.«

Jetzt war es an mir, geräuschvoll auszuatmen.

»Aber!«, rief sie triumphierend. »Einen Namen habe ich, weil sie mich mal zu einer Aufführung eingeladen hat.«

»Und zwar?«

»Orpheus«, entgegnete sie.

Ich hob fragend die Augenbrauen. »Wie der aus *Matrix*?«

»Der hieß Morpheus!«, schüttelte sie den Kopf. »Das Stück hieß *Orpheus*«, fuhr sie mit begeisterter Stimme fort. »Letztes Jahr in der Hamburger Staatsoper. Sana ist Balletttänzerin beim Hamburg Ballett. Sie hat die Eurydike getanzt – die Hauptrolle. Sana ist ein Star!«

Da Ballett nun so gar nicht zu den Themen gehört, die mich zu fesseln vermögen, hatte ich keinen blassen Schimmer, wovon sie sprach. Ich zuckte mit den Schultern.

»Ballett ist ja nun auch nicht so mein Ding«, gab die Schwarzhaarige zu. »Aber weil's die Sana war und ich noch nie im Ballett war, hab ich mir Kultur pur gegeben. Und was soll ich sagen? Es war toll!«

Die Begeisterung stand Lydia Saalbusch ins Gesicht geschrieben, als sie wieder vor Kälte von einem Bein aufs andere zu hüpfen begann.

»Es ist kalt«, sagte ich deshalb.

»Ich weiß«, lachte sie. »Aber eins muss ich Ihnen noch erzählen: Also Sana, das ist eine lupenreine Masochistin, und dass sie sich als Balletttänzerin mit ihrem ständigen Training so quälen muss, ist nicht nur ihr Job, sondern macht ihr obendrein auch noch Spaß.«

»Das ist doch ein Vorurteil?«, widersprach ich. »Sie haben zu viele schlechte Ballettfilme gesehen. Nicht jede Balletttänzerin ist automatisch eine Masochistin.«

»Nee, ist schon klar. So meinte ich das ja auch nicht«, antwortete sie. »Nur die Sana, die ist heftig drauf.«

»Inwiefern?«

Sie drehte sich kurz nach links und rechts um, wie um sich zu vergewissern, dass uns niemand zuhörte. »Es ist arschkalt«, sagte sie, und wie zur Bestätigung ihrer Worte verschwand sie fast gänzlich in ihrer Daunenjacke, als sie den riesigen Wollschal bis zur Nasenspitze hochzog.

»*Klapsmühle*?«, fragte ich, denn ich fühlte mich ebenfalls vollkommen durchgefroren, obwohl wir uns erst ein paar Minuten auf dem Bürgersteig unterhielten.

»*Klapsmühle*!«

Bevor ich ihr eine Zeit nennen konnte, wann ich voraussichtlich in der *Klapsmühle* eintreffen könnte, war sie bereits auf dem Absatz herumgewirbelt und stapfte zu ihrem Mini Cooper.

»Bis gleich!«, rief sie mir über die Schulter zu und eilte davon.

Ich zuckte mit der Schulter. Egal. Wenn es oben bei Traute länger dauern sollte, musste Lydia Saalbusch eben auf mich warten.

Meine heimlichen Befürchtungen, dass ich entweder lange warten musste, bis Traute Zeit für mich hatte, oder die Ermittlungsakte, die ich benötigte, noch nicht vorlag oder wir uns in langwierige Diskussionen verstrickten, erwies sich als unbegründet. Traute befand sich in einer Gerichtsverhandlung, und Rosi griff bei meiner Begrüßung nach der Kopie der Ermittlungsakte von Markus Sanddorn, die bereits griffbereit auf ihrem Schreibtisch lag. Offenbar hatte Traute mit meinem Auftauchen gerechnet, mir die Akte bereits kopieren lassen und Rosi angewiesen, sie mir gegen Mandatsvollmacht auszuhändigen. Nachdem ich Rosi die frisch von Lydia Saalbusch unterschriebene Vollmacht überreicht hatte, schob sie mir mit einem schüchternen Lächeln die Akte über den Tisch.

Ich verabschiedete mich mit einem Lächeln und sah beim Rausgehen kurz auf die Uhr; na, das war ja schnell gegangen, keine drei Minuten, und ich hatte schon die Ermittlungsakte in der Hand. Noch im Treppenhaus blätterte ich die Akte durch. Ganz obenauf starrte mich der Tote mit weit aufgerissenen Augen vom Tatortfoto an. Das winzige Loch auf seiner Stirn sah bösartig aus.

Ich klappte die Akte mit einer Handbewegung wieder zu.

Im Erdgeschoss angekommen, bog ich Richtung Cafeteria ab und bestellte mir am Ausgabetresen der ungemütlichen und gänzlich in Grau gehaltene Juristenkantine einen schrecklich schmeckenden Kaffee. Eigentlich hätte ich es wissen müssen, wie ungenießbar er hier war, aber in Ermangelung einer Alternative stellte ich ihn als Aufenthaltsberechtigung vor mich auf den grauen Resopaltisch.

Ich klappte die Akte wieder auf. Erneut starrte Markus Sanddorn mich an.

Langsam blätterte ich die Fotos vom Tatort durch. Rosi hatte gute Arbeit geleistet, die Akte war sauber und in guter Qualität fotokopiert worden; alle relevanten Fotos säuberlich in der richtigen Reihenfolge und in guter Farbqualität sortiert. Ich nahm mir vor, sie für ihre gute Arbeit zu loben, wenn wir uns wiedersahen.

Es war eine umfangreiche Akte über Markus Sanddorn: neunundvierzig Jahre alt, gebürtig in Ahaus und bis zu seinem für ihn unerwarteten Ableben in Aurich wohnhaft, extremer Bodybuilder – wovon ich mich hatte persönlich überzeugen können – und mehrfach vorbestraft. Sein Vorstrafenregister war fein säuberlich geführt und dokumentierte den Werdegang eines erfolglosen Kleinkriminellen. Eine Bezeichnung, die angesichts seiner Körpergröße von einem Meter neunzig und einem Gewicht von einhundertfünf Kilo sich fast wie ein Witz anhörte. Aber nur fast! Die Liste seiner Vorstrafen reichte vom Kfz-Diebstahl über Handel mit Amphetaminen – aha, da kam wohl ein Teil seiner aufgepumpten Muskeln her –, Hehlerei, Dokumentenfälschung bis zu versuchter Vergewaltigung und immer wieder Körperverletzungen, insbesondere im familiären Umfeld und der eigenen Häuslichkeit.

Markus Sanddorn war ein Kleinkrimineller und brutaler Schläger.

Ich schob angewidert den kalten Kaffee noch ein Stück weiter weg und wandte mich seinem Obduktionsbericht zu. Die Farbfotos der Obduktion waren professionell aufgenommen worden und offenbarten das Innenleben von Markus Sanddorn in einer Weise, die er sich wahrscheinlich zu Lebzeiten nicht hatte vorstellen können. Seine inneren Organe waren dem Obduktionsbericht zufolge in gutem Zustand. Der Verschleiß seiner Gelenke, Bandscheiben und sonstigen knöchernen Anteile hielt sich in Grenzen und entsprach seinem Alter. Mein Blick blieb an seinen Blutwerten hängen; erstaunlicherweise war er zum Zeitpunkt seines Todes stocknüchtern gewesen. Hinweise auf Drogen oder unerlaubte Substanzen fanden sich nicht.

Allerdings waren seine Tumormarker außergewöhnlich hoch. Ich blätterte ein paar Seiten weiter zum internistischen Teil des Obduktionsberichts – und siehe da: Markus Sanddorn war an Hodenkrebs erkrankt und hatte sich bereits einer Operation sowie einer Strahlentherapie unterzogen. Den Unterlagen entnahm ich, dass der Muskelmann impotent gewesen war.

Diese Information fand ich hinsichtlich seiner sadomasochistischen Neigungen sehr interessant, denn ich wusste, dass bei Hardlinern der SM-Szene Geschlechtsverkehr verpönt war – zumindest bei den Hau-drauf-Veranstaltungen. Lag hier der Grund seiner Affinität zur Sadoszene, oder war er ein grundsätzlicher Liebhaber der härteren Gangart?

Die übrigen Seiten blätterte ich nur kurz durch. Auf ihnen waren akribisch die Verletzungen untersucht, vermessen, fotografiert und dokumentiert worden. Wie auch Uz im Gewölbekeller schon vermutet hatte, handelte es sich auch dem Bericht zufolge bei dem Folterwerkzeug um einen handelsüblichen Seitenschneider. Mit dessen Hilfe hatten die – oder der – Täter Markus Sanddorn die einzelnen Fingerglieder fein säuberlich der Reihe nach abgeknipst. Das musste für den Toten eine außerordentlich schmerzhafte Prozedur gewesen sein.

Unter Todesursache war »Fraktur des Kehlkopfs« angegeben. Als Begleitumstände, die zum Tod führten, war die »Unterbrechung der Sauerstoffzufuhr mittels einer Oberschenkelblutdruckmessmanschette« ermittelt worden; o Gott, was für ein amtsdeutscher Begriff! Den Rest des Obduktionsberichts überflog ich nur noch, das Wesentliche wusste ich nun.

Zuletzt widmete ich mich den Stammdaten des Opfers und hoffte, auf Namen und Adresse einer Ehefrau oder Lebensgefährtin zu treffen, die im günstigsten Fall auch eine seiner Spielgefährtinnen aus dem INSOMNIA gewesen war und mir mit Informationen weiterhelfen konnte.

Der Tote war Single gewesen, aber die Polizei hatte im Eilverfahren sein Handy bereits analysiert und einen Ausdruck seiner Mobilfunknummern der Akte beigefügt. Wahrscheinlich hat man die Rufnummern so schnell gecheckt, um die nächsten Angehörigen des Toten zu ermitteln. Offenbar erfolgreich, denn als nächste Angehörige hatten die ermittelnden Beamten handschriftlich eine Frau in die Rubrik »Angehörige« eingetragen: Miriam Dannert, wohnhaft im Gorch-Fock-Weg 7, Norderney. Den Angaben nach führte sie einen kleinen Betrieb namens *Bienenhaus*. Um welche Art von Betrieb es sich handelte, ging aus der Akte indes nicht hervor. Ich tippte dem Namen nach auf eine Imkerei.

Ich schlug die Ermittlungsakte zu, ließ aus Rache für den widerlichen Kaffee die Tasse einfach auf dem nackten Tisch stehen und ging zum Ausgang.

Mit hochgeschlagenem Kragen und bis zur Nase hochgezogenem Schal, wie Lydia Saalbusch ihn auch getragen hatte, kratzte ich mit dem Eiskratzer die Windschutzscheibe des Käfers von innen und außen frei. Ich startete den Motor, und da es beim Käfer üblich ist, dass die Windschutzscheibe schneller wieder zufriert, als das Gebläse sie nach Starten des Motors innerhalb der ersten zehn Minuten freiblasen kann, atmete ich mir ein Guckloch oberhalb des Lenkrads frei, indem ich die Scheibe anhauchte.

Die Auricher Straße, die nach Borssum führte, war nur unzureichend geräumt. Ich hatte mit meinem Käfer Mühe, in der Spur zu bleiben, da die Reifen deutlich schmaler waren als die von modernen Autos. Hinzu kamen die dreckverschmierten Eisklumpen, die aus den Radkästen von Lastwagen gefallen waren und die in unregelmäßigen Abständen gegen den Unterboden meines nicht sonderlich hochbeinigen Käfers zu knallen drohten.

Da sich der Schnee mittlerweile zu beiden Seiten der Straße bis auf Hüfthöhe auftürmte, war es schwierig, vor der *Klapsmühle* einen Parkplatz zu finden. Ich hatte aber Glück und konnte den Grauen auf einer kleinen Freifläche direkt neben der Zufahrt abstellen.

Beim Betreten der urigen Kneipe begrüßte mich die Wirtin bereits wie einen Stammgast. Ich erblickte Lydia Saalbusch am Kopfende des Tresens Marke Eigenbau, direkt unter der dekorativ drapierten Gitarre, die von künstlichen Efeuranken umrandet wurde.

Sie winkte mir freundlich zu.

Bedächtig und vorsichtig, weil die Wirkung der zwei Schmerztabletten langsam nachließ, die ich mir vor meiner Abfahrt nach Emden gegönnt hatte, rutschte ich über die mit Kunstleder bezogene Sitzbank und setzte mich direkt neben Lydia Saalbusch.

Sie hatte ihre dicken Wintersachen ausgezogen und saß mir mit knielangem, engem Rock und einer züchtig bis zum Kragen zugeknöpften weißen Bluse gegenüber. Wie sie so dasaß mit schwarzer Lesebrille und konservativ hochgestecktem blauschwarzem Haar, konnte man sich nur schwer vorstellen, dass die unschuldig dreinblickende Frau einen SM-Klub betrieb und sich ansonsten in Lack- und Lederkorsagen mit mörderisch hohen High Heels und einem Lederhalsband um den Hals sehr wohlfühlte. Im Moment sah sie mehr wie eine Chefsekretärin aus. Auch die Kanne Kamillentee, die sie vor sich auf dem Tresen stehen hatte, passte so gar nicht zu dem, was man landläufig einer Nachtklubbesitzerin als Getränk zuschreiben würde.

Ich erfüllte mit meiner Bestellung das Klischee eines juristischen Bürohengstes, denn mir wurden ein doppelter Espresso und ein Milchkaffee mit laktosefreier Milch serviert.

»Alles in Ordnung?« Lydia Saalbusch sah mich neugierig an.

»Ja«, bestätigte ich. »Die Ermittlungsakte lag schon bereit. Ich habe auch schon ein paar Ideen, wo ich ansetzen kann, wenn es nötig wird.«

»Da brauchen Sie nicht lange zu warten«, entgegnete sie und legte ein amtlich aussehendes Papier auf den Tresen, das sie aus ihrer Handtasche gezogen hatte. »Ich kam noch nicht dazu, Ihnen das zu geben. Kam heute Morgen mit der Post.«

Traute hatte nicht zu viel versprochen, als sie mir gestern gesagt hatte, dass die Staatsanwaltschaft gegen Lydia Saalbusch ermitteln würde. Ich war vollkommen erstaunt, wie außergewöhnlich schnell das ganze Verfahren in diesem Fall lief: Die Laborergebnisse lagen binnen weniger Stunden vor, die komplette Ermittlungsakte lag fein säuberlich innerhalb von achtundvierzig Stunden auf dem Tisch, ebenso die amtliche Mitteilung der Staatsanwaltschaft, dass gegen Lydia Saalbusch gemäß § 27 Abs. 1 StGB wegen Beihilfe zum Mord ermittelt wird.

Ich faltete den Brief wieder zusammen und seufzte.

»Muss ich mir Sorgen machen?« Ein Anflug von Ängstlichkeit lag in den Augen von Lydia Saalbusch, als sie mich fragend ansah.

»Nicht, wenn Sie mit der Sache nichts zu tun haben«, antwortete ich trocken.

»Pfft!«, machte sie und verdrehte genervt die Augen. »Dolor war ein echtes Arschloch! Aber ich hatte keinen Grund, ihm ein drittes Auge zu verpassen. Ganz abgesehen davon, dass ich der Hulk hätte sein müssen, um ihn aufzuhängen: Ich lebe von Arschlöchern wie ihm.«

»Grün würde Ihnen aber gut stehen«, witzelte ich, obwohl mir nicht zum Lachen zumute war, und ich wurde auch gleich wieder ernst, als ich fortfuhr: »Da Ihnen nun offiziell mitgeteilt wurde, dass gegen Sie wegen Beihilfe zum Mord ermittelt wird, sagen Sie ab sofort nichts mehr, ohne Ihre Aussagen mit mir abgestimmt zu haben.«

»Ohne meinen Anwalt sage ich kein Wort!«, zitierte sie die bekannte Plattitüde aus unzähligen Kriminalfilmen mit einem solch überzogenem, bierernstem Gesicht, dass ich lachen musste.

»Genau. Am besten halten Sie komplett die Klappe.«

»Sie können ja richtig locker sein!«, staunte sie.

»Auch mir unterlaufen Fehler«, behauptete ich und wechselte das Thema, um wieder mit dem nötigen Ernst zum eigentlichen Grund unseres Hierseins zurückzukehren. »Sie wollten mir etwas über diese Tänzerin erzählen.«

Lydia Saalbusch nickte. »Genau! Aber vorher muss ich etwas klarstellen!« Sie musterte mich abschätzend, als warte sie auf meine Zustimmung.

Ich nickte zur Bestätigung.

»Als wir uns hier das erste Mal unterhalten haben, habe ich mich Ihnen gegenüber als submissive Masochistin geoutet. Sie haben mich dann so entgeistert angestarrt, als könnten Sie nicht glauben, dass mir bislang noch keine Hörner und ein Pferdefuß gewachsen sind.«

Ich zog entschuldigend die Schultern hoch, sagte aber nichts. Wenn sie mich aus dem Nichts heraus mit ihrem Outing konfrontierte, hielt ich es für mein gutes Recht, meiner Irritierung Ausdruck zu verleihen – sei es auch in Form eines blöden Gesichts.

»Ich habe Ihnen dann mehr ironisch, aber trotzdem ernst gemeint, gesagt, dass mit mir alles in Ordnung sei.« Sie sah mich eindringlich an. »Und da bin ich nicht die Einzige! Menschen, die dem Sadomasochismus nahestehen, empfinden schlicht und einfach Lust und eine tiefe, innere Befriedigung, wenn sie Schmerz, Macht oder Demütigungen erleben. Es ist eine sexuelle Vorliebe, nicht mehr – aber auch nicht weniger!«

Sie sagte das so ernsthaft, als hätte sie gerade ein politisches Statement abgegeben. In gewisser Weise stimmte das ja auch: Sie hatte sich mit ihrer sexuellen Ausrichtung ganz eindeutig positioniert – und das war auch gut so! Um es mal mit den geflügelten Worten des ehemaligen Regierenden Bürgermeisters von Berlin zu sagen.

»Ich will nur sagen«, fuhr sie energisch fort, »mit mir ist alles vollkommen in Ordnung! Bloß weil ich gewisse sexuelle Neigungen habe, heißt das noch lange nicht, dass ich ein Exot oder krank bin!«

Wenn ich ehrlich war und meine Vorurteile für einen Moment ausblendete, musste ich ihr zustimmen. Denn auch wenn ich ihre Neigungen nicht nur nicht teilte, sondern auch eine gewisse Abneigung gegen die Sadomasofraktion hegte, weil mir dieser ganze Maskenzirkus extrem albern vorkam, hatte sie mit ihrem Standpunkt absolut recht! Sie war genauso normal oder nicht normal wie ich, denn schließlich kann auch ich nicht von anderen erwarten, dass sie meine Vorlieben teilen und auf Klassiker wie lauschige Sommernächte, Rotwein und Kerzen und – ja, ich geb's zu – Kuscheljazz stehen. Allerdings wusste ich von Berufs wegen auch, dass im Rahmen von Psychotherapien und sexualmedizinischen Diagnostiken Sadomasochismus als behandlungsbedürftig eingestuft wird, wenn eine sexuelle Befriedigung ohne sadomasochistische Praktiken nicht mehr möglich ist und bei dem Betroffenen ein Leidensdruck entsteht. Entsprechend dieser Definition wird Sadomasochismus als Krankheit international klassifiziert.

Dass vor einiger Zeit die Romantrilogie *Shades of Grey* einen wahnsinnigen Hype um Sadomasopraktiken ausgelöst hatte, brauchte niemanden zu beunruhigen, denn die Mehrzahl der Begeisterten wollte wohl einfach nur ihr Sexleben aufpeppen. Warum nicht mal der Mutti den Hintern versohlen?, dachte ich belustigt.

»Und ich bin nicht die Einzige, die im Alltag ein vollkommen normaler Mensch mit all seinen Stärken und Schwächen, Macken und Eigenheiten ist«, fuhr Lydia Saalbusch fort. »Allerdings …«, sie hob den Zeigefinger, um ihre Worte zu betonen, »… gibt es unter uns Gleichgesinnten auch vereinzelt

Menschen, die nicht nur aufgrund ihrer sexuellen Neigung in der Szene unterwegs sind.«

»Sondern?«

»Weil sie krank sind – psychisch krank!«, erwiderte sie mit ernstem Gesicht.

Mir lag ein Spruch hinsichtlich der gesamten Sadomaso-szene auf der Zunge, aus Gründen der Toleranz schluckte ich ihn jedoch wohlweislich hinunter.

»Und Sie meinen, diese Tänzerin gehört zu dieser Gruppe?«

»Und ob!«, behauptete die Schwarzhaarige. »Sie ist psychisch krank, deshalb ist sie auch so extrem drauf.«

»Wie kommen Sie darauf?«, bohrte ich nach.

»Weil ich aus zuverlässiger Quelle weiß, dass sie schon mehrfach in der Klapse war.«

»Das sind andere auch«, entgegnete ich. »Dafür muss man nicht auf Sadomaso stehen.«

»Sag ich doch, jetzt haben Sie's kapiert!«, sagte die Saalbusch triumphierend. »Aber bei der Sana haben sich die Dinge miteinander vermischt. Ich bin mir ziemlich sicher, dass sie schizophren ist!«

»Wieso das?«, fragte ich skeptisch. Jemanden als schizophren zu bezeichnen ist anmaßend und schnell geschehen – in der Regel meist vollkommen ungerechtfertigt.

»Sie verletzte sich selbst. Meist, wenn sie Stress mit Typen hatte oder vor einer Premiere an der Staatsoper. Auf den Innenseiten ihrer Arme hat sie ganz viele Narben.«

Mir waren die beschrieben Symptome bekannt; es gibt Borderline-Patienten, die sich mit Messern, Scheren oder Rasierklingen schneiden, um sich durch den Schmerz selbst wahrnehmen zu können.

»Sana ist auch schon ein paarmal richtig ausgerastet und in die geschlossene Psychiatrie eingewiesen worden«, berichtete die Saalbusch weiter. »Sie musste auch schon einmal operiert werden, weil sie Batterien verschluckt hatte. Wenn sich die Batterien durch die Magensäure aufgelöst hätten, wäre die Batteriesäure ausgelaufen und sie elendig verblutet.«

»Puh.« Was ich da zu hören bekam, sprach für eine schwere psychische Erkrankung. Mir tat die Frau leid, ohne dass ich sie kannte.

»Und wissen Sie, was das Schärfste war, als sie vor der Operation geröntgt wurde?«

Ich schüttelte den Kopf. »Nein, woher auch.«

Sie ging auf meine Bemerkung nicht ein. »Auf den Röntgenbildern waren mehrere Rasierklingen zu erkennen, die in ihrer Speiseröhre steckten.«

»Was?«, entfuhr es mir. »Wie soll das denn gehen?«

»Sie hat normale Rasierklingen in der Mitte durchgebrochen und sich jeweils die Hälfte auf die Zunge gelegt; dann hat sie die Rasierklinge runtergeschluckt.«

»Aber die Rasierklinge muss ihr doch die ganze Speiseröhre zerschnitten haben«, wandte ich ungläubig ein.

»Ja, das denkt man«, nickte sie. »Aber dem war nicht so. Die Rasierklingen waren so scharf, dass sie zwar das Gewebe zerschnitten haben, aber da die Schnittflächen derart sauber und glatt durchtrennt wurden, konnte das Gewebe sofort wieder miteinander verkleben; die Rasierklingen wurden eingekapselt. Dadurch wanderten die Klingen auch nicht die Speiseröhre lang. Angel Heart …«, nannte sie Sana Hörsch bei ihrem Decknamen, »… hat nicht nur ein irrsinniges Glück gehabt, sondern auch anatomische Kenntnisse – sie wusste, was sie tat!«

Lydia Saalbusch hatte recht gehabt; das war keine Geschichte, die sie mir mal kurz auf dem Parkplatz erzählen konnte. »Woher wissen Sie denn das alles?«, fragte ich ungläubig.

Sie zog die Schultern hoch. »Ihr ging es mal nach einer Session richtig schlecht, da habe ich mich um sie gekümmert. Das Spiel ist aus dem Ruder gelaufen, sie wäre fast draufgegangen.«

»Wieso?«, fragte ich.

Lydia Saalbusch warf einen Blick Richtung Wirtin, die eifrig am anderen Ende des Tresens die Kästchen eines Kreuzworträtsels ausfüllte, und sagte dann mit gesenkter Stimme: »Es gibt bei uns ein paar SMler mit sehr außergewöhnlichen Neigungen!«

»Diese sogenannten ›Herren‹?«, wollte ich wissen.

Sie nickte, wie ich es auch erwartet hatte.

»Erzählen Sie weiter«, forderte ich sie auf.

»Hämospiele!«

»Homospiele?«, fragte ich irritiert.

»Quatsch!«, lachte sie kurz auf, wurde aber sofort wieder ernst, als sie fortfuhr: »›Hämo‹ steht für Hämoglobin, das ist der rote Blutfarbstoff.«

Ich wusste, was Hämoglobin ist, erwiderte aber nichts.

»Ich hatte Ihnen doch von Spritzen und Skalpellen erzählt«, sagte sie.

Ich verzog abwehrend das Gesicht.

»Angel steht auf so was«, fuhr sie fort. »Und sie steht nicht nur darauf – sie geht einen gewaltigen Schritt weiter!«

Lydia Saalbusch senkte noch weiter die Stimme, sodass ich mich vorbeugen musste, um sie überhaupt noch verstehen zu können.

»Ich habe im INSOMNIA ein Sprechzimmer eingerichtet, wo Klinikliebhaber ihre Neigungen ausleben können.«

»Ein Sprechzimmer?«, fragte ich. »Wie muss ich mir das denn vorstellen?«

»Ich nenne es so, weil die Leute, die dort spielen, gerne medizinische Begriffe verwenden.«

»Doktorspielchen also.«

»Wenn Sie so wollen. – Allerdings die härteren.«

»Wie hart?«

»Sehr hart!« Das Gesicht der Schwarzhaarigen nahm einen völlig emotionslosen Ausdruck an. »Das Spiel findet unter ärztlicher Aufsicht statt …«

»Oh! Wie geht das denn?« Damit hatte ich nicht gerechnet. »Welcher Arzt macht denn bei so was mit?«

»Mein Gott«, stöhnte Lydia Saalbusch, »seien Sie doch nicht so naiv! Denken Sie vielleicht, bei den Ärzten gibt es keine Sadomasochisten? Das sind die Schlimmsten!«

Unwillkürlich zuckte ich zusammen. Eine unangenehme Vorstellung, die ich mir lieber nicht weiter ausmalen wollte.

»Angel Heart ließ sich an Armen und Beinen auf einem Gynäkologiestuhl festbinden …«

»So was haben Sie bei sich im Klub?«, fragte ich ungläubig.

»Jedes gute SM-Studio ist mit einem Klinikraum ausgestattet, und ein Gynstuhl gehört zur Standardausstattung dazu – ebenso wie eine Zwangsjacke«, klärte sie mich auf. »Übrigens sehr beliebt! Auch Angel Heart steht darauf, auf diesem Stuhl festgebunden zu werden.«

»Und was passierte dann?«

»Dann legte ihr Spielpartner einen venösen Zugang, eine Braunüle oder eine Butterfly, die sind nicht so dick, und man spürt sie kaum. Wenn der Zugang lag, wurde ihr eine Maske aufgesetzt, und zwar eine, die den Kopf komplett bedeckt und keine Öffnungen für Augen und Ohren hat; lediglich zum Atmen gibt's eine kleine Öffnung. Wenn sie dann vollkommen bewegungsunfähig, blind und taub auf dem Stuhl festgeschnallt lag, öffnete ihr Herr den venösen Zugang und …« Sie machte eine Pause.

»Und was?«, fragte ich ungeduldig.

»… ließ er sie ausbluten – ihr Herr ließ Angel Heart ausbluten.«

Ich starrte Lydia Saalbusch fassungslos an. So etwas monströs Abartiges hatte ich noch nie gehört.

Es dauerte einen Moment, bis ich das soeben Gehörte verarbeitet hatte und meine nächste Frage stellen konnte. »Wie weit ging das Spiel?«

»Sehr weit!« Lydia Saalbusch griff nach ihrer Handtasche und rutschte von der Bank. »In diesem einen Fall – zu weit! Ich muss jetzt erst mal eine rauchen«, verkündete sie mir und schlüpfte in ihre dicke Daunenjacke.

Ich erwiderte nichts, sondern sah ihr noch immer fassungslos nach, als sie Richtung Tür verschwand.

Was die Schwarzhaarige da gerade Unfassbares erzählt hatte, hatte meines Erachtens nach überhaupt nichts mit einer Schizophrenie zu tun; aber ich bin kein Arzt und verfüge nur über berufsbedingtes medizinisches Halbwissen. Allerdings stimmte ich der Saalbusch zu: Dass die Tänzerin, die sich Angel Heart nannte, unter einer psychischen Erkrankung litt, war offensichtlich.

Nach einer Zigarettenlänge tauchte sie wieder auf, legte ihren Mantel auf einen Hocker und rutschte wieder neben mich. Sie strich ihren Rock sittsam glatt und schlug die Beine übereinander. Nachdem wir uns mit frischem Kamillentee und Kaffee von der Wirtin hatten versorgen lassen, nahm die Schwarzhaarige den Faden wieder auf.

»In dieser Nacht wäre Angel fast gestorben«, fuhr sie fort.

»Was ja bei dem Szenario kein Wunder gewesen wäre«, ergänzte ich mit hartem Ton in der Stimme.

»Doch«, widersprach sie. »Das wäre es. Schließlich war ein Arzt dabei. Das Spiel lief kontrolliert ab. Angel ließ sich von ihrem Herrn kontrolliert ausbluten. Sie genoss das Gefühl, wenn das Blut aus ihrem Körper lief, ihr langsam immer kälter und sie benommen wurde – es war so eine Art Trance. Und ihr Herr genoss die Macht über sie!«

»Wer war dieser sogenannte Herr – Dom de Dolor?«

»Klar, dass Sie das denken«, antwortete sie und schüttelte dann aber den Kopf. »Nein, der war es nicht. Dafür war der viel zu grobmotorisch; Dolor war einer, der gerne draufhaut. Er konnte sehr gut mit der Bullwhip umgehen.«

»Was ist das denn schon wieder?«

»Eine sogenannte Bullenpeitsche, einen Meter fünfzig lang, geflochtenes Leder mit einem zwanzig Zentimeter langen Ledercracker am Ende, der bösartig wehtun kann.« Ihre Augen begannen zu leuchten, während sie die Peitsche beschrieb.

»Wenn es nicht der Muskelmann war, der sie hat ausbluten lassen – wer war es dann?«, hakte ich nach.

»Dieses Spiel war nur einem vorbehalten – Dom de Dios.« Die Stimme der Schwarzhaarigen klang fast ehrfürchtig, als sie den Namen nannte.

»Wie heißt er mit richtigem Namen?«, fragte ich, obwohl ich davon ausging, keine Antwort zu bekommen.

»Auch wenn Sie noch zehn Mal nachfragen, ich kenne nur den Namen von Angel, weil sie mich mal eingeladen hat. Ich weiß noch nicht einmal, wie der Tote heißt.«

»Markus Sanddorn«, antwortete ich knapp.

»Ach.« Die Schwarzhaarige zuckte achtlos mit den Schultern. »Namen haben bei uns in der Szene keine große Bedeutung. Es zählt nur, was er tut oder tun lässt.«

»Was hat denn eigentlich der Arzt bei dem Spiel gemacht?«, kam ich wieder zum Thema zurück.

»Der hat aufgepasst, dass sie das Spiel überlebt. Es ging auch immer gut – bis auf das eine Mal.«

»Was ist passiert?«, fragte ich sofort.

»Das Wesentliche des Hämospiels liegt in der Grenzerfahrung und der Konsequenz, mit der der Herr seine Sub an ihre Grenzen führt. Dom de Dios ist ein exzellenter und sehr erfahrener Dom; er führte Angel in den Bereich, wo der

Grat zwischen Leben und Tod nur noch von einer Blutkonserve abhängt – und genau für diesen Moment stand der Arzt bereit.«

Für einen Moment hatte ich geglaubt, dass mich nichts mehr von dem groß schockieren konnte, was Lydia Saalbusch mir erzählte, aber auch nur für einen Moment.

»Trinken Sie noch einen Schluck Kamillentee«, forderte sie mich auf. »Nicht, dass Sie mir noch umkippen.«

»Quatsch!«, sagte ich, griff aber dennoch unwillkürlich zur Teetasse und nahm einen Schluck von dem lauwarmen Tee.

Ich hoffte nur, dass diese Insidergeschichten der Schwarzhaarigen nicht an die Presse gelangten, denn das löste mit absoluter Sicherheit genau den Wirbel aus, den Traute befürchtete. Aber da war ich ganz nah bei ihr; ich würde alles tun, damit solche schockierenden Details nicht als Pressefutter herhielten.

»In dieser Nacht kam es aber anders«, kam Lydia Saalbusch zum Ende ihrer Horrorgeschichte. »›Die Herren‹ hatten einen Gast eingeladen, der von den Ereignissen derart angeturnt war, dass er Angel …«, sie zögerte kurz und fuhr dann fort, »… nehmen wollte.«

»Sie wollen sagen …« Ich brach ab, weil mir in dem Moment die Worte fehlten.

»… ficken«, ergänzte sie mit brutaler Offenheit. »Ja, der Typ war so geil, er wollte Angel, die zwischen Leben und Tod balancierte – ficken! Aber ›die Herren‹ fühlen sich den Werten der Old-School-Präsenz verpflichtet und lehnen bei derartigen Sessions Geschlechtsverkehr kategorisch ab. Das konnte ihr Gast nicht verstehen, und es kam zu einem Streit, in den auch der anwesende Arzt verwickelt wurde. Dadurch ist Angel für einen Moment der medizinischen Kontrolle entglitten, und schon war's passiert.«

Ich zog fragend die Augen hoch: »Was ist passiert?«

»Herzstillstand!«

»Und dann?«

»Das komplette Programm: Reanimation, Beatmung und ein paar Blutkonserven«, zählte sie auf. »Angel hat es gerade eben so geschafft.«

»Was ist mit dem Gast passiert?«

»Das wollen Sie nicht wissen«, winkte sie ab. »So, nun habe ich aber genug aus dem Nähkästchen geplaudert.«

»Sie wollten mir den Hintergrund dieser Balletttänzerin erzählen«, erwiderte ich.

»Genau!«, bestätigte sie. »Ich wollte Ihnen mit dieser Geschichte klarmachen, dass die SM-Szene aus ganz normalen Menschen besteht – Menschen wie du und ich; sie haben halt nur spezielle Neigungen und leben sie auch aus.«

Ich setzte zu einer Erwiderung an, aber Lydia Saalbusch ließ mich nicht zu Wort kommen, sondern fuhr fort: »Und ich wollte Ihnen klarmachen, dass es auch in der SM-Szene Freaks und psychisch labile oder kranke Menschen gibt, die sich von dem Szenario angezogen fühlen.«

Ihre Erklärungen machten das Szenario nicht unbedingt übersichtlicher für mich. Klar hatte ich verstanden, dass sich in der Szene neigungskonforme Spielpartner zu ausgedehnten Sessions trafen, die für beide Parteien gleichermaßen vorteilhaft waren. Tragisch nur, wenn sich die Grenzen in dieser extremen Form wie der Tänzerin miteinander vermischten; das war natürlich ein Missbrauch, aber war der Missbrauch nicht wieder eine der Neigungen, weshalb jemand SM praktizierte?

Ich schüttelte unwillig den Kopf. Das wurde mir jetzt langsam zu kompliziert; bis zu dem heutigen Gespräch war mir nicht klar gewesen, dass SM komplizierter ist, als seiner Frau den Hintern zu verhauen.

»Verwirrt?«, fragte die Schwarzhaarige mitfühlend und legte ihre schmale Hand auf meinen Unterarm.

Ich nickte stumm.

»Das kann ich gut verstehen«, sagte sie und drückte meinen

Arm. »Manche Menschen brauchen ein ganzes Leben, um ihre Neigung zu finden und zu verstehen.«

»Reden Sie mir nichts ein«, sagte ich lahm und schob ihre Hand sacht zur Seite. »Ich bin Ihr Anwalt.«

Sie lachte: »Ein sehr verwirrter Anwalt und – ein sehr süßer Anwalt.«

Ich hoffte nur, dass Lydia Saalbusch einfach nur nett sein und mich nicht anmachen wollte. Da ich keine Ambitionen hatte, das herauszufinden, bat ich sie um die Kontaktdaten der Tänzerin, denn mit der musste ich unbedingt sprechen. Dass sie Namen ihrer Spielpartner kannte, stand für mich außer Frage. Ich musste unbedingt an die Personalien dieser sogenannten »Herren« kommen und mit ihnen sprechen. Denn dann hätte ich mit Sicherheit ein paar Tatverdächtige mehr, und die Staatsanwaltschaft hätte mehr zu tun, als gegen Lydia Saalbusch zu ermitteln.

Nachdem wir uns voneinander verabschiedet und vereinbart hatten, im Bedarfsfall und bei Neuigkeiten miteinander zu telefonieren, blieb ich noch eine Weile in der *Klapsmühle* am Tresen sitzen.

Zum einen musste ich die Fülle schockierender Informationen erst einmal kurz verdauen. Zum anderen überlegte ich, welcher Schritt als nächstes zu tun wäre. Klar war, dass ich mit der Balletttänzerin sprechen musste, aber noch näherliegend war das Gespräch mit der Frau, die in den Ermittlungsakten als nächste Angehörige des Toten angegeben war: Miriam Dannert.

Es war davon auszugehen, dass Frau Dannert die Information über den Tod von Markus Sanddorn erst vor Kurzem erhalten hatte und ihr noch kein anderer Anwalt geraten hatte, was ich Lydia Saalbusch geraten hatte – die Klappe zu halten.

11

Der Schneefall hatte nachgelassen, als ich mir am Ticketschalter der Frisia-Reederei im Norddeicher Hafen einen Fahrschein für die Mittagsfähre nach Norderney kaufte. Trotz der eisigen Kälte stand ich mit in den Taschen vergrabenen Händen oben an Deck, als die Fähre vom Kai ablegte, und sah zu, wie der Fähranleger immer kleiner wurde.

Egal, bei welchem Wetter und zu welcher Gelegenheit ich mit der Fähre zu einer der Inseln übersetze, ich genieße die Überfahrt jedes Mal aufs Neue. Auch heute hielt es mich trotz der Kälte nur ein paar Minuten unter Deck, denn ich liebe es, über die Fähre zu schlendern, in jede Ecke zu schauen und den Dieselmotoren bei ihrer Arbeit zuzuhören. Langsam schälte sich Norderney immer deutlicher aus dem Schneegriesel heraus, der die Fähre wie Zuckerwatte zu umgeben schien. Trotz des winterlichen Wetters setzte eine Menge Urlauber zur Insel über.

Nordseeliebhaber sind nicht auf Schönwetter angewiesen, sondern lieben Ostfriesland zu jedem Wetter; echte Kenner der Nordseeküste schätzen besonders die dramatischen Sturmtage, wenn es einen richtig durchweht, ebenso wie klirrend kalte Wetterlagen, an denen sich Eiskristalle in Haaren oder Bart festsetzen, je nachdem, was von beidem man sein Eigen nennt.

Schon während des Anlegemanövers bildete sich eine Urlauberschlange – das ist bei jedem Wetter so. Ich reihte mich in den Urlauberstrom ein und stapfte an Land. Während die Touristen noch auf den Trecker mit den blauen Gepäckwagen warteten, die gerade von der Fähre gezogen wurden, stand ich bereits am Stadtplan und suchte den Gorch-Fock-Weg. Als ich die Straße gefunden hatte, machte ich ein Handyfoto vom Kartenausschnitt und machte mich auf den Weg, um Miriam Dannert einen Überraschungsbesuch abzustatten.

Das Kartenfoto war eigentlich so überflüssig wie nur irgendetwas, denn auf Norderney konnte man sich nicht verlaufen. Außerdem brauchte ich, um zu Miriam Dannert zu kommen, lediglich die Straße Am Hafen ein paar Hundert Meter entlangzulaufen, da der Gorch-Fock-Weg dem Hafen schräg gegenüber beginnt.

Ich stemmte mich gegen den Wind, der auf Norderney immer von vorne zu kommen scheint, vollkommen egal, in welche Richtung man auch geht. In dem Moment hörte der Schneegriesel auf, die Wolkendecke riss auf, und die Wintersonne überflutete Meer, Dünen und Insel mit ihrem gleißenden Licht – ein ostfriesischer Himmelsgruß, der einen immer dann trifft, wenn man überhaupt nicht damit rechnet. Bei uns in Ostfriesland meint man manchmal, die Wettergötter verfolgen keinen meteorologischen Plan, sondern würfeln das Wetter nach Lust und Laune aus. Dabei folgte dieser wundervolle Wetterumschwung doch nur einer uralten Weisheit: Wenn Engel reisen, dann lacht der Himmel.

Auch der Wind ließ nach, und so wurde es mir schon nach hundert Metern warm unter meiner Mütze. Ich pellte mich aus Schal und Mütze und stopfte beides in die Tiefen meiner Jackentaschen.

Nach ein paar Minuten hatte ich den Gorch-Fock-Weg schon erreicht und stiefelte die Straße entlang. Die Hausnummer 7 hatte ich schnell gefunden und hielt nach besagtem »Bienenhaus« Ausschau, leider vergeblich. Ich lief die Straße noch ein Stück hinauf und wieder hinunter, aber weit und breit war nichts von einer Imkerei oder Ähnlichem zu sehen, was als »Bienenhaus« bezeichnet war. An der Weggabelung Alter Horst kam mir eine ältere Dame entgegen. Ich fragte sie nach dem »Bienenhaus«, und sie wusste Bescheid: An einer Reihe Ferienhäuser und Gästewohnungen vorbei schickte sie mich Richtung Meer. Wenn ich dann auf dem Weg bliebe, meinte sie, auf den ich stieße, der aber keinen Namen habe, würde ich praktisch über das Bienenhaus stolpern.

Ich folgte der Wegbeschreibung der Dame, die sich offenbar gut auskannte, und stand tatsächlich nach wenigen Minuten vor einem über einem Meter hohen gelb angemalten Bienenkorb, der auf einem hölzernen Pfahl montiert am Wegesrand stand und mit einem ebenso gelben Pfeil versehen war, der Richtung Dünen wies. Wie auf einer Schnitzeljagd befolgte ich auch diesen Hinweis und stand wenig später vor einem quietschgelb gestrichenen, eingeschossigen kleinen Gebäude, auf dessen Frontseite mich eine überdimensionale gemalte Biene mit einem strahlenden Lächeln begrüßte. Das Gebäude war nicht sonderlich groß, aber ziemlich verwinkelt und schmiegte sich zwischen zwei Dünen. Ein vielleicht hüfthoher Zaun vervollständigte den rundherum heimeligen Eindruck des Häuschens. Dem Aussehen nach hatte es früher vermutlich als Lager für Landwirtschaftsgeräte oder Ähnliches gedient.

Ich ging durch die kleine Eingangspforte im Zaun und zog sie hinter mir wieder zu, während meine Augen das Grundstück nach einem Lebenszeichen seiner Bewohner absuchten. Langsam ging ich auf die Eingangstür zu. Gerade als ich die Hand nach der Klinke ausstreckte, öffnete die Tür sich langsam.

Ich sah erstaunt nach unten, als vor mir ein kleiner strohblonder Junge von schätzungsweise fünf Jahren auftauchte. Der Kleine erblickte mich und begann übers ganze Gesicht zu strahlen. Schnell drückte er sich durch die Tür und baute sich vor mich auf.

»Ich habe Kack-kack gemacht!«, verkündete er triumphierend.

Da mir auf diese ungewöhnliche Begrüßung keine Erwiderung einfiel, fragte ich ihn stattdessen nach seinem Namen. Doch statt mir zu sagen, wie er heißt, verkündete er mir strahlend die nächste Neuigkeit: »Ich habe gestern eine nackte Muschi gesehen!«

In diesem Moment steckte eine junge Frau mit roter Clownsnase und einem schief auf dem Kopf sitzenden kanariengelben Topfhut ihren Kopf zur Tür heraus; auch sie strahlte, als sie uns sah.

»Da bist du ja, Paulchen!«, rief sie erfreut.

»Und die war nicht von meiner Mama!«, berichtete Paulchen mit erhobenem Zeigefinger und dem Ernst eines Fünfjährigen von seiner Neuigkeit.

»Ach, Paule!«, lachte die Frau mit dem Clownskostüm und nahm den Jungen auf den Arm. »Entschuldigen Sie bitte! Paulchen war gestern zum ersten Mal mit in der Sauna und setzt sich gerade mit der Tatsache auseinander, dass es Jungs und Mädchen auf diesem Planeten gibt.«

»Damit kann man ja nicht früh genug anfangen«, grinste ich die beiden an.

»Ich glaube, Paul hat …«, sagte die Clownin mit gerümpfter Nase.

»Hat er«, bestätigte ich.

»Bin gleich wieder da.« Schnell verschwand die Clownin mit dem frühkindlichen Entdecker auf dem Arm zurück durch die Eingangstür.

Schmunzelnd sah ich ihr nach, wie sie in ihren überweiten kanariengelben Pluderhosen, mit den rot geringelten Strümpfen, die wie bei Pippi Langstrumpf halb heruntergerutscht waren, und mit den übergroßen Clownsschuhen davonstapfte.

Ich muss gestehen, dass ich schon als Kind Angst vor Clowns gehabt habe und sie auch nie lustig fand – zu laut, zu albern; einfach nur doof! Daran hat sich mit zunehmendem Alter nur insoweit etwas geändert, als dass ich Pennywise, den mörderischen Clown aus Stephen Kings *ES*, sehr gruselig fand, was meine Antipathie den Spaßmachern gegenüber nur noch gesteigert hat. Kurzum – ich mag keine Clowns. Bei dieser Clownin aber musste sogar ich schmunzeln.

Ich schlenderte um die Hausecke herum und stand inmitten eines liebevoll angelegten Kinderspielplatzes. Die gesamte Hauswand wurde von einem munteren und vor allem farbenfrohen Bienenvolk bewohnt – lachende, tanzende und spielende Bienen in allen Größen und Farben waren in liebevoller Kleinarbeit mit wasserfesten Farben auf die kanariengelbe Hauswand aufgemalt worden. Rechts an der Hauswand war ein riesengroßer Bienenkorb aufgemalt, über dem tanzende bunte Buchstaben verkündeten, dass es sich bei dem Haus um *Majas Bienenstock* handele.

»Wie gefällt Ihnen der Spielplatz?«, hörte ich eine Stimme hinter meinem Rücken fragen.

Die Clownin, bei der es sich höchstwahrscheinlich um Miriam Dannert handelte und deren Spitzname als »Maja« in den Akten angegeben war, stand mir gegenüber und zog sich die rote Clownsnase vom Gesicht. »Guten Tag!« Ihre himmelblauen Augen blitzten, als sie mir ihre Hand entgegenstreckte und mir ein strahlendes Lächeln schenkte. »Ich bin die Maja, oder Miriam; ganz wie Sie wollen.«

»Angenehm, Jan de Fries«, stellte ich mich vor und fragte, während ich ihre Hand schüttelte: »Ist das Ihre Kita?«

»Jo«, lachte sie. »Alles meins – auch die Schulden.« Sie streckte beide Arme aus und drehte sich lachend einmal um die eigene Achse.

Ich stimmte in ihr ansteckendes Lachen ein.

»Deshalb freue ich mich auch über jeden Gast, der sich für meinen Bienenkorb interessiert«, sagte sie begeistert.

Noch bevor ich ihr den eigentlichen Grund meines Besuchs sagen konnte, stellte sie mir ihre Kita vor: »Ich betreue hier maximal zwanzig Kinder im Vorschulalter mit meinem ganzheitlichen Konzept. Kinder verstehe ich als kleine Menschen und nehme sie und ihre Wünsche, Träume, Fantasien und Realitäten genauso ernst wie die großen Menschen – mich eingeschlossen. Vor drei Jahren bin ich aus Bremen hierhergezogen; einmal hier auf der Insel Urlaub gemacht, und schon war's um mich geschehen. – Wie alt ist denn Ihr Kleiner, oder ist es ein Mädchen?«, fragte sie schließlich munter.

»Frau Dannert«, sagte ich mit ernster Miene, »ich bin nicht wegen Ihrer Kita hier.«

»Aber weswegen denn?«, fragte sie mit großen Augen.

»Wegen Markus Sanddorn«, sagte ich direkt; es machte keinen Sinn, um den heißen Brei herumzureden.

Sie sah mich an. Das Lächeln wurde von einer bitterbösen Miene zur Seite geschoben. Mit einer geschmeidigen Bewegung holte sie aus – und gab mir eine schallende Ohrfeige; genau auf meinen Kiefer, der sich gerade zu erholen schien.

Ich zuckte mit schmerzerfülltem Gesicht zurück.

»Verdammt!«, fluchte ich stinksauer. »Was soll das denn jetzt?«

Miriam Dannert baute sich wütend vor mir auf. Die Clownsnase baumelte ihr um den Hals, hatte aber alle Lustigkeit eingebüßt.

»Das kann ich Ihnen sagen, Sie Arsch!«, beschimpfte sie mich. »Ich habe es todernst gemeint, als ich zu Markus sagte, dass das hier auf der Insel mein Leben ist, das mir ganz alleine gehört; einzig und allein mein Leben!«

»Aber …«, setzte ich zu einer Erklärung an.

»Nichts aber!«, unterbrach sie mich scharf, während Blitze

aus ihren Augen zu sprühen schienen. »Ich meine es ernst! Hier in diesem Leben hat Markus nichts zu suchen. Und auch niemand von seinen perversen Freunden!« Miriam Dannert war ebenso fuchsteufelswild wie eine ihrer Bienen, wenn man sie reizt. Vorbei mit lustig, jetzt fuhr Maja ihren Stachel aus. Sie fuhr herum und griff nach einem harmlosen Minigolfschläger aus Plastik, mit dem sie ohne viele Worte auf mich einzudreschen begann.

Ich wandte mich seitlich ab, sodass sie mich mit dem Plastikteil nicht versehentlich verletzen konnte; was genau aber wohl ihre Absicht war. Mit einem schnellen Griff hatte ich den Kindergolfschläger in der Hand, was sie dazu veranlasste, mir in die Hand beißen zu wollen.

»Jetzt ist aber gut«, fluchte ich und schüttelte sie ab.

Maja stolperte über ihre großen Clownsfüße und platschte auf ihr Hinterteil, auf dem sie völlig perplex mit weit von sich gestreckten Beinen sitzen blieb.

»Hören Sie auf, herumzuspinnen!«, polterte ich wütend. »Ich bin keiner der perversen Freunde von Sanddorn. Markus Sanddorn ist tot!«

Maja sah mich mit schreckgeweiteten Augen an. Wie aus dem Nichts heraus sammelten sich zwei große Tränen in ihren Augenwinkeln, die dann dem Gesetz der Schwerkraft folgend ihr aus den Augen kullerten und die Wangen herunterliefen.

»Du hast dem Clown wehgetan!«, hörte ich hinter mir eine aufgeregte Kinderstimme.

Ich drehte mich um. Hinter mir stand Paulchen mit weit aufgerissenen Augen.

»Ich hab dem Clown nicht wehgetan«, versuchte ich ihn zu beruhigen. »Der Clown ist über seine großen Füße gefallen.«

»Aber der Clown weint.« Paulchen sah verzweifelt zwischen Miriam Dannert und mir hin und her.

»Vor Lachen, Paulchen«, rief die Clownin und wischte sich lachend über die Augen. »Ich lache Tränen – so wie in dem Märchen, in dem der Sultan Tränen lacht.«

Paulchen sah uns skeptisch an; offenbar reichte ihm die Erklärung nicht. Daraufhin kniete Clownin Maja sich hin und schlug einen missglückten Purzelbaum, der schleunigst ein Strahlen auf Paulchens Gesicht zauberte. Sie sprang auf die Füße und machte eine theatralische Verbeugung vor einem imaginären Publikum. Paulchen klatschte begeistert in die Hände.

»So, Paulchen«, rief sie munter, »nun aber schnell Jacke anziehen, deine Mama kommt jeden Moment!« Mir bedeutete sie, auf dem Spielplatz zu warten.

Ich setzte mich auf den Rand der Sandkiste und schaute Richtung Meer, von dem ich einen schmalen Streifen zwischen den Dünen hindurch sehen konnte. Die Sonne schien immer noch durch die aufgerissene Wolkendecke, und es mutete fast schon ein bisschen wie Frühling an, als ich mein Gesicht mit geschlossenen Augen der Sonne entgegenstreckte.

Es dauert nicht allzu lange, da tauchte Miriam Dannert wieder auf. Nun trug sie Jeans und einen dicken Rollkragenpullover.

Neben ihrem Clownskostüm hatte sie auch ihr strahlendes Lachen abgelegt. Mit ernstem Gesicht kam sie langsam näher und setzte sich mir gegenüber auf die Sandkiste. Sie streckte mir die Hand entgegen, in der sie zwei bereits geöffnete Flaschen Bier hielt.

»Auch eins?«

Wortlos nickte ich und griff nach der Flasche.

Die Flaschen schlugen mit einem klackenden Geräusch aneinander, als wir anstießen. Das herbe Bier war jetzt genau das Richtige. Als wir gleichzeitig die Flaschen absetzten, hatten wir sie dementsprechend zur Hälfte geleert.

»Sorry, wegen der Backpfeife.« Miriam Donner rülpste undamenhaft und sah mich an. »Ich hoffe, Sie sind kein Anwalt.«

»Da muss ich Sie leider enttäuschen; ich bin Anwalt«, sagte ich trocken und genoss ihren perplexen Gesichtsausdruck.

»Jetzt bin ich irritiert«, gab sie zu. »Ich dachte, Sie sind von der Polizei – wegen der Todesnachricht.«

»Und ich dachte, Sie seien bereits informiert«, antwortete ich.

»Was ist passiert?« Sie sah mich mit beherrschtem Gesichtsausdruck an. »Und wann ist es passiert?«

»Vor zwei Tagen. Im INSOMNIA.«

»Oh!«, machte sie.

Nachdem sich die Information gesetzt hatte, fragte sie: »Und wie? Ein Unfall, Herz oder was?«

»Jemand hat ihn umgebracht.« Ich sah keinen Grund, etwas zu verharmlosen oder ihr den Tod dieses Typen, der Frauen schlug, zu beschönigen. »Jemand hat ihn kopfüber unter die Kellerdecke gehängt und ihm mit einem Bolzenschussgerät zwischen die Augen geschossen. Vorher hat der Täter ihn gefoltert und mit einem Seitenschneider die Fingerglieder abgeknipst – einzeln.«

Manchmal kann ich ziemlich schonungslos sein. Besonders, wenn ich mir von der direkten Konfrontation Reaktionen oder Informationen verspreche, die ich ohne Schockmoment nicht bekäme.

Nicht in diesem Fall.

»Das hört sich nicht nach einem gelungenen Abend an«, lautete die Antwort, mit der ich in dieser Coolness nicht gerechnet hatte. Miriam Dannert zog die Knie vor die Brust und umschlang ihre Beine mit ihren Armen. Nachdenklich legte sie ihren Kopf auf ihre Knie.

Wenn die Clownin derart ausgebufft war und nicht in Tränen ausbrach, konnte ich auch gleich weiterfragen: »In welcher Beziehung standen Sie zu Markus Sanddorn?«

»Mit welchem Recht stellen Sie mir Fragen?«, lautete die prompte Gegenfrage.

»Ich vertrete Lydia Saalbusch.«

»Ach, unsere kleine Morticia«, grinste sie.

»Morticia?«

»Ihr Alias als Sub; frei nach der schönen schwarzhaarigen Vampirlady aus dem Film«, erklärte Maja.

Als Filmliebhaber wusste ich sofort, dass von der französisch sprechenden Morticia Addams aus der amerikanischen Serie *Addams Family* die Rede war. Eine alte Schwarz-Weiß-Serie aus den Sechzigerjahren, die ich sehr geliebt hatte, weil die Familienmitglieder so herrlich schräg und skurril waren.

Ich nickte zustimmend.

»Wieso braucht Morti einen Anwalt?«

»Weil gegen Frau Saalbusch wegen Beihilfe zum Mord ermittelt wird.«

»Wie bitte?« Miriam Dannert prustete amüsiert los. »Die Kleine reichte Dolor doch gerade mal bis zur Brust.«

»Sie ist in Sorge, dass man ihr den Laden dichtmachen könnte.«

Miriam Dannert nickte. »Das verstehe ich. Sie hatte ja schon in der Vergangenheit immer wieder Probleme mit den Behörden, wegen Baukram und so.«

Ich ging auf ihre Bemerkung nicht ein.

»In welcher Beziehung standen Sie nun zu Markus Sanddorn?«, wiederholte ich meine Frage.

Statt einer Antwort sah mich Maja amüsiert an und sagte: »Sie wissen schon, dass ich nicht mit Ihnen sprechen muss?«

»Ja«, nickte ich. »Ich weiß aber auch, dass Sie mit mir reden werden, weil Sie nichts zu verbergen haben.«

Ihre Augen fixierten mich eine Weile, bis sie sagte: »Er war mein Dom.«

»Haben Sie ihn geliebt?«

»Quatsch«, lachte sie laut auf. »Ich bin Single. Wir hatten eine reine Spielbeziehung.« Wie um ihre Worte zu bekräftigen, nahm sie einen langen Schluck aus der Bierflasche und stellte sie leer auf den Rand der Sandkiste. »Wenn ich Lust hatte, stellte ich mich ihm zur Verfügung – ich lieferte mich ihm aus.«

»Zu bestimmten Sessions«, ergänzte ich.

»Sie kennen sich aus?«

»Ich bin im Bilde.«

»Na, dann wissen Sie ja Bescheid.« Sie stand auf und verschwand im Gebäude; ich blieb auf der Sandkiste sitzen und trank mein Bier langsam aus.

Nach ein paar Minuten kehrte Miriam Dannert zurück; in der Hand hielt sie zwei frische Flaschen. Eine davon streckte sie mir wortlos hin. Ich griff zu und bedankte mich mit einem Nicken. Da ich noch nichts gegessen hatte, hoffte ich, nicht nach Ende unseres Gesprächs betrunken in der Sandkiste zu liegen. Paul hätte das missverstehen können.

»Markus war ein echtes Arschloch«, erklärte sie ohne Einleitung. Damit war sie bereits die zweite Frau mit dieser Meinung über den Toten. »Aber er war ein guter Dom.«

»Das heißt, Sie konnten sich auf ihn verlassen?« So langsam kapierte ich, dass ein Arsch auch ein sogenannter »guter Dom« sein konnte.

»Absolut!« Miriam Dannert nickte. »Den Markus Sanddorn konnten Sie vergessen, der hatte nie Geld in der Tasche und hat immer nur auf Pump gelebt. Wenn er sich etwas geliehen hatte, haben Sie die Kohle nie wiedergesehen – aber immer auf dicke Hose gemacht. Am wohlsten hat er sich gefühlt, wenn sich alles um ihn drehte; er war sein eigenes Universum.«

»Und als Dom: Wie war er da?«

»Ein Bild von einem Mann!«, kam die spontane Antwort. »Groß, männlich, stahlharte Muskeln und immer tip-top gepflegt. Er roch immer gut, egal, wie schweißtreibend die Session gewesen sein mochte. In seiner Führung war er streng, konsequent, unumstößlich verlässlich mit ungeheuer großer Empathie für sein Gegenüber.« Miriam Dannert hatte ein leichtes Flirren in ihren Augen, als sie von dem toten Dom sprach.

Auch wenn ich langsam kapierte, dass die Leute in der SM-Szene die verschiedenen Facetten eines Menschen und die jeweiligen Ebenen, auf denen derjenige sich bewegte, exakt und konsequent voneinander trennten, verblüffte mich die widersprüchliche Differenzierung doch wieder aufs Neue. Einerseits Arsch, anderseits Traumtyp; einerseits devote, hemmungslose Sexsklavin und andererseits Tagesmutter, taffe Geschäftsfrau und kinderliebende Clownin.

»Das Besondere an Dom de Dolor war, dass ihm das Wohlergehen seiner Spielpartnerin am wichtigsten war. Während der gesamten Session war er der psychische und physische Anker, an dem sich seine Sub festklammern konnte, wenn er sie in Bereiche und Welten führte, von denen sie bislang nur geträumt hatte. Sie hatten immer seine uneingeschränkte Aufmerksamkeit und Respekt.« Miriam Dannerts Augen leuchteten, als sie von dem Toten sprach.

»Also ein echter Traumtyp«, bemerkte ich und bemühte mich, den sarkastischen Ton in meiner Stimme flach zu halten.

»Sag ich doch«, antwortete sie versonnen.

»Und doch hat ihn jemand umgebracht«, holte ich sie brutal aus ihrer Lobesrede zurück auf den Rand der Sandkiste.

Ihr Kopf ruckte zu mir herum: »Ich war's nicht!«

Hatte ich auch nicht behauptet. »Haben Sie denn eine Idee, wer es auf ihn hätte abgesehen haben können?«

Sie zuckte mit den Schultern. »Außerhalb der Sessions war

er menschenverachtend, sexistisch, rassistisch, unzuverlässig, rücksichtslos und ein ziemlich brutales Schwein.« Sie machte eine Pause und trank einen Schluck. »Markus konnte schon sehr brutal sein; er hat sich beispielsweise einmal wochenlang über seine Nachbarin aufgeregt, weil sie auf ›seinem‹ Parkplatz stand.«

»War es denn seiner?«

Sie lachte: »Nein, natürlich nicht. Seiner Meinung nach war es sein Stammplatz, und er war jedes Mal stinksauer, wenn sich jemand auf den Platz stellte. Diesen Fehler machte seine Nachbarin. Eines Tages bat der Paketbote Markus, ein Päckchen für die Nachbarin anzunehmen. Als dann die Frau kam, um ihr Päckchen abzuholen, bat er sie herein und fiel über sie her. Er nahm sich über zwei Stunden Zeit und schlug sie systematisch krankenhausreif. Dann warf er sie über den Gartenzaun in ihren Garten; ihr eigener Mann erkannte sie nicht mehr, als er das zerschlagene Gesicht seiner Frau sah, er erkannte sie nur noch an der Kleidung, die sie trug.« Miriam Dannert machte eine kurze Pause, bevor sie mit bitterem Ton in der Stimme sagte: »Ich glaube, jeder, der mit ihm zu tun hatte, hätte mehr als einen Grund gehabt, ihn umzubringen. Und jeder Zweite hätte Lust gehabt, ihn zu foltern.«

Miriam Dannerts Aussagen brachten mich zwar insofern nicht weiter, als dass sie mir einen Tipp oder Verdächtigen hätte nennen können. Aber ihre differenzierte Darstellung des Charakters des Toten und die vollkommen unterschiedliche Bewertung von Markus Sanddorn und seinem Alter Ego »Dom de Dolor« ließen mich das Wesen und die Sichtweisen der Beteiligten etwas besser verstehen; gleichwohl kamen mir die beschriebenen Praktiken sehr verstörend vor. Ich meine, welcher Mann schlägt und bestraft die Frau, die er liebt, und empfindet Lust dabei? Ganz abgesehen von dem für mich verwirrenden Umstand, dass Frauen angeblich ihre Bestrafung provozieren und als Belohnung genießen? Aber mittlerweile war ich geneigt, mehr zu glauben, als ich bislang für möglich gehalten hatte.

»Wo wir gerade von Foltern sprechen«, sagte ich zweideutig und kam zum eigentlichen Kern meines Besuchs, »kennen Sie die sogenannten ›Herren‹? Können Sie mir Namen nennen?«

Sie nickte langsam, gab mir aber keine Antwort.

»Die Namen bitte«, bat ich erneut, nachdem sie auch nach einer Pause keine Anstalten machte, irgendetwas zu sagen.

Sie nahm einen kräftigen Schluck aus der Bierflasche, setzte sie dann unüberhörbar auf den Rand der Sandkiste ab und sah mich abschätzend an: »Hat ein Anwalt auch Schweigepflicht?«

Ich nickte: »Ja. Allerdings hört die Schweigepflicht dann auf, wenn ich Kenntnis von Straftaten erlange.«

»Schon klar«, entgegnete sie und grinste, »aber was soll's, ich bin schließlich keine Verbrecherin, sondern nur pervers, und das ist nicht strafbar.«

Mittlerweile hatte ich das Gefühl, das SMler gerne mit dem Begriff »pervers« kokettieren und spielen, um ihren Gesprächspartner zu provozieren. Lydia Saalbusch hatte mich ja unverblümt gefragt, ob ich sie für pervers halte. Deshalb lächelte ich jetzt auch nur milde.

»Dom de Dolor, Dom de Agonie und Dom de Dios«, zählte sie mit unbewegtem Gesicht auf. »Das sind zumindest die ›Herren‹, die ich persönlich kenne. Zu den ursprünglichen Gründungsmitgliedern gehörten meines Wissens noch zwei andere, aber die habe ich nie kennengelernt; das war vor meiner Zeit in der Szene.«

»Die Szenenamen kenne ich bereits«, antwortete ich, »mich interessieren die richtigen Namen.«

Miriam Dannert zuckte mit den Schultern: »Keine Ahnung. In der Szene spricht man sich immer nur mit den

Pseudos an. Besonders die Anhänger der Old-School-Präsenz sind da sehr eigen. Die machen einen richtigen Kult daraus, sich mit Dom, Sire oder Master anzureden.«

Es war offenbar doch nicht ganz so einfach, an die Namen dieses speziellen Herrenzirkels heranzukommen, wie ich gedacht hatte.

Da der Tote praktizierender Sadomasochist und Mitglied eines eingeschworenen Zirkels war, der sich regelmäßig unter Ausschluss der Öffentlichkeit traf, und nach ausgiebiger Folterung tot in einem SM-Keller aufgefunden worden war, der für eine private Folterveranstaltung gebucht war, lag es für mich auf der Hand, dass der oder die Täter in genau diesem Kreis zu suchen seien. Bevor ich aber jemanden verdächtigen konnte, musste ich erst einmal mit diesen Typen gesprochen haben; was ohne Personalien schlecht möglich war.

Also musste ich nach diesem erfolglosen Gespräch mit der Clownin »Maja« Miriam Dannert nach Hamburg fahren und versuchen, Namen von der Tänzerin Sana Hörsch zu erfahren. Sonst steckte ich bereits zu Beginn meiner Recherchen fest.

»Sind Sie eigentlich noch immer in der Szene unterwegs?«, fragte ich Miriam Dannert, die gedankenverloren mit einem Stock Figuren in den Sand malte.

Sie schaute hoch und blinzelte durch ihren Pony, der ihr ins Gesicht fiel. »Nicht mehr so oft wie früher«, antwortete sie, »im Moment liegt der Schwerpunkt auf meiner Kita. Es ist schwer genug, hier auf der Insel genug Kinder zu finden.«

»Wie viele Kinder haben Sie denn?«, fragte ich interessiert, da ich mir eine Existenzgründung mit einer neuen Kita auf Norderney schlecht vorstellen konnte.

»Paul«, antwortete sie. »Paul sind meine Kinder.«

»Oh!«

Kein Wunder, dass sie so enttäuscht darüber gewesen war, dass ich keinen Kitaplatz gesucht hatte. Dann war die Ohrfeige wohl nicht ausschließlich auf ihre Wut darüber zurückzuführen, dass sie mich für einen Kumpel von Sanddorn gehalten hatte.

»Wie lange betreiben Sie die Kita schon?«, fragte ich.

»Im zweiten Jahr.«

»Lief sie denn schon mal besser?«

Sie schüttelte traurig den Kopf: »Nee, da war von Anfang an der Wurm drin. Manchmal glaube ich, dass ich hier auch gar nicht gewollt bin.«

»Das tut mir leid.«

»Ach, macht nix!«, sagte sie mit aufgesetzter Fröhlichkeit. »Das Leben geht weiter – und ich muss auch jetzt weiter. Es war nett, mit Ihnen zu plaudern, aber es fängt schon an zu dämmern, und ich muss heute noch was schaffen.«

Sie stand auf und reckte sich.

Ich trank den letzten Schluck meines Biers aus. »Fällt Ihnen sonst nichts ein, was mir weiterhelfen könnte?«

»Nö.« Sie zuckte wieder mit den Schultern und schüttelte den Kopf.

Wir verabschiedeten uns voneinander, und ich ging nachdenklich den Weg durch die Dünen zurück und erreichte kurz darauf die Hafenstraße. Die Wolkendecke hatte sich wieder geschlossen und der Wind zugenommen, sodass ich mir fröstelnd den Kragen meiner Jacke zuknöpfte. Die Dämmerung legte sich wie ein nasser Feudel über den ausgestorbenen Hafen und ließ ihn noch trostloser aussehen. Vergebens suchte ich nach einem Kiosk oder einer Imbissbude. Mir knurrte langsam der Magen.

Ein Blick auf die Uhr zeigte mir, dass ich noch rund fünfundvierzig Minuten bis zur Abfahrt der letzten Fähre um achtzehn Uhr hatte. Glücklicherweise machte ich ein paar Hundert Meter weiter ein Licht aus, und die Hoffnung auf einen heißen Kaffee beschleunigte meine Schritte. Und tatsächlich, im

Hafentreff brannte Licht. Ich betrat das gemütliche und modern eingerichtete Restaurant, zog meine dicke Seemannsjacke aus und hockte mich an einen Tisch direkt neben der Heizung.

»Moin«, begrüßte mich ein freundlicher, unrasierter junger Mann und legte eine Karte auf den Tisch.

»Moin«, grüßte ich zurück. »Einen großen Pott Kaffee und eine extragroße Portion von dem, was Sie als Tagesgericht haben«, bestellte ich, ohne nach der Karte zu greifen.

»Der Mann weiß, was er will.« Der Kellner grinste und machte sich mit der Karte wieder davon.

»Manchmal«, sagte ich leise zu mir selbst.

Die Bestellung des Tagesgerichts war in zweierlei Hinsicht eine kluge Wahl gewesen. Zum einen ist das Tagesgericht immer frisch gekocht und steht auf dem Herd, zum anderen dauert es nicht länger, als einen Kaffee durch die Kaffeemaschine laufen zu lassen, bis das Essen gemeinsam mit dem Kaffee auf dem Tisch steht.

So war es auch im *Hafentreff*.

Abgesehen von den Angeboten auf der Speisekarte stand eine überaus wohlschmeckende Fischsuppe auf der Tageskarte, über die ich mich hermachte, als hätte ich tagelang nichts gegessen.

Gerade als ich mir zum Nachtisch eine Portion warmen Schokoladenkuchen mit Sahne bestellen wollte, fiel mir siedend heiß ein, dass ich etwas Wesentliches im Gespräch mit Miriam Dannert zu fragen vergessen hatte.

»Du Vollidiot!«, fluchte ich, ärgerlich über mich selbst, und schlug mit den Fingerknöcheln einen Trommelwirbel auf die Tischplatte.

»Alles in Ordnung?«, wollte auch sogleich der Kellner wissen und eilte herbei.

»Sorry, ja«, beruhigte ich ihn. »Ich habe nur etwas vergessen.«

»Solange es nicht das Trinkgeld ist«, flachste er grinsend.

Ich musste lachen und legte ihm ein Extratrinkgeld neben die Rechnung, als er sie mir an den Tisch brachte. Dann verabschiedete ich mich hastig.

Mir blieben gute zwanzig Minuten, bis die Fähre ablegte. Wenn ich die nicht erwischte, hätte ich ein Problem. Ich hatte keine Lust, irgendwo am Strand im Strandkorb zu übernachten. Nicht zu dieser Jahreszeit – Engel hin, Himmelslachen her. Eilig hastete ich den Weg zurück zum *Bienenkorb*.

Das Gebäude lag im Dunkeln vor mir, nur durch die Ritzen der Eingangstür sah ich Licht schimmern.

Ich klopfte.

Zwar hörte ich eine Stimme, wahrscheinlich die der Oberbiene Maja, aber da sich an der Tür nichts rührte, drückte ich die Klinke herunter und trat ein.

»Na klar krempeln die die ganze Szene um, insbesondere das INSOMNIA!«, hörte ich Miriam Dannert sagen, die auf einem gelben Kindertischchen am Fenster hockte und mir den Rücken zudrehte.

»Nein, nein«, sagte sie gerade, »ich habe dem Typen keine Namen genannt. Aber es ist sowieso nur ein Frage der Zeit, bis er von alleine draufkommt.«

Sie hörte ihrem Gesprächspartner aufmerksam zu und wiegte dabei bestätigend den Kopf: »Ja, okay, werde ich machen. Wir sehen uns ja dann im Schloss.«

Sieh an, dachte ich bei mir, da hatte sie mich doch verscheißert. Sie kannte also doch Namen, zumindest den von ihrem Gesprächspartner.

Sie drehte sich um und riss vor Schreck den Mund auf, als sie mich so unerwartet vor sich stehen sah.

»Ich hatte etwas vergessen«, sagte ich schlicht, ohne auf das Gehörte einzugehen; sie würde sowieso leugnen, dass das Gespräch etwas mit unserem Ausgangsgespräch zu tun hatte.

»Verdammte Scheiße!«, schrie sie. »Davon kann man einen Herzinfarkt bekommen!« Ihre Augen funkelten mich wütend an.

»Was hat Markus Sanddorn eigentlich beruflich gemacht?«

Irritiert sah sie mich an: »Wie?«

»Na, was hat er gearbeitet?«, half ich ihr auf die Sprünge. »Von irgendetwas muss er doch gelebt haben.«

»Pfft«, machte sie und sah mich ratlos an, »weiß ich auch nicht so genau.«

»Ach, macht ja nichts«, winkte ich ab. »Sie haben ja noch Zeit zu überlegen. Es wird ja ein bisschen dauern, bis die Staatsanwaltschaft Sie als Zeugin vernimmt.«

»Wieso denn die Staatsanwaltschaft?«, fuhr sie mich an.

»Weil ich als Anwalt Lydia Saalbusch vertrete und Sie als Zeugin angeben werde, die mich im Rahmen einer Vorbefragung angelogen hat; vielleicht stelle ich auch Anzeige wegen Strafvereitelung«, sagte ich mit gelangweiltem Tonfall.

»Ich habe Sie nicht angelogen!«

Diesmal war es an mir, mit den Schultern zu zucken.

»Nicht wirklich.« Ihre Stimme klang jetzt etwas kleinlauter.

Wortlos drehte ich mich um und wandte mich zum Gehen. Ich hatte schon die Türklinke in der Hand, als sie mit schriller Stimme rief: »Block!«

Ich blieb stehen und fragte über die Schulter hinweg, ohne mich umzudrehen: »Wer oder was ist Block?«

»Block, Kurt Block«, sagte sie jetzt deutlich leiser.

Ich drehte mich um und stand mit ein paar Schritten direkt vor ihr. »Wer ist Block?«, fragte ich betont langsam und fast jeden Buchstaben einzeln buchstabierend.

»Sie sind ganz schön penetrant!«, rutschte ihr heraus. »Sorry, war nicht so gemeint.«

»Ich höre.«

»Markus hat alles Mögliche gemacht«, begann sie endlich zu erzählen. »Alles, was irgendwie Geld brachte. Er handelt mit allem, was die Leute so bei ihm anschleppten.«

»Ist er ein Hehler?«, hakte ich ein. »Was schleppen die Leute ihm an, und was für Leute sind das?«

»Ich weiß nicht, wer und was die Leute sind und was sie ihm vorbeibringen. Er hat mir mal erzählt, dass er Kontakte hat, die ihm Originalfundstücke von der *Titanic* oder dem Luftschiff *Hindenburg* besorgen können: Trinkkelche, Silberbestecke und solche Sachen. Ein anderes Mal war ich bei ihm, und da standen vier große Kisten mit nagelneuen und original verpackten Smartphones. Es waren funkelnagelneue iPhones, die erst eine Woche später offiziell und mit großem Werbetamtam in die Apple-Shops kommen sollten.« Sie zögerte einen Moment und sagte dann kleinlaut: »Er hat mir eins geschenkt.«

»Interessiert mich nicht«, winkte ich ab und wedelte mit der Hand. »Was ist mit diesem Kurt Block? Was ist das für ein Typ?«

»Für den hat Markus gearbeitet.«

Ich nickte zufrieden. Unser Gespräch zeigte ein erstes Ergebnis.

»Ist das auch einer der Herrengruppe?« Hartnäckig setzte ich nach.

Sie schürzte die Lippen und kämpfte mit sich. Dann obsiegte offenbar ihre Sorge, von mir vor Gericht gezerrt zu werden.

»Kein Gericht!«, forderte sie. »Versprechen Sie das?«

Ich sah sie an und schüttelte langsam den Kopf: »Ich kann Ihnen keine Versprechungen machen.«

Als ich ihr ängstliches Gesicht sah, lächelte ich sie beruhigend an: »Aber ich verspreche Ihnen, dass ich Sie nicht anzeigen und auch nicht als Zeugin vorladen werde.«

»Versprochen?«

»Versprochen!«

Sie seufzte schwer. »Gut. Ja, er ist einer der Herren«, sagte sie und wirkte bei dem Geständnis ziemlich unglücklich.

»Welcher?«, wollte ich wissen.

»Dom de Agonie«, sagte sie mit kläglicher Stimme.

»Ach«, entgegnete ich, »der Spezialist für Atemkontrolle und Atemreduktion?«

»Donnerwetter!« Miriam Dannert riss überrascht die Augen auf. »Sie kennen sich aber aus!«

»Danke für die Information; ich wäre sicherlich auch irgendwann selbst draufgekommen«, spielte ich mit einem kleinen Seitenhieb auf das von mir belauschte Telefongespräch an.

»Sehr witzig.«

»Was macht Block beruflich?«, fragte ich, denn ich tippte insgeheim auf ähnliche Geschäfte, an denen sich Markus Sanddorn versucht hatte – nur wahrscheinlich in größerem Stil.

»Auch wenn Sie mir jetzt wieder nicht glauben«, sagte sie und sah mich unsicher an. »Ich weiß es nicht so genau. Irgendwas mit Import-Export und mit Medikamenten.«

»Was denn für Medikamente?«, hakte ich sofort nach.

Import und Export mit Medikamenten hörte sich für mich sofort verdächtig an. Meines Wissens lag der gesamte Medikamentenmarkt in den Händen großer nationaler oder meist multinationaler Pharmakonzerne. Wo wollte denn da ein Privatmann mitmischen? Aber vielleicht war Kurt Block ja auch Vorstandsvorsitzender eines Pharmakonzerns? Dafür wusste ich noch zu wenig über ihn.

»Haben Sie eine Handynummer?«, nagelte ich sie fest.

In ihren Augen flammte Angst auf. Sie nickte kaum merklich. Ich griff in die Jackentasche und angelte mein Handy heraus, schaltete die Tastatur frei und rief einen neuen Eintrag fürs Telefonbuch auf.

»Ich höre!«, knurrte ich und sah sie herausfordernd an.

Sie seufzte wieder schwer, griff dann aber ebenfalls in die Tasche und zog ihr Handy heraus. Ich tippte die Nummer von Kurt Block gleichzeitig ein, während Miriam Dannert sie von ihrem Display ablas.

»Danke«, sagte ich und steckte mein Handy wieder ein.

Ein kurzer Blick auf meine Armbanduhr mahnte mich zum Aufbruch, wenn ich nicht wirklich die Nacht im Strandkorb verbringen wollte.

Maja, die lustige Clownin, sah jetzt überhaupt nicht mehr lustig aus. Wie ein Häufchen Elend stand sie vor mir und blickte betreten zu Boden. Da tat sie mir leid, und ich konnte nicht anders, als sie einfach in den Arm zu nehmen. Davon völlig überrascht, erstarrte sie vor Schreck. Aber sie spürte wohl, dass ich nichts Böses im Sinn hatte und sie auch nicht anmachen wollte, und so entspannte sie sich schnell wieder und schmiegte sich an mich.

»Ich verspreche Ihnen …«, flüsterte ich leise, »ich werde Sie nicht vor Gericht zerren, und ich werde Block auch nicht sagen, dass ich seine Nummer von Ihnen habe – versprochen!«

Sie schmiegte sich noch enger an mich und flüsterte mir ins Ohr: »Sie sind richtig lieb.«

»Erzählen Sie's nicht weiter«, sagte ich lächelnd und löste vorsichtig die Umarmung, »das wäre geschäftsschädigend.«

Ich knöpfte meine Jacke wieder bis zum Hals zu und schlug den Kragen hoch. Wir verabschiedeten uns mit einer kurzen Umarmung, und ich machte mich eilig auf den Weg zum Fähranleger.

Während ich den Gorch-Fock-Weg zügig entlanglief, dachte ich an das gerade Erlebte. Miriam Dannert tat mir leid. Sie versuchte, hier auf der Insel ein berufliches Bein auf den Boden zu bekommen, was ihr offenbar nicht so recht gelang. Sie lebte alleine und versuchte mit ihrem sonnigen Gemüt, ohne fremde Hilfe alles auf die Reihe zu bekommen, was sicherlich nicht einfach war. Und ihre spezielle Neigung machte die Suche nach einem Lebenspartner wahrscheinlich auch nicht gerade einfacher. Ich konnte mir vorstellen, dass es in einem gewissen Alter sicherlich spannend und abenteuerlich ist, wenn man wilden Sex, ausschweifende Exzesse und extreme Praktiken ausprobiert und Dinge auslebt, vor denen der Rest der Gesellschaft verstohlen die Nase rümpft.

Mir kamen die ersten unverdrossenen, bis über beide Ohren vermummten Urlauber entgegen. Ein sicheres Zeichen dafür, dass die Abendfähre eingetroffen war. Erfahrungsgemäß dauerte es jetzt nur noch ein paar Minuten, bis die Fahrgäste nach Norddeich einchecken konnten. Ich legte einen Zahn zu und stieß fast mit einer dick vermummten Gestalt zusammen, die mir aufgrund der trotzdem erkennbar schlaksigen Figur sehr bekannt vorkam.

»Mann, passen Sie doch auf, wo Sie entlanglaufen«, fuhr mich Hauptkommissar Mackensen von der Kripo Aurich böse an, während er mich anrempelte.

»Haben Sie denn selbst keine Augen im Kopf?«, gab ich unfreundlich zurück.

Er blieb stehen und musterte mich eingehend. Der Schal, den ich mir bis über die Nasenspitze gezogen hatte, und die Wollmütze, die bis zu den Augenbrauen heruntergerutscht war, machten es schwer, mich auf Anhieb zu erkennen. Da Mackensen aber ein Supercop ist, gelang es ihm schließlich beim zweiten Versuch. »Ah!«, rief er so laut, dass man ihn bis zur Fähre hören konnte. »De Fries!«

»Moin«, entgegnete ich lapidar.

»Ist man denn vor Ihnen nirgendwo sicher?«, plärrte er lautstark. »Was machen Sie denn hier?«

»Geht Sie nichts an.«

Bevor Mackensen mir mit einer Unfreundlichkeit antworten konnte, trat Oberkommissar Hahn zu uns heran.

»Moin, Herr de Fries«, grüßte er freundlich. »Was machen Sie denn hier auf Norderney?«

»Ich habe einen Besuch gemacht«, antwortete ich wahrheitsgemäß, obwohl dazu kein Grund vorlag. Aber wieso sollte ich unfreundlicher sein als notwendig. Schließlich taten die beiden ihre Arbeit, und ich wollte ihnen keine Munition liefern, dass sie sich über Traute und mich den Mund zerreden konnten.

Hahn musterte mich eindringlich. »Vielleicht bei Miriam Dannert?«

Ich sah ihn mit unbewegtem Gesicht an: »Vielleicht.«

»Ach, guck mal einer an.«

»Sie entschuldigen, meine Herren«, sagte ich und wandte mich zum Gehen, »meine Fähre wartet nicht auf mich.«

Mit einem freundlichen »Moin« schob ich mich an Mackensen vorbei und machte mich auf den Weg zum Fähranleger, der in diesem Moment sein Signalhorn als Abfahrsignal ertönen ließ.

»Das ist übrigens die letzte Fähre heute!«, rief ich den beiden über die Schulter zu.

»Quatsch!«, rief Mackensen mir hinterher. »Freitags fährt um Viertel nach sieben noch eine!«

Ich drehte mich im Laufen um und rief ihm zu: »Heute ist Donnerstag!«

Hahn und Mackensen begannen, lautstark miteinander zu diskutieren. Ich erreichte die Fähre auf den letzten Drücker und setzte mich feixend an einen der vielen freien Tische am Fenster. Während die glitzernden Lichter der Hafeneinfahrt in der Dunkelheit zu schrumpfen begannen, machte ich mir mit dem Bleistift Notizen zu den Personen, die in dem Mordfall eine Rolle zu spielen schienen; welche Rolle, das galt es nun herauszufinden. Deshalb schrieb ich die vier aktiven Mitglieder der Herrenrunde untereinander und ordnete ihnen die dazugehörigen Gespielinnen zu – soweit sie mir bekannt waren:

»Dom De Dolor« alias Markus Sanddorn (Hehler, Kleinkrimineller)
»Black Pearl« alias »Maja« Miriam Dannert (Clown, Lebenskünstlerin)

»Dom de Agonie« alias Kurt Block (Import-Export, Medis?)
Partnerin ?????

»Dom de Dios« alias ????????
Partnerin ?????

»Dom ?????«
»Angel Heart« alias Sana Hörsch (Balletttänzerin)

Hinzu kämen noch zwei weitere Personen, die Miriam Dannert erwähnt hatte.

Gar nicht mal so schlecht für den ersten Tag, dachte ich und schaute nachdenklich auf die Namen.

Von der Herrenrunde kannte ich bereits zwei Männer und zwei Frauen mit ihrem realen Namen. Ich war sicher, dass ich nach dem Gespräch mit der Tänzerin meiner Liste weitere Namen hinzufügen konnte. Dabei durfte ich die von Miriam Dannert erwähnten zwei zusätzlichen Personen nicht außer Acht lassen; auch wenn sie momentan der Herrenrunde nicht aktiv angehörten. Wer weiß, welche Fäden und Beziehungen sie im Hintergrund sponnen?

Wenn ich erst einmal alle vollständigen Namen der sogenannten »Herren« und der dazugehörigen »Sklavinnen« ermittelt hatte, wurde auch das Beziehungsgeflecht der involvierten

Personen untereinander deutlicher. Ich war mir sicher, dass ich in diesem Geflecht auch das wahre Mordmotiv finden würde, womit die Staatsanwaltschaft in die Pflicht käme, ihre derzeitigen Ermittlungen auszudehnen. Dann konnte ich mich auf die Interessenwahrnehmung meiner Mandantin Lydia Saalbusch beschränken. Und darauf, dass ich meine Beziehung mit Traute wieder ins Reine bekäme!

So weit der Plan.

12

Daheim angekommen, drehte ich erneut eine ausgiebige Runde durch Haus und Garten und suchte wiederholt alles gründlich nach meinem Motte ab. Für den Gartenrundgang trug ich in der rechten Hand meine schwere Stabtaschenlampe und in der linken den Feuerhaken vom Kamin – man weiß ja nie, wem man plötzlich wieder gegenübersteht.

Das Ableuchten des Gartens in alle Ecken und Winkel und auch das Durchsuchen aller Schränke und Durchstöbern aller Nischen brachte keine neuen Erkenntnisse – keine Spuren, kein Motte!

Die Sorge um meinen Hund lag mir schwer im Magen, und meine innere Unruhe wuchs zusehends. Ich kämpfte den Gedanken nieder, dass Motte irgendwo da draußen tot und tiefgefroren unter einer Schneewehe liegen könnte. Ich konnte und wollte diesen Gedanken nicht aufkommen lassen, geschweige denn in Erwägung ziehen.

Würde mir der Vermummte noch einmal über den Weg laufen, gäbe ich ihm keine Chance auf ein erneutes Entkommen und würde aus ihm herausprügeln, was er mit meinem Hund gemacht hat. Denn dass der Maskenmann mit dem Verschwinden von Motte in Zusammenhang stand, war für mich eine klare Sache.

Da ich noch von der Suppe pappesatt und bereits auf der Fähre kurz eingenickt war, legte ich mich gleich aufs Ohr.

Es war totenstill im Haus, sodass mir die Stille in den

Ohren rauschte. Ich dachte an den Streit mit Traute, der mich stark belastete; und mir fehlte mein dicker Hund mitsamt seinem lauten Schnarchen.

Seit Langem fühlte ich mich wieder einmal rettungslos einsam.

Es ist ein Irrglaube der Touristen, dass wir an der Küste alle schon zum Frühstück Krabben essen. Manchmal, wenn ich Appetit habe, tue ich dies tatsächlich, in Verbindung mit einer ordentlichen Portion Räucherschinken mit Rührei. Heute aber, wie an den meisten Tagen, gab es einen Pott Kaffee und eine Käsestulle.

Nach einer ausgiebigen heißen Dusche warf ich einen Blick aus dem Fenster in den Garten, dem die Minusgrade anzusehen waren. Es gab zwar keinen Neuschnee, aber die eisigen Temperaturen hatten neue eisige Skulpturen auf Bäumen und Sträuchern entstehen lassen. Das Außenthermometer zeigte minus zwölf Grad an, was mich vorsorglich zu meiner Skiunterwäsche greifen ließ, über der ich mir schwarze Jeans und einen gleichfarbigen Troyer anzog.

Ich hatte mir gestern schon die Zugverbindung nach Hamburg herausgesucht, denn eine Fahrt dorthin bei den derzeitigen Witterungsverhältnissen wollte ich meinem Käfer nicht antun.

Die Straße nach Norddeich war vom Frühdienst der Straßenmeisterei sehr gut geräumt worden, und ich kam flott voran. Ich stellte meinen Grauen auf dem Tagesparkplatz vorm Bahnhof Norddeich Mole ab und stiefelte zum Bahnsteig, wo um 8.39 Uhr pünktlich der Zug Richtung Hamburg abdampfte.

Im Abteil machte ich es mir bequem und verstöpselte mir mit meinen Kopfhörern die Ohren. Bereits wenige Minuten nach der Abfahrt war ich eingenickt, während Schillers *Symphonia* ihren Klangteppich über mich ausbreitete.

Eine halbe Stunde vor der Einfahrt in den Hamburger

Hauptbahnhof wurde ich vom Schaffner geweckt. Schlaftrunken gab ich ihm mein Ticket und reckte meine schmerzenden Glieder. Missmutig griff ich mir an die Wange, denn sie fühlte sich wieder etwas angeschwollen an; zumindest hatte sich wieder ein ziehender Schmerz eingestellt.

Auf der Zugtoilette wusch ich mir den Schlaf mit dem sich mühsam aus dem Wasserhahn windenden Wasserstrahl aus den Augen und trocknete mir das Gesicht mit Papiertüchern ab. Die Zeit bis zur Ankunft reichte noch für einen Kaffee im Stehen im Speisewagen. Noch immer leicht verschlafen, beobachtete ich die Winterlandschaft, die draußen vorbeirauschte. Die Ausläufer der Stadt verdrängten immer mehr die ländliche Idylle, und der Schnee wurde immer weniger und schmutziger.

Der Zug fuhr in den Hamburger Hauptbahnhof ein. Pünktlich!

In der Vorhalle versorgte ich mich an einem Backshop mit warmen Croissants und einem frischen Becher weiteren Kaffees und machte mich auf die Suche nach der Bushaltestelle, die ich auch direkt vorm Haupteingang fand. Für die knapp zwei Kilometer bis zur Hamburgischen Staatsoper lohnte sich eine Taxifahrt nicht.

Ich hatte gerade den Fahrschein gelöst, als der Bus auch schon auftauchte. Von meinem Fensterplatz aus schaute ich auf den Schneematsch auf der Straße. Vorsichtig zuckelte der Linienbus an der Kunsthalle vorbei über die Lombardsbrücke Richtung Stephansplatz, um dann nach links in die Dammtorstraße einzubiegen. Ich stieg versehentlich eine Haltestelle zu früh aus und lief die restliche Strecke zur Großen Theaterstraße und zum Gebäude der Staatsoper mit seiner auffälligen Glasfront.

Lange Fahnen über die ganze Glasfront kündigten mit einer Szene und großem Schriftzug eine Ballettinszenierung an: *Orpheus.* Von Lydia Saalbusch hatte ich Namen, Handynummer und Adresse der Balletttänzerin Sana Hörsch bekommen, die sich als Sub »Angel Heart« bis zur Grenze zwischen Leben und Tod ausbluten ließ. Da die Tänzerin unweit der Staatsoper im Karolinenviertel wohnte und die ganze Woche über am Abend auf der Bühne stand, hatte ich meinen Besuch nicht anmelden müssen. Denn entweder traf ich »Angel Heart« zu Hause oder bei den Proben in der Staatsoper an. Ohnedies bevorzugte ich es, Leute, von denen ich mir Informationen versprach, unangemeldet zu besuchen – ich setzte auf den Überraschungseffekt. Hat ja auch bei Miriam Dannert prima geklappt; sie hat gleich zugehauen, dachte ich voller Selbstironie. Ob das Ziehen in meinem Kiefer auf die Backpfeife des Clowns zurückzuführen war oder auf meine zögerliche Wundheilung, vermochte ich nicht zu sagen. Jedenfalls hatte ich Sorge, dass die Schmerzen im Kiefer wieder zunehmen könnten, und kaufte deshalb noch schnell in der Apotheke an der Ecke Große Theaterstraße/Dammtorstraße eine Packung rezeptfreier Schmerzmittel.

Beim Umrunden des Gebäudes der Staatsoper stieß ich auf der rückwärtigen Seite auf den Bühneneingang. Ein Pförtner, den ich als Langzeitstudenten im sechzehnten Semester einschätzte, hielt gelangweilt seinen Stuhl warm.

»Zu wem möchten Sie?«, fragte er mit der Routine einer Sprechpuppe und tippte, ohne mich anzusehen, weiter auf seinem Smartphone herum.

»Zu Frau Hörsch«, antwortete ich.

»Haben Sie einen Termin?«

»Natürlich!«, log ich. »Wir sind für vierzehn Uhr verabredet.«

»Durch die Glastür durch, dann links und den Gang entlang«, leierte die Sprechpuppe herunter, »dann bitte die schwarze Tür mit der Aufschrift ›Kein Durchgang‹ nehmen und den Gang entlang. Sie kommen dann direkt seitlich der

Bühne heraus.« Er hob warnend den Zeigefinger, um die Wichtigkeit seiner Worte zu unterstreichen: »Leise sein! Es läuft gerade die Probe. Setzen Sie sich irgendwo hin und warten Sie, bis das Licht angeht. In der Probenpause wenden Sie sich an die Regisseurin.«

»Okay«, antwortete ich einsilbig auf die erstaunlich umfangreiche und detaillierte Wegbeschreibung und drückte mich an dem Pförtner vorbei.

»Moment!«, rief er plötzlich, als ich bereits halb durch die Glastür durch war.

Ich blieb stehen und drehte mich zu ihm um. Er kam doch wohl hoffentlich nicht auf die Idee, bei irgendjemandem nachzufragen, ob ich tatsächlich einen Termin mit der Tänzerin hatte! »Ja?«, fragte ich unschuldig.

Er musterte mich kurz und sagte dann: »Keine Film- und Fotoaufnahmen, bitte!«

Ich nickte lässig und hielt meinen erhobenen Daumen hoch. Ohne eine Reaktion abzuwarten, wandte ich mich wieder um und steuerte die schwarze Tür an, die mir die Sprechpuppe beschrieben hatte.

Hinter der Tür lag ein sachlich weißer Gang, dessen schmucklose Wände auf einen Notausgang hinwiesen. Wie beschrieben, endete der Gang seitlich der Bühne mit einer Glastür, die ich lautlos hinter mir ins Schloss fallen ließ. Geräuschlos betrat ich den Zuschauerraum, der fast vollkommen im Dunkeln lag. Nur schemenhaft konnte ich die leeren roten Sitzreihen und die hängenden Logen erkennen.

Die Bühne lag bläulich schimmernd im Halbdunkel und schien, von dem Lichtschimmer aus dem Orchestergraben getragen, in der Dunkelheit zu schweben. Die Bühnenausstattung war spartanisch und sachlich; es stand nur ein einfacher weißer Holzstuhl auf der Bühne, und im Hintergrund war lediglich eine dunkelblau schimmernde Wand zu sehen. In diesem Moment erklang klassische Musik, und ein im Halbdunkeln mystisch aussehender hochgewachsener Mann in schwarzem Frack betrat von links her die Bühne. Zwischen Schulter und Kinn hatte er eine Geige eingeklemmt. Nach ein paar Schritten blieb er stehen und ließ eine wunderbare Melodie erklingen. Während die Tonfolge immer intensiver wurde, versank er zusehends in sein Spiel, fast wie in Trance.

Ich tastete, ohne den Blick von der Bühne zu wenden, nach einem der hochgeklappten Sitze und rutschte, ohne ein Geräusch zu verursachen, auf den Platz.

Von der gegenüberliegenden Seite der Bühne lief leichtfüßig eine hochgewachsene Frau ins Bild, die ein zartes dunkelblaues Kleid trug, das sich bei jeder ihrer Bewegungen an ihren Körper zu schmiegen schien. Vor dem Geiger, der sie nicht zur Kenntnis nahm, blieb sie auf Zehenspitzen stehen, drehte sich mit atemberaubender Eleganz mehrfach um die eigene Achse und verharrte schließlich breitbeinig mitten in der Bewegung mit dem Gesicht zum Zuschauerraum.

Ich hatte das Gefühl, dass die Tänzerin mich direkt ansah; was aber wohl nur ein Gefühl war, denn sie konnte mich im Dunkeln des Zuschauerraums wahrscheinlich nicht sehen. In diesem Moment kamen zwei schlanke und beneidenswert durchtrainierte junge Männer mit nacktem Oberkörper und schwarzen, eng anliegenden Hosen auf die Bühne gelaufen. Sie schienen fast über den Boden zu fliegen und blieben links und rechts von der Tänzerin stehen. Mit einer fließenden Bewegung knieten sie sich hin, umfassten die Knöchel der Tänzerin und hoben sie scheinbar mühelos über ihre Köpfe.

Die darauf folgende Tanzchoreografie war geprägt von Leichtigkeit und Eleganz, mit der die Tänzerin den beiden Männern zu entkommen suchte und immer wieder von ihnen eingefangen, hochgehoben und über die Bühne getragen wurde. Die Tanzszene hatte etwas von einem Tagtraum und zog mich in den Bann; ich vergaß bei der fast schon mystischen Szene für den Moment, weshalb ich nach Hamburg gekommen war.

Mit einem langgezogenen Ton, der an das Weinen eines Mädchens erinnerte, beendete der Geiger die Szene, und die beiden Tänzer blieben neben der Tänzerin stehen, die sich mit dem letzten Ton lang gestreckt auf den Boden der Bühne geworfen hatte.

»Sehr gut!«, rief die klare Stimme einer Frau, die sich von einem Stuhl am Rand der Vorbühne erhob; im Schatten der Bühne, wo er gänzlich vor dem Hintergrund verschwand, hatte ich ihn nicht gesehen.

»Das sah sehr gut aus!«, rief die Frau den Akteuren auf der Bühne zu. »Wir machen jetzt eine Pause, und dann will ich noch mal den Abstieg ins Totenreich sehen – Pause!«

Während die Frau, die komplett in Schwarz gekleidet war, mit den beiden Tänzern im Hintergrund verschwand, richtete sich die Tänzerin langsam am Boden auf und wandte sich dem Mann mit der Geige zu.

Ich stand von meinem Sitz am Rand der ersten Reihe auf und ging zur Bühne, blieb am Rand stehen und sah zu der Tänzerin hoch.

»Entschuldigung«, sagte ich halblaut.

Die Köpfe der beiden wandten sich mir überrascht zu.

»Ja bitte«, sagte der Geiger mit sonorer Stimme, seine Violine hielt er locker in der Hand.

»Entschuldigen Sie bitte«, wiederholte ich und stellte mich vor, während ich die Tänzerin ansah, »mein Name ist Jan de Fries, und ich hätte gerne mit Frau Hörsch gesprochen.«

»Wieso?«, fragte der Geiger mit ausdruckslosem Blick, während die Frau in dem blauen Kleid mich schweigend ansah.

»Das würde ich Frau Hörsch gerne selbst sagen.«

Der Geiger trat ein paar Schritte näher an den Rand der

Bühne heran, und ich konnte ihn besser erkennen. Er war schätzungsweise Mitte, vielleicht Ende dreißig und sah unverschämt gut aus. Mit seiner hoch aufgeschossenen, ungemein sportlichen Gestalt, seinen dunklen Augen und markanten Gesichtszügen wirkte er sehr männlich. Unter seinem Frack trug er die Weste offen, dazu ein schwarzes T-Shirt statt Hemd und Fliege. »Im Moment ist das ungünstig«, wehrte er ab. »Wir stecken mitten in der Probe.«

»Sehe ich. Ich würde Sie auch nicht stören, wenn es nicht wichtig wäre.«

Der Geiger schüttelte unwillig den Kopf.

Bevor wir anfingen, eine fruchtlose Diskussion zu führen, sagte ich knapp: »Es geht um einen Todesfall.«

Er zog fragend die Augenbrauen hoch: »Sind Sie von der Polizei?«

»Nein. Ich bin Anwalt«, entgegnete ich knapp und wollte meinerseits wissen, mit wem ich es zu tun hatte: »Und wer sind Sie?«

Der Geiger zog angriffslustig seine Augen zu schmalen Schlitzen zusammen: »Mein Name ist Mironow, Dominik Mironow!«

Während er seinen Namen langsam aussprach und jede einzelne Silbe betonte, beobachtete er meine Reaktion. Wahrscheinlich erwartete er, dass ich vor lauter Ehrfurcht zur Salzsäule erstarrte, da ich offenbar gerade mit einem Stargeiger sprach. Da mir sein Name zum einen überhaupt nichts sagte und ich zum anderen keine Ahnung von Stargeigern habe und mir sein Gefidel gänzlich egal war, bereitete es mir eine diebische Freude, ihn zu fragen, ob er der Manager von Sana Hörsch sein.

Er befeuerte mich mit einer Salve messerscharfer Blicke, von denen mich jeder einzelne schon alleine hätte durchbohren können, wenn sie Dolche gewesen wären.

Er bedachte mich mit einem letzten vernichtenden Blick und drehte mir den Rücken zu, um auf die Tänzerin zuzugehen, die unseren Wortwechsel genau verfolgt hatte und an ihm vorbei direkt zu mir an den Rand der Bühne kam.

Ein echter Sympathieträger, dieser Mironow, dachte ich ironisch, während ich ihm zusah, wie er mit majestätischen Schritten auf Sana Hörsch zuschritt, die an ihm vorbeiging, ohne ihn eines Blickes zu würdigen.

»Wer ist tot?«, fragte sie ohne Umschweife, als sie vor mir stand.

Ich sah sie ernst an und sagte dann mit gesenkter Stimme: »Markus Sanddorn.«

Ihr Gesicht blieb ohne jegliche Regung; nur ihr Blick schien sich in meinen zu verkrallen.

»Gehen wir in meine Garderobe«, sagte sie mit spröder Stimme und deutete mit ihrem Kopf in die Richtung, in der die anderen Tänzer verschwunden waren.

Rechts neben der Bühne führte eine kleine Treppe mit fünf Stufen hinauf. Als ich den heiligen Boden der Bühne betrat und den großen Saal vor mir mehr spürte als sah, drängte sich mir die Frage auf, was einen Menschen beseelt, sich auf eine solche Bühne zu stellen und Abend für Abend vor den Augen fremder Zuschauer zu präsentieren? Ich hatte einmal irgendwo gelesen, dass Künstler, egal welcher Kunstrichtung, ihrer inneren Berufung mit dem Ziel folgen, andere Menschen ihre Darbietungen genießen zu lassen oder sie einfach nur zum Staunen zu bringen. Die tänzerische Darbietung, die ich vorhin hatte beobachten dürfen, war zweifellos ein solcher Genuss gewesen.

Mich selbst beschlich hier oben auf der Bühne sofort ein unbehagliches Gefühl. Obwohl keine Zuschauer im Saal waren, hatte ich dennoch das Gefühl, von unsichtbaren Augen angestarrt zu werden.

Sana Hörsch flüsterte dem Geiger im Vorbeigehen ein paar Worte zu, während sie vor mir herlief. Die Garderobe der Tänzerin befand sich am Ende eines ebenfalls schmucklosen Gangs direkt hinter der Bühne. Sie öffnete die Tür und bedeutete mir, einzutreten. Die Garderobe war erstaunlich geräumig und zweckmäßig eingerichtet. Alle Utensilien, die zum Schminken gebraucht wurden, standen und lagen fein säuberlich unter einem großen Spiegel, der links und rechts kräftige Leuchten hatte. Das große Fenster stand offen. Im Raum herrschte fast die gleiche Temperatur wie draußen.

Direkt nach dem Eintreten griff die Tänzerin nach einem schwarzen Mantel, in dem sie beim Überstreifen fast verschwand. Aus den Tiefen ihrer Manteltasche förderte sie eine schmale Packung Zigaretten hervor und bot mir schweigend eine davon an. Ich schüttelte ebenso schweigend den Kopf.

Sana Hörsch stellte sich neben das Fenster und inhalierte tief.

Ich nutzte die Gelegenheit und musterte sie unauffällig. Aus der Nähe betrachtet schätzte ich ihr Alter auf Ende dreißig. Sie hatte schwarze, glatte Haare, die sie im Moment streng nach hinten gekämmt und hochgesteckt hatte. Ihre Gesichtszüge strahlten etwas Asketisches aus; ein Eindruck, der durch ihre blasse, elfenbeinfarbige Haut noch unterstrichen wurde. Auf ihrem Gesicht lag eine latente Traurigkeit und Ernsthaftigkeit, die sie wie ein unsichtbarer Schutzschild umgab. Ihre Augen, mit denen sie mich musternd ansah, wirkten älter, als sie waren, und machten den Eindruck, als hätten sie schon viel Trauriges und Schmerzhaftes gesehen. »Was ist mit Markus?«, fragte sie mit tonloser und für eine Frau ungewöhnlich tiefer Stimme.

»Er ist tot.«

»Das sagten Sie bereits.«

»Er wurde ermordet.«

Ohne jegliche Reaktion nahm die Tänzerin einen tiefen Zug aus ihrer Zigarette und blies den Rauch in einer nikotinblauen Lanze aus dem Fenster.

»Wie ist das passiert?«, fragte sie, ohne mich anzuschauen.

»Jemand hat ihn kopfüber unter die Kellerdecke eines SM-Kellers gehängt und ihn ausgiebig gefoltert«, sagte ich mit schonungsloser Offenheit, von der ich mir von der Tänzerin eine spontane Reaktion und weitere Informationen versprach. »Anschließend hat man ihn mit einem Bolzenschussgerät hingerichtet.«

Die einzige Reaktion auf diese schockierende Nachricht bestand darin, dass Sana Hörsch aus ihrem Mantel einen verchromten kleinen Taschenaschenbecher zog, in dem sie ihre Kippe ausdrückte. Nachdem sie ihren Aschenbecher wieder in ihrer Manteltasche versenkt hatte, sah sie mich aus rauchgrauen Augen an: »Wieso kommen Sie zu mir?«

Jetzt war es an mir, sie zu mustern. Sollte ich mich mit gewitzten Fragen langsam an ihr Wissen heranpirschen und versuchen, ihr auf diesem Wege Informationen zu entlocken, oder sollte ich sie eher mit offenen oder gezielten, taktischen und psychologischen Fragen ins Plaudern bringen? Da die Tänzerin einen absolut kontrollierten und wachsamen Eindruck auf mich machte, konnte ich mir bei ihr nicht vorstellen, sie zum gemütlichen Plausch zu bewegen. Also blieb ich bei meiner Konfrontationstaktik. »Weil Sie eine Gespielin der sogenannten ›Herren‹ sind«, sagte ich direkt und sah ihr direkt in die Augen.

In ihren Pupillen meinte ich eine Reaktion zu sehen: Sie zogen sich leicht zusammen.

»Gespielin?« Sana Hörsch fing leise und humorlos an zu lachen. »Ich bin nicht Gespielin der Herren.«

»Nicht?«

»Nein. Ich bin nicht ihre Gespielin – ich bin ihre Sklavin, ihr Lustobjekt!«

Das nenne ich mal eine klare Aussage, dachte ich ironisch.

»Allerdings nicht uneingeschränkt. Ich bin keine 24/7-Sklavin!«, sagte sie mit Nachdruck.

»Sondern?«, hakte ich sofort nach und war erleichtert, dass die Tänzerin auf jegliche Ausflüchte verzichtete.

»Wenn ich Lust habe, und nur wenn ich Lust habe, nehme ich an Sessions der Herren teil. Je nachdem, wonach mir gerade ist und welches Angebot die Herren mir offerieren, wähle ich meinen Dom für diese und nur diese eine Session aus«, sagte sie mit einer Stimme, die jeden Zweifel strikt verbot.

»Ist das üblich?«, fragte ich trotzdem.

Ein leichtes Lächeln huschte über ihr Gesicht: »Für mich ja. Freiheit bedeutet, sich den Herrn aussuchen zu können, dem man sich ohne Einschränkungen mit Haut und Haaren ausliefert.«

»Das bedeutet aber dann wirklich, nur für diese jeweilige Session, und geht nicht drüber hinaus?«

Sie nickte: »Exakt. Ich liefere mich dem Herrn bedingungslos aus, den ich mir erwähle.«

»Was heißt bedingungslos?«

»Ihrer Frage entnehme ich, dass Sie kein …«, sie machte eine vielsagende Pause, »… ›Gleichgesinnter‹ sind.« Der Anflug eines amüsierten Lächelns huschte über ihre Lippen.

Jetzt ging das schon wieder los. »Nein«, antwortete ich leicht gereizt, »ich bin ein sogenannter Vanilla, ein stinknormaler Kuschelsexliebhaber.«

»Das kann doch auch sehr schön sein.« Völlig unerwartet überzog ein Lächeln ihr Gesicht und ließ Sana Hörsch von einem auf den anderen Moment überraschend weich aussehen. »Ich liebe es auch sehr, zu kuscheln. Oder haben Sie gedacht, in unseren Kreisen wird nur geprügelt?«

Darauf gab ich besser keine Antwort, sondern zuckte nur beiläufig mit den Schultern und fragte stattdessen: »Ich bin erstaunt, dass Sie in dieser Offenheit über … gewisse Dinge sprechen.«

»Über was …«, lächelte sie amüsiert, »… über ›gewisse Dinge‹? Sie meinen sicherlich meine Perversion?«

»Wenn Sie das so nennen wollen«, entgegnete ich zurückhaltend, nickte aber.

»Habe ich denn eine andere Wahl?«, fragte sie und gab sich die Antwort selbst. »Sie sind nicht von der Polizei, sondern ein Anwalt. Da Sie nicht mein Anwalt sind, vertreten Sie eine der beteiligten Personen und befinden sich auf Recherchetour – vermutlich, um aus dem Umfeld des Toten einen oder mehrere Verdächtige zu akquirieren, um Ihren Mandanten zu entlasten.« Sie griff erneut in ihre Manteltasche und holte ihre Zigaretten hervor. Sie schnipste eine davon aus der Packung und zündete sie an. Nach einem tiefen Zug und einer nachfolgenden Nikotinwolke in die Luft über ihr fuhr sie fort: »Soll ich mich vielleicht verdächtig machen, indem ich mich verweigere und den Mund halte oder, schlimmer noch, alles abstreite? Das wäre albern und unklug!«

»Das hätte ich nicht besser sagen können«, lobte ich sie anerkennend.

Ihre unterkühlte Art strahlte eine herbe Attraktivität aus, die mir gut gefiel, musste ich mir eingestehen.

»Und – wessen Anwalt sind Sie?«, fragte sie rundheraus.

Da ich keinen Grund sah, etwas zu verheimlichen, was sie über kurz oder lang ohnehin erfahren würde, und sie auch mit offenen Karten spielte, nannte ich wahrheitsgemäß meine Mandantin.

Die Tänzerin verzog fragend das Gesicht: »Wer bitte?«

Offenbar sprach man sich in der Szene tatsächlich nur mit seinen Alias an. Kein Wunder also, dass die Tänzerin, die sich »Angel Heart« nannte, mit diesem Namen nichts anfangen konnte. Ich musste einen Moment in meinem Gedächtnis kramen und antwortete dann: »Morticia, die Chefin vom INSOMNIA.«

»Ach«, entfuhr es ihr überrascht, »Morti.«

Ich nickte zustimmend.

»Ich hoffe aber, dass sie nicht tatverdächtig ist«, sagte die Tänzerin und klopfte beiläufig die Asche ihrer Zigarette ab. »Morti? Das wäre absurd!«

»Wieso?«

»Ich bitte Sie!« Sana Hörsch lachte amüsiert. »Die kleine Püppi – wie sollte sie diesem Berg von Mann etwas antun können? Der hätte sie als Snack verfrühstückt.«

Mir war es ganz recht, wenn Sana Hörsch munter drauflos plauderte, aber ich hatte ja noch einige wichtige Fragen und kam zu dem letzten Punkt zurück, der mich neugierig gemacht hatte.

»Was heißt bedingungslos?«, kam ich wieder auf sie zurück.

Sana Hörsch sah mich einen Moment an, als ob sie sich erst wieder an ihre Worte erinnern müsse, und knüpfte dann nahtlos an ihre vorherige Erklärung an: »Das heißt, dass ich für diese Session, oder nennen Sie es auch meinetwegen Spielsituation, einen dominanten Mann als Dom, als meinen Herrn, akzeptiere.«

»Und das waren immer Männer aus dieser Herrenrunde?«, unterbrach ich sie.

»Nein, natürlich nicht!« Sie schüttelte amüsiert den Kopf. »Ich suche mir den oder die Betreffenden nach Lust und Laune aus. Allerdings …«, sie machte eine kleine Pause, »… räume ich ein, dass ich in letzter Zeit die ›Herren‹ absolut präferiert habe.«

»Wieso?«

»Weil sie absolute Meister ihrer Passion sind«, sagte sie mit der Sachlichkeit eines TÜV-Gutachters. »Wissen Sie, es sind so viele Möchtegern-Doms in der Szene unterwegs.«

»Nein«, entgegnete ich trocken, »weiß ich nicht.«

Sana Hörsch sah mich belustigt an: »Stimmt ja, aber wer weiß …? Was nicht ist, kann ja noch werden.«

Es schien offenbar in der Natur der Sache zu liegen, dass Insider der Szene ihr Gegenüber gerne mit mehr oder weniger zweideutigen Anzüglichkeiten in Verlegenheit zu bringen versuchten. Nach den Anspielungen und Frotzeleien von Lydia Saalbusch brachte mich das heutige Gespräch mit Sana Hörsch nicht mehr in Verlegenheit, weshalb ich lediglich lässig abwinkte. »Geschenkt«, sagte ich deshalb nur und kam wieder zum Kern unseres Gesprächs. »Wodurch zeichnet sich denn die Herrenrunde besonders aus, und was war mit Markus Sanddorn?«

»Wie gesagt, es gibt so viele Dumm-Doms, die keinerlei Ahnung von SM haben. Ein primitiver Macho oder ein dominanter Mann, der selbstgefällig seine Profilneurose pflegt, macht noch lange keinen ›Herrn‹ aus!«, sagte sie verächtlich. »Die Herren sind eine Klasse für sich: kultiviert, charmant und sehr männlich. Sie stehen für die klassischen Werte ›Verantwortung‹, ›männliche Dominanz‹ und ›Konsequenz‹; Letzteres wissen sie gezielt einzusetzen. Es gibt viele Männer, die durchaus dominant sind, sich aber in allerletzter Konsequenz von ihrer Sub um den Finger wickeln lassen. Es ist jedes Mal ein Trauerspiel, so etwas mit ansehen zu müssen.«

In diesem Moment klopfte es an der Garderobentür. Ohne dass die Tänzerin »Herein« gerufen hatte, öffnete sich die Tür einen Spaltbreit, und die blonde Frau, die vorhin auf der Bühne die Künstler in die Pause geschickt hatte, steckte ihren Kopf zur Tür herein.

Sie warf uns einen prüfenden Blick zu und sagte dann zu Sana Hörsch: »Alles klar, Sani?«

Die mit dem Kosenamen Angesprochene nickte beruhigend.

»Die Pause ist auch gleich vorbei«, teilte die Blonde der

Tänzerin mit und ignorierte mich. »Wir brauchen dich dann wieder auf der Bühne.«

»Ich komme gleich«, sagte die Tänzerin und nickte abermals.

Die Blonde warf mir noch einen prüfenden Blick zu und verschwand. Die Tür fiel ins Schloss.

»Sie haben es gehört«, sagte die Tänzerin und nahm einen letzten Zug von der Zigarette, die schon so abgebrannt war, dass sie den Stummel zwischen beide Fingerspitzen nehmen musste, »die Bühne ruft.«

»Was war mit Markus Sanddorn?«, fragte ich schnell, denn mir war klar, dass die Audienz mit dem Star des Hamburg Balletts so gut wie beendet war.

»Markus?« Ein Lächeln huschte über ihre schmalen Lippen. »Dom de Dolor war mein Pilot; er ließ mich fliegen …«

Es erübrigte sich für mich, nachzufragen, denn Lydia Saalbusch hatte mir diese Form sexueller Trance hinreichend beschrieben.

»Aber«, ihre Lippen wurden noch schmaler, und das Lächeln löste sich auf wie der Rauch ihrer Zigarette, die sie mit einem Handgriff in dem verchromten Aschenbecher verschwinden ließ, »er war auch ein Sadist, wie er im Buche steht. Was ja nicht schlimm wäre, da diese Eigenschaft meinen ›speziellen Neigungen‹ sehr entgegenkommt. Nein, schlimm war, dass er obendrein ein Obermachoarschloch war.«

Obwohl ich immer tiefere Einblicke in das Wesen der Akteure der SM-Szene bekam, fand ich die Differenzierung zwischen den jeweiligen Persönlichkeitsanteilen des Toten noch immer überaus erstaunlich. Einerseits wurde der Tote bereits von der dritten Frau in diesem Fall als virtuoser Sadomasochist beschrieben und andererseits im gleichen Atemzug als Oberarschloch beschimpft.

»War Markus Sanddorn Ihr Partner?«

»Ha!«, lachte Sana Hörsch bitter auf. »Gott bewahre, nein!«

Sie schlüpfte aus ihrem dicken Mantel und hängte ihn an einen Haken. Ohne Mantel hatte ich nochmals Gelegenheit, sie zu mustern. Ich konnte nun deutlich erkennen, dass Sana Hörsch unglaublich durchtrainiert war. Ebenso unschwer war zu erkennen, dass sie einen festen, kleinen Busen hatte und keinen BH trug, denn ihre Brustwarzen zeichneten sich deutlich unter dem dünnen Stoff ab. Ihr schlanker, fast schon hagerer Körper war der einer Profitänzerin und wies, soweit ich sehen konnte, kein einziges Gramm Fett zu viel auf. Ihren ungeheuer drahtigen und dennoch muskulösen Beinen sah man unverkennbar das tägliche harte Training einer Profitänzerin an. Auch wenn sie vorhin noch scheinbar schwerelos über die Bühne getanzt war, legten ihre Beine, deren Haut nicht makellos, sondern mit diversen Narben älteren und neueren Datums überzogen waren, ein eindrucksvolles Zeugnis ihres täglichen und wahrscheinlich auch knüppelharten Trainings ab.

»Dom de Dolor war ein begnadeter Herr und Pilot«, bekräftigte sie ihre barsche Antwort. »Markus Sanddorn war ein Macho und Sadist: ungebildet, laut und peinlich«, lautete die verwirrend ambivalente Aussage über den Toten. Unvermittelt fragte sie: »Wie wurde er gefoltert?«

Auch zu diesem Punkt sah ich keinen Grund, mit der Wahrheit hinter dem Berg zu halten: »Der oder die Täter haben ihm nacheinander die Fingerglieder mit einem Seitenschneider abgetrennt.«

»An beiden Händen?«, fragte Sana Hörsch neugierig, aber bemerkenswert unberührt.

Ich nickte bestätigend.

»Dann hat er in den letzten Momenten seines Lebens etwas von dem zurückbekommen, was er anderen zugefügt hat«, erklärte sie mit eisiger Stimme.

Ich gab ihr einen Moment, um sie nicht zu sehr zu bedrängen, und fragte dann mit ruhiger Stimme: »Was hat er Ihnen angetan?«

Sana Hörsch fuhr herum, und ihr Blick bohrte sich in meinen.

»Kläglicher Versuch, Herr Anwalt!«, sagte sie kalt. »Glauben Sie wirklich, Sie könnten mich mit ein paar albernen Fragen einlullen, und ich liefere Ihnen ein Tatmotiv? Für wie eindimensional halten Sie mich eigentlich?«

Die Tänzerin schnaubte verächtlich, schob sich mit zwei schnellen Handbewegungen die Ärmel ihres Kleides bis zu den Ellbogen hoch. Gleichzeitig kam sie zwei Schritte auf mich zu und streckte mir provokativ die Innenseiten ihrer Arme entgegen.

Erschrocken starrte ich auf diese, die von unzähligen kleinen Narben von den Handgelenken bis hoch zu den Ellbogen bedeckt waren. Wahrscheinlich reichten die Narben unter dem Stoff ihres Kleides hoch bis zu ihren Achselhöhlen.

»Ich habe ein chronisches psychisches Handicap – eine Borderline-Persönlichkeitsstörung«, sagte Sana Hörsch sachlich. »Diese Störung habe ich schon seit meiner Pubertät: mal mehr, mal weniger ausgeprägt. Ich kann damit leben, was nicht immer leicht ist; aber ich komme damit klar.«

Sana Hörsch offenbarte knapp und sachlich ihre psychische Störung – oder Handicap, wie sie es nannte. Auch wenn Lydia Saalbusch mich bereits auf eine psychische Störung der Tänzerin hingewiesen hatte und mir extrovertierte und provokante Verhaltensweisen von Borderline-Patienten aus meiner Zeit als Anwalt durchaus vertraut waren, war ich doch vom Pragmatismus der Tänzerin gleichermaßen überrascht wie beeindruckt.

»Es liegt im Wesen meines Handicaps, dass ich gelegentlich zu autoaggressiven Verhaltensweisen neige«, gab sie unumwunden zu. »Und Markus hat meine Achillesferse ausgenutzt, wo er konnte.«

»In welcher Form?«, wollte ich zunächst von ihr wissen; auf den Missbrauch durch Sanddorn würde ich noch kommen.

»Schneiden. Ganz klassisch«, antwortete sie. »Mit Rasierklingen, Messern, Büroklammern – suchen Sie sich etwas aus; ich habe alles ausprobiert.«

»Und wie sieht es mit provozierter Anämie aus?«, fragte ich, wohl wissend, dass sie mir ihre extreme Form der Selbstverletzung verschweigen wollte.

»Sieh an«, spöttisch zog die Tänzerin die Augenbrauen hoch und sah mich verächtlich an, »das kleine Miststück hat aus dem Nähkästchen geplaudert. Offenbar hat die kleine Schlampe Vertrauen zu Ihnen – Respekt!«

In den Anfängen meiner juristischen Praxis, und als meine Kanzlei noch in den Kinderschuhen steckte, hatte ich wie viele andere Rechtsanwälte auch gerichtlich angeordnete Betreuungsfälle übernommen. Zu diesen hatten seinerzeit überwiegend psychisch kranke Menschen gehört, die ich in regelmäßigen Abständen auch in der Psychiatrie besuchen musste; oft auch in der geschlossenen Abteilung, wo sie zur Krisenintervention behandelt wurden. Einige meiner Mandanten zählten zu dem Kreis von Borderline-Patienten, sodass ich zumindest einen gewissen Einblick in Art und Wesen der Krankheit bekam.

Deshalb waren mir die Dinge, die ich gerade von Sana Hörsch über sie selbst erfuhr, nicht gänzlich erschütternd, aber nichtsdestotrotz erschreckend.

»Anämie«, sagte sie langsam und betonte jeden Buchstaben, als sie den medizinischen Begriff aussprach, als hätte jeder eine eigene und tiefe Bedeutung für sie.

»Ja, ich muss zugeben«, sagte sie mit halb geschlossenen Augen, »der kontrollierte Blutverlust ist ein … morbides Laster von mir.« Sie lächelte versonnen: »Alleine die Vorfreude auf das Kommende verschafft den Tagen zuvor eine wundervolle Leichtigkeit. Fast schon die Leichtigkeit, die mich ergreift, wenn ein Künstler mich kontrolliert und konsequent ohne Zögern und Zaudern vor dem eigenen Tun in den Grenzbereich zu einem anderen Universum führt. Ich tue das, was unzählige Menschen auch tun; ich suche nach Liebe, Glück und Seelenfrieden. Ich suche nur nicht am anderen Ende der Welt, denn von dort würde ich verzweifelt zurückkehren. Ich suche in mir selbst, in den Tiefen meiner Seele und meiner selbst.« Ihre Züge waren ganz weich, als sie mir mit halb geschlossenen Augen Einblick in ihr Innerstes gab.

Sana Hörsch tat mir wirklich leid; denn sie litt seit vielen Jahren unter einer schweren psychischen Erkrankung, die auch erfahrene Psychiater vor Herausforderungen stellt.

Die Tänzerin blinzelte kurz und öffnete langsam ihre Augen. Ihr Blick suchte meinen, und wieder hatte ich das Gefühl, dass sie ihren Blick in meinen verkrallte; eine Art der provokativen Kommunikation, die Menschen mit ihrem Krankheitsbild ganz vortrefflich beherrschen.

»Sie sind ein Verführer«, stellte sie fest.

Schweigend hielt ich ihrem Blick stand.

»Sie stellen nur ein paar harmlose Fragen, schauen einem tief in die Augen und lassen einen wie besoffen quatschen.«

Ich ging auf ihre Äußerung nicht ein, sondern kam zum Kern meiner Frage zurück: »Wie hat Markus Sanddorn ihre Achillesferse ausgenutzt?«

»Puh«, seufzte sie, »und hartnäckig sind Sie auch noch: eine effektive Mischung. Markus hat mich ausgenutzt, wenn ich dringend psychische Entlastung brauchte und niemand der Spezialisten Zeit hatte.«

Ich wusste, dass sie mit psychischer Entlastung Schmerzen meinte. Sie brauchte wahrscheinlich in Stresssituationen ihre Dosis physischer Schmerzen, wie ein Junkie seinen Stoff braucht.

»Wie hat er die ausgenutzt?«, bohrte ich nach.

»Wie denn wohl?«, fragte sie spöttisch. »Manchmal hat es ihm gereicht, mir in diesem Moment seine Macht zu demonstrieren. Aber in den meistens Fällen war es profaner, da wollte er – Geld.«

Ich starrte sie ungläubig an: »Er hat sich dafür bezahlen lassen, dass er Sie geschlagen hat?«

»Tja …«, sagte sie mit bitterer Ironie, »manchmal kann man es sich nicht aussuchen.«

»Kam das oft vor?«

»Hm«, sie legte den Kopf schief, »immer nur dann, wenn die Herren im Ausland waren.«

»Wieso Ausland?«

»Geschäfte.«

»Was für Geschäfte?«

»Hm«, sie zuckte mit den Schultern, »so ganz genau weiß ich das nicht, aber ich glaube, es ging um Tiere – exotische Tiere.«

»Hatte Markus Sanddorn damit zu tun?«

»Gelegentlich.« Sie nickte.

»Arbeitete er für diesen Agonietypen?«, fragte ich, erfreut darüber, dass sie es mir leicht machte und die von Miriam Dannert beschriebene geschäftliche Beziehung zwischen Markus Sanddorn und Kurt Block so unproblematisch bestätigte.

»Sag ich doch. Eine effektive Mischung, Ihre Verhörmethode. Die wenden Sie doch sicherlich nicht zum ersten Mal an.«

Ich sah sie unschuldig an.

»Ja«, bestätigte sie nach einer Weile und zuckte gelassen mit den Schultern, »Markus arbeitete gelegentlich für Dom de Agonie.«

Ich überlegte und sah sie ratlos an. Tiere? Nach dem, was ich von Miriam Dannert erfahren hatte, hätte ich eher auf Medikamente getippt. Ich wusste, dass es in dem Bereich Generika enorme Gewinnspannen gab und der illegale Handel und Schmuggel mit Nachahmerpräparaten äußerst lukrativ war. Insbesondere der Handel mit gefälschten Medikamenten aus Indien war derzeit angesagt; was wiederum zu dem passte, was Miriam Dannert mir erzählt hatte.

»Können Sie mir den Namen der Männer aus der Herrenrunde nennen?«, bohrte ich weiter.

»Nein«, lautete die Antwort, die ich befürchtet hatte. »Die Herren sprachen sich untereinander nur mit ihrem Titel an.«

»Titel? Sire, Master und so etwas?« Allmählich hatte ich mich an das Gebaren der Beteiligten gewöhnt und war von den Ausführungen der Tänzerin nicht mehr besonders überrascht.

»Dom, einfach nur Dom mit dem jeweils dazugehörigen Zusatz«, antwortete sie.

Ich nickte: Schon klar.

»Haben sie denn wirklich keinen Namen?«, fragte ich beschwörend.

Sie sah mich sekundenlang an und sagte dann nur: »Effektiv.«

Offenbar meinte sie damit die Penetranz meiner Fragen, mit denen ich sie bedrängte.

Mit ein paar Schritten stand sie an ihrem Schminktisch, zog eine kleine Schublade auf und nahm ein kleines schwarzes Büchlein heraus.

»Ich bin und bleibe analog«, sagte sie und deutete mit ihrem Kinn auf das kleine Büchlein, bei dem es sich offensichtlich um ein Fotoalbum handelte, »analog und schwarz-weiß!«

Gespannt schaute ich ihr zu, wie sie das kleine Album öffnete und begann, in den Seiten herumzublättern. Mit spitzen

Fingern zog sie ein Foto heraus, das nicht eingeklebt oder mit Fotoecken fixiert war, sondern in einem kleinen Stapel Bilder steckte, der zwischen den Seiten klemmte.

»Zwar keine Namen, aber ein Foto.« Sana Hörsch reichte mir ein Foto, das eine makabre Szene zeigte, wie ich sie mir in meinen morbidesten Träumen nicht hätte ausmalen können – eine Hochzeitsgesellschaft der besonderen Art!

Auf dem Foto waren vier halbnackte Frauen in eleganten schneeweißen Korsagen zu sehen, die mehr nackte Haut zeigten, als sie verdeckten. Die eng auf den Leib geschnürten Mieder waren kunstvoll bestickt und aus edlem, glänzendem Material gefertigt. Sie waren so knapp geschnitten, dass der glamourös wirkende Stoff lediglich Bauch und Rippen der Frauen bedeckte; Scham und Brüste waren entblößt. Die Augen der Frauen waren hinter fantasievollen und anmutigen venezianischen Masken verborgen, die unterhalb der Nase abschlossen und das Geheimnisvolle der makabren Inszenierung betonten. Die Lippen der Frauen waren allesamt blutrot geschminkt.

Die Damen trugen blütenweiße Hochzeitsschleier, die ihnen teilweise über die Schultern fielen und bis auf den Boden reichten, aber aufgrund ihrer durchsichtigen Struktur wenig bis gar nichts der nackten Haut verdeckten. Die ebenso weißen und seidig glänzenden Strapsstrümpfe verdeckten ebenfalls wenig.

Das Grausige an der makabren Inszenierung, die sich an zwei runden Tischen abspielte, lag darin, dass bei einem Teil der männlichen Teilnehmer der Hochzeitsgesellschaft die Haut abgezogen war und ihre Muskeln, Sehnen und Eingeweide pervers zur Schau gestellt wurden. Erst auf den zweiten Blick erkannte ich, dass es sich bei den gehäuteten Männern um die Pokerrunde im INSOMNIA handelte, von denen ich bereits wusste, dass sie nicht echt, sondern in Asien angefertigte, täuschende Repliken aus Polyethylen waren. Trotzdem überkam mich ein Grausen, weil die Figuren derart realistisch waren, dass man einfach nicht an Kunststoffattrappen glauben konnte. Bei den anderen Männern handelte es sich deutlich erkennbar nicht um Pappkameraden. Ich erkannte den mittlerweile toten Markus Sanddorn auf den ersten Blick. Er schaute direkt in die Kamera; so selbstbewusst, als sei die gesamte Inszenierung ausschließlich für ihn arrangiert worden. Wie auch zum Zeitpunkt seines Todes trug er eine Lederhose. Über seinen nackten und außerordentlich muskulösen Oberkörper, der wie aufgepumpt aussah, hatte er sich eine Lederweste gezogen, die mehr Dekoration als Kleidung war.

Schräg neben ihm saß ein jugendlicher Mann, den man erst auf den zweiten Blick als Mittvierziger einordnete. Das lag zum einen an seinem jungenhaften Gesicht, das von halblangen dunkelbraunen Haaren, die ihm fast bis auf die Schultern fielen, umrahmt wurde, und zum anderen an seiner sportlichen Figur, die durch eine eng anliegende schwarze Hose und ein gleichfarbiges T-Shirt aus glänzendem Stoff vorteilhaft betont wurde. Der dritte Mann in der Runde wurde dummerweise von dem üppigen Busen einer der weiß gekleideten Bräute verdeckt, sodass man seine schlanke Gestalt, die in einem edlen schwarzen Anzug steckte, nur von den Schultern abwärts erkennen konnte.

Den Vierten der sogenannten »Herren« konnte man sehr gut erkennen. Seine Glatze glänzte im Licht wie eine polierte Billardkugel. Obwohl er ein markantes Gesicht hatte, wirkte der Kopf eher rund und wie bei einem Schneemann auf den Rumpf aufgesetzt. Der Mann war etwa in meinem Alter und strahlte eine herbe Mischung aus Brutalität, Charme und Verschlagenheit aus. Er schien mir auf den ersten Blick ein gefährlicher Zeitgenosse zu sein; jemand, den man nicht zum Feind haben wollte. Wahrscheinlich war man aber als Freund auch nicht besser dran.

Von den auf dem Foto abgebildeten Frauen erkannte ich ebenfalls auf den ersten Blick Sana Hörsch, die zusätzlich zu ihrer weißen Korsage ein eng anliegendes Halsband aus Edelstahl trug, an dem vorne ein Ring angebracht war. Ihre Haut war fast genauso weiß wie ihre halterlosen Strümpfe, was möglicherweise die Folge eines gewollten Blutverlustes war. Ihre Brüste waren klein und fest, und von ihrem Gesicht ging eine fast körperlich spürbare Melancholie aus.

Auch die Clownin Maja erkannte ich sofort. Sie war bis auf halterlose Strümpfe und einen bis auf den Boden reichenden Schleier vollkommen nackt. Der persönliche Eindruck der gesunden, drallen Weiblichkeit, den ich bei unserem Gespräch von ihr hatte, wurde von dem Foto eindrucksvoll bestätigt.

Die dritte Frau hatte das Gesicht hinter der Schulter eines der gehäuteten Männer der Pokerrunde verborgen und war deshalb nicht zu erkennen. Sie machte trotz der femininen Dessous einen bodenständigen und stämmigen Eindruck, bei dem ich mir schlecht vorstellen konnte, dass sie als Sklavin zu Diensten stand, worüber aber das weiße Lederhalsband mit der daran befestigten Hundeleine eine klare Aussage machte.

Das Gesicht der letzten Frau konnte ich ebenfalls nicht erkennen, da sie wie ein weiblicher Jesus mit ausgebreiteten Armen an einem Kreuz angebunden war. Auch ihre ausgestreckten, übereinandergeschlagenen Beine waren mit derben Stricken an das Holzkreuz gefesselt worden. Sie trug keine Dessous, sondern lediglich eine weiße Schärpe um die Hüfte. Ihr Kopf hing wie leblos zur Seite und wurde von einer geflochtenen Dornenkrone gekrönt, die ihr bis über beide Augen gerutscht war. Über ihre Wangen zogen sich zwei schmutzige, dunkle Rinnsale aus Wimperntusche und Tränen, die ihr auf beide Brüste getropft waren und dort dunkle Flecken hinterlassen hatten.

Die Szenerie strahlte eine morbide Mischung von Tod, dargestellt durch die täuschend echt aussehenden Figuren, Dekadenz des Gelages, Obszönität der Inszenierung und Erotik der frivol posierenden Damen aus.

In diesem Moment klopfte es lautstark an der Garderobentür, die sich gleichzeitig öffnete.

»Sana!«, rief die blonde Regisseurin mit schlecht gespielter Überraschung und warf mir einen vorwurfsvollen Seitenblick zu. »Du bist ja noch immer hier. Jetzt aber los!«

»Sorry, aber ich muss«, sagte Sana Hörsch knapp und nahm mir das Foto schnell aus der Hand. Mit einer schnellen Handbewegung ließ sie es in dem schwarzen Büchlein verschwinden, das sie zurück in die Schublade ihres Schminktisches legte, die sie mit dem Knie zuschob. Ohne sich von mir zu verabschieden oder mich zur Tür zu begleiten, folgte sie ihrer Regisseurin, die gerade hoheitsvoll aus der Garderobe rauschte.

»Ziehen Sie die Tür hinter sich zu!«

Ich blieb noch einen Moment regungslos stehen und sah den beiden Frauen hinterher. Einen Moment lang überlegte ich, ob ich nicht einfach frech die Schublade öffnen und mir das Foto noch einmal in Ruhe anschauen sollte. Diese Entscheidung wurde mir abgenommen, als die Blonde unvermittelt wieder auftauchte und mich anzischte: »Sie können hier nicht bleiben! Gehen Sie jetzt bitte! Frau Hörsch muss sich konzentrieren!«

»Immer mit der Ruhe«, erwiderte ich, »ich hatte nicht vor, hier zu übernachten.«

Während ich zur Tür ging, knöpfte ich mir meine Jacke zu und warf einen sehnsüchtigen Blick zur Schublade, in der das Fotoalbum lag.

»Moin«, grüßte ich die Blonde im Vorbeigehen und schlug den Kragen hoch.

Im Foyer hob ich lässig die Hand zum Gruß, als ich an der Sprechpuppe vorbeikam, und drückte die Glastür auf.

Im gleichen Moment, als ich schon halb zur Tür hinaus war, hörte ich, wie jemand hinter mir her rief.

»Herr Vlies!«

Ich drehte mich unwillig herum. Wieder mal jemand, der meinen Namen nur zur Hälfte verstanden hatte, und obendrein auch noch falsch.

Sana Hörsch lief leichtfüßig auf mich zu. Der Stoff ihres Kleides folgte ihr anscheinend schwerelos und unterstrich ihre ätherische Erscheinung, sodass sie fast durchsichtig wirkte; was ja auch dem Wesen der von ihr verkörperten Figur »Eurydike« in dem Ballett entsprach.

»De Fries«, sagte ich, als sie vor mir stand. »Jan de Fries heiße ich.«

Mit einer Handbewegung zückte ich meine Geldbörse aus der Innentasche meiner Cabanjacke und klappte sie auf. In einer kleinen Seitentasche bewahre ich stets einen kleinen Vorrat an Visitenkarten auf, die mich noch immer als Rechtsanwalt ausweisen. Ich zückte eine Karte und hielt sie ihr am ausgestreckten Arm direkt vor die Nase.

Konsterniert sah die Tänzerin mich an und pflückte mir die Visitenkarte aus der Hand.

»Hier!«, sagte sie und sah sich verstohlen zur Seite um. Dabei hielt sie mir einen kleinen Werbeflyer mit dem Programm der Staatsoper Hamburg hin.

Verdutzt nahm ich den Flyer entgegen und klappte ihn auf. Ich erkannte sofort das Foto, das die Tänzerin vorhin mitsamt ihrem Album in die Schublade ihres Schminktisches gelegt hatte.

»Wieso geben Sie mir das Foto?«, fragte ich verwundert.

Sana Hörsch hob abermals beiläufig ihre schmalen Schultern, die sich deutlich unter dem dünnen Stoff ihres Kleides abzeichneten. »Nicht wegen Markus, der war ein Sadist, und ich wünsche ihm aus vollem Herzen, dass er leiden musste, bevor er starb!« Auch wenn die Ballerina während ihrer Worte keine Miene verzog und ihr Gesicht regungslos wie eine Totenmaske wirkte, schwang in ihrer Stimme eine unterschwellige Mischung aus Wut und Aggression mit. »Nein, es tut mir wegen Morticia leid«, fuhr sie mit unbewegtem Gesicht fort. »Die Kleine hat's schwer genug, und ihr zuliebe möchte ich ein Stück dazu beitragen, dass die Wahrheit eine Chance bekommt.«

Noch bevor ich mich bedanken konnte, wurde die Glastür aufgerissen, und ein gut aussehender Bursche kam hereingestürzt und unterbrach uns stürmisch. »Frau Hörsch!«, rief er entzückt, »was für ein Zufall, dass ich Sie hier treffe.«

»Nun machen Sie mal halblang, Herr Powelz!«, fuhr die Tänzerin den Mann ungehalten an. »Das ist überhaupt kein Zufall, schließlich arbeite ich hier, und Sie lauern mir ständig auf.«

Bei den scharfen Worten von Sana Hörsch war auch die Sprechpuppe auf unseren Wortwechsel aufmerksam geworden, verließ ihren Platz hinter der Rezeption und näherte sich uns mit grimmigem Gesichtsausdruck.

Der Mann mit der modischen Kurzhaarfrisur war ein paar Zentimeter kleiner als ich und ein gut aussehender und sympathisch wirkender Enddreißiger. Trotz des dicken, wadenlangen Winterparkas wirkte er sportlich und athletisch, als er mit federnden Schritten auf uns zustürzte. In der Hand hielt er sein Handy, wahrscheinlich hatte er die Notizbuchfunktion aktiviert, um das Gespräch aufzuzeichnen. »Ich freue mich riesig, Sie zu sehen«, rief er begeistert und ignorierte die Zurechtweisung der Tänzerin. »Haben Sie einen kleinen Moment Zeit für mich? Ich würde Ihnen gerne ein paar Fragen stellen.«

»Wir machen das wie gewohnt, Herr Powelz. Sie fragen, und ich antworte nicht.« Sana Hörsch gab sich unbeeindruckt. »Sie sollten es mittlerweile verstanden haben, dass ich keine Interviews außerhalb der offiziellen Pressekonferenzen gebe.«

Sana Hörsch warf mir einen kurzen Blick zu, drehte sich mit einer knappen Bewegung um und verschwand Richtung Glastür zum Bühneneingang.

Powelz, wie ihn die Tänzerin genannt hatte, und ich sahen der Tänzerin nach, wie sie geschmeidig und scheinbar schwerelos den Gang entlanglief.

»Incantevole«, seufzte Powelz.

»Ja«, bestätigte ich, »eine zauberhafte Frau.«

13

Ich wandte mich zum Gehen um, als Powelz sich an mir vorbeischob und mir den Weg versperrte. »Entschuldigen Sie bitte vielmals, dass ich einfach so in Ihr Gespräch hineingeplatzt bin«, sagte er freundlich, »aber wenn ich fast die Gelegenheit gehabt hätte, dem Star der Hamburgischen Staatsoper ein paar Fragen zu stellen, werden Sie sicherlich Verständnis haben, wenn ich diese nutzen wollte.«

»Kein Problem, kann ich verstehen.« Ich nickte kurz und unverbindlich. Natürlich konnte ich mein Gegenüber verstehen; ich hatte es ja auch nicht anders gemacht – nur erfolgreicher.

Ich versuchte, mich an Powelz vorbeizudrücken – vergeblich. Er lief wie ein Schatten neben mir her zur Glastür und hatte die Hand am Griff, noch bevor ich meine danach ausstrecken konnte; allerdings machte er keine Anstalten, die Tür zu öffnen oder sie mir aufzuhalten.

»Darf ich mich vorstellen?«, fragte er und streckte mir seine Hand hin: »Powelz. Mike Powelz, Reporter.«

Da ich mir schon gedacht hatte, dass es sich bei dem Mann um einen Journalisten handeln musste und ich wusste, dass Presseleute für gewöhnlich recht forsch in ihrem Auftreten sind, fühlte ich mich nicht wesentlich bedrängt. Ich ergriff seine Hand und schüttelte sie kurz, stellte mich aber nicht vor.

»Entschuldigen Sie«, sagte er mit der Unverfrorenheit eines Callcenter-Interviewers, »ich hatte Ihren Namen nicht verstanden.«

»Den hatte ich Ihnen auch gar nicht genannt«, entgegnete ich amüsiert, denn da er ein netter Bursche zu sein schien, nahm ich ihm seine Forschheit nicht krumm. Wir grinsten einander an, und ich deutete mit meinem Kinn auf seine Hand, die noch immer auf dem Griff der Tür lag und mir den Weg versperrte.

»Oh!«, lachte er auf und drückte die Glastür einen Spalt auf. »Wie gedankenlos. Entschuldigen Sie.«

Ich grinste noch immer und versuchte erneut, mich an ihm vorbei durch den Türspalt zu drücken.

»Wären Sie denn so freundlich und würden mir ein paar Fragen beantworten?«, wollte er wissen und hielt noch immer die Tür fest.

Auch wenn Powelz ein netter Typ zu sein schien und ich ihm eine berufsbedingte Forschheit zugutehielt, mochte ich es nicht, wenn mir jemand den Weg versperrt. Schon gar nicht, wenn er etwas von mir wollte!

Kurzerhand legte ich meine Hand auf seine und drückte die Glastür so schwungvoll auf, dass Powelz bei dem Versuch, seiner Hand zu folgen, über die eigenen Füße stolperte. Erschrocken ließ er gleichzeitig mit mir den Türgriff los.

»Holla!«, rief er. »Sie haben es aber eilig.«

»Moin«, antwortete ich ungerührt und machte mich auf den Weg zur Bushaltestelle, die sich nur wenige Meter entfernt befand.

Der Reporter folgte mir unbeeindruckt und lief mit großen Schritten bis zur Bushaltestelle neben mir her. »War das ein berufliches oder privates Treffen mit Frau Hörsch?«, fragte er neugierig.

Ich gab keine Antwort, sondern studierte stattdessen den Fahrplan. Noch vier Minuten, bis der nächste Bus eintreffen würde.

»Kennen Sie Frau Hörsch schon länger?« Er ließ nicht locker.

Ich ignorierte ihn und starrte Löcher in den Fahrplan.

»Wie finden Sie Frau Hörsch als Eurydike in *Orpheus*?« Er versuchte es mit der nächsten Frage über die offizielle Schiene.

Als ich keine Anstalten machte, auch diese Frage zu beantworten, sah ich aus den Augenwinkeln, wie er anfing, in den Taschen seiner Jacke zu kramen. Als er offensichtlich gefunden hatte, was er suchte, stellte er sich seitlich neben mich und hielt mir mit vertrauter Geste, die ich vor ein paar Minuten selbst eingenommen hatte, seine Visitenkarte unter die Nase. Anders als Sana Hörsch ergriff ich die Karte nicht, sondern würdigte sie keines Blickes. Mike Powelz hielt mir seine Visitenkarte noch ein paar Sekunden unter die Nase und gab dann auf. Er ließ sie sinken und sah mich mit betrübtem Blick an.

»Sie machen es mir aber nicht leicht«, seufzte er und wedelte wie gedankenverloren mit seiner Visitenkarte durch die Luft. »Entschuldigen Sie meine Aufdringlichkeit«, sagte er unvermittelt und knipste ein verbindliches Lächeln an. »Ich verschwinde wieder.«

Erleichtert atmete ich auf. Endlich hatte er ein Einsehen und ließ mich in Ruhe.

»Nichts für ungut, Herr de Fries«, sagte er, während er sich abwandte, »mich hat nur interessiert, ob Sie Frau Hörsch anwaltlich vertreten. Vielleicht steckt sie ja in Schwierigkeiten.«

Ich fuhr wie elektrisiert auf dem Absatz herum und starrte ihn ungläubig an. »Wie bitte, was faseln Sie da?«, fuhr ich ihn an. »Woher kennen Sie meinen Namen?«

»Ach …«, er winkte ab und zuckte gespielt verlegen mit den Schultern, »… tut mir leid. Wie gesagt: Ich wollte nicht aufdringlich sein. War nur so ein Gedanke.«

»Quatschen Sie nicht blöde herum«, schnauzte ich, zu überrascht, um höflich zu sein. »Woher wissen Sie, wie ich heiße?«

»Ich wünsche Ihnen eine gute Heimreise, nach Hause – in

die Krummhörn«, sagte er höflich und mit einem amüsierten Lächeln auf den Lippen, während er sich umdrehte.

Mit zwei Schritten war ich bei ihm. Ich packte ihn schroff an der Schulter und riss ihn zu mir herum.

»Hey, de Fries!«, rief er erschrocken, während ich ihn herumwirbelte.

»Wer sind Sie?«, herrschte ich ihn an, während meine Hand seine Schulter fester hielt als notwendig.

»Powelz«, grinste er, zufrieden darüber, dass er mit seiner Provokation bei mir den richtigen Knopf gedrückt hatte. »Mike Powelz, der Reporter!«

Normalerweise ist es nicht meine Art, fremde Leute anzufahren, geschweige denn sie einfach am Schlafittchen zu packen. Aber ich musste zugeben, dass mich die nächtliche Attacke mehr mitgenommen hatte, als ich mir eingestehen wollte. Ich hatte immerhin Todesängste ausgestanden! Da ich mich weigerte, die Rolle des Opfers anzunehmen, kam mir die aufwogende Welle von Aggression, die ich in mir verspürte, gerade recht. Lieber bearbeite ich mein Trauma, indem ich aktiv und dann vielleicht auch aggressiver als nötig werde, als dass ich mich hinter meinem Sofakissen verkrieche und anderen die Initiative überlasse.

Pech für Powelz!

Ich ließ meine Hand von seiner Schulter rutschen, packte ihn mit beiden Händen an seinem Jackenkragen und zog ihn so dicht an mich heran, dass sich unsere Nasenspitzen fast berührten. Gut möglich, dass er athletischer, wenn nicht sogar kräftiger war als ich; ich aber war wütender, was mir eine gewaltige Portion Kraft verlieh.

»Woher kennen Sie meinen Namen?«, kam ich auf meine ursprüngliche Frage zurück, denn ich ging davon aus, dieselbe Antwort zu bekommen wie gerade eben, wenn ich wieder fragte, wer er sei.

»Huh!«, machte Powelz affektiert und zeigte sich gleichzeitig von meiner Attacke unbeeindruckt. »Ich dachte, Sie sind Anwalt. Oder sind Sie vielleicht ein verkappter …«

Ich sah ihn scharf an: »Ein verkappter was?«

»Ein Dom?«, hauchte er gespielt ängstlich und riss die Augen weit auf.

Damit brachte mich Powelz wieder zurück auf den Boden der Großen Theaterstraße. Ich ließ ihn ebenso unvermittelt los, wie ich ihn gepackt hatte. Als der Reporter mich unverhofft beim Namen genannt hatte, fühlte ich mich kalt erwischt und hatte mich von den Gefühlen der vergangenen Nacht leiten lassen. Seine provokative Frage, ob ich ein Dom sei, hatte mich wieder geerdet.

Schlagartig war ich wieder ruhig und gefasst. Offenbar wusste er, wer und was ich war; seiner Bemerkung nach war ihm wohl auch bekannt, in welchem Zusammenhang ich mit Sana Hörsch gesprochen hatte. Mir war schleierhaft, woher Powelz dies wusste, und er verriet es mir sicherlich auch nicht. Wichtig war jetzt, dass ich in der Sache nicht mehr Staub aufwirbelte als nötig; das war ich Traute schuldig.

Leider hatte sie mit ihrer Befürchtung allzu recht behalten, dass die Presse schnell Wind von der Sache bekäme; für meinen Geschmack viel zu schnell.

Hinter mir hörte ich die Druckluftbremsen des Busses, der an der Haltestelle hielt und mich eigentlich zurück zum Bahnhof hätte bringen sollen.

Ich ignorierte ihn.

»Jetzt sparen wir uns mal das Geplänkel, Herr Powelz«, sagte ich mit der Gelassenheit, die mir vor zwei Minuten gut zu Gesicht gestanden hätte. »Was möchten Sie wissen und warum?«

Ebenso wie ich mein Verhalten änderte, kehrte der sympathische Gesichtsausdruck des Reporters wieder zurück. »Aber gerne, Herr de Fries«, sagte er entspannt. »Ich arbeite an einer großen Story über den Star Sana Hörsch, die mit ihrer Interpretation des Zauberwesens Eurydike alle Kritiker Lobeshymnen anstimmen lässt.«

Ich hatte überhaupt nicht gewusst, dass Sana Hörsch, die ihre dunkle Seite als Angel Heart im SM-Studio auslebt, ein solcher Star der Staatsoper war. Aber woher auch? Ballett gehört nicht zu meinen präferierten Freizeitthemen, dachte ich selbstironisch.

Andererseits musste ich zugeben, dass die kurze Sequenz der Probe von *Orpheus*, der ich beiwohnte, eine ganz besondere Magie auf mich ausgeübt hatte. Vielleicht sollte ich mal mit Traute… Ich wischte den Gedanken unwillig beiseite – erst musste sich die Sache zwischen ihr und mir wieder einrenken, bevor ich an gemeinsame Unternehmungen denken konnte.

Ich wandte meine Aufmerksamkeit wieder Mike Powelz zu, der mir gerade erklärte, dass die Japaner ein besonderes Interesse an der Aufführung hatten und mit dem Gedanken spielten, das komplette Ensemble von *Orpheus* für ein Jahr an Japans einziges Opernhaus zu holen, den Opera Palace im Neuen Nationaltheater Tokio. Powelz arbeitete schon seit Beginn der Spielzeit von *Orpheus* an einer groß angelegten Reportage über weltweit erfolgreiche Ballettaufführungen und interessierte sich besonders für die Diven unter den Ballerinen: die Primaballerinen, und ganz besonders für die beste ihrer Zeit, die sogenannte Primaballerina assoluta.

»Und diese Primaballerina soll Sana Hörsch sein?«, fragte ich mäßig interessiert.

»Assoluta! Sie steht ganz kurz davor!«, antwortete der Reporter mit großem Ernst, seine Augen leuchteten vor Begeisterung, als er von der Ballettszene sprach. »Das Royal Ballet des Royal Opera House in London vergibt den Titel. Zuletzt wurde eine Primaballerina assoluta Ende der Siebzigerjahre gekürt. In diesem Jahr wird es wieder einen Titel geben. Sana Hörsch ist die absolute Favoritin – und zwar eine verdiente Favoritin! Seit Jahren bringt sie absolute Höchstleistungen und schindet sich bis aufs Blut, um ihre tänzerischen Qualitäten zur Perfektion zu bringen.«

Bis aufs Blut? Wenn du wüsstest!, dachte ich sarkastisch; aber vielleicht wusste er ja auch.

Nun verstand ich Powelz' großes Interesse an Sana Hörsch. Wenn er bereits seit Monaten an seiner Reportage arbeitete, hatte er sicherlich auch tiefgehende Recherchen durchgeführt, was wiederum eine Erklärung dafür sein konnte, dass er in diesem Zusammenhang über die dunkle Seite der Primaballerina Sana Hörsch gestolpert war.

»Und nun haben Sie Sorge, dass Frau Hörsch in Schwierigkeiten sein und sie den Titel nicht bekommen könnte?«

Der Reporter sah mich aufmerksam an, als wolle er sich vergewissern, ob ich mich lustig über ihn machte, befand meine Frage dann aber wohl als ernst gemeint: »Für meine Story wäre es ein krönender Abschluss, wenn eine deutsche Primaballerina zur Assoluta gekürt würde; das wäre gewissermaßen das Sahnehäubchen auf der Geschichte.«

»Wieso haben Sie mich gefragt, ob ich ein ›Dom‹ bin?« Ich legte eine leichte Prise Entrüstung in meine Stimme. »Sollte das eine Provokation sein?«

»Nun«, erwiderte er und wählte sorgfältig seine Worte, »ich habe im Verlaufe meiner Recherchen gewisse… nun, sagen wir… Präferenzen im Umfeld meiner Interviewpartner festgestellt.«

»Und die haben Sie so beeindruckt, dass Sie mich im ersten Gespräch nach meiner Präferenz fragen?«, sagte ich spöttisch.

Er machte ein unschuldiges Gesicht, erwiderte aber nichts.

Wir schwiegen uns einen Moment an, bis er wieder die Initiative übernahm: »Sind Sie der Anwalt von Frau Hörsch?«

»Nein.«

»Von wem dann?«, fragte Powelz hartnäckig.

»Von niemandem; zumindest von keinem Mandanten«, behauptete ich. »Sie haben doch vorhin selbst die Antwort gegeben. Frau Hörsch ist ein Star, und Stars sind teuer. Stars werden mit hohen Summen versichert, und da haben Versicherungen schon mal ein paar Nachfragen«, log ich mir eine Geschichte zurecht.

»Ach«, meinte er spöttisch, »und da schicken sie einen Strafverteidiger, der offiziell im Offline-Modus steht?«

»Scheiße«, dachte ich, »der kennt mich!«

»Kann es nicht eher sein, dass Sie im Auftrag eines Opernhauses unterwegs sind und sich für den Stand der Verhandlungen mit den Japanern interessieren?« Er schlug nun einen scharfen Ton an.

Instinktiv machte ich ein schuldbewusstes Gesicht, als hätte er mich bei einer Lüge ertappt; innerlich jubilierte ich. Falscher Film, du Klugscheißer!

Dieser Powelz schien mir ein ausgeschlafener Kopf zu sein, war aber offensichtlich tatsächlich lediglich an seiner Primaballerinastory interessiert und befürchtete, dass seine Favoritin in etwas hineingezogen werden könnte, das die honorigen Herrschaften des Royal Ballet dazu veranlassen könnte, eine andere Primaballerina zur Assoluta zu küren – womit sein Sahnehäubchen sauer geworden wäre.

Wenn er in mir einen Interessensvertreter eines Opernhauses sah, der sich lediglich für den Stand der Verhandlungen mit den Japanern interessiert, standen die Chancen nicht schlecht, dass er mich in Ruhe ließe. Denn offenbar wusste er nichts von dem Mord im INSOMNIA und der Querverbindung zu Sana Hörsch.

Wir beide wussten, dass unser Gespräch zu Ende war, denn wir hatten einen Punkt erreicht, wo sich niemand von uns in die Karten schauen lassen wollte. So legten wir uns nicht mehr ins Zeug, um dem anderen Informationen zu entlocken, die dieser ohnehin nicht preisgeben wollte. Wir reichten uns stattdessen zum Abschied die Hände, und jeder hatte nun doch die Visitenkarte des anderen in der Tasche. Wer wusste schon, wozu das noch gut sein sollte?

Ich sah dem Reporter hinterher, wie er Richtung Staatsoper verschwand. Vielleicht startete er ja einen Versuch, um die Primaballerina doch noch sprechen zu können.

Hinter mir hielt der nächste Bus, und ich stieg ein, ohne mich umzuschauen. Im Hauptbahnhof angekommen, führte mich mein erster Weg zum Schnellimbiss, denn mein Magen hing mir schon bis in die Kniekehlen. Ich bestellte mir eine hochkalorische Allzweckwaffe gegen Hungerattacken jeglicher Art – eine doppelte Currywurst mit Pommes rot-weiß.

14

Auf der Heimfahrt hatte ich ausreichend Gelegenheit, das Foto, das Sana Hörsch mir überlassen hatte, zu begutachten und zu analysieren. Von den vier Männern und vier Frauen auf dem Foto konnte ich zwei Frauen und einen Mann identifizieren: die Tänzerin Sana Hörsch alias Angel Heart und Miriam Dannert alias Black Pearl sowie den toten Markus Sanddorn alias Dom de Dolore. Eine Frau konnte ich nicht erkennen, weil sie ihr Gesicht verbarg. Das Gesicht der anderen Frau war durch Dornenkrone, verwischtes Make-up und wirre Strähnen langen mittelblonden Haares nicht zu erkennen. Ebenso wenig war der Kopf des Mannes im schwarzen Anzug auszumachen. Die Billardkugel ordnete ich dem Mann zu, den Miriam Dannert mir genannt hatte: Kurt Block alias Dom de Agonie. Der jugendliche Typ hingegen sagte mir rein gar nichts.

Wenn ich wieder daheim war, wollte ich zuallererst zum Rettungsschuppen fahren und Greta bitten, alle Leute, die sie kannte, über das Verschwinden von Motte zu informieren. Dann wollte ich zum wiederholten Male mein Haus und Grundstück nach meinem Hund absuchen; es hätte ja sein können, dass er irgendwo Schutz gesucht hatte, vielleicht verletzt war und irgendwie versucht hatte, nach Hause zu kommen.

Da es nicht die geringsten Hinweise auf seinen Verbleib oder ein Lebenszeichen gab, konnte Motte bereits genauso gut tot sein; eine Möglichkeit, an die zu glauben ich mich weigerte!

Während ich überlegte, wo ich noch nach dem Dicken

suchen könnte, griff ich nach meinem Handy und wählte eine gespeicherte Nummer. Ich konnte bei der Suche nach Motte jede Hilfe gebrauchen, die ich bekommen konnte.

»Moin, hier ist der Onno, wer ist da?«, quäkte es nach mehrmaligem Tuten aus dem Telefon.

»Moin, Onno«, begrüßte ich Uz' Matrosen, der gleichzeitig auch Kumpel und gewissermaßen Familienmitglied war, sofern man unsere Runde aus Uz, mir und unseren Töchtern Claudia und Thyra sowie unserer guten Seele Greta als Familie bezeichnen wollte; Onno wäre in diesem Fall das schwarze, aber gutmütige Schaf.

»Mensch, Jan, wie geht's dir, Keule?«, rief Onno erfreut, als er meine Stimme erkannte.

Bevor Onno zu plappern anfing und fürs Erste nicht mehr zu stoppen wäre, erklärte ich ihm mit kurzen Worten, dass Motte seit gestern wie vom Erdboden verschwunden war, und fragte, ob er eine Idee hätte, wie wir die Suche nach dem Dicken effizient ausweiten könnten.

»Haste 'n Foto?«, fragte Onno und bat mich, ihm das Bild dann gleich per Handy zu schicken.

Nach einem Blick auf meine Armbanduhr verabredete ich mich mit Onno in einer Stunde in Gretas Rettungsschuppen. Nach dem Gespräch suchte ich aus dem Fotoarchiv meines Handys einen Schnappschuss von Motte, wie er mich mit weit heraushängender Zunge durch die Linse der Kamera anschaute. Ich verspürte einen schmerzhaften Stich der Sorge und des Verlustes, als ich das Bild von Motte sah – ich vermisste meinen dicken Hund elendig! Mit einem Druck meines Fingers auf den Touchscreen meines Smartphones schickte ich das Foto durch den Äther.

Als der Zug an der Endstation Norddeich Mole einfuhr, stand ich bereits mit hochgeschlagenem Mantelkragen und tief in die Stirn gezogene Wollmütze an der Waggontür und öffnete sie sofort energisch, als der Zug zum Stehen kam. Mit eiligen Schritten hastete ich über den vereisten Vorplatz des letzten Bahnhofs auf dem Festland, kratzte schnell die Scheiben meines Käfers frei, während die Heizung des Grauen bereits auf höchster Stufe lief und das Gebläse versuchte, die Frontscheibe frei zu bekommen. Als ich halbwegs freie Sicht hatte, knatterte ich die Hafenstraße entlang und überquerte am Ausgang der Hafenzufahrt die Bahnschienen, die verlassen dalagen. Ich bog auf die Umgehungsstraße 72 Richtung Greetsiel ein und nahm lieber ein paar Kilometer mehr in Kauf, da die Straße gut geräumt war, als auf der üblichen Abkürzung in einer Schneewehe stecken zu bleiben.

Von der Landstraße L27 kommend bog ich auf Höhe der bekannten Zwillingsmühlen in die Mühlenstraße ein und fuhr im Schritttempo über die festgefahrene Schneedecke an den beiden Windmühlen vorbei, deren Windflügel sich scharf wie ein Scherenschnitt gegen den klaren, aber schon wieder dämmrigen Winterhimmel abzeichneten.

Ich parkte meinen Käfer wie gewohnt auf dem öffentlichen Parkplatz an der Hauener Hooge und stapfte die paar Hundert Meter zu Gretas *Rettungsschuppen* hinüber. Als ich die Tür zu dem gemütlichen Bistro aufstieß, konnte ich Onno schon von Weitem am Tresen sitzen sehen, wie er in einem Kaffee herumrührte.

Unter den Tischen sprang wild kläffend ein kleiner gefleckter Hund hervor, der auf seinen kräftigen Beinen zielstrebig auf mich zusprang. Voller Begeisterung verbiss er sich in meine Jeans, bevor ich ausweichen konnte. Obwohl ich spürte, wie seine Zähne an meinem Unterschenkel vorbeischrammten, unterstellte ich dem Hund keine böse Absicht, sondern merkte an seinem Verhalten, dass er mich lediglich spielerisch jagen wollte; was ja auch kein Wunder war, denn bei dem Kleinen handelte es sich um einen noch jungen Beagle. Diese kleinen, robusten und angstfreien Jagdhunde waren ursprünglich in England für die Treibjagd auf Feldhasen und Wildkaninchen gezüchtet worden. Beagle sind bekannt für ihre freundliche und liebenswürdige Art, aber auch für ihre Ausdauer und Zähigkeit bei der Jagd. Bei dem Kleinen, der gerade inbrünstig an meinem Hosenbein zerrte, handelte es sich um ein sehr schönes, dreifarbig getupftes Exemplar in den Farben Schwarz, Braun und Weiß. Zur Bekräftigung, dass der kleine Hund mich als seine Jagdbeute betrachtete, ließ er ein rollendes Knurren aus seiner Kehle ertönen.

Auch wenn der kleine Kerl nur spielen wollte, hatte er nicht einfach aus heiterem Himmel Gäste, die ein Bistro betraten, nach den Hosenbeinen zu schnappen; das war eine Frage der Erziehung!

»Snoopy!«, rief Onno laut vom Tresen her. »Aus!«

»Gehört dir der wild gewordene Handfeger?«, rief ich Onno ärgerlich zu.

Statt einer Antwort rutschte Onno von seinem Stammplatz, wenn wir uns bei Greta im *Rettungsschuppen* treffen, der Sitzbank seitlich des Tresens, und eilte auf mich zu.

»Snoopy!«, rief er abermals, diesmal etwas schriller.

Aber der kleine Beagle ignorierte Onnos Rufen weiter und zerrte noch heftiger an meinem Hosenbein herum.

Jetzt reichte es mir!

Energisch legte ich dem ungestümen kleinen Kerl meine Hand an die Schnauze und sagte mit scharfer Stimme: »Nein!«

Sofort ließ der Beagle von meinem Hosenbein ab und setzte sich folgsam hin. Hechelnd sah er mich mit seinen haselnussbraunen Augen an.

»Mensch, Snoopy«, begann Onno zu schimpfen.

Ich kniete mich zu dem kleinen Kerl hinunter und lobte ihn mit ruhigen, warmen Worten. Freudig und aufgeregt fegte Snoopy mit seinem Schwanz den Boden.

»Lektion eins des kleinen Abc der Hundeschule«, sagte ich zu Onno gewandt, »nie einen jungen Hund strafen. Und dein Schimpfen kannst du dir sparen, das versteht er ohnehin nicht. Er wollte mit mir spielen, was ich aber nicht wollte. Deshalb reicht ein scharfes Nein von mir, damit er aufhört. Jetzt muss er gelobt werden, weil er den Befehl befolgt hat. Wenn du aber stattdessen mit ihm schimpfst, glaubt er, dass er etwas falsch gemacht hat, weil er auf das Nein gehört und mein Hosenbein losgelassen hat. Damit erreichst du genau das Gegenteil: Beim nächsten Mal wird er nicht aufhören.«

»Verstehe.« Onno nickte.

»Seit wann bist du denn auf den Hund gekommen?«, wollte ich wissen.

»Ach«, sagte Onno. »Ist eine lange Geschichte. Hat mit einer Freundin zu tun.«

Da ich Onnos Mädchengeschichten zur Genüge kannte, frage ich erst gar nicht nach, sondern erhob mich und deutete mit dem Kopf Richtung Tresen.

»Wie wäre es mit einem Bier?«

Onno nickte zustimmend, und wir nahmen unsere Stammplätze ein. Snoopy folgte uns schwanzwedelnd und machte es sich unter der Bank bequem. Ich hörte Greta in der rückwärtigen Küche mit Geschirr klappern, und während wir auf die Wirtin des *Rettungsschuppens* warteten, setzte ich Onno über Mottes Verschwinden ins Bild. Onno hörte mir mit offenem Mund zu, als ich ihm die Geschichte vom INSOMNIA und dem toten Mann erzählte, der unter der Decke baumelte.

Man kann Onno ja vieles nachsagen, aber dass er geschwätzig ist, auf keinen Fall. Was man Onno anvertraut, ist bei ihm absolut sicher; er würde auch im wildesten Rausch nichts Vertrauliches ausplappern. Da die Geschichte von dem Toten und dem pikanten Fundort ohnehin mithilfe des ostfriesischen Buschfunks in den nächsten Tagen die Runde machte, konnte ich Onno auch jetzt schon ins Vertrauen ziehen. Es widerstrebte mir nämlich, einen Freund über etwas im Unklaren zu lassen und ihn gleichzeitig um Hilfe zu bitten.

»Is' ja voll krass«, meinte Onno beeindruckt, als ich von dem Überfall des Maskenmannes berichtete, ohne die Szenerie auszuschmücken; die realen Details reichten allein schon aus, um einen das Fürchten zu lehren. »Und Motte war schon verschwunden, als du nach Hause kamst?«, fragte Onno nachdenklich.

Ich nickte.

»Moin, Jungs!«, grüßte Greta, die pfundige Wirtin des *Rettungsschuppens*, und balancierte vorsichtig einen Stapel Teller vor sich her, als sie aus der Küche kam.

Wir gaben bei Greta unsere Bestellung auf – zwei Bier.

»Ich hab schon gehört, dass Motte verschwunden ist«, sagte Grete mitfühlend, während sie die bestellten Biere zapfte. »Gibt's noch immer keine Spur?«

Diesmal schüttelte ich den Kopf.

»Du kannst mir sagen, was du willst«, meinte Onno, »aber ich habe das dumpfe Gefühl, dass Mottes Verschwinden mit dem Überfall auf dich zu tun hat.«

»Überfall?«, rief Greta entsetzt dazwischen. »Sag nur, du bist überfallen worden?«

Ohne auf Details einzugehen, informierte ich Greta kurz und beruhigte sie: »Mach dir keinen Kopf, ist ja nix passiert, und Motte finden wir auch wieder.«

»Mensch, Mensch, Mensch!«, sagte sie erbost. »Jetzt ist man noch nicht mal hier bei uns seines Lebens sicher!«

Ich konnte Greta gut verstehen; denken doch die Leute häufig, dass wir hier an der Küste nur herumsitzen und literweise Tee trinken, weil nix passiert und das Leben sich in der großen weiten Welt abspielt, während wir nichts davon mitbekommen.

»Von wegen!«, dachte ich. »Auch bei uns ist alles möglich, wir leben zwar manchmal hinterm Deich, aber nicht hinterm Mond!«

Greta stellte zwei Biergläser vor uns auf den Tresen und lehnte sich mit ihrem mächtigen Busen auf ihre Unterarme.

»Was ist mit dem Kleinen?«, fragte sie.

Wir sahen Greta mit erhobenen Biergläsern in der Hand verständnislos an: »Welcher Kleine?«

»Na, Onnos Gasthund.«

»Snoopy?«, fragte Onno und machte ein verdutztes Gesicht. »Was soll mit ihm sein?«

»Na klar!«, rief ich begeistert, als bei mir der Groschen fiel. »Greta, du bist ein Genie!«

»Ach wo«, winkte sie verlegen ab, »war nur so eine Idee.«

»Aber eine goldrichtige!«, lobte ich sie.

»Könnt ihr mir auch mal sagen, was euch so begeistert?« Onnos Gesicht war ein einziges Fragezeichen.

Ich trank mein Bier mit großen Schlucken aus, stellte das beschlagene Glas ab und legte Greta einen großen Schein auf den Tresen: »Stimmt so, du Genie.«

Bevor Greta etwas erwidern konnte, stürmte ich Richtung Tür und rief Onno über die Schulter zu: »Nun mach schon, komm!«

Während ich die Eingangstür mit dem Fuß offen hielt und mir meine Wollmütze tief in die Stirn zog, trank Onno ebenfalls sein Glas in großen Zügen leer, um mir dann mit schnellen Schritten zu folgen. Snoopy lief unternehmungslustig und schwanzwedelnd neben Onno her und kläffte gut gelaunt.

Da die Straße nach Hamswehrum gut geräumt war, kamen wir zügig durch und brauchten für die knapp zwölf Kilometer weniger als zwanzig Minuten. Die Scheinwerfer meines Käfers beleuchteten den holprigen Feldweg, dessen Schlaglöcher eingeschneit waren und den Weg eben aussehen ließen. Zu Hause angekommen, schaltete ich den Motor und die Scheinwerfer ab, mein Grundstück lag im Dunkeln; nur hinter dem Haus, wo sich mein Arbeitszimmer befand, hatte sich die Außenbeleuchtung entsprechend meiner Programmierung bereits eingeschaltet. Obwohl es erst später Nachmittag war, hatte ich das Gefühl, dass es mitten in der Nacht war, und schüttelte das mulmige Gefühl ab, das mich mit einem Mal überkam.

»Hast du keinen Schiss hier draußen, so alleine?«, fragte Onno und ließ seinen Blick von links nach rechts durch die Dunkelheit wandern.

»Bis gestern nicht«, antwortete ich wahrheitsgemäß. »Nach der gestrigen Nacht fühle ich mich nicht mehr ganz so wohl in den eigenen vier Wänden.«

»Kann ich gut verstehen«, erwiderte Onno, »besonders jetzt, wo Motte verschwunden ist.«

»Genau!«, sagte ich grimmig.

Ich hatte Onno während der Fahrt erklärt, was Greta gemeint hatte, als sie fragte, was mit Snoopy sei. Es lag ja auf der Hand: Snoopy ist ein Beagle, und Beagles sind die besten Jagdhunde, die man sich nur wünschen kann. Es gibt eigentlich nur zwei Gründe, wenn ein Beagle eine Jagd abbricht; entweder er hat seine Beute erwischt, oder er ist vor Erschöpfung umgefallen.

Es sollte doch ein Leichtes für Snoopy sein, Mottes Fährte trotz des Schnees aufzuspüren und ihr zu folgen. Ich schalt mich innerlich einen gedankenverlorenen Idioten; auf die Idee mit einem Suchhund hätte ich auch eher kommen können. Aber da mir niemand einfiel, der einen Jagdhund besaß, war ich vielleicht auch deshalb nicht auf die nächstliegende Idee gekommen. Der Umstand, dass Onno im Moment als Snoopys Gastvater fungierte, war mal wieder einer dieser Zufälle, die ein Außenstehender einem nicht abnehmen würde.

Wir stiegen aus, und nachdem ich die Wagentüren verschlossen hatte, kontrollierte ich gleich zweimal hintereinander, dass die Türen auch tatsächlich verriegelt waren. Ich hatte durch den nächtlichen Überfall meine Unbefangenheit und Unbeschwertheit in meiner eigenen Häuslichkeit verloren – ein Scheißgefühl, von dem ich in der Vergangenheit im Zusammenhang mit Einbruchsopfern gehört hatte.

Wir gingen gemeinsam zur Haustür. Onno trug Snoopy der Einfachheit halber auf dem Arm und setzte ihn auf der Fußmatte vor der Haustür ab.

»Ich habe zwar keine große Ahnung, was den Umgang mit Jagdhunden anbelangt«, räumte ich ein. »Aber ich kann mir vorstellen, dass es sinnvoll ist, wenn Snoopy nicht durch alle möglichen Gerüche oder ein fremdes Umfeld abgelenkt wird.«

Ich bat Onno deshalb, mit dem neugierig schnüffelnden Snoopy vor der Haustür zu warten, während ich etwas Geeignetes holte, an dem der Geruch von Motte haftete. Im Haus ging ich ins Wohnzimmer, wo vor dem Kamin, der Mottes Lieblingsplatz war, seine Wolldecke lag. Mir war wehmütig zumute, als ich die Decke zusammenfaltete und nach draußen trug.

»So, Snoopy«, sagte ich und kniete mich zu dem Beagle hinunter, «jetzt mach bitte deiner Zunft Ehre und finde meinen dicken Motte!«

Snoopy streckte seine Hundenase tief in die Decke und schnüffelte hingebungsvoll, während seine Rute begeistert hin und her wedelte. Ich ließ dem Kleinen die Zeit, die er brauchte, um Mottes Witterung aufzunehmen. Als Snoopys Nase wieder aus der Decke auftauchte, sahen wir ihn erwartungsvoll an. Der kleine Hund schlackerte ein paarmal kräftig mit den Ohren, setzte sich auf die Fußmatte und sah uns ebenso erwartungsvoll an.

»Und jetzt?«, fragte ich Onno und sah Snoopy ratlos an.

Onno zuckte mit den Schultern: »Keine Ahnung, ich hab so was noch nicht mit ihm gemacht.«

Snoopy machte keinerlei Anstalten, etwas zu suchen, geschweige denn eine Spur aufzunehmen.

»Such, Snoopy, such!«, forderte Onno den Hund auf, der ihn mit treuen Augen ansah und sich wahrscheinlich darüber wunderte, warum dieser komische Mensch so wild mit den Armen herumwedelte.

»Hör mal auf, herumzufuchteln«, sagte ich zu Onno und kniete mich wieder zu Snoopy auf den Boden. Ich nahm Mottes blaue Wolldecke und hielt sie dem Kleinen unter die Nase. Snoopy sah mich treuherzig an und legte den Kopf schief.

»Such!«, bat ich jetzt ebenfalls eindringlich. »Such Motte!«

Snoopy rührte sich nicht.

Wir versuchten noch eine ganze Weile, aus Snoopy einen Suchhund zu machen – vergebens. Ob der kleine Beagle das nicht konnte, uns nicht verstand oder einfach keine Lust aufs Suchen hatte, wussten wir nicht. Woher auch? Wir hatten keine Ahnung, was in Snoopys Kopf vor sich ging.

Irgendwann gaben wir auf.

Ich trug Mottes Decke wieder zurück ins Haus und fragte Onno, ob er einen Kaffee oder Tee möge.

»Nee, lass mal, Jan«, lehnte Onno dankend ab. »Ich muss gleich noch zum Job, bin eh spät dran.«

Auch wenn wir erfolglos geblieben waren, bedankte ich mich bei Onno dafür, dass er mir bei dem Versuch mit Snoopy geholfen hatte. »Vielleicht haben wir ja mit dem Foto Erfolg«, versuchte Onno mich zu trösten.

Onno hatte das Foto von Motte, das ich ihm vom Zug aus mit meinem Handy geschickt hatte, bereits flächendeckend in seine Internet-Community versandt, gepostet und geteilt.

Ich nickte ohne große Überzeugung: »Ja, vielleicht bringt's ja etwas.«

Wir verließen das Haus, und ich sperrte sorgfältig die Haustür ab. Auf dem Weg zum Auto trottete Snoopy hinter uns her. Fast hatte ich das Gefühl, dass es ihm leidtat, dass er uns nicht helfen konnte.

Gerade als ich den Käfer aufschloss, blieb Snoopy plötzlich wie angewurzelt stehen. Sein Körper spannte sich an, und wie ein Bild von einem Jagdhund stand er mit hoch aufgestellter Rute im Schnee und blickte konzentriert Richtung Wäldchen.

Snoopy machte einen Satz nach vorne und steckte seine Nase tief in den Schnee. Energisch pflügte sich der Kleine ein paar Meter durch die vor ihm liegende Schneewehe. Mit einer Flockenhaube auf der Nase und das kleine Hundegesicht von einem weißen Kranz aus Schneeflocken umrahmt, tauchte er wieder aus dem Schneehaufen auf und begann, wild an der oben aufliegenden Schneedecke zu schnuppern. Unvermittelt machte er einen weiteren Satz und begann, schnurgerade auf das Wäldchen zuzulaufen, das den äußeren Rand meines Grundstücks gegen die Straße abschirmte; dabei pflügte er mit seiner Nase eine Spur durch den Schnee.

»Er wittert etwas!«, rief Onno aufgeregt und setzte sich gemeinsam mit mir in Bewegung, um Snoopy zu folgen.

Im Laufschritt eilten wir hinter dem kleinen Beagle her und versuchten, ihn nicht aus den Augen zu verlieren, was aber in dem Moment geschah, als Snoopy die ersten Büsche erreichte. Leicht außer Atem kamen wir am Rand des Wäldchens an. Snoopy konnten wir zwar nicht sehen, aber hören, wie er wild zwischen den Sträuchern hin und her lief. Da der Rand meines Grundstücks nicht mehr von der Gartenbeleuchtung erfasst wurde, wurde das Wäldchen nur vom Licht des aufgehenden Mondes beschienen, was aber nicht ausreichte, um genug zu erkennen.

»Ich hol kurz eine Taschenlampe!«, rief ich Onno zu und mahnte gleichzeitig: »Pass auf, dass du keine Spuren verwischt!«

»Kein Ding!«, erwiderte Onno gelassen.

Ich machte auf dem Absatz kehrt und sprintete zum Haus. Im Sicherungskasten in der Diele ruhte meine schwere Stabtaschenlampe. Damit bewaffnet rannte ich zurück und bahnte mir zielstrebig einen Weg durch die verschneiten Büsche.

Onno stand auf der Außenseite des Wäldchens, das nicht mehr zu meinem Grundstück gehörte und an dem ein Feldweg entlanglief, der den anliegenden Acker begrenzte. Er hielt Snoopy auf dem Arm, der mit seinen Beinen strampelte.

»Hier ist was!«, sagte Onno und deutet nach vorn.

Ich leuchtete in die angegebene Richtung und erkannte auf dem Weg leichte Unebenheiten, die nicht vollständig mit dem letzten Neuschnee bedeckt waren, weil der Weg an dieser Stelle zum Teil von den überhängenden Ästen und Zweigen der Bäume überdacht war.

»Halt Snoopy fest und rühr dich nicht vom Fleck«, wies ich Onno an, der folgsam wie angewurzelt auf der Stelle stehen blieb.

In Zeitlupe ging ich zu der unebenen Stelle und kniete mich hin. Mit den Händen begann ich vorsichtig den Schnee zur Seite zu schaufeln und legte innerhalb kürzester Zeit eine Fahrspur frei, die eindeutig von einem schweren Wagen stammte. Da es in der vergangenen Nacht gefroren hatte, waren die Reifenspuren vom Frost konserviert und vom Neuschnee wie mit Puderzucker bestäubt worden.

Nachdem ich ungefähr drei Meter beidseitige Reifenspur freigelegt hatte, spürte ich meine Hände nicht mehr. Ich klemmte mir die Stabtaschenlampe unter den Arm und schob mir die Hände unter die Achseln, um sie aufzuwärmen.

»Meinst du, hier hat der Typ geparkt, der dich überfallen hat?«, fragte Onno in die Stille hinein.

»Darauf kannst du wetten!«, erwiderte ich. »Die Spur ist nach dem Schneesturm gestern Abend entstanden und dann vom Nachtfrost eingefroren worden. Was obendrauf liegt, ist der letzte Neuschnee.«

Im Licht der Taschenlampe suchte ich vorsichtig, und ohne die Reifenspur zu zerstören, den Abschnitt ab, wo der Wagen geparkt hatte. In unregelmäßigen Abständen schaufelte ich ein Stückchen Schnee mit der Hülle von meinem Handy beiseite, die ich abgefummelt hatte, damit ich nicht mit bloßen Händen im Schnee herumwühlen musste. Und tatsächlich – ich fand gefrorene Pfotenabdrücke im Boden, die nur von Motte stammen konnten; das erkannte ich auf den ersten Blick!

»Hier, Onno«, rief ich aufgeregt und schaufelte den Schnee hastig beiseite, »die Abdrücke sind von Motte!«

Ich schaufelte Mottes Fußspuren beiseite, sie endeten plötzlich nach ungefähr einem Meter – direkt an der Reifenspur, die ebenfalls hier endete.

»Hier hat ein Auto geparkt«, stellte ich fest, »und da Motte sich nicht in Luft auflösen kann, wird er in den Wagen eingestiegen sein.«

Erleichtert richtete ich mich auf und strahlte übers ganze Gesicht. Ich stieg vorsichtig über die freigelegten Spuren hinweg und ging zu Onno hinüber. Snoopy war noch immer im Jagdfieber und wand sich widerwillig auf Onnos Arm hin und her; er wollte Mottes Spur weiter durch den Schnee folgen, was aber sinnlos war, da sie hier endete. Ich beugte mich zu dem kleinen Helden rüber und tätschelte ihn lobend.

»Das ist zwar schön, dass Snoopy die Reifenspuren gefunden hat«, sagte Onno pragmatisch, »aber Motte haben wir deshalb noch immer nicht.«

»Stimmt!«, antwortete ich. »Aber überleg doch mal. Wenn Motte in den Wagen gestiegen ist, hat sich gerade die Chance enorm erhöht, dass er noch lebt. Denn somit liegt er hier nirgendwo eingeschneit in der Gegend herum, und ich fände im Frühjahr seine Eismumie.«

»Da haste auch wieder recht«, stimmte Onno meiner Überlegung zu.

»Irgendwer hat meinen Hund irgendwohin mitgenommen, und ich werde diesen Irgendwer finden!«, sagte ich grimmig. »Ich weiß nur noch nicht, wo ich suchen soll.«

»Vielleicht hat ja einer meiner Leute Motte gesehen«, sprach Onno mir Mut zu. »Ich hab sein Foto ja an die gesamte Community geschickt.«

»Dafür bin ich dir auch sehr dankbar«, sagte ich und lächelte Onno verkrampft an. »Vielleicht haben wir ja Glück.«

Ich musste mir jetzt eingestehen, dass ich nicht mehr tun konnte, als ich bislang mit meinen ständigen Suchaktionen, Plakatierungen und Onnos Verteilungsaktivitäten getan hatte. Aber jetzt untätig die Hände in den Schoß zu legen und auf das Glück zu vertrauen, dass irgendjemand Motte gesehen hatte und vielleicht einen Tipp über seinen Verbleib geben konnte, kam mir nicht in den Sinn. Die Spuren im Schnee ließen mich neue Hoffnung schöpfen, dass ich meinen Dicken wohlbehalten wiederfinden würde. Denn hätte ihm jemand Böses gewollt, hätte ich ihn hier tiefgefroren unter dem Schnee gefunden. Da dies nicht der Fall war, ging ich davon aus, dass der Maskenmann, was auch immer ihn dazu veranlasst hatte, meinen Hund einfach mitgenommen hatte.

Vielleicht war Motte ja auch aus Gründen, von denen ich keine Ahnung hatte, einfach zu dem Fremden ins Auto gestiegen; Motte war ja genauso gutmütig und vertrauensselig, wie er groß und breit war.

Während Onno mit Snoopy wartete, untersuchte ich noch einmal die Spuren im Schnee. Auch wenn ich mich mit Reifenspuren nicht so gut auskannte, konnte doch sogar ich erkennen, dass es sich bei den Abdrücken im Schnee nicht um einen Pkw handeln konnte, aber auch nicht um einen Transporter; dafür war der Radstand zwischen Vorderrädern und Hinterrädern nicht groß genug.

Ich tippte auf einen großen Geländewagen.

Den Spuren nach war der Wagen hier abgestellt worden und anschließend in großer Eile davongefahren, denn die Reifenspuren beschrieben einen großen Kreis und verliefen auch über den seitlichen Erdhügel, der den Weg vom Acker abgrenzte. Der Fahrer hatte sich nicht die Mühe gemacht, auf dem schmalen Feldweg zu rangieren, sondern einfach nur das Lenkrad eingeschlagen und war davongebrettert; was wiederum sehr für einen Geländewagen sprach. Ein anderer Wagen hätte wahrscheinlich auf einem der Erdhügel aufgesetzt.

Zufrieden mit meinen Erkenntnissen, erhob ich mich und klopfte mir den Schnee von der Hose. Grimmig sah ich auf die Reifenspuren.

Ich würde Motte finden!

15

Nachdem ich Onno und Snoopy in der Nähe des Greetsieler Hafens abgesetzt hatte, fuhr ich rechts an den Straßenrand und blieb kurz vor der kleinen Brücke stehen, die über einen Arm des Siels Binnenmuhde führt, der durch Greetsiel verläuft.

Mir hing der Magen in den Kniekehlen.

Ein Blick auf die Uhr sagte mir, dass der Fischladen Greetje noch geöffnet hatte. Eilig stieg ich aus und verriegelte den Wagen. Während ich mir vor der eisigen Kälte den Kragen meiner Jacke hochschlug, machte ich mich auf den Weg in den Kalvarienweg.

Der Fischladen mit angeschlossenem kleinen Restaurant befindet sich im ehemaligen Gebäude der Greetsieler Fischereigenossenschaft mitten in Greetsiel und ist meine Anlaufstelle, wenn mir nach Fischbrötchen ist. Heute aber stand mir der Sinn mehr nach etwas Warmem, und so bestellte ich mir im Laden eine große Portion frischen Backfisch mit Bratkartoffeln. Hungrig machte ich mich über den knusprigen goldbraunen Backfisch her und spülte mit einem heißen Kaffee nach.

Während meiner Mahlzeit spulte ich noch einmal die Geschehnisse des Tages vor meinem geistigen Auge ab. Innerlich vor Nervosität und Sorge um Motte bangend, fühlte ich mich im Moment zur Untätigkeit verdammt.

Was aber konnte ich noch tun?

Nichts. Aber nach Hause fahren kam auch nicht infrage;

ich hatte das Gefühl, dass mir daheim die Decke auf den Kopf fiel. Ich musste in irgendeiner Form aktiv bleiben!

Ich griff in die Innentasche meiner Cabanjacke und zog, einem plötzlichen Gedanken folgend, mein Handy aus der Tasche. Nachdem ich mein Adressbuch durchgeblättert hatte, fand ich, was ich gesucht hatte; ich wählte die betreffende Rufnummer.

»Institut für Rechtsmedizin der Staatsanwaltschaft Aurich«, ertönte eine junge Männerstimme, »mein Name ist Jeckensen, was kann ich für Sie tun?«

»Moin, Herr Jeckensen«, grüßte ich freundlich, »mein Name ist de Fries. Ich hätte gerne mal den Diensthabenden gesprochen.«

»Wird gemacht«, lautete die prompte Antwort, erstaunlicherweise ohne mich nach dem Grund meines Anliegens zu fragen. »Einen Moment bitte.«

Der Moment dauerte tatsächlich nur einen Moment, dann hörte ich die unverkennbare Stimme des Pathologen krächzen: »Tillmann spricht.«

»Moin, Doc«, begrüßte ich den sympathischen Pathologen mit der eigenwilligen Afrolookfrisur. »Hier ist Jan de Fries.«

»Ah! Herr de Fries«, tönte es erfreut. »Ich habe schon mit Ihrem Anruf gerechnet.«

Ich hatte Dr. Theodor Tillmann im vergangenen Jahr im Zusammenhang mit der toten Frau aus dem Fischernetz kennengelernt; er hatte die Obduktion vorgenommen. Tillmann war über einen Meter neunzig groß und ähnelte mit seinem langen Hals und dem staksigen Gang einem großen, dürren Vogel. Mit seiner karottenfarbigen Interpretation einer Afrolookfrisur, die zu keiner Zeit wirklich modern gewesen war, und den vergammelten Jeans und dem T-Shirt sah Tillmann immer ein bisschen aus wie ein Althippie, der gerade aus Goa, dem indischen Hippieparadies der Sechzigerjahre, zurückgekehrt war.

»Sie wollen sicher Details zu dem Toten aus dem INSOMNIA wissen«, kam er gewohnt direkt zum Thema.

»Exakt, Doc.«

»Mündlich, schriftlich, elektronisch oder in 3D?«, schnarrte er.

»Live und in Farbe.«

»Das können Sie ab?«, fragte er in Anspielung auf meine Abneigung Obduktionen gegenüber, die ihm offensichtlich trotz meiner Bemühungen bei meinem letzten Besuch nicht verborgen geblieben war.

»Wat mutt, dat mutt, Doc«, sagte ich betont lässig.

»Sie müssen es ja wissen.«

»Wie lange sind Sie noch im Institut?«, fragte ich.

»Hm«, machte er. »Hab heute nix Besonderes vor, und im Fernseher läuft auch nix Gescheites. Da kann ich genauso gut arbeiten.«

»Hört sich aber ziemlich freudlos an.«

»Was machen Sie denn gerade, de Fries?«

»Mit Ihnen telefonieren«, kam meine spontane Antwort. »Und da Sie noch arbeiten, mache ich mich auch gleich auf die Socken zu Ihnen.«

»Hört sich auch nicht besser an als meine Abendgestaltung. Oder?«

»Der Punkt geht an Sie«, räumte ich mit schiefem Grinsen ein. »Na, dann bis gleich.«

Wir beendeten das Telefonat.

Ich legte einen Gang ein und machte mich auf den Weg zur Gerichtsmedizin nach Aurich.

Bei erstaunlich gut geräumter Landstraße kam ich zügig voran und stellte den Grauen schon eine knappe Dreiviertelstunde später auf dem Parkplatz des Instituts für Rechtsmedizin am Schlossplatz in Aurich ab und stiefelte zum Eingang. Nachdem ich geklingelt hatte, summte der Türöffner kurz, und ich grüßte den Abendpförtner beim Eintreten, der mich desinteressiert durchwinkte, ohne von seiner Ostfriesenzeitung hochzuschauen.

Ich ging den Gang entlang, an dessen Ende die Obduktionsräume lagen, und ignorierte den typischen Geruch der Gerichtsmedizin: Ausdünstungen toter menschlicher Körper, die auch der limonenähnliche Geruch der Desinfektionsmittel nur mühsam zu übertünchen vermochte.

Da unter einer der Schwingtüren aus Edelstahl Licht hervordrang, ging ich davon aus, Tillmann dort zu finden. Vorsichtig, ohne anzuklopfen, drückte ich die Tür auf und sah mich in meiner Vermutung bestätigt; der Pathologe war bei der Arbeit, Doktor Tillmann setzte gerade eine Knochensäge an. Gebannt starrte ich auf die Schnittkante, die das glänzende Sägeblatt aus Edelstahl in dem Schädel des Mannes auf dem Obduktionstisch hinterließ. Genau solcher Situationen wegen machte ich einen großen Bogen um Obduktionssäle, wenn es sich nur irgendwie einrichten ließ.

»Herr de Fries!«, rief der Pathologe sichtlich erfreut und stellte den Motor der Säge ab. Er legte das Gerät auf den Edelstahltisch und nahm das Vollvisier aus Plexiglas an seinem blauen Helm ab, der als Gesichtsschutz Augen, Nase und Mund des Gerichtsmediziners vor umherfliegendem Knochenmehl, Blut und Sekreten jeglicher Art schützte. »Na, das ging aber schnell«, sagte er und umrundete den Obduktionstisch. »Sie konnten es wohl nicht abwarten?«

»Sie kennen mich gut«, entgegnete ich ironisch.

»Die Freude steht Ihnen ja ins Gesicht geschrieben«, lachte er und begrüßte mich mit Handschlag, nachdem er seine zweifachen Schutzhandschuhe abgestreift und desinfiziert hatte.

Ohne weitere Höflichkeitsfloskeln auszutauschen, kamen wir zum Grund meines abendlichen Besuchs.

»Markus Sanddorn?«, fragte ich und deutete auf den Obduktionstisch.

»Yep«, bestätigte Tillmann, »höchstselbst.«

»Und, haben Sie schon eine offizielle Todesursache?«

»Ich bin zwar noch nicht ganz fertig mit ihm, bin aber sicher, dass die Kopfverletzung den Tod verursacht hat«, antwortete der Doc. »Ich wollte gerade nachschauen, was ihm so durch den Kopf gegangen ist.«

Ironie und Sarkasmus scheinen offenbar unabdingbar zum Anforderungsprofil eines Gerichtsmediziners zu gehören, dachte ich bei mir; aber wahrscheinlich war die Arbeit sonst nicht auszuhalten.

»Ich wette darauf, dass Sie in seinem Kopf einen Bolzen finden werden«, behauptete ich.

»Wette verloren!«, entgegnete Tillmann trocken. »Es ist ein häufiger Irrglaube, anzunehmen, dass ein Bolzenschussgerät auch Bolzen verschießt.«

»Sondern?«, fragte ich interessiert. »Was verschießt das Ding denn dann?«

»Zum einen wird bei solchen Geräten zwischen Bolzenschussapparat und Kugelschussapparat unterschieden. Letztere kommen äußerst selten zum Einsatz, weil die Unfallgefahr durch Abpraller oder sonstige Unfälle zu groß ist. Zum anderen wird ein solches Gerät korrekterweise als Schlachtschussapparat bezeichnet.«

Tillmann schien ganz in seinem Element, als er mir den Unterschied der verschiedenen Gerätschaften erklärte. Einerseits fand ich seine Erläuterungen peinlich penibel, andererseits hochgradig analytisch und professionell; was ihn als Rechtsmediziner auszeichnete.

»Ein Schlachtschussapparat«, echote ich.

»Genau!«, bestätigte Tillmann mit munter auf und ab hüpfendem Adamsapfel. »Dieses Gerät verschießt aber keine Bolzen, sondern drückt einen spitz zulaufenden Bolzen mittels einer Treibladung explosionsartig aus seiner Spitze, der den Schädel des Tiers – pardon, in diesem Fall des Toten – penetriert.«

Unangenehm berührt verzog ich das Gesicht und sog die Luft scharf ein.

Ungerührt fuhr der Pathologe fort: »Im Fall des toten Herrn Sanddorn hatte der oder die Täterin …«

»Die Täterin?«, unterbrach ich ihn. »Wie kommen Sie denn darauf?«

Tillmann rümpfte die Nase. »Ich bin Gerichtsmediziner! Und als solcher stelle ich Fakten fest und ziehe keine kriminalistischen Rückschlüsse. Das ist Sache der Kripo – oder Ihre!«

»Geschenkt, Doc«, ich winkte ab, »fahren Sie bitte fort.«

Nach einer kleinen akademischen Kunstpause führte Doktor Tillmann seine festgestellten Sachverhalte weiter aus: »Der oder die Täterin, wobei ich auch angesichts seines Gewichts und der Art und Weise, wie er aufgehängt wurde, eine Mehrzahl nicht ausschließen kann, kannte sich offenbar mit Schlachtschussgeräten aus.«

»Wieso?«, hakte ich ungeduldig nach.

»Warten Sie doch mal ab! Ich erkläre es Ihnen doch gerade«, entgegnete er im gestrengen Dozententonfall. »Es gibt unterschiedliche Schlachttiere: Geflügel, Kaninchen, Ziegen, Schweine, Kühe und so weiter. Demzufolge gibt es auch Schlachtschussgeräte in unterschiedlicher Größe und Ausführung. Es gibt stumpfe Bolzen, die nur betäuben, und spitze Bolzen, die das Gehirn penetrieren. Entsprechend diesen Ausführungen gibt es auch unterschiedlich starke Treibladungen, die von schwach bis extrem stark reichen.«

»Was heißt das?«, fragte ich, obwohl ich einen technischen Fachvortrag über Treibladungen befürchtete.

»Das heißt …«, sagte er triumphierend, griff zum Obduktionstisch und hob einen metallisch aussehenden schwarzen

Zylinder hoch, »... dass der oder die Täter genau wussten, was sie taten, als sie dem Opfer den Schlachtschussapparat an die Stirn hielten und abdrückten.«

Ich sah ihn gespannt an und wartete auf die Pointe seiner Ausführungen, die dann auch prompt kam.

»Markus Sanddorn wurde gewissermaßen fachgerecht geschlachtet.«

Ich starrte Tillmann entgeistert an. »Geschlachtet?«, wiederholte ich entsetzt.

»Nun ja«, räumte er ein, »nicht in dem Sinne, dass er zerlegt wurde. Aber in dem Sinne, dass der oder die Täter ein Schlachtschussgerät mit spitzem Bolzen und eine Treibladung der gelben Kategorie benutzt haben, die der Körpergröße und dem Gewicht des Opfers entspricht. Eine solche mittlere Ladung wird auch bei Kühen, Pferden und leichten Ochsen eingesetzt.«

»Leichte Ochsen ...«, wiederholte ich ungläubig.

»Tja, was soll ich sonst sagen?« Tillmann sah mich vorwurfsvoll an, als zweifelte ich an seiner Fachkompetenz. »Der Tote entsprach mit seinem Körpergewicht von hundertfünfzehn Kilo ja wohl schwerlich einem Karnickel oder Schaf; für diese Tiere benutzt man für gewöhnlich eine grüne, also eine leichte Treibladung. Die hätte bei Sanddorn eine dicke Beule und Gehirnerschütterung hervorgerufen, also war eine gelbe Treibladung notwendig. Je nach Alter und Rasse fangen leichte Ochsen bei einem Gewicht von knapp zweihundert Kilo an. Sanddorn hatte mit seinem Gewicht zwar noch Luft nach oben, aber ...«, Tillmann deutete mit dem Metallzylinder über seine Schulter hinweg auf den Obduktionstisch, »... hat ja funktioniert.«

»Was wäre denn passiert, wenn der Täter eine zu starke Ladung genommen hätte?«, fragte ich unbehaglich. »Für richtige Ochsen oder so?«

»Dann hätten Sie eine Sauerei, als wenn Sie seinen Kopf in eine Mikrowelle gesteckt und auf höchste Stufe eingestellt hätten: Er wäre zerplatzt!«

Urplötzlich überkam mich das unbändige Verlangen, den Obduktionssaal zu verlassen und trotz der eisigen Kälte eine selbst gedrehte Zigarette zu rauchen.

Ich schüttelte das hässliche Gefühl, das die pragmatische Schilderung des Pathologen und mein plötzlich aufgekommenes Verlangen nach Nikotin in mir ausgelöst hatten, energisch ab. Stattdessen deutete ich auf den brünierten Zylinder, den Tillmann wie eine Trophäe umklammert hielt.

»Ist das so ein Ding?«

Tillmann nickt eifrig: »Stimmt genau! Das ist ein Schlachtschussapparat!«

»Ist das die Tatwaffe?«

Tillmann schüttelte den Kopf: »Nein. Dieses Gerät habe ich besorgt, um mich mit der Funktionsweise und der Technik vertraut zu machen.«

»Hm«, machte ich. »Wer benutzt so ein Ding?«

Tillmann krauste die Stirn. »In der Regel Schlachthöfe, Metzger, Bauern, die selbst schlachten, Agrarbetriebe und Jäger.«

»Sind ja mehr, als ich dachte«, sagte ich frustriert. Insgeheim hatte ich mir angesichts der Tatwaffe einen kleineren Kreis von Benutzern vorgestellt, da so ein Gerät ziemlich speziell ist.

»Wie teuer ist so ein Apparat?«, wollte ich wissen.

»So um die hundert Euro«, antwortete er. »Dazu kommen dann die jeweiligen Patronen; die liegen je nach Stärke der Treibladung zwischen zehn und zwanzig Euro für fünfzig Patronen.«

Der Preis für solch einen Schlachtschussapparat war also nicht höher, als man für einen vernünftigen Akkuschrauber hinlegen musste. Kein Preis also, der Staub aufwirbelte, wenn so ein Teil mal abhandenkam.

»Gibt es sonst noch etwas Interessantes zu dem Toten?« Ich wechselte das Thema.

»Der ganze Fall ist interessant«, fand Doktor Tillmann.

»Aus medizinischer Sicht?«

»Nicht nur.« Tillmann schüttelte wieder den Kopf. »Zwar ist mir ein Schlachtschussapparat als Mordwaffe bislang auch noch nicht vorgekommen. Aber ich meine den Gesamtkontext.«

»Das Sadomasostudio!«, stellte ich fest.

»Auch.« Er nickte. »Aber ich meine eher die Folterung.«

»Inwiefern?« Neugierig blickte ich ihn an.

»Sehen Sie mal«, sagte Tillmann, trat an den Obduktionstisch und schlug die Seite des Tuches zur Seite, die den Leichnam abdeckte.

Auch wenn die Inaugenscheinnahme von Opfern zu meinem Job gehörte, musste ich diesen Part noch lange nicht mögen! Mit innerem Widerwillen, den ich versuchte mir nicht anmerken zu lassen, trat ich ebenfalls an den matt schimmernden Edelstahltisch heran. Doktor Tillmann hatte das Handgelenk des Toten ergriffen und hielt den dazugehörigen Arm so hoch, dass ich die Fingerstümpfe direkt vor meiner Nase hatte.

Ich seufzte.

»Wie Sie vielleicht wissen, besteht jeder Finger der menschlichen Hand aus drei knöchernen Stützelementen«, führte Tillmann aus.

»Sie meinen die einzelnen Fingerglieder«, versuchte ich seinen sich anbahnenden Vortrag abzukürzen.

»Genau«, nickte er bestätigend. »Das sind die Phalangen proximalis, media und distalis; von körpernah zu körperfern gesehen. Im Fall des Toten hat sich der oder die Täter beim Foltern ganz viel Zeit gelassen und das Augenmerk ausschließlich auf das Abtrennen der jeweiligen Fingergliedknochen gerichtet.«

»Sie meinen, die haben Sanddorn jedes Fingerglied einzeln abgetrennt?« Schaudernd vergrub ich meine Hände noch tiefer in den Taschen meiner Wolljacke.

Ich wusste nicht, ob es an der niedrigen Temperatur des Obduktionssaals oder an Tillmanns nüchternen Ausführungen lag, dass mir mit einem Mal so fröstelig zumute war. Vielleicht war mir auch nur kalt, weil sich mein Kiefer wieder mit kurzem, aber schmerzhaftem Ziehen bemerkbar machte. Zwar war der Schmerz bislang nur in längeren Intervallen spürbar gewesen; er signalisierte mir aber, dass ich ihn noch nicht als erledigt betrachten konnte. Unauffällig griff ich mir an die Wange, um zu prüfen, ob die Schwellung wieder zugenommen hatte. Sie hatte!

»Ja, und zwar sehr sachgerecht«, hörte ich Tillmann sagen und zuckte zusammen, als er mir einen einzelnen abgetrennten Finger wie eine Pommes, die er mir anbieten wollte, unter die Nase hielt. »Ich nehme an, dass es sich bei dem Werkzeug, mit dem die Fingerglieder abgetrennt wurden, um einen Seitenschneider handelt; darauf deuten die Schnittflächen an den Knochenenden hin.«

Ich griff nach dem Finger, dessen Enden bleich schimmerten, und sah mir die beschriebenen Enden an. Berufliche Neugier besiegt Ekel.

Tillmann hatte recht.

Der Täter hatte das Fingerglied sauber abgetrennt, ohne es an seinen Enden zu zerquetschen.

»Da hat jemand ganz genau gewusst, was er tat«, hörte ich den Pathologen sagen.

»Und diesem Jemand war daran gelegen, das Opfer das Abtrennen jedes einzelne Fingerglieds erleiden zu lassen – dreißig Mal!«, stellte ich fest.

»Achtundzwanzig Mal!«, erwiderte Tillmann trocken.

Ich sah ihn irritiert an: »Wieso achtundzwanzig Mal?«

»Die Daumen haben jeweils nur zwei Phalangen.«

»Okay, achtundzwanzig Mal«, nickte ich ergeben; schließlich war *er* der Arzt.

»Und genau dieser Umstand macht den Fall ja so interessant«, fuhr Tillmann fort. »Derjenige, der den Toten gefoltert hat, wollte ihn so lange wie möglich bei vollem Bewusstsein qualvolle Schmerzen erleiden lassen; was ein wichtiger Hinweis auf eine Beziehungstat ist. Von der Intensität der Schmerzen, die durch das Foltern verursacht wurde, kann man auf die Intensität des Mordmotivs schließen.«

»Abgrundtiefer Hass!« Meine Stimme klang hart, als ich das mögliche Mordmotiv nannte.

»Oder Rache«, schlug Tillmann als Alternative vor.

»Ich denke, Sie ziehen keine Schlussfolgerungen?«

Tillmann sagte nichts, sondern erwiderte meinen herausfordernden Blick mit einem spitzbübischen Lächeln.

»So gesehen könnte man aber auch eigentlich von jedem Motiv ausgehen, dem Beziehungstaten zugrunde liegen«, griff ich das mögliche Mordmotiv »Rache« auf. »Neid, enttäuschte Liebe, Zurückweisung, Habgier und so weiter und so fort.«

Doktor Tillmann nickte zustimmend.

Da es uns im Moment nicht weiterbrachte, uns Gedanken über mögliche Mordmotive zu machen, berichtete ich dem Pathologen von Mottes Verschwinden und dem Überfall auf mich.

Als ich Tillmann davon erzählte, wie ich hilflos kopfüber im Baum gehangen hatte, riss sogar er erschrocken die Augen auf: »Krass! Das ist eine der absolut krassesten Arten, jemanden zu warnen, von der ich je gehört habe.«

»Sie meinen, das war eine Warnung?«, fragte ich und dachte an Uz' Einschätzung, die sich mit der spontanen Reaktion des Pathologen deckte.

»Na sicher!«, antwortete er und nickte eifrig, während sein Adamsapfel zustimmend auf und ab hüpfte. »Wenn Ihre Angreifer es auf Sie abgesehen hätten, würden Sie wahrscheinlich dem Kollegen dort Gesellschaft leisten.« Tillmann deutete mit seinem langen Zeigefinger auf den toten Markus Sanddorn.

»Tun Sie mir einen Gefallen, Doc!«, sagte ich sarkastisch. »Wenn ich jemals eines unnatürlichen Todes sterben und wir uns hier begegnen sollten, seien Sie bitte so nett und legen mir eine zweite Decke über – ich friere so leicht.«

»Mach ich«, sagte Tillmann. »Ich lass auch nachts das Licht an, damit Sie sich nicht fürchten.«

Da ich keine Lust hatte, das Thema weiter zu vertiefen, zog ich mein Handy aus der Jackentasche, rief die Fotos von den Reifenspuren auf und hielt sie Tillmann hin.

»Reifenspuren.« Er legte den Kopf schief und ähnelte dabei mehr denn je einem Vogel.

»Würden Sie für mich außerhalb des Protokolls Ihren analytischen Blick drauf werfen?«, fragte ich.

»Hm«, machte er. »Na sicher, mach ich. Schicken Sie mir das Foto aufs Handy.«

»Vielen Dank, Doc.« Erleichtert rief ich seine Handynummer auf und hängte drei Fotos an eine Leernachricht, die die Reifenspuren von allen Seiten zeigten. Mit einem Fingerdruck schickte ich ihm die Fotos aufs Handy. Fast zeitgleich verkündeten die ersten dramatischen und unverkennbaren Töne, die Millionen von Filmfans in Angst und Schrecken versetzt hatten, als sie das Nahen des weißen Hais aus dem gleichnamigen Film ankündigen, den Eingang meiner Nachricht.

»Schickes Klingelzeichen«, grinste ich.

»Ein Klassiker«, antwortete Tillmann, ging aber nicht näher auf seine cineastische Leidenschaft ein, von der er mir mal im vergangenen Jahr bei einem Bier erzählt hatte. »Ich schau mir die Fotos später an, wenn ich mit der Obduktion fertig bin.«

»Vielen Dank«, wiederholte ich.

Tillmann winkte ab, sah mich scharf an und deutete nochmals zu dem Toten hinüber: »Gehe ich recht in der Annahme, dass Sie bevollmächtigt sind, im vorliegenden Todesfall die Obduktionsberichte einzusehen?«

»Gehen Sie«, bestätigte ich. »Der Tote wurde in den Geschäftsräumen meiner Mandantin gefunden, gegen die ermittelt wird und die ich juristisch vertrete.«

»Verstehe«, nickte er vielsagend. »Das INSOMNIA war den Behörden vom ersten Tag an ein Dorn im Auge.«

»Sie kennen den Klub?« Erstaunt sah ich den Pathologen an.

»Nicht in der Art, wie Sie jetzt vielleicht denken mögen«, versicherte er schnell. »Persönlich kenne ich das INSOMNIA erst, seitdem die Kripo mich zum Tatort gerufen hat, als das Opfer gefunden wurde. Dass es einen SM-Klub hier in der Gegend gibt, weiß ich von den Gesprächen, wie man sie auf dem Weg zur Kantine führt.«

»Wie haben Sie eigentlich so schnell herausgefunden, dass es sich bei den gehäuteten Menschen um Kunststoffmodelle handelte?«

»Ich muss zugeben, dass ich nicht auf den ersten Blick erkennen konnte, dass es sich bei den ›Toten‹ nicht um echte Plastinate handelte«, gestand der Pathologe. »Das liegt zum einen an dem Material, einem neuartigen synthetischen Gemisch aus Polyethylen, zu dem man früher Polyäthylen sagte, und Polyvinylchlorid. Diese Materialmischung ist weich, flexibel und hat eine wachsartige Oberfläche. Zum anderen musste ich tatsächlich zweimal hinsehen, weil ich selbst noch keine Gelegenheit hatte, eins dieser Plastinate näher in Augenschein zu nehmen. Was aber trotzdem kein Problem war; es reichte eine Gewebsprobe und ein Blick mit dem Mikroskop, um zu erkennen, dass es sich nicht um menschliches Gewebe handelte. Eine Standarduntersuchung mit dem Nahinfrarotspektroskop bestätigte das Ergebnis; der Rest war dann reine Laborroutine.«

»Dann bin ich ja beruhigt, dass ich mich nicht wie ein Kind in der Geisterbahn habe erschrecken lassen«, sagte ich.

»Nee, nee. Keine Sorge«, grinste er. »Die Modelle sind schon verdammt gut gemacht; die Asiaten haben da ja richtig was drauf. Außerdem haben Sie sich ja nicht alleine erschrocken.«

Ich wusste, dass er auf Mackensen anspielte, der vor lauter Schreck einem Modell in den Oberkörper geschossen hatte.

Wir vereinbarten, dass Doktor Tillmann mich anrief, wenn er das offizielle Obduktionsergebnis fertig hatte und zu den Reifenabdrücken etwas sagen konnte. Mit einem kräftigen Händedruck verabschiedeten wir uns voneinander. Erleichtert darüber, die Räume der Gerichtsmedizin verlassen zu können, eilte ich zum Ausgang und sog vor der Tür tief die kalte Winterluft ein.

16

Mein Besuch bei Doktor Tillmann hatte erwartungsgemäß nicht allzu lange gedauert. Als ich wieder im Wagen saß, startete ich den Motor und ließ die Heizung auf vollen Touren laufen; Käfer verfügen leider nicht über Standheizungen.

Mir war während des Gesprächs mit Tillmann der Gedanke gekommen, dass es nun an der Zeit sei, einen dieser ominösen »Herren« kennenzulernen, zunächst allerdings nur am Telefon, denn ich beabsichtigte, ein gewisses Unbehagen in der Herrenrunde zu verursachen. Nachdem ich mich vergewissert hatte, dass meine eigene Handynummer beim Anruf unterdrückt wurde und ich als anonymer Anrufer erschien, wählte ich die Telefonnummer an, die mir Miriam Dannert auf Norderney mehr oder weniger freiwillig gegeben hatte.

»Hallo«, meldete sich eine sonore Männerstimme.

»Hallo«, erwiderte ich den Gruß, ohne meinen Namen zu nennen.

Ich hatte nicht vor, mich bei Kurt Block vorzustellen. Eher wollte ich ihn im Ungewissen lassen und darüber verunsichern, wer ich war und was ich wusste. Was ich wollte, würde ich ihm schon noch konkret sagen.

»Wer spricht denn da?«, kam erwartungsgemäß die Frage, als ich außer meinem Hallo nichts weiter sagte.

»Herr Block?«, fragte ich, anstatt ihm eine Antwort zu geben. »Herr Kurt Block?«

»Was fragen Sie denn so blöd, wenn Sie wissen, wer am Apparat ist?«, antwortete er unwirsch. »Wer sind Sie?«

Ich machte eine dramaturgische Pause, von der ich hoffte, dass sie meinen Gesprächspartner verunsicherte.

»Waren Sie in der Nacht auch im INSOMNIA, als Markus Sanddorn starb?«, schoss ich unvermittelt meine provozierende Frage ab.

Stille.

Kein Ton drang aus dem Telefon.

Ich drückte mein Handy noch dichter ans Ohr, um keine Reaktion des Mannes am anderen Ende der Leitung zu verpassen – sofern denn eine erfolgte.

Ich wusste, dass Block das Gespräch nicht beendet hatte. Das konnte ich spüren.

Ohne dass auch nur das geringste Geräusch zu hören war, ließ ich eine Minute verrinnen.

»Ich weiß, dass Sie ein Dom der sogenannten Herrenrunde sind, die sich regelmäßig im INSOMNIA trifft.« Damit legte ich ihm die nächste Granate unter den Stuhl in der Hoffnung, dass er anfing, unbehaglich hin und her zu rutschen.

»Wer sind Sie?« Bedrohlich leise sprach Kurt Block seine Frage aus und betonte jede Silbe einzeln.

»Waren Sie dabei, als Dom de Dolor starb?« Ich ignorierte seine Frage und nannte bei meiner penetranten Nachfrage den Toten bei seinem Alias.

Wieder lauschte ich in die Stille hinein, ohne das leiseste Geräusch zu hören. Ich hoffte, ihn mit meinen unvermittelten Fragen so sehr zu überraschen, dass er sich zu Äußerungen hinreißen ließe, die mir bei meinen Recherchen weiterhelfen würden.

»Waren Sie dabei, als er gefoltert wurde?« Ich drehte die Schraube eine Umdrehung weiter.

Block schwieg weiter.

Dass der Typ schwer zum Reden zu bewegen sei, hatte ich mir schon gedacht. Jemand, der aus sadistischen Beweggründen einen anderen Menschen gezielt in eine Atemdepression hinein- und wieder aus ihr herausführt, muss sich und seine Gefühle sehr gut kennen und es gewohnt sein, hochgradig kontrolliert zu denken und zu handeln. Spontane Impulsdurchbrüche erwartete ich bei ihm weniger.

»Haben Sie…«, ich machte eine Pause, um ihn einen Atemzug später gezielt weiter zu provozieren, »… ihn gefoltert?«

Unvermittelt stieß Block ein leises, raues Lachen aus, dem jeglicher Humor fehlte. Seine Schweigetaktik zeigte einen ersten Riss.

Ich legte nach: »Haben Sie Sanddorn die Finger einzeln mit einem Seitenschneider amputiert?«

Wieder erklang ein heiseres Lachen, dem jede Heiterkeit fehlte.

»Was reden Sie da für einen Quatsch?« Mit polternder Stimme brach Kurt Block sein Schweigen. »Sanddorn arbeitete für mich!«

Ich hörte quasi die ersten Steine aus seiner Schweigemauer herausbröckeln und polternd zu Boden fallen.

»Hatte er mit Import-Export zu tun oder mit Medikamenten?« Ich zündete erfolgreich die Granate unter seinem Stuhl.

Das Tuten verriet mir, dass der Dom de Agonie das Gespräch abrupt beendet hatte.

Volltreffer!, dachte ich erfreut.

Dass ich mit meiner letzten Frage ins Schwarze getroffen hatte, stand für mich fest.

Für den Moment würde ich meinen Anruf auf Kurt Block einwirken lassen, bevor ich die Schraube weiter anzog.

Zufrieden legte ich einen Gang ein, und der Käfer setzte sich in Bewegung.

Langsam rollte der Wagen vom Parkplatz, während ich

einen Blick auf meine Armbanduhr warf. Ein bitteres Gefühl erfasste mich, als ich sah, dass der Tanzkurs, den Traute und ich seit einem halben Jahr regelmäßig und voller Begeisterung besuchten, in vollem Gange war – heute ohne uns.

17

Was zunächst im vergangenen Jahr als gesundheitliche Rehamaßnahme für mich gedacht gewesen war, um mich im wahrsten Sinne des Wortes wieder auf die Beine zu bringen, da ich zu dem Zeitpunkt an den Rollstuhl gefesselt war, hatte meine große Leidenschaft für den Tango Argentino erweckt.

Als ich von meiner Reha aus dem Rheingau heimkehrte, wollte ich meine neue Leidenschaft nicht wieder einschlafen lassen und war hocherfreut, im Emdener Stadtteil Uphusen das *Temporada* zu finden, eine Schule für argentinischen Tango, die obendrein noch von einem waschechten Argentinier betrieben wurde, Maximiliano Enduardo.

Eigentlich würde man es gar nicht für möglich halten, dass auch bei uns in Ostfriesland der argentinische Tango Fuß fassen konnte. Es gibt aber tatsächlich in unserer Region eine kleine, aber feine Tangoszene mit Unterrichten, Workshops und regelmäßigen Milongas. Das *Temporada* ist allerdings der Motor der hiesigen Tangogemeinde.

Mit meiner Begeisterung hatte ich auch Traute angesteckt. Zunächst hatte sie sich, für eine Frau untypisch, geziert und die originellsten Ausreden vorgeschoben, um sich vor dem Besuch der Tanzschule zu drücken, aber aufgrund meiner Beharrlichkeit gab sie sich irgendwann geschlagen, und gemeinsam besuchten wir das *Temporada*.

Bereits die ersten Tanzstunden hatten auch Trautes Leidenschaft für den sinnlichen Tanz vom Rio de la Plata entflammt.

Seit einem halben Jahr besuchten wir regelmäßig das *Temporada* und lernten den argentinischen Tango von Grund auf. Natürlich sind Tanzschüler nach einem halben Jahr Unterricht weit davon entfernt, von sich behaupten zu können, dass sie argentinischen Tango tanzen können, aber wir hatten mittlerweile ein gutes Gefühl für den Tanz entwickelt. Da wir erste grundlegende Tanzelemente recht gut beherrschten und auch ein Gefühl für die besondere Rhythmik des Tangos entwickelt hatten, trauten wir uns bereits zu unseren ersten Milongas.

Als Milonga wird nicht nur die eine spezielle Musikrichtung des argentinischen Tangos bezeichnet, sondern auch ein Tanzstil und Tanzveranstaltungen, zu denen sich Tänzerinnen und Tänzer, sogenannte »Tangueras« und »Tangueros«, zum Tanz treffen.

Heute war unser üblicher Kurstag bei Maximiliano. Anschließend wären wir im *Temporada* zur abendlichen Candle-Light-Milonga geblieben, einer gemütlichen kleinen Tanzveranstaltung, an der in der Regel rund vierzig Tänzerinnen und Tänzer teilnahmen.

Ich seufzte.

Im Moment war für mich kein guter Zeitpunkt für Milongas. Ohne Traute fehlte mir die Lust zum Tanzen, außerdem kreisten meine Gedanken ständig um Mottes Verschwinden.

Ich überlegte. Eigentlich konnte ich auf dem Rückweg über Uphusen fahren und einen Abstecher ins *Temporada* machen, um Traute und mich fürs Erste bei Maximiliano abzumelden. Es hätte mir leidgetan, wenn der Tanzlehrer dachte, dass wir nicht mehr zu ihm kämen, weil wir die Lust verloren hätten; wir verstanden uns nämlich sehr gut miteinander.

Die Auricher Straße Richtung Ihlow wurde vom bleichen Mond beschienen und wirkte geisterhaft im fahlen Licht. Vielleicht kam mir das aber auch nur so vor, weil weit und breit kein anderes Auto auf der Landstraße zu sehen war.

Heute Nacht war Vollmond!

Gleich hinter Ihlow bog ich rechts auf die Emder Straße ab, die direkt nach Uphusen führt. Das *Temporada* befand sich in einer ehemaligen Molkerei, die kurz vorm Ortsausgang an einem kleinen See lag, der sogenannten Deepfeene. Maximiliano hatte das Gebäude liebevoll und aufwendig restauriert und dabei darauf geachtet, dass die alte Gebäudestruktur erhalten blieb. In der großen ehemaligen Abfüllhalle war ein großer Schulungsraum eingerichtet und der Boden mit einem wunderbar matt schimmernden Tanzparkett ausgelegt worden. Die Wände waren nur weiß gekalkt, was dem Wesen des alten Gebäudes entsprach. Die Stirnwand wurde von einem großen Tresen eingenommen, an dem sich die Tanzschüler mit Getränken versorgen und einchecken konnten. Rund um die Tanzfläche waren Holzstühle und dazu passende kleine Nierentische drapiert. In zwei Ecken standen mit rotem Samt bezogene Biedermeiersofas, die zum gemütlichen Relaxen nach dem Tanzen einluden und die zu Trautes und meinem Lieblingsplatz gehörten.

Als ich das *Temporada* betrat, wurde die Tanzfläche bereits vom Schein unzähliger Kerzen und Teelichter erleuchtet, und zu den leisen Klängen des eleganten Musikstücks *Santa Maria (Del Buen Ayre)* des Tangoorchesters »Gotan Project« bewegten sich die ersten Tanzpaare über das Parkett.

Ich erspähte Maximiliano neben dem Tresen und ging auf ihn zu.

»Hola, Jan!«, begrüßte er mich herzlich und umarmte mich, wie es in der Tangoszene ebenso üblich ist, wie sich zu duzen.

»Hola, Maxi«, erwiderte ich Gruß und Umarmung.

Auf Körpersprache und Ausdruck zu achten war Maximilianos zweite Natur, weshalb ihm auch sofort auffiel, dass etwas mit mir nicht stimmte.

»Alles in Ordnung, mein Freund?« Besorgt musterte mich der gut aussehende Argentinier.

Maximilianos Erscheinung und Auftreten entsprach voll und ganz dem landläufigen Klischee von einem argentinischen Tanzlehrer – groß und schlank, dunkle Augen, lockiges Haar, das ihm in die Augen fiel, dies alles verlieh ihm ein verwegenes Aussehen, das seine männliche Ausstrahlung eindrucksvoll unterstrich. Seine Körperhaltung war stolz und aufrecht; seine Bewegungen kraftvoll und elegant wie die einer großen Raubkatze – kurzum, ein Prachtexemplar von einem Mann.

Ich verzog das Gesicht und suchte nach einer eingängigen Ausrede, als mir Maximiliano zuvorkam.

»Hast du Ärger mit deiner schönen Frau?«, fragte er geradeheraus.

»Hm«, machte ich und seufzte.

»Ah!«, seufzte er ebenfalls und umarmte mich nochmals. »Egal, was es ist; es renkt sich wieder ein«, tröstete er mich. »Ihr seid füreinander bestimmt, das sieht man!«

»Dein Wort in Gottes Ohr«, sagte ich und klopfte ihm dankbar auf die Schulter. »Ich wünschte, du hättest recht.«

Ich erklärte ihm, ohne ins Detail zu gehen, dass Traute und ich aus beruflichen Gründen eine Auszeit genommen hätten und im Moment nicht gemeinsam tanzen würden.

»Dann kommst du einfach alleine, bis dich deine ›Tanguera‹ wieder begleiten kann«, schlug er vor.

Ohne auf die Hintergründe einzugehen, berichtete ich ihm von Mottes Verschwinden und dass ich mir große Sorgen um sein Wohlergehen mache. Da Maximiliano ebenfalls Hundebesitzer ist und seine Tes, eine temperamentvolle Mischlingsdame, über alles liebt, konnte er mich gut verstehen.

Maximiliano bot mir, während wir sprachen, einen Espresso an, den ich dankend annahm. Während er die Kaffeemaschine bediente, schob sich eine Tänzerin dicht neben mich an den Tresen.

»Hola, Jan«, hörte ich eine verführerischer Stimme.

»Hola.« Ich wandte mich der Frau zu und grüßte freundlich zurück.

Die hübsche Frau, die ich auf Mitte dreißig schätzte, war mir nicht unbekannt. Wir hatten bereits einige Male bei Tanzpartnerwechseln im Unterricht miteinander getanzt. Mir fiel nur im Moment ihr Name nicht ein.

»Luisa«, lächelte sie.

Offenbar hatte sie es mir angesehen, dass ich in meinem Gedächtnis nach ihrem Namen kramte.

»Hola, Luisa«, wiederholte ich meinen Gruß und lächelte verlegen.

»Ich kann mir Namen auch immer ganz schlecht merken«, half sie mir charmant über meine Verlegenheit hinweg.

Maximiliano stellte die kleine Espressotasse vor mir auf den Tresen. Ich bedankte mich und kippte eine doppelte Portion Zucker in das schwarze Gebräu.

»Sind Sie heute ganz ohne Tanzpartnerin hier?«, fragte mich Luisa.

»Ja«, bestätigte ich und nickte. »Meine Partnerin ist beruflich verhindert, und ich wollte uns für die nächsten Tage abmelden.«

»Verstehe«, sagte sie und deutete mit ihrem Kopf leicht zur Tanzfläche. »Mein Lieblingsstück. Fordern Sie mich auf?«

»Äh, ja. Nein, Entschuldigung«, stotterte ich mir eins zurecht, da ich gar nicht auf Tanzen eingestellt war. »Ich muss auch gleich wieder los.«

»Du gibst einer Tanguera einen Korb?«, fragte sie und sah mich unter langen Wimpern hervor mit gespielter Empörung an.

»Nein. Ja. Ich meine…« Irgendwie brachte mich ihre

Aufforderung aus dem Konzept, da auf Milongas vollkommen unüblich ist, dass eine Frau einen Mann auffordert.

Sie verzog ihre Lippen zu einem Schmollmund.

Ich nutzte die Gelegenheit und trank meinen Espresso aus.

Nachdem ich die Tasse zurück auf den Tresen gestellt hatte, wandte ich mich wieder Luisa zu: »Sehr gerne tanze ich mit dir eine ›Tanda‹.«

Luisa und ich gingen gemeinsam zur Tanzfläche, während die Tanda begann. »Tanda« wird ein Musiksatz aus drei bis vier einzelnen Musikstücken bezeichnet, der auf Milongas gespielt wird; die Pausen zwischen den einzelnen Tandas werden »Cortina« genannt.

Wie auf Milongas üblich, nahmen wir eine enge Tanzhaltung ein, wobei die Tanzpartner sich mit ihrem Oberköper berühren. Ihr linker Arm legte sich um meinen Hals, und meine Wange lag an ihrer Stirn; eine für den argentinischen Tango übliche Tanzhaltung.

Luisa war eine gute Tänzerin, die sich aktiv von mir führen ließ und auch den geringsten Impuls meines Oberkörpers verstand, mit dem ich sie führte. Wesen und Zauber des argentinischen Tangos liegen in der Umarmung des miteinander tanzenden Paars und der Kommunikation beider Körper, die sich ohne ein Wort verständigen.

Während wir zur lässigen Musik des bekannten Tangoorchestras »Otros Aires« tanzten, merkte ich, wie ich mich langsam entspannte. Die Drehzahl meiner ständig kreisenden Gedanken sank in den Normbereich, und ich spürte deutlich, wie ich entschleunigte.

Viel zu schnell war die Tanda zu Ende.

»Vielen Dank«, ich deutete eine leichte Verbeugung an, »Sie tanzen sehr gut, und es war mir ein Vergnügen.«

»Es war mir ebenfalls ein Vergnügen«, hauchte Luisa mehr, als sie sprach.

»Leider muss ich wirklich aufbrechen«, entschuldigte ich mich, »sonst hätte ich gerne weiter mit dir getanzt.«

»Ja, schade«, bestätigte sie. »Aber du weißt ja, wo du mich findest.«

Luisa drehte sich mit einem eleganten Pivot, der Drehung auf einem Fuß um die eigene Achse, und warf mir zum Abschied einen bewimperten Blick zu.

Ich griff zu meiner Jacke, die ich vor dem Tanzen kurzerhand auf einem Barhocker abgelegt hatte, und hob grüßend die Hand: »Hola, Maxi!«

Maximiliano war gerade damit beschäftigt, zwei Gläser Sekt einzugießen, und zwinkerte mir zum Abschied verschwörerisch zu.

Ich schlug den Jackenkragen hoch und verließ das *Temporada* mit gemischten Gefühlen. Einerseits hatte ich es als sehr angenehm empfunden, mit Luisa eine Tanda zu tanzen, aber andererseits vermisste ich Traute sehr. Ich wünschte mir sehr, dass wir unsere berufliche Meinungsverschiedenheit so bald wie möglich überwanden und zur nächsten Milonga ins *Temporada* wieder gemeinsam gingen.

18

Als ich auf der L3 Richtung Hamswehrum entlangzuckelte, setzte leichter Schneefall ein. Im Lichtkegel der Scheinwerfer tanzten die Schneeflocken munter umher und reflektierten das Licht so stark, dass ich immer weniger von der Straße erkennen konnte.

Normalerweise kann ich bei schönem Wetter von der Freepsumer Landstraße aus kilometerweit über Land schauen. Ich konnte den Frühling kaum noch abwarten und sehnte mich nach dem blauen friesischen Himmel mit den weiß dahingetupften Wolken, den es in diesen Farben nur bei uns gibt – auch wenn die Bayern etwas anderes behaupten.

Im Moment allerdings konnte von blauem Himmel überhaupt keine Rede sein; es war trotz Vollmonds stockduster. Mit zusammengekniffenen Augen fuhr ich durch das Schneegestöber, das immer dichter zu werden schien, und versuchte, den Käfer in seiner Spur zu halten. Als ich in die Van-Wingene-Straße einbog, rutschte ich leicht mit dem Heck Richtung Böschung. Ich lenkte ein wenig gegen, und mein Grauer kehrte brav zurück in die Spur, sofern man die halb eingeschneiten Rinnen als Fahrspur bezeichnen konnte. Nachdem ich den Käfer sorgfältig verschlossen hatte, stapfte ich zur Haustür und blieb mit über dem Türknauf schwebender Hand wie angewurzelt stehen.

Ich konnte nicht glauben, was ich sah!

Hinter der kleinen Butzenscheibe seitlich der Haustür

leuchtete es gelb. In der Diele brannte Licht! Ich war mir aber felsenfest sicher, dass ich das Licht beim Hinausgehen gelöscht hatte.

Definitiv!

Es konnte doch wohl nicht angehen, dass ich innerhalb von nur zwei Tagen drei Mal ungebetenen Besuch hatte?

Leise, um kein Geräusch zu verursachen, schob ich den Schlüssel ins Schloss und drehte ihn vorsichtig herum. Geräuschlos drückte ich die Haustür auf.

Und richtig! In der Diele brannte Licht!

Während meine Augen die Diele und die angrenzenden Türen im Blick behielten, tastete ich nach dem Feuerhaken, den ich in der Ecke neben der Eingangstür deponiert hatte.

Als sich meine Finger um das schwere Gusseisen schlossen, fühlte ich mich gleich sicherer. Vorsichtig setzte ich einen Fuß vor den anderen und schlich auf die Küchentür zu, aus der ein kaum wahrnehmbarer flackernder Lichtschein fiel. Zentimeter für Zentimeter näherte ich mich der Küchentür und spähte vorsichtig um die Kante des Türrahmens.

Ein heftiger Schreck durchfuhr mich!

Am Küchentisch hockte eine Gestalt mit Kapuze und wandte mir den Rücken zu. Lichtschein umflackerte die Gestalt wie eine feurige Aura, sodass ich Umrisse nur vage erkennen konnte. Es war ein gespenstischer Anblick!

In Zeitlupe hob ich meinen Arm mit dem schweren schmiedeeisernen Feuerhaken.

Offenbar hatte meine Jacke eine schabendes oder meine Schuhe ein quietschendes Geräusch gemacht. Vielleicht hatte die Gestalt aber auch nur meine Nähe gespürt, denn sie fuhr mit einer schnellen Bewegung herum.

Erschrocken starrten mich die weit aufgerissenen Augen meiner Tochter an.

»Thyra!«

»Papa!«

Ich merkte, dass ich vor lauter Anspannung vergessen hatte, zu atmen, und holte geräuschvoll Luft.

Langsam ließ ich den Feuerhaken sinken und sah meine Tochter wütend an. Ich erkannte, dass die feurige Aura, die die Gestalt zu umgeben schien, von den zwei Kerzen ausging, die vor ihr auf dem Küchentisch standen.

Dass ich ihre Umrisse nur so vage hatte erkennen können, lag daran, dass sich meine Tochter in mehrere Schichten wind- und wasserdichter Umhänge und Regenponchos gehüllt hatte und ziemlich unförmig und konturlos aussah.

»Verdammt noch mal, was machst du hier?«, fluchte ich. »Ich hätte dir fast den Schädel eingeschlagen.«

»Ich freu mich auch, dich zu sehen«, sagte sie ironisch. »Das nenne ich aber mal eine herzliche Begrüßung.«

»Wie kommst du hier rein?«, polterte ich weiter, ohne auf ihre Bemerkung einzugehen. Ich war stinksauer, was nach meinem Erlebnis mit dem letzten unangemeldeten Besucher kein Wunder war.

»Du hast mir doch selber einen Schlüssel gegeben«, entgegnete Thyra gereizt, während sie vom Stuhl aufstand. »Und jetzt hör auf, mich anzuschreien – du hast mich schließlich auch zu Tode erschreckt!«

Ich hatte zwar nicht vergessen, dass ich ihr bei ihrem letzten Besuch einen Satz Zweitschlüssel gegeben hatte, damit sie jederzeit ein und aus gehen konnte, wenn sie mich besuchen wollte. Aber ich hatte nicht mit ihrem unangemeldeten Besuch am späten Abend gerechnet. Trotzdem hatte ich sie schließlich auch zu Tode erschreckt, als ich mich geräuschlos anschlich und plötzlich mit erhobenem Feuerhaken hinter ihr stand.

»Tut mir leid, Süße«, entschuldigte ich mich und machte ein zerknirschtes Gesicht. »Du kannst ja nichts dafür, dass ich im Moment ein bisschen mit den Nerven runter bin.«

Ich legte den Feuerhaken auf die Ecke des Büfetts neben der Küchentür und ging auf sie zu.

»Das nächste Mal ruf einfach vorher kurz an«, bat ich und schloss sie in meine Arme.

Thyra legte ihre Arme um meinen Hals und umarmte mich herzhaft. Sie ließ ihre Arme um meinen Hals liegen und beugte ihren Oberkörper nach hinten, um mich mit ihren seegrünen Augen einer kritischen Musterung zu unterziehen.

»Du wirkst wirklich ein bisschen nervolabil«, stellte sie fest.

»Nervolabil?«, lachte ich. »Wo hast du das denn her?«

»Sagt man so in Entenhausen«, grinste sie. »Brüllt Donald Duck immer, wenn er kurz vorm Nervenzusammenbruch steht.«

Wir flachsten noch eine Weile miteinander herum, bis Thyra mich wieder in die sorgenvolle Realität zurückholte.

»Wo ist eigentlich der Dicke?«, fragte sie.

Statt zu antworten, drehte ich mich um und ging zum Herd.

»Tee?«, fragte ich.

»Sehr gerne.«

Ich setzte Wasser auf und schaufelte eine gute Portion Ostfriesentee in das Teesieb.

»Wo ist Motte?«, kam es hartnäckig von Thyra.

»Ich weiß es nicht«, sagte ich und drehte mich langsam zu ihr um. »Ich weiß es nicht«, wiederholte ich mit bitterer Stimme.

Nachdem ich die Teekanne angewärmt und einen kräftigen Ostfriesentee aufgebrüht hatte, setzte ich mich mit zwei Teepötten zu meiner Tochter an den Küchentisch und informierte sie schnörkellos über die Geschehnisse.

Thyra hörte mir aufmerksam zu und ergriff spontan meine Hand, als ich ihr von dem nächtlichen Überfall erzählte.

»Puh!«, machte sie, als ich mit meiner Erzählung fertig war.

»Jetzt kann ich dich verstehen, dass du mit dem Feuerhaken angeschlichen kamst. – Was wird mit Traute?«, fragte sie besorgt, da sie wusste, wie wohl ich mich mit ihr fühlte.

Ich zuckte mit den Schultern: »Abwarten. Ich kann Trautes Befürchtungen verstehen, zumal dieser Powelz schon aufgetaucht ist. Aber ich kann auch nicht über meinen Schatten springen.«

»Ich hoffe, dass sich das wieder mit euch einrenkt. Ihr seid ein tolles Paar!«

»Wie eigentlich«, lenkte ich unvermittelt ab, »komme ich zu der unverhofften Ehre deines Besuchs?« Ich sah Thyra fragend an.

Sie legte den Kopf auf die Schulter und sah mich spitzbübisch an.

»Hm?«, machte ich und forderte sie auf, weiterzusprechen.

Sie nahm einen Schluck Tee und sah mich unschuldig an: »Ich zieh hierher.«

»Du tust was?« Überrascht sah ich sie an.

»Ich – ziehe – hierher!«, wiederholte sie und machte zwischen jedem Wort eine Pause, damit ich Gelegenheit hatte, diese Neuigkeit zu verarbeiten.

»Das ist – toll!«, entfuhr es mir. »Da freue ich mich aber!«

Leider hatte ich nicht die Möglichkeit bekommen, Thyra als Kind aufwachsen zu sehen. Da ich weder gewusst hatte, wo sie wohnte, noch, wie sie mit Nachnamen hieß, nachdem ihre Mutter geheiratet hatte, erschöpften sich meine Bemühungen um einen Kontakt darin, dem zuständigen Jugendamt in regelmäßigen Abständen auf die Nerven zu gehen. Ebenso regelmäßig, wie ich beim Jugendamt um Auskünfte zu meiner Tochter bat, erhielt ich die Antwort, dass man keine näheren Angaben machen könne, da die Mutter dies nicht wünsche.

Thyra wuchs bei ihrer Mutter und ihrem Stiefvater in Irland auf, studierte dort und lernte Sean, einen Soldaten der irischen Armee, kennen. Als Sean kurz vor ihrer Hochzeit nach einem Unfall im Hafen von Cork starb, hielt sie es auf der Insel nicht mehr aus und kehrte zurück nach Deutschland. Sie arbeitete beim NDR als »die Nachtmoderatorin mit der samtigen Stimme«. Ironie des Lebens – ich hörte ihre Sendung regelmäßig, wenn ich nachts an meinen Zeichnungen saß und ihr und ihrem Nachtprogramm zuhörte; ohne zu wissen, dass es sich dabei um meine Tochter handelte.

Seit ich mich nach der Scheidung von meiner Frau Maria nach einem Burn-out aus dem aktiven Berufsleben als Anwalt und Strafverteidiger zurückgezogen hatte, widmete ich mich dem Zeichnen von Tattoos, die sich großer Beliebtheit erfreuten und mit denen ich mittlerweile recht erfolgreich bin. Da ich über meine Arbeit in einem Blog berichte und Entwürfe auf meiner Website einstelle, war es für Thyra kein Problem, mich ausfindig zu machen.

Im letzten Jahr stand Thyra nach fast drei Jahrzehnten plötzlich vor meiner Haustür, und mein Leben fühlte sich zum ersten Mal komplett an.

Natürlich bedauerte ich es, dass meine Tochter in Hamburg arbeitete, aber wir sahen uns oft an den Wochenenden und telefonierten auch häufig miteinander. Dass sie nun aber so unerwartet in die Krummhörn ziehen wollte, überraschte mich ebenso sehr, wie es mich freute.

»Wieso ziehst du hierher?«, wollte ich wissen, nachdem sich meine erste Überraschung gelegt hatte.

»Ach«, seufzte sie sehnsüchtig und fuhr sich durch ihre weißblonden Haare, die bleistiftkurz waren und wild in alle Himmelsrichtungen abstanden, »als ich im letzten Jahr zum ersten Mal hier in Greetsiel war, haben es mir die Landschaft und die Menschen hier angetan!«

Niemand konnte ihre Sehnsucht nach Ostfriesland besser verstehen als ich. Schließlich war auch ich seit meinem ersten

Besuch in der Krummhörn in die Gegend verliebt. Auch ich hatte spontan meine Anwaltskanzlei aufgegeben und alle Brücken – bis auf die monetäre aus meiner stillen Teilhaberschaft – hinter mir abgebrochen. Was mich zu der Frage führte, wovon Thyra leben wollte.

»Was ist mit deinem Job beim Radio?«, wollte ich deshalb wissen.

»Ach«, sie winkte ab, »wird sich alles finden. Ich habe keinen Bock mehr auf Moderation. Viel lieber möchte ich mich mit einem Thema, das mich packt, inhaltlich auseinandersetzen, recherchieren, analysieren und eine Geschichte erzählen.«

»Willst du Krimis schreiben?« Ich lachte.

»Na klar. Die, die du hier erlebst«, konterte sie lachend in Anspielung an die Ereignisse des letzten Jahres. »Wer weiß? Vielleicht.« Thyra zuckte mit den Achseln: »Nö, eigentlich nicht.«

»Was denn nun?«, fragte ich schmunzelnd.

Thyra wiegte den Kopf hin und her: »Ich weiß selbst noch nicht. Mich interessiert echte investigative journalistische Arbeit. Nicht einfach immer nur die Nachrichten und Verkehrsberichte verlesen und anschließend die neuesten Hits ansagen. Ich will selbst Geschichten schreiben oder erzählen!«

Ein Wunsch, den ich ebenfalls sehr gut nachvollziehen konnte. Auch mich hatte mein Leben lang die Geschichte hinter der Geschichte interessiert; ein wesentlicher Grund, weshalb ich viele Jahre als Strafverteidiger gearbeitet hatte.

»Und dann gibt es da noch einen Grund«, ließ sie ganz nebenbei fallen.

»Und der wäre?«, fragte ich argwöhnisch.

»Tja …«, sagte sie gedehnt und sah betont unaufgeregt aus dem Fenster, in dem sich die Gartenbeleuchtung widerspiegelte.

In mir schrillten sofort die Alarmsirenen!

Ich glaube, in diesem Punkt sind wir Väter alle gleich. Wir

wollen für unsere Töchter immer nur das Beste; wenn sich dieses Beste dann aber in Form eines Mannes nähert, werden wir argwöhnisch, misstrauisch und kleinkariert.

»Ein Mann!«, bestätigte sie meine Befürchtung.

»Wie schön«, erwiderte ich lahm. »Und wer ist der Glückliche?«, fuhr ich wenig originell fort.

»Ich stell ihn dir vor, wenn ich umgezogen bin«, wich Thyra mir aus, was mich spekulieren ließ, ob ich diesen Mann vielleicht schon kannte. Weshalb war sie sonst so zurückhaltend?

Vorsichtshalber fragte ich nicht nach. Ich hatte auch überhaupt keinen Grund, mir in irgendeiner Form Sorgen zu machen! Thyra war erwachsen und konnte sehr gut auf sich selbst aufpassen. Außerdem sollte ich mich gefälligst für meine Tochter freuen, wenn sie jemanden gefunden hatte, dem sie ihr Herz schenken konnte. Der Tod von Sean lag ja nun schon ein paar Jahre zurück, und es war langsam an der Zeit, dass Thyra wieder einen Partner fand, bei dem sie sich wohlfühlte und mit dem sie in eine gemeinsame Zukunft schauen konnte.

Ich beschloss, sie nicht mit weiteren Fragen zu löchern. Thyra würde mir den Mann vorstellen, wenn es für sie der richtige Zeitpunkt war. Wenn ich nur wüsste, wer der Kerl ist!

»Wäre das für dich okay, wenn ich ein paar Tage bei dir wohnen würde?«, fragte sie mich. »Nur so lange, bis ich etwas Passendes gefunden habe.«

»Na klar«, sagte ich erfreut«, du kannst oben das Gästezimmer haben.«

Thyra hatte außer einer großen Reisetasche nicht viel Gepäck dabei, aber das kannte ich ja von ihr.

»Wo hast du deinen Wagen gelassen?«, wollte ich wissen.

Was Autos anbelangte, kamen bei meiner Tochter eindeutig meine Gene durch. Sie fuhr ebenso wie ich einen alten Käfer; einen hellblauen Ovali aus den Fünfzigerjahren, der aufgrund seiner ovalen Heckscheibe diesen Spitznamen trug.

»Den habe ich vor ein paar Tagen verkauft«, erzählte sie mir mit wehmütiger Stimme. »Ich kann mir im Moment nicht den Luxus eines Oldtimers leisten. Mit dem Geld, das ich für den Wagen bekommen habe, kann ich mich ein paar Monate über Wasser halten. In den nächsten Tagen werde ich mir vor Ort eine alte Gurke kaufen, die nicht so viel kostet und noch ein paar Monate TÜV hat. Im Frühjahr werde ich mir ein günstiges Motorrad kaufen.«

Thyra erzählte mir von ihren beruflichen Plänen und dass sie schon ein paar gute Ideen zu brisanten Storys gehabt habe. Zuerst aber wollte sie sich eine Wohnung in Greetsiel suchen und dann ihre Möbel aus der alten Wohnung abholen. Sie hatte bereits einen Nachmieter gefunden – eine Kollegin aus dem Radiosender hatte sich von ihrem Freund getrennt und war nur mit einer Reisetasche unterm Arm als Nachmieterin in die Wohnung eingezogen. So profitierten beide von der Situation: Thyra musste ihre Möbel nicht durch die Gegend schleppen, ohne überhaupt eine Wohnung angemietet zu haben; und ihre Kollegin konnte sich in Ruhe um neue Möbel kümmern und einziehen, wenn Thyra auszog.

Ich versprach meiner Tochter, ihr beim Umzug zu helfen.

Nachdem wir unseren Tee ausgetrunken hatten, räumte ich das Geschirr in die Spülmaschine, und wir löschten das Licht in der Küche. Thyra wünschte mir mit einem Kuss auf die Wange eine gute Nacht. Ein Wunsch den auch ich hatte; meldete sich doch gerade mein Kiefer mit einem schmerzhaften Ziehen wieder zurück.

Die halbe Nacht verbrachte ich damit, mich von einer Seite auf die andere zu wälzen und mir mit einer Kühlkompresse den Unterkiefer zu kühlen.

19

Lange bevor mein Handy klingelte, auf dem ich eine Weckzeit eingestellt hatte, lag ich wach und starrte mit schmerzverzogenem Gesicht an die Decke. Irgendwann gab ich es auf, doch noch Schlaf zu finden, und quälte mich aus dem Bett. Nach einer ausgiebigen Dusche zog ich mich an und brühte mir in der Küche einen Kamillentee auf. Ein Blick aus dem Küchenfenster auf das an der Außenwand hängende Thermometer zeigte mir, dass die Temperatur knapp zehn Grad unter dem Gefrierpunkt war und es im Moment nicht schneite, worüber ich froh war.

Zum einen war ich den Schnee nach den letzten Wochen ziemlich leid, und zum anderen rechnete ich mir ein besseres Vorankommen mit dem Wagen auf der Landstraße nach Emden aus.

Während ich am Küchenfenster stand und in das Dunkel des frühen Morgens hinausstarrte, dachte ich an Motte und wo er wohl gerade steckte. Wenn ich diesen verdammten Maskenmann fände, hätte ich auch meinen Hund schnell zurück; da war ich mir sehr sicher. Es stellte sich nur die Frage, wie ich dem Vermummten auf die Spur kommen sollte. Dass der Maskenmann aus dem Umfeld des Falles stammte, den ich gerade bearbeitete, stand für mich außer Frage. Aber was tun? Das Einzige, was mir richtig erschien, war, alle Beteiligten zu identifizieren, die Betreffenden in Unruhe zu versetzen und Druck auf sie auszuüben, in der Hoffnung, dass sie einen Fehler machten, der mich auf die entscheidende Spur führte.

Ein Blick auf die Uhr zeigte mir, dass ich so früh am Tag mit Sicherheit der erste Patient bei MEDIC wäre, auch wenn ich noch ein paar Minuten trödelte. Anstatt jedoch mir Zeit zu lassen, verpackte ich mich in warme Winterklamotten, legte meiner Tochter einen Zettel hin, auf dem stand, wohin ich mich aufgemacht hatte, und befreite meinen Käfer von Schnee und Eis.

Bereits beim Einbiegen in die Zufahrtsstraße sah ich, dass in der Zahnklinik bereits Licht brannte und auch schon einige Parkplätze belegt waren.

Noch bevor ich so recht wusste, wie mir geschah, drehte ich mich beim Einbiegen auf den Parkplatz halb um die eigene Achse und knallte mit dem rechten Kotflügel gegen eines der parkenden Autos, dass es nur so schepperte. Mir tat es fast körperlich weh, als ich den Aufprall hörte, und ich knirschte mit den ohnehin schon schmerzenden Zähnen.

Fluchend stieg ich aus und besah mir den Schaden.

Ich hatte mit dem Heckkotflügel meines Käfers einen weißen Range Rover gerammt. Allerdings hört sich das dramatischer an, als es dem Rover anzusehen war. Der Volkswagen hatte dem parkenden Wagen einen langen Kratzer verpasst, der sich vom unteren Rand der Fahrertür bis zum vorderen Radkasten entlangzog. Der Kratzer war nicht sonderlich tief, würde aber mit Sicherheit eine neue Lackierung der Fahrerseite zur Folge haben.

Leise vor mich hin fluchend, zog ich mein Handy aus der Innentasche meiner Jacke und schoss eine Serie Fotos aus allen möglichen und unmöglichen Perspektiven von beiden Wagen. Da ich nicht ausschließen konnte, dass der Besitzer des Range Rover den Wagen aufwendiger reparieren lassen würde, als notwendig war, machte ich von diesem Wagen besonders detaillierte Fotos.

Da ich davon ausging, dass der Besitzer sich in der Zahnklinik aufhielt, klemmte ich ihm meine Visitenkarte hinter den Scheibenwischer. Ich wusste zwar, dass das Hinterlassen eines Zettels nicht ausreicht, um meiner Pflicht als Schadensverursacher nachzukommen, aber da ich nicht vorhatte, mit meinem Käfer davonzufahren, hielt ich das Hinterlassen meiner Karte für ausreichend. Falls sich der Besitzer des Range Rover nicht dort aufhielt, würde ich wieder hinunter zum Parkplatz gehen und von dort aus per Handy die Polizei informieren.

Melanie, die Praxisassistentin von Doktor Gardim, begrüßte mich freundlich und schaute mich mitfühlend an: »Moin, Herr de Fries. Sie sehen aber nicht gut aus; macht Ihnen wieder der unselige Kiefer zu schaffen?«

Ich nickte bestätigend und bat Melanie, mich irgendwie in die Terminplanung von Doktor Gardim einzuschieben. Die Praxisassistentin heftete ihre Augen an den Bildschirm und begann, im Terminplan der Zahnärzte herumzuscrollen. Bedauernd schüttelte sie den Kopf: »Tut mir wirklich leid, Herr de Fries. Der Doktor hat gleich um halb neun eine längere Behandlung – eine Schmerzpatientin bekommt zwei Implantate.«

Ich verzog mitfühlend mein Gesicht, denn diese Patientin war nicht zu beneiden.

»Aber …«, Melanie schaute mich fragend an, »ich kann Sie gleich bei Frau Doktor Bergmann einschieben, ihr erster Patient kommt erst um neun Uhr, und bei ihr waren Sie doch schon mal; sie kennt Sie.«

Ich stimmte erleichtert zu. Mir war es egal, wer mich von den Schmerzen befreit; Hauptsache, es hörte endlich mal auf, wehzutun!

»Bevor ich es vergesse«, sagte ich, denn ich hatte den Rempler auf dem Parkplatz wegen der Schmerzen im Kiefer fast schon vergessen, »ich bin unten auf dem Parkplatz ins Rutschen gekommen und habe einem parkenden Wagen eine Schramme verpasst.«

»Oh«, Melanie sah mich erschrocken an, »was war das denn für ein Wagen?«

»Ein weißer Range Rover«, antwortete ich.

»Oh«, machte die Praxisassistentin erneut. »Das sollten Sie Frau Doktor Bergmann vielleicht erst nach der Behandlung sagen, der Wagen ist gerade mal einen Monat alt«, grinste sie.

»Oh, shit!«, entfuhr es mir.

Melanie lachte laut: »Sie wird Ihnen schon nicht den Kopf abreißen.«

Kaum wollte ich nach der neuesten Illustrierten greifen, wurde ich schon freundlich von Sybille, der Praxisassistentin vom letzten Mal, begrüßt und lächelnd aufgefordert, ihr in den Behandlungsraum zu folgen.

Ich hatte mich gerade auf der Behandlungsliege ausgestreckt, als sich eine Nebentür öffnete und die kräftige Gestalt der Assistenzärztin Doktor Bergmann erschien. Auch heute war sie von Kopf bis Fuß in ihre blauen Arztklamotten gekleidet, bei der ich stets unweigerlich an Operationskleidung denken musste. Der Eindruck eines Chirurgen wurde von der ebenfalls blauen Schutzmaske unterstrichen, die die untere Gesichtshälfte der Ärztin bedeckte, sodass ich nur wieder ihre blassblauen Augen sehen konnte.

»Herr de Fries«, begrüßte mich die Ärztin mit kräftigem Händedruck, »was führt Sie so früh zu mir; macht Ihr Kiefer immer noch Probleme?«

Ich nickte und berichtete der Ärztin von den ziehenden Schmerzen, die gestern Abend eingesetzt, im Verlauf der Nacht deutlich an Intensität zugenommen hatten und mir heute Morgen bis tief in den Kieferknochen strahlten.

Sie hörte mir geduldig zu und tastete mit ihren Fingerspitzen meinen Unterkiefer und die Lymphknoten unter meinem Kinn, hinter den Ohren und seitlich am Hals ab.

»Die Lymphknoten sind auf einer Seite deutlich geschwollen, was auf eine Entzündung hindeutet«, stellte sie fest. Sie ergriff die ebenfalls blauen Untersuchungshandschuhe, die Sybille ihr hinhielt, und streifte sie mit sicheren Handbewegungen über. Als die Praxisassistentin das gleißende Licht der Behandlungslampe einschaltete, kniff ich die Augen zu: meine bevorzugte Methode, wenn sich mir ein Zahnarzt nähert.

Gehorsam öffnete ich den Mund, als die Ärztin mich darum bat, und verfolgte mit meinem inneren Auge aufmerksam ihr Tun, jeden Moment darauf gefasst, dass sie irgendetwas tat, was mit Schmerzen verbunden war. Meine Sorge war aber unbegründet, denn Frau Doktor Bergmann ging sehr behutsam mit mir um. Allerdings bemerkte ich als hypersensibler Angstpatient, dass die Inspektion der Wunde nicht zu ihrer Zufriedenheit ausfiel.

»Ich sage es Ihnen ungern, Herr de Fries«, bestätigte sie meine Befürchtung, während sie konzentriert in meinem Mund werkelte, »Sie haben sich eine fette Entzündung gezüchtet. Ich befürchte, dass die Entzündung bis runter in den Kieferknochen gekrochen ist.«

Sie richtete sich auf, und ich klappte vorsichtig den Mund zu, während Sybille das Behandlungslicht zur Seite drehte.

»Was bedeutet das?«, fragte ich, während bereits vor meinem geistigen Auge Spritzen und Skalpelle unheilverkündend vorbeizogen.

»Das bedeutet, dass ich jetzt den Chef dazuhole«, erklärte mir die Ärztin. »Doktor Gardim hat bei Ihnen die Zahnextraktion durchgeführt. Wenn sich jetzt eine nachfolgende Entzündung entwickelt hat, muss er die Behandlung auch weiterführen.«

Sie erhob sich von ihrem Hocker und nickte der Assistentin zu: »Sybille, bitte einmal Herrn de Fries röntgen.«

Während ich der Praxisassistentin in den Röntgenraum folgte, verspürte ich ein heftiges Kribbeln in der Nase, das immer schlimmer wurde und sich in einem donnernden Niesanfall entlud.

»Gesundheit«, wünschte mir die Praxisassistentin, während sie am Röntgengerät verschiedene Einstellungen vornahm. »Es ist ja auch kein Wunder, wenn man sich bei dem Schietwetter erkältet.«

»Ich bin nicht erkältet«, näselte ich und putzte mir geräuschvoll die Nase.

Nach dem Röntgen streckte ich mich wieder auf der Behandlungsliege aus, als sich die Tür öffnete und Doktor Gardim energiegeladen und mit großen Schritten den Raum betrat.

Er sah, wie gewohnt, blendend aus.

Im Gegensatz zu seiner Assistentin trug er keine OP-Kleidung, sondern eine enge schwarze Designerjeans mit einem breiten, mit Nieten verzierten Ledergürtel und ein ebenfalls schwarzes Polohemd mit kurzem Arm, was ihm beides aufgrund seiner hochgewachsenen und durchtrainierten Figur ausgesprochen gut stand. Seine halblangen grauen Haare waren glatt nach hinten gekämmt und verliehen ihm in Verbindung mit seinem Dreitagebart das Aussehen eines adligen Piraten.

»Schön, Sie zu sehen, Herr de Fries. Das Jahr ist aber schnell vergangen«, witzelte er in Anspielung an meine häufigen Terminverschiebungen und setzte sich auf den kleinen Drehhocker. Er streckte mir zur Begrüßung die Hand entgegen, die ich zur Begrüßung kurz schüttelte.

»Tut mir leid, dass ich Ihnen heute Morgen Ungelegenheiten bereite und Sie von Ihrer Patientin weghole«, entschuldigte ich mich.

»Macht nichts«, lächelte er und strich sich mit einer Hand lässig eine graue Haarsträhne hinters Ohr. »Der Patientin geht's gut. Sie wissen doch: Bei mir braucht niemand Schmerzen zu erleiden.«

»Dann wäre ich froh, wenn sie mich auch von meinen Schmerzen befreien würden«, antwortete ich und berichtete ihm kurz von meinen Beschwerden.

»Meine Kollegin hat recht«, hörte ich ihn bedächtig sagen, während er mit einer spitzen Metallsonde vorsichtig den Rand meines Zahnfleischs abtastete, »da hat sich eine unschöne Entzündung entwickelt.«

Er richtete sich auf und nahm die Sonde aus meinem Mund. Langsam fuhr er das Oberteil des Behandlungsstuhls hoch, sodass ich ihm aufgerichtet gegenübersaß.

»Das heißt?«, fragte ich und sah ihn besorgt an.

»Das heißt …«, er sah mich fürsorglich an und wählte seine Worte mit Bedacht, um mir nicht mehr Angst zu machen, als ich ohnehin schon hatte, »… dass ich Ihnen den Unterkiefer betäube …«

Ich zuckte zusammen. Spritzen! Ich hasse sie!

»Es wird Ihnen nicht wehtun«, versicherte er mit ruhiger Stimme. »Dann werde ich die Wunde mit einer kleinen – ich betone, mit einer kleinen – Nadel punktieren und den Eiter abfließen lassen.«

Doktor Gardim deutete auf den Bildschirm, der neben der Behandlungsliege auf dem Schrank stand und mein Röntgenbild zeigte. Er nahm einen Stift und wies auf zwei für mich kaum sichtbare helle Flecken im Kieferbereich der Röntgenaufnahme.

»Das hier sind Eiteransammlungen, die sich gebildet haben«, erklärte er. »Die müssen entfernt werden, sonst bekommen Sie keine Ruhe. Wenn ich den Eiter abgesaugt habe, werde ich die Wunde gründlich spülen und eine antibiotische Heilsalbe einlegen. Wenn wir Glück haben, und davon bin ich überzeugt, wird sich die Entzündung rasch zurückbilden.«

»Und das war's?«, fragte ich skeptisch.

»Ich hoffe.« Doktor Gardim wiegte den Kopf hin und her. »Versprechen kann ich natürlich nichts, denn die Entzündung hat sich schon bis zum Kieferknochen vorgearbeitet. Ich bin mir aber sicher, dass wir das hinbekommen, denn ich möchte Ihnen das Abhobeln des Kieferknochens zur Neubildung der Knochenhaut ersparen; das tut nämlich richtig weh.«

Ich wurde blass.

»Keine Sorge«, beruhigte er mich. »Aber auch wenn dies der Fall sein sollte, würde ich Sie schmerzfrei halten.«

Doktor Gardims graue Augen sahen mich ermutigend an.

In den darauffolgenden zwanzig Minuten hätte ich vollkommen entspannt Zeitung lesen können, denn der Zahnarzt hatte nicht übertrieben. Sowohl die vier Schmerzspritzen als auch die Punktionsnadel spürte ich zu keinem Zeitpunkt. Ich war sehr erleichtert, als die Schmerzspritzen ihre Wirkung entfalteten und mein Kiefer sich zwar pelzig und taub, aber auch absolut schmerzfrei anfühlte.

Der Doktor drückte mir zum Abschied die Hand und bat mich eindringlich, in den nächsten zwei Tagen keine Terminverschiebung vorzunehmen, sondern pünktlich zur Kontrolle in die Praxis zu kommen. Mir ging es so gut, und ich fühlte mich erleichtert, sodass ich ihm alles versprochen hätte.

Beim Verlassen des Behandlungsraums traf ich Frau Doktor Bergmann, die sich nach meinem Befinden erkundigen wollte.

Ich berichtete, dass die Behandlung absolut schmerzfrei verlaufen sei und es mir bis auf die Tatsache sehr gut ginge, dass sich mein kompletter Unterkiefer taub und pelzig anfühle.

»Ja«, sagte die Ärztin zustimmend, während ihre blassblauen Augen aufmerksam meinen Kiefer musterten, »was Schmerzen anbelangt, ist Doktor Gardim ein Meister seines Faches. Bei ihm sind Sie gut aufgehoben.«

»Da wäre noch etwas«, sagte ich. »Es ist mir ein wenig unangenehm, aber ich muss kurz etwas mit Ihnen besprechen.«

Doktor Bergmann hob langsam den Kopf und sah mich über ihre Schutzmaske hinweg durchdringend an: »Und das wäre?«

Anstatt ihr zu antworten, musste ich mehrmals hintereinander kräftig niesen.

»Gesundheit, Herr de Fries«, sagte sie. »Sie müssen besser auf sich aufpassen!«

»Danke«, ächzte ich und schnaubte mir wieder die Nase, »deshalb wollte ich ja mit Ihnen reden.«

Die Ärztin sah mich schweigend an.

Nachdem ich mein Papiertaschentuch in der Jacke verstaut hatte, konnte ich ihr endlich erklären, dass ich mit meinem Käfer ihren neuen Range Rover gerammt hatte. Obwohl sie eigentlich verärgert hätte reagieren können, hatte ich das Gefühl, dass sie sich, während ich ihr den Hergang des Remplers darlegte, unmerklich entspannte; was ich auf meinen Hinweis zurückführte, eine sehr gute Vollkaskoversicherung zu haben.

Wir vereinbarten, dass ich ihr meine Versicherungsdaten bei Melanie hinterlegen und sie mir ihre Daten per Mail zusenden würde.

»Ich habe gehört, dass Ihr Wagen nagelneu ist«, sagte ich zur Verabschiedung. »Es tut mir wirklich leid. Ich weiß gar nicht, wie das passieren konnte.«

»Alles halb so wild, Herr de Fries«, versicherte sie mir. »Hauptsache, Ihnen ist nichts passiert!«

Wir tauschten noch ein paar Höflichkeitsfloskeln aus, dann verabschiedeten wir uns mit einem Händedruck voneinander.

Draußen vor der Tür war es mittlerweile hell geworden, und ich glaubte es kaum – die Sonne zeigte sich am Himmel.

Noch war die Sonne ein mittelgroßer gelber Punkt, aber die Chancen standen sehr gut, heute ein paar Sonnenstrahlen abzubekommen, verriet mir der Himmel, der sich bis auf ein paar hauchdünne Wolkenschleier friesisch blau präsentierte.

20

Auf dem Parkplatz sah ich mir den Schaden am Käfer nochmals genauer an. Der rechte hintere Kotflügel war leicht eingedrückt und zerschrammt, und auch die Stoßstange schien etwas abbekommen zu haben. Einer der verchromten Aufsätze der Höckerstoßstange, die es in den Fünfzigerjahren eigentlich nur bei Exportfahrzeugen gab, ich aber dem Käfer aus lauter Liebhaberei spendiert hatte, zeigte deutlichen Abrieb. Der Schaden war zwar bedauerlich, aber es hätte weitaus schlimmer kommen können. Aber auch wenn ich mein Siebenundfünfziger-Karmann-Cabrio sehr liebte, nutzte ich den Wagen zu jeder Jahreszeit als Alltagsfahrzeug, obwohl es sich bei ihm um einen Oldtimer handelte.

Der Schaden am Range Rover hielt sich in Grenzen; trotzdem würde die Reparatur ein paar Tausender kosten. Heutzutage wurden Autos ja bei der kleinsten Beule fast mikroskopisch zerlegt – in meinen Augen oftmals eine reine Geschäftemacherei. Deshalb schoss ich noch ein paar weitere Fotos von dem weißen Geländewagen, die zeigten, dass an dem Fahrzeug kein weiterer Schaden entstanden war.

Als ich in die Hocke ging, um die Radkästen der gegenüberliegenden Fahrzeugseite zu fotografieren, sah ich, dass Frau Doktor Bergmann sich eine Schraube in den Reifen eingefahren hatte. Die dünne Schraube mit dem abgeflachten Kopf, die ich auf den ersten Blick für eine Holzschraube hielt, war in dem dicken Profil des Reifens eingeklemmt. Zwar bestand keine

Gefahr, dass die Schraube den Reifen akut beschädigen und eine gefährlich werden konnte. Aber das konnte sich ja jederzeit ändern, und die dicken Reifen, die auf dem Geländewagen aufgezogen waren, sahen ziemlich teuer aus.

Ich kramte in den Tiefen meiner Wolljacke herum, und richtig – meine Fingerspitzen ertasteten mein kleines und universell einsetzbares Schweizer Taschenmesser, das ich hervorzog wie MacGyver, der smarte Serienstar der Achtzigerjahre. Die Schraube fiel mir fast schon entgegen, als ich die Klinge ansetzte. Ich steckte sie ein, damit nicht dem nächsten Autofahrer mit weniger dicken Reifen ein größeres Malheur geschah.

Mit dem Gefühl, für heute eine gute Tat getan zu haben, setzte ich mich in meinen Käfer, startete den Motor und machte mich auf den Weg in die Cirksenastraße – zum Büro der Staatsanwaltschaft.

Als ich das Büro betrat, saß Trautes Sekretärin Rosi wie gewöhnlich an ihrem Schreibtisch und bearbeitete die Tastatur ihres Computers. Als sie hochsah, fiel mir auf, dass sie weiter abgenommen hatte, was ihr ausgezeichnet stand. Mein Kompliment, mit dem ich ihre erfolgreiche Diät lobte, führte bei Rosi wie üblich zu geröteten Wangen.

»Ich hätte gerne die Staatsanwältin gesprochen«, bat ich steif, da ich mich nach dem Streit mit Traute unwohl in meiner Haut fühlte. »Ist sie vielleicht da?«

»Nein.« Rosi schüttelte betrübt den Kopf, und ich bemerkte, dass ihr Tränen in die Augen stiegen. »Frau Doktor Lenzen hat Urlaub.«

»Urlaub?«, fragte ich verblüfft und versuchte den Stich in der Magengrube zu ignorieren, den Rosis Mitteilung mir versetzte.

Traute und ich hatten unseren ersten gemeinsamen Urlaub zwar noch nicht gebucht, aber bereits geplant. Wir hatten vor, uns eine romantische Finca im Norden Mallorcas zu mieten; nur wir zwei alleine und eine Plantage voller Orangenbäume. Dass Traute jetzt im tiefsten Winter Urlaub nehmen wollte, hatten wir nicht abgemacht.

»Ja, Urlaub«, nickte Rosi. »Die Chefin hat gestern angerufen und mir am Telefon gesagt, dass sie bis auf Weiteres Urlaub nimmt.«

»Sie wissen nicht, wie lange sie Urlaub hat?« Ungläubig sah ich Rosi an.

Jetzt lief Rosi eine dicke Träne die Wange hinunter. Sie schüttelte den Kopf und senkte den Blick. Verstohlen kramte sie unter ihrem Schreibtisch ein Papiertaschentuch hervor und tupfte sich die Augen trocken.

»Wer vertritt denn jetzt die Chefin?«, fragte ich.

»Oberstaatsanwalt Riegel«, antwortete Rosi und schnäuzte sich leise.

Bevor ich nach näheren Einzelheiten fragen konnte, öffnete sich die Tür von Trautes Büro, und ein schlanker, drahtiger, etwa fünfzigjähriger Mann in einem anthrazitfarbigen Anzug trat heraus.

Bei dem Mann, der trotz morgendlicher Rasur einen Bartschatten trug und einen trockenen und steifen Eindruck wie ein preußischer Beamter machte, musste es sich um den Oberstaatsanwalt handeln.

Es gibt Menschen, die sind einem vom ersten Moment an unsympathisch; Riegel war ein solcher Mensch. Obwohl er ja ein total netter Typ sein konnte, was ich aber bezweifelte, verspürte ich mit dem ersten Blickkontakt eine starke Aversion gegen den Mann.

Abschätzend musterte er mich, während er an Rosis Schreibtisch herantrat und zwei Aktenstapel vor sie hin auf die Tischplatte legte.

»Guten Morgen, Herr Doktor Riegel«, machte ich den

Anfang und deutete ein Nicken an, machte aber keine Anstalten, ihm die Hand zu reichen.

Offensichtlich verspürte er ebenfalls eine Abneigung gegen mich, denn auch er machte keine Anstalten, mir die Hand zu geben.

»Guten Morgen«, erwiderte er knapp.

»Mein Name ist de Fries«, stellte ich mich vor. »Ich vertrete Frau Lydia Saalbusch im Todesfall Markus Sanddorn.«

Riegel runzelte schweigend die Stirn und sah mich weiter an.

»Ich hätte gerne gewusst, ob es in der Angelegenheit etwas Neues gibt«, schwindelte ich, denn ich konnte ihm ja schlecht sagen, dass ich eigentlich Traute sprechen wollte, um mich mit ihr zu versöhnen.

»Und?« Knapper konnte man keine Frage stellen.

Mit nur einem Wort hatte Riegel unsere beiden Positionen klargemacht und eine eindeutige Grenze gezogen. An einen Austausch von Informationen, geschweige an eine konstruktive Zusammenarbeit, war mit dieser Gattung Staatsanwalt nicht zu denken. Ich kannte diesen Typus aus meiner aktiven Zeit als Strafverteidiger zur Genüge, diese Typen spielten gerne ihre Position aus und demonstrierten ihre Macht. Da ich keinerlei Interesse an Testosteronspielchen mit dem Staatsanwalt hatte, verzichtete ich darauf, mich mit ihm anzulegen. Außerdem dachte ich an Traute, die es möglicherweise nach der Rückkehr aus ihrem Urlaub ausbaden musste, wenn ich Ärger machte.

Deshalb hielt ich den Ball flach und entgegnete nur: »Ich wollte mich erkundigen, ob es Neuigkeiten in dem Fall gibt.«

»Dafür, Herr Anwalt, gibt es vorgeschriebene Antragsverfahren, auf die ich hiermit hinweise und Sie gleichzeitig ersuche, die dafür vorgesehenen Formalien einzuhalten.«

Oberstaatsanwalt Riegel enttäuschte mich nicht, als er mir

mit kalter und unpersönlicher Stimme genau die Antwort gab, die ich von ihm erwartet hatte.

»Aber natürlich«, antwortete ich im sachlichen Ton, konnte mir aber nicht verkneifen, zu fragen, wann Traute ihren Urlaub beendet habe.

Oberstaatsanwalt Riegel sah mich kühl an, und ich glaubte einen Hauch von Ironie in seiner Stimme wahrzunehmen, als er antwortete: »Mir ist bekannt, Herr de Fries, dass Sie in einer privaten Beziehung zu Frau Doktor Lenzen stehen. Wenn Sie allerdings über deren Urlaub nicht informiert sind, sehe ich keinen Anlass dafür, Ihnen über interne Personalangelegenheiten Auskünfte gleich welcher Art zu erteilen.«

Das hatte gesessen.

Ohne ein weiteres Wort zu verlieren, nickte ich Rosi, der schon wieder eine Träne aus dem Augenwinkel kullerte, freundlich zu und wünschte einen schönen Tag, wobei ich meine Floskel an keinen der beiden Anwesenden direkt richtete, sondern sie im Hinausgehen murmelte.

Während ich die Treppen hinunterlief, ratterten meine Gehirnzellen auf Hochtouren. Warum hatte Traute mir nicht gesagt, dass sie Urlaub nehmen wollte? War unsere Meinungsverschiedenheit so massiv gewesen? Ich hatte zwar nicht das Gefühl, dass meine Mandatsübernahme an den Grundfesten unserer Beziehung rüttelte; aber offenbar war das wohl doch so. Dadurch, dass Traute sich per Urlaub aus dem Fall Sanddorn ausklinkte, hatten sich mögliche kompromittierende Situationen erledigt.

Aber konnte das die Lösung sein? War es das, was wir wollten?

Ich war zwar im selbst gewählten Ruhestand, aber wenn es sich wie im Fall von Lydia Saalbusch ergab, übernahm ich durchaus ein Mandat. Wenn ein solches Mandat wie im vorliegenden Fall im Bereich der Staatsanwaltschaft Aurich zum

Tragen kam, standen Traute und ich uns als Staatsanwältin und Strafverteidiger gegenüber. Traute konnte doch nicht jedes Mal durch Flucht in den Urlaub eine solche Situation umschiffen!

Klar hatte Traute recht; durch das spezielle Umfeld des INSOMNIA würde es sicherlich demnächst im Medienwald mächtig rauschen. Ihre Befürchtungen, dass unsere private Beziehung in den Fokus der Berichterstattung gezerrt würde, konnte schneller wahr werden als gedacht. Traute hatte Angst davor; ich nicht.

Das Einfachste wäre natürlich, das zu tun, worum sie mich gebeten hatte – das Mandat überhaupt nicht zu übernehmen. Damit würden sich Konstellationen wie die jetzige erst gar nicht ergeben. Warum aber tat ich das?

Die Antwort war simpel: einmal Anwalt, immer Anwalt.

War ich zu selbstgefällig und egoistisch, zu rücksichtslos Traute gegenüber?

Ich fand nicht.

Eher zu grundsätzlich, denn ich glaube, darum ging es mir gerade im Moment: trotz der Tatsache, dass Traute die zuständige Staatsanwältin war, grundsätzlich die Freiheit zu haben, ein Mandat zu übernehmen, wenn ich es für richtig hielt. Nicht mehr und nicht weniger.

Aber war ich dazu bereit, das Risiko einzugehen, dass unsere Beziehung an einer solchen Grundsatzfrage scheiterte? Ich wusste es nicht. Im Moment fühlte sich nichts mehr richtig oder falsch an. Ich tat jetzt einfach das, wovon ich dachte, dass es getan werden musste.

Im Wagen zog ich das Handy aus der Innentasche meiner Jacke und wählte mit grimmigem Blick die Nummer, die ich bereits gestern angerufen hatte.

»Hallo«, ertönte die gleiche sonore Stimme wie gestern.

»Wir sollten uns unterhalten«, sagte ich ohne Begrüßung und Umschweife zu Kurt Block.

»Sollten wir das?«, entgegnete er, ohne im Geringsten überrascht zu wirken.

Ich ging auf seine Bemerkung nicht ein, sondern fragte stattdessen: »Wo und wann?«

Offenbar hatte Block damit gerechnet, dass ich wieder anrief, denn er machte keine Anstalten, dass er erst noch überlegen müsse, ob er mit mir reden wolle.

»Norddeich, Hafenstraße, ›Block's Import-Export‹«, lautete die knappe Antwort.

»Hausnummer?« Ich konnte auch knapp.

»Gibt es nicht. Fahren Sie die Hafenstraße am Jachthafen entlang, bis sie eine Linkskurve macht. Das letzte Backsteingebäude schräg gegenüber von dem kleinen Gewerbegebiet; Sie stolpern praktisch drüber.«

Blocks Stimme klang routiniert, als er mir die Wegbeschreibung gab; fast so, als hätte er schon häufiger Kunden den Weg zu seiner Firma erklärt – was auch kein Wunder war, wenn er tatsächlich dubiose Geschäfte machte, von denen Miriam Dannert gesprochen hatte.

»In einer Stunde!«, sagte ich und beendete das Telefonat, bevor Block etwas erwidern konnte.

Sofort wählte ich eine neue Nummer an.

Thyra meldete sich erst, nachdem ihre Mailbox angesprungen war; sie hatte sie erst wegdrücken müssen.

Ich informierte sie über meinen Besuch bei der Staatsanwaltschaft in Emden, Trautes unangekündigten Urlaub und ihre Urlaubsvertretung durch den leitenden Oberstaatsanwalt Doktor Bertram Riegel.

»Tut mir leid«, sagte sie, als ich auf ihre Nachfrage antwortete, dass ich nichts von Trautes Urlaubsplänen gewusst hatte. Sie notierte sich die Adresse von Kurt Block; eine Vorsichtsmaßnahme, die wir vereinbart hatten, wenn ich in Sachen Recherche unterwegs war. Die dramatischen Ereignisse im vergangenen Jahr waren mir eine Lehre gewesen, als ich impulsiv einem Verdacht nachgegangen war, der in einem mörderischen Rendezvous endete, das ich fast mit dem Leben bezahlt hätte.

»Sei bitte so nett und finde etwas über diesen Kurt Block heraus«, bat ich meine Tochter. »Vor allem alles, was du über seine Geschäfte herausfinden kannst …«

Ich gab Thyra eine Zusammenfassung dessen, was Miriam Dannert mir über Kurt Block erzählt hatte.

»Kurt Block, Norddeich, Hafenstraße, ›Block's Import-Export‹«, diktierte ich ihr Namen und Adresse des Mannes, der nach den Erzählungen von Miriam Dannert ein fragwürdiger Spezialist in Sachen Atemreduktion und Atemkontrolle war.

»Dom de Agonie«, sagte Thyra, nachdem ich mit meinem Bericht geendet hatte. »Wie krank ist das denn?«

Wir besprachen noch ein paar Einzelheiten und vereinbarten eine Uhrzeit, zu der ich sie anrufen würde. Diese Sicherheitsmaßnahme sollte mich davor schützen, wieder in eine unkontrollierbare, lebensgefährliche Situation zu geraten. Würde ich mich nicht zu der vereinbarten Uhrzeit bei ihr melden, ginge sie davon aus, dass mir etwas zugestoßen sei oder ich mich in einer Situation befände, die ich nicht mehr kontrollieren könne.

Thyra versicherte mir, dass sie sofort mit der Recherche über Block anfinge und mir schnellstmöglich eine kurze Zusammenfassung aufs Handy schicke.

21

In Norddeich angekommen, fuhr ich kurz Ollis Tankstelle in der Norddeicher Straße an und spendierte meinem Grauen eine Tankfüllung, die ich mit einem zusätzlichen Bleiadditiv versah, da der Originalmotor kein Bleifrei verträgt. Ich blätterte in der Tankstelle kurz die Tageszeitungen durch, fand aber noch immer keine Mitteilung über den Mordfall im INSOMNIA. War es Traute gelungen, den Fall vor der Presse unter Verschluss zu halten? Dass sich niemand von den Presseleuten für einen Toten im SM-Studio interessierte, kam mir merkwürdig vor.

Das Firmengebäude von Kurt Block war ein eingeschossiger Flachbau mit roten Klinkern. Direkt neben dem Gebäude befand sich ein kleiner Parkplatz mit sechs Stellplätzen. Zwei der Plätze waren bereits mit einem schwarzen Audi Q7 und einem kleinen roten Mazda MX-5 Roadster besetzt. Ich stellte meinen Käfer neben dem kleinen Cabrio ab und stieg aus.

Die niedrig stehende Wintersonne war zwar noch ziemlich blass, schickte aber ihre Strahlen unbeirrt über den hellblauen Himmel, der wie frisch gewaschen über dem Hafen hing. Nur ein paar vereinzelte Möwen glitten lautlos durch das Blau des Himmels und ließen den Moment wie eine Postkartenidylle aussehen.

Ein Blick in die Runde zeigte mir, dass ich mich an diesem frühen Vormittag fast allein im Hafengebiet befand, abgesehen von einer Truppe Radler auf ihren Rennrädern, die so wild entschlossen aussahen, als wollten sie die Krummhörn an einem Vormittag durchradeln.

Ein über dem Eingang des Bürogebäudes angebrachtes blaues Firmenschild verkündete in großen weißen Lettern Firmennamen und Art der Geschäfte, die hier abgewickelt wurden: *BLOCK's IMPORT-EXPORT.*

Ich öffnete die große Glastür und betrat den Geschäftsraum, der mit einem grauen Empfangstresen und gleichfarbigen funktionalen Büromöbeln sachlich eingerichtet war. Den Mittelpunkt des durchschnittlich großen Geschäftsraums nahmen die beiden einander gegenüberstehenden großen Schreibtische ein, die im Moment allerdings verwaist wirkten.

Die in Weiß gehaltenen Wände wurden von einer Galerie großformatiger Fotos in matt glänzenden Alurahmen geschmückt. Den Fotos war anzusehen, dass sie von einem ambitionierten Fotografen aufgenommen worden waren. Je nach Motiv strahlten die Fotos eine kraftvolle Dynamik oder mystische Ruhe aus. Alle Bilder zeigten exotische Motive und Straßenszenen oder Porträtaufnahmen von Menschen in Schwarz-Weiß und Sepia. Wenn die Fotos von Block stammten, wovon ich ausging, führten ihn seine Geschäfte offenbar oftmals nach Asien, Afrika und Indien. Ich erkannte die typisch farbenprächtigen und uns Europäer chaotisch anmutenden Straßenszenen Neu-Delhis ebenso wie grandiose Tieraufnahmen und Momentaufnahmen indonesischer Fischer beim Fang.

Verstohlen sah ich mich um und zog mein Handy aus der Tasche, denn noch war ich alleine im Büro. Schnell aktivierte ich die Videofunktion meines Smartphones und machte einen Schwenk mit der eingebauten Hochleistungskamera über Wände und Büro.

»Ich sehe, Ihnen gefallen die Aufnahmen von Muncar?«, hörte ich eine Stimme hinter mir.

Während ich mich umdrehte, verbarg ich unauffällig mein Handy in der Hand und vergrub beide Hände in den Jackentaschen. Ich hatte ohnehin nicht vor, Kurt Block mit Handschlag zu begrüßen.

»Sehr stimmungsvolle Aufnahmen«, sagte ich. »Sie fotografieren selber?«

Ich erkannte den Mann, der vor mir stand, sofort. Es handelte sich um den glatzköpfigen Mann der Herrenrunde, den ich auf Sanas Foto gesehen hatte. Der Hinweis der Tänzerin auf die Geschäfte Blocks, alias Dom de Agonie, mit exotischen Tieren passte zu den Hochglanzfotos an den Wänden.

Block war etwas kleiner und schlanker als ich. Sein drahtiger und durchtrainierter Körper deutete darauf hin, dass er regelmäßig Sport trieb; möglicherweise war er Schwimmer oder Marathonläufer. Er strahlte Ruhe und Selbstbewusstsein aus, wie er mit beiden Händen in den schwarzen Jeans und lässigem Rollkragenpullover vor mir stand und mich vollkommen entspannt mit schiefergrauen Augen ansah. Block hatte einen Charakterkopf, den er blank rasiert trug; nur ein leichter grauer Bartschatten bedeckte Wangen und Kinn.

»Nein«, lächelte sein Mund ohne Beteiligung seiner Augen. »Die Bilder hat ein Freund gemacht. Ich kann nicht fotografieren, meine Qualitäten liegen woanders.«

»Im Ersticken von Frauen?«, ging ich ihn frontal an.

Mir war es im Grunde vollkommen egal, ob ich es mir mit ihm verdarb oder nicht. Ich ging ohnehin nicht davon aus, von Block wesentliche Informationen zu erfahren; dafür erschien er mir zu ausgebufft. Ich versprach mir eher etwas von einem Schlagabtausch, dem aber eine Konfrontation vorausgehen musste – an mir sollte es nicht liegen.

Block legte den Kopf in den Nacken und lachte sein raues humorloses Lachen, wie ich es bereits vom Telefon kannte.

»Wo haben Sie das denn her?«, fragte er unbeeindruckt.

»Wie schon gesagt«, versuchte ich ihn aus der Reserve zu locken, »mir ist bekannt, dass Sie zu einer Runde gehören, die sich ›Die Herren‹ nennt und sich zu speziellen Veranstaltungen im INSOMNIA trifft.

»Ja und?«, entgegnete er und sah mich amüsiert an. »Ist das seit Neuestem verboten?«

Ich schüttelte den Kopf, ohne auf seine Frage einzugehen. »Mich interessieren die Spielchen im INSOMNIA nur insoweit, als ein sogenannter Dom dort tot von der Decke hing.«

Block musterte mich scharf. »Von der Polizei sind Sie nicht und sicherlich auch nicht von der Staatsanwaltschaft. Wer sind Sie?«

Da Block mich nun persönlich kannte und sich meine Recherchen mittlerweile in der Herrenrunde herumzusprechen schienen, worauf der nächtliche Überfall hindeutete, sah ich keine Notwendigkeit, aus meiner Person ein Geheimnis zu machen, und antwortete: »Mein Name ist Jan de Fries. Ich bin Anwalt und vertrete im Mordfall Markus Sanddorn, oder Dom de Dolor, einen Mandanten.«

»Wen?«

Ich gab keine Antwort.

Block musterte mich eine Weile, und da ich keine Reaktion zeigte, stellte er eine weitere Frage: »Jetzt weiß ich zwar, wer Sie sind, aber ich habe noch immer keine Ahnung, was Sie eigentlich von mir wollen.«

»Das habe ich Ihnen doch bereits am Telefon gesagt«, antwortete ich. »Mich interessiert, ob Sie in der Nacht, in der Markus Sanddorn starb, im INSOMNIA waren.«

»Machen Sie sich doch nicht lächerlich«, fuhr er mich an und zeigte eine erste Reaktion auf meine penetranten Fragen.

»Sanddorn hat für Sie gearbeitet, richtig?«

»Sind Sie immer so penetrant?«

»Ja«, antwortete ich und lächelte freundlich.

Block sah aus, als überlege er, ob er mich mit ein paar Antworten abspeisen und loswerden könne. Er entschied sich, es auszuprobieren.

»Nein«, sagte Block. »Markus Sanddorn hat nicht für mich gearbeitet.«

»Da habe ich anderes gehört.«

Block lacht kurz auf. »Lassen Sie mich gefälligst ausreden, wenn Sie Antworten haben wollen, oder ziehen Sie ab!«

Ich nickte beschwichtigend und schwieg vorsichtshalber, nachdem er sich schon entschieden hatte, etwas zu sagen.

»Sanddorn arbeitete auf eigene Rechnung; er war so eine Art Einmannbetrieb«, fuhr Block fort. »Wenn ich, um ein Geschäft abzuwickeln, jemanden zusätzlich mit freien Kapazitäten benötigte, fragte ich bei ihm an, ob er den Job übernehmen wolle. War dies der Fall, wurde er für mich tätig – auf Rechnung natürlich!«

»Welche Art von Geschäften betreiben Sie?«, fragte ich Block, ohne davon auszugehen, dass er mir die Wahrheit sagen würde.

»Steht draußen auf dem Schild«, Block lächelte mit schmalen Lippen, »Import-Export.«

Da er wusste, dass ich mich mit dieser Antwort nicht zufriedengab, wurde er doch etwas konkreter: »Ich kaufe im Ausland Kunstgewerbe und Antiquitäten ein, habe mich aber in letzter Zeit immer mehr auf landestypische Spezialitäten spezialisiert.«

»Spezialitäten?«, fragte ich nach. »Welcher Art?«

»Nicht nur wir in Deutschland lieben Spezialitäten; denken Sie nur an die Grüne Woche in Berlin«, umschiffte er meine Frage. »Die Messe lebt von Spezialitäten, ein absolut boomender Markt. Im letzten Jahr waren achtundsechzig Länder auf der Messe vertreten.«

Mir war klar, dass Block sich von mir nicht näher in die

Karten schauen ließ, und kam auf meine Ausgangsfrage zurück: »Und was war die Aufgabe von Sanddorn bei Ihren geschäftlichen Aktivitäten?«

»Hin und wieder gab es Schwierigkeiten mit den Händlern oder den zugesagten Terminen«, erläuterte er unerwartet bereitwillig. »Und dann brauchte ich jemanden vor Ort, der die Dinge klärte.«

»Sanddorn war also der Mann fürs Grobe«, mutmaßte ich und schoss damit übers Ziel hinaus, denn Block versteifte sich und verschränkte die Arme vor die Brust; ein untrügliches Zeichen, dass er gerade dichtmachte.

»Wann haben Sie Markus Sanddorn eigentlich das letzte Mal gesehen?«, versuchte ich dennoch, weitere Informationen von ihm zu bekommen.

Vergeblich.

»Sie müssen mich jetzt leider entschuldigen, Herr Fies«, verunglimpfte er absichtlich meinen Namen, während er seinen Arm reckte und auf seine Armbanduhr sah. »Ich habe noch einen Termin und leider keine Zeit mehr.«

»Macht nichts, Herr Bock«, konterte ich. »Sie haben mir sehr geholfen, vielen Dank. Ich wollte mir einfach nur persönlich ein Bild von einem Repräsentanten der Alten Schule machen«, spielte ich auf seine Affinität zur »Old-School-Präsenz« an, von der Lydia Saalbusch mir berichtet hatte.

Ohne eine Antwort abzuwarten, drehte ich mich um und ging zur Tür, als Block mir hinterherrief: »Passen Sie gut auf sich auf, Herr de Fries – es wird heute Nacht kalt draußen …«

Obwohl mich dieser Spruch wie ein elektrischer Schlag traf, ließ ich mir nichts anmerken und verließ die Geschäftsräume.

Block war nicht der Maskenmann, da war ich mir sicher. Der nächtliche Angreifer war größer und kräftiger gewesen. Aber Block wusste etwas; da war ich mir ebenso sicher.

Die Frage war nur, ob er auch wusste, wo Motte war.

Aber auch wenn er es wusste, war ich mir sicher, dass er es mir nicht gesagt hätte, da er sonst zugegeben hätte, die Identität des Maskenmanns zu kennen und damit als Mitwisser drin zu hängen.

Meine einzige Chance sah ich darin, so viel wie möglich über ihn herauszubekommen, im günstigsten Fall auch seine Privatadresse, und ihn so schnell wie möglich zu observieren, in der Hoffnung, einen Hinweis auf Motte zu bekommen.

22

Kurz vor der Ortseinfahrt Hamswehrum bog ich auf den schmalen Weg ab, der zu meinem alten Kapitänshaus hinaufführte. Die Tür war verschlossen, wie ich es mir für die Zukunft angewöhnen wollte. Auf dem Küchentisch lag ein Zettel von Thyra, auf dem sie mir mitteilte, dass sie gegen Nachmittag da sei.

Ich hängte meine Wolljacke an den Haken in der Garderobe und kam mir für einen Moment völlig verlassen vor: Motte fehlte mir an allen Ecken und Kanten. Auch wenn er meist irgendwo in der Ecke herumlag und den ganzen Tag verpennte, fehlte mir seine Anwesenheit schmerzhaft.

In der Küche holte ich vier Skreifilets, die ich in der vergangenen Woche bei Greetje in Greetsiel gekauft hatte, und eine Familienpackung Blattspinat aus dem Tiefkühler und legte beides zum Auftauen in warmes Wasser in die Spüle – typisch hungriger Junggeselle.

Der Skrei, ein Kabeljau, der nur in den Wintermonaten im Nordmeer von Norwegen gefangen wird, hat ein besonders festes und aromatisches Fleisch. Ich bevorzuge eine schonende Zubereitung und würze die Filets nach dem Auftauen nur kurz, lege sie auf ein Spinatbett in eine Auflaufform, um sie dann in den Backofen zu schieben. Dazu ein paar Salzkartoffeln, fertig ist ein wunderbares Gericht.

Während Fisch und Spinat auftauten, stellte ich mich ans Küchenfenster und schaute wieder zum Fenster hinaus.

Meine Gedanken waren bei Motte und wo er wohl war. Mir fiel nichts ein, was ich noch tun könnte, um meinen Hund auf dem schnellsten Weg wiederzufinden. Den Garten abzusuchen konnte ich mir sparen, nachdem Onno und ich die Reifenspuren hinter dem Wäldchen gefunden hatten. Der Maskenmann hatte Motte mitgenommen, davon war ich felsenfest überzeugt.

Ich nahm mein Handy zur Hand und rief Onno an, der sich verschlafen meldete.

»Moin, Onno«, begrüßte ich ihn. »Hast noch gepennt?«

Onno brummelte etwas von Auftritt, Casting und einer durchfeierten Nacht. Da ich wusste, dass Onno, der als großer Fan des Hamburger Sängers Jan Delay ebenfalls versuchte, eine Karriere als Sänger zu starten, war mir klar, wovon er sprach: von einer durchzechten Partynacht, bei der er als Hip-Hopper auf der Bühne gestanden hatte. Ich wünschte Onno, dem man eine gewisse äußerliche Ähnlichkeit mit Jan Delay nicht absprechen konnte, zumindest was Größe und Statur anbelangt, wirklich viel Erfolg als Sänger, wobei mich seine Gesangskünste nicht begeisterten.

»Ich will dich auch nicht weiter stören«, sagte ich zu Onno. »Ich wollte nur wissen, ob es Reaktionen auf das Foto von Motte gibt.«

»Nee, Jan«, brummelte Onno, »ich hätte mich auch sofort gemeldet, wenn sich etwas getan hätte.«

Ich war nicht enttäuscht, denn mit einem Erfolg hatte ich nicht wirklich gerechnet.

Nachdem Onno und ich das Gespräch beendet hatten, bereitete ich das Essen vor und hatte gerade die Backofentür geschlossen, als ich hörte, wie sich ein Schlüssel in der Tür drehte und Thyra heimkam.

Meine Tochter begrüßte mich mit einer herzlichen Umarmung und stellte mit zufriedenem Gesicht ihre Handtasche auf den Küchentisch.

»Was macht dein Zahn?«, fragte sie teilnahmsvoll. »Und warum hat dein Wagen eine Beule im Kotflügel?«

Während ich uns Tee zubereitete, berichtete ich ihr von meinem Besuch in der Zahnklinik und dem Blechschaden, den ich dort verursacht hatte.

Thyra hörte gespannt zu, als ich ihr von meiner Begegnung mit Oberstaatsanwalt Riegel berichtete, und griff nochmals Trautes spontanen Urlaubsantritt auf, von dem ich ihr bereits am Telefon berichtet hatte. »Das hätte ich von Traute so nicht erwartet«, sagte sie nachdenklich. »Ich dachte, sie sei taffer.«

»Na ja«, räumte ich ein, »ich kann sie ja schon verstehen. Auf den Pressewirbel, der mit Sicherheit kommen wird, kann man getrost verzichten.«

»Bislang habe ich weder etwas gehört noch gelesen«, gab Thyra zu bedenken. »Auch im Internet nicht, das habe ich gecheckt. Vielleicht sieht Traute das Ganze ein bisschen zu eng.«

Ich erwiderte nichts auf Thyras Überlegungen, gab ihr aber insgeheim recht. Auch ich hatte ja die Zeitungen an der Tankstelle durchgeblättert und nichts gefunden.

Die Medien bewahrten absolutes Stillschweigen über den Toten im INSOMNIA – vorerst.

»Wie war's bei Block?«, fragte Thyra gespannt.

»Er war zunächst ziemlich zugeknöpft«, begann ich zu erzählen, »Block hat aber zugegeben, dass der Tote für ihn gearbeitet hat. Dabei hat er großen Wert auf die Feststellung gelegt, dass Sanddorn nicht sein Angestellter war, sondern gewissermaßen als Subunternehmer im Bedarfsfall für ihn tätig war.«

»Na, das passt doch alles ins Bild«, nickte Thyra zufrieden, als ich mit meinem Bericht geendet hatte. »Dieser Block ist ein Geschäftsmann alter Schule. Er handelt mit allem, womit sich Geld verdienen lässt. Ob alte Weine, die angeblich aus adligen Nachlässen stammen, oder antikes Geschirr und Kerzenleuchter, die von geschichtsträchtigen Orten oder Ereignissen stammen: Block hat alles und macht mit allem Geld.«

»Du meinst Preziosen von der *Titanic* oder der *Hindenburg*?«, fragte ich interessiert, denn genau von solchen Geschäften hatte Miriam Dannert gesprochen.

»Genau!«, bestätigte Thyra. »Wir können wohl davon ausgehen, dass dieser Markus Sanddorn ständig für ›Block's Import-Export‹ gearbeitet hat. Der will sich in nichts hineinziehen lassen.«

Ich nickte zustimmend: »Denke ich auch. Das wird eine reine Schutzbehauptung sein, damit man ihn nicht allzu sehr mit dem Toten in Verbindung bringen kann.«

»Aber – und jetzt wird's richtig interessant und kriminell!«, sagte Thyra mit triumphierendem Gesichtsausdruck. »Dieser Kurt Block betreibt seine Geschäfte mittlerweile mit Schwerpunkt in Asien und Afrika.«

»Das passt ja genau zu den Bildern, die in seiner Firma hängen«, stimmte ich zu.

Thyra nickte grimmig. »Dieser Typ handelt nicht mit Medikamenten, wie du ursprünglich angenommen hast, sondern mit Aphrodisiaka!«

»Du meinst, solche Potenzmittelchen?«, fragte ich erstaunt.

»Genau diese. Aber nicht die üblichen wie Camu-Camu, Spanische Fliege oder Bibergeil, sondern sehr viel spezieller!«

»Bibergeil?«, prustete ich belustigt los. »Ist der Name Programm?«

Jetzt lachte auch Thyra. »Bibergeil kannst du wirklich als Tinktur oder Pulver bekommen. Früher wurde es als Medikament gegen Krämpfe und Epilepsie eingesetzt. Das Zeug war so beliebt, dass sogar die nordamerikanischen Biber in ihrer Population bedroht waren. Heute wird Bibergeil wegen seiner angeblichen erotisierenden Wirkung noch immer sehr gerne von der Parfümindustrie verarbeitet.«

»Du willst sagen, die Frauen sprühen sich mit sündhaft teurem Parfüm ein, und da ist dieses Zeug drin?« Ich grinste immer noch. »Ist da wirklich etwas vom Biber drin?«

»O ja.« Thyra nickte. »Bibergeil ist ein Sekret aus einer Drüse, die sich beim Biber zwischen After und Geschlechtsorganen befindet. Der Biber benutzt das zur Reviermarkierung und …«

»Hör auf!«, rief ich und verzog das Gesicht, was schon wieder halbwegs funktionierte, da die Betäubung nachgelassen hatte. »Das ist ja ein ekliger Gedanke, dass dieses Zeug im Parfüm sein soll.«

»Das ist ja noch harmlos«, behauptete Thyra. »Womit dieser Block handelt, ist bei Weitem nicht mehr so harmlos.«

»Erzähl!«, forderte ich sie auf und begann, den Tisch zu decken.

»Für mich bitte nicht«, sagte Thyra. »Ich muss gleich noch mal weg.«

»Schade«, sagte ich und wurde hellhörig. »Bist du verabredet?«

Thyra nickte, machte aber keine Anstalten, etwas zu sagen.

»Mit diesem … äh … dem …«, druckste ich herum.

»… diesem Mann, der mir meine Tochter entführt?«, grinste Thyra amüsiert. »Wenn du das sagen wolltest – ja. Genau der.«

Ich räusperte mich unbehaglich und zwang mich zu dem Gedanken, dass Thyra mit dreißig Jahren erwachsen genug war, um mit Männern auszugehen und Spaß zu haben.

Da ich nicht näher auf das Thema eingehen wollte, schaltete ich stattdessen den Herd aus und räumte das Besteck wieder ab. Ich konnte später auch alleine essen.

Thyra verstand mein Signal und fuhr mit ihrem Bericht über Blocks Geschäfte fort.

»Es ist unglaublich, was Männer alles anstellen und welches

Heidengeld sie für Potenzmittel ausgeben«, berichtete Thyra, »besonders für diese sagenumwobenen Mittelchen werden horrende Summen bezahlt.«

Thyra hatte in der kurzen Zeit erstaunlich viele Informationen zusammengetragen, die sie jetzt von ihrem Tablet ablas, das sie zwischenzeitlich eingeschaltet hatte. Sie berichtete von kuriosen, exotischen, ekligen und skandalösen Substanzen, Mitteln und tierischen Körperteilen, die zu Pülverchen und Tinkturen verarbeitet wurden, denen man eine erotisierende und potenzsteigernde Wirkung nachsagte.

»Der Aberglaube hat sich in den letzten Jahrhunderten bei aller zivilisatorischen Aufklärung nicht gelegt, sondern hat eher zugenommen«, erklärte Thyra. »Besonders im asiatischen Raum wird auf Artenschutz oder seltene Tiere und Pflanzen keine Rücksicht genommen.«

»Wahrscheinlich ist das Gegenteil der Fall«, warf ich ein. »Je seltener, desto teurer.«

Thyra nickte aufgebracht. »Ganz genau. Und der Witz dabei ist, dass es nicht nur die Männer sind, die horrende Summen für diese Präparate ausgeben. Frauen kaufen dieses Zeug ebenso – besonders in Asien. Es gibt unzählige traditionelle pflanzliche und tierische Aphrodisiaka, wie beispielsweise Alraun, Stechapfel oder Spanische Fliege, um nur einige zu nennen«, erläuterte sie. »Diese Mittel sind je nach Qualität, Herkunft oder Wirkung teilweise giftig, gefährlich oder unwirksam – oft auch alles gleichzeitig!«

»Was hat Block damit zu tun?«

Thyra rief auf ihrem Tablet die Firmenseite von »Block's Import-Export« auf.

»Sieh mal einer an«, sagte ich und zeigte auf das Foto des Firmeninhabers, der in Safarikleidung neben einem Jeep stand und in die Kamera lächelte. »Das sieht nicht nach einem Schwarzwaldurlaub aus.«

»Block betreibt seine Firma schon ein paar Jahre«, berichtete Thyra weiter von ihren Recherchen. »Er stand mal eine Zeit lang unter Verdacht, mit Elfenbein gehandelt zu haben.«

»Woher weißt du das denn?«

»Hm«, machte sie. »Ich habe einen Kollegen angerufen, der mal über das Thema einen Bericht gemacht hat. Der hat noch ganz gute Connections zu zwei Leuten vom Zoll.«

»Ist Block noch in der Branche aktiv?«

Thyra zuckte die Schultern. »Es ist ruhig um die Firma geworden. Es wird auch nicht gegen ihn ermittelt; zumindest ist mir nichts bekannt. ›Block's Import-Export‹ handelt tatsächlich mit Kunstgewerbe aus China, Afrika und Indonesien, aber nach den Hinweisen, die ich im Netz gefunden habe, und den alten Ermittlungsgeschichten glaube ich, dass er sich auf ausgesuchte tierische Aphrodisiaka spezialisiert hat.«

»Wie kommst du darauf?«

»Weil man damit richtig viel Geld machen kann und seine Geschäftskontakte sich genau dort befinden, wo die Umschlagplätze für Elfenbeinschmuggel und exotische Wilderei liegen – Kamerun und Muncar beispielsweise.«

»Das passt perfekt!« Ich schlug mit der flachen Hand auf den Tisch. »Block hat Aufnahmen von Fischerbooten, Stränden und Hafenszenen aus Muncar an den Wänden hängen.«

Schnell nahm ich mein Handy zur Hand und startete das Video, das ich heimlich in Blocks Firma gemacht hatte.

»The Big Five!«, rief sie plötzlich und tippte auf den Bildschirm, als die Fotos der Tiere zu sehen waren.

»Was meinst du?«, fragte ich verständnislos.

»The Big Five!«, wiederholte sie. »Die großen Fünf! So nennen Großwildjäger fünf afrikanische Tiere, die sehr schwierig und gefährlich zu jagen sind: Elefant, Nashorn, Büffel, Löwe und Leopard! Wundervolle Tiere, die leider alle sehr bedroht sind.«

»Super Recherche, Thyra!«, lobte ich sie. »Deine Informationen passen wirklich sehr gut ins Bild. Mit welchen tierischen Potenzmittelchen, denkst du, handelt Block?«

»Mit denen, die am teuersten sind.« Thyra rief eine weitere Seite auf ihrem Tablet auf, die eine ganze Galerie unterschiedlicher Phiolen, Fläschchen und Reagenzgläser zeigten und von chinesischen Schriftzeichen und Dollarzeichen kommentiert wurden.

Ich reckte den Hals: »Was ist das?«

»Asiatische Potenzmittel«, antwortete sie und scrollte durch die Seite. »Eingelegte Tejusechsen, konservierte Königskobras oder getrocknete Seepferdchen – such dir was aus.«

Ich hatte in der Vergangenheit schon verschiedentlich vom Aberglauben verzweifelter Männer und ihrer Hoffnung auf Potenzsteigerung durch asiatische Aphrodisiaka gehört. Aber diese Ansammlung toter, getrockneter, eingelegter und pulverisierter Tiere oder deren Körperteile schockierte mich sehr.

»Und das hier ist der heilige Gral der Potenzlosen!«, verkündigte Thyra sarkastisch. »Nashornpulver vom Java-Nashorn, das seit 2011 als ausgerottet gilt!«

Ich starrte auf die unscheinbare Phiole, die mit einem gräulich-weißen Pulver gefüllt war. Die Glasflasche war mit einem roten Lacksiegel verschlossen worden, in dem asiatische Zeichen eingestempelt waren.

Thyra deutete auf den Preis, der neben der Phiole angegeben war, und ich musste zweimal hinschauen, um zu glauben, was dort stand.

»Das ist …«, ich überschlug den Dollarkurs kurz im Kopf und konnte die Summe noch immer nicht glauben, die dort angegeben war, »… das sind dicker Daumen umgerechnet etwas über zehntausend Euro!«, sagte ich ungläubig.

»10 776 Euro, um genau zu sein«, sagte Thyra. »Das Pulver

des Horns vom vietnamesischen Java-Nashorn wird mit dem Dreifachen an Gold zum aktuellen Tageskurs aufgewogen!«

Wir hoben gleichzeitig den Kopf und sahen uns an. Ich schüttelte ungläubig den Kopf.

»Da habt ihr deutschen Männer es einfacher«, stellte Thyra trocken fest. »Ihr geht zum Urologen und lasst euch einen Zehnerpack Viagra aufschreiben.«

»Keine Ahnung«, erwiderte ich gedankenverloren, »hab ich keine Last mit.«

Thyra kicherte, ich goss uns indes Tee ein.

Während wir Tee tranken, erzählte mir Thyra noch weitere Einzelheiten über den Handel und das Abschlachten von bedrohten Tierarten durch skrupellose Wilderer, die in weiten Teilen Afrikas jährlich bis zu zwölf Prozent des Bestandes an Elefanten wegen ihres Elfenbeins skrupellos töteten – die sanften grauen Riesen hatten keine Chance gegen die gut organisierten Wildererbanden.

Da das Horn des Breitmaulnashorns in Vietnam und China als Wundermittel schlechthin bei Potenzproblemen und Erektionsstörungen gilt, wird auch dieses Tier gejagt und wegen seines Horns gnadenlos abgeschlachtet.

Thyra erzählte mir vom Washingtoner Artenschutzübereinkommen, das einer der ältesten Umweltverträge der Welt sei und den Handel mit wilden Pflanzen und Tieren reguliere. Das Washingtoner Abkommen listet rund fünfunddreißigtausend Tierarten nach dem Grad ihrer Bedrohung auf, wonach fast tausend Tiere auf der Tabuliste der meistgefährdeten Arten stehen. Jeglicher Handel mit diesen Tierarten ist strengstens verboten und wird mit hohen Strafen geahndet. Diese Liste wird jährlich länger, und bald werden sicherlich auch diverse Haiarten auf der Tabuliste zu finden sein, denn der Mensch ist in weiten Teilen der Meere damit beschäftigt, den Hai, der sich im Verlaufe einer vierhundert Millionen Jahre langen Evolution dem Leben im Ozean perfekt angepasst hat, auszurotten. Sicherlich sind der schlechte Ruf des Hais und das Klischee der menschenfressenden Bestie an dieser Jagd mit schuld. Aber der Mensch als das gefährlichste Raubtier des Planeten stellt dem Hai unerbittlich nach.

Thyra berichtete vom massenhaften Abschlachten der Raubfische in Indonesien und dass das Pflaster in den Hafenstraßen von Muncar bei den Schlachtfesten mit blutigen Kadavern übersät sei. Die indonesischen Fischer sind nur an den Flossen der Tiere interessiert, die sie ihnen bei lebendigem Leib abschneiden. Der restliche Körper wird einfach auf den Müll geworfen.

Bei einem Preis von umgerechnet fünfundsiebzig Euro für einen Satz Flossen ist das Geschäft mit den Haiflossen, die in Asien als Delikatesse gelten, für die Fischer von Muncar ein höchst lukratives Geschäft. Kein Wunder also, dass die Fischer, deren Monatsverdienst bei ungefähr einhundertachtzig Euro liegt, regelrechte Jagd auf die Tiere machen.

»Kann gut sein, dass Block auch an dem Handel mit Haiflossen beteiligt ist«, meinte Thyra. »Es ist ein sehr lukratives Geschäft. Für einen Teller Haifischflossensuppe zahlst du in China rund achtzig Euro.«

Irgendwie war mir im Verlauf unseres Gesprächs der Appetit vergangen, und ich war im Grunde froh, dass meine Tochter nicht zum Essen blieb.

»So, Paps«, sagte Thyra mit Blick auf die Uhr, »ich muss los.«

So schnell, wie sie aufgetaucht war, verschwand sie auch schon wieder. Ich konnte sie gerade noch fragen, womit sie denn unterwegs war; zu Fuß konnte sie ja schlecht gekommen sein.

»Hab mir einen Wagen ausgeliehen. Tschau!«, rief sie mir von der Diele aus zu, bevor die Haustür ins Schloss fiel.

Ich zuckte mit den Schultern und verzichtete darauf, ihr neugierig hinterherzulaufen, um einen Blick auf das Auto zu werfen, das sie sich ausgeliehen hatte; vermutlich von diesem Mann, zu dem sie jetzt unterwegs war.

Ich stellte den Fisch, der fertig gegart war und wunderbar aromatisch duftete, in den Kühlschrank; für heute war mir der Appetit auf Fisch vergangen.

Stattdessen schmierte ich mir ein paar Stullen, belegte sie dick mit meinem Lieblingsschinken, einem herzhaft über Buchenholz geräucherten Katenschinken, und garnierte sie mit einer Handvoll kleiner Gürkchen aus Gretas Einweckbeständen. Hochkalorisch ausgerüstet, zog ich mich auf mein altes Ledersofa zurück und legte die Füße auf den Tisch.

Herzhaft biss ich von der Stulle ab und schaute zum Fenster hinaus. Draußen dämmerte es bereits. Meine Gedanken wanderten zu Motte. Wo mochte der Dicke bloß sein, und wie ging es ihm?

Mitten hinein in meine Überlegungen klingelte mein Handy.

Ich legte den Rest der Stulle auf die Tischkante und meldete mich mit halb vollem Mund.

»Sind Sie am Abend zu sprechen?«, sagte eine Frauenstimme, die ich erkannte, auch ohne dass sie sich mit Namen gemeldet hatte – Sana Hörsch!

»Guten Abend, Frau Hörsch«, begrüßte ich die Anruferin und schluckte den letzten Bissen hinunter.

»Wenn Sie mich sprechen möchten, stehe ich Ihnen gerne zur Verfügung«, teilte mir die Tänzerin mit leiser Stimme mit. »Ich habe heute etwas in Greetsiel zu erledigen und würde anschließend gerne mit Ihnen reden. Die genaue Zeit kann ich Ihnen aber noch nicht sagen; ich richte mich danach …« Sie hielt inne und ließ ihren Satz unvollendet im Raum stehen.

»Rufen Sie einfach durch, wenn's bei Ihnen passt. Ich bin den ganzen Abend für Sie am Handy erreichbar«, antwortete ich. Ich bot der Tänzerin an, bei mir vorbeizukommen, wenn sie ihre Dinge erledigt hätte; dann musste man sich nicht bei den eisigen Temperaturen irgendwo im Dunkeln verabreden und möglicherweise Gefahr laufen, sich zu verfehlen.

Nachdem wir das Gespräch beendet hatten, holte ich mir aus der Küche eine Flasche Bordeaux und ein Glas.

Mit dem Rotweinglas in der Hand, in dem ein dunkel rubinroter 2010er Château Brun aus Saint-Émilion sein wunderbares Bukett aus roten und schwarzen Johannisbeeren mit einem Hauch von Vanille entfaltete, setzte ich mich an meinen Schreibtisch und zog mit einem weichen Bleistift sinnlose Linien aufs Papier.

In diesem Moment klingelte schon wieder das Telefon.

Ich meldete mich und hörte der aufgeregten Lydia Saalbusch zu, die mir berichtete, dass sie heute einen Bescheid des Ordnungsamts bekommen habe, der ihr bis auf Weiteres die Betreibung des INSOMNIA untersage. »Was soll ich denn jetzt bloß tun?« Die Verzweiflung ließ ihre Stimme zittern. »Ich habe keine Rücklagen. Wovon soll ich denn die Pacht bezahlen, geschweige denn leben?«

Ich versuchte, sie zu beruhigen, was mir aber nur mit mäßigem Erfolg gelang. »Sobald wir der Polizei einen Tatverdächtigen präsentieren können, werden die Ermittlungen eingestellt. Dann kann Ihnen keiner mehr etwas«, erklärte ich ihr. »Was aber diese Brandschutzgeschichte anbelangt, müssen Sie mir Ihre Unterlagen zusammenstellen, damit ich mich sachkundig machen kann.«

Wir verabredeten, dass sie mir schnellstmöglich die Brandschutzunterlagen vorbeibrachte, und verabschiedeten uns dann voneinander.

Ein Glas Rotwein später kam ich etwas zur Ruhe und

begann, die Personen, denen ich im Zusammenhang mit dem Toten begegnet war, in Form von Strichmännchen darzustellen. Miriam Dannert bekam üppige Brüste gezeichnet, die Tänzerin stellte ich mit hochgereckten Armen und ballerinamäßig auf Zehenspitzen balancierend dar, und Oberstaatsanwalt Riegel charakterisierte ich mit nur einem Strich und einem dicken Punkt als Kopf.

Je mehr Strichmännchen ich auf das Zeichenpapier malte, umso übersichtlicher wurden meine Gedanken. Eine Stunde und zwei Gläser Bordeaux dauerte es, bis ich alle Personen, vom Pförtner über den Geiger aus der Hamburger Staatsoper bis zu dem toten Dom de Dolor, zu Papier gebracht hatte. Auch das Foto der makabren Hochzeitsgesellschaft, das die Tänzerin mir gegeben hatte, zeichnete ich ab.

Über den Kopf der Figuren, die ich kannte, schrieb ich in winzigen Druckbuchstaben den jeweiligen Namen. Strichmännchen der Personen, von deren Existenz ich wusste und die ich zuordnen, aber bislang nicht identifizieren konnte, versah ich mit einem Fragezeichen.

Den toten Markus Sanddorn markierte ich mit dem genealogischen Symbol für gestorben – † – und Strichmännchen, denen ich einen Mord zutraute, mit einem fetten *M*.

Fünf der Strichmännchen, die das Papier bevölkerten, trugen das verdächtige *M*; alle Mitglieder der ominösen Herrenrunde und natürlich – der Maskenmann!

Unten rechts in die Ecke hatte ich zum Abschluss zwei Strichmännchen gezeichnet, die sich an den Händen hielten. Das Paar stellte Traute und mich dar.

Mit dem dritten Glas Wein in der Hand, das ich zur Hälfte geleert hatte, begab ich mich zum Sofa und streckte mich lang aus; langsam zeigte der Rotwein seine Wirkung, was angesichts der morgendlichen Betäubungsspritzen und der Schmerztabletten, die ich geschluckt hatte, keine gute Idee war. Aber ich hatte meine quälenden Zahnschmerzen für den Moment vergessen.

Während ich über die Ansammlung der Strichmännchen auf meiner Zeichnung nachdachte, schlief ich ein.

23

Mühsam stemmte ich die Bleigewichte, die schwer auf meinen Augenlidern lasteten, zur Seite und blinzelte auf das gleißend helle Display meines Handys, das zu Boden gerutscht war, als ich auf dem Sofa eingeschlafen war.

»Unbekannter Anrufer« stand dort.

Das dürfte Sana Hörsch sein, dachte ich verschlafen und meldete mich mit einem Brummen.

»De Fries?«, flüsterte eine Stimme aufgeregt.

»Werissenda?«, nuschelte ich mit schwerer Zunge und verfluchte die Unvernunft, mit der ich vorhin binnen kürzester Zeit eine Dreiviertelliterflasche Bordeaux in mich hineingekippt hatte.

»Mike«, wisperte die Stimme kaum noch hörbar, aber dafür eindringlich.

Alarmiert klappten sich meine Augenlider wie von selbst hoch.

»Powelz?«

»Ja«, erklang es kaum hörbar.

»Was wollen Sie denn?« Ich setzte mich aufrecht hin.

Ein Blick auf meine Armbanduhr zeigte mir, dass ich den ganzen Abend und die halbe Nacht auf dem Sofa gepennt hatte.

»Sind Sie verrückt, Powelz?«, fluchte ich. »Es ist drei Uhr morgens!«

»Irgendwas läuft hier aus dem Ruder«, flüsterte er statt einer Antwort, und seine Stimme klang ängstlich dabei.

»Wo sind Sie denn überhaupt?«, fuhr ich ihn an.

Statt einer Antwort rauschte es schmerzhaft laut an meinem Ohr.

Powelz befand sich irgendwo draußen. Der Wind pfiff ihm gewaltig um die Ohren und direkt ins Mikrofon seines Telefons.

»Wo sind Sie?«, wiederholte ich meine Frage.

»Hier draußen ist jemand«, hörte ich ihn flüstern.

»Powelz!«, herrschte ich ihn an. »Verdammt noch mal! Sagen Sie mir, wo Sie sind!«

»Hier bei Ihnen.«

Instinktiv schreckte ich hoch und starrte zum Fenster hinüber.

Nichts! Gott sei Dank!

»Zum letzten Mal, Powelz!«, warnte ich ihn im scharfen Ton. »Sagen Sie mir endlich, wo Sie sind! Sonst ist das Gespräch genauso schnell zu Ende, wie es begonnen hat!«

»Ja, schon gut«, antwortete er leise. »Ich bin hier bei Ihnen – in Greetsiel.«

»Sie! Hier?«, rief ich und glaubte, mich verhört zu haben. »Was wollen Sie denn hier?«

Was trieb der Reporter hier in Greetsiel, und was zum Teufel wollte er hier?

»Sana … Sana Hörsch«, flüsterte er leise.

Schlagartig war mir klar, dass er der Tänzerin gefolgt sein musste; wahrscheinlich war er ihr wegen dieser Primaballerina-assoluta-Geschichte auf den Fersen.

»Ist sie auch da?«, fragte ich schnell.

»Weiß ich nicht«, hörte ich ihn leise wispern. »Ich bin ihr die ganze Zeit gefolgt und habe sie dann aus den Augen verloren. Jetzt sitze ich schon drei geschlagene Stunden im Auto, frier mir den Arsch ab, und sie taucht nicht mehr auf.«

»Ist die Hörsch mit dem Auto da?«

»Ja, klar«, antwortete er. »Sie hat den Wagen hier abgestellt, ist aber nicht mehr aufgetaucht. Jetzt suche ich gerade die Umgebung ab, kann sie aber nicht finden. Die ganze Zeit war es hier wie ausgestorben, aber jetzt habe ich das Gefühl, dass hier jemand herumschleicht.«

»Haben Sie jemanden gesehen?«

»Nee … Oh, Scheiße!« Panik stieg in Powelz' Stimme auf. »Da hinten ist wirklich jemand!«

Ich fuhr wie elektrisiert auf meinem Sofa hoch und stieß das halbe Glas Rotwein um, das ich im Halbschlaf vors Sofa gestellt hatte.

»Können Sie jemanden erkennen?« Jetzt war ich hellwach.

Stille. Ich hörte nur den Wind rauschen.

»Scheiße, Scheiße!«, flüsterte der Reporter panisch. »Da ist ein Typ … in schwarzen Klamotten und – mit einer Gasmaske!«

»Wo sind Sie, Kerl?«, herrschte ich den Reporter an und sprang mit einem Satz vom Sofa hoch.

»Weiß ich nicht so genau, irgendwo hier in Greetsiel.«

»Und wo da genau?«, fragte ich zum dritten Mal.

»Keine Ahnung. Hier stehen Windmühlen«, seine Stimme war so leise, dass sie fast nicht mehr zu verstehen war, »hier an diesem Bach.«

Ich wusste natürlich sofort, dass der Reporter die Zwillingsmühlen, das Wahrzeichen von Greetsiel, meinte. Die beiden zweistöckigen Galerieholländer stehen ungefähr einhundertdreißig Meter voneinander entfernt am alten Greetsieler Sieltief, das Powelz als Bach bezeichnet hatte und das entlang der Mühlenstraße verlief.

»Wo sind Sie genau?«, fragte ich eindringlich.

»Direkt an der Windmühle.«

»An welcher? Es gibt zwei Windmühlen!« Der Kerl war zum Verzweifeln. Ist es denn so schwierig, eine genaue Antwort zu geben?

»Ich sehe nur eine.«

Ich musste mich zusammenreißen, um den Reporter nicht meine Ungeduld spüren zu lassen.

»Ist es eine rote Windmühle oder eine grüne?«, fragte ich deshalb mit betont ruhiger Stimme, während ich bereits in meine Stiefel stieg und nach meiner Jacke griff.

»Kann ich nicht erkennen, es ist doch dunkel«, wisperte er kläglich.

Ich sparte mir, ihm zu sagen, dass wir heute Nacht Vollmond hatten und er einfach nur an der Mühle hochzuschauen brauchte, um zu sehen, an welcher der beiden Mühlen er sich gerade befand. Vielleicht hätte er mir dann aber noch erzählt, dass er farbenblind sei.

»Steht neben der Mühle ein größeres Gebäude?«, fragte ich weiter, um seinen Standort zu lokalisieren, und zog meine Haustür hinter mir zu, unter den Arm den Feuerhaken geklemmt.

»Ja«, antwortete er hastig, »hier stehen Schilder, und da ist auch ein Laden oder so was.«

Jetzt wusste ich, wo er war.

»Okay!«, rief ich und versuchte ruhig zu bleiben, um ihn nicht zusätzlich aufzuregen. »Ich weiß, wo Sie sind. Bleiben Sie, wo Sie sind, und nähern Sie sich dieser Gestalt nicht. Dieser Vermummte ist sehr gefährlich! Halten Sie sich zurück; am besten verstecken Sie sich. Ich bin gleich bei Ihnen!«

»Mach ich«, sagte er kläglich. »Ich verstecke mich so lange.«

»Ach, Powelz – eins noch! Schalten Sie Ihr Handy stumm, und stellen Sie es auf Vibrieren«, warnte ich ihn, während ich die Windschutzscheibe freikratzte. »Und fahren Sie auch die Helligkeit des Displays runter!«

»Wird gemacht.«

Wenn der Reporter sich geschickt anstellte und gut versteckte, würde ich ihn auch bei Vollmond nicht finden und deshalb kurz anrufen. Das Klingeln seines Telefons oder Leuchten des Displays würde ihn aber dann möglicherweise verraten und den Maskenmann auf ihn aufmerksam machen.

»Bin gleich bei Ihnen«, sagte ich mit ruhiger Stimme. »Ich rufe Sie dann kurz an, damit ich Sie finde.«

»Ja, gut«, raunte er. »Bis gleich.«

Während ich mir das Handy griffbereit zwischen Fahrersitz und Oberschenkel einklemmte, rauschte ich vom Hof.

24

Die Scheinwerfer meines kleinen Käfers hatten fast keine Leuchtwirkung, da der Mond in voller Pracht am Himmel stand und die eisige Winterlandschaft mit seinem kalten blauen Licht ausleuchtete und noch frostiger aussehen ließ. Ich hatte keine Ahnung, wie kalt es wirklich war, tippte aber darauf, dass meine Wetter-App mit ihrer Vorhersage von minus vierzehn Grad ziemlich genau zutraf: Es war klirrend kalt!

Von meinem Haus bis zur Mühlenstraße waren es rund acht Kilometer, für die ich nicht länger als zehn Minuten brauchen würde; die Straße war menschenleer und die Schneedecke gut festgefahren.

Was ich eigentlich tun wollte, wenn ich Powelz gefunden hätte, wusste ich selbst noch nicht. Er würde mir erst einmal erklären müssen, was überhaupt los war.

Ich überlegte: Sana Hörsch hatte mich am Abend angerufen und gefragt, ob sie mich sprechen könnte, sie habe aber vorher noch in Greetsiel etwas zu erledigen. Wahrscheinlich war der Reporter der Tänzerin in Paparazzomanier gefolgt, weil er für seine Reportage recherchierte. Sana Hörsch hatte mir gesagt, dass sie in Greetsiel noch beschäftigt sei, sich dann aber melden würde. Sie hatte ihren Wagen abgestellt und sich auf den Weg zu ihrer Verabredung gemacht. Für mich war klar, dass sie jemanden treffen wollte. Wenn sie Tee oder Krabben hätte kaufen wollen, wäre sie sicherlich nicht extra nach Greetsiel gekommen.

Powelz hatte sie dann aus den Augen verloren und drei Stunden in seinem Auto auf die Tänzerin gewartet, die nicht aufgetaucht war. Weil er nicht mehr weiterwusste und das Gefühl hatte, dass sich bei den Windmühlen jemand herumtrieb, hatte er mich angerufen. Ich hatte ihm ja meine Karte gegeben, und er wusste, dass ich in der Nähe wohne.

Dass sich die Tänzerin die halbe Nacht nicht, wie verabredet, bei mir gemeldet hatte und Powelz den Maskenmann mit der Gasmaske gesehen hatte, versetzte mich in Alarmzustand.

Ich rechnete mit dem Schlimmsten.

Sollte ich die Polizei anrufen?

Aber was sollte ich denen erzählen – dass ein Mann mit einer Gasmaske um die Greetsieler Zwillingsmühlen herumschlich? Oder dass ich befürchtete, die Primaballerina der Hamburger Staatsoper in Klarsichtfolie eingewickelt und kopfüber aufgehängt irgendwo am Sieltief zu finden?

Ich lachte bitter auf, mein Atem ließ kleine Wolken durch das Wageninnere tanzen.

Die Polizei hätte mir wahrscheinlich gleich den sozialpsychiatrischen Dienst aus Emden nach Hause geschickt, um mich abzuholen. Davon abgesehen, dass für mich ohnehin nur eine wahrheitsgemäße Aussage infrage kam, hatte ich keine Idee, was ich der Polizei hätte sagen sollen.

Der Pilsumer Weg führte mich durch Greetsiel. Ich folgte dem Straßenverlauf und bog rechts ab, nachdem ich das Sieltief überquert hatte. Die Wasseroberfläche war komplett zugefroren und leuchtete mystisch im Mondlicht – sehr zur Freude der Kinder, die nach der Schule auf dem Siel Schlittschuh liefen.

Die grüne Mühle, die auch als westliche Mühle bezeichnet wird und die vor ein paar Jahren von einem Orkan schwer beschädigt worden war und zwei Jahre lang wieder instandgesetzt werden musste, tauchte rechts vor mir auf. Ihre Flügel zeichneten sich scharf gegen den Himmel ab.

Da ich mir nicht sicher war, ob der Reporter sich noch immer an der östlichen, der roten, Mühle aufhielt oder vielleicht seinen Standort gewechselt hatte und ich keine Ahnung hatte, ob und wo sich der Maskenmann herumtrieb, parkte ich meinen Wagen auf einem halbwegs schneefreien Streifen am Straßenrand.

Leise drückte ich die Wagentür ins Schloss, wobei ich mir diese Vorsicht sicherlich auch hätte sparen können. Denn in der klaren, frostklirrenden Vollmondnacht waren Geräusche auch über weitere Entfernungen hinweg gut zu hören. Powelz und der Maskenmann hatten sicher das charakteristische Knattern meines Käfermotors gehört.

Ich blieb regungslos neben meinem Wagen stehen und horchte in die Nacht hinein. Mein Atem stand beim Ausatmen in dichten Wolken vor meinem Mund. Die eisige Kälte biss mir in meine unbekleideten Körperstellen; innerhalb kürzester Zeit fühlte sich mein Gesicht nahezu taub an.

Während ich mit der linken Hand das Handy des Reporters anwählte, umklammerte meine rechte den gusseisernen Feuerhaken. Das kalte Metall wog schwer in meiner Hand, und ich war froh darüber, Handschuhe angezogen zu haben, auch wenn ich im Moment nur einen trug.

»Meld dich, Powelz!«, flüsterte ich und starrte auf die schwarze Glasfläche meines Handys – auch ich hatte Display und Ton ausgeschaltet.

»Ja?«, hauchte der Reporter so leise, dass ich ihn fast nicht gehört hätte.

»Wo sind Sie?«, fragte ich ebenfalls im Flüsterton.

»Immer noch an der Mühle«, antwortete er. »Ich habe mich versteckt, so, wie Sie gesagt haben – hinter einem Bretterstapel.«

Mich schauderte. Mit nächtlichen Inspektionen von Bretterstapeln hatte ich nichts mehr im Sinn.

»Haben Sie den Typen mit der Maske noch einmal gesehen?«

»Nein. Ich habe nur Schritte gehört, die an meinem Versteck vorbeigeschlichen sind – ganz dicht!«

»Gut gemacht«, lobte ich den Paparazzo. »Ich komme jetzt zu Ihnen, und dann suchen wir die Hörsch.«

Während meine Augen wie Suchscheinwerfer von links nach rechts wanderten und ich aufmerksam Ausschau nach Powelz und dem Mann mit der Gasmaske hielt, ging ich langsam an der grünen Windmühle vorbei. Orkan »Christian« war im Oktober 2013 über die Krummhörn gefegt und hatte der aus dem Jahre 1856 stammenden östlichen Mühle Flügel und Kappe abgerissen. Der Schaden betrug mehrere Hunderttausend Euro, die durch Spenden aufgebracht werden mussten, da die Mühle gegen Unwetter nicht versichert war. Erst vor Kurzem waren die Reparaturarbeiten abgeschlossen worden, und eins der Wahrzeichen von Greetsiel erstrahlte in altem Glanz.

Als ich auf Höhe der Windmühle angelangt war, verlangsamte ich meine Schritte und beäugte die nähere Umgebung. Aufgrund des Vollmonds konnte ich meine Umgebung ausgezeichnet erkennen, denn das bleiche Mondlicht wurde von der Eisfläche des Sieltiefs und dem blütenweißen Schnee reflektiert, der alle Flächen, Dächer, Bäume und Sträucher wie in Zuckerwatte verpackt hatte.

Als ich nichts Verdächtiges ausmachen konnte, ging ich vorsichtig weiter und achtete sehr darauf, kein Geräusch zu machen.

Je mehr ich mich der roten Windmühle näherte, erkannte ich, dass ein Teil der Gebäude um die Mühle herum im Schatten lag. Hier wurde die Suche nach Auffälligem etwas schwieriger, weil meine Augen die dunklen Ecken der Schatten nicht durchdringen konnten.

Beim Näherkommen machte ich einen Bretterstapel aus, der an der rückwärtigen Wand der alten Bussen'schen Mühle angelehnt war.

Plötzlich hörte ich ein leises Klacken.

Ich erstarrte.

Auch wenn ich die Schilder erkannte, von denen Powelz am Telefon gesprochen hatte, war ich auf der Hut. In Zeitlupe hob ich mein Handy und drückte die Wahlwiederholung.

»Ja«, meldete sich Powelz mit Flüsterstimme.

»Machen Sie mal ein Geräusch.«

Erneut ertönte ein leises Klacken, gefolgt von einem leichten Schleifen, so als würde jemand sich an einer rauen Oberfläche entlangschieben.

Der Reporter hatte sich hinter dem Bretterstapel versteckt.

»Okay.« Leise ging ich auf den Bretterstapel zu.

»Ich bin's«, flüsterte ich und beugte mich vor.

In diesem Moment hatte ich das Gefühl, ein Déjà-vu zu erleben!

Das Geräusch war nicht von Powelz gekommen, ich stand am falschen Versteck – mir gegenüber stand der Maskenmann!

Die Augen des Vermummten versteckten sich hinter zwei dunklen Glasscheiben, in denen ich mein eigenes Spiegelbild im Mondlicht erkannte. Ich starrte in die undurchdringlichen Augengläser der Lackmaske, die den Kopf des Unbekannten vollständig umhüllte. Matt schimmerten die verchromten Ösen und Ringe der Metallteile seitlich an der Maske, deren Zweck ich nicht erkennen konnte, im fahlen Mondlicht. Wo sich sonst der Mund befand, erkannte ich eine dunkle Öffnung, die von einem Metallring eingefasst war.

Unfähig, mich zu bewegen, stand ich dem Unheimlichen zum zweiten Mal gegenüber und starrte in die dunklen Augengläser der bedrohlichen Maske, die für mich wie eine Gasmaske aussah.

Wie bei unserer ersten Begegnung bewegte sich der Vermummte zuerst. Auch diesmal rammte er mir seine ausgestreckten Arme vor die Brust, und ich prallte genauso wie bei unserem letzten Zusammentreffen hart mit dem Rücken auf dem Boden auf.

Mir blieb für einen Moment die Luft weg, und während ich krampfhaft nach Luft rang, stellte sich der Maskenmann wieder breitbeinig über mich und hob den Arm. Der Maskierte trug wie bei unserem ersten Treffen einen schwarzen, eng anliegenden einteiligen Anzug, der sehr an einen Taucheranzug erinnerte.

Wieder sah ich hilflos auf dem Boden liegend zu, wie sich der Revolver des Maskenmannes hob und die Mündung auf mich zielte. Diesmal aber behinderte keine Schneelawine meine Sicht, und ich hielt noch immer den Feuerhaken in meiner Faust.

Ich schlug zu – gnadenlos!

Mit einem kehligen Aufschrei ließ der Vermummte den Revolver fallen und ging halb zu Boden. Ich hatte den Angreifer mit dem Feuerhaken voll in der Kniekehle erwischt, und er umklammerte mit beiden Händen sein Knie.

Ich holte wieder aus und schlug erneut zu!

Er brüllte abermals auf und verlor das Gleichgewicht.

Diesmal erwischte ich den Maskenmann seitlich an der Schulter. Ich spürte, dass mein Schlag von dem matt glänzenden Anzug gedämpft wurde. Offenbar trug der Maskierte tatsächlich einen professionellen Taucheranzug aus Neopren, dessen Isolierung gegen Kälte schützt, was auch erklären würde, dass ihm die eisige Kälte in dieser Aufmachung nichts auszumachen schien.

Ich hatte den Vermummten zwar empfindlich getroffen,

aber nicht kampfunfähig gemacht. Er war erstaunlich zäh und stand ebenso schnell wieder auf den Beinen, wie er zu Boden gegangen war.

Mit einem Satz war der Maskierte bei mir und kniete sich auf meine Brust, während sich seine behandschuhten Hände um meinen Hals legten. Seine Finger umklammerten meinen Hals wie ein Schraubstock. Ich bäumte mich auf und stemmte meine Beine in den vereisten Boden. Der Maskenmann würde mich nicht wieder überwältigen; diesmal nicht!

Mit voller Wuchte donnerte ich dem Maskierten, der auf meiner Brust kniete, den Feuerhaken ins Kreuz und hörte zu meiner Freude, wie ihm lautstark Luft aus dem Brustkorb gepresst wurde. Seine Hände, die er um meinen Hals geschlungen hatte, lockerten sich im wahrsten Sinne des Wortes schlagartig; ich spürte, wie seine Handschuhe über mein Gesicht glitten und er versuchte, mir seine Fingerspitzen in die Augen zu stechen.

Erneut zog ich ihm den Feuerhaken über; diesmal erfolgreicher, denn mein Angreifer rutschte von meiner Brust und schickte sich an, die Flucht zu ergreifen.

Während ich mich noch hochrappelte, lief der Maskenmann bereits los.

Der Schlag mit dem Feuerhaken hatte gut gesessen, stellte ich erfreut fest. Der Angreifer humpelte stark, während er die Mühlenstraße hinauflief. Mittlerweile stand ich wieder auf meinen Beinen und musste entscheiden, ob ich dem Flüchtenden hinterherlief oder zuerst nach dem Reporter suchte. Es konnte ja gut sein, dass der Paparazzo irgendwo in Frischhaltefolie eingewickelt in der Gegend herumhing. Obwohl – dann hätte er sich ja wohl kaum am Telefon gemeldet.

Meine Entscheidung wurde mir abgenommen, denn im gleichen Moment ertönte ein markerschütternder Schrei.

Ich fuhr zusammen.

Der Schrei kam vom anderen Ende der Mühle. Ich umklammerte erneut den Feuerhaken und preschte los in die Richtung, aus der ich den Schrei gehört hatte.

Als ich die rote Mühle umrundet hatte, bot sich mir ein gespenstisches Bild.

Links von mir lag das Alte Greetsieler Sieltief, dessen zugefrorene Eisfläche im Mondlicht wie ein silbernes Band glitzerte. Büsche und Schilf entlang des Ufers waren tief eingeschneit; nur die nah stehenden Bäume reckten ihre vereisten kahlen Äste in den Nachthimmel.

Rechts von mir ragte die östliche, rote Holländermühle in die Höhe, deren tiefster Flügel auf Höhe des Obergeschosses der Mühle Richtung Boden zeigte.

An diesem Windmühlenflügel hing Sana Hörsch.

Mike Powelz stand regungslos vor der toten Tänzerin, deren Füße schwerelos eine Handbreit über dem Schnee schwebten. Da Sana Hörsch etwas kleiner als der Reporter war, befand sich ihr Kopf auf Augenhöhe mit Powelz, der der toten Tänzerin Auge in Auge gegenüberstand und dessen Blick wie angefroren auf das Gesicht der Toten gerichtet war.

Die Tänzerin hing mit über dem Kopf zusammengebunden Händen an einem Seil, das am unteren Rand des Windmühlenflügels befestigt worden war. Ihr Kopf hing ihr nicht auf der Brust, wie man vermuten würde, sondern war stolz erhoben, wie ich sie lebend kennengelernt hatte. Ihre Lippen waren zu einem schmalen Strich zusammengepresst – vereist und zugefroren.

Das geisterhafte Mondlicht verlieh der gesamten Szenerie etwas Albtraumhaftes.

Ich trat neben Powelz, der warme Winterkleidung samt einer dicken norwegischen Strickmütze trug und sich einen dreifachen weiß-roten Wollschal mit schwarzen Sternen um den Hals gewickelt hatte, der ihm bis unters Kinn reichte.

Schweigend standen wir nebeneinander und starrten erschüttert auf die leblose Tänzerin.

Sana Hörsch musste ihren Mörder angesehen haben, denn auch jetzt waren ihre Augen weit geöffnet und schienen uns anzuschauen. Dass aber die Augen der Tänzerin nichts mehr sehen konnten, war auf den ersten Blick zu erkennen – Sana Hörsch war zur Eisskulptur gefroren.

Gesicht, Haar und der gesamte Körper der Toten waren steif gefroren; auf Haut und Kleidung glitzerten unzählige Eiskristalle im Mondlicht. Ihre toten Augen, mit denen sie uns anzusehen schien, waren von einer durchsichtigen Eisschicht überzogen, sodass ich ihre tiefgefrorenen Pupillen im Licht des Vollmonds gut erkennen konnte.

»Sie ist tot«, Powelz' Stimme klang nicht viel lebendiger als die Tänzerin, »einfach so.«

»Einfach so? Nein, todsicher nicht!«, entgegnete ich mit spröder Stimme. »Da hat jemand ganz genau gewusst, was er tat.«

Ich trat dicht an Sana Hörsch heran.

Die Tänzerin strahlte im Tod genau die gleiche Eleganz und Anmut aus, die ich in der Tanzsequenz bewundern durfte, als ich sie in der Hamburgischen Staatsoper aufgesucht hatte. Bekleidet war sie mit einem schlichten schwarzen Kleid, das den Kontrast zu ihrer vereisten Haut dramatisch betonte und ihr das Aussehen einer schwarzen Eiskönigin verlieh – selbst im Tod war sie eine Ballerina.

In der Ferne heulte ein Motor auf, und ich wusste instinktiv, dass sich die Verfolgung des Maskenmannes in diesem Moment erledigt hatte. Bis ich an der Straße war, hätte sich der Vermummte bereits dreimal aus dem Staub gemacht.

Ich zerquetschte einen Fluch zwischen den Zähnen und zog mein Handy aus der Tasche, während ich meinen Blick von der toten Tänzerin abwandte. Schnell tippte ich die Notrufnummer der Polizei ein, die sich auch sofort in Form einer hellwachen Frauenstimme meldete.

Die nächste Polizeiwache befand sich rund acht Kilometer von uns in Pewsum, und ich wusste, dass nachts ein einziger Streifenwagen für die Krummhörn zuständig war und Streife fuhr. Je nachdem, was zu tun war und wo sich der Wagen befand, rechnete ich mit einer längeren Wartezeit, bis die Polizei eintraf.

Nachdem ich meinen Namen genannt hatte, meldete ich der diensthabenden Beamtin den Fund der toten Tänzerin und beschrieb ihr, wo uns der Streifenwagen finden würde, den sie uns schicken solle.

Die Diensthabende erklärte mir, dass sich die Streife gerade wegen eines Einsatzes in Jennelt befände, dort aber in wenigen Minuten aufbräche und direkt zu uns käme. Wir sollten nichts anfassen und auf den Streifenwagen warten.

Wenn die Streife genauso schnell war wie ich mit meinem Käfer, konnten wir in einer knappen Viertelstunde mit dem Eintreffen der Polizei rechnen; Jennelt lag nur knapp neun Kilometer entfernt von Greetsiel.

Ich informierte den neben mir stehenden Powelz, der noch immer unverwandt die Leiche anstarrte.

»Was haben Sie hier gemacht, Powelz?«, fragte ich ihn. »Stoff für Ihre Story gesucht?«

Der Paparazzo nickte geistesabwesend.

»Diese Assoluta-Geschichte?«

»Damit ist es ja nun vorbei.« Powelz nickte wieder. »Tragisch! Sie war wirklich die Größte ihrer Zeit.«

»Schreiben Sie die Geschichte zu Ende?« Ich musterte ihn interessiert.

»Leider ja. Ich habe schon zu viel Zeit in die Geschichte investiert, als dass ich aufhören könnte.«

»Wieso leider?«

»Weil Sana Hörsch die Größte war«, erwiderte er, und mir fiel auf, dass ihm eine heruntergelaufene Träne auf der Wange festgefroren war. »Das Komitee wird eine andere Primaballerina assoluta krönen, aber es wird nicht die größte ihrer Zeit sein.«

»Haben Sie einen Verdacht, wer sie umgebracht haben könnte?«, fragte ich geradeheraus.

Sein Kopf ruckte zu mir herum: »O ja! Und ob ich den habe!«

Ich sah ihn auffordernd an: »Und wen haben Sie in Verdacht?«

»Niemand Bestimmten«, sagte er grimmig. »Aber bestimmt war es jemand aus der Szene.«

»Aus der SM-Szene?« Es war klar, dass Powelz von den speziellen Neigungen der Ballerina wusste.

»Sie wissen ja offenbar auch Bescheid.« Der Reporter taxierte mich, als prüfe er, ob ich auch zum Kreise der Sadomasochisten gehören könnte.

»Ich bin im Bilde.«

»Sind Sie ein Aktiver?« Powelz' Blick scannte mich ab.

»Das haben Sie mich schon einmal gefragt – ob ich ein Dom sei. Aber nee«, winkte ich ab. »Nicht meine Baustelle.«

Er zuckte mit den Schultern: »Wäre ja auch egal.«

Der Reporter griff in seine Jackentasche und holte eine elegante kleine Karte hervor, die er mir reichte. »Hier«, sagte er. »Da können Sie hingehen. Vielleicht erfahren Sie ja etwas, das Ihnen weiterhilft.«

»Danke!«, sagte ich und steckte die Karte ein, denn ich bekam einen Niesanfall und drehte mich weg, um Powelz nicht zu treffen. Nachdem ich mehrere Male so kräftig geniest hatte, dass mir die Luft wegblieb, schnäuzte ich mir lautstark die Nase.

»Erkältet?« Powelz warf mir einen fragenden Blick zu.

Ich schüttelte den Kopf, obwohl ich mir nicht sicher war, mir nicht doch eine Erkältung eingefangen zu haben, denn ich merkte, wie es in meinem Hals zu kratzen begann und mir das Schlucken schwerfiel. Auch das Brennen im Gesicht hatte an Intensität zugenommen und fühlte sich an, als hätte ich Bekanntschaft mit einem Strauch Brennnesseln gemacht.

»Sind Sie sicher?« Der Reporter musterte mich skeptisch, griff in die Tasche und zog sein Handy hervor. Besorgt schaltete er das Display ein und leuchtete mich an: »Sie sind ganz rot im Gesicht.«

Ich war mir nicht sicher, denn jetzt begann mein Gesicht obendrein zu jucken. Mühsam unterdrückte ich den Juckreiz und den Impuls, mir mit beiden Händen über das Gesicht zu kratzen, und wandte mich wieder der Toten zu, die schön und eiskalt unserer Unterhaltung beiwohnte.

Mein Blick blieb an ihrem Hals hängen. Ich sah einen dünnen Strich, der auf Höhe der Mitte ihres Kehlkopfes einmal rund um ihren Hals lief. Mit einem Tastendruck schaltete ich mein Handy ein und schoss eine Serie Fotos von ihr.

»Dürfen Sie das?«, fragte Powelz.

Ich gab keine Antwort und hoffte nur, dass Powelz nicht auf die gleiche Idee kam, Fotos von ihr zu machen, die dann später in der Regenbogenpresse zu lesen wären.

»Als Anwalt: ja«, behauptete ich dreist, obwohl ich wusste, dass Polizei und Staatsanwaltschaft meine Interpretation nicht teilten und mich zur Herausgabe der Fotos zwingen würden. »Als Reporter: nein.«

»Was zu bezweifeln wäre«, erwiderte der Reporter. »Aber keine Sorge. Ich habe nicht vor, Fotos zu machen; das bin ich der Größten ihrer Zeit schuldig!«

Ich steckte das Handy wieder ein und beugte mich zu dem Hals der Toten hinunter, um mir die kreisförmige Linie anzuschauen.

»Sieht nach einem dünnen Draht oder einer Anglersehne aus«, murmelte ich vor mich hin.

Der dünne und unter der Eiskruste nur schemenhaft zu erkennende Draht hatte sich tief in Haut und Muskeln der Tänzerin eingegraben, sodass er Luftröhre und Halsschlagadern gleichzeitig so konsequent abgeklemmt haben musste, dass Sana Hörsch wahrscheinlich sofort das Bewusstsein verloren hatte. Was ihr zu wünschen war.

Als ich hinter die Tote trat, verdichtete sich mein Verdacht, dass es sich um einen Draht handeln musste, da ein Knoten, der aus einem Seil oder einer Schnur geknüpft worden wäre, aufgrund seines Umfangs den Kopf der Toten nach vorn auf die Brust gedrückt hätte. Da dies nicht der Fall war, tippte ich auf einen Draht, wie man ihn für die Rosenzucht oder sonstige Gartenarbeiten benutzt.

Langsam richtete ich mich wieder auf und fuhr mir gleichzeitig mit der Hand über Hals und Gesicht. Das Jucken wurde immer schlimmer.

Powelz ging in Richtung Wasser und zog ein Päckchen Tabak hervor. Bedächtig begann er, sich eine filterlose Zigarette zu drehen.

Ich lehnte den angebotenen Tabak ab. Seit dem letzten Sommer hatte ich mit dem Rauchen aufgehört und nicht vor, in dieser Nacht wieder damit anzufangen; auch wenn es bei diesem Fall ausreichend Gründe gab, nach einem Glimmstängel zu greifen. Aber ich blieb standhaft.

Angestrengt horchte ich in die Nacht hinein und hoffte, dass die Polizei endlich einträfe.

Der Reporter ließ sein Feuerzeug aufflammen und inhalierte mit geschlossenen Augen den Rauch seiner Selbstgedrehten so tief ein, dass beim Ausatmen kaum noch zu erkennen war, dass es sich um blauen Dunst handelte.

»Das Ballett hat heute Nacht eine große Tänzerin verloren«, sagte er tonlos. »Sie war eine wahre Primaballerina assoluta – nur noch ungekrönt.«

Der Tod von Sana Hörsch schien Powelz wirklich nahezugehen.

Da ich nicht wusste, was ich erwidern sollte, sah ich ihm schweigend beim Rauchen zu. Ich versuchte standhaft, nicht zu der Toten hinüberzuschauen, konnte es aber nicht vermeiden, dass mein Blick immer wieder zu der eisverkrusteten Ballerina wanderte, die wie eine Skulptur aus der in Eis erstarrten Welt im Licht des Vollmonds am Flügel eines der Wahrzeichen Greetsiels baumelte.

25

Irgendwann hörte ich aus der Ferne Motorengeräusche, die sich schnell näherten.

Powelz und ich hatten die ganze Zeit schweigend nebeneinandergestanden, wir wussten beide nicht, was wir sagen sollten, und hingen unseren Gedanken nach. Während wir zusahen, wie sich die Lichter von mindestens zwei Autos näherten, fiel mir die Karte ein, die der Reporter mir zugesteckt hatte.

»Was war das für eine Karte, die Sie mir vorhin gegeben haben?«

»Eine Einladungskarte.«

»Einladung? Wozu?«

»Zu einem Ball. Einem großen Ball der Szene.« Powelz' Antwort kam langsam und klang vollkommen desinteressiert.

»Eine BDSM-Veranstaltung?« Mein Kopf fuhr herum, ich sah ihn an.

Der Reporter nickte langsam wie in Zeitlupe. »Ich weiß schon lange, dass Sana Hörsch spezielle Neigungen hat. Sehr spezielle.«

»Wie lange haben Sie sie überwacht?«

»Lange. Sehr lange«, lachte er bitter. »Ich habe mir Sorgen um sie gemacht.«

Der Reporter klang glaubwürdig. Trotzdem konnte ich mir nicht vorstellen, dass er Sana Hörsch nur aus Sorge überwacht hatte und ihr sogar von Hamburg bis nach Greetsiel gefolgt war.

»Sorge um die Frau oder Sorge um Ihre Story?«, fragte ich deshalb.

Wieder lachte er bitter. »Um beides, Herr de Fries. Um beides.«

»Warum haben Sie mir die Karte gegeben und fahren nicht selber zu diesem Ball?«

»Weil …«, er drehte mir den Kopf zu und sah mich mit traurigen Augen an, »… die Story heute ihr Ende gefunden hat. Ein tragisches Ende.«

»Sind Sie nicht daran interessiert, den Mörder zu fassen?«

Powelz zuckte mit den Schultern. »Nein, interessiert mich nicht. Meine Story ist heute zu Ende gegangen; zumindest das Kapitel, was Sana Hörsch angeht. Das Komitee wird eine andere Primaballerina assoluta krönen; darüber werde ich einen Nachsatz schreiben, mehr nicht. Meine Geschichte galt dieser Assoluta.« Powelz sah zu der eisverkrusteten Toten hinüber.

Die Scheinwerfer stoppten an der Mühle. Autotüren wurden zugeknallt, und das Geräusch durch den Schnee stapfender kräftiger Schritte näherte sich schnell.

»Der Mörder kommt aus der Szene! Ich bin mir ganz sicher, dass es einer dieser perversen Typen war. Den Mörder zu finden ist nicht meine Sache; dafür gibt's die Polizei oder …«, Powelz sah mich jetzt direkt an, seine Stimme klang hart, »… Sie! Sie wollen der Polizei doch weitere Tatverdächtige präsentieren, damit Ihr Mandant heil aus der Geschichte herauskommt.«

Ganz schön clever, der Herr Reporter, dachte ich.

Kaltes Halogenlicht aus mehreren Handscheinwerfern erfasste uns.

»Polizei!«, sagte eine junge Frauenstimme bestimmt. »Haben Sie uns alarmiert?«

Ich blinzelte ins helle Licht, was mir schmerzhaft in die Augen stach. »Ja«, bestätigte ich, »ich habe Sie angerufen.«

Während der zweite Beamte sich einen ersten Überblick

über den Tatort verschaffte und begann, das Gebiet mit einem gelben Trassierband abzusperren, dackelten Powelz und ich der jungen Beamtin zum Streifenwagen hinterher, um unsere Personalien aufnehmen zu lassen. Freundlich, aber bestimmt bat die Uniformierte uns, im Streifenwagen Platz zu nehmen und dort auf das Eintreffen der Kripo zu warten.

»Ich warte lieber an der frischen Luft«, entgegnete ich und griff mir an den Hals, der von innen wie von außen glühte.

»Alles in Ordnung mit Ihnen?«, fragte die Polizistin und sah mich besorgt an.

»Weiß ich auch noch nicht«, antwortete ich wahrheitsgemäß, denn ich bekam immer schlechter Luft, und mein Hals fühlte sich an, als hätte ich eine akute Mandelentzündung.

»Ein Krankenwagen ist unterwegs«, sagte sie beruhigend.

Ich winkte ab, schaute zu den Scheinwerfern einer kleinen Kolonne von Fahrzeugen hinüber und erkannte auch sogleich den dunklen BMW mit aufgesetztem Blaulicht, Mackensens Dienstwagen, und den grauen Kastenwagen der Spurensicherung. Den Abschluss bildete ein Krankenwagen.

Wieder knallten Wagentüren, und weitere Schritte näherten sich. Zwei Experten der Spurensicherung in ihren typischen hochgeschlossenen Overalls liefen mit kurzem Gruß an uns vorbei und begannen unverzüglich damit, transportable Hochleistungsscheinwerfer neben der Mühle aufzubauen.

Die Scheinwerfer flammten auf und tauchten das Gelände hinter der Mühle bis hinunter zum alten Sieltief in gleißendes Licht, sodass alle Details des grausigen Bildes schonungslos zu sehen waren.

»Guten Abend«, vernahm ich eine Stimme hinter uns.

Ich drehte mich um. Vor mir stand Oberkommissar Hahn und sah mich forschend an.

»Moin«, entgegnete ich mürrisch, denn wo Hahn auftauchte, war sein Kollege Mackensen nicht weit.

Wie wenn man vom Teufel spricht, bog Hauptkommissar Mackensen um die Ecke und stutzte kurz, als er mich erkannte. Trotz des tiefen Schnees gelang es Mackensen, mit der ihm eigenen Arroganz angestiefelt zu kommen. Er war wie bei unserer letzten Begegnung ausstaffiert wie zu einer Polarexpedition. Während Hahn ohne Kopfbedeckung und mit dünner Steppjacke vor mir stand, hatte Mackensen die fellumrandete Kapuze seiner Designerjacke über den Kopf gezogen.

»Jedes Mal, wenn wir uns begegnen, gibt's Tote zu besichtigen, de Fries«, begrüßte er mich ebenso mürrisch wie ich ihn. »Wird ja langsam zum Hobby bei Ihnen.« Dann stapfte er an mir vorbei zur Toten, ohne mich weiter zu beachten. »Was ist passiert?«, fragte mich Hahn und sah mich aufmerksam an.

Powelz und ich berichteten, wieso wir uns an diesem Ort getroffen hatten, und schilderten ausführlich von der Begegnung mit dem Unbekannten.

»Und dieser Vermummte hat Sie schon einmal überfallen?« Hahn machte ein argwöhnisches Gesicht, als ich ihm von meiner ersten Begegnung mit dem Maskenmann erzählte.

Während ich meine Aussage bestätigte, bekam ich immer schlechter Luft und hatte zudem das Gefühl, dass kleine Männchen ihre Presslufthämmer in meinem Kopf auspackten und sich an die Arbeit machten.

»Sie sehen aber nicht gut aus«, sagte sogar Hahn und musterte mich aufmerksam.

Er gab der Polizistin ein Zeichen, die daraufhin zum Krankenwagen lief und mit einem Notarzt wiederkehrte.

»Moin«, begrüßte mich der Arzt und stellte seinen Notarztkoffer in den Schnee. Er leuchtete mir mit einer kleinen Lampe in Pupillen, Mund und Rachen, um mich dann aufzufordern, ihn zum Krankenwagen zu begleiten. Mühsam kletterte ich in den erleuchteten Notarztwagen und legte mich widerwillig auf die mit einem papiernen weißen Schutzbezug überzogene Liege.

»Das sieht mir ganz nach einem anaphylaktischen Schock aus«, sagte der Arzt, während er eine Spritze aufzog und der Rettungssanitäter mir den Blutdruck maß. »Sind bei Ihnen Allergien bekannt?«

Ich nickte benommen und berichtete ihm von meiner Stauballergie. Während der Arzt mir erklärte, dass es nicht ungewöhnlich sei, dass sich im Laufe des Alters bestehende Allergien verstärken und weitere hinzukommen können, untersuchte er meinen Hals und Oberkörper. Dann legte er mir geschickt einen intravenösen Zugang mit einer kleinen Plastikkanüle und einem Adapter für ein Infusionssystem. Nachdem er die kleine Kanüle mit Pflasterstreifen fixiert hatte, entnahm der Rettungsassistent mehrere Plastikröhrchen mit Blut. Anschließend schloss der Notarzt eine Infusion mit einer durchsichtigen Flüssigkeit an und regulierte die Tropfgeschwindigkeit. Behutsam setzte er die zuvor aufgezogene Spritze auf einen zweiten kleinen Zugang oben auf der Kanüle und injizierte mir langsam eine farblose Flüssigkeit. Der Rettungssanitäter kontrollierte inzwischen meinen Blutdruck.

»Offenbar hatten Sie in letzter Zeit mehrfach Kontakt mit einem Allergen, das diese heftige allergische Reaktion ausgelöst hat. Die Hautreizung am Hals und im Gesicht ist eine klassische Reaktion auf einen Stoff, auf den Sie extrem allergisch reagieren. Ihre Atembeschwerden und auch der niedrige Blutdruck sind Symptome für einen allergischen Schock, ausgelöst durch ebendieses Allergen, von dem wir im Moment noch nicht wissen, worum es sich dabei handelt. Klarheit bekommen wir durch die Blutuntersuchung. Ich lasse Ihre Blutprobe durch unser Labor laufen, wir machen das große Programm und schicken das Ergebnis sofort an Ihren Hausarzt. Der muss dann alles Weitere veranlassen. Ich habe Ihnen zur Kreislaufstabilisierung eine Kochsalzlösung angehängt und spritze Ihnen gerade ein Antihistaminikum und danach etwas Adrenalin. Dadurch schwellen die Schleimhäute ab, Ihre Blutgefäße verengen sich wieder, wodurch wir Ihren Blutdruck wieder auf normale Werte bringen.«

Nachdem der Arzt mir die zweite Spritze verpasst hatte, kletterte er aus dem Notarztwagen, während der Rettungssanitäter meinen Blutdruck überwachte.

Erleichtert merkte ich, dass der Juckreiz nachließ und auch der Kloß im Hals kleiner wurde. Als auch die Männchen in meinem Schädel ihre Schlagbohrer wieder einpackten und Feierabend machten, setzte ich mich mit Zustimmung des Sanitäters auf den Rand der Liege. Kurz danach war auch die Infusionsflasche leer gelaufen, und ich fühlte mich zunehmend besser.

Die Tür öffnete sich, und der Notarzt kletterte zurück in den Wagen. »Sie sehen schon fast wieder aus wie das blühende Leben!«, stellte er fest und leuchtete mir erneut in Augen und Rachen. »Ich habe mit dem leitenden Ermittler gesprochen: Sie können jetzt heimfahren, müssen aber innerhalb von achtundvierzig Stunden auf dem Kommissariat erscheinen und Ihre Aussage machen. Ich schreibe Sie jetzt vernehmungsunfähig, dann können Sie sich erst einmal erholen, bevor der Papierkrieg beginnt.«

Ich bedankte mich bei dem Arzt und zog mich an. Dann fischte ich mein Handy hervor und gab dem Arzt Claudias Telefonnummer, der er die Laborergebnisse zuschicken sollte.

Uz' Tochter Claudia war Ärztin aus Leidenschaft und hatte die Landarztpraxis ihres Vaters übernommen, nachdem mein Freund in den Ruhestand gegangen war und sich nur noch der Krabbenfischerei mit seiner heißgeliebten *Sirius* widmete. Vor zwanzig Jahren hatte Claudia gemeinsam mit ihrer Mutter einen folgenschweren Unfall gehabt, bei dem ihre Mutter ums Leben kam und sie so schwer verletzt wurde, dass sie fortan an den Rollstuhl gefesselt war. Uz hatte damals zu allem Unglück auch noch Notdienst gehabt, war vollkommen ahnungslos darüber zur Unfallstelle geeilt, wem er da zu Hilfe kommen sollte. Er hat den Verlust seiner Frau nie wirklich überwunden und auch nicht wieder geheiratet. Trotz des entsetzlichen Unglücks hatte Claudia nach ihrer Reha ihr Medizinstudium auf- und danach eine Assistenzstelle in Bremerhaven angenommen. Die Landarztpraxis ihres Vaters übernahm sie dann vor einigen Jahren, und fortan war sie meine Hausärztin.

»Sie fahren aber bitte nicht alleine nach Hause«, wies der Arzt mich an. »Ihr Bekannter wird Sie heimfahren.«

Beim Verlassen des Notarztwagens verstand ich, wen er zu meinem Bekannten erkoren hatte: Powelz.

»Kein Problem«, sagte der Reporter und lächelte mich verkrampft an. »Mach ich doch gerne.«

Ich kramte meine Autoschlüssel aus der Jackentasche und gab sie ihm.

»Vielen Dank«, sagte ich. »Wir rufen dann gleich ein Taxi, wenn Sie mich heimgefahren haben.«

In diesem Moment marschierten zwei in dunkle Winterjacken gehüllte Männer mit Wollmützen auf dem Kopf vorbei, die einen Transportsarg aus grauem Aluminium zwischen sich trugen – die Bestatter, allerdings nicht mit dem Auftrag, die Tote zum Bestattungsinstitut, sondern in die Gerichtsmedizin zu bringen.

»Sie wird erst einmal auftauen müssen«, sagte Dr. Tillmann neben mir, den ich bis dahin gar nicht bemerkt hatte. Auch der Gerichtsmediziner hatte sich in eine dicke Winterjacke gehüllt – in einen olivfarbenen wattierten Parka der US Army. Auf dem Kopf trug er eine alberne Bommelmütze in Deutschlandfarben.

Wir begrüßten uns mit Handschlag.

»Der Kollege hat mir bereits von Ihrem Pech berichtet«, sagte er mitfühlend. »Haben Sie eine Ahnung, was die Allergie ausgelöst haben könnte?«

»Nicht die geringste.« Ich schüttelte den Kopf.

Da der Reporter etwas abseits stand und den Abtransport der toten Tänzerin beobachtete, fragte ich Tillmann leise: »Haben Sie schon eine Vermutung zur Todesursache?«

Tillmann sah sich verstohlen um, damit Hahn und Mackensen nicht mitbekamen, dass er mir Insiderinformationen gab, die mir nach Meinung des Oberstaatsanwalts erst nach offizieller Antragsstellung zustanden. »Genaueres kann ich Ihnen …«, wisperte er verschwörerisch.

Ich winkte ab: »Schon klar, Doc. Ihr erster Eindruck reicht mir.«

Tillmann ließ erneut seinen Blick kreisen und raunte dann: »Wahrscheinlich hat sie durch Unterbrechung der Blutzufuhr zum Gehirn das Bewusstsein verloren und ist auch daran gestorben. Sie wurde erdrosselt.«

»Womit?«

»Ein sehr dünner Stahldraht, nur wenig stärker als 0,25 Millimeter. Über die Verwendung habe ich noch keine Idee.«

Die Einschätzung des Pathologen bestätigte meine erste Vermutung hinsichtlich der Todesursache.

Bevor ich etwas erwidern konnte, traten drei Gestalten hinter der roten Mühle hervor. Sie waren in ein Gespräch vertieft und blieben im Licht der Scheinwerfer stehen, während sie miteinander diskutierten. Ihre Gestalten zeichneten sich wie schwarze Scherenschnitte gegen das Licht der Scheinwerfer ab: klein und korpulent, groß und schlaksig – solche Charakterschatten hatten nur Hahn und Mackensen. Der dritte Schatten sagte mir gar nichts. Dann trat der dritte Schatten näher ins Licht, und ich erkannte den leitenden Oberstaatsanwalt: Dr. Bertram Riegel.

»Was macht der denn hier?«, zischte ich.

»Chefsache«, sagte Tillmann ebenso leise. »Sorry, ich muss los.«

Auch Tillmann als leitender Gerichtsmediziner unterstand Riegel und trabte deshalb pflichtbewusst zu seinem Chef. Die Männer wechselten kurz ein paar Sätze und setzten sich dann Richtung parkender Wagenkolonne in Bewegung. Mackensen und Riegel würdigten mich im Vorbeigehen keines Blickes, während Hahn mir kurz zunickte und Tillmann verstohlen zwinkerte.

Gemeinsam mit Powelz machte ich mich auf den Weg zu meinem Käfer. Während der Reporter die dünne Eisschicht entfernte, die sich schon wieder auf der Windschutzscheibe gebildet hatte, ließ ich mich auf den ungewohnten Beifahrersitz meines Grauen nieder und verkroch mich in meiner Jacke.

Der Reporter kam gut mit dem Käfer klar, und während wir gemächlich Richtung Hamswehrum zockelten, fielen mir vor Erschöpfung die Augen zu.

Zu Hause angekommen, bestellte ich ein Taxi und bereitete dem Reporter einen starken Kaffee zu, während wir auf den Wagen warteten. Das Taxi mit Sven am Steuer, den ich aus Gretas *Rettungsschuppen* gut kannte, traf bereits nach knappen zwanzig Minuten ein.

Nachdem ich mich von Powelz verabschiedet hatte, kroch ich vollkommen erschöpft unter die Bettdecke; während mir noch die eisigen Pupillen der toten Tänzerin vorm geistigen Auge standen, übermannte mich übergangslos die Müdigkeit, und ich fiel in einen tiefen und traumlosen Schlaf.

26

Irgendwann gegen Mittag erwachte ich vom Essensgeruch, der mir in der Nase kitzelte. Schlaftrunken warf ich einen Blick auf meine Armbanduhr, die ich abzunehmen vergessen hatte, als ich ins Bett gefallen war.

Es war helllichter Tag um die Mittagszeit herum.

Ich tapste aus dem Bett und zog nur meinen Bademantel über. Verschlafen schlurfte ich hinunter zur Küche.

»Moin, Paps«, begrüßte mich meine Tochter mit einem strahlenden Lächeln. »Es ist wohl spät geworden? Da habe ich statt Frühstück Brunch gemacht. Ich hoffe, du hast Hunger.«

Und ob ich Hunger hatte! Ich begrüßte Thyra mit einem stoppeligen Kuss auf die Wange und nahm dankbar mit beiden Händen den Pott Kaffee entgegen, den sie mir reichte.

Meine Tochter war ein Schatz! Offenbar hatte sie in Greetsiel den Lebensmittelladen geplündert, denn so viel hätte mein Kühlschrank nicht hergegeben, wie sie gerade aufgetischt hatte. Thyra hatte ein wunderbares Frühstück gezaubert: Der Tisch war reichlich gedeckt mit einem Korb voll frischer Brötchen, Wurst, Käse, Marmelade, Honig und frischem Kuchen aus der Greetsieler Backstube im Hafen. Meine Aufmerksamkeit galt trotz des reichhaltigen Angebots, das meine Tochter aufgefahren hatte, der gusseisernen Pfanne mit dem dampfenden Rührei, in dem sie frischen Granat, wie Ostfriesen die Nordseekrabbe nennen, untergemischt hatte. Zwei Portionen Krabbenei und Pötte Kaffee später streckte ich die Beine aus und strich mir genüsslich über den Bauch, während ich mich auf meinem Stuhl zurücklehnte.

Thyra hatte geduldig gewartet, bis ich meine Mahlzeit beendet hatte, hielt es aber dann nicht mehr aus und wollte endlich wissen, was in der vergangenen Nacht geschehen war. »Schieß los, Paps!«, forderte sie mich auf und sah mich gespannt an. »Was war los letzte Nacht?«

Ich berichtete ihr vom Anruf der Tänzerin, die mich nach ihrer Verabredung noch hatte sprechen wollen, dass es dazu nicht mehr kam, und von Powelz' nächtlichem Anruf. Als ich ihr vom Auffinden der zur Eisskulptur gefrorenen Tänzerin und dem Handgemenge mit dem Maskenmann erzählte, schlug sie entsetzt die Hand vor den Mund.

»Tja«, sagte ich bedauernd. »Im entscheidenden Moment hat dann Powelz so lautstark geschrien, dass ich ihm zur Hilfe geeilt bin. Da ist der Vermummte mir leider entwischt.«

»Sei froh!«, erwiderte Thyra. »Auch wenn du ihm eins mit dem Feuerhaken übergebraten hast, wer weiß, was der noch alles in der Tasche hatte. Im schlimmsten Fall keinen Schreckschussrevolver, sondern eine scharfe Waffe.«

Sie hatte recht. Die Begegnung mit dem Vermummten hätte auch ins Auge gehen können. Aber so recht mochte ich nicht daran glauben, dass der Maskenmann mich umbringen wollte. Denn das hätte er bereits machen können.

»Und dieser Reporter ist wirklich nur an der Geschichte über diese Superballerina interessiert?«, fragte Thyra und machte ein skeptisches Gesicht.

Ich nickte. »Er war wirklich schockiert, als er vor der Leiche stand, und ich glaube, Sana Hörsch ist so ein bisschen seine geheime Liebe. Aber in erster Linie ist Powelz an der Story interessiert.«

Wir diskutierten ausgiebig über die aktuellen Geschehnisse des Falls, und ich versprach Thyra, in den nächsten Tagen einen Termin zum Generalcheck bei Claudia zu machen. »Mit so einem Schock ist nicht zu spaßen!« Thyras Stimme klang eindringlich, als sie mich mahnte, die Allergie behandeln zu lassen.

Ich wusste, dass sie auch in diesem Punkt recht hatte, und nahm mir fest vor, gleich einen Termin mit Claudia auszumachen, wenn die Laborergebnisse vorlagen.

»Du hast aber nicht viel gegessen.«

Ich deutete auf den üppigen Frühstückstisch. »Das schaffe ich doch alles gar nicht alleine.«

Thyra zögerte einen Moment. »Ich hatte auch nicht für dich alleine gedeckt …«

»Für wen denn?« Ich sah sie aufmerksam an. »Hast du deinen neuen Freund eingeladen?«

»Nee.« Sie winkte ab. »Ich hatte, ehrlich gesagt, gehofft … Traute würde kommen.«

Ich hob verblüfft die Augenbrauen. Meine Tochter hatte ein Friedensfrühstück vorbereitet? Ich war gerührt.

»Aber …« Thyra sah mich entschuldigend an. »Ich habe sie nicht erreicht. Noch nicht einmal auf ihrem privaten Handy.«

»Traute hat Urlaub – mehr weiß ich auch nicht.« Ich griff Thyras Hand und drückte sie. »Trotzdem vielen Dank für den Versuch!«

Ich nahm den letzten Schluck Kaffee. »Und – was ist mit deinem neuen Freund?«, lenkte ich vom Thema Traute ab.

»Der holt mich später zum Essen ab; wir sind verabredet.« Im Reden begann Thyra, den Tisch abzuräumen.

Aha!, dachte ich. Also doch mehr als nur ein Date.

Ich war neugierig, wer es geschafft hatte, meine Tochter so für sich zu interessieren, dass sie sogar ihren Job beim NDR aufgab und schnurstracks in die Krummhörn übersiedelte. Das musste ein echter Mr Right sein.

Als ich ihr beim Abräumen helfen wollte, winkte sie

lächelnd ab: »Nach deinen nächtlichen Eskapaden bist du heute von allen hausfraulichen Pflichten entbunden.«

Nach einer ausgiebigen heißen Dusche fühlte ich mich fast wieder wie neu. Die dramatischen Ereignisse der vergangenen Nacht erschienen bei Tageslicht etwas weniger bedrohlich. Nur der schreckliche Tod von Sana Hörsch hatte nichts von seiner Grausamkeit und Endgültigkeit verloren.

In bequemen Jeans und dickem Rollkragenpullover setzte ich mich mit einem Pott Ostfriesentee bewaffnet an meinen Schreibtisch und schaute auf die Skizze mit den Strichmännchen.

Langsam machte ich mit einem schwarzen Filzstift ein Kreuz über das Strichmännchen, das für Sana Hörsch stand.

Nachdenklich kaute ich an meinem Bleistift und starrte aufs Papier.

Was hatte ich?

Ich klappte die kleine Karte, die Powelz mir vergangene Nacht in die Hand gedrückt hatte, zu ihrer vollen Größe in Postkartenformat auf und las stirnrunzelnd:

SM & BDSM Fetischball de Luxe »Lust & Leidenschaft«
Eine Nacht voll Schmerz und Lust, Leidenschaft und
Sünde, Fetisch, Exhibitionismus und
»TANGO DIABLO«

Ihr habt die Möglichkeit, in einer erotischen Atmosphäre eure spezielle Neigung real auszuleben. Es erwartet euch eine Nacht voller Schmerz und Lust, Leidenschaft und Sünde, Fetisch und Exhibitionismus, Tango und sinnlicher Musikalität!
Bei unserem Ball de Luxe habt ihr die Möglichkeit, euch ganz nach eurem Belieben auszuleben – auf welche Art auch immer. Genießt Fessel- oder Bondagespiele am Pranger und am Kreuz, den Lustschmerz der Peitsche, heißes Wachs im Sarkophag.

Oder tanzt einfach nur Tango!
Heute Nacht ist … alles möglich … und das unter Gleichgesinnten, in einer ausgefallenen Location der Extraklasse mit viel Platz und Inventar, das eure Sinne beflügelt.
Einlass: 21 Uhr
Ende: no Limit

Es folgte ein Hinweis auf ein opulentes Büfett sowie die Ermahnung, dass Einlass nur in Abendgarderobe oder Fetischkleidung sei.

Als Adresse war ein Klub namens *»NOCTEM DE LUXE«* am Rand von Wilhelmshaven angegeben.

Die Veranstaltung fand morgen Abend statt.

Ich legte die Karte an den oberen Rand des Skizzenblocks und malte ein paar sinnlose Fragezeichen aufs Papier. Powelz hatte gemeint, ich fände dort Antworten auf Fragen.

Sollte ich zu diesem Ball gehen? Worauf ließ ich mich da ein? Fände ich dort Antworten? Und was hatte es mit diesem »Tango Diablo« auf sich?

Ich verwarf den Gedanken, während mir gleichzeitig Stanley Kubricks Film *Eyes Wide Shut* in den Sinn kam, der Ende der Neunzigerjahre eine sexuelle Orgie an einem geheimen illustren Ort zum Thema hatte. Mir einen solchen Ort, wie er in Kubricks Film gezeigt wurde, bei uns in Ostfriesland vorzustellen kam mir mehr als absurd vor – oder?

Mit dem Bleistift fügte ich den Fragezeichen noch ein paar weitere hinzu. Was hatte ich noch?

Einen toten sadistischen Markus Sanddorn und eine tote masochistische Sana Hörsch. Einen zwielichtigen Kurt Block, der mit exotischen und verbotenen Aphrodisiaka handelte und dessen Gesicht ich nun auf dem Foto von Sana Hörsch wiedererkennen konnte. Und die Kita-Betreiberin Miriam Dannert, die auf Norderney als Clown herumlief.

Auf der Nichthabenseite standen allerdings noch immer die beiden Frauen, die ich bislang noch nicht identifizieren konnte. Die eine mit dem zur Unkenntlichkeit mit Lidschatten verschmierten Gesicht und Dornenkrone auf dem Kopf. Die andere, deren Gesicht durch den Brautschleier verdeckt war. Nicht zu vergessen den hochgewachsenen Mann, dessen Gesicht von den Brüsten der Frau mit dem Brautschleier verdeckt wurde, und der sympathisch wirkende Typ, dessen Gesicht mir überhaupt nichts sagte.

Ich lehnte mich zurück und legte die Füße auf den Schreibtisch. Nachdenklich nippte ich am Tee und überlegte, wie Blocks Geschäfte mit asiatischen Hokuspokuspülverchen und seine Beziehung zu Sanddorn ins Bild passten, als mich das Schrillen der Türklingel aus den Gedanken riss.

Überrascht, da ich keinen Besuch erwartete, ging ich in die Diele und öffnete die Tür. Dr. Tillmann lächelte mir freundlich ins völlig verblüffte Gesicht.

»Seit wann machen Sie denn Hausbesuche?«, fragte ich ironisch und streckte ihm zur Begrüßung die Hand hin. »Mir geht's nicht so schlecht, dass ich Ihre fachärztliche Konsultation bräuchte.«

»Zu Ihnen will ich doch auch gar nicht«, entgegnete Tillmann, ergriff meine Hand und schüttelte sie aufgeregt wie ein junger Hund.

»Zu wem denn sonst? Hier wohnt niemand anders.«

»Oder ja, doch – wo ich schon mal hier bin, kann ich auch gleich …«, stotterte er und drückte mir einen Briefumschlag aus Ökopapier in die Hand.

Während ich den Umschlag entgegennahm, beobachtete ich, wie sich über Tillmanns Gesicht ein Rotschleier legte, welcher der Farbe seiner Haare sehr nahe kam.

Verlegen schaute er über meine rechte Schulter vorbei ins Innere des Hauses.

»Nein!«, durchfuhr es mich. Das konnte nicht wahr sein!

Das konnte Thyra doch nicht ernst meinen! Sollte der rothaarige Pathologe, der mich heute mehr denn je an einen afrikanischen Schuhschnabelvogel erinnerte, Thyras Verabredung sein?

Okay, zugegeben – der Doc war mir vom ersten Moment an sehr sympathisch, und ich kam hervorragend mit ihm aus, aber … Thyra und Tillmann?

Bevor ich etwas halbwegs Gescheites sagen konnte, umschlangen mich Thyras Arme von hinten, und sie drückte mir einen Kuss auf die Wange.

»Ich brauch euch ja nicht vorzustellen«, sagte sie munter. »Ihr kennt euch ja bereits.«

Tillmann setzte ein dümmliches Grinsen auf, während ich meine Tochter entgeistert anstarrte.

»Tschüs, Paps«, sagte sie und hakte sich bei Tillmann unter. »Du brauchst nicht auf mich zu warten. Es wird spät; vielleicht komme ich heute auch gar nicht heim.«

In einem waren Tillmann und ich uns in diesem Moment einig – wir waren sprachlos.

Ich sah dem ungleichen Paar hinterher, wie es zu Tillmanns Wagen, einem Audi A4, ging und er Thyra höflich die Wagentür aufhielt.

Manieren hat er ja, dachte ich, öffnete den Umschlag automatisch und zog, ohne nachzudenken, zwei Bogen eng beschriebenen Papiers heraus.

»Tillmann!«, schrie ich ihm plötzlich mit lauter Stimme hinterher.

Der Doc fuhr erschrocken herum und sah zu mir herüber. Er beugte sich kurz in den Wagen und sagte etwas zu Thyra, dann kam er mit schlaksigem Gang auf mich zu und blieb vor mir stehen. Mit einem Unschuldsblick sah er mich an. Ich hielt die Papiere, die er mir in die Hand gedrückt hatte, in der einen Hand, während ich mit der anderen in der Hosentasche kramte.

»›Fahrzeugspezifische Offroadreifen‹ schreiben Sie in Ihrem Bericht!«, wiederholte ich, was Tillmann in seinem Laborbericht festgestellt hatte, und zog meine Hand aus der Tasche. »Ihrer Meinung nach soll es sich bei den Reifen um ›Range Rover Sportwinterreifen 19 Zoll 7 Millimeter‹ handeln. Können Sie feststellen, ob es sich bei dem von Ihnen gutachterlich festgestellten Fremdkörper, der sich in den Reifen eingefahren hat, um diesen Gegenstand handelt?«

Ich öffnete meine Faust und hielt Tillmann auf meiner ausgestreckten Handfläche die lange, flache Schraube entgegen, die ich am Morgen aus dem Reifen von Frau Dr. Bergmann, meiner Zahnärztin von MEDIC, gepult hatte.

»Kein Ding. Ich denke, das wird sich machen lassen.« Tillmann nickte. »Ich werde mich gleich morgen früh dransetzen.«

»Tillmann!« Meine Stimme klang fast beschwörend, als ich ihn anflehte: »Heute. Bitte, jetzt – sofort!«

Der Pathologe sah mich verlegen an: »Äh – ich bin zum Essen verabredet.«

Die Verzweiflung und Sorge in meinem Blick war offenbar so deutlich zu sehen, dass Tillmann seine Meinung änderte. »In Ordnung«, nickte er. »Sofort. Ich ruf Sie an.«

»Danke!«

Mehr als Danke sagen konnte ich in diesem Moment nicht. Mir war vor Aufregung die Kehle wie zugeschnürt.

Wenn ich mit meinem Verdacht richtig lag, der mir gerade wie ein Blitz aus heiterem Himmel ins Bewusstsein geschossen war, hatte ich die erste brandheiße Spur!

Innerlich vor Nervosität ganz kribbelig, wählte ich die Nummer von Claudia, während ich auf und ab ging.

»Jansen«, meldete sich Uz' Tochter.

»Moin, Claudi«, begrüßte ich sie, dann hielt ich mich

nicht lange mit Vorreden auf. »Hast du schon meine Laborergebnisse?«

»Ja, die sind schon ganz früh per Mail gekommen«, antwortete sie. »Ganz schön fix, die Kollegen. Was war denn los mit dir?«

»Erkläre ich dir später.«

»Okay, verstehe. Du hast es eilig«, antwortete Claudia. »Warte kurz. – So, da habe ich sie.«

Vor lauter Ungeduld wäre ich am liebsten durch den Hörer gekrochen.

»Deine Allergien haben sich vermehrt«, sagte sie. »Du hattest vorher nur eine Hausstauballergie, wobei ›nur‹ schon schlimm genug ist. Es sind bei dir folgende Allergien dazugekommen: Schimmelpilz, Tierhaare und Birkenpollen«, zählte sie auf.

»Sonst nichts?«, fragte ich enttäuscht.

Zwar würden mir die von Claudia aufgezählten Allergien in Zukunft sicherlich noch unangenehm zu schaffen machen, aber hinsichtlich des anaphylaktischen Schocks von gestern hatte ich etwas Spezielleres erwartet, wie zum Beispiel eine Latexallergie; schließlich hatte der Maskenmann mir mehr als einmal seine Hände ins Gesicht gedrückt. Falls meine vage Vermutung zutraf, hätte ich eine Erklärung für meine diversen Niesattacken, was aber einen Zusammenhang zwischen meiner Allergie und … ich drängte den aufkommenden Gedanken zur Seite, er war einfach zu ungeheuerlich!

»Geduld, Geduld«, unterbrach Claudia meinen Gedankengang. »Ich bin noch nicht ganz durch. Du darfst aber ohnehin nicht vergessen, dass der Notarzt dein Blut durchs Standardprogramm hat laufen lassen. Die Laborergebnisse sagen lediglich aus, dass gewisse Werte auffällig sind; eine gesicherte Diagnose bekommen wir nur, wenn ich bei dir eine komplette Allergieaustestung durchführe. Im Moment reicht es zwar aus, festzustellen, ob gewisse Parameter erhöht sind. Damit hat sich zwar die gestrige Verdachtsdiagnose bestätigt, aber um die regulären Allergietests wirst du leider nicht herumkommen.«

»In den nächsten Tagen mache ich brav einen Termin bei dir«, bot ich bereitwillig an.

»Gerne. Du musst aber auch wirklich kommen!«, mahnte Claudia, die meine Abneigung Spritzen gegenüber kannte und aus eigener Erfahrung wusste, dass ich mich gerne vor Arztterminen drückte.

»Hier ist noch ein Befund!«, sagte sie plötzlich. »Ganz unten in der Liste.«

»Und?« Nur mühsam zügelte ich meine Ungeduld.

»Deine Werte weisen auf eine Latexallergie hin«, lautete Claudias Antwort.

Ich schlug spontan mit der flachen Hand gegen den Türrahmen. War das denn die Möglichkeit? Die Lösung lag die ganze Zeit direkt vor meiner Nase, und ich hatte sie nicht gesehen, ja, noch nicht einmal in Erwägung gezogen?

Mit einem Mal passten viele Dinge zusammen.

Ich bedankte mich bei Claudia und versicherte ihr hoch und heilig, mich in den nächsten Tagen bei ihr zu melden und einen Allergietest durchführen zu lassen. Nachdem ich aufgelegt hatte, ging ich in die Diele, schlüpfte in meine Jacke und zog mir in aller Ruhe meine Wollmütze tief in die Stirn.

Erstaunlicherweise fühlte ich mich zwar innerlich noch kribbelig, aber meine Anspannung und Nervosität war verschwunden; nun war ich nicht mehr zur Untätigkeit verdammt, sondern konnte aktiv ins Geschehen eingreifen.

Ich hatte die Tür schon hinter mir zugezogen, schloss aber nochmals auf und griff mir den Feuerhaken. Da ich wusste, wem ich gleich gegenüberstehen würde, hatte ich zwar nicht das Gefühl, die massive Eisenstange zu benötigen, wollte sie als Argumentationshilfe aber doch mitnehmen.

Kurz hinter Groß Midlum klingelte mein Handy.

Während ich mit der einen Hand den Käfer in der Spur hielt, griff ich mit der anderen in die Jackentasche und zog mein Handy hervor.

»Volltreffer!«, bestätigte Tillmann meinen Verdacht, der mir selbst noch immer vollkommen absurd vorkam.

Der Pathologe bestätigte in kurzen Sätzen und unter Verwendung diverser fachlicher Begriffe, dass es sich bei der Holzschraube tatsächlich mit achtundneunzigprozentiger Wahrscheinlichkeit um den Fremdkörper handelte, der auf meinem Foto des Reifenabdrucks zu sehen war. Er erklärte mir, dass er mir leider wegen der Kürze der Zeit und der Dringlichkeit meiner Bitte keine hundertprozentige Aussage machen könne, dies aber binnen von achtundvierzig Stunden durch labortechnische Vergleichsanalysen nachhole. Aus seiner Sicht aber gebe es keinen Zweifel, dass die Vergleichsanalysen das vorliegende Ergebnis bestätigten.

»Danke, Doc«, sagte ich leise und beendete das Gespräch, ohne ihm weiter zuzuhören; meine Gedanken fokussierten sich auf die bevorstehende Begegnung.

27

Da ich nicht angerufen und meinen Besuch angekündigt hatte, sah mich Melanie, die brünette Praxisassistentin bei Dr. Gardim, überrascht an. »Herr de Fries?«, sagte sie und musterte mich besorgt. »Alles in Ordnung? Sorry! Dumme Frage – natürlich nicht, sonst wären Sie ja nicht hier.«

Ich verzog das Gesicht, als wenn ich Schmerzen hätte, was heute mal nicht der Fall war, und deutete auf meine Wange.

»Verstehe«, nickte Melanie und sah mich mitfühlend an. »Sie Armer; das muss doch mal langsam besser werden mit Ihren Schmerzen.«

Ich sah sie treuherzig an und hatte fast schon ein schlechtes Gewissen, den Schmerzpatienten zu spielen; aber nur fast.

»Aber Sie haben zumindest Glück«, verkündete Melanie, während ihr Blick auf den Bildschirm ihres Computers geheftet war. »Dr. Gardims nächste Patientin hat abgesagt. Da haben wir eine Lücke.«

»Ich würde aber gern zu Frau Dr. Bergmann.«

»Oh.« Melanie sah mich überrascht an. »Arztwechsel?«

Ich nickte.

Es ist ja nicht unüblich, innerhalb einer Gemeinschaftspraxis den Arzt zu wechseln. Aber mitten in der Behandlung schien es wohl doch eher die Ausnahme zu sein, wenn ich das überraschte Gesicht der Praxisassistentin richtig deutete.

»In dem Fall haben Sie leider Pech«, antwortete sie. »Zwei Patienten von Frau Dr. Bergmann haben kurzfristig abgesagt.

Da hat sie den Nachmittag freigenommen. Sie ist vor einer Minute raus.«

Mit ein paar Schritten stand ich am Fenster und schaute zum Parkplatz hinüber.

Und richtig. An der geöffneten Heckklappe des Range Rover der Ärztin stand eine Gestalt, die sich vornüber in den Wagen beugte und die ich von hinten nicht zu erkennen vermocht hatte. Ich hätte die Ärztin ohnehin nicht in Privatkleidung erkannt, da ich sie bisher stets nur mit Mundschutz in der Praxis gesehen hatte.

»Hat sich erledigt!«, rief ich Melanie zu und stürmte aus der Praxis.

»Und was ist mit Ihren Schmerzen?«

Ich stürmte aus dem Haus und kam in dem Moment an der Heckklappe des Geländewagens an, als sich die Gestalt in dem gesteppten Mantel herumdrehte.

Erschrocken sah mich die brünette Frau mit ihren blassblauen Augen an.

»Na, da hab ich ja Glück gehabt«, lächelte ich unschuldig. »Guten Tag, Frau Dr. Bergmann!«

Zum ersten Mal sah ich meine Zahnärztin ohne ihre gewohnte Kluft. Sie war eine hübsche Frau mit weichen Gesichtszügen, vollen Lippen und kurzen brünetten Haaren. Trotz ihrer großen, kräftigen Figur machte sie einen sportlichen Eindruck; wovon ich mich ja bereits zweimal hatte persönlich überzeugen können.

»Guten Tag, Herr de Fries«, begrüßte sie mich mit ihrer rauchigen Stimme und zog ihren Mantel mit einer Handbewegung vor ihrer Brust zusammen, als wäre ihr mit einem Mal kalt geworden.

Ich hielt mich nicht lange mit Vorreden auf, sondern zog mein Handy aus der Tasche und hielt es ihr am ausgestreckten Arm unter die Nase.

Ihre Augen fixierten das Display, auf dem ein Foto aus meinem digitalen Fotoalbum zu sehen war: das Reifenprofil eines großen Geländewagens, in dessen gitterförmigen Lamellen eine matt glänzende Flachkopfschraube steckte.

»Wollen Sie mir Ihre Winterreifen verkaufen?«, lachte sie amüsiert.

»Das ist Ihr Reifen!«, stellte ich mit harter Stimme fest.

Mit einem Finger wischte ich das Foto weg. Das zweite Bild zeigte die Reifenspur im Schnee, die ich gemeinsam mit Onno hinter meinem Wäldchen gefunden hatte.

»Das ist die Reifenspur Ihres Reifens! Aufgenommen hinter meinem Haus, nachdem mir ein Unbekannter ins Gesicht geschossen und mich in Klarsichtfolie eingewickelt aufgehängt hat.«

»Sie erleben aber komische Sachen«, erwiderte sie spöttisch.

Ohne Vorwarnung schlug ich zu.

Mit einem laut scheppernden Knall traf der gusseiserne Feuerhaken das Heck ihres schönen neuen Wagens und hinterließ eine hässliche ellbogenlange Furche im Blech.

Die Ärztin zuckte zusammen und sprang erschrocken zwei Schritte zur Seite.

»Ich bin nicht die Polizei«, stellte ich klar. »Mir gegenüber brauchen Sie sich nicht zu rechtfertigen. Ihre Ausreden können Sie noch früh genug der Kripo erzählen.«

Bei meinen Worten entspannte sie sich etwas, denn sie erkannte, dass ich ihr keine Gewalt antun wollte. Ihr nicht, aber …

Ich schlug erneut zu. Diesmal hatte ich es auf die rote Heckleuchte abgesehen und auch zielsicher getroffen. Mit lautem Krachen zerbarsten Plastik und Glas; Splitter flogen durch die Luft und prasselten auf den Asphalt des Parkplatzes.

»Sind Sie bescheuert?«, fauchte sie mich sehr undamenhaft an.

Als Antwort zertrümmerte ich mit einem weiteren brutalen Schlag die andere Rückleuchte.

»Ich bin sauer«, sagte ich mit gefährlich ruhiger Stimme. »Stinksauer!«

Da sie wusste, was ich wusste, und Leugnen ihr keine Punkte brachten, schwieg sie vorsichtshalber und sah mich forschend an.

»Wo ist mein Hund?«

»Was für ein Hund?«, entgegnete sie unglücklicherweise, denn das war die falsche Antwort.

Ich tat einen Schritt zur Seite und holte mit der Eisenstange weit aus.

»Nein!«, schrie sie gellend.

Zu spät! Auf der Heckscheibe ihres nagelneuen Rover zeichnete mein Schlag ein Gitternetz auf dem geborstenen Sicherheitsglas. Mit zwei kurzen Schlägen zertrümmerte ich es und ließ eine Wolke kleiner Splitter in den Innenraum des Wagens regnen. Langsam drehte ich mich um und schlenkerte lässig mit der Eisenstange, während ich sie regungslos ansah.

»Wo – ist – mein – Hund?«, fragte ich aufreizend langsam und betonte jedes Wort einzeln.

Sie sah mich schweigend an.

»Im Moment ist es mir egal, was Sie mit mir gemacht haben«, behauptete ich. »Ich will meinen Hund zurück – sofort!«

Mit einem Mal ließ sie Kopf und Schultern sinken; die Ärztin gab ihren Widerstand auf.

»Sie kennen die alte Ziegelei in Pilsum?«, fragte sie mit leiser Stimme, die keine Ähnlichkeit mehr mit der der selbstbewussten Zahnärztin hatte, die ich kannte.

»Ja.«

»In einem der alten Trockenschuppen, wo früher die Ziegel gelagert wurden, finden Sie ihn«, sagte sie kläglich.

»Lebt er?«, fragte ich äußerlich ruhig, aber innerlich vor Angst bebend.

Sie nickte. »Ja, ihm geht's gut. Er ist ein lieber Hund.«

Ich spürte, wie mir Tränen in die Augen aufstiegen, und blinzelte sie schnell weg. »Wieso haben Sie den Hund denn überhaupt mitgenommen?«

»Wollte ich doch gar nicht!«, widersprach sie. »Ich hatte die Wagentüren offen gelassen, weil ich meine Anziehsachen dort liegen hatte. Als ich dann so schnell verschwinden musste, habe ich nur die Tür zugeknallt. Da war der Hund schon drin. Ich hab ihn erst bemerkt, als ich meine Sachen rausnehmen wollte.«

»Und wieso sollte der Hund freiwillig zu Ihnen ins Auto geklettert sein?«, fragte ich argwöhnisch.

Ich kannte Motte: bloß keinen Schritt zu viel laufen.

»Ich hatte auf der Ladefläche ein paar Fasane; von mittags.«

Das sah Motte ähnlich; da hatte er etwas zum Futtern gewittert. Kein Wunder, dass er nachsehen wollte, ob es nach seinem Geschmack war. Wie ich ihn kannte, hatte er die Vögel nicht angerührt; der Dicke stand auf maulgerechtes Futter ohne Federn drumherum.

»Sie sind Jägerin?«, fragte ich, während es bei mir Klingeling machte.

Die Ärztin nickte schweigend.

»Dann kennen Sie sich ja bestens mit Bolzenschussgeräten aus!«, behauptete ich. »Sie werden der Polizei eine Menge zu erklären haben.«

Ich wandte mich ab, behielt sie aber vorsichtshalber im Auge, da ich wusste, wozu sie fähig war.

»Ich hab damit nichts zu tun …«, sagte sie kleinlaut. »Ich sollte … wollte … nur …«

»Reden Sie keinen Scheiß!«, fuhr ich sie an. »Sie haben mir ins Gesicht geschossen!«

»Ich hatte Angst.« Sie schluchzte.

»Sie haben mich in Folie eingewickelt und in den Baum gehängt«, sagte ich erbost.

»Das sollte doch nur eine Warnung sein.« Sie fing an zu weinen. »Ich sollte Ihnen doch nur einen Schreck einjagen. Wenn Ihre Freundin nicht zufällig gekommen wäre, hätte ich Sie wieder abgeschnitten.«

»Wozu eine Warnung?«, wollte ich wissen.

»Weil… weil – Sie sollten Ihre Finger aus der Sache rauslassen.« Dörthe Bergmann schluchzte laut auf. »Ich hab's vermasselt!«

»Wieso?«

»Ich hätte Sie nicht aufhängen sollen; das war zu viel. Ich hatte ja auch gar keine Erlaubnis, so etwas zu tun.« Jetzt liefen Dörthe Bergmann die Tränen in Sturzbächen übers Gesicht.

»Von wem denn eine Erlaubnis?« Argwöhnisch sah ich sie an und war mir dabei nicht sicher, ob sie mir etwas vorspielte.

Die Ärztin schwieg.

Lautlos schluchzte sie auf; nur ihre Schultern zuckten.

Ich drehte mich um und ging mit raschen Schritten zu meinem Wagen. Beim Einsteigen drehte ich mich nochmals zu ihr um.

Dörthe Bergmann stand neben ihrem Wagen und sah wie ein Häufchen Elend aus.

Sie tat mir fast schon leid. Aber nur fast.

Sorgfältig deponierte ich den Feuerhaken auf dem Beifahrersitz meines Käfers und startete den Motor. Im Vorbeifahren warf ich einen letzten Blick auf den ramponierten Range Rover; die Reparatur würde die Ärztin ein hübsches Sümmchen kosten.

28

Ich kannte die alte Ziegelei von meinen Radtouren, die ich in den ersten Jahren nach meinem Umzug in die Krummhörn unternommen hatte. In den ehemals schmucken Backsteingebäuden wurden seit Ende des 18. Jahrhunderts bis Anfang der Neunzehnhundertsiebzigerjahre in einem damals hochmodernen Ringofen täglich bis zu fünfzigtausend Ziegel gebrannt. In dem einst landwirtschaftlich geprägten Ostfriesland ist die Ziegeleiwirtschaft der einzig nennenswerte Industriebereich gewesen. Ostfriesland war einst Ziegeleiland, bis zu Beginn der Neunzehnhundertsechzigerjahre das große Ziegeleisterben begann. Pilsum ist damals ein wichtiger Standort der Produktion von Ziegeln gewesen, davon zeugen heute allerdings nur noch die verfallenen Fabrikgebäude und die beiden verfallenen alten gemauerten Schornsteine.

Ich bog von der Landstraße ab und folgte dem Weg zum Gelände der alten Ziegelei. Vor mir ragten die seit vierzig Jahren erloschenen alten Schornsteine in den fahlgrauen Himmel.

Vor mir erkannte ich die Spuren, die der Rover von Dörthe Bergmann hinterlassen hatte, und folgte ihnen mit dem Käfer wie ein Skiläufer einer Loipe. Dann wurde aber der Weg zu uneben, und wo der hochbeinige Geländewagen ohne Probleme durchgekommen war, setzte ich mit meinem Käfer langsam, aber sicher auf. Ich hörte den verkrusteten Schnee unter dem Bodenblech des VW entlangschaben und blieb mitten auf dem Weg stehen.

Da ich davon ausgehen konnte, dass außer der Ärztin niemand den Weg zu der seit vierzig Jahren verlassenen Fabrikruine entlangfahren würde, schon gar nicht bei den derzeitigen Temperaturen, ließ ich den Käfer stehen, wo er war, und brach zu Fuß auf.

Ich hatte den Kragen hochgeschlagen und trug den gusseisernen Feuerhaken wie eine Waffe im Arm. Während ich, vorsichtig einen Fuß vor den anderen setzend, durch die Fahrspur stapfte, ließ ich meinen Blick von links nach rechts wandern. Das Gelände der alten Ziegelei war von tief verschneiten Bäumen und Büschen umgeben, der Schnee lag kniehoch, und Äste und Zweige beugten sich unter der Schneelast. Die Sonne war am immer grauer werdenden Himmel nicht mehr zu sehen; die Dämmerung kündigte sich langsam an.

Dummerweise hatte ich meine Stabtaschenlampe daheim in der Diele liegen gelassen, weil ich abends immer einen Blick in den Garten geworfen hatte, in der Hoffnung, ein Lebenszeichen von Motte zu finden.

Mit einem Blick zum Himmel beschleunigte ich meine Schritte. Der Weg endete an einem Absperrgitter, das Unbefugten den Zutritt zum Gelände der alten Ziegelei verwehrte. Die dreieinhalb Meter breiten und zwei Meter hohen Bauzaunelemente waren mit Verbindungsschellen miteinander verschraubt. Die Reifenspuren zeichneten einen Halbkreis, und an der niedergefahrenen Schneedecke war zu erkennen, dass der Range Rover hier rangiert hatte und in seinen eigenen Spuren zurückgefahren war. Die Reifenspuren führten zu einem aufgeschichteten Stapel Langhölzer, Balken und Dachlatten neueren Datums. Ich fegte vorsichtig den Schnee mit der Hand von den Balken und sah Schnittkanten, die darauf hinwiesen, dass hier vor nicht allzu langer Zeit gewerkelt worden war. Seinem Zustand nach musste das Holz im vergangenen Sommer oder Herbst hier abgelegt worden sein. Ich hob ein paar der Dachlatten an und fand seitlich davon Pappschachteln mit einer Handvoll Holzschrauben. Vermutlich lagen rund um die aufgestapelten Balken und Latten weitere Schrauben auf dem Boden herum. Vorsichtshalber steckte ich ein paar davon ein; vermutlich hatte sich der Range Rover beim Rangieren die Schraube eingefahren, die mich auf die Spur der Ärztin gebracht hatte.

Langsam ging ich den Zaun entlang.

Irgendwo musste die Bergmann doch … und genau! Nur ein paar Meter von der Stelle entfernt, wo die Reifenspuren endeten, hatte sie die Schrauben der Schellen gelöst, sodass man das Gitter wie ein Weidetor anheben und zur Seite tragen konnte.

Ich schlüpfte durch den Spalt und ging auf die Schornsteine zu, deren rote Ziegelsteine auf der Wetterseite von Flugschnee bedeckt waren.

Die Ruinen der alten Ziegelei ragten einsam und verlassen vor mir auf. In den leeren Fensterhöhlen hingen vereinzelte Netze von Spinnweben als filigrane Eisskulpturen. Uralte rostige Stahlträger und zerborstene Holzbalken ragten wie Stummelfinger in den Himmel. Dabei kamen mir die Fingerstümpfe von Markus Sanddorn in den Sinn.

Ich spürte etwas Gespenstisches über dieser Ruinenstille. Aber wahrscheinlich lag das nur an mir und an dem, was ich hier erwartete oder befürchtete. Ich umrundete das Gebäude und erkannte seitlich eine Holzwand, die sich zwar unauffällig ins Mauerwerk einfügte, aber unzweifelhaft vor nicht allzu langer Zeit erst angebracht worden war. Offensichtlich stand ich vor den Trockenschuppen, welche die Ärztin gemeint hatte.

In die Holzwand war eine einfache Holztür eingelassen, die mit einem Vorhängeschloss versperrt war. Ich war mir sicher, dass der Besitzer des alten Fabrikgeländes nichts davon wusste, dass sich jemand hier als Heimwerker betätigt hatte.

»Motte!«, rief ich, und meine Stimme klang in der eisigen Stille wie ein Fremdkörper.

»Wuff!«, machte es postwendend.

Mein Herz machte einen Freudensprung.

»Motte!« Diesmal brüllte ich vor Freude den Namen meines geliebten dicken Hundes heraus, so laut ich konnte.

Lautes Gebell antwortete mir, das durch die Holztür gedämpft wurde.

Ich rannte auf die Tür zu und hielt mich erst gar nicht damit auf, an dem Vorhängeschloss herumzufummeln, sondern drosch beidhändig mit dem Feuerhaken auf das Schloss ein. Bereits beim dritten Schlag gab das Schloss auf, der Bügel zerbrach, und das Schloss fiel zu Boden.

Ich riss die Tür auf und betrat den Verschlag.

Die alte Halle oder die Reste davon lagen im Halbdunkel. Die ehemalige Holzdecke war eingestürzt, das unverputzte dunkle Mauerwerk war verwittert und an einigen Stellen löchrig wie ein Schweizer Käse, Stahl- und Eisenträger ragten in den Raum, Schutt und Mauerwerk bedeckten den Boden, skelettierte Fragmente alter Maschinen warfen Schatten in die Halle. Inmitten dieser Industriebrache war eine Fläche mit einem Radius von schätzungsweise sechs Metern von Schutt geräumt und mit einem seidig schimmernden Parkettboden ausgelegt worden. Auf dem teuer aussehenden Parkett standen ein Gynäkologiestuhl, ein freistehendes und im Boden fest verankertes schwarzes Kreuz aus Metall, das seitlich mit diversen Ösen und Ringen versehen war, sowie ein massives schwarzes Eisenbett mit Kopf- und Fußteilen, die an die Gitterstäbe von Gefängniszellen erinnerten.

Am Kopfende des Arrangements thronte ein großer schwarzer und mit rotem Samt bezogener Thronsessel mit wuchtigen Armlehnen mit kunstvollen Schnitzereien auf beiden Seiten. Im gesamten Raum waren Kerzenleuchter in verschiedenen Größen und Ausführungen verteilt. Es gab schwere, schwarze gusseiserne Leuchter ebenso wie hüfthohe, matt glänzende Silberleuchter mit acht Armen und schweren Kerzen, die an große Festkerzen erinnerten, wie sie zu hohen Festtagen in Kirchen aufgestellt werden.

Die gesamte Fläche dieser speziellen Indoor-Freiluftbühne war mit einer Art Tarnnetz überdacht, allerdings nicht in NATO-Grün, sondern in Puffrot. Dass dieser in der Fabrikruine kunstvoll ausgestaltete Raum für Sadomasoveranstaltungen vorgesehen und genutzt wurde, sah sogar ich auf den ersten Blick.

So verwunderte es auch nicht, dass am äußeren Rand des Parketts ein schwarzer Metallkäfig aufgebaut war, wie ich ihn bereits im INSOMNIA gesehen hatte. Nur, dass sich in diesem Käfig keine gehäutete Frau befand, sondern mein Hund – und zwar putzmunter!

Motte begrüßte mich mit lautem Gebell und heftigem Schwanzwedeln. Da Motte mich in der Regel mit lautem Schnarchen oder bestenfalls dem Hochklappen eines Augenlids begrüßt, legte er gerade wahre Gefühlsausbrüche an den Tag, die mir zeigten, dass auch er mich vermisst hatte.

Der Käfig war mit einem kleinen Schloss versehen, das ich mit einem Hieb des Feuerhakens zertrümmerte. Ich riss die Gittertür auf, und Motte riss mich begeistert von den Füßen. Wir wälzten uns gemeinsam auf dem Fußboden herum, und ich umklammerte meinen Hund mit beiden Armen. Vor lauter Freude liefen mir die Tränen übers Gesicht, und Motte schleckte sie mir freudig ab.

Es dauerte eine ganze Weile, bis wir uns wieder beruhigt hatten und Motte mit heraushängender Zunge laut hechelnd quer über meiner Brust lag. Ich schob den Dicken mühsam herunter und setzte mich auf.

Fürsorglich unterzog ich ihn einer gründlichen Inspektion

und war beruhigt, dass es Motte augenscheinlich gut ging. Er sah, wie gewohnt, ausgesprochen gut genährt aus, sein Fell war sorgfältig gebürstet, sauber und roch gut. Der Käfig, in dem ich ihn gefunden hatte, war mit einem weichen Deckenlager ausgestattet; er hatte ausreichend frisches Wasser, und der Futternapf war halbvoll mit Trockenfutter.

Die Ärztin hatte gut für Motte gesorgt, und er hatte die Tage der Gefangenschaft in ausgezeichnetem Zustand überstanden.

Vielleicht hätte ich dem Wagen der Ärztin nicht so übel mitspielen sollen; aber andererseits brauchte ich nur kurz an die Todesängste zu denken, die ich blind und hilflos kopfüber in der eisigen Kälte ausgestanden hatte, und mein eben alarmiertes schlechtes Gewissen fühlte sich nicht angesprochen und legte sich wieder zur Ruhe. Obwohl es immer dunkler wurde, wollte ich mir diesen merkwürdigen Ort, der eine spezielle Insider-Location zu sein schien, näher anschauen. Nachdem ich den Thronsessel gründlich inspiziert hatte, entdeckte ich halb hinter einem seidenen Paravent versteckt einen großen Kühlschrank mit integriertem Weinkühler, die beide mit einer erlesenen Auswahl an Getränken bestückt waren: Diverse Softdrinks, ausgesuchte Weine und eine ganze Batterie Champagnerflaschen boten sich an. Wo es einen funktionierenden Kühlschrank gab, sollte es auch Strom geben! Ich folgte der Verlängerungsschnur und fand im hinteren Teil der Halle hinter einer unverputzten Backsteinmauer einen Stromverteiler, dessen Hauptstromkabel sich durch den Schutt schlängelte und durch einen Mauerdurchbruch ins Freie verschwand. Da ich mir nicht vorstellen konnte, dass es sich bei dem Stromkabel um einen regulären Anschluss handelte, hatte offenbar jemand für eine illegale Stromversorgung gesorgt. Ein Kabel des Stromverteilers führte mich zu einem kleinen Schränkchen, an dessen Seite einige Regler montiert waren. Bereits beim ersten Versuch flammten versteckte Halogenscheinwerfer auf, die das gesamte Szenario stimmungsvoll ausleuchteten, sodass die Akteure nicht ausschließlich auf die Kerzenleuchter angewiesen waren.

In dem Schränkchen fand ich nicht nur ein rotes Kästchen mit einer Großpackung Kondome, sondern auch einen großen Vorrat an Kerzen in allen möglichen Größen sowie diverse Feuerzeuge und Kerzenanzünder ebenso wie eine kleine Dockstation, an der bei Bedarf ein Handy oder MP3-Player angeschlossen werden konnte. Wahrscheinlich war diese Location nicht nur mit versteckten Scheinwerfern, sondern auch mit Lautsprechern ausgestattet.

Ich schoss mit dem Handy mehre Sätze Serienfotos des Szenarios und ließ auch die kleinsten Details nicht aus. Zufrieden steckte ich mein Handy wieder ein und wandte mich anschließend wieder Motte zu.

»Na, Dicker«, forderte ich ihn auf, »kannst du mir nicht mal sagen, welche Typen hier ein und aus gehen und was die hier so treiben?«

Motte sah mich hechelnd an, verzichtete aber auf eine Antwort.

Nachdem ich mich vergewissert hatte, dass ich nichts zu fotografieren vergessen hatte, löschte ich das Licht und machte mich mit Motte auf den Heimweg. Draußen war es mittlerweile dunkel, aber der Mond verwandelte die Schneelandschaft in eine geheimnisvoll schimmernde, surreale Welt, sodass ich mich wie in die Winterlandschaft aus dem *Unheilig*-Video versetzt fühlte; fehlte nur noch, dass der Graf singend den Weg entlangkam.

Den ganzen Heimweg über saß Motte aufrecht auf der Rückbank und hechelte mir seinen warmen Atem in den Nacken. Immer wieder streckte ich meine Hand nach hinten aus und strich ihm durchs Fell. Ich war glücklich und unendlich erleichtert, dass der Dicke wieder bei mir war.

Den restlichen Abend verbrachten wir in trauter Zweisamkeit vor dem Kamin; Motte lag auf seinem Lieblingsplatz vor dem lodernden Feuer, und ich flätzte mich mit auf den Tisch hochgelegten Füßen und einem Glas Bordeaux in der Hand lang auf meinem Chesterfieldsofa.

29

Am darauffolgenden Tag rief ich als Erstes Uz und Onno an, um ihnen mitzuteilen, dass Motte wohlbehalten wieder aufgetaucht war. Auf die Fragen, wo er denn abgeblieben und auf welchem Weg er wieder aufgetaucht sei, antwortete ich ausweichend. Ich wollte die alte Ziegelei nicht ansprechen, denn mir schwebte ein nochmaliger unangemeldeter Besuch vor.

Immer wieder setzte ich mich an meinen Schreibtisch und blickte auf die Strichmännchen, um Antworten zu finden – vergebens. Um neunzehn Uhr legte ich entschlossen den Bleistift zur Seite und öffnete meinen Kleiderschrank.

»Abendgarderobe« hieß es auf der Einladung.

Ich zog die Schutzhülle von meinem Smoking und lächelte wehmütig; es war lange her, dass ich das gute Stück angehabt hatte. Im Bad gönnte ich mir eine heiße Dusche und kleidete mich entsprechend dem Dresscode an. Entgegen dem klassischen Stil trug ich ein schwarzes Smokinghemd mit Stehkragen und Fliege, die ich noch immer binden konnte, wie ich erfreut feststellte. Ich verzichtete auf den Kummerbund und wählte breite schwarze Hosenträger, die ich an der Smokinghose festknöpfte. Das i-Tüpfelchen meines Outfits waren die auf Hochglanz polierten schwarzen Lackschuhe.

Kritisch musterte ich mich im Spiegel und zwinkerte mir anerkennend zu; gar nicht so schlecht für einen Kerl in meinem Alter. Ich verabschiedete mich schweren Herzens von Motte; es gefiel mir überhaupt nicht, den Dicken schon wieder alleine zu lassen, aber ich brauchte Antworten. Powelz hatte behauptet, ich fände dort Antworten.

Also, auf geht's: nach Wilhelmshaven zum Sadomasoball ins NOCTEM DE LUXE.

Das Navi, das ich mit seinem Saugnapf an der Windschutzscheibe befestigt hatte, zeigte mir knappe siebzig Kilometer bis zum Zielort am Stadtrand von Wilhelmshaven an: eine Strecke, die ich mit meinem Käfer bei guten Straßenverhältnissen in etwa eineinhalb Stunden bewältigen konnte.

Die Fahrt verlief aufgrund gut geräumter Straßen erfreulicherweise vollkommen unproblematisch. Als ich kurz vor Ballbeginn in die Zufahrt des abgelegenen Anwesens einbog, war ich baff. Ich hatte ja vieles erwartet, aber nicht ein denkmalgeschütztes eingeschossiges Herrenhaus inmitten von altem Baumbestand, das sich seinen Gästen hochherrschaftlich mit Fackeln illuminiert präsentierte.

»Sehr stilsicher«, stellte ich anerkennend fest und musterte das beleuchtete Haus, während ich in der hintersten Ecke des Parkplatzes einparkte.

Ich löschte die Scheinwerfer und beobachtete das Haus und den Parkplatz, der bereits mit hochpreisigen Fahrzeugen gut besetzt war. In kurzen Abständen fuhren weitere Limousinen vor, denen sichtlich gut gelaunte Menschen in Abendgarderobe entstiegen und dem Eingang zustrebten.

Auch ich stieg aus meinem Wagen, der neben den parkenden Luxuskarossen winzig wirkte, und ging zum Haus hinüber. Die imposante hölzerne Eingangstür lag oberhalb einer breiten Treppe. Links und rechts des Eingangs standen zwei Feuerschalen auf steinernen Säulen und verliehen dem Haus etwas zusätzlich Mystisches.

Ich griff nach dem Türklopfer und erinnerte mich daran, dass ich vor ein paar Tagen vor einer ähnlichen Tür in Pilsum gestanden und noch nicht geahnt hatte, was mich hinter der Tür des INSOMNIA erwartete.

Heute wurde mir die Tür nicht von einer schwarzhaarigen Schönheit wie Lydia Saalbusch geöffnet, sondern von einem jungen Mann, der trotz seines gut sitzenden Smokings wie ein Beach Boy wirkte.

»Guten Abend und Herzlich willkommen im NOCTEM DE LUXE«, begrüßte er mich mit einem smarten Lächeln und half mir aus dem Mantel.

»Sie sind Stammgast?«, fragte er, als ich den Eintritt von zweihundert Euro bezahlte.

»Nein.«

»Dann gestatten Sie mir, dass ich Ihnen die Räumlichkeiten zeige«, sagte er höflich und wies mir den Weg.

Der Beach Boy war ein echter Sympathieträger. Höflich und charmant führte er mich durch einen kleinen Flur in die Eingangshalle, von der mehrere hohe Türen abgingen. Eine ausladende weiße Treppe dominierte die Halle, sie führte in elegantem Schwung ins Obergeschoss. In ihrer Mitte war ein eleganter roter Läufer ausgelegt. »Mein Name ist Malte«, stellte sich der junge Mann vor, während er mich in einen Saal führte, dessen Stirnseite von einer langen Bar eingenommen wurde, an der bereits etliche Gäste mit Gläsern in der Hand standen und gut gelaunt miteinander plauderten. Rechter Hand befand sich eine Tanzfläche mit einem aufwendig gestalteten Mosaikboden und von raumhohen Spiegeln umrahmt.

Malte führte mich entlang der Tanzfläche in einen Nebenraum, dessen gesamte Breite von einem wahrhaft üppigen Büfett eingenommen wurde.

»Sie haben ja richtig aufgefahren!«, staunte ich anerkennend.

Der warme Teil des Büfetts bestand aus exzellenten Fisch- und Fleischgerichten mit appetitlichen Beilagen, bei denen mir das Wasser im Mund zusammenlief. Ich erkannte Edelfische auf bunten Gemüsebetten, rosiges Roastbeef, einen riesigen knusprigen Schinken und mediterrane Schätze des Meeres auf Salat ebenso wie das komplette Repertoire eines kalten Büfetts, inklusive diverser Küchlein, roten und grünen Grützen, Mousse von was auch immer und so weiter. Blickfang der Dessertecke war ein Schokoladenbrunnen, neben dem mundgerecht geschnittenes Obst aufgetürmt war und nur darauf wartete, von der warmen Schokolade überflossen zu werden.

Ich riss mich gewaltsam von dem Anblick der Leckereien los und steckte mir unauffällig ein Kanapee mit Lachs auf Meerrettichmousse in den Mund, während ich Malte zurück in die Empfangshalle folgte.

Auf der Tanzfläche bewegten sich bereits die ersten Paare zu den sinnlichen Klängen des Stücks *Santa Maria (Del Buen Ayre)* der Musikgruppe »Gotan Project« aus Paris, welches ich persönlich gut aus dem *Temporada* kenne, wo ich mit Traute Tango Argentino lernte – oder, besser gesagt, bislang gelernt hatte.

Während ich dem jungen Mann folgte, musterte ich unauffällig die anwesenden Gäste, die allesamt perfekt in Foyers von Opernhäusern, Galas, Empfängen oder Bällen gepasst hätten; wenn da nicht die unkonventionelle und freizügige Kleidung der anwesenden Damen gewesen wäre. Die Männer trugen ausnahmslos dunkle Anzüge und Smokings und hätten sich allemal unter jede offizielle Abendgesellschaft mischen können, ohne in irgendeiner Form aufzufallen; sogar zwei Frackträger waren unter den Gästen. Bei den Damen sah es da schon etwas anders aus. Der überwiegende Teil der weiblichen Gäste zeigte sich in eng geschnürten Miedern, Korsagen und Abendkleidern, deren Schnitt den Unterkörper freiließ, die aber eine Gemeinsamkeit aufwiesen: Die Brüste der Damen waren nackt, einige der Brüste waren zudem mit kleinen ringförmigen Einfassungen verziert, die die Brustwarzen exponiert präsentierten.

Fast alle der anwesenden Damen trugen halterlose Strümpfe oder Strapse. Allesamt aber hatten sie eins gemein: Sie trugen eng anliegende Halsbänder um den Hals, an denen sich der berühmte »Ring der O« befand, dessen Bedeutung mir Lydia Saalbusch bereits erklärt hatte. Viele waren aus schwarzem, weißem oder rotem Leder, manche aber auch aus besonders martialisch wirkendem Eisen oder glänzendem Chrom.

Malte führte mich zum Kaminzimmer, das mit roten Samtvorhängen und schweren Ledersesseln ausgestattet war, die locker um einen großen Kamin gruppiert waren. Ein gemütliches Feuer loderte darin und lud zum Verweilen ein, was auch einige Raucher unter den Gästen gerne taten. Während es sich einige Männer in den Ledersesseln bequem gemacht hatten und genüsslich Zigaretten oder dunkle Zigarren schmauchten, knieten vor oder neben den Klubsesseln barbusige Damen mit gesenkten Köpfen.

Alles, was ich je über Emanzipation gehört hatte, galt in diesen Räumen sichtlich nicht. Aber offenbar gefiel genau dieser Punkt allen Beteiligten; jedenfalls machten die Anwesenden allesamt einen sehr entspannten und zufriedenen Eindruck.

»Heute Nacht sind fast ausnahmslos Paare im klassischen Dominanzgefälle zugegen, der Herr dominant, die Dame devot«, erklärte mir Malte. »Die Konstellation kann variieren.«

»Inwieweit variieren?«

»Es sind auch Herrschaften mit ihren Zofen oder Doms mit ihrer Sub und ihrer in Ausbildung befindlichen Novizin zugegen«, erläuterte Malte mit diskretem Lächeln. »Aber auch Herrschaften mit ihren Sklavinnen geben sich heute Nacht die Ehre.«

»Ach, so. Verstehe«, behauptete ich und hüstelte verstohlen, wobei ich mir unwissender als der naivste Novize vorkam; die wussten wenigsten, weshalb sie hier waren.

Ich hingegen fand den Habitus des NOCTEM DE LUXE mehr als befremdlich, und ich musste zugeben, dass der größte Reiz des Abends bislang für mich vom Büfett ausging.

Wir stiegen die kunstvoll geschwungene Holztreppe hinauf in den ersten Stock, wo mich eine offene Galerie empfing. In der beleuchteten Nische im Mittelpunkt war auf einem Podest ein deckenhohes hölzernes Kreuz aufgestellt.

»Der Star des heutigen Abends«, sagte Malte und deutete auf die exponierte Nische, die bereits von zahlreichen Gästen umlagert war, die sich flüsternd und in gedämpftem Ton unterhielten. »Der Pranger!«

Ich zog es vor, zu schweigen, und nickte nur zur Bestätigung.

»Um Mitternacht wird der ehrwürdige ›Richter Sklavenhammer‹ ungehorsame Sklavinnen, Dienerschaften oder sonstige Untergebene als Judikative und Exekutive in Personalunion öffentlich anklagen und bestrafen!«

O Gott!, dachte ich, wo bin ich hier nur hingeraten?

Mein Lotse zeigte mir noch weitere Räumlichkeiten wie Lustwiese, Nassräume, Einzelzelle, Klinikraum und Dark Room und versprach mir abschließend, mir für alle Fragen gerne jederzeit zur Verfügung zu stehen.

Auch wenn ich bislang der Meinung war, das Leben mit vielen seiner Facetten zu kennen, kam die heutige Besichtigungstour fast schon einem Kulturschock gleich. Klinikraum – wie bitte? Ich wollte gar nicht wissen, was in einem solchen Raum geschah; denn es gibt Dinge, die will ich einfach nicht wissen.

Ich bedankte mich mit einem freundlichen Nicken bei Malte und mischte mich mit einem Champagnerglas unter die

Gäste, das mir von einer bis auf ihr Servierhäubchen splitterfasernackten Kellnerin angeboten worden war.

Während ich an meinem Glas nippte, schlenderte ich durch die Räumlichkeiten und kam aus dem Staunen nicht mehr heraus.

Ein Raum war mit schweren Teppichen, einem braunen Chesterfieldsofa, wie es auch bei mir zu Hause vor dem Kamin steht, und einem übergroßen Bett mit samtrotem Baldachin ausgestattet. Auf dem Bett lagen mehrere ineinander verschlungene Leiber beider Geschlechter und tauschten Intimitäten jeglicher Art mit- und untereinander aus. Bis dahin hatte ich mich nicht für prüde gehalten, verspürte aber alleine durch die schwüle Atmosphäre des Raumes das Gefühl, ein Voyeur zu sein; was sicherlich vom Veranstalter bewusst in dieser Form inszeniert worden war und den Akteuren auf dem Lotterbett sehr bewusst war. Ich verließ den Orgienraum und verzichtete darauf, mir weitere Räume anzuschauen. Mit dem Glas in der Hand schlängelte ich mich an miteinander plaudernden und kopulierenden Paaren vorbei.

Auf einem eleganten Biedermeiersofa saßen zwei Männer im Smoking mit Bleikristallgläsern in der Hand, in denen bernsteinfarbener Whiskey schimmerte, und plauderten über die neuesten Entwicklungen an der Börse, während zwei junge Frauen vor ihnen knieten und sie oral beglückten.

Langsam stieg ich die Stufen der repräsentativen Treppe wieder hinunter und schlängelte mich zwischen den Gästen Richtung Büfett entlang. Der sympathische Malte hatte mir beim Rundgang erklärt, dass in den untersten Räumen von den Gästen sexuelle Zurückhaltung erwartet wird. Eine Benimmregel, die ich durchaus begrüßte; schließlich wollte ich meine Buletten essen, ohne dass unterm Büfett gestöhnt wurde.

Ich belud mir meinen Teller mit ausgesuchten Leckereien und setzte mich auf einen der Barhocker, die vor einem der zahlreichen Stehtische standen. Kaum saß ich, gesellte sich eine attraktive Blondine zu mir.

»Gestatten Sie«, sprach sie mich mit freundlichem Lächeln an.

»Aber bitte.« Ebenso freundlich lächelnd nickte ich ihr zu.

Erleichtert stellte ich fest, dass die Frau zwar auch eine schwarze Korsage mit Strapsen trug, was ihrer eleganten Erscheinung etwas Frivoles verlieh, sie aber eine Art Schal über ihren Schultern trug, sodass sie mir beim Essen nicht oben ohne gegenüberstand.

Wir plauderten beim Essen angeregt miteinander, und ich vergaß angesichts der charmanten Tischdame beinahe, dass wir uns in einem Sadomasoklub befanden. Wir schlossen unsere Mahlzeit mit zwei Espressi ab.

»Tanzen Sie eigentlich auch Tango?«, fragte mich die Blondine und stellte sich als Caro vor.

Ich nickte zögernd.

»Und dann fordern Sie mich nicht auf?«

»Allerdings auf Anfängerniveau«, räumte ich ein.

»Das ist keine Entschuldigung!«, stellte sie klar und rutschte von ihrem Barhocker.

Ich verstand den Wink mit dem Zaunpfahl und bot ihr meinen Arm an. Sie hakte sich bei mir ein, und ich begleitete sie zur Tanzfläche, auf der erfreulicherweise nur drei weitere Paare tanzten; erfreulicherweise deshalb, weil es für einen Anfänger nicht leicht ist, sich in Tanzfluss, Rhythmik und Tanzhaltung gleichermaßen gut hineinzufinden und dabei gleichzeitig Tangoelemente zu führen.

Das Wesen des argentinischen Tangos liegt in der Umarmung und der wortlosen Kommunikation beider Körper. Der führende Mann, sofern es sich bei dem tanzenden Paar um eine klassische Konstellation handelt, gibt der folgenden Frau beim Tanzen körperliche und für Außenstehende nicht sichtbare Impulse, die im günstigsten Fall von der folgenden Frau richtig verstanden und tänzerisch umgesetzt werden; erst dann entsteht für beide Partner ein angenehmer und schöner Tanzfluss, der den Tanz zu einem Genuss werden lässt.

Meine Tanzpartnerin war eine sehr gute und erfahrene Tänzerin mit einem eleganten Tanzstil, wie ich nach den ersten Schritten sofort erkannte. Sie machte mir die Führung sehr leicht und verstand meine Impulse, obwohl ich sie nicht immer unmissverständlich und klar gab. Wenn ich einen Fehler machte, improvisierte sie mit eleganter Leichtigkeit, und wir tanzen drei Tandas hintereinander. Als die dritte Tanda mit einer Pausenmusik, der Cortina, unterbrochen wurde, führte ich meine Tanzpartnerin zur Bar und bestellte zwei Gläser Weißwein für uns.

Kaum hatte Caro sich entschuldigt und war Richtung Toiletten verschwunden, spürte ich eine Hand auf meiner Schulter.

Ich drehte mich um.

»Sie scheinen sich ja prächtig zu amüsieren«, strahlte mich eine Frau freundlich an.

Im ersten Moment erkannte ich die ausgesprochen gut proportionierte Blondine nicht und sah sie etwas ratlos an. Als mich ihre himmelblauen Augen amüsiert anfunkelten, fiel bei mir der Groschen – vor mir stand Miriam Dannert! Kein Wunder, dass ich sie nicht sofort erkannt hatte. Bei unserem letzten Treffen trug sie keine brustfreie Korsage, sondern einen gelben Topfhut und eine rote Clownsnase.

»Was machen Sie denn hier?«, fragte ich überrascht.

»Amüsieren und spielen«, antwortete sie mit einem verschmitzten Lächeln. »Aber eigentlich müsste ich Sie fragen, was Sie hier tun!«

»Suchen«, entgegnete ich. »Ich suche – Antworten.«

»Immer noch?«

»Im Moment mehr denn je«, sagte ich ernst.

»Willst du mich dem Herrn nicht vorstellen?«, fragte eine Frauenstimme hinter mir.

Ich wandte mich um und erblickte eine schlanke Frau mit langen rotbraunen Haaren, deren Gesicht ich zwar noch nie gesehen hatte, die ich aber sofort an der Dornenkrone erkannte, die sie auf dem Kopf trug.

»Schickes Teil«, sagte ich trocken und deutete mit meinem Weinglas, das ich mir inzwischen gegriffen hatte, auf ihre Krone.

»Danke schön«, strahlte sie und machte einen kleinen Knicks.

»Darf ich miteinander bekannt machen?«, meldete Miriam Dannert sich zu Wort und stellte uns einander vor. »Herr de Fries – Sklavin Scarlett; Sklavin Scarlett – Herr de Fries.«

Da wir alle drei Gläser in den Händen hielten, stießen wir mit einem dezenten Klingen der Gläser an.

Meine Tanzpartnerin tauchte auf und hakte sich bei mir unter, ohne die beiden anderen Frauen eines Blickes zu würdigen. »Haben Sie Lust, mit hochzukommen?«, fragte sie unverblümt und sah mir direkt in die Augen.

Damit hatte ich ja nun überhaupt nicht gerechnet! In mir stieg ein Anflug von Panik auf, von der ich hoffte, dass sie mir nicht vom Gesicht abzulesen war. Nicht, dass ich die Blondine unattraktiv fand – ganz im Gegenteil!

Aber hier vor allen Leuten? Niemals!

Bevor ich etwas erwidern konnte, meinte Miriam Dannert: »Oh, Klasse. Da kommen wir mit!«

Jetzt hatte ich Panik.

»Ist es denn schon so spät?«, mischte sich Sklavin Scarlett ein und sah auf ihre Uhr. »Ja, Mitternacht. Es geht los!«

»Was geht los?«, fragte ich argwöhnisch.

»Na, die Gerichtsverhandlung von ›Richter Sklavenhammer‹.« Voller Vorfreude klatschte Scarlett in die Hände wie ein Teenager, der sich auf seine erste Party freut. »Da bekommen die unartigen Sklavinnen Benehmen beigebracht!«

»Das wäre doch das Richtige für dich!«, lachte Miriam Dannert.

»Ja, genau!«, bestätigte Scarlett und machte einen Schmollmund. »Ich hatte mich auch schon gefreut, aber mein Herr hat heute keine Zeit für mich.«

Bevor wir das Thema vertiefen konnten, zog mich meine Tanzpartnerin am Arm. »Kommen Sie! Wir wollen doch nichts verpassen.«

Gleichzeitig mit uns strömten zahlreiche andere Gäste der Treppe zu, und die »Gerichtsverhandlung« war schon im vollen Gange, als ich mit meiner Tanzpartnerin im Arm eine freie Ecke fand, von der wir das Geschehen in der beleuchteten Nische aus nächster Nähe beobachten konnten.

Bei dem sogenannten »Richter Sklavenhammer« handelte es sich um einen gutmütig aussehenden grauhaarigen älteren Herrn, den ich mir auch gut als Direktor der Kreissparkasse hätte vorstellen können. Mir kamen Lydia Saalbuschs Worte in den Sinn, als sie mich grinsend fragte, ob ich Zweifel daran hätte, dass es hier bei uns an der Küste genug »Perverse« gäbe. Sie hatte recht gehabt, stellte ich fest, als ich meinen Blick über die schätzungsweise hundert Gäste schweifen ließ: Es gab offenbar mehr als genug Menschen, die Gefallen an der dunklen Seite der Lust fanden.

Der sogenannte Richter verlas gerade ein Urteil, das die vor ihm kniende und bis auf ein Lederhalsband nackte Frau zu einer Stunde freier Verfügbarkeit verurteilte. Das Urteil wurde von den anwesenden Herren mit freudigem Applaus aufgenommen. Die »Verurteilte« wurde von dem grauhaarigen Mann mit dem Kopf und den Handgelenken in den neben der Nische stehenden hölzernen Pranger eingespannt – mit dem nackten Hinterteil den Zuschauern zugewandt. Unter dem Beifall der anwesenden Gäste verkündete der »Richter«, das Urteil werde nach der Verhandlung umgehend vollstreckt. Nachdem wieder Ruhe eingekehrt war, führten zwei Gehilfen in einer Art Mönchskutte eine Frau herein, die mit einer sogenannten Sklavenkette aus Eisen gefesselt war, wie man sie aus historischen Filmen kennt.

Hand- und Fußgelenke der großen, langbeinigen Frau steckten in den eisernen schwarzen Fesseln, die mit einer großgliedrigen Kette miteinander verbunden waren. Um den Hals trug die Frau ebenfalls eine Fessel, deren Kette kurz gehalten und mit einer Mittelkette an den Hand- und Fußfesseln angeschlossen war. Der komplette Kopf der Frau steckte in einer eisernen schwarzen Inquisitionsmaske, sodass die Frau weder etwas sehen noch sprechen konnte. Die Gefesselte trug einen einfachen Kittel aus Sackleinen und lief mit kleinen Schritten barfuß zwischen den Gehilfen in Mönchskutten her.

Mit lauter Stimme las der Pseudorichter die Anklagepunkte vor und beschuldigte die Delinquentin des Ungehorsams gegenüber ihrem »Herrn«.

»Sub Anhela!«, donnerte der Grauhaarige. »Du hast dich eines schweren Vergehens schuldig gemacht! Mit deinem Treugelübde hast du dich der Obhut deines Herrn ausgeliefert; du bist sein Eigentum. Dein Herr gebietet über dich!«

Ich konnte einfach nicht glauben, was sich da vor meinen Augen abspielte.

Bei den anwesenden Gästen handelte es sich meiner Einschätzung nach um kultivierte, gebildete und intelligente Menschen, die im normalen Leben wahrscheinlich hochrangige und verantwortungsvolle Jobs einnahmen, rücksichtsvoll und emanzipiert mitten im Leben standen. Auf diesem Ball hier fanden sie Gefallen an entwürdigenden und diskriminierenden Rollenspielen, welche die Rechte und Würde der sogenannten Sklaven mit Füßen traten? Zwar wusste ich, dass

Sadomasochisten mit Grenzüberschreitungen von Unterwerfung und Gehorsam spielten und ihren Spaß daran fanden. Aber hier persönlich mitzuerleben, wie sogenannte Sklavinnen in aller Öffentlichkeit aus sexueller Lust gedemütigt und ihnen Schmerzen zugefügt wurden, entzog sich vollkommen meinem Verständnis.

»Du hast dich nun den Anweisungen deines Herrn widersetzt und dich seiner Verfügbarkeit entzogen!«, wetterte der Pseudorichter. »Dieser Ungehorsam gehört bestraft! Deshalb übergebe ich dich zur Bestrafung als Eigentum an deinen rechtmäßigen Herrn, der dich hier vor aller Augen mit der Bull Whip züchtigen wird!«

Als die Bezeichnung »Bull Whip« fiel, ging ein Raunen durch die Reihen der Anwesenden.

Der Richter trat zurück, und es erklangen mystische Klänge, begleitet von einer Art Mönchsgesang, der gewaltig den Raum bis in den letzten Winkel erfüllte, und einer Frauenstimme, die etwas in französischer Sprache rezitierte.

»Oh, wie schön. Carlos Perón«, flüsterte meine Tanzpartnerin, die mich immer noch untergehakt hatte und die ich völlig vergessen hatte. *»La Salle blanche.«*

»Wie bitte?«, fragte ich geistesabwesend.

»La Salle blanche«, wiederholte sie flüsternd. »*Der weiße Raum*. So heißt das Stück.«

In die Nische trat nun ein hochgewachsener Mann in Maske und Hut des V aus dem Film *V wie Vendetta* zum schwarzen Anzug. Dass er diesmal, stilecht mit Peitsche à la Indiana Jones, als Handlanger einer perversen Schandgerichtsbarkeit auftrat, anstatt ihr den Garaus zu machen, passte ins obszöne Schauspiel.

Aber war das ein Schauspiel?

Die zwei Gehilfen in Mönchskutten führten die Frau mit der Schandmaske in die Mitte der Nische und lösten die Ketten, um die Frau dann mit dem Rücken zum Publikum an weit gespreizten Armen und Beinen wieder festzubinden. Der Mann mit der weißen Spitzbartmaske stellte sich etwa vier Meter hinter die Frau in Positur und machte ein paar Aufwärmübungen mit der Peitsche, die böse sirrend durch die Luft fuhr und sich wie von selbst wieder einrollte.

Mit geschickten Handgriffen lösten die Mönche die sackleinene Kutte und entblößten die Frau vollkommen.

Ich musste sofort wieder an die letzte gemeinsame Nacht mit Traute denken, als mein Blick auf den sportlich durchtrainierten Leib der Frau und ihre endlos langen Beine fiel.

Ich vermisste Traute mit jedem Tag mehr.

Das Zischen der Peitsche vertrieb meine Gedanken, ich sah, wie die geflochtene Spitze die unbekannte Schöne laut klatschend am Po traf. Die Frau heulte dumpf unter ihrer Metallmaske auf und wand sich wild in ihren Fesseln – natürlich vergebens.

Wieder zischte die schätzungsweise vier Meter lange Peitsche durch die Luft und klatschte so laut auf das Hinterteil der Frau, dass ich unwillkürlich zusammenzuckte. Blutrote Striemen kreuzten sich wie ein Gitternetz auf dem ihrem Po. Der Mann mit der Maske peitschte der Frau vor aller Augen ein gitterförmiges Muster auf den nackten Hintern.

»Dom de Dios ist ein wahrer Könner mit der Whip«, sagte die Blondine neben mir, und ich spürte, wie sich ihre Finger in meinen Arm krallten; ob aus Mitgefühl für die nackte Frau dort oben oder vor Erregung über das Geschehen, vermochte ich nicht zu beurteilen.

»Wer?« Ich fuhr herum und starrte sie an.

»Dom de Dios. Der Mann mit der Maske dort oben«, sagte sie, ohne mich anzusehen; ihre Augen hingen wie gebannt an der Peitsche, die zum dritten Mal die gefesselte Frau zum Aufschreien brachte.

Ich wandte meine Aufmerksamkeit wieder dem Geschehen zu und sah, wie die Peitsche mit einem bösartigen Klatschen den Rücken der Frau zum vierten Mal traf. Wie aus dem Nichts lief ein blutroter Striemen vom unteren Rippenbogen quer über die Schulterblätter bis hinauf zum oberen Rand des rechten Schulterblatts.

Ein eisiger Schreck durchfuhr mich!

Der rote Striemen machte zum Ende hin einen S-förmigen Bogen, auf dem …

Das konnte nicht sein!

… ein kleines rotes Teufelchen ritt und mich höhnisch anzulachen schien.

Ich musste mich täuschen! Das musste an der Entfernung liegen.

Aufgeregt kniff ich mehrmals die Augen zusammen und – ja, es blieb bei diesem Bild; es ließ sich nicht wegzwinkern.

Ich kannte dieses kleine Teufelchen. Ich kannte es, denn ich hatte es selbst gezeichnet.

Für Traute. Und dann hatte ein befreundeter Tattooartist das Teufelchen genau dorthin tätowiert.

Genau dorthin!

Auf Trautes rechte Schulter, wo der Peitschenhieb sie getroffen hatte.

War es wirklich möglich, dass die maskierte Frau meine Traute war?

»Nein!!!«

Mein Entsetzensschrei ließ den Mann mit der Maske in seiner Bewegung erstarren! Die Köpfe aller Anwesenden fuhren zu mir herum.

»Nein«, sagte ich zum zweiten Mal; diesmal war meine tonlose Stimme kaum noch zu hören.

30

Unzählige Augenpaare starrten mich an; die meisten eher überrascht als verärgert darüber, dass ich die öffentliche Auspeitschung unterbrochen hatte.

»Kennen Sie die Dame?«, hörte ich meine blonde Tanzpartnerin fragen.

»Ja … äh … nein. Ich weiß nicht …«, stotterte ich und starrte dabei unverwandt zur Empore. Dort hatten die Mönche auf ein Zeichen des Mannes mit der V-Maske hin gerade begonnen, die Frau loszubinden. Der Maskierte hob die sackleinene Kutte auf und legte sie der Frau über. Dann führte er die Frau fürsorglich, aber zügig seitlich zur Galerie hinunter und aus meinem Blickfeld.

Mir schwirrten unzählige Fragen gleichzeitig durch den Kopf, wild wirbelten Gedanken durcheinander. Aber alle drehten sich um eine wesentliche Frage: War das Traute? Meine Traute? War das möglich?

Meine Tanzpartnerin schaute mich enttäuscht von der Seite an, als ich ihr kurz angebunden sagte, dass ich etwas klären müsse, und mich dabei von ihr löste. Sie nickte wortlos und ließ meinen Arm los.

Eilig schlängelte ich mich durch das Publikum hindurch, während »Richter Sklavenhammer« auf dem ausladenden Hinterteil der noch immer angeprangerten Frau eine offenbar schmerzhafte Bestrafung mit dem Rohrstock improvisierte, welche die Frau laut gellend aufschreien ließ. Als ich zu der

Stelle gelangte, wo der Maskierte die Frau weggeführt hatte, war natürlich niemand mehr zu sehen. Ich eilte den Gang hinab, wich zwei Männern aus, die gemeinsam mit einer schlanken Frau auf der Chaiselongue in einer Nische kopulierten, und stand plötzlich in einem halbdunklen Raum mit einem großen eisernen Bett darin. Brusthohe, mehrarmige Kerzenleuchter spiegelten sich auf der schwarzen Lackbettwäsche und warfen flackernde Schatten an die Wand.

Der Raum war leer.

An der rückseitigen Wand des Raums sah ich eine Holztür. Ich stieß sie kurzerhand auf und wäre fast in einen Treppenabgang gestürzt. Vorsichtig stieg ich die ausgetretenen steinernen Stufen hinunter, stand kurz darauf im Empfangsraum und wurde von Malte in Empfang genommen, der auf mich zu warten schien.

»Ist alles zu Ihrer Zufriedenheit?«, fragte er höflich.

»Nein!«, entgegnete ich knapp. »Ist hier ein Paar mit Masken vorbeigekommen?«

Noch bevor ich die verschiedenen Masken beschreiben konnte, nickte Malte zuvorkommend. »Ja. Die Herrschaften haben sich soeben verabschiedet und sind abgereist.«

Ich bedeutete Malte, mir die Eingangstür zu öffnen, die mit einem schweren Riegel verschlossen war. Er tat, worum ich ihn bat, und ich trat nach draußen. Die stimmungsvolle Außenbeleuchtung erlaubte es mir, den Parkplatz zu überschauen, der im Halbdunkeln lag.

Im gleichen Moment erwachte der Motor eines Sportwagens. Scheinwerfer leuchteten auf. Mit dumpfem Röhren rollte ein schwarzer Porsche Panamera vom Parkplatz. Ich machte ein paar schnelle Schritte Richtung Treppe und versuchte verzweifelt, einen Blick auf die Insassen zu werfen – vergeblich. Die getönten Scheiben des Sportwagens verbargen Fahrer und Beifahrer vor neugierigen Blicken.

Regungslos stand ich am Fuß der Treppe und sah den roten Rücklichtern hinterher, die abrupt verschwanden, als die Straße eine Kurve machte.

»Na, da haben Sie aber fast die Party geschmissen«, sagte eine Stimme hinter mir: Miriam Dannert mit ihrer Freundin Scarlett; beide Frauen hatten sich warme Mäntel über ihre Dessous geworfen und entzündeten ihre Zigaretten.

»Was war denn los?« Neugierig sah mich Miriam Dannert an. »Konnten Sie das Auspeitschen nicht ab, oder war das Ihre Frau, und Sie wussten nicht, dass Sie sie hier treffen würden?«

Wahrscheinlich kam es nicht so oft vor, dass ein Gast eine öffentliche Bestrafung mit einem lauten Schrei unterbrach, sodass es für die Anwesenden offensichtlich gewesen war, weshalb ich geschrien hatte. Zudem hatte man in diesem Moment sicherlich den Grund für meinen Schrei auf meinem entsetzten Gesicht ablesen können.

»Ich … ich … mir kam das Tattoo bei der Frau bekannt vor«, antwortete ich knapp. »Das war alles!«

»Verstehe.« Offenbar hatte sie wirklich verstanden, denn sie machte keine Anstalten, nachzufragen.

»Haben Sie auch eine für mich?«, hörte ich mich selbst fragen und schämte mich im gleichen Moment, da ich mit der Zigarette, an der ich Sekunden später heftig sog, meine vielversprechende Nichtraucherkarriere ruinierte.

»Was machen Sie eigentlich hier?« Miriam Dannert musterte mich neugierig.

»Antworten suchen«, antwortete ich bitter und blies eine Nikotinwolke in den Nachthimmel. »Aber statt Antworten bekomme ich neue Fragen.«

Angewidert schnippte ich die Kippe in hohem Bogen Richtung Parkplatz.

Ich tat es nicht gerne; aber jetzt wollte ich Antworten!

Langsam zog ich das Handy aus der Innentasche meines

Smokings; mit dem Daumen gab ich den Freischaltcode ein und rief mein Fotoalbum auf, um die Frauen mit dem Foto der Toten zu konfrontieren. Okay, ich gebe es zu und korrigiere mich; ich wollte sie mit dem Foto schockieren. So sehr schockieren, dass sie mir die Antworten gaben, die ich haben wollte.

»Sie kennen beide Sana Hörsch?«, sagte ich im bewusst harmlosen Plauderton. »Oder sollte ich besser sagen Angel Heart?«

Beide Frauen schlugen vor Entsetzen die Hände vor den Mund, um nicht laut aufzuschreien, als ich ihnen das Display mit dem Foto der toten Tänzerin vor die Augen hielt, auf dem die Ballerina beide Frauen mit toten, von einer Eisschicht überzogenen Augen ansah.

Während bei Miriam Dannert sofort Tränen aus den schockgeweiteten Augen schossen und die Wangen hinunterliefen, wurde Scarlett leichenblass und begann zu zittern.

»Was hat Kurt da getan!«, stieß Miriam Dannert schockiert hervor.

»Das war nicht Kurt!«, gab Scarlett scharf zurück. »Niemals! Er hätte ihr nie etwas angetan – trotz allem.«

»Aber Sani war doch gestern bei ihm.« Miriam verniedlichte den Namen der Toten, was für ein engeres Verhältnis sprach, als ich vermutete.

»Das heißt doch gar nichts!«, fuhr Scarlett ihre Freundin an.

Ich gebe zu, es war brutal von mir, die Frauen unvorbereitet mit dem schrecklichen Foto der tiefgefrorenen Tänzerin zu schockieren. Aber – ich bekam spontane Antworten, die ich ansonsten vielleicht nicht bekommen hätte.

»Trotz was?«, fragte ich Scarlett scharf.

Einen Moment lang herrschte betroffenes Schweigen, das Miriam Dannert brach, als sie einen Hintergrund nannte, von dem ich bislang keine blasse Ahnung gehabt hatte.

»Sani gab Dom de Agonie eine Mitschuld am Tod von Simon.« Miriam Dannerts Augen waren tränennass, als sie antwortete und sich gleichzeitig eine neue Zigarette anzündete.

»Wer ist Simon?«, hakte ich sofort nach.

»Sanis große Liebe«, antwortet Scarlett. »Angel Heart & Loup Garou – das Traumpaar schlechthin.«

»Die beiden hatten sich gesucht und gefunden«, schluchzte Miriam Dannert. »Und jetzt sind sie beide tot.«

»Was ist passiert?«

»Ich weiß nicht, ob es klug ist, alles zu erzählen.« Skeptisch musterte Scarlett mich, dann wandte sie sich an Miriam: »Der Typ ist Anwalt, hast du erzählt.«

»Ja, schon. Aber es kommt doch sowieso alles raus.« Miriam schluchzte. »Und wieso sollen wir nicht die Wahrheit erzählen? Sani und Simon sind tot! Und wir haben schließlich nichts Unrechtes getan!«

Scarlett machte ein nachdenkliches Gesicht, während sie sich ebenfalls eine frische Zigarette anzündete und einen langen Zug nahm. Tief inhalierte sie den Rauch in ihre Lunge. Offensichtlich half ihr das Nikotin dabei, eine Entscheidung zu treffen.

»Simon und Markus haben beide für Kurt Block gearbeitet«, eröffnete sie mir. Ich spürte, dass es Scarlett enorme Überwindung kostete, mir reinen Wein einzuschenken.

Miriam half etwas nach: »Dom de Agonie, also Kurt …«, warf sie ein, »… macht Geschäfte in Indien, Afrika und Indonesien.«

»Potenzmittelchen und exotische Tiere«, unterbrach ich sie ungeduldig, um die Erzählung abzukürzen. Mir brannte die Frage auf den Nägeln, wer die Frau mit dem Maskierten war.

»Siehst du!«, rief sie triumphierend und sah Scarlett an. »Er weiß doch sowieso schon alles.«

Dieser Hinweis, dass es wenig Sinn ergab, mir Informationen zu verschweigen, schien auch Scarlett zu überzeugen, weil ich offensichtlich mehr wusste, als sie annahm.

»Simon war Kurts Auslandsdealer«, erläuterte sie deshalb ohne Umschweife. »Er verhandelte vor Ort die Preise, prüfte die Qualität und erledigte die Transportformalitäten.« Was wohl so viel heißen sollte, dass er Polizisten und Zöllner vor Ort bestach und den Schmuggel organisierte.

»Und Markus war der Mann fürs Grobe«, ergänzte Miriam. »Er trat an, wenn es Schwierigkeiten gab, wenn jemand nicht zahlen oder liefern konnte oder wollte. Kurt schickte Markus meist nach Afrika, weil's da öfter Probleme gab.«

»Kurt ist ein seriöser Geschäftsmann!«, behauptete Scarlett und blies die nächste Dosis zur Bekräftigung ihrer Worte dicht an meinem Ohr vorbei. »Egal, was behauptet wird. Kurt macht Geschäfte mit Spezialitäten! So wie …«, sie suchte nach Worten und schrieb mit beiden Händen Kreise in die Luft, »… wie … wie … das KaDeWe in Berlin zum Beispiel; die verkaufen in ihrer Lebensmittelabteilung auch Spezialitäten aus aller Welt. Da können Sie auch alles Mögliche aus aller Welt bekommen, was es woanders nicht gibt!«

Womit Block handelte und was man im KaDeWe, dem größten Kaufhaus auf dem europäischen Kontinent, kaufen konnte, hatte überhaupt nichts miteinander gemeinsam. Entweder war Scarlett tatsächlich naiv und unwissend, was Blocks Geschäfte anging, oder aber sie verschloss einfach vor der Realität die Augen und redete sich Blocks Aktivitäten schön.

»Und was genau ist passiert? Woran gab Sana Hörsch Kurt Block eine Mitschuld?«

Scarlett kniff die Lippen zusammen und sah zur Seite.

Miriam zögerte einen Moment, entschied sich aber dann, zu reden. »Simon war in Kenia und hatte in der Nähe von diesem berühmten Samburu-Nationalpark zu tun. Es gab wohl irgendwelche Lieferschwierigkeiten, und er hatte Probleme. Kurt hat dann Markus runtergeschickt, der ihm helfen sollte.«

»Und dieser Idiot hat sich wie die Axt benommen!«, fauchte Scarlett böse. »Er hat sich mit ein paar der einheimischen Händler angelegt und …«

»Ich sehe, Sie haben sich schon miteinander bekannt gemacht!«, drängte sich plötzlich eine sonore Männerstimme hinter uns ins Gespräch.

Die beiden Frauen fuhren erschrocken zusammen, während ich gemächlich den Kopf wandte.

Kurt Block stand mit beiden Händen in den Hosentaschen hinter uns. Ein spöttisches Lächeln umspielte seine Lippen.

Während Miriam sich in ihrer Haltung straffte und an ihrem Mantel herunterstrich, wie um zu prüfen, ob alles in Ordnung sei, wechselte Scarlett ihre Haltung, als hätte man einen Schalter umgelegt. Unterwürfig senkte sie den Kopf. Mit trippelnden Schritten lief sie zu Block, der trotz seiner lässigen Haltung eine fast greifbare physische und psychische Dominanz ausstrahlte. Mit scharfem Blick taxierte er Scarlett, wie ein Großgrundbesitzer der Kolonialzeit seine Sklaven inspizierte.

»Guten Abend, mein Herr«, begrüßte Scarlett den breitbeinig dastehenden Block mit gesenktem Kopf und hinter dem Rücken verschränkten Händen.

»Guten Abend, kleine Scarlett«, erwiderte dieser den Gruß mit wohlwollendem Lächeln, machte aber keine Anstalten, sich ihr in irgendeiner Form zu nähern.

Scarlett strahlte glücklich, was ich trotz des gesenkten Kopfes von der Seite sehen konnte.

»Herr de Fries«, wandte sich Block mit jovialem Lächeln an mich, »was treibt Sie denn hierher? Ich kann mir nicht vorstellen, dass die heutige Veranstaltung Ihren Neigungen entspricht.«

Da ich nicht vorhatte, mit dem Geschäftemacher über meine Neigungen zu sprechen, überhörte ich den letzten Satz und gab ihm die gleiche Antwort wie den beiden Frauen vor ihm.

»Antworten, Herr Block«, sagte ich, »ich suche Antworten.«

Das spöttische Lächeln, das seine Lippen bisher umspielt hatte, verzog sich zu einem spöttischen Grinsen. »Das alte Dilemma der Menschheit: Wir suchen alle Antworten auf unsere Fragen, und nur die wenigsten finden sie.«

Ich hatte keinen Bock darauf, weiter mit diesem Typen herumzukaspern, und war mit drei schnellen Schritten bei ihm.

»Wer hat das getan?«, fragte ich mit kalter Stimme. »Wer hat Sana Hörsch getötet – Sie? Waren Sie das?«

»Ihr beiden verschwindet jetzt mal!«, befahl Block den beiden Frauen, ohne den Blick vom Display abzuwenden, das ich ihm wie vorher den Frauen frontal vors Gesicht hielt.

Miriam und Scarlett gehorchten aufs Wort. Ohne eine Miene zu verziehen oder einen Pieps von sich zu geben, verschwanden sie geräuschlos. Wie gesagt, mein Verständnis von Emanzipation und Frauenbild wurde heute Nacht ad absurdum geführt.

Block betrachtete das Foto der toten Ballerina ausführlich; fast war es so, als saugte er alle Einzelheiten in sich auf.

»Sie ist schön«, sagte er leise.

»Und tot!«, erwiderte ich hart.

»Wie ist sie gestorben?«

»Das sollten Sie besser wissen als ich.« Ich hoffte, ihn mit dieser Unterstellung zu provozieren, was mir auch gelang, wie seine Antwort zeigte.

»Ich weiß nicht, was Black Pearl und Scarlett Ihnen erzählt haben«, antwortete er, während sich sein Grinsen auflöste.

Ich entgegnete nichts, denn ich wollte die beiden Frauen nicht kompromittieren.

»Zugegeben«, sagte er, »Sana und ich hatten eine Meinungsverschiedenheit.«

»Wegen des Todes von Simon Opitz«, unterbrach ich ihn und stellte klar, dass ich über Hintergrundinformationen verfügte.

Er musterte mich kurz und nickte dann: »Stimmt. Wie ich Ihnen schon bei unserem ersten Gespräch gesagt hatte, übernahm Herr Sanddorn gelegentlich Aufträge für mich. So auch vor ein paar Monaten. Simon hatte Schwierigkeiten mit den örtlichen Händlern in Afrika, und dabei kam es zu Auseinandersetzungen, bei denen Simon getötet wurde.«

»Wie starb er?«, wollte ich wissen.

»Er wurde erschossen.«

»Und Frau Hörsch war der Meinung, dass das Ihre Schuld war?«

»Opitz wusste, worauf er sich einließ, als er den Job übernahm«, brauste Block unerwartet auf. »Niemand bedauert es mehr als ich, dass Opitz tot ist. Er war ein guter Mann vor Ort.«

»Hätten Sie den Tod von Opitz verhindern können?«

Block schüttelte energisch den Kopf: »Nein! Ich war in Deutschland. Die Verantwortlichen vor Ort trafen die Entscheidungen; und das waren Opitz und Sanddorn!«

»Aber Sie haben den Preis festgelegt, der gezahlt werden durfte«, warf ich ihm vor.

»Natürlich!«, fuhr er mich an. »Ich bin schließlich Geschäftsmann; ich habe nichts zu verschenken!«

»Und das hat Ihren Mitarbeiter den Kopf gekostet«, sagte ich kalt.

»Kaum ist die eine tot, fängt der Nächste an.« Block winkte ab. »Lassen Sie mich mit diesen unhaltbaren und vor allem unbeweisbaren Anschuldigungen in Ruhe! Sie sind Anwalt; Sie wissen, wie teuer Sie eine Verleumdungsanklage kommen kann.« Er wandte sich um und wandte sich ab, um wieder ins Haus zu gehen.

»War Sana Hörsch gestern bei Ihnen?«, fragte ich und brachte ihn dazu, stehen zu bleiben.

Wut lag in seinem Blick, als er antwortete: »Ja, war sie. Aber sie hat mich lebend wieder verlassen.«

Ich zuckte wie beiläufig mit den Schultern. »Das können Sie ja dann der Kripo erzählen, wenn Sie vernommen werden.«

Er lachte wieder sein raues, humorloses Lachen. »Sie können mich ja als mein Anwalt vertreten.« Für Block war die Unterhaltung beendet; er wandte mir den Rücken zu und verschwand im Hausinneren.

Ich blieb noch einen Moment stehen und ordnete das soeben Gehörte. Powelz hatte recht behalten: ich hatte Antworten erhalten. Allerdings hatte sich dabei eine Frage gestellt, die schwer an mir nagte: Wer war die Frau mit der Maske, die vor aller Augen ausgepeitscht worden war? Konnte das wirklich Traute gewesen sein?

Ich kannte mich sehr gut mit Tattoos aus, und viele der gängigen Motive waren mir bekannt. Bevor ich mich im letzten Jahr darangesetzt hatte, für Traute ein kleines Teufelstattoo zu entwerfen, hatte ich einschlägige Motivsammlungen und Internetpräsentationen studiert. Ich war mir sicher, dass das von mir entworfene Motiv ein Unikat war; etwas annähernd Ähnliches hatte ich bislang noch nicht gesehen.

Allerdings hatte ich den Entwurf, nachdem das Tattoo gestochen war, neben den übrigen Arbeiten in der Galerie auf meine Website eingestellt. Gut möglich, dass sich jemand nicht um Lizenzen scherte und ein Plagiat kreiert hatte; das war möglich, auch wenn es ein unglaublicher Zufall wäre. Vielleicht hatten mir aber auch meine Augen in der Aufregung einen Streich gespielt und mich etwas sehen lassen, was nicht da war.

Langsam wurde mir hier draußen auch kalt. Ich betätigte den Türklopfer und wartete.

Als sich nach einer Minute noch immer nichts getan hatte, klopfte ich erneut, diesmal energischer. Bevor ich noch energischer klopfen konnte, hörte ich, wie die Tür von innen entriegelt wurde. Die Tür öffnete sich, und Maltes Kopf erschien im Türspalt.

»Ich möchte gerne wieder hinein, hier draußen wird's langsam kalt«, scherzte ich und wollte die Tür öffnen. Sie schwang allerdings von alleine auf. Neben Malte stand ein in einen schwarzen Anzug gekleideter Mann, der mich um einen halben Kopf überragte und mich finster und grußlos anstarrte.

»Es tut mir leid«, erklärte mir der sympathische junge Mann. »Sie haben vorhin nachhaltig unsere Veranstaltung gestört. Unsere Geschäftsleitung hat daraufhin verfügt, dass ich Ihnen den Zutritt versagen muss.«

Ich schaute Malte perplex an und konnte nicht glauben, was er da gerade gesagt hatte: Ich bekam Hausverbot in einem Sadomasoklub?

Während ich den Rausschmiss erst einmal verdauen musste, reichte mir Malte meinen Mantel und streckte mir gleichzeitig einen schlichten Briefumschlag zu.

»Ihr Eintrittsgeld wird Ihnen natürlich zurückerstattet.«

Automatisch griff ich nach Umschlag und Mantel.

Angesichts seines finster dreinschauenden Kollegen, der sich in der Eingangstür aufgebaut hatte und seine prankenartige Hand auf der Türklinke liegen hatte, verspürte ich keinerlei Bedürfnis, meinen Rausschmiss zu diskutieren. Ich wünschte den beiden freundlich einen guten Abend und drehte mich auf dem Absatz um.

Nachdenklich ging ich zum Parkplatz.

Nach meinem Rausschmiss hatte ich keine Gelegenheit mehr, Miriam und Scarlett zu fragen, ob sie jene Frau mit der

Maske kannten. Die intime Atmosphäre im NOCTEM DE LUXE und das vertraute Geplauder der Gäste ließen mich vermuten, dass sich viele der Gäste untereinander kannten. Ich war mir sehr sicher, dass die beiden mir meine Frage hätten beantworten können.

Ich wickelte mich eng in meinen Mantel ein und setzte mich auf den Fahrersitz meines Käfers. Was sollte ich jetzt tun? An Schlaf war überhaupt nicht zu denken, ich war viel zu kribbelig, um mich hinzulegen.

Powelz hatte mir prophezeit, dass ich heute Antworten fände. Damit hatte er recht behalten. Neue Fragen allerdings hatte ich dabei nicht erwartet. Woher bekam ich jetzt Antworten auf die Frage nach der Identität der Frau mit der Maske, die mir so sehr auf den Nägel brannte?

Da kam mir ein Gedanke.

Ich schaltete das Navi ein. Mist! Über die Autobahn betrug die Fahrstrecke etwas über zwei Stunden. Ich veränderte die Routenoptionen; auf direktem Weg über Schnell- und Landstraßen war die Entfernung zwar geringer, aber die Fahrtzeit mit einer zusätzlichen Stunde veranschlagt.

Der Blick auf meine Uhr sagte mir, dass sich zu der nachtschlafenden Zeit die Fahrzeiten wahrscheinlich die Waage halten würden, weshalb ich die Strecke über Land wählte.

Ich startete den Motor, und nachdem ich die Scheinwerfer eingeschaltet hatte, machte ich mich auf den Weg zur Hamburgischen Staatsoper!

Während der Käfer zuverlässig die Kilometer fraß, stellte ich mir mehrmals die Frage, ob meine spontane Idee nicht einfach nur blöd war. Ich würde in den frühen Morgenstunden in Hamburg ankommen; die Staatsoper würde zu diesem Zeitpunkt mit Sicherheit geschlossen sein. Gut, ich konnte mir die Zeit bis zum Morgen an einer Autobahnraststätte vertreiben oder versuchen, im Sitzen im Auto eine Mütze voll Schlaf zu bekommen.

Und dann? Die Polizei hatte dem Umfeld der toten Tänzerin und damit auch ihrem Arbeitsplatz in der Staatsoper einen Besuch abgestattet. Mit Sicherheit hatten die Beamten auch die Garderobe von Sana Hörsch genau unter die Lupe genommen. Und aller Wahrscheinlichkeit nach hatten sie dann auch das versteckte Fotoalbum der Toten gefunden.

Aber vielleicht auch nicht, denn das Album lag in einer Art Geheimfach im Schminkspiegel der Garderobe. Vielleicht hatte die Polizei das Album noch nicht gefunden.

Und wenn dem so wäre, was erhoffte ich mir in dem Album zu finden?

Keine Ahnung.

Aber mir kreiste ständig der Gedanke durch den Kopf, dass ein Album logischerweise mehr als Fotos enthalten würde. Und wenn auf dem Foto, das die Tänzerin mir gegeben hatte, nicht alle Personen zu erkennen waren, war dies auf den anderen Fotos möglicherweise anders – sofern es solche Fotos überhaupt gab.

Wenn man sich in der Szene untereinander kannte, und ich könnte die restlichen Leute auf dem Foto identifizieren, bestand die vage Möglichkeit, dass …

Ich schüttelte unwillig den Kopf.

Blödsinn! Vollkommener Blödsinn und an den Haaren herbeigezogen.

Glaubte ich denn wirklich, dass Traute auf den Fotos zu sehen war?

Ich wusste im Moment nicht mehr, was ich glauben sollte.

Wütend trat ich das Gaspedal durch.

31

Mir war kalt – eiskalt!

Ich stapfte den verschneiten Weg hoch und sank bis zu den Knien im Schnee ein. An manchen Stellen versank ich bis zu den Oberschenkeln.

Die Kälte kroch mir unter meine Kleidung, tief in die Knochen hinein. Mit jedem Atemzug, den ich ausatmete, stand eine neblige Wolke vor meinem Mund. Unbeirrbar bahnte ich mir dennoch meinen Weg entlang der tief herabhängenden Äste und Zweige der Bäume und der tief verschneiten wilden Brombeersträucher.

Die Backsteinmauer der alten Ziegelei tauchte vor mir auf.

Ich wunderte mich zwar, dass von der Umzäunung nichts mehr zu sehen war, an der ich bei meinem letzten Besuch noch eine Lücke zum Durchschlüpfen gesucht hatte. Auch die Lichtverhältnisse kamen mir merkwürdig vor; der Vollmond stand tief und legte silbrig bleiches Licht über die Schneelandschaft und die Fabrikruine. Aber wieso war denn schon wieder Vollmond? Ich vergaß meine Fragen sofort, als ich vor der schlichten Holztür stand. Sie stand offen!

Ich drückte die Tür auf und betrat die alte Fabrikhalle.

Das luxuriös ausgestattete Refugium inmitten der alten Trockenhalle wurde von warmem Kerzenlicht der unzähligen Kerzen stimmungsvoll ausgeleuchtet. Das lederne Chesterfieldsofa auf dem matt glänzenden Parkett inmitten des Raums machte einen einladenden Eindruck, ich nahm Platz und griff zu dem bereitstehenden Whiskeyglas.

Erst als ich das Glas an meine Lippen führte, bemerkte ich das große hölzerne Kreuz, das bedrohlich am Rande der Parkettfläche aufragte.

Mit weit ausgebreiteten Armen und gespreizten Beinen war die Frau an dem Kreuz gefesselt.

Die Frau trug diesmal kein Sackleinen, sondern eine durchsichtige weiße Toga. Darunter war sie nackt. Obwohl ich das Tattoo mit dem kleinen Teufel nicht sehen konnte, wusste ich doch, dass es sich um dieselbe Frau handelte. Die schwarze Inquisitionsmaske verbarg ihren Kopf völlig, sodass ich nicht einmal ihre Haare sehen konnte.

Aus dem Dunkeln der Halle heraus schnellte die lederne Peitsche und traf die Frau mit einem hässlichen Klatschen, was sie schmerzhaft aufschreien und in ihren Fesseln aufbäumen ließ.

Ich sprang mit einem Satz vom Sofa hoch.

Das Glas aus Bleikristall ließ ich achtlos zu Boden fallen, der bernsteinfarbige Whiskey ergoss sich auf das Parkett und bildete eine schimmernde Pfütze.

Im Schatten der Bauruine leuchtete mir das weiße Gesicht der Maske des V mit dem charakteristischen Spitzbart entgegen und schien mich spöttisch anzugrinsen.

Wieder zischte die Peitsche aus dem Dunkeln hervor.

Ich fuhr zu der Frau herum, die trotz ihrer Eisenmaske gellend aufschrie.

Entsetzt sah ich, dass die Kerzen erloschen und verschwunden waren. Auch der Parkettboden und die Wände der Fabrikruine waren nicht mehr zu sehen.

Die Frau hing nun nicht mehr an dem Kreuz, sondern stand mit auf dem Rücken gefesselten Händen an einem Pfahl. Sie trug auch keine Maske mehr; ihr Kopf war ihr auf die Brust gesunken, und ihre langen brünetten Haare verbargen ihr Gesicht wie ein Vorhang.

Sie war nackt; ihr Körper war mit einer dünnen Eisschicht überzogen.

Mir blieb vor Schreck fasst das Herz stehen, als ich die Frau an dem Pfahl stehen sah. Panisch rannte ich zu ihr hin, aber jeder meiner Schritte ließ mich tiefer im Schnee versinken. Trotzdem kämpfte ich mich mühsam Schritt für Schritt zu ihr durch. Als ich vor ihr stand, steckte ich fast bewegungslos bis zur Hüfte im Schnee. Ich streckte meine Hände nach ihr aus; meine Fingerspitzen berührten ihre eisverkrusteten Haare. Mit aller Kraft streckte ich meine Arme noch weiter nach der Frau aus, erreichte aber nur mit den Fingerspitzen ihre Haare.

»Ich will dich retten!«, schrie ich verzweifelt.

Langsam hob die Frau ihren Kopf.

Trautes dunkle Augen sahen mich durch ihre vereisten Haarsträhnen traurig an.

»Ich will aber nicht gerettet werden!«, flüsterte sie tonlos. »Alles ist gut! Ich will das so. Genau so!«

Ihre Worte trafen mich tief im Herzen.

»Jan«, hörte ich eine wohlklingende Stimme, die mir bekannt vorkam, leise sagen.

Langsam drehte ich den Kopf und wandte mich der Stimme zu.

Neben mir stand der schwarzgekleidete Mann mit der Maske, die mich jetzt traurig anzuschauen schien. Die Peitsche hatte der Mann zusammengerollt und trug sie locker in der Hand.

»Jan«, sagte er erneut, »es ist so, wie sie es sagt. Alles ist gut. Sie will es so!«

Ich spürte, wie mir Tränen die Wangen hinunterliefen.

»Warum?«, hörte ich mich mit tonloser Stimme fragen.

»Sie hat ein anderes Empfinden als du; eine spezielle

Neigung, die du leider nicht verstehen kannst«, hörte ich den Mann mit ruhiger Stimme sagen. »Sie liebt dich; Traute liebt dich aus ganzem Herzen!«

»Aber …«, flüsterte ich, »… aber.«

»Kein Aber.« Der Mann schüttelte den Kopf. »Es gibt kein Aber. Sie liebt dich.«

»Wer bist du?«, fragte ich tonlos und kannte bereits die Antwort, bevor er sie aussprach.

»Ich verkörpere das, was du nicht sein kannst – was du nicht bist«, sagte die Stimme, und die Bedeutung seiner Worte trafen mich so schmerzhaft wie einer seiner Peitschenhiebe. »Traute hat einfach speziellere Neigungen, die nicht deinen Neigungen entsprechen. Sie sind nicht viel anders als deine Vorlieben, geschweige denn perverser – sie sind einfach nur anders und in manchen Dingen spezieller. Ihr seid euch in vielen Dingen ähnlich, und du trägst viele Dinge in dir, die Traute liebt und die ihren Neigungen entsprechen; du hast nur kein Verständnis für diese Dinge.«

Ich starrte in das mitfühlende Lächeln der Maske und verstand.

In diesem Moment flackerte das Licht auf, und der Nachthimmel, oder was für ein Himmel auch immer, verfärbte sich zu Gelb und wurde immer heller. Schmerzhaft stach mir das grelle gelbe Licht in die Augen. Ich kniff sie fest zusammen, während mir gleichzeitig ein schriller Hupton das Trommelfell zu zerreißen drohte.

»Mensch, Meister!«, rief eine dröhnende Männerstimme. »Beweg mal dein Auto weg. Hier ist Parkverbot!«

Ich riss verstört die Augen auf. An meiner Fahrerseite stand ein bärtiger Mann in orangefarbener Schutzkleidung und klopfte an die Scheibe.

»Mensch, mach hin!«, rief er laut und schnitt ein wütendes Gesicht dabei.

Ich griff hastig nach dem Autoschlüssel und drehte ihn im Schloss. Knatternd sprang der Motor an, ich legte vorsichtig den Rückwärtsgang ein und machte den Weg frei für das orangefarbene Räumfahrzeug der städtischen Verkehrsbetriebe, das mit rotierendem gelbem Warnlicht wie ein riesiges Ungetüm vor mir stand.

Als ich in den frühen Morgenstunden die Große Theaterstraße erreichte, in der sich die Hamburgische Staatsoper befindet, quetschte ich mich vor einen parkenden Wagen schräg gegenüber einem Bankgebäude. Offenbar war ich doch etwas übermüdet gewesen, denn ich stand tatsächlich nicht nur zu weit auf der Fahrbahn, sondern zudem direkt unter einem Parkverbotsschild.

Schlaftrunken schaute ich auf meine Armbanduhr.

Oh! Ich hatte tatsächlich ein paar Stunden im Sitzen geschlafen. Mir war eiskalt, und als ich aus dem Wagen stieg, glaubte ich, meine Gelenke quietschen zu hören, so steif fühlte ich mich.

An der Ecke Dammtorstraße entdeckte ich ein Ristorante, das zu dieser frühen Stunde bereits geöffnet hatte und Frühstück anbot. Mit langsamen Schritten und vollkommen durchgefroren schlurfte ich zu dem Restaurant und setzte mich an einen Tisch am Fenster. Ich bestellte ein komplettes Frühstück, bekam aber außer drei Tassen Kaffee nicht viel herunter; mir war die nächtliche Aktion schwer auf den Magen geschlagen.

Der Kaffee belebte halbwegs meine Lebensgeister; den Rest besorgte das kalte Wasser auf der Toilette, das ich mir ins Gesicht spritzte.

Ich verließ das Restaurant und überquerte die Straße zurück zum Opernhaus. Der rückwärtige Bühneneingang war beleuchtet und die Rezeption mit dem Langzeitstudenten besetzt, der genauso gelangweilt aussah wie bei meinem ersten Besuch – heute obendrein verschlafen.

Wie ich mir Zugang zur Garderobe der toten Tänzerin beschaffen wollte, wusste ich noch nicht; ich hatte keinen Plan. Deshalb versuchte ich es auf die ganz dumme Art.

»Moin«, grüßte ich den verpennten Pförtner.

Zu meiner Überraschung hob er den Kopf von seiner Zeitung und sah mich gelangweilt an. »Moin.«

»Ich war vor ein paar Tagen bei der Frau Hörsch, die ja unglücklicherweise verstorben ist«, begann ich mit meiner Geschichte. »Bei meinem Besuch muss ich wohl etwas vergessen haben ...«

»Und das wollen Sie jetzt holen?«, beendete der Pförtner meine Geschichte und machte zum ersten Mal ein interessiertes Gesicht. »Kostet hundert Euro.«

»Wie bitte?«, fragte ich verblüfft.

»Sie sind doch dieser Anwalt!«, sagte der Pförtner.

»Anwalt bin ich«, nickte ich. »Ob ich ›dieser‹ bin, weiß ich nicht.«

»Na, sicher«, entgegnete der Pförtner, »der aus der Zeitung. Der mit den Spinnen im letzten Jahr.«

Schlagartig war mir klar, woher Paparazzo Powelz beim letzten Mal von meinem Besuch bei der Tänzerin, und wer ich war, wusste.

»Sie haben letztens den Reporter angerufen.«

»Sicher«, nickte er. »Hab ich. Ist ja nicht verboten, oder?«

»Nee«, bestätigte ich, »leider nicht. Aber dass Sie mir hier einen Hunderter abzocken wollen, steht sicher nicht in Ihrem Arbeitsvertrag?«

Er grinste höhnisch und sah sich betont vorsichtig nach links und rechts um, bevor er mit betont verschwörerischer Stimme sagte: »Sie können hier gerne Stress machen, aber – ich sehe hier niemanden außer uns. Dann haben Sie Ihren Stress gehabt, stehen aber immer noch draußen vor der Tür.«

Im Geiste legte ich meine Hände um seinen Hals und schüttelte ihn kräftig durch. Real griff ich in die Tasche und kramte in meiner Geldbörse herum, um ihm dann einen Hunderter auf den Tresen zu legen.

Der Geldschein verschwand wie von Zauberhand, die Miene des Pförtners stellte sich wieder auf Normalmodus um, und er wandte sich mit gelangweiltem Gesichtsausdruck seiner Zeitung zu. »Den Weg kennen Sie ja.«

Ich warf ihm einen vernichtenden Blick zu, der ihn nicht im Geringsten interessierte.

Mit gemischten Gefühlen betrat ich die Garderobe der toten Ballerina; die Tür war unversiegelt.

Auf den ersten Blick erkannte ich, dass die Polizei bereits hier gewesen war. Sehr ordentlich hatte es bei meinem letzten Besuch auch nicht ausgesehen, aber dieses Durcheinander sah mir sehr nach einer Durchsuchung aus. Mein Eindruck wurde von den dunklen Rückständen des Rußpulvers bestätigt, das die Kriminaltechniker zur Sichtbarmachung von Fingerspuren benutzt hatten.

Ich ließ meinen Blick durch das Zimmer schweifen und fühlte mich nicht besonders wohl in meiner Haut. Die gefrorenen Pupillen der toten Tänzerin tauchten erneut vor meinem geistigen Auge auf, während ich nach einem Paar zerschlissener Tanzschuhe griff, die an einem Garderobenhaken baumelten.

Mit einem wehmütigen Gefühl hängte ich die Schuhe wieder zurück an ihren Platz.

Der Schminkspiegel war mit Rußspuren übersät. Langsam streckte ich den Arm aus und tastete mit den Fingern vorsichtig an der Kante entlang. Ich konnte zwar keine Erhebung ertasten, aber eine Fuge. Ich drückte auf den Rahmen.

Lautlos öffnete sich die Klappe.

Gespannt beugte ich mich zu dem Geheimfach hinunter und blickte hinein.

Ich sah die Kante eines Einbands und griff ins Fach hinein.

Innerlich triumphierend zog ich das DIN-A5-Fotoalbum heraus und klappte es erwartungsvoll auf. Je nach Größe waren zwei bis drei Fotos auf eine Seite geklebt. Es waren berührend schöne und emotionale Fotos. Auf manchen Bildern, hatte ich das Gefühl, legte sie dem Fotografen ihre Seele bloß. Aber auch höchst verstörende und schockierende Aufnahmen waren darunter. Alles war dabei: Lack, Leder, Spritzen, Skalpelle, Ketten und chirurgische Instrumente, deren Zweck ich nicht verstand. Zwischen der letzten Seite und dem Deckel des Albums hatte sie einen Packen Fotos eingelegt, wohl weil das Album voll war und sie nichts wusste, wohin mit diesen Bildern.

Ich griff den Stapel und blätterte ihn durch.

Genau diese Fotos hatte ich gesucht: Die Fotostrecke zeigte die makabre Hochzeitsgesellschaft aus dem Keller des INSOMNIA aus verschiedenen Perspektiven. Die Personen, die auf den einen Fotos verdeckt waren oder im Schatten saßen, waren auf anderen Fotos deutlich zu erkennen.

Traute war auf keinem Foto zu sehen.

Ich hatte die Antworten gefunden, die ich gesucht hatte.

Eigentlich sollte ich zufrieden sein, schließlich hatte mich mein Bauchgefühl das Richtige tun lassen. Trotzdem hatte ich ein ungutes Gefühl, denn die bohrende Frage nach der Frau mit der Maske war noch immer unbeantwortet.

Aber jetzt kannte ich alle Personen der sogenannten »Herrenrunde« und die dazugehörigen Frauen.

Und – ich kannte jetzt den Mörder!

Bevor ich das Album geöffnet hatte, war ich sicher gewesen, den Mörder von Markus Sanddorn und Sana Hörsch zu kennen: Kurt Block.

Aber als ich die Fotos sah, war klar, wer der Mörder sein musste; schließlich hatte er die Tatwaffe in der Hand – das Motiv allerdings war mir noch nicht klar.

Ohne zu ahnen, dass es einen großen Unbekannten gab, war ich über ihn gestolpert, hätte allerdings nicht vermutet, dass er auch zur Sadomasoszene gehörte; aber man lernt ja nie aus.

Ich konnte nun getrost heimfahren, das Album Hahn und Mackensen übergeben und sie ihre Arbeit machen lassen. Es war schließlich nicht mein Job, den Mörder zu überführen.

Meine Feststellungen konnte ich natürlich nicht beweisen; dafür hätte ich in diesem Fall Kriminalbeamter sein müssen. Denn um dieses von sich überzeugte Alphatier zu überführen, bedurfte es mehr als meiner vorliegenden Fotos. Ich hatte aber den Beweis für ein verhängnisvolles Beziehungsgeflecht in der Hand und konnte anhand der Fakten Motive und Zusammenhänge darlegen. Die daraus resultierenden Ermittlungen, die zu gesicherten Erkenntnissen führten und damit eine Anklageerhebung und Verurteilung der Täter möglich machten, war Sache der Polizei.

Mein Job war mit dem heutigen Morgen erledigt.

Aufgrund der Ergebnisse meiner Recherchen gab es nun Motiv und Täter; die Ermittlungen gegen Lydia Saalbusch würden sofort eingestellt werden müssen! Bei der Brisanz des Fotoalbums, das ich in der Hand hielt, wäre die Aufhebung des Bescheids des Ordnungsamts ohnehin nur eine reine Formalie.

Für Lydia Saalbusch war der Fall damit erledigt; sie konnte weiter ihren Klub betreiben. Mein Versprechen gegenüber meinem Freund Uz hatte ich somit auch gehalten; meine Beziehung zu Traute war ein anderes Thema, dem gegenüber ich mich immer hilfloser fühlte.

Da Sana Hörschs Fotoalbum für die Innentasche meines Mantels zu groß war, steckte ich die Beweise in den Kummerbund meines Smokings.

Ich griff nach der Klinke der Garderobentür und öffnete diese. Abrupt blieb ich stehen; vor mir stand Paparazzo Mike

Powelz und streckte mir die Hand zur Begrüßung hin. Überrascht, ihn zu dieser frühen Stunde vor der Garderobe der toten Tänzerin stehen zu sehen, schüttelte ich die angebotene Hand.

»Moin«, sagte ich verdutzt.

»Moin«, erwiderte der Reporter und wollte natürlich sofort wissen, was ich in der Garderobe von Sana Hörsch trieb.

»Ich habe Antworten gesucht und bin einem spontanen Einfall gefolgt.«

»Und?« Er sah mich aufmerksam an. »Haben Sie Ihre Antworten gefunden?«

»Wird sich herausstellen.«

»Verraten Sie mir, welche Antworten Sie gefunden haben?«, bohrte er nach.

»Nein«, entgegnete ich. »Wie gesagt, es wird sich noch herausstellen, ob alle Fragen beantwortet werden können.«

»Dann bin ich sehr gespannt, ob sich unsere Antworten miteinander decken.«

»Sie recherchieren noch immer?« Erstaunt sah ich ihn an, denn ich war davon ausgegangen, dass er sich der zukünftigen Primaballerina assoluta zuwandte, um seine Story zum Abschluss zu bringen. »Ich dachte, die Geschichte sei für Sie beendet.«

»Nein, ist sie nicht!« Er nickte mit versteinertem Gesichtsausdruck. »Ich will … ich muss wissen, wer diese großartige, diese einmalige Tänzerin auf dem Gewissen hat!«

»Warum?«

Powelz antwortete mit tonloser Stimme, ohne mich anzuschauen. Sein Blick ging ins Leere: »Ich bin Sana Hörsch über Monate hinweg gefolgt, habe vorm Opernhaus, vor ihrer Wohnung und vor diversen SM-Klubs auf der Lauer gelegen, um Fotos und Material über sie zu sammeln. Ich bin ihr wie ein unsichtbarer Schatten gefolgt. Zuerst ging es nur um die Geschichte der Primaballerina, dann wollte ich sie verstehen;

ich habe sie aber noch nicht einmal im Ansatz verstanden. Ihr Tod lässt mir keine Ruhe; vielleicht habe ich ein schlechtes Gewissen, weil ich ihr nicht helfen konnte; vielleicht kann ich jetzt zumindest helfen, ihren Mörder zu fassen. Ich bin mir sicher, dass der Schlüssel zu dem Mörder hier zu finden ist – hier in diesem Opernhaus.«

Auch wenn mich seine Verbissenheit erstaunte, konnte ich ihn verstehen. Vermutlich war die tote Primaballerina zur Obsession des Reporters geworden.

Mike Powelz lag mit seiner Vermutung absolut richtig; der Reporter wusste nicht, wie sehr er recht hatte.

Allerdings hatte ich nicht die Absicht, ihm die Richtigkeit seiner Vermutung zu bestätigen; ich hatte nämlich keine Lust, die Geschichte morgen früh in allen Zeitungen zu lesen. Er würde noch früh genug die wahren Hintergründe erfahren und konnte dann seine Story zu Ende schreiben.

Ich klopfte ihm zum Abschied ermunternd auf die Schulter.

»Wir hören voneinander«, verabschiedete ich mich. »Und nochmals vielen Dank, dass Sie mich in der Nacht nach Hause gefahren haben.«

»Kein Ding«, winkte er ab.

»Ach, noch eins«, sagte ich schon im Gehen: »Hat der Pförtner Sie angerufen?«

Mike Powelz' Grinsen war mir Antwort genug.

Beim Hinausgehen ignorierte ich den Pförtner, der mit dem für ihn typisch gelangweilten Gesichtsausdruck Zeitung las. Auch wenn er mich gekonnt abgezockt und heute Morgen gleich zweimal Kasse gemacht hatte, musste man ihm lassen, dass er seine Chancen, wie eine Spinne in ihrem Netz, zu nutzten wusste.

Wir verabschiedeten uns voneinander, und ich sah dem Reporter nach, bis er um die nächste Hausecke verschwand. Ich drehte mich auf dem Absatz herum und ging zurück ins Foyer.

»Sie schon wieder?«, meinte der Pförtner, ohne von seiner Zeitung aufzusehen.

»Die Eintrittskarte war teuer genug, das muss ich doch ausnutzen«, gab ich zurück und verschwand Richtung Bühne.

Vorsichtig drückte ich die Glastür zum Zuschauerraum auf und betrat den Saal, der ebenso wie die Bühne im Halbdunkeln lag.

Angestrengt lauschte ich in die Dunkelheit hinein.

Nichts war zu hören.

Als ich Powelz zum Ausgang begleitet hatte, meinte ich das Schluchzen einer Geige gehört zu haben; deshalb hatte ich noch einmal kehrtgemacht. Wenn ich wirklich eine Geige gehört hatte, war Violinist Dominik Mironow nicht weit. Vielleicht hatte er noch ein paar Antworten, die mir letzte Gewissheit über den Mörder von Sana Hörsch gaben.

Aus den Augenwinkeln bemerkte ich in einer der äußeren Logen im zweiten Rang eine Bewegung.

Ich legte den Kopf in den Nacken und starrte angestrengt ins Halbdunkel.

Und tatsächlich! An der Brüstung der Loge erkannte ich die Umrisse einer Gestalt, die bewegungslos zu mir hinunterstarrte.

»Hallo!«, rief ich halblaut und lauschte dem Klang meiner eigenen Stimme nach.

Irgendwie fühlte ich mich unwohl in meiner Haut. Der im Halbdunkeln und trotz der Gestalt wie ausgestorben vor mir liegende Saal wirkte gespenstisch und verursachte mir eine Gänsehaut. Insbesondere, weil die unheimlich wirkende Gestalt in der Balkonloge sich noch immer nicht gerührt hatte.

»Hallo!«, rief ich erneut.

Keine Reaktion.

»Herr Mironow?«, rief ich fragend. »Dominik Mironow, sind Sie das?«

Stille.

Ich lauschte noch ein paar Minuten, während die Dunkelheit vor lauter angestrengtem Starren begann, vor meinen Augen wie Nebelschwaden zu wabern.

»Hm«, machte ich und zuckte mit den Schultern.

Ich drehte mich langsam um und ging Richtung Ausgang. Als ich meine Hand auf die metallene Türklinke legte, begann eine Geige zu wimmern. Ein lang gezogener, klagender Ton durchdrang die Stille. Mir lief eine eiskalte Gänsehaut den Rücken hinunter, so gespenstisch und klagend war der Ton. Bereits nach den ersten Tönen erkannte ich die Melodie, zu der Sana Hörsch getanzt hatte, als ich das erste Mal die Staatsoper besuchte und der dunkelhaarige Violinist barfuß und im Frack lautlos das Bühnenbild betreten hatte.

»Mironow!«, dachte ich und drückte die Tür auf.

Einen Moment war ich versucht, die Treppen zu den Balkonen hochzustürmen, um mir den Geiger vorzuknöpfen. Aber ich verspürte nicht mehr die geringste Lust, mit dem Geiger zu sprechen; ich begab mich in Richtung Ausgang.

Auf der Autobahn Höhe Delmenhorst fummelte ich mein Handy aus der Tasche und wählte eine mir mittlerweile wohlbekannte und abgespeicherte Nummer, während ich verkehrswidrig nur mit einem Auge auf die Fahrbahn schielte.

Ein kurzes Telefonat später wusste ich, wo ich meinen Gesprächspartner antreffen würde. Geistesabwesend griff ich zum Beifahrersitz und tastete nach einem der Schokoladenriegel, mit denen ich mich zusätzlich zu dem Sixpack Energydrinks reichlich an der Raststätte Hasbruch Nord bei Ganderkesee eingedeckt hatte. Ich öffnete die kleine dreieckige Seitenscheibe des Käfers und drehte sie Richtung Innenraum, sodass mich ein die hereinströmende kalte Luft wachhielt; ich hatte noch einen weiten Weg vor mir.

32

Mein grauer Käfer bog munter knatternd in die Straße ein, die ich in den letzten Tagen mehrmals besucht hatte.

Völlig übermüdet und zerschlagen stellte ich den Wagen direkt in die Einfahrt des schmucken reetgedeckten Fachwerkhauses und ließ meinen Blick über den eingeschneiten Garten schweifen. Von den unzähligen Rosenstöcken des Rosengartens war bei dem Schneefall der letzten Tage natürlich nichts zu sehen.

Das Haus wirkte ausgestorben. Durch meinen Anruf aber hatte ich in Erfahrung gebracht, dass der Besitzer zu Hause war; schließlich hatte er sich krank gemeldet.

Ich ging den gut geräumten Weg entlang und drückte auf die Messingklingel, die sich rechts neben der rot-weiß lackierten Eingangstür befand, die man in dieser Form häufig bei restaurierten Reetdachhäusern findet.

Die Tür öffnete sich so unmittelbar nach meinem Klingeln, dass man hätte denken können, der Hausherr hätte hinter der Tür auf mich gewartet.

»Moin, Dr. Gardim!«, begrüßte ich meinen Zahnarzt, der als Meister der Schmerztherapie gerühmt wurde. Ja, Schmerz war sein Metier.

»Moin«, erwiderte der Zahnarzt meinen Gruß und hielt mir die Tür auf. » Ich hatte schon mit Ihnen gerechnet.«

Nachdem ich mir den Schnee von meinen mittlerweile ruinierten Lackschuhen an der Hauswand abgeklopft hatte, betrat ich die einladende Diele. Dr. Gardim führte mich ins Esszimmer, von wo man einen herrlichen Blick auf den Kanal »Hinter Tief« und den zum Grundstück gehörenden Bootsanleger hatte.

»Darf ich Ihnen einen Tee anbieten?«, fragte er höflich.

Ich nahm das Angebot dankend an. Einen warmen Tee konnte ich nach der Autobahnfahrt sehr gut vertragen. Angst, dass Dom de Dios mich vergiften würde, hatte ich nicht. Er war kein Mörder – nur ein Sadomasochist, und die taten, wie ich mittlerweile gelernt hatte, niemals etwas ohne das Einverständnis ihres Mitspielers.

Als Dr. Gardim mit einem Tablett wiederkehrte, auf dem er Stövchen, Teekanne, Tassen, Sahne, die obligatorischen und zum Ostfriesentee gehörenden Kluntjes sowie eine Schale mit Teegebäck mitbrachte, dachte ich an Lydia Saalbusch. Die Betreiberin des INSOMNIA musste wohl Dr. Joseph Gardim als Musterbeispiel vor Augen gehabt haben, als sie mir ihre Gäste beschrieb: eloquent, gut aussehend, charismatisch, erfolgreich und charmant. All das traf im Übermaß auf meinen Zahnarzt zu.

Als der heiße Tee in unseren Tassen dampfte, gab ich einen Löffel Sahne an den Rand der Tasse, die als getupfte kleine Wölkchen an die Oberfläche des wohlriechenden Ostfriesentees stiegen. Mit einer kleinen Silberzange ließ ich einen großen Brocken Kluntjes in den Tee fallen, der beim Hineintauchen leise knisterte.

»Was kann ich für Sie tun?«, eröffnete Dr. Gardim unser Gespräch.

Ich ließ mir mit der Antwort Zeit und trank zwei kleine Schlucke von dem heißen und überaus wohlschmeckenden Gebräu; Tee kochen konnte er also auch noch.

Anstatt ihm direkt auf seine Frage zu antworten, griff ich zu Sana Hörschs Fotoalbum, das ich im Auto in meinen Schal eingewickelt hatte und nach Ablegen meines Mantels in der Diele mit ins Esszimmer genommen hatte.

Ich schlug den Wollschal auseinander und legte das schwarz-weiße Fotoalbum wortlos auf den Tisch.

»Ah!«, machte Joseph Gardim und nickte verstehend, als er den Einband sah. »Sanas Welt!«

Mit einem Handgriff klappte ich die letzte Seite auf und griff nach dem Stapel Fotos, die ich wieder an ihrem Stammplatz deponiert hatte. Ich blätterte die Fotos wie einen Fächer auf, ganz obenauf lag eines der Fotos von der makabren Hochzeitsgesellschaft, auf denen alle Teilnehmer gut sichtbar und zu erkennen waren.

»Ich will Antworten!«, sagte ich ohne Umschweife. »Sie sind kein Mörder, Dr. Gardim. Aber Sie kennen die Zusammenhänge. Nach unserem Gespräch werde ich die Ergebnisse meiner Recherchen der Polizei übergeben. Sie werden an einer Vernehmung nicht vorbeikommen. Also können Sie mir auch jetzt gleich alles sagen, was ich wissen will.«

Offenbar hatte Dr. Gardim mit meinem Erscheinen gerechnet, und ihm war auch schon vorher klar gewesen, dass ich von ihm Antworten hören wollte. Da er sich keines Verbrechens schuldig gemacht hatte und auch in keiner Weise Mitwisser, geschweige denn Mittäter war, konnte er unbesorgt sprechen. Möglicherweise spekulierte er darauf, dass seine speziellen Neigungen nicht wesentlich zum Thema wurden, wenn er von vornherein Rede und Antwort stand.

»Fragen Sie«, forderte er mich deshalb pragmatisch auf.

»Ich weiß, dass dieser Mann als Hauptverdächtiger infrage kommt«, behauptete ich und zeigte mit dem Zeigefinger auf einen Mann auf dem Foto, der lachend mit einem Bolzenschussgerät auf den ebenfalls lachenden Markus Sanddorn zielte. »Ich halte ihn für den Mörder von Markus Sanddorn und Sana Hörsch! Ich suche allerdings noch nach dem Motiv.«

Dr. Gardim schob unbeeindruckt von meiner Behauptung die auf dem Tisch liegenden Fotos auseinander.

»Ich weiß von Blocks Geschäften«, erklärte ich und deutete auf den Genannten, der auf einem Foto breitbeinig vor Scarlett stand, der Frau mit der Dornenkrone.

»Was ist in Kenia passiert?«, fragte ich. »Und was wollte Sana Hörsch in der Nacht, bevor sie starb, von Dom de Agonie?«

Joseph Gardim sah zunächst mich an und blickte dann auf die vor ihm liegenden Fotos, bevor er sprach: »Wie Sie sicherlich wissen, sind wir ein kleiner Kreis Gleichgesinnter, die sich gelegentlich zusammenfinden, um ihren Neigungen zu folgen.«

»Sie nennen sich die ›Herren‹ und treffen sich regelmäßig im INSOMNIA, einem exklusiven SM-Klub am Ortsrand von Pilsum. Mir ist auch Ihre Philosophie bekannt und dass Sie sogenannte alte Werte und Regeln des Sadomasochismus präferieren«, ergänzte ich und machte mit meinen Worten deutlich, dass ich bereits vieles wusste.

»Stimmt«, Gardim nickte, »Kurt Block, Markus Sanddorn, Simon Opitz und ich.«

»Von denen nur noch Block und Sie am Leben sind«, unterbrach ich ihn.

Mit spitzen Fingern fischte ich ein Foto aus dem Stapel, auf dem alle zu sehen waren, und deutete auf das Bild: »Bei den Damen handelt es sich um Miriam Dannert, Sklavin Scarlett, von der ich den echten Namen nicht kenne, Ihre Assistenzärztin – wie praktisch – Dörthe Bergmann und die tote Sana Hörsch.«

Gardim fuhr sich lässig durch die grauen Haare, die er streng nach hinten gekämmt trug, und schob sich eine Strähne hinters Ohr; dann nickte er wieder: »Auch das stimmt.«

»Wessen Idee war das eigentlich mit den gehäuteten Menschen?«, wollte ich wissen, wo wir gerade beim Thema waren.

»Die sind ja nicht echt«, sagte Gardim schnell.

»Ich weiß. Eine neue Art von Polyethylen.«

»Kurt, also ich meine Herr Block, hat geschäftlich mit Asien zu tun …«

»Und Afrika!«, warf ich grimmig ein. »Aber dazu kommen wir später noch. Fahren Sie ruhig fort, Herr Doktor«, forderte ich ihn zum Weitersprechen auf.

»Die chinesische Industrie kopiert mittlerweile alles, was man in Europa zu Geld machen kann«, fuhr er fort. »Als Kurt geschäftlich in Tianjin zu tun hatte, wurden ihm Kopien der Präparate von diesen spektakulären Plastinaten, die gerade in Berlin wegen einer geplanten Ausstellung für Wirbel sorgten, zum Kauf angeboten. Es handelte sich dabei nur um eine Art Sonderproduktion, weil man neue Werkstoffe testen wollte. Das ist in Tianjin nicht unüblich, in der Stadt befindet sich ein wichtiges Entwicklungszentrum Chinas; viele internationale Konzerne sind dort ansässig. Soweit ich weiß, sind die Präparate aber nie in Produktion gegangen, weil sich der Markt noch nicht rentiert.«

»Und Block hat die Dinger gekauft?«

»Ja.« Gardim nickte und goss Tee nach. »Kurt liebäugelte damit, selbst einen speziellen Klub aufzumachen – gewissermaßen als Altersversorgung. Die Präparate sollten dort ein großer Aufmacher werden. Aus dieser Idee ist aber nie etwas geworden, deshalb hat er sie bei Morticia untergestellt.« Es hörte sich befremdlich an, als der Doktor Lydia Saalbusch bei ihrem Pseudonamen nannte.

»Was ist in Kenia passiert?«, kehrte ich zu meiner Ausgangsfrage zurück.

Bereitwillig berichtete mir Dr. Gardim ausführlich von Blocks Geschäften und den dramatischen Ereignissen in Afrika. Demzufolge war Simon Opitz in Kenia nicht nur in der Nähe des Samburu-Nationalparks, sondern mittendrin gewesen.

Der Park ist berüchtigt für das Abschlachten afrikanischer Elefanten, die von einheimischen Rebellenbanden höchst professionell organisiert und durchgeführt werden. Die Nachfrage aus Asien, insbesondere aus Ostasien, treibt die Schwarzmarktpreise für Elfenbein in astronomische Höhen. In nur vier Jahren wurden einundzwanzig Prozent der dort lebenden Elefanten getötet, erzählte Gardim mir von den schockierenden Hintergründen von Blocks Geschäften.

Offenbar verlangten die Wilderer einen höheren Preis, als Block verhandelt hatte, und begründeten dies mit den gestiegenen Schwarzmarktpreisen. Block war nicht bereit, den höheren Preis zu zahlen, und schickte Sanddorn nach Kenia. Der versuchte es auf die harte Tour, die Wilderer zu überzeugen; es kam zu einem Feuergefecht, bei dem Opitz erschossen wurde.

Nach der Schilderung von Dr. Gardim brach Sana Hörsch zusammen, als sie vom Tod ihres Geliebten hörte. Sie machte Block für seinen Tod verantwortlich. Hätte der nicht Sanddorn in Marsch gesetzt, der den wilden Mann gespielt hatte, wäre Opitz nicht bei dem Feuergefecht umgekommen. Die Tänzerin wollte, dass Block die Verantwortung für den Tod von Opitz übernahm und dessen Leiche nach Deutschland überführen ließ. Opitz war aber schon seit Wochen irgendwo von den Wilderern verscharrt worden. Die dortigen Ranger hatten selbstverständlich keine Ahnung, wo.

»Was genau wollte Sana Hörsch in ihrer Todesnacht von Block?«, hakte ich ein.

»Sana hat Block erpresst«, erklärte Gardim. »Sie wollte, dass er die Leiche von Simon heimholt und dass Markus für den Tod von Simon zur Rechenschaft gezogen wird. Ich nehme an, dass sie Block und Sanddorn anzeigen wollte – was aber nicht in seinem Interesse sein konnte!« Gardim zeigte auf den Mann, der lachend mit dem Bolzenschussgerät auf Sanddorn zielte. »Nicht, wo er gerade dabei ist, Karriere zu machen.«

Ich starrte auf das Gesicht des Mannes mit dem Bolzenschussgerät in der Hand.

Jetzt hatte ich das Motiv – Erpressung.

Langsam erhob ich mich; ich wusste nun, was in Kenia geschehen war, und ich hatte das Motiv.

»Diese beeindruckenden Fotos von den Elefanten, die in Ihrer Praxis hängen …« Ich sah Gardim scharf an. »Wer hat die gemacht?«

»Simon.« Gardim lächelte versonnen. »Simon hat die Fotos gemacht.«

»Sind die im Samburu-Nationalpark aufgenommen worden?«

Er nickte schweigend.

Ich nahm das Fotoalbum vom Tisch und wickelte es wieder in den Schal ein, dann ging ich Richtung Diele, wo ich meinen Mantel anzog.

Bevor ich die Tür öffnete, drehte ich mich noch einmal zu Dr. Gardim um, der mir gefolgt war.

»Wer war die Frau gestern Abend?« Ich zeigte auf die Guy-Fawkes-Maske, die Gardim achtlos auf einem Beistelltisch abgelegt hatte.

Dr. Gardim folgte meinem Blick und nickte langsam.

»Die Dame wird mit Ihnen persönlich sprechen«, antwortete er mit ruhiger, einfühlsamer Stimme.

Ich hatte plötzlich das Gefühl, ein Déjà-vu zu erleben; mich fröstelte mit einem Mal.

»Eines möchte ich aber an dieser Stelle unbedingt betonen«, Gardims Stimme nahm einen eindringlichen Ton an, »wir haben eine reine Spielbeziehung, die Dame …«

»… liebt mich«, führte ich seinen tonlosen Satz fort. »Es gibt einfach nur Dinge, die ich ihr nicht geben kann. Die Dame hat spezielle Neigungen, und obwohl wir uns in vielen Bereichen ähnlich sind und ich auch gewisse Anteile in mir trage, die ihren Neigungen entsprechen, gibt es einfach Spezielles, das ich ihr nicht geben kann. Nicht, weil diese Dinge pervers sind, sondern weil mir schlicht und einfach das Verständnis für ihre besonderen Neigungen fehlt.«

Dr. Gardim sah mich verblüfft an: »Sie haben schon miteinander gesprochen?«

»Nein, Doktor.« Ich lachte leise in mich hinein. »Nein. Wir haben noch nicht miteinander gesprochen.«

Nicht Traute hatte zu mir gesprochen! Ich selbst hatte es geahnt – ich hatte mir selbst meine eigenen Fragen beantwortet. Ich drehte Dr. Gardim den Rücken zu und verließ das schmucke Reetdachhaus grußlos.

33

Mein nächstes Ziel war nicht weit entfernt.

Nur knappe zehn Minuten später fuhr ich auf den Parkplatz des Amtsgerichts in der Cirksenastraße und stellte den Käfer auf einem freien Platz ab. Ich stieg müde aus und verschloss den Wagen. Das Bedürfnis nach einer heißen Dusche und meinem Bett wurde immer stärker. Aber ich konnte ohnehin erst zur Ruhe kommen, wenn ich den Fall für mich abgeschlossen hatte; und das sollte nicht mehr lange dauern.

Heute verzichtete ich auf den Paternoster und stieg langsam die Stufen zum Büro der Staatsanwaltschaft hinauf. Ich wusste, dass Traute Urlaub hatte; aber zu ihr wollte ich ja auch nicht.

Als ich die letzte Stufe hochstieg, bog Trautes Sekretärin Rosi um die Ecke und lief mir in die Arme.

»Huch«, machte sie erschrocken und schnüffelte aufgeregt.

Ihrem Schniefen und den rot geweinten Augen nach hatte es wohl wieder Ärger im Büro gegeben.

»Alles klar, Rosi?«, fragte ich mitfühlend.

»Nix ist klar, Herr de Fries!«, erwiderte sie mit einer zornigen Stimme, die ich von ihr nicht kannte.

»Gab's wieder Ärger mit OA Riegel?«

«Und ob!« Rosi funkelte mich wütend an. »Ich weiß beim besten Willen nicht, was dem heute wieder quergelaufen ist, aber mir reicht's jetzt!«

»Was war denn los?«

»Keine Ahnung, was der wieder hatte«, antwortete sie,

während sich ihre Augen wieder mit Tränen füllten. »Angeschrien hat er mich, einfach so!«

Ich versuchte, die aufgebrachte Rosi zu beruhigen, was mir aber nur leidlich gelang. So aufgewühlt hatte ich sie noch nie erlebt. Nachdem Rosi mir erklärt hatte, dass es höchste Zeit sei, dass Frau Dr. Lenzen wieder aus ihrem Urlaub zurückkehrte, verabschiedeten wir uns voneinander.

Ich nahm die letzte Stufe, und bevor ich um die Ecke biegen konnte, rief Rosi mir noch zu, dass Hauptkommissar Mackensen bei Oberstaatsanwalt Riegel sei.

»Danke, Rosi!«, rief ich ihr zu und bog in den Gang hinein, der zu den Büros der Staatsanwaltschaft führte.

Da ich wusste, dass das Vorzimmer nicht besetzt war, verzichtete ich darauf, anzuklopfen, sondern trat gleich ein. Die Verbindungstür zu Trautes Büro, das momentan vom leitenden Oberstaatsanwalt Dr. Bertram Riegel belegt war, war verschlossen. Ich überlegte nicht lange, sondern drückte die Klinke der mit Leder überzogenen Verbindungstür runter und betrat das Zimmer.

Mit der Klinke in der Hand verharrte ich auf der Türschwelle und blickte gebannt auf Hauptkommissar Mackensen und Oberstaatsanwalt Riegel, die erregt miteinander zu streiten schienen.

Beide standen einander wütend gegenüber.

Mackensen wandte mir den Rücken zu und verdeckte dabei den leitenden Oberstaatsanwalt, weil er ihm frontal gegenüberstand.

»Du machst das jetzt!«, donnerte OA Riegel Mackensen an.

»Nein!«, entgegnete Mackensen zornbebend.

»Du setzt deine Karriere aufs Spiel!«, drohte Riegel.

»Wieso?«, höhnte Mackensen. »Willst du mich degradieren?«

»Du hast das schon einmal für Corinna gemacht!«

»Ich habe dir vorhin schon gesagt, dass ich damals nichts mit dem Verschwinden der Unterlagen zu tun hatte.« Mackensens Stimme klang wie glühender Stahl, als er Riegel anzischte.

»Behauptest du!«, gab der Oberstaatsanwalt zurück. »Nach dem Unfall hatte ich dir befohlen, die Zeugenaussagen verschwinden zu lassen! Und? Nach einer Woche waren sie auch tatsächlich nicht mehr aufzufinden.« Riegels Stimme triefte vor Hohn. »Wem willst du denn erzählen, dass du nichts damit zu tun hast?«

»Ich war zu dem Zeitpunkt überhaupt nicht in Emden!« Mackensen schien kurz vorm Platzen zu sein. »Ich war auf Lehrgang in Hamburg.«

»Das kannst du gerne den Leuten erklären, die sich ohnehin wundern, wie du es geschafft hast, so schnell an deinem Chef vorbei zum Hauptkommissar befördert zu werden. Wenn du nicht willst, dass diese Leute eine Erklärung bekommen, wirst du umgehend dafür sorgen, dass diese Sanddorn-Sache vom Tisch kommt!«

»Du hast mich letztes Jahr befördern lassen«, sagte Mackensen mit harter Stimme. »Die Sache, in die ich angeblich verwickelt sein soll, ist viele Jahre her. Niemand sieht einen Zusammenhang – weil es keinen Zusammenhang gibt!«

»Wenn man einen Zusammenhang abbildet, wird der auch sichtbar; dann ist es egal, wie viele Jahre zwischen den Ereignissen liegen; die Leute glauben, was sie glauben wollen«, gab der Oberstaatsanwalt zurück.

»Das klingt vollkommen konstruiert und an den Haaren herbeigezogen, was du mir da erzählst. Das glaubt doch kein Mensch!« Obwohl Mackensen äußerlich unbeeindruckt wirkte, glaubte ich ein Zittern in seiner Stimme zu hören.

»Wenn man mit Dreck wirft, bleibt immer etwas hängen, egal, wie alt der Dreck ist. Willst du es wirklich darauf ankommen lassen? Schaff die Sache vom Tisch, dann sind alle zufrieden. Ansonsten kannst du schon mal anfangen, deinen Schreibtisch auszuräumen«, forderte Oberstaatsanwalt Riegel den Hauptkommissar auf.

Auf diese Drohung hin legte sich eine bleierne Stille über den Raum. Ich rührte mich keinen Millimeter von der Stelle; man hätte die berühmte Stecknadel fallen hören. Es fiel zwar keine Stecknadel, aber ein kurzes und gut hörbares »Pling« meines Handys teilte mir den Eingang einer Nachricht mit.

Beide Kontrahenten fuhren wie von einem elektrischen Schlag getroffen zusammen und wirbelten gleichzeitig zu mir herum. Mit von ihrem Streit geröteten Köpfen und vor Schreck aufgerissenen Augen stierten sie mich fassungslos an.

»Moin!«, sagte ich in die Stille hinein und ließ mit einem metallischen Geräusch die Türklinke zurückschnalzen.

Während mich die beiden stocksteif anstarrten und sich nicht von der Stelle rührten, ging ich lässig zu Trautes Schreibtisch und setzte mich auf die Kante, wie ich es immer tat, wenn sie da war und wir beide alleine waren.

Ich klappte »Sanas Welt«, wie Gardim das Fotoalbum der Tänzerin genannt hatte, auf, zückte wie in der Werbung »Mein Haus, mein Boot, meine Frau« das erste Foto und warf es aus dem Handgelenk auf die Schreibtischplatte: Es zeigte die makabre Hochzeitsgesellschaft.

»Kurt Block verdient sein Geld, indem er unter anderem Elfenbein und Nashornpulver als Potenzmittelchen schmuggelt – beides von Tieren, die unter Artenschutz stehen und deren Tötung streng bestraft wird«, kam ich schnörkellos und ohne Umschweife zur Sache und ließ das zweite Foto auf die Tischplatte segeln.

»Simon Opitz arbeitete für Block vor Ort im Naturschutzreservat. Als Wilderer Block betrügen wollten, schickte der den Hardliner Markus Sanddorn nach Afrika. Dieser legte sich mit den Wilderern an; es kam zu einer Schießerei, bei der Simon Opitz starb.«

Das nächste Foto flatterte auf den Tisch. Während Riegel sich noch immer nicht rührte, trat Mackensen langsam an den Schreibtisch heran, den Blick auf die Fotos gerichtet.

»Sana Hörsch wollte den Tod ihres Geliebten nicht akzeptieren und setzte Block unter Druck. Er sollte den toten Opitz nach Hause überführen. Markus Sanddorn sah sie als Verantwortlichen für den Tod von Opitz; Sana Hörsch wollte beide anzeigen – deshalb musste sie sterben. Ebenso wie Sanddorn, der den leitenden Oberstaatsanwalt Dr. Bertram Riegel zu erpressen versuchte, keine Ermittlungen gegen ihn zuzulassen, da er ansonsten seine sadomasochistischen Neigungen öffentlich gemacht hätte.«

Das nächste Foto, das ich auf den Tisch warf, hatte ungefähr dieselbe Wirkung zur Folge wie mein Schrei, der die Auspeitschung der maskierten Frau unterbrochen hatte. Es zeigte Oberstaatsanwalt Riegel mit einem feisten Lachen im Gesicht und einem Bolzenschussgerät in seiner Hand. Es war auf Markus Sanddorn gerichtet – der lachte auch, in jenem Moment. Zwei Augenpaare wandten sich mir langsam zu und sahen mich so fassungslos an, dass es fast schon komisch wirkte.

Ich gab den beiden noch ein paar Sekunden Zeit, um den Schock über das soeben Gehörte und Gesehene zu verarbeiten, und rutschte dann vom Schreibtisch.

»Du warst das?«, wisperte Mackensen leise wie unter Schock, den Blick unverwandt auf das Foto mit dem Bolzenschussgerät gerichtet.

»Das Ding gehörte Markus«, krächzte Riegel. »Ich hab's ihm geschenkt; er hat's mit nach Kenia genommen.«

»Wer, wem, was gehörte oder wieso, weshalb, warum«, sagte ich nonchalant, »wird unser Herr Hauptkommissar in den nächsten Wochen alles protokolliert an die zuständige Generalstaatsanwaltschaft Oldenburg übergeben.«

Ich ging zur Tür, drehte mich auf der Schwelle noch einmal um und sagte zu Mackensen: »Für den Moment empfehle ich aber dringend, dass Sie Ihren Chef festnehmen. Moin zusammen!«

34

Während der Fahrt nach Hause überkam mich eine bleierne Müdigkeit, und ich versuchte wieder, mich mit der durch das eingestellte Seitenfenster einströmenden kalten Luft wachzuhalten, was mir auch mühsam gelang. Mit kleinen, zusammengekniffenen Augen lenkte ich den Käfer den holperigen Weg zu meinem Haus hoch und war schlagartig wieder hellwach.

Vor der Haustür erkannte ich das Heck von Trautes Wagen!

Sie saß auf dem Beifahrersitz und sah mir zu, wie ich einparkte und den Motor abstellte. Schweigend sahen wir uns durch die Scheiben beider Autos an. Wir stiegen beide aus und nahmen uns wortlos in die Arme.

Ich hielt Traute im Arm, während ich sie zur Eingangstür bugsierte. Als ich die Tür öffnete, saß Motte bereits erwartungsvoll in der Diele und wedelte mit seiner Rute. Wir begrüßten den Dicken beide und kraulten ihm ausgiebig das Fell. Über Mottes Verbleib verloren wir kein Wort; ich hatte die Vermutung, dass Dr. Gardim meiner Traute bereits von meiner Begegnung mit Dörthe Bergmann berichtet hatte.

Da ich bereits Tee getrunken hatte und Traute mein Angebot, ihr einen Kaffee zu kochen, dankend ablehnte, verzog ich mich schnell ins Schlafzimmer, wo ich meinen Smoking achtlos zu Boden fallen ließ und in bequeme Jeans und einen dicken Rollkragenpullover schlüpfte. Zurück in der Küche, setzte ich mich zu Traute an den Küchentisch, während sie damit beschäftigt war, Motte den Bauch zu kraulen. Zum Abschluss seiner Streicheleinheiten klopfte sie ihm auf den Bauch und wandte sich zu mir herum.

»Du siehst müde aus«, stellte sie mit leiser Stimme fest.

»Du auch.«

Traute war ungeschminkt und hatte ihre schulterlangen Haare zu einem Pferdeschwanz zusammengebunden. Die vergangenen Tage und insbesondere die letzte Nacht waren ihr deutlich anzusehen. Sie war blass und hatte dunkle Ringe unter den Augen. Ich sah wahrscheinlich noch übernächtigter aus als sie.

Wir saßen uns am Tisch gegenüber und sahen uns an.

»Ich weiß gar nicht, was ich sagen soll.« Traute hob hilflos die Schultern.

Da ich mich ebenso hilflos fühlte, folgte ich meinem Gefühl und nahm ihre Hand.

»Ach, Jan«, sagte sie mit dünner Stimme, ergriff mit beiden Händen meine Hand und hielt sie fest.

Es dauerte eine ganze Weile, bis wir so weit waren, miteinander zu sprechen. Die Ereignisse der vergangenen Nacht klammerten wir ebenso aus, wie wir es vermieden, im Detail über individuelle Neigungen zu sprechen; die waren in diesem Moment nicht wichtig, wir sprachen über unsere Liebe.

Wahrscheinlich führten wir das gleiche Gespräch, das alle Paare führen, die sich zwar lieben und deren Herz angesichts der bevorstehenden Trennung zu zerbrechen droht, die aber aufgrund miteinander unvereinbarer Ansichten und Einstellung auseinanderdriften. Es war in diesem Moment für uns vollkommen egal, welcher Art die Dinge waren, für die wir keinen gemeinsamen Nenner fanden; wir beide hatten ein grundlegendes Verständnis für das Dilemma des anderen. Es birgt eine besondere Tragik in sich, wenn ein Paar, das sich liebt, durch einen unlösbaren Konflikt zu der Konsequenz gezwungen wird, sich zu trennen.

Bei unserem Gespräch brauchten wir die Dinge nicht im Detail beim Namen zu nennen, denn wir beide wussten, wo die Kluft lag; sie konnte nicht ohne die Erfüllung ihrer Bedürfnisse leben, und ich konnte ihre Bedürfnisse nicht erfüllen, weil sie sich mir nicht erschlossen.

Es gab keine Vorwürfe, keine Verletzungen, kein böses Wort; nur Liebe und Verständnis, aber auch – Trennung.

Bevor Traute aufbrach, informierte ich sie über die Konfrontation mit Riegel und Mackensen; sie ließ offen, ob sie ihren Dienst nach ihrem Urlaub wieder aufnahm oder die Krummhörn endgültig verließ.

Wir verabschiedeten uns mit einer solch innigen Umarmung, als wollten wir uns nicht mehr loslassen. Ich stand noch lange in der Haustür und sah den Weg hinunter, nachdem Trautes Rücklichter längst schon verschwunden waren.

35

In dieser Nacht schlief ich wie ein Stein, was in Anbetracht der Ereignisse der letzten vierundzwanzig Stunden nicht verwunderlich war. Als ich erwachte, lag Motte noch immer vor meinem Bett und schnarchte hingebungsvoll vor sich hin. Ich blinzelte und warf einen Blick auf meine Armbanduhr, die ich auf dem Nachttisch liegen hatte; es war früher Vormittag.

Auf dem Rücken liegend starrte ich die Decke an und kämpfte gegen meine Traurigkeit und Niedergeschlagenheit an, die mich wie eine Wagenladung nassen Sands niederdrückte und mir die Luft zum Atmen nahm; die Trennung von Traute nahm mich schwer mit.

Irgendwann obsiegte die Natur, und ich rollte mich schwerfällig aus dem Bett und schleppte mich ins Bad. Mürrisch schaute ich in den Spiegel und fühlte mich genauso alt, wie ich mit meinem müden Gesichtsausdruck und den dunklen Augenränder aussah; ich hatte sogar das Gefühl, dass sich über Nacht noch ein paar zusätzliche Falten zu den bereits vorhandenen gesellt hatten.

In der Küche öffnete ich Motte die Terrassentür und bereitete ihm als Erstes sein Frühstück. Anschließend kochte ich mir einen extrastarken Kaffee und griff zum Handy.

Mit einem schlichten »Hallo« meldete sich die Betreiberin vom INSOMNIA, Lydia Saalbusch. Ich informierte sie darüber, dass es im Mordfall Sanddorn einen Hauptverdächtigen gab und dass ich gleich morgen früh einen entsprechenden Antrag auf Einstellung der Ermittlung stellen würde. Ich würde mich auch gleich morgen um Aufhebung der Verfügungen kümmern, die ihr noch den Betrieb des INSOMNIA untersagten. Und nein, heute am Sonntag könne auch ich nichts ausrichten; sie müsse noch ein wenig Geduld haben. Und nochmals nein; ich könne der Polizei nicht vorgreifen und ihr sagen, um wen es sich bei dem Hauptverdächtigen handele.

Obwohl die Schwarzhaarige vor Neugier fast umkam, freute sie sich sehr darüber, dass für sie jetzt wieder alles normal laufen würde; sie bedankte sich überschwänglich und wünschte mir einen relaxten Sonntag.

Eigentlich hatte sie recht; heute könnte ich wirklich mal die Füße hochlegen und nichts tun. Nachdem ich geduscht hatte, fühlte ich mich wieder halbwegs als Mensch und legte in Vorfreude auf einen langweiligen Sonntag wirklich die Füße auf den Tisch – und zwar auf den Schreibtisch meines Arbeitszimmers.

Motte kam hereingetrottet und legte sich quer vor den Schreibtisch. Ich hatte das Gefühl, dass sein unfreiwilliger Ausflug ihn hatte anhänglicher werden lassen.

Da Thyra mir einen Zettel auf den Küchentisch gelegt hatte, auf dem sie mir mitteilte, dass sie heute erst gegen Mittag eintrudelte, wusste ich, dass es ihr gut ging. In dem Fall war es mir auch vollkommen wurscht, mit wem; Hauptsache, es ging ihr gut.

Tatsächlich hörte ich eine Stunde später, wie sich die Tür öffnete.

»Hi, Paps!«, begrüßte sie mich mit einem strahlenden Lächeln und gab mir einen Kuss auf die Wange. »Wie geht's dir – gibt's was Neues?«

Und ob es das gab!

Thyras Augen wurden immer größer, als ich ihr die Ereignisse der letzten vierundzwanzig Stunden und die damit verbundenen Ergebnisse und Schlussfolgerungen darlegte.

»Mensch Papa«, sagte sie und umarmte mich, »das mit Traute tut mir so leid! Ihr habt euch so gut verstanden.«

Ich hatte meiner Tochter die Gründe für unsere Trennung nicht im Detail erzählt; Väter haben schließlich auch ihre Privatsphäre.

Wir diskutierten noch ausführlich meine Begegnung mit Oberstaatsanwalt Riegel und Hauptkommissar Mackensen.

»Und du meinst wirklich, dass es um den Unfall mit Claudia ging?«

Ich nickte, denn ich war mir ziemlich sicher. Bei dem Unfall, bei dem Uz' Frau gestorben war und den seine Tochter Claudia nur schwerverletzt und an den Rollstuhl gefesselt überlebt hatte, war es seinerzeit nicht mit rechten Dingen zugegangen. Zwar glaubte ich Mackensen, dass er nichts damit zu tun hatte, es war aber sicher eine Untersuchung wert, herauszufinden, was damals wirklich geschehen war; vorausgesetzt, Uz wäre damit einverstanden.

»Hier«, sagte Thyra und hielt mir einen dicken Umschlag hin, »soll ich dir geben.«

Ich riss den Umschlag auf und zog den eng beschriebenen Stapel Papiere hervor: der Obduktionsbericht von Sana Hörsch. Gedankenverloren stand ich auf und trat ans Fenster.

Langsam blätterte ich die Papiere durch und vermied es, mir die Fotos der Toten nochmals anzuschauen. Meine Aufmerksamkeit galt der Todesursache. Tillmann hatte mit seiner ersten Einschätzung der Todesursache recht behalten.

Sana Hörsch war erdrosselt worden.

Es war dem Pathologen auch gelungen, die Verwendung des sehr dünnen Drahts zu bestimmen; es handelte sich um eine Violinsaite aus Stahl und einem Durchmesser von 0,25 Millimeter. Im Grunde ein für Musiker harmloser Alltagsgegenstand; im Fall von Sana Hörsch – eine mörderische Tatwaffe.

Ich legte den Obduktionsbefund nachdenklich zur Seite.

Eine Violinsaite?

Wieso sprangen bei dem Begriff meine inneren Alarmglocken an?

In dem Moment kehrt Thyra aus der Küche zurück und lehnte sich an meine Schulter; gemeinsam schauten wir zum Fenster hinaus in den Garten. Es war ein freundlicher Tag mit einer Temperatur noch leicht unter dem Gefrierpunkt. Bald würde es wieder Frühling sein.

»Über das mit Traute komme ich gar nicht hinweg. Ihr wart so ein tolles Paar«, sagte sie. »Ich hab ja schon fast ein schlechtes Gewissen, dass es mir so gut geht.«

»Das ist Quatsch, Kleines«, erwiderte ich. »Es wurde mal Zeit, dass es dir wieder gut geht.«

»Theo ist ein Schatz.« Thyra lächelte. »Ich gebe zu, optisch ist er nicht so der Abräumer, aber er ist total lieb. Er hat mich in die Oper eingeladen.«

»Was hat er?«, fragte ich geistesabwesend, denn meine Alarmglocken läuteten immer lauter; so laut, wie früher die Kirchenglocken vor heraufziehendem Unwetter gewarnt hatten.

»Eingeladen«, wiederholte meine Tochter, »in die Oper.«

Als Thyra zum zweiten Mal »Oper« sagte, läuteten meine Alarmglocken Sturm.

Die Oper; es war die Oper!

36

»Bist du dir sicher bei dem, was wir gerade tun?«, fragte Thyra.

Ich schüttelte den Kopf: »Nein. Bin ich nicht.«

Thyra gab es auf, mit mir über Sinn oder Unsinn unseres Ausflugs zu diskutieren. Sie drückte das Gaspedal durch und raste über die Autobahn nach Hamburg.

Es war Sonntagnachmittag, und die Autobahn war noch frei; die Kaffeeausflügler würden erst später unter sturer Einhaltung der Richtgeschwindigkeit nach Hause pendeln. Wir hatten Glück, dass Thyra noch immer den Wagen von Tillmann zur Verfügung hatte. Ansonsten hätten wir die Strecke wieder mit dem Käfer fahren müssen, was dreimal so lange gedauert hätte wie mit dem flotten Audi A4, mit dem wir gerade unterwegs waren.

Ich wusste selbst nicht so genau, ob das Sinn ergab, wie ein paar Verrückte ohne irgendeinen Anhaltspunkt nach Hamburg zu jagen – nur auf ein Gefühl von mir hin. Aber was sollte ich tun – die laut schrillenden Alarmklingeln in mir ausstellen, nicht reagieren?

Als Thyra erzählte, dass Tillmann sie in die Oper eingeladen hatte, meldete mein Unterbewusstsein Alarmstufe Rot und löste die Alarmklingel in mir aus, die nur ich hören konnte.

Mein Unterbewusstsein hatte wie ein Scanner zwei Begriffe miteinander in Verbindung gebracht: Oper plus E-Violinsaiten aus Stahl, die sich zu einem vortrefflichen Mordinstrument formen ließen. Aus diesem Grund, der zugegeben ein rein subjektiver war, jagten wir gerade über die linke Fahrspur nach Hamburg.

»Weißt du überhaupt, ob Sonntagnachmittag geöffnet ist?«, fragte Thyra.

Ich schüttelte wieder den Kopf: »Keine Ahnung.«

»Man kann ja über dich sagen, was man will«, sagte Thyra ironisch, »aber nicht, dass du überorganisiert und unspontan bist.«

Ich grinste.

Eine Viertelstunde später zeigte ich nach rechts an den Straßenrand. »Da ist ein freier Parkplatz.«

Mit einer fließenden Bewegung parkte Thyra elegant den Audi ein, direkt vor dem Ristorante in der Dammtorstraße, wo ich gestern Morgen noch gefrühstückt hatte.

Während wir quer über die Straße liefen, schlug ich den Kragen meiner Cabanjacke hoch. Kurz darauf standen wir vor dem unbeleuchteten Bühneneingang der Hamburgischen Staatsoper.

»Und jetzt?« Thyra krauste die Stirn. »Alles dicht.«

Bevor ich wieder sagen musste, dass ich keine Ahnung habe, rüttelte ich an der Tür.

Lautlos gab die linke gläserne Tür nach.

»Offen!«, sagte ich und drückte die Tür vorsichtig auf.

Ich beugte mich kurz zu dem Schloss hinunter, weil es mir merkwürdig vorkam, die Tür, passend zu unserem Besuch, unverschlossen vorzufinden. Bei Zufällen bin ich grundsätzlich vorsichtig! Zu Recht: Irgendjemand hatte ein hellgraues Panzertape über den innen liegenden Riegel geklebt, sodass die Tür nicht ins Schloss fallen konnte.

»Sollen wir wirklich?«, hörte ich meine Tochter leise hinter mir flüstern.

Statt zu antworten, betrat ich die halb dunkle und verwaiste Halle; auch die Rezeption war menschenleer. Heute hätte der gelangweilte Gesichtsausdruck des Rezeptionisten gut gepasst.

Ich ging den Gang entlang, den ich vor Kurzem noch auf der Suche nach dem Fotoalbum von Sana Hörsch entlanggegangen war.

Heute war ich auf der Suche nach einem Doppelmörder.

Auch wenn von der Indizienlage vieles dafür sprach, dass Oberstaatsanwalt Riegel der Mörder von Markus Sanddorn und Sana Hörsch war, so hatten sowohl Logik als auch Argumentationskette einige Lücken und Schwachstellen. Im Fall meiner jetzigen Vermutung hatte ich noch nicht einmal besagte Schwachstellen; ich hatte nichts außer meinem inneren Alarmgetöne. Das war schwach, sogar sehr schwach.

Ich drückte am Gangende die Tür auf und betrat erneut den Zuschauersaal der Staatsoper. Auch diesmal lag der Saal mit den rot bezogenen Sitzen im Halbdunkel der Notbeleuchtung. Und wie bei meinem Besuch, als ich Sana Hörsch auf der Bühne als Eurydike hatte tanzen sehen, lag die Bühne in schemenhaftem, bläulich schimmerndem Licht und wirkte kühl und abweisend.

Diesmal tanzte keine Sana Hörsch wie ein sphärisches Wesen über die Bühne; aber trotzdem war die Bühne nicht leer.

Auf der Bühne saß Paparazzo Mike Powelz!

»Krass!«, wisperte Thyra hinter mir, denn Powelz saß auf einem schlichten weißen Holzstuhl, mit einem Klebestreifen über dem Mund und auf dem Rücken gefesselten Händen.

Bei näherem Hinsehen glaubte ich zu sehen, dass seine Hände und auch Fußgelenke mit Draht umwickelt waren. Ich vermutete, dass es sich bei dem Draht um den gleichen Draht handelte, mit dem die Tänzerin erdrosselt worden war: eine Violinsaite aus Stahl.

Lautlos näherten wir uns der Bühne. Thyra stieß mich von hinten an, ich drehte mich um. Sie deutete lautlos mit dem

Zeigefinger zur Bühne, und ich folgte ihrem Fingerzeig mit den Augen. Jetzt sah auch ich, was sie meinte.

So wie ich das Bühnenbild von *Orpheus* beim letzten Mal gesehen hatte, war die Tänzerin bei einem Autounfall ums Leben gekommen; ihr Geliebter hatte ihren Tod nicht verwunden und war ihr in die Unterwelt gefolgt. Im Bühnenbild hatte ich bei meinem Besuch das Wrack eines großen Straßenkreuzers im Hintergrund der Bühne gesehen, heute hing dieses Wrack an Stahlseilen über der Stelle, an der Mike Powelz auf seinem Stuhl gefesselt war.

Wenn es auf die Bühne stürzte, wäre der Reporter auf der Stelle tot.

Wir näherten uns der Bühne, und ich bedeutete Thyra, zurückzubleiben; sie zeigte mir stumm einen Vogel und blieb mir auf den Fersen. Ich sah eine schmale Treppe, die vom Zuschauerraum aus nicht zu sehen gewesen war, und gleichzeitig stach mir der Geruch von Benzin in die Nase. Nahezu lautlos schlichen wir die Treppe hinauf und standen am Rand der Bühne.

In diesem Moment bemerkte uns der Reporter. Wild begann er, mit den Augen zu rollen, und wand sich verzweifelt in seinen Fesseln, was er aber ziemlich schnell wieder aufgab, weil ihm die Drähte tief und wohl schmerzhaft ins Fleisch schnitten.

Der Benzingeruch wurde penetranter.

Ich spürte, wie Thyra mich an der Jacke zupfte. Ich drehte mich um; sie deutete aufgeregt auf den Bühnenboden, wo ich gleichzeitig eine riesengroße Lache sah, die sich langsam, aber stetig ausbreitete – auslaufendes Benzin.

Im selben Moment ertönten aus dem Nichts die magischen und herzzerreißenden Klänge einer Violine. Die Melodie war tragisch schön; Musik aus der Totenwelt, so schien es mir. Sehr symbolisch. Einen Geiger sah ich nicht.

»Bleib hier!«, wies ich Thyra an. »Ich hole ihn da weg. Halt mir den Rücken frei.«

Thyra schüttelte den Kopf.

Ich zog eine energische Grimasse und beendete die pantomimische Diskussion, indem ich in gebückter Haltung auf den Paparazzo zuschlich.

Als ich Powelz erreicht hatte, signalisierte ich mit den Augen, dass ich ihn losbinden würde. Nachdem ich aber seine Fesseln abgetastet und festgestellt hatte, dass es sich tatsächlich um Stahlsaiten einer Violine handeln musste, war ich ratlos, wie ich den Stahldraht gelöst bekäme.

Ich schaute zu Thyra hinüber, die im Schatten des Bühnenaufgangs hockte, deren Umrisse sich aber wie ein Schattenriss gegen den blauen Hintergrund der Bühne abzeichneten. Mit den Händen bedeutete ich ihr, sich auf den Boden zu legen, was sie auch nach einiger Zeit tat. Mein Blick fiel auf den geisterhaft erleuchteten Orchestergraben, und mir kam ein Gedanke. Naturgemäß sitzen in einem Orchestergraben jede Menge Musiker, viele davon mit Streichinstrumenten. Wenn während der Proben oder eines Konzerts eine Saite riss, müsste sie wohl auch ausgewechselt werden können. Was läge da näher, als entsprechendes Werkzeug zu bevorraten?

Ich gab Powelz ein Zeichen, dass ich gleich wiederkäme, wofür er aber wenig Verständnis zeigte und wie wild an seinem Stuhl zu zerren begann. Ich gab ihm einen beruhigenden Klaps auf den Kopf und huschte zum Orchestergraben. Eine kleine Leiter mit Eisenstreben stand seitlich im Graben und war sicherlich nicht der Zugang für die Musiker, sondern wohl eher für den Hausmeister gedacht.

Hausmeister?

Wo ein Hausmeister arbeitet, ist sicher auch Werkzeug zu finden. Ein Grund mehr, dass ich mich klein machte und flink die Leiter hinabstieg. An der Rückseite des Orchestergrabens lagen mehrere lederne Futterale von Musikern, die ich als Erstes fieberhaft zu durchsuchen begann – leider ohne Erfolg: kein Werkzeug. Wie mir später mal ein Musikexperte erklärte, haben die Saiten von Streichinstrumenten eine Art »Knopf«, der am Saitenhalter eingehakt wird. Die Saite wird dann über den Steg gelegt und durch ein Loch im Wirbel, der sich am Hals des Instruments befindet, gefädelt. Durch Drehbewegungen wird die Saite dann aufgerollt und damit gespannt, wie es auch bei jedem Stimmen eines Streichinstruments geschieht. Kein Wunder also, dass ich kein Werkzeug fand. Dafür fand ich aber einen Hausmeisterkittel, der achtlos an einem Haken hing.

Ich tastete ihn ab und spürte etwas Metallenes unter meinen Fingern, das sich bei näherer Untersuchung als sein Schraubenzieher herausstellte. Mein Herz machte einen Freudensprung, als meine Finger in derselben Kitteltasche einen Phasenprüfer, diverse Kugelschreiber, Kaugummis und – einen Seitenschneider fanden.

Mit meiner Beute in der Jackentasche huschte ich schnell wieder zur Leiter, als ich meinte, über die Musik hinweg einen erstickten Aufschrei gehört zu haben. Ich setzte einen Fuß auf die Leiter, und als ich mich hochziehen wollte, fiel mein Blick auf einen großen Feuerlöscher an der Wand.

Ohne lang nachzudenken, ergriff ich den Feuerlöscher und hob ihn aus seiner Halterung. Gebückt huschte ich über die Bühne und zuckte erschrocken zusammen, als schlagartig die Bühnenbeleuchtung aufflammte und die Musik erstarb. Das Wrack, unter dem Powelz gefesselt auf seinem Stuhl hockte, sah in dem blauen Licht noch bedrohlicher aus.

Sehr viel bedrohlicher allerdings sah der Violinist Dominik Mironow aus, der barfuß und mit einem Frack, aber ohne Hemd und Fliege bekleidet dicht hinter Thyra stand und ihr eine metallisch schimmernde Violinsaite um den Hals gelegt hatte.

»Herr de Fries«, begrüßte mich Mironow, der sich offensichtlich meinen Namen von meinem ersten Besuch in der Staatsoper gemerkt hatte. Er sah in keiner Weise überrascht aus. »Sie sollten nicht hier sein!«

»Wieso nicht?«, ging ich übergangslos auf den Violinisten ein.

»Weil dieser Mann gleich erschlagen wird und ich seinen Leichnam in die Unterwelt verbanne.«

Das hörte sich konsequent und irre zugleich an – eine fatale Kombination.

»Wieso?«, rief ich verzweifelt und versuchte einen gewissen Realitätsbezug herzustellen. »Er ist doch noch so jung. Kein Grund zum Sterben!«

»Das sehe ich anders!«, befand Mironow und erstickte meine Argumentation im Keim.

Ich tapste mit dem Feuerlöscher in der Hand durch die Benzinlache, die sich noch weiter ausgebreitet hatte, auf den Geiger zu, bis er mich zum Stehenbleiben aufforderte.

»Lassen Sie die Frau doch los«, schlug ich vor.

»Gleich«, entgegnete er desinteressiert.

Im selben Moment sank Thyra leblos zu Boden; ihr Gesicht lag in der Benzinlache.

Während Mironow langsam in die Tasche griff und ein Feuerzeug hervorholte, hob ich den schweren Feuerlöscher. Sicherungssteg herausziehen und den Auslöser herunterdrücken war eine fließende Bewegung.

Der Geiger ließ sein Feuerzeug aufflammen.

Im gleichen Moment ließ ich das Löschpulver mit zwölf Bar in einem unterarmdicken Strahl aus der Sprühpistole herausschießen. Das Löschmittel traf Feuerzeug, Oberkörper und Gesicht des Geigers gleichzeitig. Ich hielt den Schlauch voll auf Mironow, der in einer weißen, stark nach Chemie riechenden Pulverwolke verschwand. Ein Poltern verriet mir, dass der Geiger zu Boden gestürzt war, und ich entleerte die volle Ladung Löschmittel in die Richtung, wo ich Mironow vermutete.

Als der Feuerlöscher leer »geschossen« war, warf ich den metallenen Behälter mit voller Wucht in Mironows Richtung, was dieser mit einem unterdrückten Schmerzensschrei quittierte. Offenbar hatte ich den Geiger mit meinem Wurfgeschoss empfindlich getroffen.

Ich spurtete zu Thyra und zog sie aus der Benzinlache zum Ende der Bühne. Vorsichtig tastete ich nach ihrem Gesicht und legte mein Ohr an ihren Mund. Erleichtert atmete ich auf, alles in Ordnung – Thyra atmete.

Noch während ich ihr Gesicht abtastete, kam sie zu sich.

»Bleib hier!«, zischelte ich. »Ich bin sofort wieder da!«

Sie nickte schwach.

Ich lief mit schnellen Schritten zu Powelz, der es aufgegeben hatte, an seinen Fesseln zu zerren. Mit Schrecken sah ich, dass er sich die Stahlfesseln in seiner Panik tief ins Fleisch getrieben hatte. Aus den Schnittstellen sickerte Blut; da ich befürchtete, dass er sich Sehnen durchtrennt haben könnte, ließ ich ihn in seiner Position sitzen und kippte den Stuhl nach hinten. Der Holzstuhl hinterließ ein laut schabendes Geräusch auf dem Bühnenboden, als ich ihn hinter mir her zog. Die Wolke aus Löschmittel hatte sich etwas gelegt, und ich sah einen schneeweißen, leblosen Körper am Boden liegen. Offenbar hatte ich Mironow schwer erwischt, er rührte sich nicht.

Ich musste husten, das Löschmittel brannte mir in den Augen und machte das Atmen schwer. Thyra saß am Bühnenrand und hustete ebenfalls. Ich schob den Stuhl mit Powelz an den Rand der Bühne und zog ihm das Klebeband vom Mund.

Der Reporter schnappte nach Luft, als ich das Band abgezogen hatte, und begann, sich die Lunge aus dem Hals zu husten. Ich ließ ihn husten und half Thyra dabei, als sie sich von der Bühne in den Saal hinunterhangelte. Als sie sicheren

Boden unter den Füßen hatte, packte ich den Stuhl mit dem Reporter an der Lehne und ließ ihn ebenfalls vorsichtig in den Saal hinunter.

Ich drehte mich im gleichen Moment zu Mironow herum, als er sich wie ein Geist, von oben bis unten mit Löschpulver bedeckt, vom Bühnenboden erhob und laut in den Saal hinein rief: »Eurydike, Geliebte! Wo bist du?«

Im gleichen Moment raste eine geisterhafte blaue Flamme über die Bühne und entzündete in Sekundenbruchteilen die Benzinlache, die in einem Feuerball verpuffte und mich von den Beinen hob und in den Saal schleuderte.

Ich landete mit einem gewaltigen Bauchklatscher im Gang vor der Bühne und rollte ein paar Meter weit. Nur die Angst um Thyra und Powelz trieb mich wieder auf die Beine; mühsam zog ich mich an einer Sitzreihe hoch und sah entsetzt zur Bühne, auf der eine lodernde Feuerwand stand, die sich rasend schnell nach allen Seiten hin ausbreitete.

Inmitten dieser Feuerwand stand Mironow und schrie gellend; ihm konnte niemand mehr helfen.

Seitlich von mir vernahm ich eine Bewegung und drehte mich um; Thyra kam aus der Rauchwolke herausgetaumelt und zog Powelz auf seinem Stuhl hinter sich her. Ich humpelte auf die beiden zu und umfasste mit einer Hand ihre Hüfte und mit der anderen die Lehne des Stuhls.

Gemeinsam zerrten wir Powelz zum Ausgang.

Plötzlich wurden wir von kräftigen Händen gepackt, die uns, ohne lange zu fragen, packten und durch den immer dichter werdenden Rauch nach draußen trugen. Erleichtert erkannte ich die Uniformen der Männer der Hamburger Berufsfeuerwehr.

37

Wir hatten die gesamte Aktion in der Hamburgischen Staatsoper ohne größere Blessuren überstanden.

Die Rettungswagen der Hamburger Feuerwehr hatten uns sofort mit Blaulicht ins nächst gelegene Krankenhaus gebracht. Thyra und ich bekamen Sauerstoff, und uns wurden die Augen ausgespült. Das Gleiche geschah mit Powelz, dessen Hand- und Fußgelenke ärztlich versorgt werden mussten. Die Verletzungen waren glücklicherweise doch nicht so tief, wie ich zuerst angenommen hatte, und mussten nicht einmal genäht werden.

Da die Ärzte der Meinung waren, eine stationäre Aufnahme sei bei keinem von uns notwendig, konnten wir auch bald wieder heimwärts ziehen. Bevor wir das aber tun konnten, setzten wir uns gemeinsam in die Cafeteria, da der freundliche Polizist, der zu unserer Bewachung abgestellt war, uns nachdrücklich darauf hinwies, doch auf seine Kollegen von der Hamburger Kriminalpolizei zu warten, da wir eine Menge Fragen zu beantworten hatten.

Während wir auf die Polizei warteten, erzählte uns Powelz, wie er bei seiner Recherche von Mironow überwältigt worden war.

»Ich wusste ja schon immer, dass der Typ Sana Hörsch im Visier hatte; dass er aber mit dieser Obsession alleinigen Anspruch auf sie erhob, hatte ich nicht geahnt«, berichtete er.

»Wieso hat er Sie eigentlich so einfach überwältigen können?«, fragte ich. »Sie haben ja ein irres Glück gehabt, dass wir ausgerechnet heute im Theater waren.«

»Ja, da haben Sie recht!«, sagte Powelz und lachte leise in sich hinein. »Wenn ich das aufschreibe, glauben einem die Leute das doch wieder nicht, sondern denken, dass ich das alles konstruiert habe, weil es ihnen zu unwahrscheinlich erscheint.«

Der Reporter berichtete, dass er sich schon seit Tagen in der Staatsoper herumtreibe, weil er den Schlüssel für den Tod der Tänzerin dort vermute; zu Recht, wie sich schlussendlich herausstellte. Powelz hielt Kurt Block für unschuldig und Bertram Riegel ebenfalls. Auch heute hatte er sich wieder an der Oper herumgetrieben und sah zufällig Mironow im Seiteneingang verschwinden.

»Ich wäre ihm fast in die Arme gelaufen«, berichtete Powelz. »Er war aber wie in Trance und hat mich überhaupt nicht registriert. Er hatte einen Schlüssel und schloss die Tür zum Foyer auf. Die Tür schließt sich automatisch; Zeit genug für mich, durchzuschlüpfen. Mironow hat es überhaupt nicht interessiert, ob die Tür hinter ihm schloss. Meine Gelegenheit! Ich hab dann kurzerhand ein Tape, mit dem ich sonst Kleintechnik befestige, über den Riegel geklebt – typisch Paparazzi«, grinste er lausbubenhaft und fuhr mit seiner Hintergrundgeschichte über den Geiger fort.

Demzufolge wusste Dominik Mironow seit Jahren von den speziellen Neigungen der Tänzerin; mehr als einmal hatte er sie vor sich selbst beschützt und mit lebensbedrohlichen Blutverlusten ins Krankenhaus gebracht, wenn sie sich unkontrolliert selbst Blut entnommen hatte. Er wusste auch, dass sie dafür bezahlte, dass Sanddorn sie schlug.

Mironow wusste aus Sana Hörschs Terminkalender, wann die sogenannten »Herren« ihre speziellen Runden hatten. Als er der Meinung war, dass die Tänzerin überhaupt nicht mehr auf sich selbst aufpassen konnte, und die Sessions mit Sanddorn ständig zunahmen, entschloss er sich zu einem drastischen Schritt, um die symbiotische Beziehung zwischen Sanddorn und der Tänzerin ein für alle Mal zu beenden. Mironow fuhr an einem Abend, von dem er wusste, dass die Herrenrunde tagte, nach Pilsum und wartete auf seine Chance. Nach Beendigung der Herrenrunde nutzte er einen unbeobachteten Moment und schlich sich ins INSOMNIA, als die Männer ihre Utensilien zu ihren Autos brachten und die Eingangstür offen stehen ließen.

Mironow gelang es, Sanddorn mühelos zu überwältigen, da er dem Schwergewichtigen an Beweglichkeit haushoch überlegen war und er zudem den Überraschungsmoment auf seiner Seite hatte. Eigentlich wollte der Geiger Dom de Dolor mit einer seiner Violinsaiten erdrosseln, fand dann aber in dessen Utensilientasche das Geschenk von Riegel: den Bolzenschussapparat.

Die Blutdruckmanschette gehörte zum Repertoire des Dom de Agonie, der seine Tasche im Klub deponiert hatte. Mironow fand beides beim Herumstöbern und wendete sie auch an; Sanddorn hatte seiner Meinung nach einen qualvollen Tod voller Schmerzen verdient; deshalb fand er auch die Amputation der einzelnen Fingergelenke für angemessen. Sie waren aus Mironows Sicht ein besonderer Verlust und wurden deshalb von ihm als besonders harte Strafe angewandt.

Als Sana Hörsch dann später nach Greetsiel fuhr und Block aufsuchte, schlug Mironows langjährige Fürsorge der Tänzerin gegenüber in rasende Wut und Verzweiflung um, denn er dachte, sie sei wieder mal auf der Suche nach einem Mann, der sie gegen Bezahlung schlagen sollte. Jahrelang hatte er versucht, Sana Hörsch vor sich selbst zu schützen, was ihm nicht immer gelang.

Mironow resignierte; helfen konnte er ihr offenbar doch nicht. Er konnte es nicht schon wieder ertragen, dass »seine« Primaballerina erneut einem dieser Männer gehören sollte.

Dominik Mironow beschloss erneut einen drastischen, um nicht zu sagen einschneidenden Schritt, um ihren speziellen Neigungen ein konsequentes Ende zu bereiten – auf seine Art und Weise.

Der Geiger folgte der Tänzerin in der Mordnacht in seinem Auto nach Greetsiel. Als sie ihren Wagen abstellte und verließ, benutzte Mironow ihren Zweitschlüssel, den er sich aus ihrer Garderobe besorgt hatte, und legte sich flach auf den Rücksitz ihres Wagens. Als Sana Hörsch dann von der Verabredung mit Block zurückkehrte, tauchte er wie ein mörderischer Schatten hinter ihrem Sitz auf und erdrosselte sie kaltblütig in ihrem Auto.

Da Sana Hörsch auch für Mironow schon seit Jahren die einzig wahre Primaballerina assoluta war, gebührte ihr eine besonders spektakuläre Bühne. Der Violinist inszenierte Sana Hörschs Tod wie ein Bühnenbild und hängte sie in der eisigen Vollmondnacht gefesselt an einen Flügel der Wahrzeichen von Greetsiel, der Zwillingswindmühlen, wo sie zu einer schaurig-schönen Eisskulptur gefror – einer eisigen Eurydike …

EPILOG

Mit einem wehmütigen Lächeln faltete ich die Zeitung zusammen und legte sie neben das Stövchen, das gemeinsam mit Teetasse und Kännchen auf dem kleinen Tischchen neben dem Strandkorb stand, in dem ich es mir gemütlich gemacht hatte.

Der friesisch blaue Himmel über mir strahlte wolkenlos, als sei er frisch gewaschen. Heute war der erste Frühlingstag nach einem harten Winter mit schaurigen Geschehnissen.

Ich schloss die Augen und streckte mein Gesicht der Frühlingssonne entgegen, ihre kräftigen Strahlen wärmten mir das Gesicht und ließen mich die Augen fest zusammenkneifen.

Neben dem Strandkorb vor der kleinen Terrasse von Gretas *Rettungsschuppen* lag Motte und hatte alle viere von sich gestreckt. Seinem wohligen Schnarchen nach genoss er die wärmenden Strahlen der Frühlingssonne ebenso wie ich, was in Anbetracht des eisigkalten Winters kein Wunder war.

In der heutigen Ausgabe der *Ostfriesen-Zeitung*, kurz *OZ* genannt, die ich gerade zur Seite gelegt hatte, wurde die neue Leitende Oberstaatsanwältin des Landgerichts Aurich anlässlich ihres Dienstantritts in einem ausführlichen Presseartikel porträtiert und begrüßt: Frau Dr. Traute Lenzen.

Meine Traute!

Die Ermittlungen und regionalen Presseberichte zu dem Doppelmord an der Balletttänzerin Sana Hörsch und dem Wilderer Markus Sanddorn waren unspektakulär verlaufen. Der Brand in der Hamburger Staatsoper, dem der Violinist

Dominik Mironow tragischerweise zum Opfer gefallen war, hatte ungleich höhere Wellen in der Hamburger Presse geschlagen; insbesondere weil Mironow der Doppelmörder des ungleichen Paares war, das eine sogenannte sadomasochistische »Spielbeziehung« pflegte, worauf sich einige Pressevertreter mit besonderem Interesse stürzten.

Aber auch das Medieninteresse an diesem Drama hatte bereits nach drei Tagen nachgelassen; zu schnelllebig sind die medialen News, die sich fast täglich durch Schreckensnachrichten selbst zu toppen scheinen.

Trautes Vorgänger, Dr. Bertram Riegel, den ich einen Moment lang für den Doppelmörder gehalten hatte, war von seinem Posten zurückgetreten und hatte in Mainz eine Anwaltskanzlei eröffnet.

Riegels Rücktritt geschah ohne Druck und aus freien Stücken, genauso wie die Rückstufung von Hauptkommissar Folkert Mackensen zum Kommissar, die dieser ebenfalls aus freien Stücken bei seinen Vorgesetzten veranlasste. Was der Grund war, darüber konnte ich nur spekulieren; ich glaubte ihm, als er Riegel versicherte, keine Unterlagen zur Seite geschafft oder manipuliert zu haben.

Auch wenn ich Mackensen für einen arroganten Schnösel hielt, gebührte ihm für seine Entscheidung Respekt. Ich hätte nicht gedacht, dass der Schönling über so viel Charakter verfügte; aber so kann man sich irren. Vielleicht hatte ich ihm auch Unrecht getan und war ihm gegenüber zu voreingenommen gewesen?

Vielleicht war ich auch Lydia Saalbusch gegenüber zu voreingenommen gewesen, aber ich hatte schmerzhaft lernen müssen, wie wenig ich aus meiner Haut schlüpfen kann – ebenso wenig, wie Lydias makabre Stammgäste der Pokerrunde zurück in ihre Haut schlüpfen können; manche Dinge sind einfach so, wie sie sind, und bleiben es auch.

Lydia Saalbusch hatte zwar ihre Konzession unmittelbar nach dem Rücktritt Riegels sofort und unbürokratisch zurückbekommen, sich aber entschieden, das INSOMNIA aufzugeben. Sie hatte sich mit Miriam Dannert, der Kindergärtnerin, zusammengetan und betrieb mit ihr gemeinsam auf Norderney die Kita *Bienenkorb*; die Kita soll gut laufen, hörte ich. Als »Black Pearl« und »Morticia« würden sie nur noch gelegentlich losziehen.

Die Räume des INSOMNIA wurden von einem holländischen Gastronomen angemietet, der in dem Gewölbekeller jetzt ein Spezialitätenrestaurant betreibt; speziell war das INSOMNIA vorher auch gewesen – anders eben.

Speziell waren auch die Geschäfte von Kurt Block gewesen. Gegen ihn und seine weitverzweigten geschäftlichen Aktivitäten, die gegen jegliche Form von Artenschutzgesetzen verstießen, liefen umfangreiche staatsanwaltschaftliche Ermittlungen. Den Ermittlungen war eine groß angelegte Durchsuchung seiner Geschäftsräume durch Zoll und Landeskriminalamt vorangegangen, nachdem ich den Behörden einen Tipp gegeben hatte.

Mein smarter Zahnarzt Dr. Gardim betrieb weiterhin erfolgreich seine Praxis, und ich blieb weiterhin sein Patient. Warum auch nicht? Er ist schließlich ein begnadeter Arzt, und als Angstpatient weiß ich seine Virtuosität hinsichtlich einer schmerzfreien Behandlung sehr zu schätzen. Falls er einmal verhindert ist, verzichte ich auf eine Behandlung durch seine Vertretung Dr. Dörthe Bergmann. Sie arbeitet nach wie vor bei MEDIC, und auch hier die Frage. Warum auch nicht? Sicherlich war sie mir gegenüber ruppig bis zur Körperverletzung gewesen, obwohl ihr Auftrag als Kurt Blocks »Sklavin« lediglich darin bestanden hatte, herauszufinden und zu beobachten, wie weit ich mit meinen Recherchen vorankam. Sie war ziemlich übers Ziel hinausgeschossen, trotzdem hatte ich auf eine Anzeige verzichtet. Im Gegenzug deckte sie den Mantel des Schweigens über den von mir demolierten Rover.

Im Gegensatz zu Fiona Reich, die ich als »Scarlett« kennengelernt und von der ich nichts mehr gehört hatte, telefonierte ich hin und wieder mit Mike Powelz – einem echt taffen Typen. Er hatte ja einiges auszustehen gehabt, sich aber trotzdem unverdrossen hinter seine Geschichte geklemmt. Eine Obsession, die sich auszahlte: Mit der Reportage über das Leben der Primaballerina Sana Hörsch zwischen begnadeter Kunst als umjubeltem Star der Hamburgischen Staatsoper und schmerzvollem Leidensweg bis hin zu ihrem tragischen Tod durch die Hand ihres Violinisten Dominik Mironow gewann Powelz zahlreiche renommierte Journalistenpreise und war häufig als Gast in Talkshows zu sehen gewesen. Zuletzt hatte er mir freudestrahlend erzählt, dass er geheiratet habe.

Ob es mir gefiel, dass meine Tochter Thyra immer öfter mit einem hakennasigen Gerichtsmediziner ausging, wusste ich noch nicht. Klar mochte ich den rothaarigen Doc, er war mir durchaus sympathisch; trotzdem scharrte ich jedes Mal mit den »Hufen«, bis Thyra heimkam – wenn sie heimkam … Aber ich glaube, in diesem Punkt sind sich alle Väter gleich, egal, wie alt ihre Töchter sind.

»Trink doch mal etwas Gescheites!«, riet mir Greta in diesem Moment und stupste mich mit einem eiskalten Bierglas an.

Ich öffnete blinzelnd die Augen und schielte auf das beschlagene Glas, das die Wirtin des *Rettungsschuppens* mir unter die Nase hielt.

»Greta, du bist ein Schatz!«, strahlte ich sie an und streckte die Hand aus.

Während ich einen langen Schluck trank, griff Greta nach der *OZ*.

»Ach«, sagte Greta gedehnt, als sie Trautes Bild beim Aufschlagen der Zeitung sah. Greta sah mich unter hochgezogenen

Augenbrauen hervor prüfend an und deutete auf den Artikel, der mit »Herzlich willkommen, Frau Oberstaatsanwältin!« übertitelt war.

»Wie geht's dir damit?«, hörte ich Greta fragen.

Ich trank einen zweiten Schluck und setzte langsam das Glas ab, während ich versonnen auf die spiegelnde Wasserfläche des Greetsieler Hafenbeckens schaute: »Alles im Leben hat seinen Sinn …«, sagte ich leise.

Greta sah mich einen Moment lang schweigend an und legte mir kurz die Hand auf die Schulter, bevor sie zurück in den *Rettungsschuppen* ging.

Ich blickte noch immer versonnen aufs Wasser, als sich mein Handy, das neben dem Stövchen auf dem Tisch lag, mit leisem Brummen meldete.

Gedankenverloren griff ich zu dem Störenfried und warf einen Blick aufs Display.

»Lust auf Milonga heute Abend? Ciao, Caro!«

Ich runzelte verblüfft die Stirn: Caro? Wer sollte das denn sein?

»P. S. – Ihre Tanzpartner von neulich …«, beantwortete eine zweite Nachricht mir unaufgefordert meine Frage; offenbar konnte Caro Gedanken lesen.

»Ja, gerne, ich freue mich! Jan«, antwortete ich Caroline – meiner blonden Tanzpartnerin, die so wundervoll mit mir in Wilhelmshaven Tango getanzt hatte.

Ein Lächeln umspielte meine Lippen, und ich streckte zufrieden mein Gesicht der Frühlingssonne entgegen.

DANKSAGUNG

Wenn ich es recht bedenke, muss ich ehrlich zugeben, dass ich in der Vergangenheit Danksagungen in Büchern eher skeptisch gegenüberstand und mich meist fragte, ob es denn wirklich notwendig ist, nachdem ein Autor ein Buch geschrieben hat, allen möglichen Leuten für was auch immer zu danken?

Heute, mit der Erfahrung zweier veröffentlichter Bücher, sage ich: Ja, es ist notwendig! Nachdem ich nun *24/7 für Pilsum* abgeschlossen habe, verspüre ich den dringenden Wunsch, mich bei den Menschen zu bedanken, ohne die beide Bücher nicht möglich gewesen wären.

Zu Beginn meiner Arbeit an *Granat für Greetsiel* hatte ich nicht wirklich damit gerechnet, dass die Geschichte um Jan de Fries tatsächlich irgendwann verlegt würde und obendrein noch eine begeisterte Leserschaft fände.

Als *Granat für Greetsiel* dann innerhalb kürzester Zeit die Amazon-Charts stürmte, habe ich mich richtiggehend erschrocken, denn mit einem solchen Erfolg hatte ich nicht gerechnet. Dieser Erfolg war nur durch die vielen Leserinnen und Leser möglich. Deshalb gilt mein Dank allen, die meinen Debütroman gelesen haben, ebenso wie denen, die sich die zusätzliche Mühe gemacht haben, eine Rezension zu schreiben.

Ich habe mich über die vielen Leserstimmen, egal, ob positiv, negativ, kritisch, wohlwollend, begeistert oder analytisch, sehr gefreut und dabei sehr viel übers Schreiben und Lesen aus Autorensicht gelernt – vielen herzlichen Dank!

Ein ebenso herzliches Dankeschön für den üppigen »Sternenregen«, mit dem beide Bücher bedacht wurden.

Wenn Ihnen das Buch gefallen hat, möchte ich Sie um eine Rezension bitten, da diese für uns Autoren sehr wichtig sind.

Egal, wie kurz oder lang Ihre Leserstimme ausfällt, würde ich mich sehr freuen, von Ihnen zu lesen.

Für die Partnerin eines Autors – wovon nicht nur meine Ehefrau, sondern auch meine Schwiegermutter ein Lied singen kann –, ist es nicht immer leicht, Geduld und Verständnis aufzubringen, wenn der Partner mit seinen Gedanken oft woanders ist; insbesondere dann, wenn er am Kühlregal im Supermarkt plötzlich zu murmeln beginnt, dass eine Ballerina auch eine vortreffliche geeiste Leiche abgeben könnte oder er weit nach Mitternacht noch immer nicht den Weg ins Bett findet, weil er mit dem geknüpften Netz mörderischer Logik einfach noch nicht zufrieden ist.

Deshalb möchte ich mich bei meiner Frau Patricia für ihre Toleranz, Geduld und ihr Verständnis bedanken. Herzlichen Dank, mein Schatz, und ja, ich werde keine Leichen mehr in die Tiefkühltruhe packen.

Eine Geschichte zu schreiben ist das eine, sie als Buch zu verlegen eine ganz andere. Ohne die Möglichkeiten, die Amazon Kindle Direct Publishing unbekannten Autoren bietet, wäre das Autorenteam von Amazon niemals auf mich aufmerksam geworden, *Granat für Greetsiel* hätte das Schicksal unzähliger Autoren geteilt und sein Grab unter dem Stapel der von Verlagen und Lektoren unbeachteten Manuskripte gefunden. Den Folgeband *24/7 für Pilsum* hätte es ebenfalls nicht gegeben.

Mein aufrichtiger Dank gilt deshalb Amazon und seinem Autorenteam aus München für die tolle Zusammenarbeit und die Unterstützung in allen Fragen und Belangen.

Ein ebenso großes Dankeschön an das amerikanische Autorenteam aus Seattle, das sich der englischen Version beider

Krimis angenommen und dafür gesorgt hat, dass Jan, Uz, Onno und Motte weit über die Grenzen Ostfrieslands bekannt werden.

Die Arbeit macht riesigen Spaß mit euch allen – vielen Dank!

Ebenso herzlich bedanke ich mich beim Lektor Stephan Schirm, der großen Anteil am Erfolg der Krimireihe hat und dessen hervorragendes Lektorat *Granat für Greetsiel* und *24/7 für Pilsum* zu einem echten Lesevergnügen machen.

Als ich erfuhr, dass Jürgen Holdorf nicht nur *Granat für Greetsiel*, sondern auch *24/7 für Pilsum* lesen wird, war ich sofort begeistert; eine bessere und zutreffendere Stimme hätte es nicht geben können.

Wer von Jürgen Holdorf beim Zuhören direkt in die Geschichte hineingesogen wird und sich in Greetsiel, auf den Planken des Krabbenkutters *Sirius* oder in eisiger Nacht in Pilsum wiederfindet, versteht meine Begeisterung.

Herzlichen Dank, Jürgen, für diese tolle und authentische Vertonung; du schenkst auch denen, die das Buch bereits gelesen haben, zusätzliche spannende Stunden.

Ein ebenso herzliches Dankeschön an Bernhard Sulzer aus Toledo, Ohio, der die mörderischen Geschichten aus Ostfriesland ins Englische übersetzte und den Leserinnen und Lesern in Übersee den speziellen norddeutschen Charme nahebringt. Im Gegensatz zu Bernhard hätte ich niemals gewusst, wie man »Moin«, »Schnaken« oder »… inne Bredullje« übersetzt – ihm ist das ganz vortrefflich gelungen.

Ein ganz besonderes Dankeschön gilt meinem Autorenkollegen Mike Powelz, der in *24/7 für Pilsum* einen Gastauftritt als Paparazzo hat und im realen Leben tatsächlich als Chefreporter und Autor arbeitet. Sorry, Mike – du hattest im Buch einiges auszustehen, was du ja aber, abgesehen von kleineren Blessuren, alles heil überstanden hast.

Es sind mehr Menschen an der Gestaltung eines Buches beteiligt, als ich dachte; denen möchte ich ebenfalls für ihre tolle Arbeit danken: bürosüd° für die geniale Umschlaggestaltung; Angus Cameron für das atmosphärische Foto; Hilke Bemm für das erste Korrektorat und Amazon Distribution GmbH für den klasse Druck.

Ohne all diese Menschen, ohne ihre Zusammenarbeit und Unterstützung wäre der Erfolg der »Jan de Fries«-Reihe nicht möglich – vielen Dank euch allen!

79927639R00288

Made in the USA
Columbia, SC
12 November 2017